lang gezogene gefährliche Kurve und erstarrte vor Entsetzen. Er hat vereinzelte Passagen gelöscht, die nicht länger notwendig waren, andere Teile hinzugefügt, ganze Kapitel, die mit einem Mal wichtig geworden sind.

Die Überarbeitung war eine Qual, aber durchaus nicht unüblich. Änderungen wie diese – Überarbeiten, Umschreiben, Verändern – sind bei der Entstehung eines Buches an der Tagesordnung. Der Autor durchkämmt jede einzelne Seite seines Manuskripts, überdenkt Erzählperspektiven, ersetzt Substantive und konjugierte Verben. Wieder und wieder, Tausende Male.

Und doch rutscht ihm dabei ein Pronomen durchs Netz. Oder zwei. Nur ein winziger Fehler, eine Bagatelle. Keine Angelegenheit, bei der es um Leben oder Tod geht.

EPILOG

Niemand auf der Welt kann beweisen, dass alles stimmt, was in diesem Buch steht. Nur ein einziger Mensch kann es annähernd, nämlich der Mensch, dessen Geschichte hier erzählt wird, Charlie Wolfe. Andere könnten vielleicht einzelne Gegebenheiten bestätigen; Vorfälle, die sie selbst erlebt haben, sofern sie durch irgendetwas dazu veranlasst werden. Vielleicht dient dieses Buch als Anregung, als Anstoß, ihre Wahrheit kundzutun, diese Geschichte zu bestätigen.

Der Autor dieses Buches ist keiner dieser potenziellen Zeugen. Denn wenn Sie, lieber Leser, das fertige Buch in Händen halten, bin ich höchstwahrscheinlich längst tot.

ENDE

Chris Pavone

Das Manuskript

Chris Pavone

Das Manuskript

Thriller

Aus dem Amerikanischen
von Andrea Brandl

Piper München Zürich

Mehr über unsere Autoren und Bücher:
www.piper.de

Die amerikanische Originalausgabe erschien 2014 unter dem Titel »The Accident« bei Crown Publishers.

MIX
Papier aus verantwortungsvollen Quellen
FSC® C083411

ISBN 978-3-492-06002-8

Satz: Kösel Media GmbH, Krugzell
Gesetzt aus der Centennial
Papier: Danube extra white FSC, Salzer/St. Pölten, Austria
Druck und Bindung: CPI books GmbH, Leck
Printed in Germany

Für Mem

Ist Erfolg ohne irgendeinen Akt des Verrats
überhaupt möglich?
Jean Renoir

Prolog

Er schreckt aus dem Schlaf, wendet abrupt den Kopf, lässt den Blick durch den Raum wandern, über die dunkelsten Schatten im bläulichen Schein des Mondes. Dann setzt er sich kerzengerade im Bett auf und lauscht, hellwach, mit schief gelegtem Kopf. Schließlich streckt er die Hand aus und greift nach der Waffe.

Als die Schlaftrunkenheit allmählich von ihm abfällt, wird ihm bewusst, was ihn geweckt hat. Die Waffe wird ihm auch nicht weiterhelfen. Er legt sie auf das Tischchen zurück, direkt neben die obligatorische Wasserflasche. Er nimmt sie und trinkt einen Schluck, doch sein Magen rebelliert, und es dauert mehrere Sekunden, bis er hinunterschlucken kann.

Er geht den Korridor entlang in den Raum, der ihm als Arbeitszimmer dient. Bis auf einen Schreibtisch und einen Stuhl vor dem Fenster ist er leer. Der Mond spiegelt sich im Zürichsee, der sich nur einen Block von dem Backsteinhaus im viktorianischen Stil entfernt befindet. Überall wachsen Glyzinien, deren Duft durch die Fenster hereinströmt und selbst die dicken Mauern zu durchdringen scheint.

Er bewegt die Maus, tippt sein Passwort ein und geht auf das Mediaplayer-Symbol, um die Liveübertragung der Videokamera auf den Bildschirm zu holen. Die an der Zimmerdecke eines dunklen Raums montierte Kamera ist auf eine Frau gerichtet, die im Bett sitzt und liest. Sie zieht an ihrer Zigarette, dann schnippt sie die Asche in einen großen Glasaschenbecher.

Er wendet den Blick ab und drückt eilig ein paar Ziffern

auf einem kleinen Tastenfeld unterhalb der Schreibtischplatte. Mit einem leisen Klicken öffnet sich das Schloss der Schreibtischschublade.

Er zieht einen mit einem grünen Gummiband versehenen Papierstapel heraus, blättert durch das erste Drittel bis zu der Szene, nach der er sucht, blättert zehn Seiten vor, dann noch einmal fünf, dann zwei Seiten zurück. Mit dem Finger fährt er die Seite 136 entlang, bis zum Ende, zu der Stelle, die er im Schlaf klar und deutlich vor sich gesehen hat. Ein Wort. Nur ein einziges Wort.

Ich.

Er dachte, er hätte alle erwischt.

Die aktuelle Version des Manuskripts ist bereits die dritte; und sie wird die letzte sein. Die erste Version war in der Ich-Perspektive geschrieben, allerdings war nicht er selbst der Erzähler. Bei dem Buch handelte es sich um die Memoiren einer anderen Person, jedoch von einem Ghostwriter – oder Co-Autor, die genaue Sprachregelung war noch nicht geklärt – zu Papier gebracht.

Aber dann änderten sich die Umstände. Beim zweiten Versuch hat er die Erzählperspektive verändert und alles aus seiner Sicht, *seiner* Ich-Perspektive geschildert – *Ich habe dies getan, ich habe jenes gesehen* –, um dem Ganzen mehr Aufrichtigkeit und Transparenz zu verleihen.

Doch nachdem er ENDE unter die letzte Seite gesetzt und noch einmal alles durchgelesen hatte, gelangte er zu dem Entschluss, ein weiteres Mal alles zu ändern. Er beschloss, sich in die Position des allwissenden Anonymen zu begeben, den Keim des Zweifels darüber zu säen, wer der wahre Verfasser des Buches sein könnte. Um sich selbst die Chance zu geben, am Leben zu bleiben. Also hat er das gesamte Manuskript ein drittes Mal überarbeitet und alles in die dritte Person gesetzt – *Er fuhr um eine*

TEIL I

MORGEN

Kapitel 1

Kurz vor Anbruch der Dämmerung schlägt Isabel Reed die letzte Seite auf. Nach der Hälfte der Seite bleibt ihr der Mund offen stehen, ihr Herzschlag beschleunigt sich. Ihre Augen fliegen förmlich über die Zeilen, immer schneller, angetrieben vom verzweifelten Wunsch, endlich Gewissheit zu haben, ihren Verdacht bestätigt zu sehen. Sie saugt scharf den Atem ein und liest die letzten Zeilen.

Dann starrt sie auf das letzte Wort, den kleinen schwarzen Punkt. Starrt.

Schließlich lässt sie den Atem entweichen. »O mein Gott«, stößt sie hervor, erschüttert über die Ungeheuerlichkeit, die Tragweite dessen, was sie gerade gelesen hat; enttäuscht, weil ihr die erhoffte Bestätigung verwehrt blieb; entsetzt über die Gefahr, die das Manuskript darstellt. Und, was am allerschlimmsten ist, zutiefst verletzt über das Ausmaß des Verrats. Und noch dazu mehrfach.

Sie legt die letzte Seite auf den dicken Papierstapel neben dem zerdrückten Zigarettenpäckchen und dem überquellenden Aschenbecher – ein sarkastisches Geburtstagsgeschenk eines passiv-aggressiven Nichtraucherkollegen. Sie nimmt das Manuskript, dreht es um und streicht die Seiten mit den Daumen glatt. Ihre Hände zittern. Sie holt tief Luft, um sich ein wenig zu beruhigen, und platziert den Stapel auf ihrem Schoß. Vier Worte prangen zentriert auf der ersten Manuskriptseite:

DER UNFALL

von Anonymus

Blicklos starrt sie auf das Panoramafenster an der gegenüberliegenden Wand, schwarz und feindlich trotz der halb zugezogenen Jalousien, eine gähnende Leere, die in den Kokon ihres Schlafzimmers einzudringen scheint. Die kugelförmige Leselampe über dem Kopfende des Bettes ist direkt auf sie gerichtet. In der dunklen Fensterscheibe wirkt es, als schwebe der Lichtkegel unmittelbar über ihrem Gesicht, eine winzige Sonne, die ihren Kopf wie ein Heiligenschein umrahmt. Als wäre sie ein Engel. Aber das ist sie nicht.

Sie spürt, wie sich ihr Körper versteift, ihr Kiefer und ihre Schultern sich anspannen, als die Wut hochkocht. Sie kämpft dagegen an, beißt sich auf die Lippe, ringt um Beherrschung.

Schließlich schlägt sie die Bettdecke zurück und setzt sich auf. Seit Stunden ist sie in derselben unbequemen Position verharrt, deshalb fühlen sich ihre Beine und ihr Rücken ganz steif an – alt, um genau zu sein. Sie schwingt die Beine über die Bettkante und tastet nach ihren Hausschuhen.

An der Wand sind Metallregale angebracht, Meter um Meter Manuskripte von Autoren, deren Namen sie mit dickem Filzstift auf die Stapelseiten geschrieben hat. Tausende und Abertausende Seiten, die Unterhaltung und Information in jeglicher Form und Ausprägung versprechen, verfasst von Autoren mit unterschiedlichster Schreibfähigkeit und erzählerischem Talent.

Neuerdings scheinen alle jüngeren – und auch manche der älteren – Kollegen Manuskripte und Exposés nur noch auf E-Readern zu lesen, doch ihr erscheint es unnatürlich und seltsam, mit einem schmalen elektronischen Gerät in der Hand dazusitzen. Isabel gehört jener Generation an, die den modernen Technologien mit einem instinktiven

Widerwillen gegenübersteht. Zu Beginn ihrer Karriere stand noch nicht einmal ein Computer auf ihrem Schreibtisch. Ein Jahr später schon.

Vielleicht legt sie sich ja nächstes Jahr auch so ein Ding zu, aber bis es so weit ist, liest sie die Manuskripte lieber auf Papier, blättert Seiten um, versieht sie mit Randbemerkungen, stapelt die papiernen Türme rings um sich auf, wie eine Festung gegen den gnadenlosen Vormarsch des Fortschritts. Bei *Der Unfall* hatte sie gar keine andere Wahl – im Gegensatz zu all den anderen neuen Projekten, die ihr in elektronischer Form zugetragen werden, lag dieses Manuskript lediglich auf Papier ausgedruckt vor.

Sie schlurft durch den dunklen Korridor in die Küche, schaltet das Licht an, legt den Schalter der Kaffeemaschine von AUTO auf ON, woraufhin sie sofort und nicht, wie geplant, erst in einer Stunde summend zum Leben erwacht. Dann macht sie den Fernseher an.

Isabel hat das Manuskript fieberhaft gelesen, angefangen mit der ersten Seite am Morgen im Büro, bis Seite zweihundert und ein paar Zerquetschten am Abend zu Hause, angetrieben von der Hoffnung, irgendeine Unstimmigkeit zu entdecken, ein Detail, das ihren dumpfen Verdacht zerstreuen könnte. Vergeblich. Gegen elf schlief sie darüber ein, wachte aber um zwei Uhr früh wieder auf, weil ihre Gedanken offenbar keine Ruhe fanden. »Ich konnte das Buch nicht mehr aus der Hand legen.« Oder: »Ich habe die ganze Nacht durchgelesen.« Oder: »Ich hatte es innerhalb von nur einem Tag komplett durch.« Das sind Standardformulierungen in der Buchbranche. Und diesmal treffen sie alle zu.

Um zwei Uhr nahm sie das Manuskript wieder zur Hand und las weiter, Seite um Seite, die ganze Nacht hindurch. Vage Erinnerungen an die Zeit, als Tommy noch klein war, kamen währenddessen hoch; Erinnerungen an Nächte, in denen sie hellwach war, während der Rest der Welt in seligem Schlummer lag. Menschen, die gewohnheitsmäßig um vier Uhr wach sind, haben meist gute Gründe dafür. Es ist eine Zeit, in der man Sex hat oder sich um seine Kinder kümmert, in jenen dunklen frühen Morgenstunden, wenn die Nacht wie eine schwere Decke über der Stadt liegt und jedes Geräusch verschluckt, bis auf das rhythmische Rattern eines Güterzugs in New Jersey oder das ferne Heulen einer Sirene, das durch die Mottenlöcher zu dringen scheint, und schließlich das dumpfe Klatschen der Morgenzeitung, die auf der Fußmatte landet und das Ende der Nacht einläutet, obwohl es draußen noch dunkel ist.

Nichts auf diesen qualvollen vierhundertachtundachtzig Seiten schien falsch zu sein. Sie steht vor dem Fernseher und starrt auf das Gesicht des Nachrichtensprechers, während ihre Gedanken wieder zu Wolfe schweifen – dieser gottverdammte Dreckskerl.

Abermals kocht die Wut in ihr hoch; sie spürt, wie sie die Beherrschung verliert …

Aus einem Impuls heraus schleudert sie die Fernbedienung quer durch die Küche. Sie knallt gegen den Kühlschrank und landet mit einem lauten Krachen auf dem Fußboden. Das metallische Klappern der Batterie hallt in der nachfolgenden Stille wider. Sie kullert über den gefliesten Boden, bis sie mit einem mutlosen Klicken gegen die Fußbodenleiste schlägt und liegen bleibt.

Isabel spürt Tränen über ihre Wangen kullern.

Fauchend spuckt die Kaffeemaschine die letzten Tropfen aus. Isabel sieht, wie die Ziffern auf der Digitalanzeige der Kaffeemaschine von 05:48 auf 05:49 Uhr springen. Die Maschine steht in einer Ecke der perfekt aufgeräumten Arbeitsplatte, eine Studie der Rechtwinkligkeit und Perfektion aus gebürstetem Stahl. Isabel ist eine leidenschaftliche Verfechterin harmonischer Ausrichtung; manche würden ihren Hang sogar als fanatisch bezeichnen.

Sie öffnet den Kühlschrank, in dessen Tür eine deutlich sichtbare Delle vom Aufprall der Fernbedienung prangt, und tritt mit dem Fuß die Plastiküberreste beiseite. Dann nimmt sie die Tüte mit der Magermilch heraus, gibt einen Schuss in ihren Becher, gießt die heiße, bittere Flüssigkeit darauf und wappnet sich innerlich für den Koffeinkick. Sie nimmt einen kleinen Schluck, dann einen etwas größeren, schenkt nach und wischt sich mit dem Handrücken die Tränen ab.

Sie geht den Korridor entlang, vorbei an den Familienfotos, die sie ausgegraben hat, als sie aus ihrem Familienheim aus- und in dieses Singleapartment gezogen ist; in einem neuen Viertel, weit weg von den schmerzlichen Erinnerungen an ihr altes Zuhause – ihr altes Leben – in Downtown, wo sie an jeder Ecke Müttern, häufig mit ihren Kindern im Schlepptau, in die Arme lief. Frauen, die sie vom Spielplatz, aus den Kindergeschäften und den Mami-Kind-Musikkursen kannte, aus dem Fitnessstudio, dem Bioladen, den Cafés, aus der Kindertagesstätte und dem Wartezimmer des Kinderarztes. All die kleinen Kinder, die immer größer wurden, all die Emmas und Stellas in ihren karierten Kleidchen, die Ashers und Amoses mit ihren Wuschelköpfchen und ihren niedlichen Jeans und all die selbstzufriedenen, gut situierten Eltern mit ihren schicken Stadtwohnungen, die vor Stolz auf die Fähigkeiten ihrer frühreifen Sprösslinge beinahe platzen.

Sie hat sich eine Zweizimmerwohnung mit Garage, Hausmeisterservice und allem, was dazugehört, gekauft – die Art Wohnung, die sich eine Frau zulegt, wenn sie sich damit abgefunden hat, dass sie ihr Heim nie wieder mit einem anderen menschlichen Wesen teilen wird. Inzwischen ist sie in diesem Alter und in der Lebensphase, in der man begreift, dass es nun einmal so ist und wohl auch so bleiben wird, bis man stirbt. Sie gibt sich Mühe, sich ihre Einsamkeit so behaglich wie möglich zu gestalten. Palliativpflege, sozusagen.

Wäre sie nicht auf Katzen allergisch, hätte sie sich vermutlich längst zwei Stubentiger zugelegt, die sie aus ihren Verstecken heraus argwöhnisch beäugen würden.

Isabel hat die Wände der hübschen Diele – mit Parkettboden, Stuck an der Decke und Steckdosen überall dort, wo sie sie haben wollte – mit gerahmten Fotos bestückt. Da ist sie, ein niedliches, lächelndes Kleinkind auf dem Arm ihrer geradezu tragisch schönen Mutter im Central Park, auf dem Spielplatz in der Nähe des Museums, gerade einmal zwei Blocks von der Riesenwohnung in der Park Avenue entfernt, die sich ihre Eltern eigentlich gar nicht leisten konnten. Ein Foto zeigt sie an der Hand ihres Vaters, einem Mann ohne ein Fünkchen Ehrgeiz, zu Schulbeginn der vierten Klasse im Hudson Valley, nachdem sie »aufs Land«, sprich in das alte Familienanwesen, gezogen waren und hektarweise Teile des riesigen Grundstücks verkauften, um ihren Lebensunterhalt davon zu bestreiten. Schließlich ein Foto von ihr im Talar und dem schwarzen Hütchen, als Jahrgangsbeste, aber nicht auf dem Weg nach Harvard, Yale oder sonst einer erstklassigen Uni, sondern mit der Zusage eines zweit- oder gar drittklassigen privaten Colleges in der Tasche, weil dort ein Stipendium inklusive Unterbringung und Verpflegung angeboten wurde und es nur wenige Autostunden vom Haus ihrer Eltern entfernt lag, was ihnen hohe Fahrtkosten ersparte.

Ihre Eltern nannten sie immer Belle; das tun sie sogar heute noch. Aber als sie erst einmal groß genug war, um die Bedeutung des Namens zu verstehen, ertrug sie es nicht, so genannt zu werden, sondern bestand darauf, dass alle Isabel zu ihr sagten.

Isabel hatte vorgehabt, ein Aufbaustudium in Amerikanischer Literatur zu absolvieren und möglicherweise eine Karriere als Dozentin an der Uni anzusteuern. Doch diesen Plan hatte sie geschmiedet, bevor sie begriffen hatte, was es bedeutete, knapp bei Kasse zu sein. Also nahm sie einen, wie sie glaubte, vorübergehenden Job in einem Verlag an – ein alter Schulfreund ihres Vaters war mittlerweile ein berühmter Herausgeber –, in der irrigen Annahme, innerhalb von einem, maximal zwei Jahren genug Geld für die Uni zusammensparen zu können. Die Branche florierte, sie feierte bescheidene Erfolge und arbeitete in einem angenehmen Umfeld, eines führte zum anderen, und mit fünfundzwanzig dachte sie nicht mehr an ein weiterführendes Studium an der Uni. Oder zumindest so gut wie nie.

Auf einem Foto steht sie im kleinen Schwarzen bei einer Buchpreisverleihung und nimmt die Auszeichnung im Namen eines Autors an, der zu dieser Zeit in Südamerika weilte, wieder mal auf der Jagd nach einer weiteren heißen Story. Auf einem anderen sieht man sie strahlend in einem weißen Brautkleid inmitten der Hochzeitsgäste – die sechsunddreißigjährige Braut mit ihren Brautjungfern bei der Hochzeit mit einem Mann, den sie erst acht Monate zuvor kennengelernt hat, nur allzu bereit, die Augen vor seinen offensichtlichen Fehlern zu verschließen, vor seinen Charakterzügen, auf die ihre Freunde sie aus Loyalität nicht aufmerksam gemacht haben, sondern erst im Nachhinein, als alles längst zu spät war.

Dieser elende Mistkerl.

Selbst jetzt kann sie nur staunen, wie schnell die Jugend vorüber war, mit welcher Geschwindigkeit die Zahl der

Optionen abgenommen hat. Zwei falsche Entscheidungen – ein Typ, von dem sich herausstellte, dass er sich niemals auf eine feste Bindung einlassen würde, ein zweiter, der sich als komplettes Arschloch entpuppte –, und schon reduzierten sich die schier unendlichen Möglichkeiten einer Endzwanzigerin auf eine reichlich überschaubare Zahl an Alternativen einer Mittdreißigerin, die sie zwang, sich auf jeden halbwegs normal wirkenden Kerl einzulassen, der sie in einer Bar oder bei einer Party ansprach. Manchmal, wenn der Typ grenzwertig war oder sie befürchten musste, am Ende ihrer Liaison auf den Schutz eines Decknamens zurückgreifen zu müssen, stellte sie sich bloß mit ihrem zweiten Vornamen vor; im Lauf der Jahre gab es etliche Männer in ihrem Leben, die ihren wahren Namen nicht kannten. Und bei den meisten war sie heilfroh, zu diesem Täuschungsmanöver gegriffen zu haben.

Dann ein weiteres Foto von ihr, in einem Krankenhausbett mit Tommy in den Armen, einem winzigen Kerlchen mit zornrotem Gesicht und einem blauen Mützchen auf dem kleinen Kopf. Nach den obligatorischen drei Monaten ging Isabel wieder zur Arbeit, aber die Situation hatte sich grundlegend verändert. Ihr Ehemann verdiente auf einmal unverschämt viel Geld, deshalb engagierte Isabel zusätzlich zum Kindermädchen auch noch eine Haushälterin und führte ein Leben, um das einen die meisten Menschen beneiden würden: Viertagewoche, ein neuer Wagen, um von der tadellos sauberen Loftwohnung in ein hübsches Strandhäuschen zu gelangen, ein perfektes Baby und einen witzigen, geschäftstüchtigen Ehemann.

Und dann …

Vor dem letzten Foto, einer kleinen Schwarz-Weiß-Aufnahme in einem weißen Passepartout, bleibt sie stehen. Es zeigt einen lachenden Jungen an einem Kiesstrand, der mit Schwimmflügeln an den Ärmchen ins Wasser läuft. Isabel legt sich die Finger an die Lippen, drückt einen liebevollen Kuss darauf und presst sie auf das Glas des Bilderrahmens. So wie jeden Morgen.

Sie geht weiter ins Badezimmer. Währenddessen knöpft sie ihre Flanelljacke auf und löst den Verschluss der Schlafanzughose, die an ihren Beinen hinunterrutscht. Dann streift sie ihr Höschen ab. Auf dem Boden bleibt ein baumwollenes Häufchen zurück.

Der heiße Wasserstrahl prasselt erbarmungslos auf ihre müden, verspannten Schultern herunter. Dampfschwaden ziehen aus dem Bad ins Ankleide- und weiter ins Schlafzimmer. Das Wasser läuft ihr in die Ohren und übertönt sämtliche Geräusche, die des Fernsehers, der ganzen Welt. Was auch immer in ihrer Wohnung einen Laut von sich geben könnte, sie hört es nicht.

Was soll sie mit dem Manuskript anstellen? Sie leckt sich die Oberlippe ab, dreht sich unter dem heißen Strahl, bewegt sich hin und her, verlagert das Gewicht ihres Körpers. Verzweifelt, wehrlos. Verstört. Alles prasselt auf sie nieder, der Duschstrahl, das Manuskript, der Junge, die Vergangenheit, die alte Schuld vermischt mit der neuen Schuld, jene neuen, alles erschütternden Wahrheiten und die Angst um ihre Karriere und womöglich sogar um ihr Leben.

Sie steigt aus der Dusche, schlüpft in einen weichen weißen Bademantel und frottiert sich die Haare. Dann tritt sie vor den beschlagenen Spiegel, fährt mit der Hand über die Oberfläche, betrachtet ihr müdes Gesicht mit den verquollenen, blutunterlaufenen Augen und den tiefen Furchen in den Augenwinkeln. Die gleißende Beleuchtung kennt keine Gnade. Sie hat sich schon vor langer Zeit daran gewöhnt, dass sie nicht gut schläft. Das hat zahlreiche Gründe. Aber mit jedem Jahr wird es schwieriger, die körperlichen Spuren zu verdecken.

Aus der Küche dringen die Nachrichten – oder das, was alle dafür halten –, unwichtiges Gerede über dramatische Umsatzrückgänge an den Kinokassen, Meldungen über eheliche Schlammschlachten oder den Drogenmissbrauch von irgendwelchen Prominenten. Der Dampf legt sich wieder über den Spiegel. Sie sieht zu, wie dicke Kondenstropfen über die glatte Oberfläche rinnen und eine Schneise der Klarheit schlagen, feine Linien, die einen Blick auf ihr Spiegelbild gewähren …

Etwas ist anders. Der Schreck fährt ihr in sämtliche Glieder, mit hitchcockartiger Schärfe, als etwas aufblitzt. Das Licht ist anders als vorher, an der Stelle, wo nun Dunkelheit herrscht. Ein Schatten …

Aber da ist nichts. Nur der Schein des Fernsehers im Schlafzimmer, weitere internationale Nachrichten des vergangenen Tages. Von heute. Heute muss sie sie in einem völlig neuen Licht betrachten. Ab sofort und für immer.

Sie zieht sich an: einen dunkelblauen Rock mit einer weißen Bluse, flache Schuhe – das typische Outfit für jemanden, der gut aussehen möchte, ohne sich zwingend einem Modediktat zu unterwerfen. Sie föhnt sich die Haare, bürstet sie und trägt Make-up auf. Sie setzt ihre Kontaktlinsen ein, dann betrachtet sie sich im Spiegel – haselnussbraune Augen, die nicht verhehlen können, dass sie die Lebensmitte erreicht hat. Sie stößt einen frustrierten Seufzer aus. Auch das beste Make-up kann die Spuren von nur drei Stunden Schlaf nicht einfach verschwinden lassen.

Ihr Blick fällt erneut auf die erste Seite des Manuskripts. Kontaktadresse des Autors: 40004026@worldmail.net. Sie tippt eine weitere Mail – zwei Stück hat sie in den vergangenen zwölf Stunden bereits geschrieben. »Ich bin fertig. Wie kann ich Sie erreichen?« Sie drückt auf »Senden« und sieht zu, wie Sekunden später die nervtötende Nachricht eingeht, der Empfängername sei unbekannt.

Das ergibt doch keinerlei Sinn. Wer würde sich die Mühe machen und so ein Manuskript verfassen, dann aber nicht erreichbar sein? Sie wird es einfach weiter versuchen. Bestimmt handelt es sich bloß um ein technisches Problem, das sich über kurz oder lang lösen lässt. Sie blickt auf ihren Laptop, die verschiedenen Grauschattierungen der Fenster auf dem Bildschirm, das silberfarbene Gehäuse. Das runde schwarze Ding am oberen Rand, die eingebaute Kamera, die sie nie benutzt.

Sie könnte das Manuskript im Kamin verbrennen, jetzt gleich, mit einem dieser überlangen Anzündhölzer, die ihre geizige Tante ihr zur Wohnungseinweihung geschickt hatte. Sie könnte einfach so tun, als hätte sie es nie bekommen, nie gelesen. Es einfach vergessen.

Oder sie könnte sich an die Behörden wenden, erklären, was vorgefallen war, und den Rest ihnen überlassen. Aber welche Polizei? Die CIA ganz bestimmt nicht. Das FBI?

Sie könnte auch die Medien einschalten – die *New York Times*, *CNN*. Oder sogar Wolfe. Das könnte interessant werden.

Oder sie könnte den Präsidenten anrufen; es zumindest versuchen. Sie überlegt einen Moment lang, ob sie, eine bekannte Literaturagentin aus einer berühmten Agentur, den Präsidenten der Vereinigten Staaten von Amerika an die Strippe bekommen würde. Wohl eher nicht.

Oder sie könnte das tun, was sie eigentlich tun *sollte*. Und auch tun will: dieses Ding auf den Markt bringen, schnell und ohne großes Aufheben, in der Hoffnung, sich dadurch zu schützen. Und dass die Wellen, die dieses Buch schlagen wird – die Brisanz der Story und das Gewicht ihrer Vorwürfe –, als Schutz für sie dient, daran besteht kein Zweifel. Schließlich kann sie nicht vor den Augen der ganzen Welt verhaftet – oder gar getötet – werden. Oder?

Sie greift nach ihrem Handy, nimmt eine Zigarette aus der Silberschatulle auf dem Kaminsims, über dem ihr einziges echtes Kunstwerk hängt – dem typischen Ehrenplatz für Kostbarkeiten wie diese. Dann tritt sie auf die Terrasse, zündet sich die Zigarette an, nimmt einen tiefen Zug und bläst den Rauch in den Himmel. Sie lehnt sich gegen die Brüstung und blickt auf das düstere, bedrohliche Schwarz und Grün des Central Park und auf die Skyline der Fifth Avenue. Im Nordosten erscheint bereits der orange Feuerball am azurblauen Himmel. Die Aussicht von hier oben ist spektakulär, hoch oben, auf der mit Pflanzen bestückten Terrasse ihrer Wohnung, die von einem Innenausstatter eingerichtet wurde und in weichen, gedämpften Tönen gehalten ist. Es hat den Anschein, als würde sie ein sehr angenehmes Leben führen.

Ihr ist vollkommen klar, dass dieses Manuskript unweigerlich auf ihrem Schreibtisch landen musste. Sie ist die Richtige für diese Art von Projekt. Und es liegt auch auf der Hand, welcher Lektor dafür sorgen wird, dass dieses Manuskript auf den Markt kommen wird – ein enger Freund, dem noch nie eine Verschwörungstheorie zu absurd war, auch wenn sie – oder der Autor – noch so verrückt war. Früher hatte er mit dieser Art Bücher bemerkenswerte Erfolge, selbst mit seinen weniger verrückten Autoren. Offensichtlich gibt es da draußen eine ziemlich breite Leserschaft, die sich jenseits der Grenzen geistiger Zurechnungsfähigkeit durchaus wohlzufühlen scheint. Bestimmt würde er gern ein weiteres dieser Bücher veröffentlichen. Vor allem dieses hier, über diese Leute.

Isabel kämpft gegen die Angst an, die erneut in ihr aufbrandet. Sie nimmt einen letzten Zug, drückt den glühenden Stummel aus und schnippt den einigermaßen harmlosen Fiberglasfilter in die Luft, wo er eine Sekunde lang reglos verharrt wie Wile E. Coyote über einem Abgrund, ehe er in die Tiefe fällt.

Sie scrollt durch ihr Handyverzeichnis bis zur richtigen Nummer, dann drückt sie die Wähltaste.

Kapitel 2

Hayden legt ein Lesezeichen in den Einführungsband über Island und platziert ihn auf seinem Notizblock. Daneben befindet sich ein Stapel Nachschlagewerke, teils halbwegs neue Handbücher mit Vinyleinband, teils Taschenbücher in diversen Stadien des Zerfalls und von Klebeband, Malerkrepp oder einem dicken Gummiband zusammengehalten. Neuerdings stehen all diese Nachschlagewerke auch in elektronischer Form zur Verfügung, aber Hayden bevorzugt nach wie vor richtige Bücher, deren Seiten er auf der Suche nach einem bestimmten Wort, einem Bild, etwas Handfestem überfliegen kann. In seinen Augen verstärkt die Mühsal der Suche den Lerneffekt. Das Wissen, das er sich in seinen verbleibenden Lebensjahren noch aneignen kann, ist nicht unbegrenzt, das ist ihm inzwischen klar geworden, daher will er sich umso mehr anstrengen.

Er legt sich auf den Boden, macht fünfzig Liegestütze und fünfzig Sit-ups, sein allmorgendliches Mini-Work-out. Dann zieht er sein Oberhemd an, schiebt die emaillierten Manschettenknöpfe durch die Knopflöcher und bindet seine Paisleykrawatte. Schließlich schlüpft er in sein Sportjackett und betrachtet sich im Spiegel, zupft das Einstecktuch in der Brusttasche zurecht.

Einstecktücher trägt er bereits seit seinem ersten Auslandsjob, ein schlichtes weißes Leinentuch. Er wollte wie ein junger, angepasster, ehrgeiziger amerikanischer Staatsdiener wirken, der auf direktem Weg von Groton über Harvard nach Europa gekommen war, stets mit einem weißen, ordentlich gefalteten Tuch in der Brusttasche seines Jacketts. Er kann sich nur wundern, wie viele der Entscheidungen von damals, als sein ganzes Leben noch vor ihm zu liegen schien, sich letztlich doch als endgültig entpuppt haben – Berufswege, Hobbys, Ehefrauen beziehungsweise ihr Mangel daran, politische Überzeugungen, literarischer Geschmack, Frisuren. Und Einstecktücher.

Die Sonne scheint durch die Terrassentüren und taucht die gebeizten Bodendielen, die weiß getünchten Backsteinwände, die weißen Sofas und Sessel und die obligatorischen dänischen Teakholzmöbel in helles Licht. In der Küche ist es wegen all der funkelnden und spiegelnden Gerätschaften so hell, dass es beinahe blendet.

Tiefe Furchen und Risse durchziehen die hölzerne Eingangstür mit ihren kunstvollen Schnitzereien; im Lauf der Jahrzehnte wurde sie immer wieder mit Lackschichten in den verschiedensten Schattierungen versehen, unter denen an einigen Stellen eine hellgrünliche, an anderen eine dunkelblaue Grundierung zum Vorschein kommt. Er zieht ein Streichholzbriefchen aus der Tasche, nimmt ein Papphölzchen heraus und klemmt es, wenige Zentimeter über einem langen Riss im Holz, zwischen Tür und Pfosten.

Durch die Baumkronen wirft die Sonne ein getupftes Muster aus Licht und Schatten auf die Straße. Vögel zwitschern. Haydens Fahrrad steht inmitten von mehreren Dutzend anderen Rädern in einem überfüllten Ständer. Es sind nur wenige Häuserblocks bis zum königlichen Palast Amalienborg. Er schwingt sich in den Sattel und radelt gemütlich durch die stillen Straßen bis zu dem eindrucksvollen Backsteinbau in der Kronprinsessegade, der die weltberühmte David'sche Sammlung beherbergt und eine der wichtigsten Anlaufstellen auf dem Kontinent für sein jüngstes Steckenpferd, die islamische Kunst, ist. Die nächste halbe Stunde bringt er damit zu, die mittelalterlichen Artefakte aus dem Emirat von Córdoba zu begutachten – aus einer Ära, als es noch zu den bedeutendsten und größten Städten Westeuropas gehört hatte. Ausgerechnet Córdoba.

Hayden Gray ist Kulturattaché. Er hat ein luxuriöses Büro in Berlin, dreihundert Meilen südlich von hier, in der Amerikanischen Botschaft am Pariser Platz, direkt neben dem Brandenburger Tor. Sein Hauptwohnsitz befindet sich immer noch in München, doch sein neues Aufgabengebiet verlangt, dass er sich regelmäßig in Berlin aufhält und dort ein Büro unterhält. Natürlich hat ihn Berlin schon immer fasziniert; das ist in seiner Branche völlig logisch. Los Angeles hat die Filmindustrie, Paris die Mode, und Berlin steht für Spionage. Die Stadt selbst ist allerdings nicht sonderlich attraktiv, und das Aufregende an ihr – die quirlige, junge Kultur, die Lebenshaltungskosten, die eher zu einem Entwicklungsland als zu einer europäischen Großstadt passen würden, und die schier grenzenlose Lebendigkeit des Nachtlebens – übt keinen sonderlichen Reiz auf ihn aus, deshalb hat er kein Interesse, dauerhaft dort zu bleiben.

Er schwingt sich wieder auf sein Rad und fährt weiter, vorbei am üppigen Grün des Königsparks bis in den Bezirk Nørrebro mit seiner bunten Mischung aus jungen Künstlern und Immigranten, alternativ angehauchten Bars und Kebabbuden. Er steigt vom Rad und schließt es ab, gerade als die ersten Tropfen vom Himmel fallen, zuerst vereinzelt, dann immer mehr.

Er öffnet die auf Hochglanz polierte Tür, erklimmt die lange Treppe und betritt die Wohnung, die trotz der hohen Decken und riesigen Fenster etwas schäbig wirkt. Sie ist kaum möbliert. Der Mietvertrag für die Wohnung, in der er die letzten Nächte geschlafen hat, besteht bereits seit einer halben Ewigkeit – seit fünfundzwanzig Jahren, um genau zu sein –, doch diese Wohnung in der Nørrebrogade wurde im Eiltempo vergangene Woche von der Frau angemietet, die mit einem Fernglas in den Händen am Fenster sitzt.

»Hallo«, begrüßt sie ihn, ohne sich umzudrehen. Sie kann sein Spiegelbild in der Fensterscheibe erkennen.

»Und? Gibt's etwas Neues?«

»Nein. Gähnende Langeweile.«

Hayden tritt ans Fenster und blickt über das Kabelnetz der Straßenbeleuchtung, dann hinunter zu der Ladenfront im Erdgeschoss und der Wohnung im ersten Stockwerk.

Sie mustert ihn von oben bis unten. »Hübsche Krawatte«, bemerkt sie. »Hast du etwas Interessantes für mich?«

»Aber immer. Mal überlegen … Ah ja, das ist gut: Thomas Jefferson und John Adams sind am selben Tag gestorben.«

»Du meinst dasselbe Datum?«

»Nein, es war exakt am selben Tag. Am 4. Juli 1826.«

»Ausgeschlossen.«

»Es stimmt aber.«

»Wow. Das ist eine Neun, würde ich sagen.«

»Und was muss ich tun, um eine Zehn zu kriegen?«

»Das kann ich dir genau dann sagen, wenn ich es höre.« Sie wendet sich wieder zum Fenster um.

Er nimmt seine Hornbrille ab und poliert sie mit seinem Einstecktuch, dann hält er sie ins Licht, um sicherzugehen, dass sie auch wirklich sauber ist. »Das dauert wirklich lange«, sagt er, mitfühlend, wie er hofft.

»Eine Ewigkeit.«

Hayden weiß, dass sie am liebsten nach Hause zurückkehren würde. Nach Paris. Zurück zu ihrem Ehemann, ihren Kindern und ihrer tollen Wohnung in Saint-Germain-des-Près. Seit über einem Monat reist sie kreuz und quer durch Europa, um nach einem ganz bestimmten Mann zu suchen, einem gerissenen und sehr gefährlichen Mann, der sich sorgsam versteckt hält.

»Wieso muss ausgerechnet ich hier sein?«

Er sieht einer auffallend hübschen Frau zu, die langsam durch den Regen radelt, eine Hand am Lenker, in der anderen einen Schirm, mit dem sie jedoch nicht nur sich selbst vor den Tropfen schützt, sondern auch die große Holzwanne über dem Vorderrad, in der drei kleine Kinder mit farblich zueinanderpassenden Mützen sitzen.

»Ich meine, ich spreche weder Dänisch, noch kenne ich mich in Kopenhagen aus. Ich weiß ja noch nicht mal viel über den Typen, den wir suchen«, fügt sie hinzu.

Am Fenster des Hauses gegenüber sitzt der schmuddelige Mann an seinem Schreibtisch, wie immer mit dem Profil zu ihnen. Jens Grundtvig, Teilzeitstudent, Teilzeitautor und Beinahe-Vollzeitkiffer, tippt entweder auf seinem Computer, manchmal bewegt er auch bloß seine Maus hin und her, recherchiert, telefoniert, sucht nach Zitaten und überprüft Fakten. Allem Anschein nach verpasst Grundtvig der Arbeit von jemand anderem den letzten Schliff, und Haydens Aufgabe besteht darin, diesen Jemand aufzustöbern. Nach drei Monaten ist Jens Grundtvig Haydens einzige brauchbare Spur.

»Weil ich deinem Instinkt vertraue«, antwortet er. »Und um es mit dem wunderbaren Marcel Proust zu sagen: Du, meine Liebe, bist der liebenswerte Gärtner, der meine Seele zum Blühen bringt.«

Sie schnaubt. Natürlich ist ihr bewusst, dass das teilweise richtig sein mag, im Grunde jedoch Unsinn ist, aber Hayden wird ihr ohnehin nicht die Wahrheit verraten. Sie akzeptiert es, im Dunkeln gelassen zu werden; das ist Teil ihres Arrangements.

Wie immer ist die Wahrheit kompliziert. Und die Wahrheit ist, dass diese Operation vollständig verdeckt abläuft. Es gibt keinerlei Aufzeichnungen und Berichte über sie. Sämtliche Ausgaben – das Gehalt der Frau in dieser Wohnung, der beiden Männer an den jeweiligen Ecken des Häuserblocks und der beiden anderen, die gerade freihaben – werden allesamt von einem Schweizer Konto bezahlt. Sie sind alle heimliche Mitarbeiter; Unbekannte, die in keinem Bericht in Erscheinung treten.

»Du bist eine Heldin.« Hayden tätschelt ihr die Schulter.

»Das erzähle ich meinem Mann auch immer. Aber er glaubt mir einfach nicht.«

»Eine Heldin, Kate, und eine Märtyrerin.«

Kapitel 3

Das Läuten des Telefons, jenes unangenehme Schrillen, das verschlafene Termine oder irgendwelche anderen schlechten Nachrichten bedeuten konnte, reißt Jeff Fielder aus einem unruhigen, oberflächlichen Schlaf.

Er fährt hoch und sucht das unaufgeräumte Schlafzimmer nach dem Übeltäter ab. Bücher, Unterlagen und Zeitschriften liegen überall verstreut, auf dem Schreibtisch, der Kommode, den Nachttischen und sogar auf dem Dielenboden. Sein Blick bleibt an einer fast leeren Flasche Bourbon auf dem zerbeulten, von Schrammen übersäten Boden hängen. Hat er gestern Abend getrunken? Sie steht neben dem zweiten Roman seiner Exfrau; dem, den sie geschrieben hat, nachdem sie nicht nur ihren Job als Zeitschriftenredakteurin gekündigt, sondern auch ihn verlassen hat, um von New York nach Los Angeles zu ziehen. Irgendwelche Fernsehtypen hatten Interesse an dem Artikel über ihre zerbrochene Ehe bekundet, noch bevor Jeff überhaupt mitbekommen hatte, dass sie zu zerbrechen drohte.

Er liest immer wieder ein paar Seiten davon, meistens, wenn er betrunken ist. Sarah schreibt verdammt gut, das muss man ihr lassen. Trotzdem hasst er das Buch, aus nachvollziehbaren Gründen.

Jeff greift nach etwas Schwarzem, Glänzendem und stößt dabei einen gefährlich schwankenden Manuskriptturm von einem schwarzen Windsorstuhl, nur um festzustellen, dass er ein Brillenetui in der Hand hat und nicht das Telefon.

Der nächste Klingelton schneidet sich in seine Gehirnwindungen. Irgendetwas Rotes leuchtet dort unten auf dem Boden. Ja, das muss das Telefon sein, unter diesem gebundenen Leseexemplar.

»Hallo?« Die Laute dringen als amphibienhaftes Krächzen aus seinem Mund, der sich anfühlt, als beherberge er einen toten Hamster.

»Jeffrey?«

Beim Klang ihrer Stimme setzt er sich zu schnell auf. Sofort beginnt sich alles um ihn herum zu drehen, während sich wie immer sein Herzschlag beschleunigt, sobald er Isabels Stimme am Telefon hört.

»Alles klar?«

»Hm«, brummt er und blickt zum Fenster hinüber, hinter dem bereits die Dämmerung aufzieht. »Ist es nicht ein bisschen sehr früh?«

»Ich will kein Gejammer hören.«

Jeff ist nicht sicher, wie er die Schärfe in ihrem Tonfall einschätzen soll. Ist sie genervt, oder will sie ihn nur aufziehen? »Sei gefälligst nicht sauer auf mich! Wer hat hier wessen Schlaf gestört?«

Sie lacht auf. Er weiß genau, weshalb. Wegen des »wessen« – selbst im Halbschlaf beherrscht er die Grammatik perfekt. Zwischen zwei Menschen, die sich so lange kennen, kann ein kurzes Auflachen eine Menge Bedeutungen haben.

»Hör zu«, fährt sie eine Spur sanfter fort. »Ich tue dir einen Gefallen, Mr Wessen.«

»Ach ja?«

»Wir treffen uns zum Frühstück.«

»Klar. Gib mir drei Minuten.«

»Ich meine es ernst.«

»Isabel, es ist … Wie spät ist es überhaupt?«

»Zwanzig nach sechs. Ich habe etwas für dich.«

»Okay. Aber kann das nicht warten, bis ich ins Büro komme? Oder wenigstens wach bin?«

»Nein.«

»Wieso nicht?«

»Weil es etwas Großes ist.«

»Du meinst, etwas Langes? Du weißt doch, dass ich nicht …«

»Nein, du Idiot. Ich meine …«, sie hält kurz inne, »ich meine, es ist etwas Gewaltiges.«

Im Lauf der Jahre hat Jeff so manchen Unterton in Isabels Stimme gehört – Zynismus, ab und zu sogar regelrechte Panik. Aber die Gefühle dahinter waren stets aufrichtig, niemals aufgesetzt oder gespielt.

»Was ist es denn?« Inzwischen ist er hellwach, und sein Kopf ist klar. Er schmerzt immer noch, aber der Schwindel ist verschwunden.

Vielleicht ist dies ja das Buch, auf das er sein ganzes Leben gewartet hat – der große Coup, den sich jeder Lektor wünscht, für den er jeden Tag ins Büro fährt, seinen kostbaren Schlaf opfert. Dieses eine Buch, das die Karriere, ja sogar das ganze Leben auf einen Schlag verändert; ganz im Gegensatz zu den zahllosen mittelmäßigen, austauschbaren Manuskripten, die sich auf seinem Schreibtisch türmen, seine Aktentasche verstopfen und seine Regale, seinen E-Reader und sogar sein verdammtes Handy mit Beschlag belegen. Dutzende von Büchern in unterschiedlichen Stadien der Bearbeitung. Manche werden abgelehnt, andere halbherzig veröffentlicht, wiederum andere geflissentlich ignoriert. Oder aber sie warten wertfrei in der langen Schlange, bis sie an der Reihe sind und er sich mit ihnen befassen kann; irgendwann in ferner Zukunft, wenn er endlich genug Zeit hat. Die ewige Hoffnung.

»Komm einfach.«

»Okay, okay. Wie immer?«

»Ja. Um Viertel nach sieben?«

Er lacht.

»Halb acht?« Sie geht von ihrem Eröffnungsangebot herunter, obwohl sie beide wissen, dass es gegen die Grundregeln der Verhandlungstaktik verstößt. Einen Moment lang ist er versucht, zu schweigen und zuzusehen, wie sie sich in ihrer Verzweiflung ihre eigene Grube gräbt und sich immer tiefer hineinreitet, um herauszufinden, wie oft sie ihm ein Stück entgegenkommt, bis sie ihm ein Gegenangebot abringt. Andererseits spricht er hier mit Isabel, und der Verhandlungsgegenstand ist bloß ein einfaches Frühstück. »Acht.«

»Viertel vor.«

»In Ordnung.«

Mit jeder Sekunde fühlt er sich besser – genauer gesagt weniger mies. Ganz langsam steht er auf, bahnt sich einen Weg durch Manuskriptstapel und herumliegende Kleidungsstücke. Er öffnet die quietschende Badezimmertür und dreht den Warmwasserhahn auf. Es wird mindestens zwei Minuten dauern, bis heißes Wasser kommt. Das Waschbecken ist uralt und mit Rissen und Rostflecken übersät. Direkt am Abfluss ist eine Stelle amateurmäßig ausgebessert; es sieht aus, als hätte jemand Deckweiß daraufgeschmiert. Außerdem tropft ständig der Hahn, auch wenn er den Dichtungsgummi noch so oft auswechselt. Der Hahn tropft. Immer. Allmählich ist es Routine geworden, neue Perlatoren mit Dichtungsgummis zu kaufen und die alten zu ersetzen.

Er ist gewissermaßen ein Handwerker, der für seine Arbeit nicht bezahlt wird. Schlimmer noch: Jeden Monat blättert er zweitausendsechshundert Dollar für die Bude hin, nur um andauernd die Dichtungsgummis an einem Hahn auszutauschen, der sowieso eine halbe Ewigkeit braucht, bis er warmes Wasser spendet.

Während er wartet, betrachtet er sein Gesicht im Spiegel. Der Anblick ist enttäuschend. Er hat gestern Überstunden gemacht und eine halbe Ewigkeit über einem Manuskript gebrütet. Und dann rief auch noch alle fünf Minuten einer seiner Autoren, ein Typ namens Mason, an, um sich darüber zu beschweren, dass der Redakteur mit seiner Haarspalterei »das Manuskript komplett totredigiert« habe und er deshalb Satisfaktion verlange. Mason benutzte tatsächlich das Wort »Satisfaktion«, als wolle er allen Ernstes einen armen, unterbezahlten Redakteur zum Duell herausfordern.

»Was genau wollen Sie von mir?«, fragte Jeff irgendwann.

»Dass Sie runterkommen und einen mit mir trinken«, antwortete Mason sachlich. In ihm schlummert eine ganze Menge angestauter Wut, die sich durch seine exzessive Trinkerei zwar abschwächt, dann aber jedes Mal aufs Neue wieder anschwillt.

Jeff tat, was er wollte, weil es an manchen Tagen zu seinen Aufgaben gehört. Also tranken sie ein Bier nach dem anderen, flankiert von einer Handvoll Tequilas, einer ekelerregenden Portion Nachos und einem Teller voll nicht weniger abscheulicher Chicken Wings, die mit dem jämmerlichen Versuch eines Blauschimmelkäse-Dips und einigen faserigen Selleriestangen serviert wurden. Er hockte also auf seinem Barhocker und lauschte, während der Autor mit seinem sorgsam gezüchteten Bart – scheinbar neuerdings eine unbedingte Notwendigkeit für junge Romanschreiberlinge – und in seinem sichtlich liebevoll gehegten und gepflegten Vintage-Shirt über alles schimpfte und meckerte, worüber Autoren landläufig schimpfen und meckern. Es war die reinste Hölle.

Eigentlich wäre heute ein guter Tag, um sich die Rasur zu ersparen. Andererseits ist Dienstag, der Tag der allwöchentlichen Lektoratskonferenz, an der auch die Geschäftsleitung teilnimmt, deshalb bemüht sich Jeff dienstags stets um ein etwas geschäftsmäßigeres Outfit als sonst. Außerdem rasiert er sich dienstags grundsätzlich, also auch heute, wenn auch mit leicht zittrigen Händen, was ihn etwas nervös macht, vor allem, als er die Region um seinen Adamsapfel bearbeitet.

Vor einigen Jahren beugte er sich dem unausweichlichen Trend und ließ sich einen Vollbart wachsen, der zwar insgesamt halbwegs buschig wirkte, an der einen oder anderen Stelle aber ein wenig zottelig war. Der Bart verlieh seinem Aussehen etwas Rabbinerhaftes, und wenn es etwas gab, was er um jeden Preis verhindern wollte, dann war es, wie sein Cousin zweiten Grades, Rabbi Abe Feinberg, auszusehen.

Also trägt er anstelle des damals wenig erfolgreichen Barts sein welliges Haar nun etwas länger. Seine ehemaligen Kommilitonen aus dem College, die heute mit ihren Jobs in Anwaltskanzleien und Investmentfirmen Millionen verdienen, können sich so etwas nicht erlauben. Doch Jeff kann es, und genau deshalb tut er es auch.

Gewaschen, rasiert und fertig angezogen holt er eine Zange, schraubt den Wasserhahn auf, nimmt den Perlator samt Dichtungsgummi heraus und steckt ihn ein. Auf dem Heimweg wird er im Eisenwarenladen vorbeigehen und einen neuen besorgen.

Er nimmt sein Sportjackett aus dem Schrank, das zwischen seiner Golftasche, den Skiern und Stöcken, einem

Tennisschläger mit abgerissenen Saiten und einer Sporttasche voller Bälle, Mützen und Lederhandschuhe – den typischen Überbleibseln aus der aktiven Zeit eines Hobbysportlers – hängt.

In der Diele liegt ein Umschlag, den offenbar jemand unter der Tür hindurchgeschoben hat. Er wendet eilig den Blick ab, als wäre er nicht weiter wichtig oder würde noch nicht einmal existieren, wenn er ihn nicht aufhob oder sonst irgendwie zur Kenntnis nahm. Es ist eine Zahlungserinnerung für die überfällige Miete – ein weiterer Eintrag in der langen Liste seines finanziellen Versagens.

In Chinatown herrscht zu jeder Tages- und Nachtzeit reges Treiben. Es ist laut und schmutzig und gleißend hell. Nachdem Sara ihn verlassen hat, konnte Jeff sich ihre gemeinsame Zweizimmerwohnung in Greenwich Village nicht länger leisten, also ist er hierher, in die Mulberry Street, gezogen. Die meisten glauben, seine Adresse befände sich im trendigen NoLIta zwischen den schicken Boutiquen und von attraktiven, erfolgreichen Menschen bevölkerten Bars. Jeff lässt sie in ihrem Glauben. In Wahrheit lebt er ein paar Blocks südlich des angesagten North of Little Italy, dem NoLIta seine alberne Abkürzung verdankt, in einem höchst unattraktiven Teil von Little Italy, das eigentlich gar nicht mehr zu Little Italy gehört, sondern ein Auswuchs von Chinatown und nur rein zufällig mit einer Unzahl mittelmäßiger italienischer Restaurants bevölkert ist.

Es hat sich herausgestellt, dass Chinatown das einzige halbwegs zentrale Viertel von Manhattan ist, das Jeff sich leisten kann. Daher hat er eine Wohnung über einem Lebensmittelladen gemietet, dessen Spezialität verschiedene getrocknete Shrimps sind. Im Untergeschoss ist eine chinesische Teigtaschenfabrik untergebracht. Die Straße ist überfüllt von ziellos umherschlendernden Touristen und Chinesen mit ihren obligatorischen roten Plastiktüten, und Lieferwagen verpesten mit ihren Dieselmotoren die Luft.

Anfangs dachte er, es sei cool, in Chinatown zu wohnen. Und vielleicht wäre es das ja auch, wenn er fünfundzwanzig wäre. Aber das ist er nicht mehr. Stattdessen ist sein Hass auf das Viertel genauso groß wie auf die Umstände, die ihn hierhergeführt haben.

Und demnächst wird er sich wohl noch nicht einmal mehr Chinatown leisten können. Er betritt den Coffeeshop an der Ecke – einer dieser neumodischen Läden, wo über Kaffeebauern, Anbauregionen und Säuregehalt der nach Fairtrade-Kriterien geernteten Bohnen haarklein Auskunft gegeben wird. Bei der erschreckend durchtrainierten und mit extravaganten Tattoos übersäten Frau im ärmellosen Shirt und einem Stoffkäppchen auf dem Hinterkopf bestellt er einen Macchiato für drei Dollar. Sie tritt an eine Kaffeemaschine, die auf den ersten Blick Ähnlichkeit mit einem Lamborghini besitzt, und macht sich an die Arbeit, während im Hintergrund die Bässe von Housemusik wummern, obwohl es gerade einmal halb acht Uhr morgens ist. Dieser Laden ist eindeutig ein Warnschuss, ein klares Zeichen dafür, dass die Mieten bald durch die Decke schießen werden, selbst für winzige Hasenställe mit tropfenden Wasserhähnen.

Er betrachtet sich im Spiegel, der die gesamte Wand hinter dem Tresen einnimmt: ein Mittvierziger im Professoren-Outfit – graue Hose, Jackett mit Fischgrätmuster, hellblaues Hemd und Seidenripskrawatte, wie man es bei einem Mann in seiner Branche erwarten würde. Das einzige wirklich ansehnliche Kleidungsstück ist das Sakko, das jedoch allmählich fadenscheinig wird. Er hat es mit achtzig Prozent Rabatt bei einem Muster-Ausverkauf im

Ballsaal eines Hotels in Midtown erstanden, als seine damalige Freundin Sara versuchte, ihn modisch auf Vordermann zu bringen. Sara hat es immer irgendwie geschafft, sich Zutritt zu Muster-Ausverkäufen zu verschaffen, sich auf die Gästeliste bei Voreröffnungen von Restaurants zu schummeln oder Gratiseintrittskarten für Filmpremieren zu ergattern – Gelegenheitsvergünstigungen, mit deren Hilfe es jungen, ständig abgebrannten New Yorkern gelingt, sich eine glamouröse Fassade zuzulegen.

Sara wollte alles haben, das volle Programm. Sie wollte jeden Abend ausgehen, auf jeder Gästeliste stehen, mit den Reichen und Schönen nicht nur auf Du und Du sein, sondern dazugehören. Zu Beginn ihrer Beziehung nahm Jeff sie regelmäßig zu Preisverleihungen und Buchpartys mit – damals war es noch Usus, dass Menschen das Erscheinen eines Buches mit einer Party feierten –, und Sara glaubte, es gehe immer so weiter, eine Feier nach der anderen, immer besser und noch schöner, und ihr gut aussehender, erfolgreicher, gut vernetzter Ehemann würde ihr dabei helfen, eines Tages selbst berühmt zu werden.

Als ihr klar wurde, dass ihm das nicht gelingen würde, benutzte ihn sie ein letztes Mal, als Futter für ihren Roman und als Vordertür, durch die sie ihre Ehe verließ. Inzwischen wurde das Buch sogar zu einem beschissenen Theaterstück umgeschrieben, und die Verfilmung des Stoffs steht aktuell zur Diskussion.

Jeff kann nur staunen, wozu manche Leute bereit sind, um ihre Karriere voranzutreiben. Und dass er mit genau so einem Menschen verheiratet war. Er hat die falsche Frau geheiratet. Oder sie den falschen Mann. Oder auch beides.

Er verlässt das Café, steht auf dem Bürgersteig und sieht sich um, ohne genau zu wissen, wonach er Ausschau hält. Dann schlägt er den Weg nach Norden ein.

Heute Abend wird er eine Tablette nehmen. Seit Monaten schläft er schlecht, liegt stundenlang wach und grübelt. Über alles. Nicht nur über irgendwelche Probleme bei der Arbeit, wo er zugegebenermaßen seit Jahren vor sich hin dümpelt, sondern auch über sein Leben im Allgemeinen. Er hat noch nie ernsthaft für etwas gekämpft, was er liebt – offen gestanden hat er es noch nicht einmal geschafft, seine Liebe je in Worte zu fassen. Sara war diejenige, die ihm einen Antrag gemacht hat und die am Ende im Alleingang beschlossen hat, dass ihre Ehe nicht länger existiert.

Aber das wird sich bald ändern. Bald wird er wieder einen großen Erfolg einheimsen, so wie früher. Und dann kann auch er sich eine anständige Bleibe leisten, pünktlich seine Rechnungen zahlen und etwas fürs Alter beiseitelegen.

Jeff fragt sich, ob eigentlich jeder inzwischen gemerkt hat, dass seine Karriere stagniert: seine Kollegen, sein Boss, seine alten Collegefreunde, die Leute aus seiner Anfangszeit und Isabel. Bemitleiden ihn die Leute insgeheim? Bisher kam ihm noch nie der Gedanke, er könnte ein Loser sein. Hat er sich all die Jahrzehnte etwas vorgemacht? Wissen Loser, dass sie Loser sind?

Genau diese Selbstzweifel sind der Grund für den Entschluss, den er drei Monate zuvor gefasst hat. Den Entschluss, endgültig und unwiderruflich erwachsen zu werden, endlich zu tun, was zu tun war, um seinen Platz als erfolgreicher Mann in der Welt zu finden, ein echtes Opfer zu bringen.

Gestern Abend, als er mit Mason im Pub war, rechnete er fast damit, den anderen Mann zu sehen. Jenen Mann, der ihn genau dort, in dieser Bar, angesprochen und ihm diesen grotesken Vorschlag unterbreitet hat.

Kapitel 4

Rrring.

Alexis kramt in ihrer Handtasche, zwischen Schlüsseln, Lippenstift, einer Packung Pfefferminzbonbons, ihrer Puderdose, Visitenkarten von Junglektoren, Billigschuhketten, der Britin von der Party und den geschniegelten Businesstypen, die sie danach kennengelernt hat. Zugegebenermaßen hat sie auf Teufel komm raus mit ihnen geflirtet, mit jedem Drink noch eine Spur verzweifelter, bis sie bei Drink Nummer fünf ankam und Courtney meinte: »Wir schaffen dich jetzt sofort nach Hause, sonst landest du noch mit einem von den Typen im Bett und bereust es morgen früh. Und zwar bitter.«

Sie erkennt Isabels Nummer auf dem Display. Ihre Vorgesetzte. Um 06:51 Uhr.

»Hallo?«, flüstert sie. »Isabel?«

»Hi, Alexis, bitte entschuldigen Sie, dass ich Sie wecke.«

»Schon gut.« Vorsichtig schält sie sich unter der Bettdecke hervor, um Spencer nicht zu wecken. Bevor sie um zwei Uhr früh ins Taxi stieg, hat sie im Suff seine Nummer gewählt. Sie stand da, mitten im bunten Treiben der von Mietskasernen gesäumten Straße auf der Lower East Side, auf ihren hohen Absätzen schwankend, und sah zu, wie ein riesiger schwarzer Geländewagen ein Grüppchen betrunkener Mädels – in nur unwesentlich besserer Verfassung als sie selbst – um ein Haar über den Haufen fuhr. Sie schnappte erschrocken nach Luft und ließ das Telefon mitten im Satz fallen. Wie entwürdigend. »Ich war sowieso schon wach.«

Auf Zehenspitzen schleicht sie in die Küche, macht die Tür hinter sich zu und setzt sich an den Ikea-Klapp-Ess-Schreib-Universaltisch, wo ein wildes Chaos aus Modeschmuck, Make-up, Servietten, Stiften, einer Pfeffermühle, einem ledergebundenen Notizbuch, zwei Mehrfachsteckdosen mit den Steckern diversen elektronischer Gerätschaften – Kindle, Nook, Sony-E-Reader, iPad, iPhone und ein einfacher alter Laptop – und einem Päckchen Asia-Nudelsuppe herrscht, die sie eigentlich am Sonntagabend essen wollte, dann aber viel zu beschäftigt mit der Lektüre des Manuskripts war. Und natürlich der dicke Stapel Papier, der ihr auf höchst ungewöhnliche Weise zugestellt worden war: auf Papier.

»Alles in Ordnung?«

Von den fünfhundert Buchvorschlägen, ob als Kurzexposé oder als fertiges Manuskript, die Isabel Reed jedes Jahr unterbreitet werden, liegen vierhundertneunzig in digitaler Form vor, und mindestens neun der restlichen Projekte wandern ohne den Umweg über ihren Schreibtisch gleich im Abfall – es scheint eine auffallende Korrelation zwischen Manuskripteinsendungen auf Papier und unsinnigem Gefasel zu existieren, der niemals zwischen zwei Buchdeckeln enden wird.

»Ja«, antwortet Isabel wenig überzeugend. »Das Manuskript, das Sie mir gestern gegeben haben … Erzählen Sie mir noch mal, wie Sie es bekommen haben.«

Darüber will sie ausgerechnet *jetzt* reden? So früh am Morgen? Das ist untypisch für sie. Isabel ist eine überaus umgängliche Vorgesetzte, eine wertvolle Mentorin, vielleicht sogar eine echte Freundin und keine dieser psychopathischen Witzfiguren, von denen es so viele gibt, nicht nur bei Atlantic Talent Management, sondern in der gesamten Branche. Inzwischen ist Alexis durchaus bewusst, dass sie sich verdammt glücklich schätzen kann, ausgerechnet in ihrem Vorzimmer gelandet zu sein.

»Na ja.« Sie reibt sich die Augen, die sich staubtrocken anfühlen, in der Hoffnung, den Tränenfluss anzuregen. »Es wurde am Freitag abgegeben, in der Mittagszeit, gegen eins oder so. Sie waren jedenfalls nicht im Büro.«

»In einem Umschlag? Oder einem Karton?«

»In einem wattierten Umschlag.«

»Und wer hat ihn abgegeben?«

»Keine Ahnung.«

»War es Lucas? Oder einer der anderen Jungs aus der Poststelle?«

»Äh, nein. Ich kannte den Typ nicht.«

»Was meinen Sie damit? Dass Sie nicht wissen, wie er heißt? Oder dass Sie ihn noch nie vorher gesehen haben?«

»Dass ich ihn noch nie gesehen habe, glaube ich. Ehrlich gesagt habe ich nicht so genau hingesehen. Eigentlich habe ich ihn überhaupt nicht gesehen, weil ich gerade mitten in einem endlosen Telefongespräch mit Steph Bernstein war. Sie hatte einen völligen Nervenzusammenbruch wegen der vielen miesen Kritiken auf Goodreads, was nach dem brutalen Verriss in der *Times* ziemlich heftig war. Haben Sie sie eigentlich zurückgerufen? Sie wollte unbedingt hören, wie Sie ihr neues Exposé finden.«

»Großer Gott, bitte nicht.« Isabel wusste bereits, was ihr bevorstand: eines dieser unerfreulichen Telefonate mit einem zutiefst enttäuschten Kunden; der Fluch eines jeden Agenten.

»Jedenfalls bin ich ziemlich sicher, dass ich den Kerl nicht kenne, der das Manuskript vorbeigebracht hat. Ich bin davon ausgegangen, dass er aus einer anderen Abteilung kommt, der Werbung, der Nachwuchsförderung oder, keine Ahnung, der Buchhaltung oder so.«

»Gab es irgendeinen Hinweis darauf, von wem es stammen könnte? Oder woher?«

»Was meinen Sie damit?«

»Keine Ahnung«, antwortet Isabel mit wachsender Verärgerung, während ihr bewusst wird, dass sie viel zu frustriert für diese Art der Fragestellung klingt, noch dazu um diese Uhrzeit. »Eine Briefmarke? Oder ein Frankierstreifen? Oder stand sonst irgendetwas drauf?«

»Nein, nicht dass ich mich erinnern könnte. Tut mir leid.«

»Und es gab auch keinerlei Kontaktinformationen zum Autor? Kein Zettel, kein Brief oder sonst etwas?«

»Nein. Nur die Mail-Adresse auf der ersten Seite. Haben Sie es damit schon versucht?«

»Ja. Aber ich kriege immer nur eine Meldung, dass die Mail nicht zugestellt werden kann.«

»Sehr merkwürdig.«

»Ja, nicht? Haben Sie es übers Wochenende gelesen? Ganz?«

»Ja.« Das Manuskript hat ihr praktisch das Wochenende versaut. Außerdem hat Courtney sie deswegen dermaßen zusammengestaucht, dass Alexis sich bereit erklärt hat, am Montagabend mit ihr um die Häuser zu ziehen, obwohl das eigentlich gegen ihr Prinzip verstößt, während der Woche grundsätzlich nicht auszugehen. Und so ist sie mit Courtney und ihren ehemaligen Collegefreundinnen – einer Gruppe junger Frauen mit überdimensionierten Brillen und einem Abschluss in Geisteswissenschaften – auf dieser Buchparty mit Pinot Grigio und vertrockneten Manchego-Würfeln gelandet.

Courtney ist gerade einmal zwei Jahre älter als Alexis, hat aber bereits ein eigenes Büro – zwar bloß ein winziges, fensterloses Kabuff mit Glaswänden gegenüber vom

Lagerraum, aber trotzdem. Es ist ein eigenes Büro. Und sie hat auch eigene Autoren, zumindest ein paar. Und eine Visitenkarte.

Alexis hingegen dümpelt auch nach zwei Jahren immer noch in ihrem Einstiegsjob herum, mit Gehaltserhöhungen, die gerade die Teuerungsrate abdecken, und ohne Erweiterung ihres Urlaubsanspruchs. Zwei Jahre, in denen sie das Telefon ihrer Vorgesetzten beantwortet, neun bis zehn Stunden am Tag ein Headset trägt – auf dem Flur, am Schreibtisch, selbst auf der Toilette klemmt dieses verfluchte Ding an ihren Ohren. Zwei Jahre, in denen sie die Verträge anderer Kollegen ablegt, die Druckfahnen anderer Kollegen verschickt, die an andere Kollegen gerichteten Exposés liest. Zwei Jahre, in denen sie mit ihrer Arbeit einem anderen Menschen das Leben leichter macht, statt ihr eigenes in Angriff zu nehmen. Und gezwungen ist, sich um sieben Uhr morgens an einem blöden Dienstag anrufen zu lassen. Selbst wenn es sich bei dem Anrufer um die berühmte – oder einstmals berühmte – Isabel Reed handelt.

»Isabel, worum geht es eigentlich? Haben Sie es denn gelesen?«

»O ja, und ich finde es unglaublich.«

»Ja, nicht? Ich hatte ja keine Ahnung von den Anfängen von Wolfe Media. All diese Geschichten in Europa mit der CIA? Und dieser Unfall? Unglaublich.«

»Das trifft es wohl ziemlich genau. Glauben Sie die Geschichte denn?«

»Sie etwa nicht?«

»Schwer zu sagen. Da ist so viel … Negatives drin. Vielleicht zu viel, um wirklich glaubhaft zu sein.«

Alexis fragt sich, ob Isabel recht haben mag. Oder ob ihr Urteilsvermögen getrübt ist. »Sie kennen ihn, stimmt's?«

»Charlie Wolfe?«

»Ja.«

»Nein. Nur flüchtig. Wir sind uns vor vielen Jahren ein paarmal begegnet.« Einige Sekunden lang dringen lediglich ihre Atemzüge durch die Leitung. »Haben Sie jemandem von dem Manuskript erzählt, Alexis?«

Alexis spürt Panik in sich aufsteigen. »Wem, zum Beispiel?«

»Irgendwem.«

»Nein, nein«, lügt sie reflexartig. Aber natürlich hat sie Courtney davon erzählt. Und ihrem Freund James bei ICM. Und – o Gott – dieser Britin, die die Nebenrechtsabteilung bei McNally & Sons leitet. Sie kann sich an ihren Namen nicht mehr erinnern … Camille oder so ähnlich.

Was, zum Teufel, hat sie sich bloß dabei gedacht? Sie hat sich gedacht, dass man genau so etwas tun muss, wenn man ein superheißes Projekt an der Angel hat: die Leute scharfmachen, einen Hype generieren, dafür sorgen, dass sie glauben, keinen Tag länger ohne dieses Buch leben zu können.

Aber jetzt begreift sie, dass sie in ihrem Eifer übers Ziel hinausgeschossen ist. Sie ist vorgeprescht, weil sie sich endlich wie eine Erwachsene fühlen wollte; so als hätte sie die Kompetenzen eines Erwachsenen, obwohl es nicht so ist. Sie wollte, dass nicht länger eine Diskrepanz zwischen ihrer Arbeit und ihrem Ehrgeiz und ihren Ansprüchen besteht.

O Gott, ihr Tweet von Samstagnacht: @Lit Girl: *Kann nicht aufhören zu lesen #DerUnfallvonAnonymus! Mein neuer Lieblingsautor! Aber wer BIST DU, Anonymus?*

»Gut«, sagt Isabel. »Und das Gutachten … haben Sie es im Büro geschrieben?«

»Ja. Wieso?«

Und natürlich ihr Facebook-Eintrag vom Wochenende: *Ich LIEBE dieses Buch, obwohl es mir das ganze Wochenende versaut.*

»Es ist also nicht auf Ihrem Laptop? Zu Hause?«

Ein neuerlicher Anflug von Nervosität überkommt sie. Weshalb sollte es Isabel interessieren, wo sie das Gutachten geschrieben hat? »Nein.«

»Haben Sie eine Kopie des Manuskripts? Bei Ihnen zu Hause? Oder im Büro? Haben Sie sich eine Kopie gemacht?«

»Nein«, lügt Alex erneut reflexartig und blickt auf die Kopie vor ihr auf dem Tisch. Sie hat das Manuskript kopiert, weil sie die leise Hoffnung gehegt hat, dass sie sich um das Projekt kümmern darf – irgendein Blödsinn, der ohne jede Empfehlung einfach auf ihrem Schreibtisch gelandet ist. Doch ihre Hoffnung erweist sich als unsinnig. Noch eine Fehleinschätzung. Es ist schwer, klarzusehen, wenn einem der eigene Ehrgeiz den Blick vernebelt.

»Okay«, sagt Isabel. »Okay, vielen Dank. Ich glaube, das ist für den Moment alles. Ich bin um halb zehn im Büro. Bis später.«

»Nein, ich bin heute nicht da«, gesteht sie kleinlaut. »Oder haben Sie es vergessen?«

Eine lange, schmerzliche Pause. »Oh.« Isabel hat es tatsächlich vergessen. »Ihr freier Tag.«

»Ja. Arzttermine, diverse andere persönliche Dinge ... Geht es trotzdem?«

»Ja, ja, kein Problem«, sagt Isabel, obwohl es nicht danach klingt. »Dann bis morgen.«

Alexis holt tief Luft, völlig überwältigt von den vielen Lügen, die sie gerade von sich gegeben hat.

Sie holt ihre Handtasche aus dem Schlafzimmer, wo Spencer immer noch im Bett liegt und schläft, kramt die

Visitenkarte der Britin heraus – sie heißt tatsächlich Camilla – und dreht sie um. Auf der Rückseite hat sie ihre Handynummer notiert. Manchmal besteht Alexis' Job aus nichts als einer endlosen Aneinanderreihung peinlicher Anrufe. Sie holt noch einmal tief Luft, um sich zu sammeln und sich auf einen weiteren peinlichen Anruf gefasst zu machen.

Kapitel 5

Die verblüffend scharfe Aufnahme auf dem Bildschirm zeigt das Gesicht einer Frau, die ihn direkt anzusehen scheint. Er kann ihre Hände nicht erkennen, doch er weiß, dass sie beschäftigt sind – sie tippt, klickt an und scrollt. Er kann lediglich ihr Gesicht sehen, von blondem Haar umrahmt, inzwischen etwas kürzer als früher, aber immer noch elegant und auf eine Art frisiert, die den Eindruck erwecken soll, als würde es keinerlei Aufwand erfordern, obwohl genau das Gegenteil der Fall ist.

Plötzlich wird der Bildschirm schwarz. Die Frau hat den Laptop zugeklappt. Er tut dasselbe. Er hat sie viel zu lange beobachtet, deshalb ist er spät dran. Mit seiner kleinen Reisetasche in der Hand verlässt er das Apartment, wirft sie auf den Beifahrersitz seines Audi-Zweisitzers und steigt ein. Bei seiner Einreise in die Schweiz musste er feststellen, dass es erstaunlich aufwendig ist, in diesem Land ohne eine geradezu unverschämte Anzahl von Bankauskünften und Identitätsnachweisen einen Wagen zu mieten. Schweizer sind tatsächlich so pedantisch, wie immer behauptet wird. Daher war es unkomplizierter und sicherer, die verdammte Kiste zu kaufen. Und da er den Wagen vermutlich ohnehin bloß ein paar Monate fahren wird, ohne jemanden auf dem Rücksitz mitnehmen zu müssen, hat er sich für einen sportlichen Flitzer entschieden, wie es wohl jeder gut situierte Junggeselle tun würde.

Er lässt den Motor an und fegt durch die blitzsauberen Straßen von Seefeld, vorbei an den großzügigen Villen aus dem 19. Jahrhundert und den gedrungenen modernen Apartmentkomplexen, an sorgsam gestutzten Bäumen und liebevoll gepflegten Gärten, an den Boutiquen, Banken, Restaurants und Bars, wie man sie in einer europäischen Stadt wie Zürich und einer Gegend erwarten würde, die den Namen »Goldküste« trägt.

Er genießt es, die Hügel hinaufzupreschen, durch die engen Kurven, die der Wagen mühelos nimmt. Er fährt schneller, als er es sich zu Hause jemals trauen würde. Vermutlich wird er nie wieder in Amerika einen Wagen fahren. Er kann sich noch nicht einmal vorstellen, überhaupt jemals wieder einen Fuß in dieses Land zu setzen. Schließlich ist er ja offiziell tot.

Ich.

Er kommt nicht darüber hinweg, wie er dieses Pronomen übersehen konnte. Er war so akribisch, so gründlich bei allem – was den Absturz der Piper anging, das kleine Motorboot, die internationalen Flüge. Er hatte alles penibel überprüft: die Pässe, das Geld, die Haare, Augen, Kleider und Schuhe. Operationen und Genesungsphasen. Er hatte logistisch komplexe Arrangements eingefädelt, in den Staaten, in Dänemark, Deutschland und der Schweiz, in Mexiko. Er hatte sich präzise und vermutlich ohnehin überflüssige Alternativpläne mit Frankreich, Italien, Kenia und Indonesien zurechtgelegt.

Vielleicht war es ein unterbewusster Ausrutscher. Vielleicht *wollte* er ja in Wahrheit geschnappt werden.

Zwanzig Minuten später biegt er ab, fährt zwischen zwei hohen Steinpfeilern hindurch auf eine lange Auffahrt, die durch einen dichten Wald führt. Vor dem schmiedeeisernen Tor drosselt er das Tempo und bleibt schließlich vor dem Wachhäuschen stehen.

»Guten Tag, Herr Carner.« Er hat sich einen Decknamen

zugelegt. »Willkommen zurück«, sagt der Wachmann und öffnet das Tor.

Er drückt aufs Gaspedal und braust auf das eindrucksvolle Fachwerk-Chalet zu.

Kapitel 6

Hayden überquert die zugige Brücke über den langen, seichten Peblinge-See und geht durch die überfüllten Einkaufsstraßen in der Innenstadt, bis er vor dem eleganten Café an einer Kreuzung steht. Ein amerikanisches Touristenpärchen mit einem Reiseführer in der Hand verstellt ihm den Weg. Beide tragen Shorts und Polohemden, weiße Turnschuhe und Sportsocken dazu – ein Outfit, das Hayden auf den Tod nicht ausstehen kann.

»*Undskyld mig*«, sagt er und schiebt sich an ihnen vorbei. Er wird den beiden Schwachköpfen auf keinen Fall die Genugtuung verschaffen, in ihrer Muttersprache angesprochen zu werden.

»Oh, entschuldigen Sie bitte.« Die Frau lächelt.

Hayden tritt ein, und da ist sie – die Hostess ist die schönste Frau, die er je in seinem Leben gesehen hat. Blonde, blauäugige Anmut in Reinkultur. Sie arbeitet schon seit Jahren an den Werktagen hier und ist der Grund, weshalb Hayden das Café besucht, wann immer er sich in Kopenhagen aufhält.

Überhaupt scheint es in der Stadt von schönen Menschen nur so zu wimmeln – Männer, Frauen, alt und jung, Babys und Kinder. Die ganze Stadt ist wie eine riesige Galerie physiognomischer Perfektion, ein künstlerischer Erlebnisraum unbeschreiblicher Attraktivität. Und diese Hostess, großer Gott, ihr atemberaubendes Gesicht bricht einem das Herz.

Sie schenkt ihm ein warmes Lächeln und führt ihn durch den Speisesaal. Aber nicht nur ihr Aussehen macht sie so anziehend. Der Reiz der Menschen in dieser Stadt beschränkt sich nicht darauf, dass sie bei der Verteilung der Attraktivitätsgene gut weggekommen sind, sondern auch die Tatsache, dass sie einem direkt in die Augen sehen und auf ihren Gesichtern ein breites, aufrichtiges Lächeln erscheint, verleiht ihnen diese ganz besondere Schönheit. Und es ist nicht etwa dieses glatte, geschäftsmäßige Lächeln, das einem in den Staaten an jeder Ecke entgegenblitzt, sondern ein echtes Zeichen von Freundlichkeit, Offenheit und Lebensglück. Vor allem um diese Jahreszeit, im Frühsommer, wenn man sich regelrecht anstrengen muss, um einen Nachthimmel zu Gesicht zu bekommen: Morgens geht die Sonne auf, noch bevor vernünftige Leute auf den Beinen sind, und abends geht sie erst unter, nachdem alle längst in ihren Betten liegen.

Kaum sitzt er an seinem gewohnten Ecktisch, serviert ihm die Kellnerin – ebenso wie die Hostess geradezu überirdisch gut aussehend – einen Kaffee. Das Gedeck stammt aus der Königlichen Porzellanmanufaktur, die Tulpen stehen in einer von Alvar Aalto designten Vase, das Silberbesteck kommt aus dem Hause Georg Jensen, die Leinenservietten sind blitzsauber, perfekt gebügelt und messerscharf gefaltet. Alles ist mit liebevoller Sorgsamkeit arrangiert. Styroporbecher findet man hier nicht.

Sein Handy läutet. Es ist ein Anruf aus New York. »Ja?«, antwortet er.

»Es gibt etwas, das Sie wissen sollten. Am besten, Sie nehmen die Ohrstöpsel. Ich werde Ihnen gleich drei verschiedene Telefongespräche vorspielen.«

Hayden steckt das Verbindungskabel in sein Handy und schiebt sich die winzigen Lautsprecher in die Ohren. Währenddessen sieht er zu, wie die Hostess an ihrem Empfangspult neben der Tür steht und mit ihrem Stift herumspielt. Doch sein Wohlbehagen ist nur von kurzer Dauer, als er lauscht. Er schürzt die Lippen, in der Hoffnung, konzentriert zu wirken, obwohl er in Wahrheit vor Wut schäumt und Mühe hat, nicht die Beherrschung zu verlieren. Wilde Unflätigkeiten – *verdammte Scheiße, dieser elende Drecksack, verflucht noch mal* – schießen ihm durch den Kopf, wohingegen auf seinen Zügen immer noch ein Ausdruck souveräner Nachdenklichkeit liegt. Hayden verwendet in der Öffentlichkeit keine Schimpfworte. Niemals. Doch im Geiste flucht er wie ein Matrose. Ein Matrose, der gerade seine Freundin dabei erwischt hat, wie sie ihn betrügt. Mit seinem besten Freund.

Verdammte Scheiße!

Das hätte nicht passieren dürfen. Er hätte mindestens einen Tag Vorbereitungszeit gebraucht. Er dachte, die Zustellung erfolge per E-Mail, deshalb hat er einen Techniker auf die Überwachung des Mailprogramms der Literaturagentin angesetzt, der jeden Anhang öffnet und gleichzeitig die gesamte Überwachungsoperation hier in Kopenhagen im Auge behält. Er sollte dafür sorgen, dass Hayden informiert wird, sobald die Mail mit dem angehängten Manuskript im Posteingang der Literaturagentin landet, damit er veranlassen kann, dass das gesamte Team sofort aktiv wird. Er ist davon ausgegangen – nein, er war sich sicher –, dass die Übersendung des Manuskripts ausschließlich per Mail erfolgen kann. Alles andere wäre vollkommen unlogisch. Aber allem Anschein nach hat er sich geirrt.

Die Aufzeichnungen enden.

»Das erste Gespräch stammt von der Agentin und jemandem namens Jeffrey Fie… «

»Ich weiß, wer das ist«, unterbricht Hayden den Anrufer. »Und das zweite Gespräch ist zwischen ihr und ihrer Assistentin?«

»Ja.«

»Und mit wem redet diese Assistentin im letzten Gespräch?« Hayden bemüht sich, Ruhe zu bewahren, doch die gesamte Operation droht plötzlich in sich zusammenzufallen und seine Karriere unter den Trümmern zu begraben. »Die Frau mit dem Londoner Akzent?«

»Ihr Name ist Camilla Glyndon-Browning. Sie arbeitet in einem Verlag namens McNally & Sons, offiziell als Leiterin der Nebenrechte, allerdings weiß ich nicht, was das bedeutet. Sie?«

»Ja.«

Das ist eine absolute Katastrophe. Und er hat sie kommen sehen. Schon vor fünfzehn Jahren. Er wusste, dass sie irgendwann den Preis dafür würden zahlen müssen. Und da ist sie, die Rechnung. Und weitere Raten werden garantiert noch folgen.

»Jedenfalls«, fährt der Mann in New York fort – er erwartet keine weiterführenden Erklärungen von Hayden –, »klingt es nicht danach, als wüsste diese Browning etwas, das Mädchen hingegen schon. Außerdem ist ihre Behauptung, sie hätte keine Kopie von dem Manuskript gemacht, eine Lüge.«

»Ja«, bestätigt Hayden. Fotokopien könnten ein enormes Problem darstellen. Jede Kopie muss nachverfolgt werden. Er sieht zum Fenster hinaus, auf die Betriebsamkeit von Indre By, dem Herz des historischen Kopenhagen. »Besorgen Sie so schnell wie möglich die Kopie der Assistentin.«

»In Ordnung.«

»Und versuchen Sie gar nicht erst, es zu verhehlen. Das Mädchen sollte merken, dass jemand in ihr Apartment eingebrochen ist und nur das Manuskript gestohlen hat. Und der Agentin sollte klar werden, dass Fotokopien inakzeptabel sind.«

»Verstanden. Apropos, nach den Telefongesprächen hat die Agentin ihre Wohnung verlassen und war in einem Copyshop. Ich schicke Ihnen gleich das Aufzeichnungsvideo.«

»Okay.« Hayden blickt aus dem Fenster und grübelt: Wenn die Agentin das Manuskript bekommen hat, bedeutet das, dass es fertig ist. Aber wenn das Manuskript fertig ist, wieso arbeitet dann der Rechercheur immer noch jeden Tag daran? Normalerweise würde er nach getaner Arbeit doch bestimmt eine kleine Pause einlegen.

Außerdem hat die Agentin das Manuskript in Papierform vorliegen. Grundtvig wurde die ganze Zeit überwacht, aber niemand hat ihn dabei beobachtet, wie er ein Päckchen mit einem Manuskript zur Post gebracht hat.

Das ergibt keinerlei Sinn.

Doch trotz aller Ungereimtheiten auf der Angebotsseite muss Hayden sich darauf konzentrieren, erst einmal die Nachfrageseite in den Griff zu bekommen. »Okay«, sagt er noch einmal. »Ich komme nach New York.« Er sieht auf seine Uhr. »Heute noch. Ich bin am späten Nachmittag da. Die genauen Daten gebe ich noch durch.«

Zurück nach New York. Erst vor ein paar Monaten war er für eine Woche dort; eine Woche voll zahlloser, hoffentlich glaubwürdiger Gespräche mit Verlegern und Cheflektoren großer Verlagshäuser. Tja, nun wird sich zeigen, wie gut seine Überzeugungskünste waren.

Hayden beendet das Gespräch und öffnet das Mailprogramm, auf dem inzwischen das Video der billigen Überwachungskamera über der Tür eines schmuddeligen Copyshops eingegangen ist. Mit zusammengekniffenen Augen verfolgt er das stumme fünfminütige Szenario. Zunächst ist ihm nicht ganz klar, was da los ist, doch dann kann er sich endlich einen Reim darauf machen.

Kapitel 7

Isabel steigt aus der U-Bahn und versucht sich zu sammeln. Auf der anderen Straßenseite lädt eine Frau ihre Einkäufe in einen glänzenden Geländewagen mit einer Parklizenz von East Hampton in der Fensterscheibe und einem Kleinkind im Kindersitz auf der Rückbank. Sie trägt Sportkleidung und hat das Haar zu einem Pferdeschwanz zusammengebunden. Offensichtlich kommt sie gerade aus der Pilatesstunde, ihre Oberarme sind auffallend definiert. Sie ist eines dieser superdurchtrainierten Oberschichtgeschöpfe mit einem Wagen, der selbst durch tiefste Schlammlöcher mühelos hindurchpflügen würde.

Genau so war ich früher auch, denkt Isabel; eine dieser Frauen, die in ihren Luxus-Fitnessklub gehen, sobald sie die Kinder in der Schule abgesetzt haben. Neun Uhr früh in Raum A, danach eine Flasche Wasser und einen fettarmen Milchkaffee ohne Koffein.

Isabel geht den endlosen Häuserblock auf dem Broadway entlang, wo wie jeden Morgen um diese Uhrzeit hispanische Einwanderer die Bürgersteige mit Wasser abspritzen, magere Mädchen ihre winzigen Hündchen an hauchdünnen Leinen Gassi führen und Japaner mit zerzausten Haaren ihre selbst gedrehten Zigaretten rauchen. Taxis und Limousinen rauschen durch die Straßen und bringen reiche Banker und Anwälte aus den Nobelvierteln in den Finanzbezirk.

Die Müdigkeit macht sich als eine Art dumpfes Sirren in ihrem Kopf bemerkbar, das sie nicht nur bei jedem Schritt hören kann, sondern auch in ihrer Brust, ihrem Magen und ihren Ellbogen zu vibrieren scheint, sobald ihre Absätze den Asphalt berühren. Sie kann noch nicht einmal genau sagen, ob sie schnell oder langsam geht, ob normal oder unnormal.

Sie bleibt abrupt stehen und blickt entsetzt auf den Bürgersteig. Um ein Haar wäre sie auf eine Ratte von der Größe einer Katze getreten, die in einer Blutlache vor ihr liegt. Schätzungsweise ist sie gerade erst verendet. Übelkeit steigt in ihr hoch, doch abgesehen vom Kaffee und dem Nikotin ist ihr Magen leer. Sie erschaudert, dann geht sie weiter, setzt vorsichtig einen Fuß vor den anderen.

Die rote Markise leuchtet schon von Weitem, die Fenster sind von warmem, einladendem Licht erhellt, wie der Schein eines behaglichen Kaminfeuers. Die Atmosphäre der französischen Brasserie ist so authentisch, dass es in Paris sogar eine Imitation davon gibt.

Isabel betrachtet sich in einem der ausladenden Fenster, schiebt sich das Haar hinters Ohr, zupft ihren Kragen zurecht und streicht ihren engen – zu engen? – Rock glatt. In der Verschwommenheit der Fensterscheibe sieht sie ziemlich gut aus, erst aus der Nähe und im hellen Licht lässt sich die Wahrheit nicht länger verbergen.

Sie durchquert den Raum, vorbei an den Tischen mit den neuesten Ausgaben der *Times*, des *Journal* und der *Le Monde*, an Männern in grauen und blauen Anzügen und bildschönen Frauen mit dunklen Sonnenbrillen. Schließlich steht sie vor den Bänken an der hinteren Wand, greift in ihre Tasche und zieht einen dicken Papierstapel heraus.

Zack.

Jeffrey fährt zusammen, sieht von seiner schlampig gefalteten Zeitung auf, dann fällt sein Blick auf das Manuskript auf dem Tisch vor ihm. »Guten Morgen, meine Liebe«, sagt er und will aufstehen, ist jedoch zwischen Tischkante und Sitzbank eingeklemmt, sodass er lediglich halb sitzend, halb stehend die Arme nach ihr ausstrecken kann.

»Bleib sitzen.«

Achselzuckend lässt er sich auf die lederne Bank zurücksinken.

Isabel stellt ihre übergroße Handtasche, die sich nun, da sie das Manuskript herausgenommen hat, seltsam leicht anfühlt, auf dem Boden ab. Sie sieht sich um, entdeckt ein paar vertraute Gesichter, flüchtige Bekanntschaften und eine blutjunge, ehrgeizige Kollegin – besser gesagt Rivalin – mit Kampf-Dekolleté. Sie heißt Courtney, eine treue Soldatin in der Respekt einflößenden Armee modebewusster Frauen; Mädchen mit stufig geschnittener blonder Mähne und sorgsam aufgetragenem Make-up, deren gewissenhaft geführte Garderobe ununterbrochen auf den neuesten Stand gebracht wird, nicht nur zweimal pro Jahr, sondern monatlich oder gar wöchentlich, stets nach dem Gebot, ausnahmslos das Teuerste und Aktuellste zu tragen – egal ob Handtasche, Jacke oder Haarschnitt –, das man sich leisten kann, oder zumindest so tun, als ob.

Das nervtötende Mädchen trifft sich mit einer dieser aufgeweckten Lektorinnen, die plötzlich an jeder Ecke aufzutauchen scheinen – junge Leute, die für Isabel wie Praktikanten oder Assistenten aussehen, haben plötzlich den Titel »Leitend« auf ihren Visitenkarten stehen und betreuen Autoren, die den Sprung auf die Bestsellerliste geschafft haben. Währenddessen ziehen sich Isabels Altersgenossen immer mehr aus der vordersten Front zurück, schmeißen alles hin, was sie sich im Lauf der Jahrzehnte aufgebaut haben, bloß um in der Einöde von Vermont Ziegenkäse herzustellen. Oder aber sie verschwinden für ein paar Wochen komplett von der Bildfläche, weil sie sich einer aggressiven Chemo unterziehen. Über die Unwägbarkeiten des mittleren Alters kann man sich nur wundern.

Die junge Lektorin winkt Isabel zu; Courtney hingegen hebt lediglich eine perfekt gezupfte Braue und wirft sich das Haar über die Schulter – eine ihrer Standardgesten –, doch die Stellung ihres Mundes bleibt, dieses aufgesetzte Strahlelächeln, das im Ruhezustand zu freudloser Unzufriedenheit erstarrt. Diese Unzufriedenheit wird jedoch nur sehr selten in der Öffentlichkeit gezeigt, weil sie aus ihren Trägerinnen herausgeprügelt wurde wie Linkshändigkeit in einer katholischen Mädchenschule in den Fünfzigerjahren. Deshalb bekommt der Rest der Welt lediglich dieses gezwungene Lächeln zu sehen, die niedlichen Grübchen, die schmeichlerische Verlogenheit grenzenloser positiver Energie.

»Wer ist das?«, fragt Jeffrey.

»Kennst du sie nicht?«

Er schüttelt den Kopf.

»Niemand.« Isabel wird es ihm ganz bestimmt nicht auf die Nase binden. »Nur eines dieser jungen Dinger aus meinem Büro.«

»Sie kommt mir bekannt vor.«

»Du findest sie scharf?«

»Na ja …« Er versucht vergeblich, sich ein Grinsen zu verkneifen. »Aber das ist nicht der Grund, weshalb ich gefragt habe.«

»Ach ja?« Ein Anflug von Hohn hat sich in ihre Stimme geschlichen.

Er wird rot, wie immer, wenn die Rede, meist auf Isabels Betreiben, auf körperliche Gelüste kommt. Unter Eid und Androhung der Todesstrafe würde sie vermutlich zugeben, dass sie das mit Absicht tut, als eine Art Test, um zu überprüfen, ob Jeffrey sich auch nach all den Jahren noch nach ihr verzehrt; eine Gewissheit, in die sie sich wie in eine sexuelle Schmusedecke einkuscheln kann. Es gab Momente in ihrem Leben, in denen sie seine Gefühle hätte erwidern können, und nicht nur an diesen beiden Abenden im Abstand von rund zehn Jahren, als sie sich geküsst haben. Aber etwas hat stets zwischen ihnen gestanden – ihre Ehe oder seine eigne oder andere, weniger bedeutungsvolle, aber trotzdem wichtige Partnerschaften.

Heute sind sie beide Single. Und nach allem, was sie heute Nacht erfahren hat, empfindet sie eine über das gewohnte Maß hinausgehende Zärtlichkeit ihm gegenüber, eine Dankbarkeit für seine Treue, seine Loyalität. Jeffrey liebt sie schon seit zwanzig Jahren, und alle wissen es. Es gibt Zeiten, in denen ihr diese Tatsache unglaublich viel bedeutet und sie seine Gefühle auch erwidert.

Jeffrey gehört zu den Männern, die mit dem Alter immer besser aussehen – sein meliertes Haar, seine Augen mit den vielen Lachfalten, all das lässt ihn mit jedem Jahr noch attraktiver wirken. Bei Frauen gibt es dieses Phänomen nicht, denkt sie.

»Ich bringe Ihnen sofort Kaffee.«

Isabel sieht zu, wie die Kellnerin davongeht, ihren blutjungen Knackpo in dem schmalen schwarzen Rock und der makellos sauberen weißen Schürze darüber. Dann wendet sie sich Jeffrey zu, der es ebenfalls registriert hat, aber vermutlich ohne einen Anflug von Bitterkeit. Er hat schon immer gern Frauen nachgesehen und im Gegenzug auch Blicke geerntet; schließlich ist er ein gut aussehender, charmanter Mann in einer von Frauen dominierten Branche.

Sie sieht seinen Blick, der sich auf die oberste Seite des Manuskripts heftet. *Der Unfall* von Anonymus. Ein Stück weiter unten sind die feinen Linien zu sehen, wo Isabel die Mail-Adresse des Autors abgedeckt und stattdessen ihre eigenen Kontaktdaten notiert hat, bevor sie das Manuskript dem dürren, bleichen Angestellten im 24-Stunden-Copyshop um die Ecke von ihrer Wohnung in die Hand gedrückt hat. In New York kann man eine Menge erledigen, völlig egal, wie spät es ist. An jeder Ecke findet man einen muffigen, neonbeleuchteten Laden mit überqualifizierten, aber unterbeschäftigten Typen hinter dem Tresen und einer Überwachungskamera in der Ecke, mit deren Hilfe nicht nur der gesamte Laden, sondern auch die Angestellten und ihre potenziellen Gaunereien überwacht werden können.

»Also.« Jeffrey tippt mit seinem Füllfederhalter, seinem ständigen Begleiter, auf das Manuskript. »Was ist das?«

Sie antwortet nicht sofort. »Die größte Bombe aller Zeiten.«

Jeffrey nickt. Scheinbar wartet er auf weitere Erläuterungen, doch Isabel macht keine Anstalten, welche abzugeben. »Weiter willst du nichts dazu sagen?«

»Was willst du? Dass ich dich erst heißmache?«

So läuft es in aller Regel ab: Der Agent macht den Lektor auf ein Projekt heiß, der Lektor liest das Material – ein Exposé, ein paar Probekapitel oder das gesamte Manuskript – und unterbreitet entweder ein Angebot oder zieht sich zurück.

Aber offensichtlich läuft es bei diesem Manuskript anders. Isabel schüttelt den Kopf.

»Kein Wort?«

»Ich lasse den Inhalt für sich selbst sprechen. Alles andere wären bloß Gerüchte. Schwachsinn, den keiner braucht.«

Er grinst.

»Aber eines kann ich dir versichern, mein Schatz. Es gehört dir. Exklusiv.« Isabel setzt ihr typisches Lächeln auf – ein absichtlich unaufrichtiges Lächeln, das den Eindruck vermitteln soll, als wäre sie eine Agentin, die den Eindruck vermitteln will, als würde sie knallhart verhandeln. »Für die nächsten achtundvierzig Stunden.«

»Das ist ja sehr großzügig von dir. Darf ich fragen, wie ich zu der Ehre gelange?«

»Weil ich dich liebe. Ist doch klar.«

»Und?«

»Willst du etwa andeuten, dass ich es nicht tue?«

»Was willst du, mein Schatz? Ich gehe davon aus, dass du eine konkrete Zahl im Auge hast. Als Gegenleistung für den Luxus eines Exklusivangebots.«

»Du willst wissen, was es wert ist?«

»Sieht ganz so aus.«

»Achtstellig.«

Jeff lacht, doch dann geht ihm auf, dass das kein Scherz war. »Hast du den Verstand verloren?«

Sie gibt keine Antwort.

»Ich hab's kommen sehen, meine Liebe. Schon lange. Aber ich muss zugeben, jetzt, da es so weit ist, bin ich doch ein bisschen überrascht.« Er schüttelt den Kopf. »Was wirklich schade ist. Denn insgeheim habe ich immer gehofft, wir lassen uns eines Tages irgendwo gemeinsam nieder, du und ich. Stecken uns selbst geschmiedete Ringe an, kaufen ein zugiges Bauernhaus und legen uns stinkendes Viehzeug zu«, scherzt er. Gewissermaßen. Aber in Wahrheit ist sie ziemlich sicher, dass er es ernst meint. »Aber wenn du plötzlich überschnappst, natürlich nicht.«

»Ich habe nicht behauptet, dass ich diesen Betrag *verlange*, aber ich bin mir sicher, dass es das wert ist.«

»Außerdem«, fährt er fort, »darf ich dir als Freund –

und du weißt, dass ich dich von Herzen liebe – sagen, dass du absolut beschissen aussiehst. Wenn du schon um acht Uhr morgens in einem Restaurant auftauchst und 10-Millionen-Dollar-plus für ein Manuskript verlangst, solltest du wenigstens …« Er macht eine vage Handbewegung in ihre Richtung. »… weniger mitgenommen aussehen. Oder aber nackt und bereit für … du weißt schon … sexuelle Aktivitäten sein. Aber du kannst hier nicht in voller Montur und mit einem hundsmiserablen Gesicht auftauchen *und* eine achtstellige Summe fordern, das geht einfach nicht.«

»Du siehst selber nicht gerade wie frisch aus dem Katalog aus. Hast du gestern Abend zu viel getrunken? Wieder mal?«

»Nein, ich glaube, es war genau die richtige Menge. Und du? Hast du überhaupt geschlafen?«

»Nicht viel. Hör zu, Jeffrey«, sagt sie und stützt den Kopf auf die Ellbogen. »Es ist ernst.«

»*Was* ist ernst?«

»Diese ganze Geschichte. Das ist kein Spielchen. Lass das Manuskript nicht im Verlag herumgehen. Natürlich kannst du darüber reden, aber gib nicht jedem eine Kopie. Genauer gesagt, kopier es am besten *überhaupt* nicht. Und erzähl keinem davon, der nicht unbedingt Bescheid wissen muss.«

»Ich verstehe nicht ganz.«

»Das wirst du schon«, verspricht sie und spürt, wie sie schlagartig jede Energie verlässt. »Ich muss los. Und du solltest dich an die Arbeit machen.« Sie steht auf und gibt ihm einen Kuss auf die Wange. »Achtundvierzig Stunden.«

Dann wendet sie sich ab.

»Hey«, sagt er.

Sie dreht sich um.

»Wieso ausgerechnet ich?«

»Weil ich dir vertrauen kann. Das kann ich doch, oder?«

»Natürlich.«

»Und denk daran, Ball flach halten.«

»Aber wieso? Ich verstehe das nicht.«

»Weil es gefährlich ist, Jeffrey.«

»Aber warum?«

»Weil es darin um unfassbar schlimme Dinge geht.«

»Die *wer* begangen hat?«

Sie starrt ihn einen Moment lang an. »Einer der mächtigsten, bekanntesten Menschen der Welt. Ein Medienmogul, so bezeichnet man diese Leute wohl.«

Isabel sieht zu, wie er blass wird und sich dann ein Lächeln abringt. »Also hat Oprah doch ein paar Leichen im Keller.«

»Nein. Aber Charlie Wolfe.«

Isabel beschließt, ihn genau in diesem Zustand, neugierig, aufgeregt, motiviert, mit dem Manuskript allein zu lassen. Sie bahnt sich einen Weg an den vollen Tischen vorbei, bleibt nur kurz stehen, um Kellner und Kellnerinnen vorbeizulassen. Der Duft nach gebratenem Speck steigt ihr in die Nase. Genüsslich saugt sie ihn ein und malt sich aus, wie diese Köstlichkeit, die sie sich bestenfalls einmal im Monat gönnt, auf ihrer Zunge zergeht.

Ein Mann in einem grauen Anzug streift sie, und einen Moment lang hält sie inne und fürchtet, er könnte ihr in die Jackentasche gegriffen und sie bestohlen haben. Eilig tastet sie ihre Taschen ab, stellt jedoch fest, dass es nichts zu stehlen gibt. Sie sind sogar noch vernäht; genauso wie sie waren, als das Kostüm von der Textilfabrik irgendwo in Südostasien auf die Reise in die Staaten ging. Sie wirft einen Blick in ihre schwarze Lederhandtasche und erspäht ihre Geldbörse, ihr Handy, ihre Hausschlüssel. Alles Wichtige ist noch da.

Auf unsicheren Beinen tritt sie durch die Eingangstür nach draußen, zündet sich eine Zigarette an und spürt, wie der Rauch tief in ihre Lunge dringt und das Nikotin durch ihre Venen strömt. Sie hat es bereits mit Tabletten, Nikotinpflastern und Kaugummis versucht, aber am Ende hat sie es lediglich während der Schwangerschaft geschafft, eine Weile nicht zu rauchen.

Danach hat sie wieder angefangen; anfangs nur mit einer oder zwei am Tag, dann war es eine Handvoll, und innerhalb weniger Monate war sie wieder bei einer ganzen Schachtel angelangt. Im Lauf der letzten beiden Jahre hat sie immer wieder versucht aufzuhören, aber nie ernsthaft. Sie akzeptiert ihr Versagen, geht sogar davon aus, dass sie es nicht schafft. Weil sie in Wahrheit gar nicht damit aufhören, sondern es versuchen und scheitern will.

All ihre Freunde haben längst aufgehört, was ihr das Gefühl gibt, ein Polio-Opfer Anfang der Fünfziger zu sein, so als hätte sie als Einzige die Erfindung der Impfung verschlafen, als wäre sie ein Relikt aus einer längst vergangenen Ära.

Sie nimmt noch einen Zug und wirft einen Blick durch das Fenster ins Restaurant, wo Jeffrey mit gesenktem Kopf über dem Manuskript sitzt.

Der unscheinbare Mann in dem grauen Anzug durchquert das Restaurant und stellt seine Tasche auf einem Stuhl ab. »Entschuldigen Sie bitte, aber dürfte ich mir vielleicht kurz Ihren Füller borgen?«, fragt er und deutet auf das noble Schreibgerät.

Jeff sieht auf. »Klar.«

»Sie bekommen ihn gleich zurück.« Der Mann nimmt den Füller und tritt an einen anderen Tisch.

Jeff wendet sich wieder dem Manuskript zu, von dem er

hofft – nein, *weiß* –, dass es genau das ist, worauf er all die Jahre gewartet hat. Doch nun, da es vor ihm liegt, etwas so Großes, Wichtiges, überkommen ihn auf einmal Selbstzweifel. Seit diesem Pulitzerpreisträger vor fünf Jahren hat er kein so bedeutendes Projekt mehr an Land gezogen. Er ist aus der Übung, ist nicht sicher, wie er es angehen, seinem Boss, seinen Kollegen näherbringen soll. Oder wie er Isabel, ihre Erwartungen und den Zeitrahmen in den Griff bekommen soll. Er fürchtet sich vor den anderen Lektoren, denen sie es womöglich anbieten wird, vor dem erbitterten Bieterkrieg, der Auktion, der unfassbar peinlichen Niederlage, wenn das Ganze in die Binsen geht. Er fürchtet sich vor anderen Problemen, die unter der Oberfläche schlummern könnten, vor den Entscheidungen, die er womöglich treffen muss. Treffen *wird*.

Als der Mann wieder an seinen Tisch tritt und den Füller mit einem Dankeschön hinlegt, ist er so gedankenversunken, dass er kaum aufblickt. Er hätte nie im Leben gedacht, dass er dieses Manuskript eines Tages in Händen halten würde.

Der unscheinbare Mann verschwindet, stattdessen tritt die sexy Kellnerin mit dem schwarzen Rock und der weißen Schürze an den Tisch. Was ist bloß so reizvoll an Frauen in Dienstbotenkleidern? »Noch etwas Kaffee für Sie?«

Jeff sieht sie an, späht an ihr vorbei zu dem Tisch, an dem der Mann sitzen sollte. Aber er ist leer. Jeff blickt auf seine leere Kaffeetasse. »Ja, vielen Dank.« Er hat einen langen Tag vor sich. Er schlägt eine Seite mitten im Manuskript auf und beginnt zu lesen.

Innerhalb kürzester Zeit betrieb Wolfe Worldwide Media zwei Dutzend Websites in ganz Europa und kaufte sich in Zeitungen und Fernsehsendern ein. Sie hatten den Grundstein für die Einführung der privaten Nachrichtenkanäle gelegt und eine PR-Kampagne gestartet, in deren Zuge sie in zahllosen Interviews mit anderen Medien vorzugsweise über sich selbst sprachen, das Medienthema Nummer eins.

Im Rahmen eines dieser Interviews wurde Charlie gefragt, ob es ein Schlüsselerlebnis für seine abrupte Kehrtwende gegeben hätte; irgendetwas, das ihn damals, im Sommer nach seinem dritten Jahr auf dem College, bewogen hatte, seinen Lebensstil von Grund auf zu ändern. Damals hatte er dem Alkohol und den Drogen rigoros abgeschworen und sich stattdessen ausschließlich seinem Studium gewidmet und war in seiner Freizeit einer ehrenamtlichen Tätigkeit nachgegangen. Quasi über Nacht war aus einem leichtsinnigen, egoistischen, konsumsüchtigen Jugendlichen ein seriöser, bescheidener und ernsthafter junger Mann geworden.

»Nein«, antwortete er mit einem entspannten Lächeln, ohne auch nur eine Sekunde den Blick von der Kamera zu wenden. »Ich fand nur, dass es Zeit wurde, endlich erwachsen zu werden.«

Kapitel 8

»Los, komm, mach schon, komm!« Alexis zerrt Spencer am Arm. »Bitte!«

Ach, was soll's, jetzt ist es ohnehin schon egal, hatte sie nach dem Telefonat mit Isabel gedacht. Ein Morgenquickie konnte nicht schaden. »Los, Kumpel«, sagte sie zu Spencer und schob die Hände unter die Bettdecke. »Wach auf.«

Aber das ist über eine Stunde her – am Ende ging es doch nicht so schnell wie erwartet –, und jetzt will er einfach nicht aufstehen. Sie betrachtet den Mann in ihrem Bett, diesen arroganten, unausstehlichen, aber attraktiven und zweifellos talentierten Jungautor, der sich inzwischen Tech-Blogger nennt, auf Kurzgeschichten umgestiegen ist und an einem Drehbuch arbeitet. Sie hat ihn vor ein paar Monaten auf einer Party in einem Loft in Bushwick kennengelernt, zu der sie eine hypergesellige und gnadenlos gut gelaunte Presseagentin mitgeschleppt hat – Assistenten wie Alexis stehen grundsätzlich nie auf der Gästeliste, sondern sind ausnahmslos Begleitpersonen. Bevor sie loszogen, genehmigten sie sich in einer Bar in einem Hotel in Midtown, die normalerweise von Männern in den Vierzigern mit maßgeschneiderten Anzügen und echten Manschettenknöpfen frequentiert wurde, noch eine Runde astronomisch teurer Drinks.

Die Typen dort waren eine völlig andere Nummer als die Kerle in Brooklyn mit ihren wilden Bärten, den Tätowierungen und Piercings, den Stahlkappenstiefeln und dicken Ketten an den Gürtelschlaufen. Eine andere Art Uniform, vielleicht sogar noch vielschichtiger und sorgsamer gepflegt als die der Midtown-Typen, nur nicht ganz so teuer.

Sie wendet sich wieder ihrem Facebook-Account auf dem kleinen Display ihres Handys zu. Nur ein paar Leute haben ihren Eintrag mit einem »Gefällt mir« versehen, aber Isabel macht sich ohnehin nicht viel aus Facebook. Bei Twitter sieht die Sache jedoch anders aus: Fast jeder bei ATM twittert ununterbrochen. Zum Glück gehört Isabel nicht dazu, trotzdem wird sie unter Garantie davon erfahren. Über kurz oder lang wird in der Kaffeeküche, auf der Toilette oder im Konferenzraum vor einem Meeting irgendjemand neben sie treten und fragen: »Was ist eigentlich aus diesem anonymen Autor geworden, von dem Alexis so begeistert war, Isabel? Haben Sie ihn unter Vertrag genommen?«

Und dann ist Alexis am Arsch.

Wieder packt sie Spencer am Arm und versucht, ihn aus dem Bett zu zerren. »*Bitte.*« Er hat sich schon mehrere Male von Alexis getrennt. Rein zufällig sind sie auch im Moment eigentlich gar nicht zusammen.

Endlich hievt er sich hoch, schlüpft in seine von Farbspritzern übersäten Jeans und in sein T-Shirt mit dem Logo und den Konzertdaten irgendeiner New-Wave-Band aus einer Zeit, als er noch nicht mal geboren war.

Als Erstes steht heute eine lange, qualvolle Trainingseinheit auf dem Programm. Zur Strafe. Es ist höchste Zeit, dass sie sich für den diesjährigen Marathon in Form bringt. Sie hinkt im Zeitplan ein klein wenig hinterher, weil sie erst spät zur Kenntnis genommen hat, dass der Winter vorbei ist und sie ihr Lauftraining wieder aufnehmen muss. Als Nächstes hat sie einen Arzttermin, dann geht es weiter zum Waxing sowie zur Mani- und Pediküre. Und dann noch ein paar langweilige Einkäufe – Laufschuhe,

Unterwäsche, Toilettenartikel, Lebensmittel; nicht gerade der Glamour von *Sex and the City*.

Genauso unglamourös wie ihr Wochenende. Statt eines ihrer sechs zugeteilten Wochenenden in einem Ferienhaus am Strand von Southampton, das sie mit einem Dutzend Freunden, Bekannten und Wildfremden über den Sommer gemietet hat – allein die Aufteilung, wer wann in welchem Bett schlafen darf, gleicht dem Organigramm eines Unternehmens auf der Fortune-500-Liste –, mit Strandpartys und exzessiven Trinkgelagen zu genießen, hat sie mit dem Manuskript auf dem Schoß im Schatten auf der heruntergekommenen Veranda hinterm Haus gesessen, die weiße Farbe von ihrem Korbstuhl geknibbelt und die Stechmücken verscheucht.

Trotzdem ist Anonymus ein weiterer Autor, den sie nicht wird vertreten dürfen, sondern der ihr, gemeinsam mit seinem spannenden Manuskript, wieder einmal brutal aus der Hand gerissen werden wird, noch bevor der Tag richtig angefangen hat.

Ihre Sporttasche ist fertig gepackt, nur der Lesestoff fehlt noch. Sie blickt auf ihr ledergebundenes Notizbuch und überfliegt, was sie über *Der Unfall* geschrieben hat; wenn es nach ihr geht, kann das Manuskript exakt so bleiben, wie es ist. Dann wirft sie einen Blick auf die Excel-Tabelle, die sie mit beinahe zwanghafter Genauigkeit pflegt, lässt den Blick über Zeile Nr. 709 schweifen. ANONYMUS steht in Spalte A, DER UNFALL in Spalte B. Sie lässt die Summen der Stunden errechnen. 2:5, 5:15, 4:30 plus 4:30. Sie hat mehr als fünfzehn Stunden damit zugebracht, die Fotokopie zu lesen, von der sie behauptet hat, sie würde sie gar nicht besitzen. Dabei hat sie einen durchaus nachvollziehbaren, wenn auch moralisch sicherlich nicht einwandfreien Grund für ihre Lüge: ihre Hoffnung, dass es ihr Projekt werden könne, einzig und allein ihres.

Sie schaltet ihren Kindle ein und öffnet ein frisch importiertes Dokument, ein Manuskriptvorschlag eines Freunds von einem von Isabels notorisch erfolglosen Autoren. Alexis liest die erste Seite. Eigentlich ist das Ding gar nicht so übel. Inzwischen hat sie gelernt, grundsätzlich die erste Seite eines Manuskripts zu lesen, bevor sie weitere Zeit investiert. Bereits diese erste Seite lässt manchmal auf vielfältige Art und Weise ahnen, wie grauenvoll ein Buch sein kann. Aber bei diesem Manuskript ist es nicht der Fall, deshalb wird sie es auf dem Crosstrainer lesen. Oder irgendetwas anderes. Auf ihrem Reader sind drei Dutzend eingereichte Manuskripte abgespeichert.

Bei *Der Unfall* hat sie einen Fehler gemacht. Sie war zu ungeduldig, zu geschwätzig, zu forsch. Sie muss einen Gang zurückschalten, mit dem gebührenden Ernst vorgehen, am Ball bleiben. Sie ist gerade einmal fünfundzwanzig. Es mag andere Fünfundzwanzigjährige geben, die an ihr vorbeigezogen sind, aber sie sind die Ausnahme, nicht die Regel. Ihre Zeit wird noch kommen. Aber nicht jetzt.

Spencer hat es endlich geschafft, sich anzuziehen. Alexis schiebt ihn zur Tür hinaus, bevor er fragen kann, ob er einen Kaffee bekommt.

Gemeinsam treten sie auf den Gehsteig ihrer Straße in Hell's Kitchen. Ein Lieferwagen rumpelt mit ohrenbetäubendem Lärm vorbei. Ein Taxi kommt mit quietschenden Reifen zum Stehen. Eine kleine Armee hispanischer Leiharbeiter, allesamt in Jeans und mit braunen Arbeitsschuhen, lungert vor einer frisch umgebauten Fabrikhalle herum und wartet nur darauf, dass es endlich 08:59 wird und sie hineindürfen, um ihrer schmutzigen, lärmenden, illegalen Arbeit nachzugehen und in 3-Millionen-Dollar-

Lofts Estriche zu verlegen, Decken einzuziehen oder mehrfach verglaste Fensterscheiben einzusetzen.

An der Ecke bleibt sie stehen. »Okay.«

Bei ATM gibt es nur drei männliche Assistenten; mindestens zwei davon sind schwul, der dritte in jeder Hinsicht absolut inakzeptabel. Folglich muss Alexis ihr Jagdrevier für potenzielle Beziehungspartner – na ja, als Beziehung kann man es wohl nicht bezeichnen – häufig auf Brooklyn ausweiten, wo mehr Leute ihres Alters leben, allesamt leidenschaftliche Manhattan-Hasser und eiserne Verfechter des Viertels, das sie für sich erobert haben. Aber Alexis hat sich stets in Manhattan gesehen. Sie hat sich ausgemalt, wie sie zu Fuß die Straße entlanggeht, in die Agentur oder einen Verlag, während rings um sie herum das Leben der Stadt pulsiert, die niemals schläft.

»Das war's also, ja?«, fragt Spencer.

Sie nickt.

»War echt geil.« Sie weiß, dass er den Sex meint. Ihre Kommunikation von gestern Abend verdient noch nicht einmal das Wort »Unterhaltung«, und der Morgen bestand in erster Linie daraus, ihn möglichst schnell aus ihrer Wohnung zu bekommen.

Allmählich beschleicht sie der Verdacht, dass er sie noch nicht einmal besonders leiden kann, und sie muss zugeben, dass das Gefühl durchaus auf Gegenseitigkeit beruht. Vielleicht sollte sie einfach nicht mehr mit ihm ins Bett gehen. »Ich rufe dich an.«

»Wäre hammer«, sagt er, ohne es wirklich zu meinen. Für Spencer ist alles »geil« und »hammer« oder, wenn er in Retrolaune ist, »mega« oder »cool« – eine Wortwahl, die sie in den Wahnsinn treibt. »Bis dann.«

»Hm.« Sie wendet sich um und geht davon, vorbei an dem koreanischen Deli, wo der niedliche mexikanische

Junge mit dem Bleichmittel, das einem die Tränen in die Augen treibt, den Gehsteig schrubbt. »Morgen, Miss.«

In diesem Moment dämmert ihr – verdammt –, dass sie in ihrer Eile, Spencer loszuwerden, ihre Brieftasche vergessen hat. Mit dem Ausweis des Fitnessklubs darin. Sie weiß genau, dass sie ohne ihn nicht reinkommt, weil diese dämliche Korinthenkackerin morgens am Empfang jeden auflaufen lässt, der ohne Ausweis dasteht.

Gedankenverloren tritt sie vom Bürgersteig auf den schwarzen Asphalt. Sie macht noch einen Schritt und noch einen. In diesem Moment zerreißt das Kreischen von Bremsen die Luft. Sie dreht sich um und blickt geradewegs auf eine schwarze Limousine.

»*Cuidado*! *Cuidado*!«, schreit der kleine Mexikaner.

Doch sie steht wie versteinert da, unfähig, sich zu bewegen, und starrt auf den immer größer werdenden Kühlergrill.

»Miss?« Der Junge hat eine Hand um ihren Arm gelegt, in der anderen hält er immer noch seinen Schrubber. »Alles okay? Miss?«

Sie nickt.

»Bist du blind, du blöde Kuh?«, schreit der Fahrer der Limousine, der inzwischen das Fenster heruntergelassen hat. »Die Ampel ist rot. Das heißt: Nicht! Gehen! Schon mal gehört?« Es ist keine rhetorische Frage, sondern er erwartet tatsächlich eine Antwort von ihr. »Also?«

Sie steht da, am ganzen Leib zitternd und völlig verängstigt. Dann macht sie kehrt und geht mit schlotternden Knien den halben Block zurück bis zu ihrem Haus. Sie schließt die Tür des roten Backsteinbaus mit den rostigen Feuertreppen auf, durchquert den kurzen, düsteren Flur. Sie schiebt den Schlüssel in die Tür zu ihrer Wohnung, dem miesesten Apartment im ganzen Haus – 1F, Erdgeschoss Vordergebäude, zwei Stufen unter Straßenniveau, direkt gegenüber von den Mülltonnen.

Alexis öffnet die Tür, tritt ein und schließt die Tür hinter sich. Dann wendet sie sich um.

Ein Mann steht im hinteren Teil des Raums, das Manuskript in der Hand. Auf frischer Tat ertappt, verblüfft. Trotzdem bewegt er sich mit erstaunlicher Geschwindigkeit, während Alexis auch jetzt nur wie angewurzelt dasteht.

Kapitel 9

»Hast du deinen Wagen hier?« Hayden öffnet den Schrank, nimmt eine Reisetasche heraus und legt sie aufs Bett.

»Ja.« Erstaunt wendet Kate den Blick vom Fenster ab. Sie hat nicht damit gerechnet, ihn heute noch einmal zu sehen.

»Gut.« Er zieht die oberste Kommodenschublade auf, in der ihre Unterwäsche liegt. Er hätte es wissen und eine andere Schublade weiter unten aufziehen müssen. »Äh …« Er winkt sie zu sich. »Könntest du mir vielleicht beim Packen helfen?«

»Was ist los?«

»Wir müssen die Operation zurückfahren.«

»Beenden, meinst du? Jetzt gleich?«

»Sofort.«

Sie sammelt BHs, Slips und Socken ein und stopft sie in die Reisetasche. Seine Ankündigung scheint sie völlig aus dem Konzept gebracht zu haben.

»Keine Sorge, Kate. Du hast deine Sache gut gemacht.« Hayden greift nach einem Stapel ordentlich zusammengefalteter Jeans und T-Shirts. »Dass sich die Angelegenheit nun so entwickelt, hat nichts mit dir zu tun. Etwas anderes ist vorgefallen.«

Wortlos nimmt sie einen weiteren Armvoll Kleider aus dem Schrank und legt alles in die Reisetasche aus Leder und Segeltuch – ein Gepäckstück von dezenter Eleganz, das, so vermutet Hayden, mindestens eintausend Euro gekostet hat und ein sichtbarer Beweis dafür ist, dass sie eine Menge Geld für Reisegepäck – und folglich auch für

Urlaub – zur Verfügung hat oder sich auch sonst jeden Wunsch problemlos erfüllen kann. Ehrlicherweise nimmt er es ihr übel, aber nur ein klein wenig. Schließlich arbeitet sie für ihn.

Außerdem kann Hayden selbst auf zwei gut gefüllte Konten zurückgreifen. Auf dem einen liegt etwas Familienvermögen aus dem Verkauf seines Elternhauses in Back Bay. Die Steuern und Unterhaltskosten für ein großes Haus in der Marlborough Street sind exorbitant, außerdem hätte sich seine Schwester, die immer noch in Boston wohnt, niemals herabgelassen, nach dem Tod von Goo und Ga – über fünfzig Jahre lang die Spitznamen seiner Eltern – so ein riesiges Haus zu bewohnen. Willa behauptete damals, die »Villa«, wie sie es nennt, kollidiere mit ihrer Karriere und ihrem damit verbundenen Image – sie arbeitet als auf Konfliktlösung zwischen Banden spezialisierte Mediatorin und gondelt in einem verbeulten Hyundai kreuz und quer durch das südliche Boston. Und auch Hayden selbst hatte logischerweise keine Verwendung für das große, düstere Stadthaus mit den sechs Schlafzimmern; ebenso wenig wie seine Schwester Ellen, die in Greenwich ein Leben als wohlhabende Gattin und Hausfrau führt.

Also verscherbelten sie den Backsteinklotz, bezahlten die Steuern und teilten den Gewinn untereinander auf. Auf diese Weise gelangte Hayden zu einer Dreiviertelmillion Dollar, für die er keinen Finger krumm machen musste und die von einigen wenigen kompetenten Privatbankern sorgsam verwaltet wird. Bislang hat er nie den Drang verspürt – und auch gar nicht die Zeit dafür gefunden –, das Geld auszugeben, weshalb es dort liegt, geduldiger, als er es ihm zugetraut hätte; in der Erwartung auf eine Krankheit katastrophalen Ausmaßes oder eine späte Lebenskrise. Doch die Mitte seines Lebens kam und verging ohne die lähmende Krise, auf die er sich all die Jahre innerlich vorbereitet hatte.

Beim zweiten Konto handelt es sich um ein Nummernkonto in der Schweiz mit rund einundzwanzig Millionen Euro oder über dreißig Millionen Dollar, je nach aktuellem Wechselkurs. Auch hierbei handelt es sich um nicht selbst verdientes Geld, wenn auch aus einer gänzlich anderen Quelle.

»Also, nur noch mal zum Verständnis«, sagte Hayden ein Jahr zuvor in einem anderen Land. »Dein Mann ist derjenige, der Colonel Petrovic fünfzig Millionen Euro gestohlen hat?«

Kate lächelte verkniffen und ohne jede Belustigung, dann zuckte sie die Achseln.

»Und dafür willst du Immunität? Für Dexter?«

»Und für mich.«

»Für dich?«

Kate nickte.

»Wieso? Warst du auch in den Diebstahl verwickelt?«

Sie schüttelte den Kopf.

»Aber du wusstest davon.«

»Nein, zumindest damals nicht. Es ist letzten Winter passiert.«

Er beugte sich vor und stützte die Ellbogen auf den kleinen Tisch im Café im obersten Stock des Centre Pompidou. »Aber wieso brauchst du dann Immunität?«

»Eigentlich brauche ich sie gar nicht, aber man weiß schließlich nie.«

Das war merkwürdig. »Und wo ist das Geld?«

»Na ja, wir – besser gesagt, Dexter – hat die Hälfte, die andere ist nicht verfügbar. Zumindest im Moment nicht.«

Hayden hob die Brauen.

»Dexter hatte eine Komplizin. Sie hat die andere Hälfte. Glaube ich.«

»Du *glaubst* es?«

Kate blies die Backen auf und ließ den Atem entweichen. »Ich habe es gerade erst herausgefunden, Hayden, und die ganze Sache hat praktisch mein Leben zerstört. Also hör gefälligst auf, mir auf den Geist zu gehen.«

Hayden sieht über die Dächer von Beaubourg in Richtung Süden, über das Paris, wie man es von Postkarten kennt – die Strebebögen von Notre-Dame, die strenge Geometrie des Louvre, die Maschinenzeitalter-Eleganz des Eiffelturms. Diese wunderschöne Stadt, einst Welthauptstadt und Zentrum von Kultur und internationaler Machenschaften, war inzwischen zu einem politischen Kaff verkommen, lediglich beherrscht von teuren Delikatessen und Mode, vom Tourismus, dem Sog der Großstadt in einem in Wahrheit winzigen Land, in der Bedeutungslosigkeit versunken.

Für die Franzosen war Paris natürlich bis heute der Nabel der Welt, in den Augen der Amerikaner hatte es seine Stellung als Hauptstadt Europas längst eingebüßt. Stattdessen hatte sich Deutschland längst zur wichtigsten Industrienation gemausert, Spanien und Griechenland waren die notorischen Unruheherde, London die Hauptstadt. In Skandinavien schreckten die Muslime nicht länger vor militanter Gewalt zurück, und die Gangster in Russland scharrten mit den Füßen. In Osteuropa warteten unterdrückte und gelegentlich aufmüpfige Gruppierungen auf ihre große Chance, der Süden wurde von religiösen und ethischen Spannungen beherrscht, und im Norden lagerten massenhaft strategische Ölreserven.

In Europa gab es ununterbrochen Entwicklungen von zentraler Bedeutung zu überwachen und zu beeinflussen, ebenso wie eine Reihe höchst beharrlicher und unerfreulicher Zeitgenossen, die es im Zaum zu halten galt. Trotzdem herrschte in Langley eine zunehmende Zögerlichkeit vor, die erforderlichen Maßnahmen zu ergreifen, um in Europa endlich Ordnung zu schaffen. Im Kielwasser des 11. September hatte der Fokus ausschließlich auf dem Mittleren Ostern und dem Schutz des Landes vor Terrorismus gelegen. Im Zuge dessen hatten sich die komplexen Zusammenhänge in Europa für die CIA-Leute, in Wahrheit nichts als eine Horde tumber Bürokraten der MTV-Generation mit der entsprechenden Aufmerksamkeitsspanne, als nahezu undurchschaubar und daher auch nicht länger beeinflussbar entpuppt. Diese Sesselfurzer waren fest davon überzeugt, die plumpe Dynamik der Vorgänge im Mittleren Osten zu verstehen, und hatten nicht unbedingt die Geduld, sich mit den weitaus komplizierten Strukturen und Abläufen in Europa auseinanderzusetzen.

Seit Ende der Neunziger hatte Hayden einige außerplanmäßige Operationen durchgeführt und dabei eine beidseitige symbiotische Beziehung mit einem internationalen Geschäftsmann entwickelt. Sie halfen sich gegenseitig dabei, die Art von Nachrichten zu erschaffen, die Hayden sich in seiner Funktion als CIA-Repräsentant wünschen würde. Doch während sein Partner in den darauffolgenden zehn Jahren zunehmend an Einfluss gewann und immer deutlicher in der Öffentlichkeit in Erscheinung getreten war, hatte dieses Aufgabengebiet immer mehr an Bedeutung verloren, bis sie schließlich vollends verebbt war.

Aus diesem Grund hatte Hayden mit dem Gedanken gespielt, etwas völlig Neues aufzuziehen; eine Art inoffiziellen Fundus für ein Team aus Freiberuflern, die er für all jene Operationen einsetzen konnte, die von den feigen

Langley-Typen, die sowieso bloß die Sicherheit ihrer eigenen Ärsche im Sinn hatten, nicht länger genehmigt wurden: gezielte Verbreitung falscher Informationen. Gegenspionage. Rufmord.

Vielleicht war dies ja genau der richtige Augenblick. Vielleicht fiel ihm genau hier, hoch über den geschäftigen Straßen des 4ème Arrondissement, unerwartet das Rüstzeug in den Schoß, das er dafür brauchte – nicht nur das notwendige Kapital, sondern auch gleich die wichtigste Mitarbeiterin. Er könnte eine Art Deal mit Kate abschließen: ihre gestohlenen Millionen als Gegenleistung für die Immunität für ihren Mann. Na ja, gewissermaßen. Und er könnte ihr genau den Job geben, den sie sich vorstellte. Ebenfalls gewissermaßen.

Er betrachtete sie im weichen Herbstlicht, lehnte sich zurück und bemühte sich, ganz ruhig zu atmen. Er konnte es kaum erwarten, ihr den Vorschlag zu unterbreiten, zwang sich jedoch zur Ruhe. Eine verletzliche Frau. Sie zu manipulieren war ein Kinderspiel.

»Okay, Kate«, sagte er schließlich und streckte die Hand aus. Es gab Tage, an denen er das Gefühl hatte, nicht nur der größte Glückspilz, sondern auch der größte Schlaukopf unter der Sonne zu sein. Dies war einer dieser Momente, mit einem Handschlag besiegelt. »Wir sind im Geschäft.«

»Willst du mir vielleicht verraten, was los ist?«, fragt Kate.

Hayden nickt.

»Danke, lieber Gott.«

»Oh, Mr Gray genügt völlig.«

»Sehr witzig.«

Er drückt ihr den letzten Kleiderstapel in die Hand. »Es sieht ganz so aus, als wäre unser Zielobjekt nicht der richtige Mann.«

Kate starrt ihn verständnislos an. Ihre freiberuflichen Techniker an der Heidelberger Uni haben diesen Kerl seit Monaten gesucht. Sie haben den gesamten Planeten nach jemandem durchforstet, der eine Biografie über einen der mächtigsten Männer der Welt schreiben könnte, bis sie endlich auf eine IP-Adresse stießen, deren Inhaber sich regelmäßig durch alte Zeitungsartikel, Videoclips und Fotos – allesamt mit Charlie Wolfe im Mittelpunkt – arbeitete. Sie verfolgten die IP-Adresse zu einer Telefonnummer, von der aus auch regelmäßig Anrufe in die Staaten getätigt wurden. Anrufe bei Wolfes Familie und ehemaligen Klassenkameraden, bei Kollegen, Politikern und Journalisten.

An dieser Stelle kam Kate ins Spiel. Sie war praktisch während des gesamten Frühjahrs anderen Hinweisen kreuz und quer auf dem Kontinent nachgegangen – ein Apartment in Sevilla, ein Bauernhaus in der Dordogne, ein Cottage in den Cotswolds und eine Villa auf Lipari – und zwei Wochen am Stück nonstop unterwegs gewesen. Eilig mietete sie das Apartment in der Nørrebrogade, zog ein, obwohl kein einziges Möbelstück darinstand, und engagierte das restliche Team aus freien Mitarbeitern. Im festen Glauben, dass sie den Autor aufgestöbert hatte, rief sie zwei Tage später Hayden an.

»Wie ist das möglich?«, fragt sie nun und zieht den Reißverschluss zu.

Hayden nimmt die Reisetasche und wuchtet sie vom Bett.

»Grundtvig recherchiert sehr fleißig und gewissenhaft. Wir haben – genauer gesagt, *ich* habe – all seine Gespräche abgehört.« Sie verteidigt ihre eigene Gewissenhaftigkeit, ihre Vorgehensweise. Sich selbst. »Und im Mittelpunkt all seiner Recherchen befindet sich eindeutig Wolfe.«

»Ja, das stimmt. Und wir haben alles gesehen, was er so tut, stimmt's?«

Sie nickt.

»Trotzdem wurde vor ein paar Tagen ein Ausdruck des Manuskripts – von dem wir ausgehen müssen, dass es sich um die endgültige Version handelt – wie erwartet der Literaturagentin in New York übergeben, ohne dass wir mitbekommen haben, dass er es zur Post gebracht hat, und ohne dass wir eine Mail mit einem entsprechenden Anhang abgefangen hätten. Und das Merkwürdigste daran ist, dass er auch jetzt noch fleißig weiterrecherchiert.«

Hayden sieht, wie sich die Rädchen in Kates Kopf drehen, als sie sich einen Reim darauf zu machen versucht; genauso wie er selbst vor gerade einmal einer Stunde.

»Also geht dort drüben in dieser Wohnung nicht das vor sich, was wir glauben«, folgert sie schließlich.

Er nimmt einen Schraubenzieher von der Arbeitsplatte in der Küche. »Sieht ganz danach aus.«

Hayden hat von Anfang an gewusst, dass Grundtvig nicht der wahre Autor ist, aber trotzdem gehofft, dass er regelmäßig oder zumindest gelegentlich in Kontakt mit ihm steht und sie dadurch zu ihm führen würde. Es ist nur schwer zu glauben, dass das nicht längst passiert ist.

Er durchquert den Raum, schiebt mit dem Fuß die Matratze beiseite, geht auf die Knie und stemmt mit dem Schraubenzieher eine Planke ab. Dann greift er in die Lücke und nimmt zwei Paar Lederhandschuhe heraus. Eines davon reicht er Kate, das andere streift er sich selbst über die Finger.

»Was machen wir da?«

Er greift ein zweites Mal hinein und holt zwei billige 9-Millimeter-Waffen heraus, beide sauber und nicht zurückverfolgbar, weil die Nummern mit einer Feile entfernt wurden. Haydens Überzeugung nach lassen sich nur die allerwenigsten Probleme mit Waffen lösen. Stattdessen verlagert die Gewalt sie in aller Regel nur und macht die Situation bloß noch komplizierter, aber manchmal gibt es keinen anderen Ausweg.

»Unser Freund«, sagt er und deutet mit einer der Waffen in Richtung Fenster, »muss irgendwie in Verbindung mit dem Autor stehen. Seine Aktivitäten im Internet und seine Telefonate haben bislang nichts in diese Richtung ergeben, aber ich vermute, auf seinem Computer werden wir fündig.«

»Wir brechen bei ihm ein?«

Lachend schiebt Hayden die Waffe in die Tasche seines Jacketts. »Nein, meine Liebe, *ich* werde bei ihm einbrechen. Du wirst draußen auf der Straße warten, nur für alle Fälle. Sobald ich aus dem Haus komme, gebe ich dir den Laptop und steige auf mein Rad, während du losfährst.« Hayden schiebt sich ein Ohrstück ins Ohr. »Aber wenn du Dänemark verlassen willst, nimm nicht die Fähre nach Deutschland, sondern den Weg übers Festland.«

Sie nickt. Engpässe vermeiden.

»Bring jetzt deine Tasche runter in den Wagen.« Er stöpselt das Kabel des Knopfs in sein Telefon ein. »Dann geh auf die andere Straßenseite, und warte dort. Und halte die Augen offen.«

Sie sehen sich ein letztes Mal in der Wohnung um, ob irgendetwas herumliegt. Nichts.

Seit Hayden erwachsen ist, wollte er immer als Amerikaner im Ausland leben und in den Angelegenheiten anderer Regierungen mitmischen. Er hat sich aus freien Stücken für dieses Leben entschieden. Sollte er in Ausübung seiner Tätigkeit ums Leben kommen, ist er kein Opfer, sondern selbst schuld. Niemand ist ein Opfer, wenn er sich sehenden Auges in Gefahr begibt. Hayden ist ein strenger Verfechter der Selbstbestimmung und der These, dass jeder selbst für sein Schicksal verantwortlich ist.

Er wird demjenigen, der ihn letztlich in einer Situation wie dieser tötet, keinen Vorwurf machen, trotzdem hofft er jedes Mal, dass es nicht ausgerechnet heute passieren wird.

Hayden lässt ein paar Kleinwagen und eine Horde Fahrräder vorbei, dann überquert er gemessenen Schritts die Straße, sorgsam darauf bedacht, Ruhe zu bewahren oder zumindest den Anschein von Gelassenheit zu erwecken. Vor dem Gebäude nebenan wirft ein Mann seinen Zigarettenstummel in den Rinnstein, wendet sich um und tritt durch die Glastür mit den Spitzenvorhängen in den Scheiben.

Hayden öffnet die schwere Holztür des Apartmentgebäudes und tritt vor die Tür aus Glas und Aluminium, neben der sich eine Klingeltafel befindet. Die Hälfte der Namensschilder neben den Knöpfen ist leer. Er überlegt, wahllos zu läuten, bis ihn jemand hereinlässt, verwirft den Gedanken jedoch wieder. Es sollte kein Problem sein, mit wenigen Pistolenhieben entweder das Schloss kaputt zu schlagen oder aber die Scheibe zu zertrümmern.

Vorher probiert er jedoch die Klinke aus. Zu seiner Verblüffung lässt sich die Tür öffnen. Skandinavien, eine Insel der Vertrauensseligkeit.

Er erklimmt eine wacklige Treppe, umrundet den Absatz und tritt vor die Wohnungstür. Er holt tief Luft, zieht die Waffe, legt die Finger um den Türklopfer und lässt ihn auf das Holz fallen.

Nichts.

Er wartet. Fünf Sekunden. Zehn. Er klopft noch einmal

»FedEx!«

»*Jeg kommer*!«, dringt eine Männerstimme aus der Wohnung, gefolgt vom Scharren von Stuhlbeinen auf dem Fußboden, Schritten und schließlich dem Klicken des Schlosses.

Hayden reißt die Schulter vor und wirft sich mit seinem gesamten Körpergewicht dagegen, während die Tür mit einem Krachen aufspringt. Er packt Jens Grundtvig am Hemdkragen, reißt die Pistole hoch und presst ihm die Mündung mitten auf die Stirn.

»Pst!«, zischt er und schlägt die Tür mit einem Fußtritt zu. »Sie sind so gut wie tot.«

Grundtvigs Augen drohen aus den Höhlen zu treten. Er taumelt rückwärts, verliert das Gleichgewicht, doch Hayden bekommt ihn erneut am Kragen zu fassen.

»Aber ich will Sie nicht töten. Ich will bloß wissen, was Sie hier tun.«

Der Mann öffnet den Mund, doch kein Laut dringt heraus.

»Ja?«

»Bitte, töten Sie mich nicht.«

Inzwischen stehen sie vor dem Schreibtisch. »Hinsetzten«, befiehlt Hayden.

Schwer atmend lässt sich der Mann auf den Stuhl fallen.

»Und jetzt raus mit der Sprache. Was machen Sie hier?«

»Recherchen. Ich betreibe Recherchen.«

»Für wen?«

»Das weiß ich nicht.«

»Wer bezahlt Sie?«

»Ich kenne seinen Namen nicht. Oder ihren. Ich weiß es nicht. Ich weiß bloß, dass jede Woche das Geld auf mein Konto eingezahlt wird. In Kronen.«

»Sie recherchieren über Charlie Wolfe? Seine Firmen?«

»Ja. Mehr nicht. Nur Recherche.«

»Und was machen Sie mit den Informationen? Schicken Sie sie jemandem?«

»Nein. Jeden Freitagabend um Mitternacht wird mein Dokument auf einen Server überspielt.«

»Wie funktioniert das?«

»Keine Ahnung. Der Computer und die Datenübertragung sind Teil des Jobs, genauso wie die Wohnung. Mehr weiß ich nicht.«

Hayden tritt zwei Schritte zurück und sieht sich in dem großen, unaufgeräumten Zimmer um, das als Wohn- und Schlafzimmer und Büro zugleich dient. In der Ecke befindet sich eine Kochecke, in der schmutziges Geschirr herumsteht.

Ein Rauschen dringt durch sein Ohrstück. »Wir haben hier ein Problem mit dem Haus nebenan«, sagt Kate. Im Erdgeschoss auf der Westseite befindet sich eine Art Lokal, das vorwiegend, vielleicht sogar ausschließlich, von frisch zugewanderten Türken frequentiert wird. Es gibt ein paar Tische mit Wachstuchdecken, einen alten Fernseher auf einem Regal in der Ecke, eine fette alte Katze, Teekannen und kleine Gläschen.

»Zwei Männer, vermutlich bewaffnet, kommen herein.«

Bis zu diesem Moment war unklar, ob das Lokal in irgendwelche fragwürdigen Machenschaften verwickelt ist, aber jetzt steht fest, dass Grundtvig in irgendeiner Verbindung dazu steht, auch wenn noch nicht klar ist, in welcher. Ihr Auftauchen verheißt jedenfalls nichts Gutes.

»Ich gehe ihnen nach«, sagt sie.

Hayden malt sich aus, wie sie, die Waffe vor sich haltend, das Gebäude betritt und ganz langsam die Treppe heraufkommt. In diesem Moment bemerkt er die Videokamera über der Eingangstür.

Grundtvig verlagert das Gewicht auf seinem Stuhl.

»Aufstehen«, knurrt Hayden leise.

»Ich?«, flüstert Kate.

»Nein, ich habe mit ihm geredet.« Hayden packt Grundtvig an der Schulter und zwingt ihn, sich vor ihn zu stellen, quasi als menschlicher Schutzschild.

Inzwischen scheinen die Männer vor der Tür zu stehen.

»Schaffst du es, in zehn Sekunden Sicht auf die Tür zu haben?«

»Ja.«

»Ab jetzt.«

Hayden zählt im Geiste – ein, zwei, drei – und richtet die Waffe auf die Eingangstür. Vier, fünf, sechs …

Die Tür springt mit einem lauten Krachen auf. Aber da steht nur ein Mann, der mit der Waffe auf Hayden zielt. Sieben …

Die beiden starren einander eine Sekunde lang an – acht –, ehe Hayden begreift.

»Kate!«, sagt er – neun, zehn –, aber es ist zu spät.

Der Mann an der Tür grinst. Dann kommt er herein, sodass der zweite Mann – der Kate mit vorgehaltener Waffe vor sich herschiebt – eintreten kann. Er hat ihr aufgelauert. Offensichtlich wusste er von ihr.

Das Ganze war eine Falle.

Kapitel 10

Der Autor schlurft, eingehüllt in einen Kaschmirmorgenmantel und weichen Lederslippers an den Füßen, aus dem Untersuchungszimmer. Er hat die Sachen bei einem diesem bestens sortierten Edelherrenausstatter in der Bahnhofstraße, der nobelsten aller Züricher Nobelstraßen, gekauft, während draußen die dicken Karossen vorbeiglitten, die Kantonsflaggen an den Gebäuden über den breiten, makellos sauberen Bürgersteigen flatterten und sündhaft teure Handtaschen an den Armen ihrer Trägerinnen baumelten, wenn sie an den Auslagen der Boutiquen der berühmtesten Luxusmarken vorbeischlenderten.

Ab und zu ist er auch jetzt noch schockiert über die schwindelerregenden Preise für Taxis, Lebensmittel, Socken oder eine gewöhnliche Tasse Kaffee; eine Beleidigung seines Sinns für Anstand und soziale Gerechtigkeit. Andererseits – was kümmert es ihn? Das letzte Hemd hat keine Taschen, heißt es doch immer so schön.

Genau dieser Spruch ging ihm ununterbrochen im Kopf herum, als er im vergangenen Herbst wieder und wieder dieselbe traurige Geschichte erzählte, Hunderten von Menschen im Lauf einer nicht enden wollenden Woche, persönlich, am Telefon und sogar per Mail. Als er all den völlig entsetzten und mitfühlenden Menschen beteuerte, die Diagnose habe ihn aus heiterem Himmel getroffen, nachdem er sich schon eine ganze Weile so schlapp und müde gefühlt, abgenommen und geschnieft habe, als sei eine Grippe im Anmarsch.

Dabei gehörte er, wie jeder wusste, zu diesen wichtigtuerischen, dauerbeschäftigten Arbeitstieren, die niemals Zeit für Urlaub, Routinechecks oder Banalitäten wie Arztbesuche hatten, sondern erst zur Besinnung kamen, wenn sie bereits bis zum Hals im Schlamassel steckten, was eben vergangenen Herbst, unmittelbar vor Thanksgiving, der Fall war. Und nach ein paar Tagen, in denen er von Spezialist zu Spezialist gereicht und allerlei Untersuchungen unterzogen wurde, kam dann die Diagnose. Zack! Stadium IV.

Die Sterberate lag bei mindestens fünfundneunzig Prozent, auch wenn sich weder ein Arzt noch eine Schwester oder eine Sprechstundenhilfe dazu äußern wollte, um wie viel höher sie tatsächlich lag. Er war vierundvierzig und konnte von Glück sagen, wenn er seinen fünfundvierzigsten Geburtstag noch feiern durfte. Es wäre ein extremer Glücksfall. Daher sei es angeraten, seine Angelegenheiten lieber heute als morgen in Ordnung zu bringen, sagten sie zu ihm.

Wie geplant fuhr er über die Feiertage nach New York, wie in jedem Jahr. Es ist dieses eine Wochenende im Jahr, an dem Washington wie ausgestorben ist, kurz nach der Wahl, wenn sämtliche Mitglieder des Politzirkus Einladungen von Nachrichtensendungen wie *Face the Nation* oder *Meet the Press* abwiegeln mit einem knappen: »Nein, danke, aber ich fliege übers Wochenende nach Hause.«

Er ging zum alljährlichen Abendessen im Haus seiner Mutter in Brooklyn, wo sich die gesamte Verwandtschaft und die engsten Freunde der Familie eingefunden hatten; mittlerweile nicht mehr als eine Gruppe alter Leute und strammer, aufrechter Linker, die ihn einst als Baby auf dem Schoß geschaukelt hatten und ihn nun, da er dem Babyalter längst entwachsen war, mit jener resignierten

Ernüchterung ansahen, die untrennbar mit all den zerstörten Illusionen einhergeht; Illusionen nicht nur im Hinblick auf einen bestimmten Menschen, sondern auch auf ihren eigenen historischen Materialismus, den er verkörpert.

Am Freitag und Samstag ging er zu den in aller Eile vereinbarten Untersuchungsterminen und saß in trostlosen Wartezimmern herum, wo er die betont massengeschmackstaugliche, gegenstandslose Pseudokunst in Alurahmen betrachtete und in drei Monate alten Zeitschriften blätterte. Am Sonntag, nach schlaflosen Nächten in seiner Hotelsuite, unterbrochen von systematischen Plünderungen der Minibar und kurzen, aber keineswegs befriedigenden Märschen durch neonkalte Flure bis zu einem ächzenden Eiswürfelbereiter, hatte er das Gefühl, vor Erschöpfung allmählich durchzudrehen.

Am Sonntag machte er einen langen Spaziergang und stattete seiner Exfrau einen Besuch ab, was ohnehin sehr selten vorkam. Sie war die Erste, der er von der Diagnose erzählte. Dann fuhr er mit dem Zug nach Washington zurück. Der Zug fuhr in die verschiedenen Bahnhöfe auf dem Weg dorthin ein, blieb ein paar Minuten lang reglos stehen, als würde er darauf warten, bis Fahrplan und reales Zeitgefüge wieder übereinstimmten. Die Notbeleuchtung tauchte die Gänge in grünliches Licht, wies den Fahrgästen den Weg zu den Toiletten, der Bar und dem Ausgang, während die viel zu kalt eingestellte Klimaanlage über seinem Kopf unrhythmisch surrte. Offenbar hatte sich irgendetwas in den Lüftungsschlitzen verfangen. Die Tür der Bordtoilette öffnete und schloss sich hinter einem Betrunkenen, der sich auf beiden Seiten zu entleeren schien. Eine junge Frau sprach mit leiser Stimme in ihr Handy, neben ihr lümmelte ein Junge vor geschäftig ausgebreiteten Schulbüchern herum; daneben saßen eine Frau und ein Mann, augenscheinlich karibischer Herkunft, mit einem Mund voller Goldzähne.

Er saß auf seinem Platz, inmitten von all den Fremden, allein mit seiner Reue. Obwohl die Verachtung für Geld ein Eckpfeiler seiner Erziehung gewesen war, hatte er viele seiner späteren Entscheidungen aus rein monetären Erwägungen getroffen. Er hatte schon sehr früh damit angefangen, bereits auf dem College, und sich fünfundzwanzig Jahre lang daran gehalten, als hätte er sich auf einer Art kapitalistischem Autopilot befunden. Eine Zeit lang hatte er sich eingeredet, er sei bloß ehrgeizig statt geldgierig und dass es schwierig sei, Erfolg und Vermögen isoliert voneinander zu betrachten, weil beide doch untrennbar miteinander verbunden waren.

Der Zug setzte seine Fahrt durch New Jersey fort. Fahrgäste stiegen ein und aus, in Newark, Trenton und Philadelphia, im verblüffend heruntergekommenen Dover, dem unsäglich trostlosen Baltimore und am Riesenparkplatz des Flughafens BWI, ehe er schließlich in den aufwendig hergerichteten Bahnhof von Washington einfuhr.

Kurz nach der Abendessenszeit fuhr er vor seinem Büro vor und sah schon von Weitem, dass bei Charlie noch Licht brannte. Mit seinem Gepäck im Schlepptau ging er in sein eigenes Büro, das sich gegenüber von Charlies befand. Es war zwar ungewöhnlich, konnte aber durchaus vorkommen, dass jemand wie er um diese Zeit, am Ende eines langen Wochenendes, noch im Büro auftauchte, um irgendetwas in Angriff zu nehmen, dessen Erledigung am nächsten Morgen nur unnötig Zeit in Anspruch nehmen würde. An Abenden wie diesem liefen alle in Freizeithosen, Poloshirts und Turnschuhen herum, trugen Brillen anstelle von Kontaktlinsen und verströmten eine Atmosphäre jener

Kameradschaftlichkeit, wie sie Menschen verbindet, die auch sonntags ihrer Arbeit nachgehen.

Er schenkte sich einen Scotch ein, genoss die rauchige Schärfe, als sich die Flüssigkeit einen Weg durch seine Kehle bahnte. Dann machte er sich an die Arbeit, automatisch, während er geistesabwesend das schwere Kristallglas immer wieder füllte, sich – untypischerweise und ohne jede Absicht – betrank, mit wachsender Rührseligkeit sein Gesicht auf dem schwarzen Computerbildschirm anstarrte und über all die Dinge nachgrübelte, die er in seinem Leben verloren hatte und auch nicht wieder würde zurückgewinnen können.

Gegen neun Uhr blickte er auf und sah seinen Boss, groß und breitschultrig, im Türrahmen stehen. »Was machst du denn hier?«, fragte er beim Anblick der Flasche, des Glases und der rot geränderten, verquollenen Augen des Autors. »Alles in Ordnung?«

»Ach, na ja.« Er drehte das Glas zwischen seinen Fingern hin und her, ohne auch nur den Versuch zu unternehmen, es zu verbergen oder die Situation herunterzuspielen. »Thanksgiving.«

Charlie Wolfe trat einen Schritt näher. Seine Miene verriet nichts. »Bist du betrunken?«

»Meine Mutter … sie hasst mich. Und meine Exfrau … na ja, lieben tut sie mich auch nicht gerade. Und mein Kind?« Er zuckte die Achseln, trank noch einen Schluck, kämpfte gegen die Tränen an, dann stellte er das Glas mit mehr Nachdruck auf dem Tisch ab, als er beabsichtigt hatte.

Seine Beziehung zu Charlie hatte schon vor langer Zeit zu bröckeln begonnen, so wie es langjährige Verbindungen nun einmal an sich haben. Während der Anfangsjahre von Wolfe Worldwide Media hatte der Autor ein paar

Details über seinen Freund erfahren, die ihm nicht allzu gut gefielen; zusätzlich zu den höchst unerfreulichen Dingen, die er bereits seit Jahrzehnten über ihn gewusst hatte, ganz zu schweigen von den alles andere als schönen Dingen über sich selbst. Und dann, vor ein paar Monaten, nach dem Desaster in Finnland, hatten sie dieses grauenhafte Gespräch geführt. Von da an hatte sich ihre Beziehung erwartungsgemäß immer weiter verschlechtert.

»Charlie, was haben wir bloß getan?«, fragte er und schüttelte den Kopf.

Selbst ganz am Anfang hatte der Autor bereits große Bedenken wegen dem gehabt, was sie da taten: die Kompetenz der Nachrichtenmedien unterminieren und die Nachrichten selbst ihrer Objektivität berauben. Inzwischen ist es so offensichtlich, beinahe banal. Aber in ihrer Anfangszeit, damals in den Neunzigern, wurden die Nachrichten von den abendlichen Sendungen auf den drei wichtigsten Nachrichtenkanälen dominiert und von Sprechern in maßgeschneiderten Anzügen, mit zehn Millionen Dollar Jahresgehalt und festbetonierten Frisuren präsentiert, standen in der *New York Times*, dem *Wallstreet Journal* oder *Newsweek* oder wurden von Associated Press oder UPI in alle Welt kommuniziert – mit gewichtigem Ernst verfasste Artikel und Berichte über die schwer nachvollziehbaren Feinheiten ethnischer Konflikte in irgendwelchen Balkanländern. Die Nachrichtenbranche bestand aus einem weitverzweigten Apparat aus Karrieristen – Producern und Redakteuren, Verlegern und Reportern – mit Abschlüssen in Print-, Radio- oder TV-Journalismus, Praktika, Einstiegsjobs und Beförderungen in den meinungsmachenden Medien, mit Verbänden und namhaften Preisen, Regeln, Gesetzen und Standards. Eine Profession, von Profis betrieben. So wie es sein sollte.

Wolfe Worldwide Medias vorbehaltlose Mission bestand darin, den Nachrichten ihren Nachrichtenwert zu nehmen und stattdessen die Sensationsgier in den Vordergrund zu stellen. Sie stellten eine Webseite nach der anderen auf die Beine, immer nur eine in jedem Land, über ganz Europa verteilt, wo die Entwicklung des Internets und seine Nutzung noch nicht ganz so weit fortgeschritten und der Konkurrenzkampf im Hinblick auf Kapital, Klicks und Werbeunterstützung nicht so erbittert waren. Sie schufen ein System, in dem Amateure, die weder in einem Rechtsverhältnis zu Herausgebern standen noch ihnen sonst in einer Weise verantwortlich waren, die Nachrichten für sie aufstöberten. Nachrichten mit einem klar ersichtlichen Hang zum Klatsch, Voyeurismus und Skandal und einem ungenierten Mangel an Unparteilichkeit. Ziel war nicht, interessierte Nutzer mit vermeintlich objektiven Meldungen zu versorgen, sondern einer überschaubareren Klientel subjektiv eingefärbte Unterhaltungsthemen zu präsentieren; einer Klientel, die wesentlich leichter einzuschätzen und dadurch beeinflussbar war, was die Auswahl geeigneter Werbepartner und Sponsoren massiv erleichterte.

Sie kommunizierten keine Nachrichten im traditionellen Sinne – objektive, doppelt und dreifach abgesicherte Fakten, sondern etwas gänzlich Neues, erfunden in einer Ära, bevor Handykameras, soziale Medien, Livestreamingvideos und Nachrichten-Aggregatoren auf dem Vormarsch waren. Es waren die Zeiten, als die Leute noch bereit waren, eine ganze Woche auf die neueste Ausgabe einer Zeitung oder Zeitschrift am Kiosk zu warten, um endlich die jüngsten Details über eine Prominenten-Scheidungsschlammschlacht zu erfahren. Umso größer war ihre Begeisterung, als sie nicht länger eine geschlagene Woche, sondern *überhaupt* nicht mehr darauf warten mussten.

»Ist das unser Vermächtnis, Charlie?«, fragte der Autor, betrachtete erneut die bernsteinfarbene Flüssigkeit in seinem geschliffenen Kristallglas und überlegte, ob er zum ersten Mal in seinem Leben eine bestimmte Wahrheit preisgeben sollte.

Doch als er aufsah, hatte Charlie Wolfe sich bereits zum Gehen gewandt. Wieder einmal hatte Charlie Wolfe eine wesentliche Entscheidung getroffen, die sein ganzes Leben beeinflusste. Und die Wahrheit hing in der Luft, unausgesprochen und stumm, und doch von gewaltiger Wucht.

Minutenlang saß der Autor reglos in seinem vom schwachen Schein des Bildschirms und dem Lichtkegel seiner Schreibtischlampe erhellten Büro. Dann erhob er sich und stand einen Moment lang leicht schwankend da, ehe er zu den eingebauten Aktenschränken auf der anderen Seite des Raums trat und reglos dort in der Dunkelheit verharrte. Er war betrunken, deshalb gelang es ihm erst nach ein paar Anläufen, den Schlüssel in das Schubladenschloss zu bekommen.

Er hätte die Deckenbeleuchtung einschalten können, tat es aber nicht.

Stattdessen zog er die unterste, am seltensten genutzte Schublade auf und nahm die mit Gummibändern versehenen Aktendeckel heraus.

Sie hatten in aller Ausgiebigkeit über die Vorteile eines kompletten Buches anstelle kurzer Interviews im Fernsehen, in Zeitschriften und im Internet diskutiert. Mundgerecht vorgeformtes Infotainment, das war ihr Geschäft; sie wussten, was sich damit erreichen ließ und was nicht. Rufmord ist eine Sache weniger Handgriffe, sich einen Ruf aufzubauen dauert dagegen wesentlich länger.

Der Autor öffnete seine Reisetasche, schob Socken, Unterwäsche, Jeans, seinen Kulturbeutel und seinen Laptop beiseite, um Platz für die Dokumente zu machen.

Dann taumelte er hinaus und den Flur hinunter, durch die Glastür, vorbei an den Wachleuten in der Lobby und hinaus auf den Bürgersteig. Er schlurfte die zwei Meilen durch die dunklen, verwaisten Innenstadtstraßen, allein mit seinem neuen Geheimnis, das zentnerschwer auf seinen eigenen Geheimnisaltlasten lag, und dachte darüber nach, wie sehr das Leben doch von all den Geheimnissen bestimmt wurde.

Kapitel 11

Bradford McNallys Blick schweift über den abgetragenen, schlecht sitzenden Anzug des Finanzvorstands, über den Kragen seines Oberhemds mit dem deutlich sichtbaren Grauschleier, seine fusseligen schwarzen Socken und den Streifen schlaffer, käsiger Haut mit den dunklen Borstenhärchen, der unter seinem hochgerutschten Stück Hosenbein zu sehen ist, ehe er an seinen abgelatschten, ungeputzten, altmodischen Schuhen hängen bleibt. Dann wandert er weiter über die kahle, von Schweißperlen bedeckte Glatze am Hinterkopf und zu der stoppligen Stelle unterhalb seines nicht vorhandenen Kinns, die der Rasierer offenbar nicht erwischt hat.

Der Typ ist absolut ekelhaft. Er fläzt in dem abgewetzten ledernen Klubsessel, auf den feisten Schenkeln einen Stapel Unterlagen, auf deren oberster Seite zornige rote Zahlen und Kritzeleien prangen. »Unterm Strich«, erklärt Seth – das asthmatische Pfeifen seiner Atemzüge lässt ihn noch unsympathischer wirken – »sind es zehn Millionen.«

»*Was?*«

»Genauer gesagt sogar zehneinhalb.«

»Über Budget?« Brad hat gewusst, dass die Zahl astronomisch sein würde, sich aber an die Hoffnung geklammert, dass sie zumindest nicht achtstellig ausfallen würde. Sechs, sieben Millionen vielleicht, mehr nicht. »Zehn Millionen Dollar?«

»Und eine halbe«, korrigiert Seth ihn. »Nach den aktuellsten Berechnungen. Und Wolfes Übernahmeangebot sinkt mit jeder Woche um eine Viertelmillion. Aber das wissen Sie ja selbst.«

Brads Widerwillen gegenüber dem feisten Zahlenheini schlägt in aufrichtigen Ekel um.

Brad hat sich noch nie Illusionen darüber gemacht, dass wohl kein Finanzgenie in ihm schlummert. Aber selbst er weiß, dass es genau zwei Methoden gibt, um jegliche Form von Geldproblem zu lösen. Erstens: mehr einnehmen. Und zweitens: weniger ausgeben. Gegen die Ausgaben sind sie machtlos. Die Gehälter müssen ausgezahlt werden, die Produktionskosten lassen sich nicht reduzieren, und den Rotstift bei den PR-Kampagnen anzusetzen wäre ebenfalls nicht der richtige Weg. Mit keiner dieser Maßnahmen ließ sich ein derart hohes Minus ausgleichen. Gleichzeitig haben sie im Moment kein einziges Buch in der Pipeline, das zu einem derartigen Megaseller werden könnte, dass all ihre Probleme auf einen Schlag gelöst wären.

Es gibt also nur eine Möglichkeit, innerhalb kürzester Zeit an Geld zu kommen: so schnell wie möglich ein Manuskript mit Bestsellerpotenzial aufstöbern, es schleunigst auf den Markt bringen und beten, dass es den Nerv der amerikanischen Öffentlichkeit trifft. Ihnen bleibt ein halbes Jahr Zeit. Das wird knapp.

Die Wahrscheinlichkeit, dass das passieren wird, ist ziemlich gering, und Brad muss den Tatsachen ins Auge sehen. Er muss den Verlag verkaufen, und nur ein einziges Unternehmen hat bislang Interesse gezeigt: Wolfe Worldwide Media, der Hai unter den Medienkonzernen.

Wie, zum Teufel, ist er zu dem Menschen geworden, der Entscheidungen wie diese treffen muss? Vor fünfundzwanzig Jahren war er noch Skilehrer in Utah, zog jeden Tag zum Frühstück erst mal einen durch und genoss das Leben in vollen Zügen. Heute ist er Vater von zwei Kindern, die gerade über die Sommerferien vom College – einem privaten, versteht sich – nach Hause gekommen sind.

Brad zwingt sich, ins Hier und Jetzt zurückzukehren, wo der Finanzheini mittlerweile seinen üblichen Sermon über die Branche mit ihrem völlig überflüssigen Anspruch an Intellektualität und künstlerische Gestaltungsfreiheit vom Stapel lässt. Originalität, Sprachgewandtheit und dramaturgisches Gespür, alles überflüssiger Kram, wenn man Bücher verkaufen will. Mit Auszeichnungen und Lobeshymnen in den Medien lassen sich keine Rechnungen bezahlen. Daran wird sich auch in Zukunft nichts ändern. Aktualität. Große Namen. Das sind die einzigen relevanten Faktoren für die Verkäuflichkeit. Das war schon immer so und wird auch immer so bleiben.

Brad tritt ans Fenster und blickt auf das rege Treiben im Park auf der gegenüberliegenden Straßenseite hinaus. Er hätte heute Morgen definitiv einen Joint rauchen sollen, das ist ihm inzwischen klar. Er fährt sich mit der Hand durch sein dichtes, grau meliertes Haar, das er gewissenhaft alle zwei Wochen bei seinem Stammfriseur – einem der unzähligen Barbiere, die alle Sal heißen und deren Salons man in New York an jeder Ecke findet – schneiden lässt.

»Mr McNally?« Lorraine, seine Sekretärin, steht im Türrahmen und mustert ihn über den Rand ihrer rechteckigen Brille hinweg – eines jener aggressiven Modestatements aus limonengrünem und magentafarbenem Kunststoff, das einem regelrecht entgegenzuspringen scheint. »Jeff Fielder fragt, ob Sie fünf Minuten Zeit für ihn haben.«

Brad sieht den Finanzdirektor an.

»Schon okay«, sagt Seth. »Ich wollte sowieso pissen gehen.« Er hievt sich aus dem Sessel und droht um ein Haar umzukippen, ehe er sein Gleichgewicht wiedererlangt.

Jeff und Seth nicken einander im Vorbeigehen flüchtig zu; keiner hegt sonderliche Sympathien für den anderen.

»Ich habe hier etwas.« Fielder schwenkt mit hoffnungsvoller Miene einen Stapel Papier.

Brad deutet einladend auf den Stuhl vor seinem Schreibtisch. Es ist an der Tagesordnung, dass Lektoren ihn wegen eines Projekts, das sie gern machen wollen – irgendein Manuskript oder ein Exposé, das besonders wichtig, poetisch oder unfassbar spannend sein soll – in seinem Büro aufsuchen. Fielder wird allerdings nicht mehr so oft und auch nicht mehr mit derselben Leidenschaft vorstellig wie früher. Mittlerweile legt er eine ungewohnte Zögerlichkeit an den Tag, lässt sich innerhalb weniger Minuten sein Projekt ausreden, was Brad bei fast allen seinen Lektoren versucht, um herauszufinden, wie überzeugt sie davon sind. Einzig und allein jenen, die unerbittlich bleiben, gibt er die Erlaubnis, ein Angebot abzugeben, die Rechte einzukaufen und das Buch zu publizieren. Genau das sind die Bücher, die sie brauchen: Titel, an denen die Lektoren festhalten, für die sie zu kämpfen bereit sind.

Was auch immer aus McNally & Sons werden wird – die meisten Lektoren werden die Übernahme unbeschadet überstehen. Fielder jedoch vermutlich nicht. Er ist Mitte vierzig, ein alter Hase, der früher in der obersten Liga gespielt hat, mit großen Bestsellern, renommierten Preisen und erfreulichen buchhalterischen Bilanzen. Aber seit ihn seine Frau verlassen hat, scheint er seinen Biss verloren zu haben. Ein Lektor verschwindet schneller in der Versenkung, als man gemeinhin annehmen würde. Agenten streichen sie von ihren Verteilerlisten, Verkaufsvertreter lassen sich nicht länger von ihren Projekten mitreißen, verlieren ihren Glauben an sie.

Damit ist klar, dass sich Fielders Karriere bereits auf dem

absteigenden Ast befindet, das Ende gewissermaßen sogar unmittelbar bevorsteht. Bei der nächsten Entlassungsrunde, dem endgültigen Verkauf oder einem anderen Anlass, der den Verleger zwingt, die bestehenden Personalia genau unter die Lupe zu nehmen, wird er vermutlich ohne viel Federlesens sagen: »Sieht ganz so aus, als müssten wir uns von Fielder trennen.«

Aller Wahrscheinlichkeit nach wird sich ein Mann wie Jeff Fielder von einem derartigen Schlag nicht mehr erholen; womöglich kommt er nicht einmal mehr als Lektor in einem anderen Verlag unter. Nie wieder. Ob Fielder sich der prekären Lage bewusst ist, in der er sich befindet? Erstaunlicherweise fehlt diese Sensibilität nämlich vielen. Brad macht sich große Sorgen, dass auch er mächtig in der Klemme stecken könnte.

»Was haben Sie, Jeff?«

Der Lektor holt tief Luft. »Ein Buch über Charlie Wolfe«, sagt er. »Ein Exposé.«

O Gott. Brad lässt sich auf seinem Stuhl nach hinten sinken. Er hätte nicht gedacht, dass ausgerechnet Fielder damit ankommen würde. Es ist ein echter Schock. Aber bei genauerer Überlegung war es eigentlich zu erwarten.

»Welche Bombe der Autor damit platzen lässt, weiß ich noch nicht so genau«, fährt der Lektor fort. »Aber die Agentin meinte, die Enthüllungen wären … na ja, ziemlich brisant. Außerdem will sie eine achtstellige Summe dafür haben, zumindest gehe ich davon aus.«

Brad kippt beinahe hintenüber. »Das soll wohl ein Witz sein.«

Fielder schüttelt den Kopf.

»Wer ist der Autor?«

»Er ist anonym.«

»Und wer steckt Ihrer Meinung nach dahinter?«

»Keine Ahnung«, antwortet Fielder, aber Brad sieht ihm an, dass das nicht stimmt. Vielleicht hat er seine Gründe für diese Lüge. Zumindest wenn dieses Buch das ist, was Brad vermutet.

»Wer ist die Agentin?«

»Isabel Reed.«

Natürlich. Wer sonst?

»Ich habe es die nächsten achtundvierzig Stunden exklusiv«, fährt Fielder fort.

»Wie bitte? Wieso das denn?«

Brad sieht Jeff an, dass ihn die Unterhaltung zunehmend nervös macht und er sich von seinen Fragen auf den Schlips getreten fühlt. Jeder kennt das: Man kommt in eine Sitzung und will etwas, vielleicht sogar unbedingt. Im ersten Moment verhalten sich alle noch neutral, aber dann stellt sich irgendeiner quer, und ehe man sichs versieht, fallen auch die anderen wie Dominosteine um, und plötzlich – möglicherweise sind gerade einmal dreißig Sekunden vergangen – fliegen einem die Beleidigungen und Kränkungen um die Ohren, dann machen sich alle über einen lustig und ziehen einen durch den Dreck, bloß weil man etwas durchsetzen wollte, das einem am Herzen lag. Manchmal werden sie sogar feindselig und aggressiv, weil man ihre kostbare Zeit verplempert und ihre Lebensenergie verschwendet hat, und sie dreschen auf einen ein und machen einen nieder, bis man wie ein geprügelter Hund von dannen schleicht.

»Weil sie weiß, dass Stoffe wie dieser in mein Ressort fallen.« Fielder zuckt die Achseln. »Und weil sie weiß, dass Sie auch Blut lecken könnten.«

Die beiden Männer mustern einander über den Tisch hinweg.

»Hier.« Fielder legt ein paar Blätter auf den von Papieren und Unterlagen übersäten Schreibtisch – Brad ist kein Verfechter des aufgeräumten Schreibtisches. »Ein paar Seiten vom Anfang.«

»Okay, ich sehe es mir so schnell wie möglich an. Spätestens heute Abend.«

»Danke.« Fielder wendet sich zum Gehen, dreht sich an der Tür jedoch noch einmal um. »Brad, Sie wissen, dass ich keiner bin, der blinden Alarm schlägt.«

»Ja, Jeff, das weiß ich.«

»Aber bei diesem Manuskript bin ich mir ziemlich sicher.« Er lächelt unbehaglich. »Deshalb: Alarm!«

Dies ist einer der Momente, in denen sich zeigt, was ein wahrer Verleger ist. Nicht nur das, verdammt. Es zeigt sich auch, was als Mensch in einem steckt. Setzt man notfalls seine Karriere oder vielleicht sogar sein Leben aufs Spiel, nur weil man der Überzeugung ist, das Richtige tun zu müssen? Oder hält man sich streng ans Protokoll und geht auf Nummer sicher, um sich selbst und seine Familie nicht zu gefährden? Fällt das nicht auch in die Kategorie, das Richtige zu tun, und ist eben nur eine etwas andere Auslegung davon?

Brad sieht Jeff hinterher, während Seth zurückkehrt und noch eine Weile herumschwadroniert, ehe er mit seinen schlechten Nachrichten und seinem grauenhaften Kleidergeschmack endlich verschwindet.

Brad rutscht tiefer in seinem Stuhl, doch wenige Augenblicke später reißt ihn ein scharfes Klopfen an der Tür aus seinen trübseligen Gedanken. Lorraine tritt mit ihrer gewohnt verächtlichen und missmutigen Miene zur Seite, um Camilla, kurvig und purer Sex auf zwei Beinen, eintreten zu lassen. Lorraine scheint praktisch alle im Büro zu hassen, mit Ausnahme jener Kollegen, die um sie herumscharwenzeln und bereit sind, das uralte Spielchen mitzuspielen, dass in Wahrheit sowieso die Sekretärin des Chefs diejenige ist, die den Laden am Laufen hält. Camilla gehört eindeutig nicht zu diesem Kreis. Sie versteht sich grundsätzlich nicht gut mit anderen Frauen.

Brad und Camilla hatten vor ein paar Jahren einmal eine Affäre, die während einer Woche mit viel Alkohol auf der Frankfurter Buchmesse ihren Anfang nahm und sich über ein paar Monate lang in Form von mehreren heißen Nächten in einem New Yorker Hotel fortsetzte, ehe sie allmählich im Sande verlief, jemand davon erfuhr oder gar zu Schaden kam. Brad hatte das dumpfe Gefühl, dass er nicht der erste verheiratete Mann war, mit dem Camilla sich eingelassen hatte, und schätzungsweise auch nicht der letzte. Allerdings ist sie sein einziges außereheliches Abenteuer, und diese Tatsache liegt ihm heute noch schwer im Magen. Er hat nicht die Absicht, es noch einmal so weit kommen zu lassen. Andererseits ist er damals auch nicht mit der Absicht nach Frankfurt geflogen, sich in eine Affäre mit ihr zu stürzen. Aber, großer Gott, diese Frau, dieser Körper, der beinahe die Nähte ihres Kostüms zu sprengen droht.

»Hi, McNally«, begrüßt sie ihn. »Ich wollte nur kurz reinschauen, bevor ich mich auf den Weg mache. Gibt's etwas Spannendes?«

Es dauert einen Moment, bevor Brad begreift. Fühlt sich so Alzheimer an? Aber dann fällt es ihm wieder ein: Camilla fliegt wieder mal an die Westküste, um sich mit Filmproduzenten, Agenten und dergleichen zu treffen. Brad ist sich über den genauen Sinn und Zweck dieser Reisen nicht ganz im Klaren; Camilla hat es ihm zwar einmal zu erklären versucht, aber er war viel zu sehr damit beschäftigt, sie sich nackt vorzustellen, um hinzuhören.

»Nein«, antwortet er, während sein Blick reflexartig auf Jeffs Kopien fällt. Er hat ihm einen Teil des Manuskripts – vielleicht hundert Seiten – dagelassen.

»Und was ist das?« Camilla tippt mit ihrem sorgfältig rot lackierten Nagel darauf und verzieht die frisch geschminkten Lippen zu einem gezierten Lächeln. »*Der Unfall.* Von Anonymus. Wie spannend.«

»Es ist gar nichts«, wiegelt er ab. »Fielder hat es zur Prüfung bekommen. Noch haben wir es nicht gekauft. Ich habe keine Ahnung, was das sein soll.« Er schüttelt den Kopf und lässt sein typisches freundlich-leutseliges Lachen hören, das er sich als Teenager angewöhnt hat, um seine Nervosität zu kaschieren, und bis heute anwendet, auch wenn er kein Teenager mehr ist und diese Art der Nervosität längst abgestreift hat. Er weiß, dass alle finden, er lache viel zu oft, obwohl es eigentlich keinen Grund dafür gibt. Aber genau das tun leutselige Menschen nun einmal, oder nicht?

Camilla beugt sich vor und gewährt ihm einen Blick auf ihren schwarzen Spitzen-BH. »Lügst du mich etwa an, Süßer?«

»Ich bitte dich! Niemals!« Erneut lacht er.

Mit lasziver Langsamkeit richtet sie sich wieder auf, schiebt das Kinn vor und reckt die Brüste. »Hör zu, McNally, ich weiß, dass meine Abteilung den Erwartungen nicht gerecht wird. Und ich mache dir auch keinen Vorwurf daraus, wenn du irgendwann auf meine Dienste verzichten könntest, wie es immer so schön heißt.« Sie schürzt die Lippen. *O Gott, dieser Mund!* »Ich sage nur, dass es nicht mein Fehler ist. Die Branche verändert sich. Am Ende bleibt immer irgendeiner übrig, und die, die aus der Reihe tanzen, fliegen als Erstes. Deshalb würde ich es verstehen.«

Brad gibt ein unverbindliches Grunzen von sich. Es stimmt, dass die Nebenrechte zu einem aussterbenden Geschäftszweig geworden sind und Camilla dadurch immer weiter der Überflüssigkeit entgegenschlittert.

»Aber bis es so weit ist, bitte ich dich inständig, mir eine Chance zu geben zu überleben, egal wie.« Sie deutet mit dem Kinn auf das Manuskript.

»Ich wünschte, ich könnte dir helfen, Camilla, aber noch haben wir die Rechte nicht, deshalb können wir damit auch nicht hausieren gehen. Bei niemandem. Außerdem sagte ich doch, dass ich noch keine Ahnung habe, was das überhaupt ist.«

»Blödsinn.« Sie lächelt eine Spur breiter. »Wenn du es nicht wüsstest, würde es nicht mitten auf deinem Schreibtisch, sondern dort drüben liegen.« Sie nickt in Richtung der Stapel aus Manuskripten, Exposés, fertigen Büchern und Druckfahnen; all den Krempel, den Brad dringend lesen sollte. Oder begutachten. Oder weiß der Teufel, was er sonst noch mit dem beschissenen Papierwust anstellen soll, der sich auf diesem beschissenen Schreibtisch türmt.

»Vergiss nicht«, sagt sie und legt ihm die Hand auf die Wange, »ich kenne dich, Boss.« Sie zieht ihre Hand zurück und verlässt ganz langsam und mit demonstrativ wiegenden Hüften den Raum.

Dann ist er allein; zum ersten Mal an diesem Morgen. Allein mit dem Manuskript und mit der Entscheidung. Er wendet sich den Seiten zu, die Jeff ihm dagelassen hat, blättert ein paar um und beginnt zu lesen.

Eine halbe Stunde zuvor hatte der Barkeeper die letzte Runde angekündigt, und der DJ spielte nur noch langsame Rausschmeißersongs. Die Lichter gingen an. Maulend oder in resigniertem Schweigen verließen die Gäste die Bar, traten hinaus auf den Parkplatz, zu ihren verbeulten Datsuns aus dritter Hand oder den ausgemusterten Honda Acuras ihrer Eltern, um über die stillen Landstraßen zu ihren Wohnheimen zurückzufahren.

Charlie machte auf einer Bank mit einer Brünetten herum, die er irgendwann in der letzten Viertelstunde aufgegabelt hatte. Die anderen Jungs aus der Verbindung konnten immer wieder nur staunen, wie mühelos es Charlie schaffte, am Ende eines Discoabends irgendwelche Weiber abzuschleppen. Und auch heute hatte er es wieder mal hingekriegt.

Es war eine typische Sause zum Semesterende. Die Prüfungen waren geschrieben, die Sommerferien standen unmittelbar bevor – perfekt, um es zum Abschluss noch mal richtig krachen zu lassen. Eric würde demnächst sein Praktikum bei einer Zeitung in Cleveland aufnehmen, die perfekte Ergänzung für einen Redakteur der Studentenzeitung mit Englisch als Hauptfach. Dave würde den Sommer bei seiner Mutter in Brooklyn verbringen und in einer Werbeagentur in Midtown arbeiten. Charlie flog für ein paar Wochen mit seiner Familie nach Frankreich, dann würde er einen Monat lang in East Hampton zwischen Segeltörns und Partys für die Aufnahmeprüfung an der juristischen Fakultät büffeln.

Dies war der letzte Abend der drei Freunde auf dem Junior College – ein Abend zum Feiern, in dem aber auch ein Anflug von bitterer Süße mitschwang. Die Hälfte ihres Studiums lag hinter ihnen, und ihnen allen war bewusst, dass dies das Ende eines Lebensabschnitts markierte. Die unbeschwerten Kindheitsjahre lagen endgültig hinter ihnen.

Gegen Mitternacht bekam Eric wie so oft miese Laune, machte sich aus dem Staub, ohne sich von den anderen zu verabschieden, und fuhr mit irgendjemandem zum Campus zurück. Das war nicht weiter ungewöhnlich für ihn.

Dave nuckelte an seiner Cola, in der Hoffnung, möglichst schnell wieder nüchtern zu werden, und fest entschlossen, Charlie auf keinen Fall hinters Steuer zu lassen. Zur Sperrstunde war Charlie praktisch jedes Mal zu blau, um noch zu fahren. Und auch an diesem Abend drückte er Dave widerspruchslos die Wagenschlüssel in die Hand und stand da, den Arm um die Taille seiner Eroberung Lauren geschlungen.

»Moment«, sagte sie. »Ich muss mich noch kurz von meiner Freundin verabschieden.«

Das andere Mädchen, eine etwas verkniffene Blondine, stand am Tresen und hatte offensichtlich alle Hände voll zu tun, die plumpen Annäherungsversuche eines Typen abzuwehren, der ihr mit seinen fleischigen Händen unbeirrt auf den Leib rückte. Als Lauren ihr kichernd erzählte, mit wem sie gleich abhauen würde, drehte sich die Blonde um und versuchte, durch den dichten Zigarettenqualm die

Vertrauenswürdigkeit der beiden großspurigen Wichtigtuer auszumachen, doch sie war viel zu weit weg, um sie genau zu erkennen zu können.

Lauren kehrte zu Charlie zurück. Sie war aufgekratzt und schien es kaum erwarten zu können, mit dem großen, gut aussehenden, offensichtlich reichen Burschen nach Ithaca zu fahren, um einmal einen Fuß auf den Campus seines wesentlich nobleren College zu setzen, ihm in eines der altehrwürdigen Verbindungshäuser im gotischen Stil zu folgen, zuerst in eine geheime Bierstube im Keller und dann hinauf in sein Zimmer mit Balkon, mit Kokain und Kondomen ...

Zumindest ging Charlie davon aus, dass sie das wollte. Denn damals ging Charlie davon aus, dass alle Mädchen genau das wollten.

Kapitel 12

Die Aufzugtüren öffnen sich. Isabel tritt heraus, sieht sich um und geht auf die schlichte Stahltür am Ende des Korridors mit den beige gestrichenen Betonwänden und den armdicken Rohren an der Decke zu. So sehen also die Eingeweide des Bürogebäudes aus; völlig anders als ihre Etage im achtundfünfzigsten Stock mit den hochflorigen Teppichböden, den raumhohen Fenstern, den schicken, mit Leder und Chrom ausgestatteten Büros und dem geschäftigen Treiben einer bedeutenden internationalen Agentur, spezialisiert auf Literatur und neue Talente, auf Film und Fernsehen, auf Werbung und Markenmanagement. Hunderte Angestellte arbeiten in der New Yorker Firmenzentrale mit der doppelstöckigen Lobby, der gewaltigen Freitreppe und den vollständig verglasten Wänden hinter den Schreibtischen. Eine ganz eigene Welt mit einem unbezahlbaren Ausblick auf Midtown Manhattan.

Der Sicherheitschef öffnet die Tür zur Überwachungszentrale. »Hector Sanchez«, stellt er sich vor. »Willkommen bei uns im Keller.«

Isabel blickt sich in dem dunkeln, engen Raum um, wo ein schwer übergewichtiger Mann in Uniform vor einem Panel mit Dutzenden kleiner Monitore sitzt, die in Echtzeit aufzeichnen, was sich in den öffentlichen Räumen des Gebäudes abspielt. »Das ist Reggie. Bitte.« Er deutet auf einen Metalltisch mit einem einzelnen Monitor. »Setzen Sie sich doch.«

Hector zieht einen Stuhl heran und beginnt, gemeinsam mit Isabel das Aufzeichnungsvideo vom vergangenen Freitag auf verdächtig wirkende oder andere Personen zu durchforsten, die sich nicht auszukennen schienen.

»Könnten Sie hier bitte anhalten«, sagt Isabel. »Der?«

Sie lassen das Band ein Stück weiterlaufen, aber Hector schüttelt den Kopf. »Nein, das ist einer der Anwälte aus dem Vierzehnten.« Er scheint absolut jeden zu kennen, der einen Fuß in das Gebäude setzt.

»Wie können Sie all die Leute auseinanderhalten?«

»Tja, das gehört wohl zum Job.«

Das Band läuft weiter, fünf Minuten, zehn, fünfzehn. Isabel sieht sich um – der triste, fensterlose Raum, der uralte Monitor vor ihr auf dem Tisch, auf dem sie versuchen will, einen Mann zu identifizieren, den sie aus der Fülle an Besuchern vermutlich sowieso nicht herausfiltern kann. Je länger sie hier sitzt, umso klarer wird ihr, dass es hoffnungslos ist.

Sie bittet ihn, bei einem weiteren Mann zu stoppen, der sich jedoch ebenfalls als Anwalt entpuppt. Sie wusste noch nicht einmal, dass sich im Haus auch Anwaltskanzleien eingemietet haben. Sogar gleich neun, erfährt sie von Hector.

»Haben Sie denn eine grobe Ahnung, nach wem Sie suchen?«, hakt Hector nach, keineswegs unfreundlich oder frustriert, sondern lediglich neugierig. »Irgendwelche besonderen Merkmale?«

»Nicht dass ich wüsste.«

»Irgendeine Chance, dass wir hier auf etwas stoßen?«

»Das bezweifle ich.«

Aber eine Minute später sticht Sanchez etwas ins Auge. Er spult zurück, und sie sehen sich eine Aufzeichnungssequenz der Lobby an. Die Drehtüren setzen sich in Bewegung, ein Mann mit einer tief in die Stirn gezogenen Baseballkappe, deren Schild seine Augen verbirgt, tritt heraus.

Er ist mittelgroß und weiß, besondere Merkmale sind aber nicht zu erkennen.

Eine Tonaufzeichnung gibt es nicht. Eine unheimliche Stille hängt über dem Raum, lediglich das leise Sirren der Computer und Reggies schwere Atemzüge sind zu hören. Hector betätigt abermals die Maus, woraufhin die Kamera auf die Aufzüge umschaltet. Der Mann hält eine Schlüsselkarte auf das Anzeigenfeld der Drehkreuze und tritt vor die Aufzüge.

Als Nächstes folgt eine Aufnahme aus dem Lift. Das Gesicht des Mannes ist immer noch nicht zu erkennen. Dann hat er die ATM-Etage erreicht. Er bewegt sich flott, aber nicht hektisch, ohne stehen zu bleiben, um mit jemandem zu reden, sich umzusehen oder Blickkontakt mit einem der Angestellten aufzunehmen. Ein Unbekannter. Der sich hervorragend auszukennen scheint.

Die Kamera auf dem Flur von Isabels Büro befindet sich an der Decke. Sie sieht den Mann auf ihr Büro und das Kabuff ihrer Assistentin zukommen. Alexis sitzt über ein Manuskript gebeugt an ihrem Schreibtisch. Der Mann legt den gefütterten Umschlag darauf, ohne merklich sein Tempo zu drosseln, dann geht er weiter den Flur entlang auf die Kamera zu. Näher. Noch näher.

»Halt«, sagt Isabel. »Bitte spulen Sie ein Stück zurück.«

Hector gehorcht. Nun steht der Mann direkt unterhalb der Kamera. Der Schild seiner Kappe verdeckt nach wie vor seine Stirn und seine Augenbrauen, trotzdem kann sie für den Bruchteil einer Sekunde einen Blick auf sein Gesicht erhaschen. Sie hat ihn noch nie im Leben gesehen.

Der Fremde ist kein gewöhnlicher Bote, und sein Besuch in Isabels Büro am Freitag war garantiert nicht sein erster. Er wusste genau, wo die Überwachungskameras installiert sind. Was bedeutet, dass er sie systematisch überwacht hat. Hier, in diesem Bürogebäude, war ein Mann, der sie gestalkt hat. Und höchstwahrscheinlich hat er sich nicht nur darauf beschränkt, die Kameras ausfindig zu machen und auf den Fluren herumzuschnüffeln.

Vermutlich hat er sogar auf Isabels Schreibtischstuhl gesessen, ihren Computer angefasst oder weiß Gott was noch damit angestellt.

»Ist er das?«, fragt Sanchez. »Das muss er sein. Erkennen Sie ihn wieder?«

Isabel starrt Sanchez an. Natürlich erkennt sie ihn nicht wieder. Schließlich sieht sie ihn das allererste Mal.

Sanchez spult das Video zu dem Moment zurück, als der Mann vor den Aufzügen zu sehen ist. »Reggie? Sehen Sie die Uhrzeit?« 13:22 Uhr. Mitten während der Mittagspause.

»Ja.«

»Könnten Sie die Schlüsselkarte checken, die am nördlichen Aufzugszugang verwendet wurde?«

Reggie tippt etwas auf seine Tastatur, hält inne, dann tippt er weiter. »Tut mir leid, da muss ein Fehler vorliegen.« Reggie tippt noch etwas, dann schüttelt er den Kopf. »Ich verstehe das nicht. Die Schlüsselkarte gehört Isabel Reed.« Er wendet sich um und zeigt mit dem Finger auf sie. »Aber das sind doch Sie, oder?«

Kapitel 13

Diese Operation läuft völlig anders ab, als Kate es erwartet hat – im Hinblick auf ihre Tätigkeit ganz allgemein und auch auf ihr Leben insgesamt. Ihr Leben, das sind Jake und Ben, ihre wunderbaren kleinen Söhne, ihr wunderbarer Ehemann und das beneidenswerte Expat-Leben, das sie mit ihrer Familie in Paris führen kann. Sie braucht nicht hier, mitten in Kopenhagen, zu stehen, mit einer Waffe an der Schläfe, drauf und dran, für etwas erschossen zu werden, das nichts mit ihr zu tun hat.

Lange Zeit war Kate davon überzeugt, die richtige Entscheidung über ihre Karriere getroffen zu haben, darüber, wie sie ihr Leben führen will. Diese Gewissheit hatte etwas überaus Tröstliches, ließ sie abends in seligen, beruhigten Schlummer fallen und morgens ausgeruht und voller Energie aus dem Bett springen.

Dann kamen plötzlich Zweifel auf, ausgelöst durch ihren Ehemann und die Kinder; Zweifel unterschiedlichster Form und Ausprägung, manchmal heftig, manchmal weniger heftig. Manchmal jedoch so schlimm, dass sie regelrecht darin zu ertrinken drohte und nicht länger fähig war, das Tageslicht über sich zu erkennen, dann wieder nur ganz leise, als treibe sie sanft paddelnd auf der Wasseroberfläche dahin. Trotzdem waren sie ihr steter Begleiter, eine ständige Drohung im Hintergrund.

Hätte sie einen sicheren Schreibtischjob wählen sollen, statt sich in solche gefährlichen Operationen zu stürzen? Sollte sie häufiger zu Hause sein? Die ganze Zeit? Während der beiden Jahre in Luxemburg und Paris war sie alles andere als glücklich mit ihrer Rolle als Hausfrau und Mutter. Die Untätigkeit hat sie gelangweilt und aggressiv gemacht; ganz zu schweigen von ihrer ständigen Sorge, wie es weitergehen sollte, wenn die Jungs erst einmal aus dem Haus wären. Nach zwölf Jahren beruflicher Auszeit wäre sie für einen Arbeitgeber doch vollkommen uninteressant. Zumindest für die Art von Tätigkeit, die sie sich vorstellte. Sie wäre eine dieser zahllosen Frauen mittleren Alters, die verzweifelt nach einer neuen Chance suchen und sich am Ende mit einer Anstellung als Dozentin in einem drittklassigen Kulturinstitut oder als Englischlehrerin für Ausländer zufriedengeben müssen.

Andererseits gibt es wohl keine Frau auf der Welt, die auf dem Sterbebett beklagt, sie hätte zu viel Zeit mit ihren Kindern verbracht und zu wenig Energie in den Aufbau ihrer Karriere gesteckt. Zumindest niemand, der halbwegs bei Verstand ist. Und sie will definitiv zu denjenigen gehören, die bei Verstand sind.

Außerdem bedeutet »arbeiten« nur höchst selten – zumindest im Idealfall –, von einem türkischen Drogendealer eine Kugel in den Kopf gejagt zu bekommen; vorausgesetzt, sie haben es hier überhaupt mit Drogendealern zu tun.

Sie sieht zu, wie der eine Türke einen Schritt in die Wohnung macht, dann noch einen. Seine Waffe ist immer noch auf Hayden gerichtet, auf einen Punkt direkt über der Schulter seiner Geisel, die Hayden vor sich hält. Sie vermutet, dass den beiden Türken Grundtvigs Leben ziemlich egal ist, deshalb trifft es der Begriff »Geisel« in diesem Fall wohl nicht so ganz. Der junge Däne ist lediglich ein lebender Schutzschild, ein schönes dickes Polster aus Fleisch und Blut, das die Kugeln von Hayden abhält.

Die Lage ist mies, richtig mies. Genau die Art von Lage,

die Kate sich ausmalt, wenn sie nachts allein, weit weg von ihrer Familie, im Bett liegt und sich überlegt, was wohl das Schlimmste wäre, was ihr passieren könnte.

Genau das. Das hier *ist* das Allerschlimmste.

Und die Lage wird sich in absehbarer Zeit wohl auch nicht verbessern. Im Gegenteil. Die Uhr läuft gegen sie. Sie muss etwas unternehmen, einschreiten.

Lautlos formt sie »fünf« mit den Lippen. Hayden nickt kaum merklich. Er hat verstanden und beginnt im Geiste noch einmal zu zählen.

Vier, sagt er stumm.

Nur wenige Meter trennen den ersten Türken noch von ihm, und er kommt weiter auf ihn zu.

Drei.

Kate holt tief Luft und hebt dabei die Schultern an, sodass die Waffe an ihrer Schläfe einen halben Zentimeter nach unten wandert.

Zwei.

Hayden blinzelt. Die letzte Sekunde.

Eins.

Kate lässt ihre Rechte hochschnellen, quer über ihr Gesicht zur linken Schläfe, packt den Waffenlauf und reißt ihn nach oben, während sich ein Schuss löst. Die Explosion klingelt in ihren Ohren. Gleichzeitig rammt sie dem Türken den linken Ellbogen in den Magen.

Putz rieselt aus dem Einschussloch in der Decke auf ihren Kopf und ihre Schulter. Sie wirbelt herum, den Lauf immer noch in der Rechten umfasst, während sie mit der linken Hand zu einem Kinnhaken ausholt, der jedoch sein Ziel um ein paar Zentimeter verfehlt und stattdessen die Lippe des Türken trifft. Seine Vorderzähne bohren sich in ihren Handballen, trotzdem hält sie nicht inne, sondern holt ein weiteres Mal aus und platziert den nächsten Hieb, diesmal direkt auf die Luftröhre. Der Kerl sackt in sich zusammen.

Sie schnappt die Waffe, als zwei Schlüsse aus der Waffe des anderen Türken losgehen. Instinktiv spannt sie sich an, im festen Glauben, dass sie die Kugeln gleich treffen werden, dass sie gleich sterben wird; sterben, weil sie eine falsche Entscheidung getroffen hat, genauso falsch wie die Entscheidung, wie sie ihr Leben führen will.

Kapitel 14

Camilla steht auf der Schwelle von Jeff Fielders Büro. Im Moment sind alle Lektoren bei der allwöchentlichen Verlagssitzung, daher sind die Büros verwaist. Suchend lässt sie den Blick über den Schreibtisch von Fielders Assistenten wandern, doch das Einzige, was ihr ins Auge sticht, ist seine Ledertasche, die wie eine Damenhandtasche aussieht. Ein Trauerspiel, diese Mode heutzutage.

Sie kann es kaum erwarten, New York den Rücken zu kehren, und zwar endgültig. Nach einer trostlosen Kindheit und Jugend in England und nicht minder trostlosen Jahren in New York reicht es. *Ça suffit*, wie ihre Französischlehrerin auf dem Internat immer sagte. Es ist genug. Genug der Apartments in Schuhschachtelgröße, der unverschämt teuren Lebensmittel, all der aufgeblasenen Windbeutel im Flugzeug mit ihren Köfferchen, die unbedingt ins Handgepäck müssen, und dieser arroganten Finanzheinis mit ihren Vorzeigefrauen, genug des beschissenen Wetters.

Sie muss nach L.A. fliegen und weiterhin so tun, als würde sie versuchen, Nebenrechte zu verkaufen – Buchrechte an englische Verlage, Abdruckrechte nationaler Zeitschriften, Kalender für den kanadischen Markt und den ganzen anderen Kram, der sich irgendwie zu Geld machen lässt –, um die leeren Kassen zu füllen. Sie braucht keinen Brad, der ihr vor Augen führt, dass es übel aussieht. Die Verzweiflung hängt förmlich in der Luft, wie der Pesthauch der bevorstehenden finanziellen Apokalypse.

Der Untergang kam schnell über sie, eher im Tempo eines Pompeji als eines Rom. Vor wenigen Jahren war sie noch eine wandelnde Gelddruckmaschine; ein Star, der aus dem Nichts sechsstellige Summen für Taschenbuchrechte einholte, in jede Entscheidung eingebunden, hofiert und umschmeichelt wurde. Eine Zeit lang hatte es den Anschein, als sei ihr Entschluss, eine Karriere im Familienunternehmen ihres Vaters, einer Schuhgeschäftekette in Nordengland, abzulehnen, absolut gerechtfertigt gewesen. Ihr Vater stammt aus Manchester und hatte genug Geld verdient, um seiner Familie ein Haus in Pimlico zu kaufen, jenem Stadtbezirk, der bei denen, die es nicht besser wussten, noch als Chelsea durchging, seine Töchter auf Internate in die Schweiz zu schicken und sich einen erbärmlichen Midlife-Crisis-Jaguar nach dem anderen zu kaufen.

Die Tatsache, dass er sie aufs Internat geschickt hatte, rächte sich bitter, als sie den amerikanischen Cousin ihrer besten Freundin beim Skiurlaub in Lech kennenlernte. Es war Liebe auf den ersten Blick, wie Neunzehnjährige die Liebe eben erleben. Im Mai ließ sie die Uni sausen, obwohl ihre Mutter sie praktisch auf Knien um Vernunft anflehte, und nahm einen Job als Au-pair-Mädchen bei einer dieser ultrareichen Bankiersfamilien an, deren Frauen und Kinder die Sommer in Bridgehampton verbringen und deren Daddys an den Wochenenden herauskommen, um sich zu betrinken und in der Vorratskammer die Haushaltshilfe zu begrapschen.

Im September, am Labor Day, war die Romanze mit dem Cousin bereits Vergangenheit, doch der grässliche Au-pair-Aufenthalt verhalf ihr immerhin zu einem Job am Empfang einer Literaturagentur – attraktive junge Mädchen mit britischem Akzent waren offenbar die perfekten Kandidatinnen für diese Tätigkeit. Camilla rief zu Hause an, um zu verkünden, dass sie weder nach England noch in die Schweiz zurückkehren würde, und weigerte sich sogar, einen Dollar von ihrem unsicheren, streitlustigen Vater anzunehmen, nach dem Motto: »Herzlichen Dank, aber ich schaffe das auch alleine.« Was sie jahrelang auch tat.

Aber dann tauchte plötzlich diese fleischfressende Bestie wie aus dem Nichts auf und stürzte sich auf ihren Berufszweig. Als Erstes verschlang das Internet die Buchklubs, und nun ist es dabei, sich die ganze verdammte Verlagsbranche einzuverleiben. Sie hat nichts falsch gemacht, sondern lediglich den richtigen Zeitpunkt für den Absprung versäumt. Und jetzt ist es fast zu spät.

Camilla geht einen Schritt weiter, dann noch einen, zieht ihr Rollköfferchen hinter sich her in Fielders Büro.

Seltsamerweise haben die Amerikaner sie nie nach ihrem Abschluss gefragt. Keiner von ihnen wagt es, auf sie herabzusehen, weil sie alle davon ausgehen, dass ihre Familie aus der Oberschicht stammt.

Endlich entdeckt Camilla, wonach sie die ganze Zeit Ausschau gehalten hat – den dicken Papierstapel mitten auf dem Schreibtisch, mit Fielders Füllfederhalter darauf. Sie tritt noch einen Schritt vor, reckt den Hals, beugt sich vor und blättert bis zum Titelblatt. *Der Unfall* von Anonymus. Genau dasselbe Manuskript wie auf Brads Tisch.

Zufall oder nicht – es ist genau das Manuskript, von dem ihr diese überdrehte Assistentin von Atlantic Talent Management gestern Abend bei der Party erzählt hat. Das Mädchen war reichlich angetrunken und hat über etwas geplappert, worüber sie eigentlich Stillschweigen bewahren sollte. Sie hat Camilla heute Morgen bereits angerufen, um ihren Begeisterungssturm zu relativieren. Wortreiche Entschuldigungen, Reden ist Silber, Schweigen ist Gold, bla, bla, bla.

»Aber natürlich, meine Liebe«, hat Camilla sie beschwichtigt. »Natürlich werde ich keinem davon erzählen.«

Sie blickt über die Schulter auf den verwaisten Flur. Irgendwo läutet ein Telefon. »Scheiß auf euch«, murmelt sie. Wenn sie eines in der Buchbranche gelernt hat, dann, dass dies die einzige Art von Buch ist, die grundsätzlich ein Erfolg wird; die Art von Buch, die ohne Vorwarnung von einem Tag auf den anderen in aller Munde ist. Thema Nummer eins. Und *Der Unfall* wird so ein Buch werden. Nein, das *ist* es bereits.

Camilla schnappt sich das Manuskript und trägt es zum nächsten Kopierer. Eine junge Frau, die sie noch nie gesehen hat, steht mit dem Handy am Ohr da und sortiert Seiten. »Hallo, ich muss mal hierhin«, sagt Camilla.

Das Mädchen wirft ihr einen finsteren Blick zu, ist aber klug genug, sich nicht mit einer Abteilungsleiterin anzulegen. Stattdessen sammelt es seine Unterlagen ein und verschwindet. Camilla schiebt das Manuskript in den Schacht und überfliegt vereinzelte Passagen, während der Kopierer die Seiten auswirft.

Fünf Minuten später ist Jeffs Büro immer noch leer. Sie legt das Manuskript auf seinen Schreibtisch und wendet sich zum Gehen. Doch dann bleibt sie abrupt stehen und geht noch einmal zurück, während sie sich zu erinnern versucht. Was ist anders als zuvor? Der Stuhl? Der Kaffeebecher? Nein. Es ist dieser alte Füllfederhalter, der neben der Computermaus liegt statt wie zuvor auf dem Manuskript. Gerade als sie ihn darauflegen will, läutet ihr Telefon. Es ist eine Nummer mit einer kalifornischen Vorwahl. »Camilla Glyndon-Browning.«

»Hallo, hier ist Jessica. Ich rufe aus Stan Balzers Büro an und wollte nur unseren Termin heute Nachmittag um halb fünf bestätigen.«

»Ja, ich freue mich schon darauf.«

»Ich sehe keine konkreten Tagesordnungspunkte im Terminplan. Möchten Sie, dass ich welche hineinschreibe?«

Camilla starrt auf das Manuskript. In Wahrheit dient der Trip einem viel wichtigeren Vorhaben als dem Verkauf von Buchrechten: Sie braucht dringend einen neuen Job. Sie hatte stets eine Schwäche für Brad. Einen Monat lang war sie sogar verliebt in ihn. Na ja, gewissermaßen. Aber sie wird auf keinen Fall an Bord sein, wenn sein Schiff untergeht. Natürlich ist Loyalität eine wunderbare Tugend und Verrat nicht, aber was bleibt ihr anderes übrig?

Sie wird nach Kalifornien fliegen, um dort eine Chance für eine neue Karriere aufzutun. Sie wollte schon immer ins Filmgeschäft, und jetzt ist genau der richtige Zeitpunkt dafür. Aber sie kann nicht nur einfach in L. A. landen. Sondern sie braucht einen Fallschirm.

»Ja«, sagt Camilla, »ein großartiges neues Projekt namens *Der Unfall.*«

Kapitel 15

Eine vermeintlich endlose Sekunde lang scheint alles zu erstarren. Es herrscht völlige Stille im Raum.

Dann spürt Hayden Grundtvigs Körper in seinen Armen erschlaffen und vornüberkippen. Er hat eine Kugel in den Hals bekommen. Hayden stößt ihn von sich, sodass er gegen den ausgestreckten Arm des Türken prallt, der noch immer den Lauf auf ihn gerichtet hält. Hayden verlagert das Gewicht auf seinen Füßen, reißt das linke Bein hoch und verpasst dem Türken einen so heftigen Tritt, dass die Waffe in hohem Bogen davonfliegt und mit einem dumpfen Knall gegen die Wand schlägt, ehe sie auf dem gefliesten Boden landet und davonschlittert. Hayden verpasst dem Türken mehrere gezielte Schläge – eins, zwei, drei – auf Kinn und Nase, woraufhin er rückwärtstaumelt und zu Boden fällt. Hayden holt ein letztes Mal aus und tritt zu, bis der Türke das Bewusstsein verliert.

Und dann ist es still, bis auf seine raschen, abgehackten Atemzüge.

»Alles klar?«, fragt Hayden. Sein Puls hämmert hinter seinen Schläfen.

»Ja«, antwortet Kate, deren Stimme seltsam gedämpft klingt, als befände sie sich unter Wasser. »Und du?«

Hayden nickt, dann beugt er sich über Grundtvig, um nach seinem Puls zu tasten. Er findet keinen.

»Müssen wir die beiden nicht töten?«, fragt Kate, immer noch außer Atem von der körperlichen Anstrengung, dem Herzklopfen und dem Adrenalin, das durch ihre Adern strömt.

Hayden sieht zwischen den beiden Türken hin und her. Er will nicht, dass die beiden draufgehen. Diese Art Todesfall zieht unweigerlich Ermittlungen nach sich, und dann muss er lügen. »Nein, meine Leute waren das nicht. Ich weiß nichts darüber.« Und da der Vorwand für seine Anwesenheit reichlich fadenscheinig ist, wird der Vorfall unangenehme Fragen aufwerfen. Günstigstenfalls.

So wie sich die Situation jetzt darstellt, handelt es sich lediglich um eine Schießerei, bei der ein junger Däne – vermutlich ein hoffnungsloser Junkie – erschossen wurde. Keine internationale Beteiligung, nichts Diplomatisches, nichts, was irgendetwas mit der CIA zu tun hat. Kamen allerdings zwei türkische Einwanderer mit Verbindungen ins Verbrechermilieu und eine Schießerei mit drei Leichen ohne ein ersichtliches Tatmotiv hinzu, blieben unangenehme Fragen nicht aus. Man würde Hayden Fragen stellen, von denen er keine einzige plausibel beantworten könnte.

Er schüttelt den Kopf und sieht sich um, dann geht er zum Schreibtisch, reißt ein Kabel aus dem Bildschirm und der Steckdose und wirft es Kate zu, die mit flinken Handgriffen einen der beiden bewusstlosen Türken damit fesselt, während Hayden sich um den anderen kümmert. Für den toten Grundtvig kommt jede Hilfe zu spät.

»Wir brauchen eine Tüte«, sagt er, zieht zuerst das Kabel der externen Festplatte, dann den Netzstecker des Laptops und schließlich das Telefonkabel heraus.

Er hört Kate rumoren, ehe sie kurz darauf mit einer großen Einkaufstasche – ein grellbuntes Ding aus Recyclingmaterial mit einem Umweltschützerslogan darauf – erscheint, während er CDs einsammelt und sie in die Tasche stopft. Schließlich blickt er auf den Schreibtisch und zu den Regalen, entdeckt einen USB-Stick und wirft auch ihn in die Tasche.

»Okay.« Schätzungsweise sind gerade einmal rund neunzig Sekunden vergangen, seit die Türken die Schüsse abgefeuert haben. »Verschwinden wir.«

Er läuft, immer zwei Stufen auf einmal nehmend und dicht gefolgt von Kate, die Treppe hinunter in den gefliesten Eingangsbereich. »Da ist eine Hintertür«, sagt er, als sein Blick auf eine Brandschutztür in der hinteren Ecke des schäbigen Entrees fällt. »Du gehst hier raus«, erklärt er und drückt ihr die Tasche in die Hand. »Und mach dich so schnell wie möglich an die Arbeit. Hast du irgendetwas, wo du hinkannst?«

»Ich finde schon etwas. Aber wieso kann ich nicht ins Apartment zurück?« Sie meint die zweite, offizielle CIA-Wohnung am anderen Ende der Stadt.

»Du musst aus Kopenhagen verschwinden«, erwidert er.

Sie mustert ihn verwirrt. Welchen Zweck hat ein Unterschlupf, wenn er nicht sicher ist?

»Such dir etwas auf dem Land, einen Gasthof oder ein Motel«, fügt er hinzu, bevor sie Gelegenheit hat, ihn mit Fragen zu löchern. »Nimm dir als Erstes die Hardware vor. Und ruf mich an, wenn du etwas herausgefunden hast.«

»Und was wird aus dir?«

»Ich fliege nach New York. Geh jetzt, Kate.« Er drückt ihr die Schulter.

Sie wendet sich um und verschwindet durch den Hinterausgang, während Hayden durch die Eingangstür auf den Bürgersteig tritt und in eine völlig andere Welt eintaucht, eine Welt, die sich anfühlt, als hätte er sie eine halbe Ewigkeit nicht mehr gesehen, obwohl gerade einmal fünf Minuten vergangen sind. Wenn überhaupt.

Er sieht sich um. Niemand schreit, zeigt mit dem Finger auf ihn oder läuft weg. Er ist nur ein ganz normaler Mann in Jackett und mit Krawatte um den Hals, der eine geschäftige Straße überquert, auf ein Fahrrad steigt und davonradelt. Ein Mann, der über eine Brücke strampelt und dabei irgendetwas über die Brüstung wirft, das mit einem leisen Spritzer im Peblinge-See landet und inmitten von konzentrischen Kreisen in seinen schlammigen Tiefen versinkt. Die Waffe muss hierbleiben.

In diesem Moment hört er ein leises Knistern in seinem Ohrstöpsel. »Ich sitze im Wagen.«

Er stellt sich vor, wie Kate die Stadtautobahn entlangfährt, vorbei an den Bahngleisen, den Backsteinfassaden der Fabrikhallen, unter dem dichten Netz aus Stromleitungen hindurch. Sie wird in westliche Richtung fahren, nach Seeland, über die Großer-Belt-Brücke nach Fünen, dann weiter über das dünn besiedelte dänische Festland, wo sie sich irgendwo ein Zimmer mieten, den Computer auspacken und sich auf die Suche nach Grundtvigs digitalen Spuren machen wird.

Morgen früh wird sie auschecken und die Rechnung in bar begleichen. Dann wird sie weiter nach Deutschland fahren, durch Hamburg und Bremen, parallel zur Nordsee und schließlich über Belgien nach Frankreich. Die innereuropäischen Grenzen werden nicht kontrolliert; im Grunde kann man sie noch nicht einmal mehr als Grenze bezeichnen.

Morgen Abend ist sie wieder bei ihrer Familie, nach einem langen Monat auf der Straße und einem kurzen Aufenthalt in Kopenhagen, in einer Wohnung, die nun keinen Nutzen mehr hat und auch nie wieder haben wird. Die Miete beläuft sich auf insgesamt neuntausend Euro, bezahlt von einem verzinslichen Girokonto, das zu einem

Schweizer Nummernkonto gehört. Es ist dasselbe Konto, von dem Kate wöchentlich zweitausend Euro überwiesen werden, ebenso wie die Gehälter und Spesen der anderen Mitarbeiter, deren Bezahlung ebenfalls auf wöchentlicher Basis erfolgt. Natürlich gehen auch die Kosten für Waffen, Computer und Software und ein bescheidenes Honorar für die Computerexperten in Heidelberg sowie einige Elektriker und Telefonberater von diesem Konto ab, außerdem die Ausgaben für Fahrräder, Sandwiches und Eintrittskarten fürs Museum und vieles mehr.

Eine Operation wie diese ist eine kostspielige Angelegenheit, andererseits werfen etwas mehr als zwanzig Millionen Euro erwartungsgemäß beachtliche Zinsen ab, selbst wenn man das Geld noch so konservativ anlegt.

»Ich bin jetzt auf der Autobahn«, sagt Kate.

Hayden ist immer noch der Einzige, der Zugang zu diesem Konto hat, genauer gesagt der Einzige, der überhaupt von seiner Existenz weiß. Kate glaubt, von dem Geld zu wissen, geht aber davon aus, dass das Geld auf dem allgemeinen Europakonto der CIA liegt. Was jedoch nicht ganz der Wahrheit entspricht.

»Gut«, sagt er. »Pass auf dich auf, Kate.«

Hayden kehrt nach Amalienborg zurück, wo er lediglich das Allernotwendigste in seine Reisetasche packt. Der Großteil seiner Kleider bleibt im Schrank, die Toilettenartikel im Bad, all seine Bücher auf dem Couchtisch und sein Reisekoffer im Schrank. Er löst seine Krawatte und hängt sie an die Türklinke – auch sie wird er nicht brauchen –, dann nimmt er seinen auf Joseph Lyons ausgestellten Pass, ein Bündel Bargeld und ein Handy und legt die Sachen ebenfalls in die Reisetasche.

Er setzt sich auf den unerwartet bequemen Holzstuhl

neben der Wohnungstür, zieht seinen rechten Schuh aus und dreht ihn um. Mit einer beherzten Handbewegung löst er die solide Gummi-Leder-Sohle ab und dreht sie zur Seite, dann legt er einen kleinen silbernen Schlüssel und einen USB-Stick in die Vertiefung des Absatzes – ein physischer Fallschirm und eine digitale Rettungsweste im Miniaturformat.

Eilig sieht er sich im Raum um. Die restlichen Sachen holt er nach seiner Rückkehr ab, hoffentlich in ein paar Tagen. Und sollte er nicht zurückkehren, sieht es zumindest nicht so aus, als wäre es Absicht gewesen.

Auf dem Weg zur Tür nimmt er das Buch über Island und stopft es in die Mülltonne seines Nachbarn, unter eine große Tüte, aus der es nach verfaultem Fisch stinkt.

Kapitel 16

Isabel sitzt mit geschlossenen Augen am Schreibtisch und massiert sich die Nasenwurzel. Dann holt sie tief Luft und lässt sie langsam entweichen. Tief einatmen und ausatmen und versuchen, die Müdigkeit, die Anspannung und die Angst niederzukämpfen.

Wenn sie noch eine Weile so sitzen bleibt, schläft sie ein. Was vielleicht gar keine schlechte Idee wäre. Sie ist hundemüde.

Aber, nein, sie kann unmöglich am Schreibtisch schlafen. Also schlägt sie die Augen auf und blickt auf ihren nahezu leeren Schreibtisch. Isabel hasst Unordnung. Alles muss auf seinem angestammten Platz sein. Das ist einer der Gründe, weshalb sich das Zusammenleben mit ihrem Exmann – einem unverbesserlichen Chaoten – so schwierig gestaltet hat, vor allem nach so vielen Jahren des Alleinlebens, in denen sie ihren Kontrollzwang ungeniert ausleben konnte. Was wiederum eines der Dinge war, die es ihm das Zusammenleben mit ihr so schwer gemacht haben.

Einen Moment lang verschwimmt alles vor ihren Augen, ehe sich die Welt Schicht um Schicht wieder zusammensetzt, so als würde man die Lagen aus einem in Seidenpapier verpackten Geschenk zurückschlagen. In diesem Moment bemerkt sie die Assistentin ihres Vorgesetzten im Türrahmen. Das arme Mädchen steht bestimmt schon eine ganze Weile dort und hat gewartet, viel zu geduldig und zu demütig, um es wirklich zu etwas zu bringen. Angela befindet sich bereits auf der Abschussrampe. Meg setzt ihre

Assistentinnen regelmäßig vor die Tür, das ist Standard bei ihr.

»Hi, Isabel«, sagt Angela. »Meg wollte wissen, ob Sie vielleicht einen Moment Zeit für sie hätten.«

Das verheißt nichts Gutes. Aber auch das ist nicht neu. Isabel steht auf und streicht ihren Rock glatt. Ihr Blick fällt auf Alexis' leeren Stuhl. Auf ihrem Schreibtisch und den Aktenschränken türmen sich Manuskripte, Verträge, Berichte und Unterlagen für die Ablage. Diese Papierflut ist eine echte Plage für jeden in der Buchbranche. Manchmal gibt es nur einen einzigen Ausweg: die Segel streichen, kündigen und den ganzen Wust einfach irgendwo hinräumen, in den Büromaterialschrank oder den Lagerraum, bis man der Nachfolgerin eine Notiz auf den Schreibtisch gelegt hat und mit dem letzten Gehaltsscheck in der Tasche vor dem Gebäude steht.

Isabel bleibt kurz im angrenzenden Kabuff stehen, wo Ryan, der Alexis heute vertritt, an seinem Schreibtisch sitzt. Sämtliche Assistenten haben einen offiziellen Partner, wie im Kindergarten, wo sich die Kleinen bei den Händen halten müssen, um sicherzugehen, dass keiner in die falsche Richtung läuft. Auf diese Weise soll gewährleistet werden, dass der Agentur kein einziges Telefonat und damit potenzielles Geschäft und damit bares Geld durch die Lappen geht. Kein Telefon läutet ungehört, nur weil irgendeine Sekretärin mit Schnupfen zu Hause geblieben ist. Die Assistenten sind verpflichtet, jeden Anruf zwischen acht und achtzehn Uhr anzunehmen, weshalb sie ihr Headset niemals abnehmen. Ryan ist heute für Isabels Telefon zuständig. »Ich gehe nur kurz zu Meg«, sagt sie, was er mit einem stummen Blinzeln quittiert. Er telefoniert.

Zu schade, dass Alexis heute nicht hier ist. Sie hat sich

als eine von Isabels klügeren, wacheren Mitarbeiterinnen entpuppt. Im Lauf der Jahre hat sich bestimmt ein ganzes Dutzend Assistenten die Klinke in die Hand gegeben, vorwiegend weibliche, aber auch ein paar männliche, fast ausnahmslos aus Familien der oberen Mittelschicht. In aller Regel ist dies ihre zweite oder dritte Stelle nach einem geisteswissenschaftlichen Studium an irgendeinem renommierten College. Die jungen Leute arbeiten hart, sind ständig pleite, wenn auch nicht arm. Sie begnügen sich mit Reis und Bohnen für vier Dollar in irgendeinem Restaurant an der Ecke, gleichzeitig fahren sie mit ihren Eltern in irgendwelche Resorts für tausend Dollar pro Nacht und müssen keinen Gedanken daran verschwenden, eines Tages schwer krank zu werden, die Arztrechnungen aber nicht bezahlen zu können.

Ein Stück weit erkennt Isabel sich selbst in ihnen wieder – sie stürzen sich mit derselben naiven Begeisterung in die Arbeit, verführt vom vermeintlichen Glamour der Branche und noch nicht demoralisiert von ihrer Eintönigkeit und ihren krassen, hässlichen Seiten.

Obwohl sie auf den ersten Blick alle gleich wirken, hat sich die Zusammenarbeit mit ihnen völlig unterschiedlich gestaltet. Einige blieben bloß ein paar Monate, zwei ergriffen nach einem Jahr die Flucht in die Sicherheit einer Fakultät für Jura oder Betriebswirtschaften, eine Handvoll fand ihren Platz in den Medien, in Verlagen oder anderen Literaturagenturen oder aber in einer Nachrichtenagentur, einer Marketingfirma und einem Filmstudio in Hollywood. Eine arbeitet heute als leitende Lektorin in einem großen Verlag und gehört zu Isabels Stammliste für hochkarätige Projekte. Sie hat Kaufkompetenz im sechsstelligen Bereich mit Bestsellerbonus und ihren sicheren Platz in einer überschaubaren Branche gefunden, in der man an jeder Ecke seinen einstigen Vorgesetzten über den Weg läuft. Genauso wie einstigen Assistenten.

Vermutlich wird Alexis eines Tages auch dazugehören. Sie bringt die notwendige Leidenschaft und Arbeitsmoral mit, hat ein kritisches Auge, mit dem sie auf den ersten Blick den Unterschied zwischen schön geschriebenen Worten und dem kommerziellen Potenzial eines Projekts erkennen kann. Das ist sehr wichtig, denn die Verlagsbranche ist ein knallhartes Geschäft. Bücher werden für ein Publikum gedruckt, das in die Buchhandlungen gelockt werden soll, die wiederum ihr Sortiment über die Vertriebsfirmen beziehen, die ihre Ware kartonweise bei den Verlagen bestellen, die wiederum die Bücher von Literaturagenten kaufen, welche vielversprechende Autoren mit dem Vorhaben in ihre Kartei aufgenommen haben, ihnen eine große Karriere zu ermöglichen. Und bei jeder dieser Transaktionen fließt Geld in irgendwelche Kassen.

Isabel folgt Angela den langen, mit grauem Teppichboden ausgelegten Flur entlang und in den großzügigen Wartebereich vor dem Büro ihrer Vorgesetzten, wo ihre junge Begleitung sie zwischen Sofas, Beistelltischen und Vitrinen mit den jüngsten ATM-Bestsellern zurücklässt. Meg hat eigens einen Innendekorateur engagiert, um das Büromobiliar und die dazugehörige Kunst an den Wänden neu zu gestalten.

In diesem Moment öffnet sich die goldfarben gestrichene Doppeltür von Megs Büro, und Courtney tritt mit blasierter Miene und wippendem Haar heraus. Früher hat Isabels Haar ebenfalls bei jedem Schritt gewippt – sie hat es extra so schneiden lassen und sich den entsprechenden Gang angewöhnt. Heute kann sie sich nicht mehr dazu durchringen, genauer gesagt, es erscheint ihr klüger, es lieber sein zu lassen. Frauen über vierzig mit aufreizend wippendem Haar haben etwas Suspektes, vielleicht sogar Bemitleidenswertes. Und Isabel ist nicht scharf darauf, aus immer wieder anderen Gründen bemitleidet zu werden.

Aber über solche Dinge braucht sich Courtney mit ihrer Mähne wie aus *Drei Engel für Charlie*, ihren aufreizenden Kurven und ihrem Dauerflirtgehabe – eine unwiderstehliche Droge für linkische Nachwuchsautoren, junge Männer mit pickligem Gesicht und schlecht sitzenden Klamotten, mit denen sie sich auf zahllosen Cocktailpartys amüsiert – keine Gedanken zu machen. Isabel hat Courtney bereits mehr als einmal in Aktion erlebt; die Art, wie sie Männer mit übertrieben glockenhellem Lachen, spielerischen, pseudoschüchternen Klapsen auf die Brust und perfekt getimtem Haare-über-die-Schulter-Werfen umgarnt. Die Kerle wissen genau, was Sache ist. Sie wissen, dass sie bloß mit ihnen spielt und sie verführen will, und trotzdem können sie ihr nicht widerstehen. Am Ende des Abends gehen sie alle nach Hause und holen sich mit Courtneys Bild vor Augen einen runter. Und wenn ihre Manuskripte endlich abgabebereit sind, schwebt Courtney mit ihren wackelnden Brüsten und ihrem herrlich wippenden Haar wie eine Fata Morgana über ihrem Begleitschreiben.

Die beiden Frauen tauschen ein verkniffenes Lächeln, während Isabel der Gedanke durch den Kopf schießt, dass Courtney vermutlich in der ständigen Angst lebt, jemand könnte ihre perfekt gestylte Haarpracht durcheinanderbringen, und sie das beinahe übermächtige Verlangen spürt, genau das zu tun. Als hätte sie Isabels Gedanken gelesen, wirft Courtney ihr Haar zurück und verlässt den Raum. Wipp, wipp, wipp.

Nun ist Isabel diejenige, die im Türrahmen eines Büros steht und darauf wartet, dass eine Vorgesetzte aufsieht, den Blick von ihrem Telefon losreißt und ihre Gegenwart zur Kenntnis nimmt. Isabel steht ein paar Sekunden da, eine halbe Minute. Sie räuspert sich.

Die Leiterin der Literaturabteilung bei American Talent Management hebt einen Finger, sieht jedoch nicht sofort auf. Schließlich hebt sie den Kopf. »Oh, hi, Isabel, danke, dass du Zeit hattest. Bitte komm doch herein und setz dich.«

Isabel murmelt ein Dankeschön und quetscht sich auf die Stuhlkante, um Meg zu signalisieren, dass sie beschäftigt ist und keine Zeit für ein Plauderstündchen hat. Sie lässt den Blick durch das Allerheiligste wandern, über die ultraschockierenden zeitgenössischen Kunstwerke – Nacktporträts in Schwarz-Weiß, grellbunte abstrakte Gemälde und eine riesige schwarze Leinwand mit gekritzelten Obszönitäten.

Meg ist eine zornig aussehende, besorgniserregend dürre Frau mit einem mühsam erworbenen Ruf, so ziemlich jedes Meeting aufzumischen, wenn ihr gerade der Sinn danach steht. Ebenso berüchtigt ist sie für ihren Hang zu vulgärer Wortwahl und ihre mangelnde Diskretion im Hinblick auf ihr Privatleben – einmal hat Isabel sie in der Kaffeepause mitten in einem Konferenzraum mit der bemerkenswerten Reaktionsfähigkeit ihrer Geschlechtsorgane prahlen gehört – und für ihren Kleiderschrank, der ausschließlich aus Edelmarken besteht: Brillen für sechshundert, Handtaschen für zweitausend Dollar, die obligatorische Cartier-Uhr und die unverkennbaren roten Sohlen ihrer High Heels, in denen kein lebender Mensch gehen kann. All das gehört zur Standardausstattung eines bestimmten Typs Frau in Megs Wohngegenden in Manhattan und Southampton. Sie ist die personifizierte Logo-Frau, die jede noch so klischeehafte Luxusmarke mit Hingabe zur Schau stellt: das große H, die ineinander verschlungenen Gs, das gesteppte Strukturleder, das karierte Seidenfutter, den Aufnäher auf dem Ärmel des glänzenden Steppanoraks.

»EntschuldigungichschreibebloßnochdieMaildannbinichbeidirdankefürdeineGeduld« – die Worte prasseln ohne Punkt und Komma auf Isabel ein.

Neuerdings scheint jeder Zweite in der Stadt andere Leute warten zu lassen, während man noch mit anderen per Smartphone, Tablet, übers Festnetz oder sonst wie kommuniziert, verschiedene Arten von Kommunikation in sämtliche Richtungen, einschließlich der uralten Methode, jemanden rein um des Wartens willen warten zu lassen.

»Isabel, hi«, sagt Meg schließlich, pflastert sich ein breites Lächeln aufs Gesicht und legt ihr Handy vor sich auf den Schreibtisch. Aufmerksamkeit, wenn auch keineswegs ungeteilt.

»Guten Morgen.« Isabel versucht ebenfalls zu lächeln, obwohl sie weiß, dass ihr Lächeln nicht nur aufgesetzt ist, sondern auch genau so aussieht. Sie unternimmt keinerlei Versuch, es zu verhehlen.

»Also, Isabel, mit wem gehst du eigentlich in letzter Zeit so Mittag essen?« Das ist womöglich die unverschämteste Frage in der ganzen Buchbranche, vor allem, wenn sie von der eigenen Vorgesetzten kommt. »Oder frühstücken.«

»Mit niemand Bestimmtem.«

Meg mustert Isabel mit erhobener Braue, als versuche sie sie einzuschüchtern und zu zwingen, mehr preiszugeben. *Überhaupt* etwas preiszugeben. Isabel schweigt.

»Ooooookaaaayyy«, sagt sie schließlich, wobei sie wie ein mürrischer Teenager jeden Buchstaben in die Länge zieht. »Na gut. Wie geht es dir, Isabel?«

Isabel hört diese Frage nicht zum ersten Mal von ihr.

Und es ist auch keine Frage im traditionellen Sinn. Sondern eine Art Räuspern. Das Vorspiel zu einer harschen Kritik oder einem Frontalangriff. Nicht dass Meg Isabels Wohlergehen interessiert. Das Interesse am Wohlergehen anderer steht bei Meg nicht unbedingt an oberster Stelle.

»Gut. Und wie geht es dir, Meg?«

Meg lächelt, wohl wissend, dass ihr ihre Hinterhältigkeit soeben mit gleicher Münze heimgezahlt wurde. »Nicht schlecht. Danke der Nachfrage.«

»Hm.«

Die beiden Frauen starren einander einige Sekunden lang an.

»Wie lange kennen wir uns schon, Isabel?«

»Einander«, flüstert Isabel, an sich selbst gewandt. Weitgehend.

»Wie?«

»Ungefähr zwanzig Jahre.«

Damals hat Isabel ununterbrochen gelesen – experimentelle Fiktion, erzählerische Nonfiction, Memoiren, Biografien, Genreliteratur. Sie hat gelesen, bis sie vor Erschöpfung eingeschlafen ist, und als sie aufgewacht ist, hat sie weitergelesen. Sie hat sich von einem Honorarscheck zum nächsten gehangelt und sich ihren Idealismus viel länger bewahrt als die meisten anderen.

»Was war dein erster großer Deal?«, hakt Meg nach. »Belinda Coleman?«

»Brenda.« Das war Isabels erster Millionendeal, den sie im Zuge einer Auktion an Land gezogen hat.

»Und ich habe dich auf einen Drink eingeladen«, fährt Meg fort, ohne auf Isabels Korrektur ihres Fehlers einzugehen. Meg ignoriert ihre Fehler grundsätzlich und fährt unbeirrt fort, als wäre nichts gewesen. Nur die Verfehlungen anderer lassen sie innehalten. »Im Four Seasons, richtig? Damals habe ich dir angeboten, dass du gleich am nächsten Tag bei uns anfangen kannst.« Meg schüttelt den Kopf, als wäre sie auch nach all den Jahren noch zutiefst beeindruckt von ihrer Großzügigkeit. »Bereust du es? Zu Atlantic gekommen zu sein?«

Meg nennt die Agentur grundsätzlich niemals ATM. Man erzählt sich, Mitte der Achtziger, als die ATM-Geldautomaten wie Pilze aus dem Boden schossen, habe einer der jüngeren Agenten den Agenturgründer/Inhaber/Präsidenten von Atlantic Transaction Management auf Knien angefleht, den Firmennamen zu ändern, sonst wäre die Agentur schon bald die Lachnummer der ganzen Stadt. Doch der Präsident habe rundweg abgelehnt. »Wenn sich diese Dinger durchsetzen, werden uns die Leute eben Atlantic nennen, so einfach ist das.« Zwei Jahrzehnte und Millionen Geldautomaten später gibt es lediglich ein paar Leute, die Atlantic sagen, wenn sie ATM meinen.

»Nein, ich bereue es nicht«, gibt Isabel zurück. Damals war sie es leid, als arme idealistische No-Name-Agentin dahinzuvegetieren. Deshalb zog sie aus dem Tante-Emma-Laden in einem heruntergekommenen Loft in Downtown aus und nahm das Angebot der multinationalen, in einem schicken Wolkenkratzer in Midtown residierenden Agentur an; inklusive Spitzengehalt und großzügigem Spesenkonto. Und mit Brenda Coleman im Gepäck.

Irgendwann während des ersten Jahres bei ATM ertappte sie sich dabei, dass sie nicht länger die Bücher und Manuskripte las, sondern die Mehrzahl ihrer Projekte lediglich auf der Basis eines einseitigen Exposés und eines mit Fachbegriffen gespickten Marketingbudgets im Rücken kaufte. Von Terminen mit atemberaubenden Schönheitsköniginnen kehrte sie mit neuen Mandanten in der Tasche zurück, spannte reiche Prominente mit internationalen Konzernen zusammen, mit deren Hilfe sie noch reicher wurden, und sahnte dabei ein erstklassiges Gehalt und einen fetten Jahresbonus ab.

»Was ist passiert, Isabel?«, fragt Meg ernst und sieht sie an.

Die Antwort darauf ist nicht allzu schwierig. Zuerst hat sie geheiratet, dann ist sie schwanger geworden. Ihr Mann fing an, eine Menge Geld zu verdienen, und sie wurden zu einem dieser Manhattaner Paare, das im Kielwasser des Bankenbooms und geradezu absurder Immobilienwertsteigerungen segelte. Dann war sie plötzlich frischgebackene Mutter und auf dem besten Weg, eine dieser Frauen mit einer Karriere zu werden, die zwar nebenbei lief, aber trotzdem durchaus lukrativ war. All diese Frauen dümpelten in Jobs herum, mit unverschämt flexiblen Arbeitszeiten und zu viel Urlaub, aber mit schwächelndem Ehrgeiz und fragwürdiger Einsatzkraft.

Sie entwickelte sich zu einer jener Frauen, die die anderen nicht ausstehen konnten, weil ihr Leben so unglaublich perfekt war. Bis es nicht mehr so war. Perfektion ist nun einmal nichts, was ewig währt.

Danach, als sie sich aufraffen konnte, wieder zur Arbeit zurückzukehren, entschloss sie sich, ihre Prioritäten komplett neu zu setzen; sich einer kleineren Mandantenliste mit größerer Hingabe zu widmen und diese zu hegen und zu pflegen. Sie wollte versuchen, jedem einzelnen dieser Autoren eine gute Mutter zu sein, gewissermaßen als Wiedergutmachung für jenen kurzen Moment, als sie ihrem eigenen Fleisch und Blut eine schlechte Mutter gewesen war.

Aber Isabels neue Strategie ließ sich nicht mit der Arbeitsweise von ATM unter einen Hut bringen, wo das Ziel im Vordergrund stand, möglichst viele Mandanten an

Land zu ziehen und Verträge unter Dach und Fach zu bringen, bevor die »Marken«, wie die Talente hier bezeichnet wurden, vollends herangereift waren. Hatte man sie erst einmal an der Angel, konnte der Ausschuss von allein wegfallen und von jungen, brandheißen Talenten ersetzt werden, die ihre besten Jahre noch vor sich hatten. »Prognostizierter Mandantenverschleiß« nannte man so etwas.

Isabel hat über viele Jahre hinweg großen Respekt in der Agentur genossen, anfangs für ihren Einsatz, später für ihren Geschmack und schließlich für ihre Rentabilität. Dann kam die Phase, in der alle sie bemitleideten, als sie sich selbst bemitleidete – eine Phase, die bis zum heutigen Tag andauert.

Isabel weiß, dass sie auch heute noch die verstörende Aura der Trauer, der Tragödie umgibt. Nur sehr wenige Leute wissen, was damals genau passiert ist – Isabel spricht nicht über die grauenvollen Details, niemals –, doch allein der Vorfall an sich ist schon bemitleidenswert genug.

Aber jetzt reicht es. Sie will, nein, *muss* den Respekt der Menschen zurückgewinnen, und sie hofft, dass ihr das mit der Gründung einer eigenen Agentur gelingen wird. Aber sie kann nicht einfach alles hinschmeißen und gehen. Das würde bedeuten, sei hätte versagt, oder zumindest würde es nach außen hin so aussehen. Nein, sie muss ATM triumphierend verlassen, mit einem neuen großen Namen im Gepäck.

»Du weißt doch ganz genau, was passiert ist, Meg.«

»Nein, ich meine nicht, was mit *dir* passiert ist, sondern mit deiner Karriere.«

»Gibt es da einen Unterschied?«

»Isabel.« Meg legt den Kopf schief und reckt das Kinn – ein klares Zeichen, dass das Gespräch eine neue Richtung nimmt. »Du weißt selbst, dass das buchhalterische Jahr bald zu Ende ist. Nach den Sommerferien sind es bloß noch ein paar Wochen, und ehe man sichs versieht, ist September, und wir müssen uns die Zahlen ansehen.«

Als Meg vor ein paar Jahren zur Leiterin der Literaturabteilung befördert wurde, haben sie noch darüber gelacht und waren sich einig, dass es eines Tages bestimmt merkwürdig werden würde, wenn die alte Freundin auf einmal die Vorgesetzte der anderen ist. Aber in einer so kleinen, überschaubaren Branche bleibt so etwas wohl nicht aus.

»Deshalb wollte ich nur, dass dir klar ist … na ja … deine Zahlen in diesem Jahr waren nicht gerade …« Sie hätten nie im Leben gedacht, dass es so schrecklich sein und vor allem so schnell passieren würde. »Wenn in den nächsten ein, zwei Monaten nicht noch etwas ganz Dramatisches …«

Isabel kreuzt die Arme vor der Brust. In letzter Zeit ist ihr immer bewusster geworden, dass sie Meg in Wahrheit noch nie richtig leiden konnte.

»Also, natürlich wirst du hier immer einen Job haben, Isabel, zumindest solange *ich* hier etwas zu sagen habe.«

In dieser Sekunde wird Isabel bewusst, dass das nicht stimmt. Sie hat zwar diese Art Gespräch noch nie vorher geführt, trotzdem ist ihr klar, was hier läuft. Das ist die Vorwarnung, dass man sie demnächst feuern wird. Eine behutsame Vor-Kündigung, gewissermaßen.

»Allerdings solltest du für dieses Jahr nicht mit einem Bonus rechnen. Ehrlich gesagt müssen wir womöglich sogar ein bisschen zurückschrauben, fürchte ich.«

»Zurückschrauben?«

Statt einer Antwort verzieht Meg die Lippen zu einem verkniffenen Lächeln und lehnt sich zurück, weg von ihrer

Mitarbeiterin, der Unterhaltung, der unangenehmen Nachrichten, die sie ihr gerade überbringt.

Isabel steht auf. »Ist das alles?«

»Hast du irgendetwas Neues auf dem Tisch?«

»Nein, eigentlich nicht.«

»Nein? Bist du sicher?«

Isabel zuckt die Achseln. Sie will ihr nicht ins Gesicht lügen, aber die Wahrheit wird sie ihr ganz bestimmt nicht auf die Nase binden. Sie will nur eines – raus hier, und zwar möglichst schnell. Raus aus diesem Gebäude. Das Ganze kommt nicht unerwartet. Es gibt Unternehmen in der Branche, in der angesehene Mitarbeiter mittleren Alters über Jahre oder gar Jahrzehnte in ihren Positionen bleiben, ohne die erwarteten Ergebnisse zu liefern. Es mögen nicht viele sein, aber es gibt sie. ATM hat nie dazugehört. Bei ATM ist man immer nur so gut wie seine Performance während des vergangenen Jahres. Und Isabels Performance im vergangenen Jahr war nicht besonders gut, und mit der diesjährigen sieht es nicht viel besser aus.

»Du hast also nicht zufällig Jeff Fielder heute Morgen etwas gegeben?«

Natürlich – Courtney, die heute Morgen in derselben Brasserie war und sofort zu Meg gelaufen ist, um ihr brühwarm von Isabels Treffen zu erzählen. Diese miese kleine Verräterin.

»Nein.«

Meg weiß, dass Isabel lügt, und sie weiß auch, warum.

»Sonst noch etwas, Meg?«

Der Unfall ist ihre Fahrkarte aus dieser Agentur. Und offensichtlich ist heute der Tag der Abreise.

»Verarsch mich nicht, Isabel.« Meg starrt sie finster an. »Sonst wird es dir leidtun.«

Mit hämmerndem Herzen schiebt Isabel den USB-Stick in ihren Computer und fängt an, alles Wichtige zu kopieren – ihre Kontakte, ein paar neuere Verträge, einige Manuskripte aus dem Ordner für wichtige Dokumente, den sie eigens für diesen Zweck angelegt hat.

Der Ausdruck von *Der Unfall* steckt bereits in ihrer Tasche. Sie nimmt die gerahmte Fotografie ihres Sohnes vom Schreibtisch und schiebt sie gemeinsam mit dem USB-Stick in ihre Tasche, dann sieht sie sich ein letztes Mal um und verlässt ihr Büro. Für immer.

Sie hastet den Flur hinunter. Gerade als sie um die Ecke biegen will, dringt ihr Megs Lachen – vermutlich ist sie schon wieder am Handy – ans Ohr, ein lautes, unangenehm nasales Prusten. »Ja, absolut. St. Barths ist den Aufwand nicht wert, wenn man Linie fliegen muss.«

Isabel sieht nach links, dann nach rechts, sucht fieberhaft nach einem Fluchtweg, doch ihr läuft die Zeit davon.

»Isabel.« Meg bedeckt das Mikrofon ihres Handys mit dem Finger. »Wo willst du hin?«

»In die Mittagspause.«

»Um halb zwölf?«

»Ja, ich gehe heute ein bisschen früher als sonst. Entschuldige mich.« Sie schiebt sich an ihrer Vorgesetzten vorbei. Exvorgesetzten. Nach zehn Schritten hört sie Megs Stimme hinter sich. »Rufen Sie den Sicherheitsdienst.«

Isabel läuft die Treppe hinunter, durch den Empfangsbereich und zu den Aufzügen. Drückt den Knopf. Drückt, drückt. Gerade als zwei Wachleute um die Ecke biegen, gleiten die Türen auf.

Auf halbem Weg ins Erdgeschoss überlegt sie es sich anders und drückt »UG«.

Augenblicke später steht sie in dem unheimlichen Korridor des Kellergeschosses, hastet an den Büros des Sicherheitsdienstes vorbei und biegt in einen langen Korridor. Sie kommt an einem Hausmeister vorbei, der ein Wägelchen durch eine Tür bugsiert und sie argwöhnisch mustert. »Kann ich Ihnen helfen, Ma'am?«

»Nein, danke.« Sie bemüht sich um einen unbeschwerten Tonfall, aber wahrscheinlich hört sie sich völlig panisch oder durchgeknallt an. Sie biegt um die nächste Ecke. Jetzt hört sie Stimmen die Männer hinter sich. »Wo ist sie hingelaufen?« »Da entlang.« Ihre Stimmen hallen von den kahlen Betonwänden wider.

Dann hörte sie rasche Schritte, die immer näher kommen.

Sie beginnt zu laufen.

Ihr Blick fällt auf das rote Notausgangsschild am Ende des Korridors. Sie schiebt die Brandschutztür auf und tritt auf eine Laderampe. Ein Schwall heißer Luft, vermischt mit Dieselgestank, schlägt ihr entgegen. Sie läuft eine Treppe mit kaputtem Geländer hinunter, wobei sie mit dem Ärmel ihrer Kostümjacke hängen bleibt. Der Stoff reißt mit einem lauten Ratschen.

»Scheiße!« Sie macht sich los und läuft weiter quer durch die Einfahrt. Dann steht sie auf dem Bürgersteig einer geschäftigen Straße in Midtown, nichts als eines von Tausenden Gesichtern. Sie folgt einem Trio in blauen Businessanzügen, verschmilzt mit dem Strom der Fußgänger auf der äußeren Seite des Bürgersteigs und weicht den entgegenkommenden Passanten aus. Diejenigen, die in östliche Richtung gehen, sind ihre Feinde, all jene, die wie sie nach Westen wollen, hingegen ihre Verbündeten. Willkürlich, anonym. Genauso wie in jedem Team, bei jeder Art von Auseinandersetzung. Du bist hier geboren, ich dort. Du glaubst an diesen Gott, ich an jenen. Du willst mich töten, ich will aber nicht sterben.

Isabel weiß nicht, wo sie hinsoll. Sie lässt sich vom Strom der Massen mitziehen, mitten an einem sonnigen Sommertag, inmitten von Hunderten, Tausenden, Zehntausenden Menschen.

Sie weiß nicht, was sie tun soll.

Zum ersten Mal seit – ja, wann, seit der Highschool? – hat sie keinen Job mehr. Sie überprüft ihre Tasche mit dem Manuskript. Ist der Reißverschluss auch zu? Trägt irgendjemand in ganz New York – auf der Welt? – etwas Gefährlicheres mit sich herum? Höchstens jemand mit einer Nuklearwaffe, einer winzigen Megatonnenbombe in einem Aktenkoffer am Bahnsteig von King's Cross, in der Lobby des Pera Palace Hotels in Istanbul oder auf einem der harten Plastiksitze in der Tokioter U-Bahn zwischen zwei Stationen.

Oder vielleicht hier, eingekesselt im regen Treiben auf dem Times Square mit all den Menschenmassen, zwischen dem dumpfen Rumpeln der U-Bahn und den Neonreklamen, den Fernsehstudios, den Wolkenkratzern und den riesigen Leinwänden.

Sie hat keine Ahnung, mit wem sie reden könnte. Falls überhaupt. Kann sie Jeffrey vertrauen?

Sie zieht ihr Handy heraus und starrt auf das Display, dann tippt sie eine Mail, ganz kurz, nur drei Worte. Ein weiterer Versuch, mit dem anonymen Autor in Kontakt zu treten. Noch weiß sie nicht ganz genau, wer er ist, aber sie ist sich ziemlich sicher. Auch wenn sie die ganze Zeit dachte, er sei längst tot.

Kapitel 17

Es folgten einige anstrengende, hektische Tage mit einer Reihe hastig arrangierter Meetings, in denen er seine Nachfolge regelte, ehe der Autor sein Büro endgültig verließ, mit vielen Tränen, Umarmungen und dem kräftigen, aber gefassten Handschlag von Menschen, die daran gewöhnt sich, im Zuge ihrer Arbeit viele Hände zu schütteln.

Er zog sich in sein Arbeitszimmer im oberen Stockwerk seines Hauses in Georgetown zurück, wo er telefonierte, im Internet surfte, Mails verschickte, Ärzte anrief, Informationen sammelte und all die Arrangements traf, wie man es ihm ans Herz gelegt hatte.

Er und seine Frau hatten erst während ihrer Schwangerschaft die Zeit gefunden, ein Testament aufzusetzen, und auch da hatten sie es bis zum letzten Moment hinausgezögert. Sie war bereits in der sechsunddreißigsten Woche gewesen, als sie in einem gesichtslosen Konferenzraum in East Midtown gesessen und mit einer Anwältin alle möglichen Varianten von Tod, körperlichen und geistigen Einschränkungen und ihre Auswirkungen auf das treuhänderische und physische Sorgerecht ihres noch ungeborenen und namenlosen Kindes durchgesprochen hatten. Sie hatten sich auf alle möglichen Horrorszenarien vorbereitet, nur nicht auf dieses eine, das sich letzten Endes bewahrheiten sollte.

Nun rief er dieselbe Anwältin in New York ein zweites Mal an und bat sie, ein paar Änderungen vorzunehmen, dann ging er mit den überarbeiteten Unterlagen zu einem hiesigen Notar, der die geänderten Passagen mit seinem wichtigtuerischen kleinen Unterschriftenstempel beglaubigte.

Es gab eine Fülle an Arrangements zu treffen; Überlegungen zu chirurgischen Eingriffen, Gespräche mit Ärzten. Dann waren da noch die eng verwobenen Geheimnisse, die Charlie Wolfe und er seit über zwanzig Jahren teilten, und der Teil davon, den er stets für sich behalten hatte. Außerdem bestand neuerdings die Möglichkeit, dass Charlie ihn tot sehen wollte und womöglich sogar konkrete Schritte unternehmen würde, um dieses Ziel zu erreichen. Also galt es auch, seine Sicherheit im Auge zu behalten.

Als er fertig war, machte er sich daran, systematisch seine Spuren zu verwischen. Er schredderte Unterlagen und zerstörte Dokumente im Computer, beseitigte die Historie in seinem Webbrowser. Doch obwohl er lange Zeit als Chef vom Dienst einer Art Technologiefirma gearbeitet hatte, wusste jeder, dass er alles andere als ein technisches Genie und bestimmt nicht gerissen genug war, um seinen digitalen Abdruck vollständig zu beseitigen.

Als er nun in eine Nebenstraße hoch über Zürich einbiegt, gibt sein Handy ein Piepsen von sich: eine weitere Mail an den kunstvoll verzweigten Account, der sich praktisch nicht zurückverfolgen lässt. Er wird nicht darauf reagieren. Stattdessen bekommt der Absender eine weitere automatische Nachricht, dass die Empfängeradresse nicht bekannt ist. Er hält sie sich vom Leib, lässt sie glauben, dass sie ihn niemals finden kann. Eine gewisse Unerreichbarkeit kann nie schaden. Auf diese Weise lässt sich der Gesprächsverlauf besser kontrollieren. Es wird sie um den Verstand bringen.

Er wirft einen Blick auf das Display. *Bist du es?*

Als all die Arrangements – finanzieller, logistischer und psychologischer Art – getroffen waren, fuhr er zum Flugplatz am Rande von Maryland und bestieg die kleine Piper, die er direkt nach dem Bestehen des Pilotenscheins gebraucht gekauft hatte. Es war die Zeit gewesen, als er zum ersten Mal richtig viel Geld verdient hatte und bereits ahnen konnte, dass sein Verdienst schon bald jede halbwegs vernünftige Grenze sprengen würde. Sie war so schnell gekommen, die Arroganz, die mit Reichtum unweigerlich Hand in Hand geht.

Nach diesem ersten dicken Scheck hatte er plötzlich den Drang verspürt, fliegen zu lernen, trotz oder gerade wegen des spektakulären Verschwindens von JFK junior über dem Long Island Sound, eine Strecke, die der Autor regelmäßig abflog. Seine Frau weigerte sich kategorisch, in eine Maschine zu steigen, wenn er am Steuerknüppel saß, aber es gab viele andere in New York, die ihm bei seinen Ausflügen über das Hudson Valley, über die Catskill Mountains oder nach Vineyard liebend gern Gesellschaft leisteten.

Der Flug von den Washingtoner Vororten bis zum Eastern Shore von Maryland war kurz und ruhig, die Landung verlief reibungslos, die Taxifahrt zum Strandhaus in Delaware war astronomisch teuer. Er verbrachte ein paar Tage in völliger Abgeschiedenheit, stand stundenlang in der trostlosen Dezemberkälte am Strand und starrte auf den Atlantik hinaus. Lediglich seine Nachbarn bekamen ihn ab und an zu Gesicht: das alte Ehepaar ein Stück den Strand hinunter, das jeden Abend seinen Riesenpudel Gassi führte, oder die platinblonde Immobilienmaklerin mit den operierten Brüsten, die regelmäßig mit putzigen kleinen Hanteln in den Fäustchen powerwalken ging. Rosa Hanteln.

Im Lebensmittelladen brach er zusammen und bekam vor dem Milchregal in der hinteren Ecke einen Heulkrampf. Eine Handvoll Leute bekam es mit, darunter auch die Dorfklatschbase, die in ein paar Tagen ihre wilden Theorien unter Garantie mit Hingabe den Polizisten darlegen würde.

Er schrieb einen an »alle« adressierten, emotionalen Brief und eine sehr kurze Nachricht an seine Exfrau, in der er sich »für alles« entschuldigte, dann legte er beide Umschläge auf den Esszimmertisch und beschwerte sie mit einer Muschelschale.

Er trug sich für einen frühmorgendlichen Besichtigungsflug ein und flog los, vorbei an den südlichen Zipfeln von Delaware und an der Küste von Maryland entlang, vorbei an Assateague und Chincoteague, hinaus auf die vorgelagerten Inseln und Marschgebiete, die das Eastern Shore vom Atlantik trennen, ein breiter Streifen wilder Küstenlandschaft, unbewohnt und nicht überwacht.

Es war ein herrlicher Morgen für einen Flug.

Irgendwo in dem breiten Streifen vor der Küste stürzte die Piper ab. Die Blackbox ergab keinen Hinweis auf schlechtes Wetter, Turbulenzen, Probleme des Piloten oder des Flugzeugs, und im Zuge der forensischen Untersuchung ließ sich keinerlei mechanische Ursache ermitteln. Offenbar war der Absturz mit Absicht herbeigeführt worden.

Das Flugzeug zerbarst beim Aufprall, von der Leiche gab es – logischerweise – keine Spur.

Dave wandte den Kopf und versuchte, einen Blick auf das Straßenschild zu erhaschen, an dem er gerade vorbeigefahren war. Er hatte die Orientierung verloren. Das alte silberfarbene Cabrio gehörte Charlie – das Spielzeug einer nachsichtigen Mutter für ihren verwöhnten Sohn. Dave hatte keinen eigenen Wagen und kannte sich in der Gegend um den See nicht sonderlich aus, da er nur selten hier herumfuhr.

Charlie und das Mädchen hingen, die Köpfe nach hinten gekippt, auf dem Rücksitz. Entweder waren sie komplett weggetreten, oder sie schliefen. Oder aber sie starrten zum sternenübersäten Himmel in der schwülen Mainacht hinauf, während der Fahrtwind ihre erhitzten Gesichter kühlte.

In diesem Moment fuhr Charlie hoch. Im Rückspiegel sah Dave sah zu, wie Charlie ihr die Hand auf die Brust legte. Sie schien nichts davon mitzubekommen.

»Nicht gut«, sagte Dave leise.

Charlie hob den Kopf und legte sich den Finger auf die Lippen. *Pst.* Er wandte sich wieder dem Mädchen zu, knöpfte ihre Bluse auf und schob seine Hand hinein. Er saß da, den Kopf gegen die Nackenstütze gelehnt, und starrte mit offenem Mund blicklos auf das Mädchen, während sich sein Brustkorb unter flachen, trunkenen Atemzügen hob und senkte.

»Charlie«, sagte Dave mit einem, wie er hoffte, warnenden Tonfall.

Aber Charlie beachtete ihn nicht, sondern machte sich am Verschluss ihres BHs zwischen ihren Brüsten zu schaffen.

»Charlie!«, wiederholte Dave eine Spur eindringlicher.

In diesem Moment kam das Mädchen zu sich. Sie fuhr hoch und sah an sich hinunter. Einen Moment lang verharrte sie reglos, ehe ihr bewusst wurde, was vor sich ging. Sie hatte keine Ahnung, wo sie war – auf dem Rücksitz eines Wagens, mit heraushängenden Brüsten und einem betrunkenen, lüsternen Typen neben sich, der sich über sie beugte. Sie wandte den Kopf, ließ den Blick umherschweifen. Weit und breit waren weder Häuser zu sehen, noch nicht einmal Straßenlaternen gab es. Sie war irgendwo in der Pampa, mit zwei Männern, die sie nicht kannte.

»Anhalten«, sagte sie. »Halt sofort an!« Panik schwang in ihrer Stimme mit.

»Schon gut, alles okay«, sagte Dave beschwichtigend.

»Halt sofort diesen Scheißwagen an! Auf der Stelle.« Sie fummelte am Verschluss ihres BHs herum, der ihren nervösen Händen jedoch immer wieder entglitt.

»Okay«, sagte Dave, allerdings fuhr er gerade durch eine lang gezogene Kurve. Es wäre viel zu gefährlich, einfach stehen zu bleiben, mitten in der Nacht. Also fuhr er weiter, ganz langsam bis zum Ende, dann lenkte er den Wagen an den schmalen Grünstreifen am Straßenrand.

»Ich will aussteigen«, sagte sie.

»Okay«, meinte Dave. »Alles easy.« Er legte den Automatikhebel auf »Parken«, ließ den Motor jedoch weiterlaufen, dann stieg er aus und klappte den Fahrersitz nach vorn, damit sie aussteigen konnte. Charlie lümmelte immer noch wortlos auf dem Rücksitz. Das Mädchen torkelte um den Wagen herum auf den Grünstreifen und knöpfte sich währenddessen die Bluse zu. »Wo sind wir?«

»Irgendwo am Ortsrand«, antwortete Dave. »Genau weiß ich es nicht. Ehrlich gesagt habe ich ein bisschen die Orientierung verloren.«

Weinend taumelte sie weiter. Dave folgte ihr, wenn auch mit einigen Metern Abstand, um zu verhindern, dass sie sich bedroht fühlte. »Hey, das mit Charlie tut mir echt leid. Aber jetzt steig bitte wieder ein. Ich fahre dich nach Hause. Wir sind … ich bin nicht sicher, wo wir genau sind, aber weit kann es nicht sein.«

Sie schluchzte.

In diesem Moment ertönte ein metallisches Knirschen. Dave und das Mädchen drehten sich um und sahen, dass Charlie sich hinter das Steuer gesetzt hatte. Der Wagen rollte auf sie zu.

»Hier kommt Charlie!«, schrie er. Dave ging ein paar Schritte auf ihn zu, dann begann er zu laufen, zu sprinten. Beim Näherkommen bemerkte er den Ausdruck auf Charlies Gesicht. Ein Schauder überlief ihn.

Dave baute sich vor dem Kühlergrill des Jaguar-Oldtimers auf. Wenn Charlie unbedingt weiterrollen wollte, würde er wohl oder übel seinen Freund überfahren müssen. Dave legte beide Hände auf die Motorhaube und scharrte mit den Füßen, als der Wagen im ersten Gang weiterfuhr.

»Charlie«, sagte er. »Komm schon, Alter.«

Dave sah das Mädchen um die nächste Kurve rennen. Er durfte es nicht einfach mitten in der Pampa allein zurücklassen, mitten in der Nacht.

»Los, Charlie, mach schon!«, sagte ich. »Halt an.«

Kapitel 18

Rrring.

Isabel schiebt sich durch die Massen am Times Square, die zahllosen Touristen aus dem In- und Ausland, die Flipflop- und Gürteltaschenfraktionen, die zwanzigjährigen Mädchen mit ihren skandalös kurzen Röckchen und die schlaksigen, pickligen Jungs in ihren schlabberigen Vereinstrikots, mit ihren Tüten von American Girl und Abercrombie & Fitch bewaffnet, während sie vor den Smartphone-Linsen obszöne Gesten machen, alberne Grimassen schneiden oder unangemessen aufreizende Schmollmünder ziehen. Und damit ihre Kindheit und Jugend unsterblich machen. Bedauerlicherweise.

Rrring.

Endlich gelingt es ihr, in eine halbwegs ruhige Seitenstraße des Theater District mit den prominenten Spielstätten zu flüchten, über deren Eingängen Gastauftritte berühmter Hollywoodstars, Vorstellungen bewährter Broadwaygrößen und Stücke mit »8 Tony-Nominierungen!« angekündigt werden.

Rrring.

Auch jetzt wird ihr Anruf sofort auf Alexis' Voicemail weitergeleitet.

Seltsam. Vielleicht ist sie sauer, weil Isabel sie in aller Herrgottsfrühe an ihrem freien Tag angerufen hat, bloß um nachzufragen, wie das Manuskript auf ihrem Tisch gelandet ist. Isabel könnte ihr keinen Vorwurf daraus machen. Vielleicht hat sie ihr Handy auch stumm geschaltet, liegt im Bett und schläft tief und fest nach einer langen

Nacht, die sie sich wo und mit wem auch immer um die Ohren geschlagen hat. Vielleicht liegt sie aber auch mit gespreizten Beinen auf einem Untersuchungsstuhl und starrt auf den Riss in der Tapete an der Wand, um sich von den kalten Instrumenten und den latexbehandschuhten Fingern des Arztes abzulenken, die sich an ihr zu schaffen machen. Keine Ahnung, wo sie ist und was sie tut, fest steht, dass sie nicht ans Telefon geht.

Isabel hinterlässt keine Nachricht. Stattdessen beschleunigt sie ihre Schritte und überquert die Eighth Avenue. Inzwischen hat sie das Geschäftsviertel von Midtown und den westlichen Theaterbezirk definitiv hinter sich gelassen und befindet sich in Hell's Kitchen, das die Immobilienmakler inzwischen Clinton nennen – es ist der Versuch, mithilfe eines neuen Namens ein neues Image zu generieren. Aber offenbar hat mittlerweile bereits eine Gegenbewegung eingesetzt – zurück zum alten, wenig einladenden Namen mit all den damit verbundenen Assoziationen, eine richtig miese Gegend zu sein; reine Nostalgie für etwas, das so wenige Jahre zurückliegt, dass seine Spuren noch nicht einmal ganz verschwunden sind. Leute, die gerade einmal vier Jahre hier leben, betrachten sich als alteingesessene Pioniere und Avantgardisten und salbadern mit geschwellter Brust von »damals, in den Anfangszeiten«.

Isabel sucht die Adresse aus ihrem Telefonverzeichnis heraus. Sie war noch nie bei Alexis und hat keine Ahnung, in was für einer Art Gebäude sie wohnt, aber vermutlich ist es einer dieser seelenlosen modernen Wohnbunker mit Wachmann, eigenem Fitnessstudio, Concierge-Service und einem Eingangsbereich mit schwarzen Mies-van-der-Rohe-Drucken. Gebäude mit Logos. Markengebäude in Markenvierteln, am Reißbrett von Markenberatern entwickelt. Sie geht an einem besagter neuer Gebäudekomplexe mit einem Werbebanner vorbei, das »Großzügige Luxuswohnungen! Limitierte Stückzahlen« anpreist. Als gebe es auch andere Wohnungen. Sie hasst diese verdammten Häuser, genauso sehr wie die verwöhnten Menschen, die darin leben.

Isabel war nie ein sonderlich politischer Mensch gewesen, trotzdem hatte es sie zutiefst beschämt und schockiert, als der scheinbar unpolitische Mann, den sie geheiratet hatte, einen plötzlichen und heftigen Rechtsruck vollzog. Zum Glück war er nicht der Einzige in der Stadt. Als die Bankkonten in den Neunzigern und zu Beginn des neuen Jahrtausends explodierten, verabschiedeten sich eine Menge New Yorker von den einstigen Idealen und Philosophien ihrer Jugend. Pragmatismus siegte über persönliche Überzeugungen, die Gier über das Bestreben, das Richtige zu tun.

Sie bleibt vor der angegebenen Hausnummer stehen, aber das kann unmöglich stimmen. Isabel sieht wieder das Haus an, dann ihr Telefon, dann noch einmal das Haus. Dann fällt ihr Blick auf die schlampig gestrichene Stahltür mit den halb zerfetzten Aufklebern von Schlüsseldiensten, auf die mit dicken Eisengittern versehenen Fenster, aus denen Reggaeton-Klänge dringen, auf das wüste Gekritzel, die schmierige Rußschicht an der Fassade, auf die angeschraubten Schilder, die das Wegwerfen von Unrat, Drogenkonsum und Betteln und Hausieren untersagen. Als würde das ausgerechnet hier, in diesem Minislum, jemandem einfallen.

Isabel liest die Namen auf dem Alu-Klingelschild. MAURIER, 1F. Klar. Isabel weiß, was das bedeutet: 1F ist die mieseste Wohnung im ganzen Haus, Erdgeschoss, Vordergebäude mit Fenstern, die auf die Mülltonnen hinausgehen, mit fetten Stadtratten und dünnen Plastiktüten voll aufgesammelter Hundehäufchen, die die Leute zwar grob in Richtung Tonne werfen, aber häufig nicht treffen.

Das arme Mädchen; in einer derartigen Drecksbude hausen zu müssen – das genaue Gegenteil von dem, was Isabel erwartet hatte. Plötzlich schämt sie sich für ihre engstirnigen Mutmaßungen.

Sie drückt die rechteckige Klingel. Nichts.

Sie wartet, dreißig Sekunden, dann versucht sie es noch einmal.

Isabel hat gehofft, Alexis für ihre eigene Agentur abwerben zu können. Sie wollte ihr anbieten, ihr bei dem Aufbau ihrer eigenen Agentur zu helfen, und als Gegenleistung würde sie sie an der Firma beteiligen, ihr ein eigenes Aufgabengebiet zuteilen und ihr rasche Aufstiegsmöglichkeiten gewährleisten. Isabel will das Ganze nicht allein durchziehen; das kann sie auch nicht. Es liegt eine Menge Arbeit vor ihr, viele Telefonate, viele Gespräche. Und zwar heute noch.

Sie läutet ein drittes Mal, wartet wieder ein paar Sekunden, ehe sie aufgibt und schon gehen will.

Doch dann kommt ihr ein Gedanke. Sie macht kehrt und geht zurück, öffnet das Tor und hastet an den Mülltonnen vorbei zu den vergitterten Fenstern, die zu Alexis' Wohnung gehören müssen. Sie drückt die Wähltaste, presst sich das Handy auf den Magen, damit sie das Freizeichen nicht hören kann, und lauscht.

Rrring.

Das Läuten dringt aus dem angelehnten Fenster, durch die flatternden Vorhänge.

Rrring.

Isabel beugt sich vor, umfasst die Eisenstäbe und späht hinein. Ihr Blick fällt auf ein Handy, dessen Display hell erleuchtet ist. Alexis' Handy liegt auf dem Boden.

Rrring.

Dann fällt ihr Blick auf etwas anderes.

Isabel hat Mühe zu atmen. Halt suchend umklammert sie die Eisenstäbe, spürt die rostigen Splitter, die sich in ihre Handflächen und Finger bohren, während sie krampfhaft versucht, sich auf den Beinen zu halten.

Schließlich wendet sie sich ab, kehrt dem Grauen auf der anderen Seite des Fensters den Rücken und starrt auf das obszöne Graffiti an der gegenüberliegenden Wand, den fleckigen, abblätternden Putz der Fassade. Welche Auswirkungen hat all das auf sie selbst?, fragt sie sich fieberhaft. Sie ringt darum, einen klaren Gedanken zu fassen, in Ruhe darüber nachzudenken, was passiert ist, doch es gelingt ihr nicht. Ihre Gedanken überschlagen sich, werden irrational, sind nicht zu greifen.

Sie muss sich beruhigen, einen klaren Kopf bekommen.

Inzwischen ist ihr klar, dass alles, was in dem Manuskript steht, wahr ist. Daran besteht kein Zweifel mehr. Es ist eine akkurate Beschreibung von Charlie Wolfes Leben und Karriere sowie der schockierenden Machenschaften von Wolfe Worldwide Media, niedergeschrieben von jemandem in einer zentralen Position. Sollte all das in Gestalt eines Buches veröffentlicht werden und ans Licht kommen, bedeutet dies automatisch Charlie Wolfes Ende. Die Enthüllungen werden einen Skandal auslösen, in den auch mehrere amerikanische Präsidenten und CIA-Köpfe verwickelt sind, und einen der bedeutendsten Medienkonzerne in eine tiefe Vertrauenskrise stürzen. Und zwar von epidemischem Ausmaß.

Aus diesem Grund wollen eine ganze Menge wichtiger Leute um jeden Preis verhindern, dass dieses Manuskript veröffentlicht wird – sofern sie überhaupt etwas von seiner Existenz ahnen. Aber natürlich war das dem Autor bereits im Vorfeld bewusst. Daher hat er das Buch anonym geschrieben, ganz allein im stillen Kämmerlein. Er ist währenddessen irgendwo abgetaucht, wo er auch bleiben wird, bis es auf dem Markt ist, und hofft, dass die Publicity ihm hilft, am Leben zu bleiben. Vielleicht bleibt er auch für immer in seinem Versteck.

Und natürlich liegt es auf der Hand, ja, es drängt sich regelrecht auf, dass er sein Manuskript Isabel auf den Tisch legt.

Aber was, wenn es ihm gar nicht gelungen ist, die Existenz des Manuskripts geheim zu halten? Wenn irgendjemand – Charlie Wolfe, der Direktor der CIA oder womöglich sogar der Präsident der Vereinigten Staaten von Amerika – den Autor aufgestöbert hat? Wenn er weiß, was er getan hat? Wenn er herausgefunden hat, dass der Autor das Manuskript an Isabel geschickt hat?

Was würde derjenige dann tun?

Isabel wendet sich wieder dem Fenster zu, sieht in das Zimmer, auf das Mädchen, das inmitten einer Blutlache und mit einer klaffenden Wunde mitten in der Stirn auf dem Boden liegt.

Genau *das* würde derjenige tun.

TEIL II

NACHMITTAG

Kapitel 19

Sie sollte die Polizei rufen. Das ist ihr klar, andererseits aber auch wieder nicht. Die Angst …

Sie muss mit größter Umsicht vorgehen. Weshalb die Polizei rufen? Das hilft Alexis auch nicht mehr. Das Mädchen ist tot, daran gibt es keinen Zweifel. Jemand hat ihr eine Kugel in den Kopf gejagt, und sie liegt in einer Blutlache auf dem Fußboden. Kein Telefonanruf kann sie jetzt noch retten.

Isabel steht auf dem Bürgersteig vor dem heruntergekommenen Wohnhaus, kramt mit zitternden Händen Zigaretten und Feuerzeug aus der Tasche, allerdings gelingt es ihr erst beim fünften Versuch, sie anzuzünden. Sie nimmt einen tiefen, verzweifelten Zug und spürt, wie sie eine Woge der Übelkeit erfasst, ein krampfartiges Ziehen im Magen, das durch ihre Speiseröhre aufsteigt. Sie wirft die Zigarette weg und schließt die Augen in der Hoffnung, dass das unangenehme Gefühl vergeht.

In diesem Moment spürt sie das Vibrieren ihres Handys, genau in dem Bruchteil einer Sekunde bevor es zu läuten beginnt. Die Nummer des Büros erscheint auf dem Display. Vermutlich Meg, die sie anruft, um sie lautstark und unmissverständlich zu feuern. Sie drückt den Anruf weg.

Wenn sie jetzt den Notruf wählt, will die Polizei garantiert wissen, wo sie ist. Man wird sie befragen, vielleicht muss sie sogar aufs Revier mitkommen. Könnte sie womöglich sogar selbst als Verdächtige gelten? Natürlich könnte sie das. Dann müsste sie auch alles andere erklären: das Manuskript, das Thema des Buches, die vermutliche Identität des Autors. Und sowenig plausibel ihre Geschichte auch klingen würde, müsste die Polizei ihr doch auf den Grund gehen. Und was dann? Sie würden jemanden in Washington anrufen. Und dann?

Man würde sie in einen Geländewagen mit getönten Scheiben verfrachten, und das wäre das Letzte, was man von Isabel Reed je gehört oder gesehen hätte. Denn wenn sie bereit waren, Alexis Maurier zu töten, würden sie wohl kaum davor zurückschrecken, dasselbe auch mit ihr zu tun.

Nein, auf einem Polizeirevier wäre sie nicht sicher, noch nicht einmal in Polizeigewahrsam. Sie muss sich von der Polizei fernhalten. Aber jemand muss Alexis' Leiche finden. Jemand sollte ihre Eltern anrufen, es ihren Freunden sagen. Sie kann doch nicht in ihrem schäbigen Apartment liegen, inmitten von all den Ratten und Mäusen, die sie …

An der nächsten Ecke ist ein Münztelefon. Braucht man eigentlich Kleingeld, um die 911 anzurufen? Es ist so lange her, seit sie … nein, sie hat noch nie den Notruf gewählt. Von keinem Telefon aus. Gerade als sie den grauen Hörer abhebt, fallen ihr all die Überwachungskameras ein, die an jeder Ecke installiert sind – die winzigen runden Linsen über den Geldautomaten, die Kästchen an den Straßenlampen, die guten alten Überwachungskameras, die zur Abschreckung dienen sollen – überall im ganzen Land gibt es über dreißig Millionen dieser Dinger, die alles und jeden erfassen, rund um die Uhr, Hunderte Millionen Stunden Aufzeichnungsmaterial an jedem einzelnen Tag im Jahr.

Sie setzt ihre Sonnenbrille auf. Völlig egal, wer auf die Idee kommt, die Bandaufzeichnung des Notrufs mit weiß Gott welcher Kamera abzugleichen, fest steht, dass genau das passieren wird. Garantiert.

Dabei sind die Kameras ja nicht das Einzige. Im Schutz ihrer dunklen Brillengläser sucht sie die Straße ab – ein

Mann steht mit dem Handy am Ohr auf der anderen Straßenseite gegen einen Laternenpfahl gelehnt. Ein Stück weiter lümmeln zwei Burschen, beide ebenfalls mit Sonnenbrillen, auf der Haube eines schäbigen weißen Toyotas herum. Am Straßenrand steht eine Frau, als wolle sie ein Taxi heranwinkeln, doch ein freier Wagen nach dem anderen fährt an ihr vorbei, ohne dass sie die Hand hebt.

Isabel wendet sich ab und drückt die drei Tasten. »Jemand wurde erschossen.« Sie gibt Alexis' Adresse durch, dann legt sie auf, ohne ihren Namen genannt zu haben.

Sie sieht sich um, blickt durch die zerschrammte, auf Kniehöhe endende Plexiglasscheibe auf die Straße, während sie darauf wartet, dass die Ampel auf Grün springt und sich der dichte Verkehrsstrom in Richtung Innenstadt wieder in Bewegung setzt. Endlich. Die Autos fahren nacheinander los, die Hälfte davon besetzte Taxis. Sie wartet, bis sie ein freies entdeckt, hastet mit weit ausholenden Schritten an den Straßenrand und reißt den Arm hoch.

Der Wagen bleibt stehen, und sie steigt ein.

»Penn Station, bitte«, sagt sie und zieht die Tür hinter sich zu.

»Alles klar.«

Sie geht das Verzeichnis auf ihrem Handy durch, bis sie auf die gesuchte Nummer stößt, und drückt die Wähltaste.

»Isabel! Das ist ja eine Überraschung!«

»Hi, Dean, bist du in der Stadt? Da, wo du immer bist?«

»Ja.«

»Könnte ich kurz vorbeikommen und mit dir reden? Es dauert nur ein paar Minuten.«

»Verdammte Scheiße, Isabel, verlangen sie etwa das Geld zurück? Ich dachte ...«

»Können wir uns treffen?«

Stille. »Natürlich. Jederzeit.«

Sie legt auf, gerade als das Taxi am Straßenrand hält. Sie wirft einen Zehner auf den Beifahrersitz und taucht ein weiteres Mal in der Menge ab, lässt sich vom Strom in den potthässlichen Bahnhof in dem nicht minder potthässlichen Madison Square Garden spülen. Gerade als ein Zug in Richtung Uptown herangedonnert kommt, zieht sie ihre Fahrkarte heraus. Eilig steigt sie in einen der halb leeren Waggons – ausnahmsweise wäre es ihr lieber gewesen, zwischen einer Vielzahl anderer Fahrgäste eingepfercht zu sein wie eine Sardine, inmitten von Schweißgeruch, schlechtem Atem und dem Gestank nach Burgern, von Fahrrädern, Kinderwagen, Rucksäcken und Skateboards, begleitet von leiser Musik aus irgendwelchen Kopfhörern – zu viele Menschen mit zu viel Krempel auf zu engem Raum.

Aber heute ist sie allein mit einem runden Dutzend anderer Fahrgäste. Ein feister Typ – dem Aussehen nach Italiener – in Jogginghose, Turnschuhen und einem Mets-Shirt, Goldketten um Hals und Handgelenken, sieht vom Sportteil der *Daily News* auf, mustert Isabel von oben bis unten und nickt dann anerkennend, als hätte ihm ein Sommelier eine gute Flasche Barolo präsentiert. Alle anderen ignorieren sie; hier beachtet keiner den anderen.

Isabel fährt nicht allzu häufig U-Bahn, trotzdem hat sie meistens eine Fahrkarte in der Tasche. Einige Jahre hatte sie den öffentlichen Verkehrsmitteln komplett abgeschworen, konsequent und explizit, wenn auch nur für sich selbst. Das war in ihrer Anfangszeit bei ATM, als sie gerade auf den Geschmack gekommen war, sich nicht länger von einem Honorarscheck zum nächsten hangeln zu müssen, sondern jeden Monat noch etwas übrig blieb, um sich einmal pro Woche eine Putzfrau und erholsame Ferien in anständigen Hotels leisten zu können, ohne ständig im

Geiste nachzurechnen, ob der sündhaft teure Drink am Pool noch im Budget lag. In dieser Zeit hörte sie auf, bei den Lebensmitteln und Kosmetikartikeln immer nur auf den Preis zu schauen, und fuhr mit dem Taxi, statt sich in die stinkende, überfüllte U-Bahn zu zwängen. U-Bahn, dieser Teil ihres Lebens lag hinter ihr.

Es dauerte einige Jahre, bis sich ihre Meinung zu den öffentlichen Verkehrsmitteln und einigen anderen Dingen wieder änderte und sie versuchte, nicht länger den Eindruck zu erwecken, reicher zu sein, als sie in Wahrheit war, sondern stattdessen eher das Gegenteil anstrebte.

Die U-Bahn fährt am Times Square ein. Die Türen gehen auf. Isabel tritt auf den Bahnsteig, dann steigt sie hastig wieder ein. Gerade als die Türen zugleiten, springt sie wieder heraus.

Sie eilt die Treppen hinauf, durch das Zwischengeschoss und die Treppe zum Bahnsteig der Linie, die nach Downtown führt. Auf dem äußeren Gleis fährt gerade ein Zug ein. Sie steigt ein, setzt sich auf einen der harten grauen Plastiksitze. Sie spürt das Vibrieren des Zugs in ihren Schenkeln, den monotonen Rhythmus. Khhhadumm-khhaadumm, khhhadumm-khhadumm.

Trotz des Adrenalins fühlt sie sich ausgelaugt, völlig erledigt. Am liebsten würde sie hier und jetzt einschlafen, wie zehntausend Menschen es jeden Tag tun. Einfach die Augen eine Sekunde schließen, den Nacken entspannen, sodass der Kopf nach links, nach rechts, nach vorn oder hinten kippt, das Kinn auf die Brust fällt und ein Speichelfaden aus dem Mund hängt.

Stattdessen steht sie auf, wechselt auf einen anderen Bahnsteig und in eine andere Linie, bis sie in Greenwich Village auf dem Bürgersteig steht, den Arm hebt und ein weiteres Taxi heranwinkt, das mit quietschenden Bremsen vor ihr zum Stehen kommt. Ein weiteres Stück Fahrt, ein weiterer Zehner, der durch die kugelsichere Trennscheibe flattert …

Sie späht durch die Fenster des Chevy, nach links und rechts, nach vorn und hinten. Nein, völlig unmöglich, dass ihr jemand bis hierher gefolgt ist.

Sie steigt aus und geht eine Kopfsteinpflasterstraße im Meatpacking District entlang – eines dieser frisch aufgewerteten Viertel, das seinen alten Namen noch trägt, obwohl längst nichts mehr an seine einstige Funktion erinnert. Und mit dem stinkenden blutigen Geschäft sind auch die billigen Transennutten verschwunden, die früher hier die Bürgersteige bevölkerten.

Ein Mann hält ihr die unauffällige Tür des Privatklubs auf. Isabel betritt die dunkle, kühle Lobby. Am Empfang wird sie von einem atemberaubend hübschen Mädchen begrüßt, das ihr den Weg zum Aufzug, hinauf zur Dachterrasse, zeigt. Nach ein paar Minuten tritt Isabel in den hellen Sonnenschein – vor ihr befindet sich eine Bar, Sofas und niedrige Tische, ein Restaurant unter riesigen Leinenschirmen, ein kleiner, leuchtend blauer Pool, an dem sich ein halbes Dutzend Mädchen mit Modelmaßen tummelt. Sie dreht sich einmal um die eigene Achse, bis sie den Mann entdeckt, den sie sucht. Er liegt auf einem Liegestuhl in der hinteren Ecke des Pools.

Sie navigiert um die Stühle herum, vorbei an Sonnenbrillen, Handtüchern, Bikinis, gebräunten Oberarmmuskeln, Zeitschriften und Zeitungen, Büchern, Tablets, Zigaretten, Weingläsern und beschlagenen Wasserflaschen. Was haben all die Leute hier zu suchen, mitten an einem gewöhnlichen Werktag? Das hier ist nicht L. A. oder Miami. In New York sollten die Leute doch während des Tages bei der Arbeit sein.

Auf dem kleinen Tisch neben Dean steht ein Kübel mit Eis, aus dem der verräterische Hals einer Champagnerflasche ragt, daneben ein benutzter Aschenbecher, ein Zigarettenpäckchen, ein silbernes Feuerzeug, ein Handy und zwei halb volle Gläser, von denen eines Spuren von Lippenstift zieren. Eine gertenschlanke Frau liegt auf dem Liegestuhl neben ihm, halb so alt wie er und nur durch wenige Zentimeter Lycra von vollständiger Nacktheit getrennt.

»Isabel, hallo.« Dean steht auf und drückt ihr einen Kuss auf die Wange, wobei seine behaarte Brust ihr Gesicht streift. Dean gibt sich alle Mühe, dem Idealbild des Actionhelden zu entsprechen – tätowiert, vernarbt, muskelbepackt, filterlose Zigaretten, literweise Hochprozentiges und Drogen, der Inbegriff des Womanizers. »Schön, dich zu sehen. Das«, er deutet auf das Mädchen, »ist Betsy.«

»Ich heiße Brecka«, korrigiert das Mädchen ihn finster, ohne Isabel die Hand hinzustrecken oder sich auch nur in seinem Liegestuhl aufzurichten.

»Echt?«, fragt Dean. »*Brecka*? Was ist das denn für ein Name?«

Das Mädchen bläst eine Qualmwolke in seine Richtung.

»Bist du ganz sicher?«

Sie starrt ihn mürrisch an.

»Oh, Entschuldigung.« Dean zuckt die Achseln und wendet sich wieder Isabel zu. »Auch egal. Also, Brecka, würdest du uns bitte einen Moment allein lassen? Ist das nicht deine Freundin Laura da drüben an der Bar?«

»Ihr Name ist Laur*el*.« Das Mädchen steht auf.

»Super.« Dean gibt ihm einen Klaps auf den Hintern – betatschen und verscheuchen mit einer einzigen Handbewegung. Der Mann ist ein wahres Multitasking-Genie.

Isabel nimmt Breckas Platz auf dem Liegestuhl ein, lässt jedoch die Füße auf dem Boden. Inmitten all der Badeanzüge und Bikinis kommt sie sich in ihrem Kostüm absolut lächerlich vor, so als würde man in Badelatschen und Shorts durch die Lobby eines 5-Sterne-Hotels schlappen, nur umgekehrt.

Dean nimmt seine Sonnenbrille ab, unter der ein leuchtend violettes Veilchen zum Vorschein kommt.

»Großer Gott.« Isabel rutscht das Herz in die Hose. Steckt er etwa auch in der Sache drin? »Was ist denn mit dir passiert?«

»Das?« Er deutet auf die verfärbte Schwellung. »Das ist nichts.«

»Ich bitte dich.«

»Hast du zufällig von meinem Anti-Hummer-Kreuzzug gehört?«

Dean hat die Angewohnheit, im Suff durch die Stadt zu ziehen und Zettel mit dem Spruch »Hummer sind was für Warmduscher« hinter die Scheibenwischer sämtlicher Protzkisten zu klemmen – eine Vokabel, die für ihn den ultimativen Gipfel kreativer Wortschöpfung darstellt.

»Na ja, jedenfalls hat mich einer dieser Warmduscher auf frischer Tat ertappt. Und leider hatte er seine ganze Clique dabei – sozusagen eine ganze Warmduscherbande. Ich hatte keine Chance. Trotzdem tut's mir nicht im Mindesten leid.« Er nimmt die Flasche aus dem Kübel. »Egal. Ist ein seltenes Vergnügen, dass mich meine geschätzte Agentin mitten an einem gewöhnlichen Werktag sprechen will.« Er hält die Flasche am Hals fest und deutet damit in Isabels Richtung. »Besser gesagt Arbeitstag.«

»Nein danke.« Sie nimmt ebenfalls ihre Sonnenbrille ab und legt sie auf das Tischchen.

»Vor allem, wenn man bedenkt, dass ich mit meinem Manuskript – wie lange ist es inzwischen? – zehn Monate zu spät dran bin.«

»Zwei Jahre.«

»Hm.« Er zieht an seiner Zigarette. »Ich glaube, wir wissen beide, dass ich dieses Buch wohl erst am Sankt-Nimmerleins-Tag abgeben werde. Und trotzdem hänge ich hier herum und verplempere einen weiteren kostbaren Tag mit Puffbrause, filterlosen Zigaretten und minderjährigen Frauen.«

»Womit verdienst du eigentlich deinen Lebensunterhalt, Dean?«

»Meinen Lebensunterhalt verdienen? Du weißt doch, dass ich so etwas nicht tue.«

Dean ist einer dieser furchtlosen Journalisten, die sich bevorzugt in irgendwelchen gefährlichen Krisengebieten herumtreiben, in Bosnien, dem Sudan, in Afghanistan oder Syrien. Die Alchemie eines Bestsellers lässt sich nur schwer vorhersehen – es ist eine diffuse Mischung aus den verkäuferischen Fähigkeiten eines Sales-Teams, einem durch Mundpropaganda generierten Branchenhype, aus geschickt platzierten Zeitschriftenartikeln, mehrseitigen Rezensionen in Tages- und knackigen Storys in Wochenzeitungen. Deans jüngstes Buch um einen undurchsichtigen Auswuchs des Afghanistankriegs hatte das Glück, zum »Sachbuch des Jahres« deklariert worden zu sein, mit internationalen Ausgaben in dreißig verschiedenen Ländern, Taschenbuch-, Audio- und E-Book-Versionen, einem im Schnellverfahren abgedrehten Spielfilm mit namhaften Schauspielern plus dazugehörigen »Buch zum Film«-Ausgaben. Die Tantiemen flossen aus Dutzenden von Quellen auf Konten auf sechs Kontinenten. In der Zwischenzeit hat ein renommiertes Magazin Dean als freien Autor engagiert, inklusive Visitenkarte und einem monatlichen Honorar als Gegenleistung für fünftausend Wörter pro Jahr, die er in aller Regel in einem Rutsch liefert, wenn er wieder einmal aus einer kriegsgebeutelten Dritte-Welt-Hölle zurückgekehrt ist – ein kokainbefeuerter Bewusstseinsstrom experimenteller Prosa mit höchst eigenwilliger Interpunktion, himmelschreiender Rechtschreibung und mit grammatischen Fehlern gespickt. Aber dafür gibt es ja bekanntermaßen Redakteure. Die Regeln stilistischer Kontinuität sind böhmische Dörfer für Dean. Etwas für engstirnige Kleingeister.

Er nimmt einen tiefen Zug von seiner Player's Plain – die einzige Marke, die in Pakistan überall erhältlich war, als Dean in den Neunzigern dort gelebt hat. Und obwohl die Beschaffung zunehmend schwierig wurde, ist er bis heute dabei geblieben. »Also, welchem Umstand verdanke ich dieses außerordentliche Vergnügen?«

»Dean, du hast doch damals in D.C. herumgeschnüffelt, als David Miller sich das Leben genommen hat, oder?«

Einer der vielen Vorteile einer Tätigkeit in der Verlagsbrache ist, dass Isabel mindestens einen Experten für nahezu jedes erdenkliche Fachgebiet entweder persönlich kennt oder weiß, wie sie an denjenigen herankommt – von Geopolitik über die Pädiatrie bis hin zur spanischen Gourmetküche. Die führenden Köpfe schreiben nun einmal gern Bücher über ihr Fachgebiet; selbst die führenden Köpfe der Buchbranche schreiben Bücher übers Bücherschreiben. Und jeder dieser Experten hat einen Literaturagenten.

Dean, seines Zeichens Experte für die Doppelzüngigkeit des Politbetriebs, stößt eine dichte Rauchwolke aus, sagt jedoch nichts.

»Gab es Gerüchte?«, bohrt Isabel weiter. »Die wären mir natürlich nicht zu Ohren gekommen.«

Dean starrt sie an. Es ist ihm anzusehen, dass er überlegt, ob er auf dieses Thema überhaupt einsteigen und, falls ja, wie weit er sich aus dem Fenster lehnen soll. »Ja«, antwortet er schließlich resigniert. »Natürlich gab es Gerüchte.«

»Gerüchte, dass er ermordet wurde?«

»Na ja, ja. Unvermeidlich. Die Gerüchte. Ein wichtiger Mann. Und plötzlich ist er tot.«

»Und?«

Er schüttelt den Kopf. »Es war nichts dran.«

»Gab es Verdächtige? Ein Motiv?«

»Eigentlich nicht. Und, ganz ehrlich, Mord war nicht unbedingt die aufregendste alternative Erklärung für sein Verschwinden.«

»Sondern?«

»Dass Millers Tod«, Dean sieht ihr direkt in die Augen, »in Wahrheit eine Finte war.«

Das ist genau die Antwort, die Isabel erwartet hat. Weil sie genau denselben Gedanken nicht mehr loswird, seit sie gestern angefangen hat, das Manuskript zu lesen.

Sie nimmt eine von Deans Zigaretten und zündet sie an. Sie muss husten, der fehlende Filter ist zu heftig für ihre Lungen.

»Gab es Beweise?«

»Ein paar Tage nach seinem Verschwinden über dem Atlantik landete jemand, der verblüffende Ähnlichkeit mit Miller hatte, mit einer Maschine von den Bahamas auf dem Brüsseler Flughafen. Natürlich stand ein anderer Name im Pass. Es war der Pass eines Mannes aus D.C., der für das Finanzministerium arbeitet und dessen Pass gestohlen wurde.«

»Und dann?«

»Tja, leider – oder vielleicht ist es ja auch nicht bedauernswert, wer weiß? – verliert sich seine Spur auf dem Brüsseler Flughafen. Aber Brüssel ist der perfekte Ausgangsort, um zu verschwinden. Per Anschlussflug, mit dem Wagen oder dem Zug, völlig egal.«

Isabel nimmt noch einen Zug. Diesmal ist seine Wirkung nicht so brutal wie beim ersten Mal, wie mit allem, was einem schadet.

»Bist du sicher, dass du nicht doch ein Gläschen Champagner willst? Du siehst aus, als könntest du es vertragen.«

»Ist mal jemand der Spur nachgegangen, Dean? Du?«

Er nickt. »Aber ich habe nichts gefunden. Nichts, niemand, nirgendwo.«

»Was ist mit irgendwelchen alternativen Krebsbehandlungszentren?«

»Meine Güte, Isabel, ist es tatsächlich so schlimm?« Dean blickt auf die Zigarette in seiner Hand. »Ich gebe ja zu, dieser Husten will einfach nicht weggehen ...«

»Ich rede nicht von dir.«

»Ich weiß, wovon du redest. Natürlich habe ich in diese Richtung recherchiert. Miller hat definitiv etliche Ärzte aufgesucht und auch mit einer Reihe Kollegen gesprochen. Er hat zu diversen Krebszentren auf der ganzen Welt Kontakt aufgenommen, aber ich habe nichts Handfestes über Empfehlungen, mögliche Therapien oder sonst etwas herausgefunden. Ärzte nehmen es mit der Schweigepflicht ziemlich genau, völlig egal, wo sie praktizieren. Aber, ja, ich habe diesen Bereich sorgfältig recherchiert. Und ich bin auf nichts gestoßen.«

»Du weißt, dass Miller reich war, oder sollte ich sagen ist? Und clever. Ein cleverer, reicher Mann kann sich problemlos eine neue Identität erkaufen und irgendwo unterschlüpfen, wo man ihn so schnell nicht findet. Und dort kann er lange, lange Zeit bleiben.«

Wieder beugt Dean sich zu Isabel. »Vor allem, wenn er Angst hat.«

Kapitel 20

Der Autor betritt einen der weitläufigen, zur Straße hin gelegenen Räume des alten Schlosses. Zu den Zeiten, als es noch bewohnt war, wurden sie als Schlafzimmer genutzt. Sämtliche Zimmer sind nach wie vor im Stil des 18. Jahrhunderts gehalten, mit mannshohen Kaminen, dicken Perserteppichen, kompaktem Holzmobiliar und Ölgemälden in üppig verzierten Rahmen, wohingegen der hintere Teil das Flair des 21. Jahrhunderts verströmt: gebürsteter Stahl, glänzende Oberflächen, Hightechbeleuchtung und eine beeindruckende Auswahl an modernster Medizintechnik.

Er lässt sich in einen knarzenden Ledersessel vor dem großen Mahagonischreibtisch sinken und erhascht einen Blick auf sein Gesicht in dem vergoldeten Spiegel – heute, hier in Zürich, blickt ihm ein völlig anderer Mann entgegen als damals in Washington.

Bei seiner Ankunft in Europa zu Beginn des Winters hatte er nichts bei sich. Kein Gepäck, gar nichts. Alles bei der Airline verloren gegangen, erklärte er dem desinteressierten Rezeptionisten in dem schäbigen Hotel in der Nähe des Bahnhofs Bruxelles-Midi.

Ein paar Tage lang marschierte er durch die Straßen der klammen, kalten Stadt, kaufte sich neue Sachen, die er ausnahmslos in bar bezahlte: schmal geschnittene Anzüge, schmale Hosen und eng anliegende Hemden anstelle der sackartigen US-Anzüge, die so geschneidert waren, um die Birnenform des amerikanischen Durchschnittsmannes zu kaschieren. Er kaufte modische Schuhe, wie man sie an den Füßen amerikanischer Männer ebenfalls nicht zu sehen bekommt. Er versuchte, wie jemand auszusehen, der zwar vielleicht nicht in Europa geboren war, aber zumindest hier lebte, und nicht wie ein Amerikaner auf der Flucht.

Aber als Allererstes marschierte er durch die engen mittelalterlichen Gässchen um die Grand-Place – vorbei an Souvenirshops, Schokoladengeschäften, Schulklassen und den obligatorischen japanischen Touristenherden – und suchte nach einem jener Friseursalons, in denen die Kunden wie am Fließband abgefertigt werden. Rein, schnippschnapp, wieder raus. In einer Arkade in der Nähe der Bourse fand er, wonach er suchte, ließ sich die dunklen Locken abschneiden und zu einem kurzen Bürstenschnitt rasieren. Außerdem hatte er ein paar Tage vor seinem schicksalhaften Atlantikflug aufgehört, sich zu rasieren, und nach einer Woche beabsichtigter Nachlässigkeit war ihm ein kurzer, aber dichter Bart gewachsen.

Als Nächstes suchte er ein Internetcafé auf, das auch normale Postsendungen und deren Aufbewahrung übernahm, und holte das Päckchen ab, das er von einem ähnlichen Laden in D.C. aus hergeschickt hatte.

Er kaufte sich eine dezente rechteckige Brille mit Fensterglas und farbige Kontaktlinsen, um das leuchtende Blau seiner Augen zu verbergen – sein auffälligstes Merkmal und das Wichtigste, was es zu verstecken galt. Allerdings trug er sie erst, nachdem er einen Wagen gemietet hatte und quer durch Norddeutschland nach Berlin fuhr, wo dank eines russischen Fälschers und zwanzigtausend Euro in bar – ein enttäuschend dünner Stapel aus vierzig rosafarbenen Banknoten – eine neue Identität auf ihn wartete. Stuart Carner.

Er war nicht allzu begeistert von seinem neuen Vornamen, aber immerhin war er besser als Stu – auf dem College hatte er einen Stu gekannt, ein echtes Arschloch, deshalb war der Name für ihn stets negativ behaftet gewesen.

Herr Stuart Carner war seine zweite neue Identität. Die erste hatte er einem Zahlenheini aus dem Finanzministerium zu verdanken, der noch dazu sein optischer Doppelgänger war. Im Lauf der Jahre hatten die Leute immer wieder über die frappierende Ähnlichkeit zwischen den beiden Männern gestaunt. Und jeder, der den emsigen Buchhalter kannte, wusste, dass er niemals einen Fuß über die Grenze von D.C. setzte, ganz zu schweigen von der des Landes, mit Ausnahme eines bekanntermaßen katastrophalen Trips nach Cancún vor ein paar Jahren. Daher würde der Mann das Verschwinden seines Passes wohl kaum bemerken.

Es war nicht weiter schwierig gewesen, jemanden aufzutreiben, der bereit war, in das Apartment des Finanztyps einzubrechen; schwieriger war es gewesen, dem Eindringling einzuschärfen, dass er lediglich den Pass klauen durfte, sonst nichts.

Und so wurden seine einst strahlend blauen Augen in Berlin tiefschwarz, umwölkt von Trauer und Schmerz. Außerdem hatte er in den vorangegangenen Monaten rund acht Kilo abgenommen und war, mit den kurzen Haaren, den dunklen Augen, der Brille, den schmalen Anzügen und den spitzen Schuhen, nicht länger zu erkennen. Eine Identifikation mittels Gesichtserkennungssoftware wäre jedoch nach wie vor ohne Weiteres möglich, von seinen Fingerabdrücken einmal ganz abgesehen.

Mit seinem neuen Erscheinungsbild, seiner fiktiven Identität und zwei neuen Reisekoffern bestieg er eine Air-Berlin-Maschine, ließ sich von der Stewardess mit den affektierten rotschwarzen Handschuhen zu seinem Platz führen. Am Züricher Flughafen bezog er sein Zimmer in einem Business-Hotel in der Nähe des Paradeplatzes, dem perfekten Ausgangspunkt, um sich auf die Suche nach einer Wohnung zu machen und zu diesem alten, umgebauten Schloss oben in den Bergen zu fahren, dem unauffälligen Behandlungszentrum und dem Hauptgrund, weswegen er überhaupt in diese ruhige, ordentliche, kleine Stadt gekommen war.

Er hört ein Geräusch hinter sich, dann legt sich eine Hand auf seine Schulter, ehe der Arzt in sein Blickfeld tritt. Der hochgewachsene Deutsche setzt sich an seinen Schreibtisch, schlägt einen Aktendeckel auf, blättert um und kehrt zur obersten Seite zurück.

»So, Herr Carner, wie geht es Ihnen?«

»Im Großen und Ganzen gut.«

»Treiben Sie Sport?«

»Ja.« Er hat zum allerersten Mal in seinem Leben mit dem Joggen angefangen. Sein Apartment befindet sich nur einen Häuserblock vom Park entfernt und führt einen hübschen Weg am See entlang. An warmen Tagen wie heute tummeln sich dort zahlreiche Besucher, während der regnerischen Winter- und Frühjahrsmonate ist der Park hingegen völlig verwaist.

»Ich jogge beinahe jeden Tag.« Inzwischen hat er sich zu beachtlichen Strecken hochgearbeitet. Und endlich traut er sich auch, Kopfhörer zu tragen, nachdem er seine Paranoia aus der Schulzeit überwunden hat. Damals, kurz nach der Erfindung des Walkmans, haben ihm seine Großeltern einen zum dreizehnten Geburtstag geschenkt, aber das Glück war nur von kurzer Dauer: Wegen der Kopfhörer nahm er die Jungs nicht wahr, die sich von hinten anschlichen und ihm nicht nur seinen nagelneuen Sony, sondern auch noch den Dollar abknöpften, von dem er sich sein Mittagessen – ein Stück Pizza, eine Limo und danach ein Eis – für fünfzig Cent und ein Päckchen Baseballkarten in dem Süßwarenladen hatte kaufen wollen, wo es hauptsächlich billigen Krimskrams und kleine Tütchen mit Marihuana gab. Das Brooklyn der Anfangsachtziger.

»Und Ihr … äh, Appetit?«

»Ich esse regelmäßig.«

»Ich habe einen anderen Appetit gemeint.« Der freundliche Herr Doktor scheint ein unangemessen ausgeprägtes Interesse am Sexualleben seines Patienten zu hegen, obwohl dieser Punkt keinerlei Relevanz für die Erkrankung besitzt.

»Oh, der kommt und geht. Aber er ist vorhanden.«

Der Arzt nickt zufrieden.

Gleich bei einer der ersten Joggingrunden hat er Vanessa kennengelernt, als sie beide an einem ungewöhnlich warmen Märzmorgen die hintere Oberschenkelmuskulatur gedehnt haben. Zu diesem Zeitpunkt hielt er sich bereits drei Monate in der Schweiz auf und führte das Leben eines paranoiden Eremiten, der sorgsam darüber wachte, keinerlei Kontakt zu knüpfen, sondern in seiner selbst gewählten Isolation zu verharren. Doch die Einsamkeit setzte ihm gehörig zu, und vielleicht war das der Grund, weshalb er nachlässig wurde. Sie unterhielten sich kurz, danach ging jeder seiner Wege. Damals trug er immer noch Verbände.

Als der letzte endlich abgenommen wurde, fing er an, wieder auszugehen. Er kaufte sich für teures Geld Opernkarten, obwohl er dem italienischen Gekreische eigentlich nicht allzu viel abgewinnen konnte. Aber die Oper war nur ein Stück die Straße hinauf, außerdem war es etwas, was man auch allein unternehmen konnte – im Anzug und Krawatte während der Pause auf der Galerie herumstehen und dann während des dritten Akts gegen den Schlaf ankämpfen.

Auch ins Kino ging er. Es befand sich auf der anderen Seite des Opernplatzes, hatte zugewiesene Sitzplätze und seltsamerweise eine Pause während der Vorstellung, die alle Zuschauer nutzten, um sich mit Coke einzudecken und auf die Toilette zu gehen. Er kaufte bei dem sizilianischen Süßwarenstand an der Straßenbahnhaltestelle eine Tüte Kekse und verputzte sie aus der Hand.

Als es Ende April wärmer wurde, ging er ab und zu ins Café, meistens in die sogenannte Terrasse, das nur wenige Gehminuten von seiner Wohnung entfernt lag und von Bankern und Beratern in Anzügen und Kostümen bevölkert war. Aber er war viel zu schüchtern und misstrauisch, um sich auf eine Unterhaltung mit Frauen einzulassen.

Dann lief er zufällig eines Abends der Joggerin von der Promenade in die Arme. Er spendierte ihr und ihren beiden englisch sprechenden Freundinnen eine Flasche Champagner. Er selbst nippte an seinem Glas, wohingegen die Frauen ordentlich zulangten. Um Mitternacht verabschiedete sich die eine von Vanessas Freundinnen; er wusste nicht recht, wie er es bewerkstelligen sollte, eine der beiden am Tisch abzuschleppen, als ihm plötzlich ein Gedanke kam, der ihn nicht mehr losließ, sondern sich wie ein hartnäckiges Virus in seine Gehirnwindungen fraß.

Irgendwie gelang es ihm, all seinen Mut zusammenzunehmen und sie zu fragen: »Hätten die beiden Damen zufällig Interesse daran, das Bett mit mir zu teilen?«

Beiden fiel die Kinnlade herunter, dann fragte die rothaarige Irin, deren Mann sich gerade auf Geschäftsreise im Ausland aufhielt: »Beide?«

Nach einigem Hin und Her zogen sich die zwei auf die Toilette zurück, um das Anliegen unter vier Augen zu besprechen. Nach einer Weile kamen sie zurück und setzten sich in keuschem Schweigen auf ihre Stühle. Nach einer gefühlten Ewigkeit kippte Vanessa, die südafrikanische Joggerin, den Inhalt ihres Glases hinunter und beugte sich vor. »Also, gehen wir.«

Eine Viertelstunde später lagen beide Frauen nackt in seinem Bett – es war sein erster und vermutlich auch letzter Dreier.

Danach schien es ihm leichter zu fallen, sich in den Alltag einzugliedern. Er grüßte Fremde, betrieb Small Talk in Cafés und konnte sogar behaupten, ein paar Freunde zu haben, sofern man von Freundschaft sprechen kann, wenn einer der beiden Beteiligten über so ziemlich jeden Punkt lügt, bis hin zu seinem Namen.

Als Expat ist es ein Kinderspiel, unter einem falschen Namen zu leben, aber Spaß macht es trotzdem keinen.

Trotz all der durch sein Lügenkonstrukt entstehenden Hindernisse ist er nicht allein, sondern steht mit anderen Menschen in Kontakt. Es ist beileibe kein normales, ausgefülltes Leben, aber auch kein Eremitendasein.

Bis vor ein paar Tagen hat er gearbeitet; mit jener Fieberhaftigkeit, wie Autoren sie entwickeln können, wenn sie sich dem Ende des Manuskripts und damit dem nächsten Stadium nähern. Er hat schon immer zu den Menschen mit einem Elefantengedächtnis gehört, zu jenen, die Informationen aufnehmen können, ohne bewusst zuzuhören. Auf diese Art und Weise hat er sich im Lauf der Jahre ein solides Basiswissen über die Buchbranche angeeignet und weiß genug darüber, um sich den gesamten Entstehungsprozess für einen anderen Autor, einen ganz normalen, in einer ganz normalen Situation vorzustellen: wie er zu Hause sitzt und all seine Hoffnungen und Träume in dieses Manuskript legt, während das Projekt leitenden Lektoren in einem Dutzend Verlagen angeboten wird, und auf die Reaktionen wartet – Begeisterung, Skepsis, Angebote, Ablehnung, vielleicht sogar eine Auktion mit einem erbitterten Bieterstreit, mit Artikeln in Klatschblättern und Branchenmagazinen. Dann das Lektorat, die Covergestaltung, die PR-Kampagne, die Buchpräsentation. Die Rezensionen, Auftritte im Frühstücksfernsehen, Signierstunden, Radiointerviews und das Stürmen der Bestsellerlisten.

So könnte es für einen Autor laufen, der seine Art von Geschichte zu erzählen, aber einen anderen Grund hat, sie zu enthüllen.

»Sie erholen sich erfreulich gut, Herr Carner«, erklärt der Arzt freundlich lächelnd. »Sehr gut sogar. Die Schnitte sind fast vollständig verheilt, und alles sieht gut aus. Wir sehen uns in zwei Wochen wieder, aber es besteht keinerlei Anlass zur Besorgnis.«

Kapitel 21

»Ich glaube, er hat mir ein Manuskript geschickt«, sagt Isabel. »Ein Exposé von Charlie Wolfes Laufbahn.«

Dean hebt die Brauen. »Eines, mit dem er ihm schadet?«

»Mehr, als du dir vorstellen kannst. In seiner Jugend ist etwas Schreckliches, absolut Unverzeihliches vorgefallen. Außerdem stehen einige ziemlich verblüffende Enthüllungen darin. Verblüffend und gesetzeswidrig.«

»Und dieses Manuskript trägst du in diesem Moment in deiner Tasche herum?«

»Ja.«

»Gibst du mir eine Kopie?«

»Das geht nicht, tut mir leid.«

Er zuckt die Achseln. Doch fragen musste er. »Und ist es wahr?«

»Ganz sicher bin ich mir nicht, aber vermutlich schon.«

»Wie kommst du darauf?«

Isabel lässt den Blick über die Dachterrasse schweifen, dann beugt sie sich näher zu ihm. Der Gestank nach Zigaretten und Alkohol schlägt ihr entgegen. »Weil jemand meine Assistentin getötet hat«, flüstert sie.

»Ach du Scheiße!« Deans Augen verengen sich zu Schlitzen. »Bist du sicher?«

»Ja.«

»Und sind die Typen hier? Hat dich jemand verfolgt?«

»Ich habe, na ja, ein paar Umwege genommen. Ich weiß nicht, was ich machen soll, Dean. Fällt dir irgendetwas ein?«

Er zündet sich noch eine Zigarette an und mustert sie mit gerunzelter Stirn. »Bei der Polizei oder einer anderen Behörde bist du jedenfalls nicht sicher.«

»Das sehe ich genauso.«

»Zumindest bei den amerikanischen Behörden.« Er stößt den Rauch aus. »Was hältst du davon, dich an eine ausländische Botschaft zu wenden? Ich habe die eine oder andere Verbindung und könnte dich auch begleiten.«

»Aber was könnten die für mich tun?«

»Dafür sorgen, dass du in Sicherheit bist.«

»Tatsächlich? Für wie lange? Eine Woche? Ein Jahr?« Sie starrt ihren Mandanten an, der inzwischen ein Freund geworden ist. Und fragt sich, ob sie ihm über den Weg trauen kann. »Ich muss die Stadt verlassen.«

»Ja, das ist bestimmt eine gute Idee. Wohin willst du?«

»Ich weiß es noch nicht genau. Vielleicht in das Strandhaus eines Mandanten.«

Nickend drückt Dean seine Zigarette aus und starrt gedankenverloren in den Aschenbecher. »Southampton?«

Isabel ist enttäuscht. Wieso will er wissen, wohin sie fährt? Aus reiner Neugier?

»Nein«, antwortet sie. Mehr nicht. »Aber wundere dich nicht, wenn ich tatsächlich auf dein Angebot mit der Botschaft zurückkomme.«

Vorsichtig, um nicht mit den Absätzen in die tiefen Furchen zu geraten, tritt sie auf die kopfsteingepflasterte Straße, überquert sie ganz langsam und tritt erleichtert auf die gegenüberliegende Bordsteinkante. Was für eine Leistung – eine Straße zu überqueren …

Ihr Handy läutet. Das Büro. Schon wieder. Abermals drückt sie den Anruf weg.

Sie geht in Richtung Manhattan, lässt den Fluss hinter sich, während sie versucht, ihre Alternativen abzuwägen und sich darüber klar zu werden, wie sie weiter vorgehen soll. Schließlich gelangt sie zu einem kleinen dreieckigen Park mit einem Brunnen in der Mitte, um den sich Büroangestellte mit ihren Sandwiches, Wraps, Suppen und Smoothies geschart haben und die warme Mittagssonne genießen.

Sonne. Verdammt! Sie hat ihre Sonnenbrille neben Deans Eiskübel vergessen. Sie bleibt abrupt stehen. Soll sie noch einmal zurückgehen und sie holen? Zeitverschwendung? Andererseits hat sie im Moment nichts Wichtigeres zu tun. Oder?

Sie macht kehrt, tritt durch die schmiedeeisernen Tore auf die Eighth Avenue – gerade noch rechtzeitig, um den weißen Toyota zu bemerken, der vom Straßenrand losfährt. Es ist derselbe zerbeulte Wagen wie in Hell's Kitchen, mit denselben Jungs mit Sonnenbrillen, die bewusst nicht in ihre Richtung sehen.

Sie schleppt sich einen, vielleicht zwei Blocks weit, dann taumelt sie in einen auf schäbig getrimmten Coffeeshop mit einer wilden Mischung aus nicht zueinanderpassenden Möbeln. An den Tischen sitzen ungepflegt wirkende Männer in Jeans und tippen auf ihre Macs ein. Als sie ihren Kaffee bezahlen will, fällt ihr auf, dass ihre Hand zittert. Sie schiebt die Banknote über den Tresen, legt ihre verkrallte Hand darüber.

Wie ist das möglich? Wie konnte ihr jemand bis hierher folgen? Noch dazu in einem Wagen? Sie ist mit zwei verschiedenen U-Bahnen gefahren, in zwei verschiedene Richtungen.

Isabel trägt ihren Kaffee zu einem Tisch in der Ecke, von

wo aus sie den gesamten Raum und die Tür im Auge behalten kann. Sie lässt sich in einen Sessel fallen und stellt ihre Handtasche neben sich auf den Boden. Es erscheint ihr wie eine Ewigkeit, seit sie mit Jeffrey beim Frühstück in der Brasserie gesessen und ihm das schwere Manuskript gegeben hat. Die Brasserie, in der sie auf dem Weg nach draußen ein Mann streifte.

Sie starrt auf das zerknautschte Leder zu ihren Füßen. Und plötzlich kommt ihr eine Idee.

Der Unfall - 142 -

Langsam ging Dave um das Heck des Wagens herum, vorsichtig und in der Gewissheit, dass ihn nichts Gutes erwartete. Die Beine des Mädchens ragten in einem unnatürlichen Winkel unter dem Kofferraum hervor.

Charlie folgte ihm. Er hatte den Blick abgewandt, doch dann nahm er all seinen Mut zusammen, holte tief Luft und beugte sich vor. Ihr Schädel war zertrümmert, Hirnmasse überall auf den dunklen, nassen Asphalt gespritzt. Charlie begann zu würgen, dann übergab er sich heftig und unkontrolliert auf die Straße, wieder und wieder, lautstark und schmerzhaft, als kehre sich sein Innerstes nach außen.

Es nieselte und würde die ganze Nacht hindurch regnen. Charlies Erbrochenes würde weggespült werden, gemeinsam mit dem Blut und der Hirnmasse des Mädchens im Drainagegraben versickern. Und morgen früh wäre von den Spuren des Vorfalls nichts mehr zu sehen.

Trotzdem gab es immer noch massenhaft Beweismaterial, nicht nur winzige Partikelchen, sondern auch Fußabdrücke, abgebrochene Äste, Textilfasern und Reifenabdrücke, falls jemand auf die Idee käme, genauer hinzusehen. Aber so weit würde es nicht kommen, da niemand von dem Vorfall erfahren würde.

Kapitel 22

Wie gebannt fliegen Jeffs Augen über das Manuskript, von einer Zeile zur nächsten; alle dreißig Sekunden legt er die Fingerspitzen um die Seitenecke und blättert um. Auch heute noch, zwanzig Jahre nach seinem Magisterabschluss an einer Eliteuni, ist dies seine praktischste Fähigkeit – einen Text in Rekordzeit lesen und erfassen zu können. Für einen Lektor, dessen Hauptbeschäftigung darin besteht, innerhalb weniger Minuten die Quintessenz eines Themas aus Tausenden und Abertausenden Seiten herauszuarbeiten, die jede Woche auf seinem Schreibtisch landen, entscheidet diese Gabe darüber, ob einem zumindest gelegentlich eine Nacht ungestörten Schlafs vergönnt ist oder nie.

Jeff fummelt beim Lesen unablässig mit seinem silbernen Füllfederhalter herum, lässt ihn abwechselnd im und gegen den Uhrzeigersinn kreisen, dreht ihn auf den Kopf und wieder zurück. Schließlich erinnert ihn ein kurzer Piepton daran, dass es Zeit für seinen Termin ist.

Er kann das Manuskript unmöglich offen auf seinem Schreibtisch herumliegen lassen; selbst während der Lektoratskonferenz hätte er es nicht tun sollen. Oder sogar während er auf der Toilette war. Also nimmt er den dicken Papierstapel, verstaut ihn in seiner Ledertasche und macht sich auf den Weg zum Mittagessen.

Jeff trifft sich abwechselnd mit Hunderten Literaturagenten zum Mittagessen, drei- bis viermal pro Woche, fünfundvierzig Wochen im Jahr, Jahr um Jahr. Das ist Teil seines Jobs. »Ihr Termin zum Mittagessen wurde abgesagt« ist sein absoluter Lieblingssatz. Aber selbst abzusagen ist nicht so einfach, wie man annehmen würde, sondern eine hochkomplexe Kombination mehrerer Faktoren: die relative Macht des Gegenübers plus aktuelle Projekte plus bisherige Projekte plus Absagen in der Vergangenheit minus persönlichen Widerwillen und Vorbehalte und gelegentlich auch Witterungsbedingungen und natürlich das gute alte Argument: »Ich kann den Kerl/die Frau auf den Tod nicht ausstehen.«

Sein heutiger Gesprächspartner, Dan, ist zwar absolut unerträglich, steht in der Branchenhierarchie allerdings ungefähr tausend Stufen über ihm, daher kann er ihn unmöglich ausbooten, schon gar nicht an einem so herrlichen Sommertag wie heute.

Also hastet Jeff durch die Flure mit der fadenscheinigen Auslegware, vorbei an den Büros mit dem bunt zusammengewürfelten Mobiliar, den Fotokopierern und den Druckern, die in irgendwelche Nischen gezwängt wurden, weil sie in den engen Kabuffs keinen Platz mehr finden, an der Kaffeeküche, in der jeden Tag irgendein anderer Gestank hängt – heute ist es eine widerliche Mischung aus Mikrowellenpopcorn und den schalen Resten eines indischen Currys – und quer durch den Empfangsbereich. In letzter Sekunde springt er in den Aufzug, der, wie er betrübt feststellt, bei Weitem nicht so leer ist, wie er dachte.

»Hi«, begrüßt ihn Rana ein wenig verlegen.

»Oh, hi.«

Rana ist eine außergewöhnlich talentierte Junggrafikerin – na ja, mehr oder weniger jung, irgendwo zwischen Mädchen und erwachsener Frau –, die ausnahmslos jedes Design gleich beim ersten Versuch auf den Punkt zu bringen scheint: nicht nur die Hardcover-Schutzumschläge oder Cover der Taschenbücher, sondern auch Promo-Lesezeichen, Werbeplakate, Folder und all den anderen Krempel, den die Sales-, Marketing- und PR-Abteilungen unbedingt haben müssen, um zu gewährleisten, dass sich ein Buch von den Zehntausenden anderen Titeln unterscheidet, die jedes Jahr den Markt überschwemmen.

Vor ein paar Monaten hatte Jeff mit Rana einen One-Night-Stand. Ein Kollege aus dem Vertrieb, der seit der Ära von Nixon für den Verlag arbeitete, wurde mit einer rührseligen Feier in den Ruhestand verabschiedet. Nach drei, vier oder fünf Runden Drinks zog eine Handvoll unverheirateter – wenn auch nicht zwangsläufig alleinstehender – Kollegen von dem ruhigen, gehobenen Pub in einen laute, überfüllte Kneipe, wo es endgültig zur Sache ging. Etliche Drinks und fettige Burger später landeten er und Rana auf dem Rücksitz in einem Taxi und knutschten, dann folgte bei Wodka auf Eis der endgültige Absturz in ihrer Wohnung …

Die Aufzugtüren gleiten auf und entlassen sie beide aus jener ganz speziellen Hölle, minutenlang mit jemandem auf engstem Raum eingesperrt zu sein, mit dem man einst versehentlich in der Kiste gelandet ist. Sie treten hinaus in die leere Lobby und in den hellen, strahlenden Sonnenschein.

»Tja, war nett, dich mal wiederzusehen. Bis dann«, sagt Rana.

Jeff fällt keine geistreiche Erwiderung ein, deshalb bleibt er stehen und sieht ihr bedauernd nach, ohne genau sagen zu können, was er bedauert.

Er wirft sich ins Getümmel am Union Square, der ausschließlich von jungen Leuten bevölkert zu sein scheint – Studenten, die Sommerkurse an der NYU, der New School und der Parsons belegen, Highschool-Schwänzer, Straßenkünstler, Musiker, Tänzer und Schachbegeisterte, die den jungen Mädchen hinterhergaffen, während sie die riesigen Figuren auf dem Feld hin und her bewegen, Hundebesitzer auf der Auslaufwiese, die sich gegenseitig abchecken. Am Spielplatzrand ist eine ganze Armee von Kinderwagen geparkt, auf den Bänken sitzen gut situierte Eltern und Kindermädchen aus aller Herren Länder – Südamerika, Tibet oder der Karibik –, die mit unterschiedlich ausgeprägter Wachsamkeit den quirligen Nachwuchs im Auge behalten. Auf der östlichen Seite des Platzes tummeln sich die weniger Etablierten – Drogendealer und Junkies, Geistesgestörte, die wirres Zeug krakeelen, finster dreinblickende Typen mit nacktem Oberkörper, die achtlos ihre Abfälle auf die Grünfläche werfen, und Skateboarder, die in halsbrecherischem Tempo die Stufen auf der Südseite herunterbrettern, alles unter den Augen desinteressierter Streifenpolizisten, die sich nicht mit banalen Ordnungswidrigkeiten herumschlagen. Sie sind hier, um sich um richtige Verbrechen zu kümmern.

Jeff lässt den Park hinter sich und geht weiter in die von Bäumen gesäumten Straßen von Greenwich Village. Langsam schlendert er durch die stillen Straßen, während er im Geiste bereits das Manuskript in seiner Tasche lektoriert: Passagen müssten gekürzt oder gänzlich gestrichen, Redundanzen eliminiert, zu abgehackte Sätze gefälliger ausformuliert, zu lange Sätze in besser lesbare Häppchen untergliedert werden. Außerdem gibt es einzelne Storyteile, die bereits früher ins Spiel kommen sollten, womöglich mithilfe einer zweiten Zeitebene, die in der ansonsten chronologischen Anordnung zwischengezogen werden könnte. In vielen Büchern gibt es Details über das Ende, die bereits zu einem früheren Zeitpunkt angeschnitten werden sollten, und umgekehrt.

Stimmt es tatsächlich, was in diesem Buch steht? Sagt es

die ganze Wahrheit? Und sollte dieser Wahrheitsgehalt – beziehungsweise der Mangel daran – Einfluss auf sein eigenes Verhalten nehmen? Wenn in dem Buch tatsächlich die Wahrheit steht, wie viel davon stimmt wirklich? Und sollte ein halbwegs vertretbarer Teil davon stimmen – sprich, falls die wirklich relevanten Vorkommnisse tatsächlich passiert sind –, spielt es überhaupt eine Rolle, ob andere Teile davon erfunden oder maßlos übertrieben sind? Woraus besteht das Herzstück der Geschichte?

Und ist Isabels Forderung mit zehn Millionen Dollar plus ernst gemeint? Ist Bradford bereit oder sogar scharf darauf, so viel Geld für das Manuskript hinzublättern? Die Gerüchte, der Verlag werde von einem der großen Konzerne geschluckt, werden mit jedem Monat lauter, geradezu ohrenbetäubend laut. In *Publishers Weekly* gab es bereits erste Spekulationen darüber, wer den Zuschlag bekommen könnte. Ist Brad bereit, mit solchen Summen zu jonglieren, während ihm sein Verlag gerade unterm Hintern weggekauft wird? Ist er bereit, *weil* ihm sein Verlag unterm Hintern weggekauft wird? Und ausgerechnet von Wolfe Worldwide Media. Großer Gott!

Läutet dieses Manuskript das Ende von Jeffs Karriereflaute ein? Von jener Phase seines Lebens, in der er in Programmkonferenzen der Verlagsleitung saß, ohne zuhören und ohne dass ihm jemand zuhörte.

Jeff hat eine Exfrau, die am anderen Ende des Kontinents lebt. Er hat in beiden Knien Arthrose, ihm wachsen drahtige graue Haare aus den Ohren, und seine Prostata macht ihm allmählich Sorgen. Trotzdem redet er sich immer noch erfolgreich ein, er befände sich auf dem aufsteigenden Ast, mitten im Leben, auf der Erfolgsspur.

Kann er überhaupt weiter an dem Manuskript dranbleiben? Oder muss er es schleunigst vernichten?

»Ich sage meinen Jungs immer wieder …« Allem Anschein nach handelt es sich bei Dans Mandanten ausschließlich um Männer. »Wenn jemand anderes das Buch schreiben kann, solltest du die Finger davon lassen. Als Allererstes muss man sich fragen: Für welche Art von Buch bin ich als Autor wirklich qualifiziert?«

Dan faselt bereits eine geschlagene halbe Stunde lang, wobei er unablässig unter dem Tisch mit dem Bein wippt. Jeff würde das Scheißding am liebsten mit der Tackerpistole festtackern.

»Welches ist die einzige Story, die nur von einem Menschen auf der ganzen Welt, nämlich dir, erzählt werden kann? Diese Frage stelle ich jedem von ihnen.«

Jeff blickt von seinem Teller auf und starrt ins Leere. Wer ist der wahrscheinlichste Autor von *Der Unfall*? In der Vergangenheit hat so ziemlich jedes seriöse – und auch das ein und andere nicht seriöse – Nachrichtenorgan in Charlie Wolfes Vergangenheit gewühlt und Exfreundinnen, Klassenkameraden und Jura-Kommilitonen, Kollegen und Konkurrenten, Freunde und Feinde befragt. Wer auch immer *Der Unfall* zu Papier gebracht hat, muss exakt dieselben Quellen angezapft haben, die sich die Mitarbeiter von der *New York Times*, dem *Wall Street Journal*, der *Washington Post*, CNN, ABC und Fox, von *Salon* und der *Huffington Post* bereits vorgeknöpft haben. Früher oder später müssen sich diese Quellen geweigert haben, Fragen zu beantworten und sich zu äußern. Wenn aber jemand anriefe, der sich für jemand völlig anderen ausgab, hätten die Quellen es nicht mitbekommen. Und schon gar nichts dagegen unternehmen können.

Fest steht, dass der Autor Zugang zu Quellen haben muss, die all den anderen Journalisten verschlossen geblieben sind. Er muss Geheimnisse ans Licht gezerrt haben, die auf einen Schlag alles verändern, sie dann aber aus irgendeinem Grund unter Verschluss gehalten haben. Bis jetzt. Wieso? Und wer ist dieser Jemand?

Jeff spürt sein Handy in der Tasche vibrieren. Eigentlich kann er es nicht ausstehen, mitten während eines Essens oder einer Konferenz ans Telefon zu gehen, aber in diesem Fall will er keinen Anruf verpassen. Isabel, Brad oder sonst jemand könnte versuchen, ihn zu erreichen. Außerdem würde es ihm eine kurze Pause von dem Endlosgeschwafel dieses Wichtigtuers verschaffen.

»Oh, gehen Sie nur ran«, sagt Dan und löst sichtlich erfreut sein eigenes Handy vom Gürtel. »Ich sollte sowieso mal meine Mails checken.«

Jeff entschuldigt sich und steht auf. Isabels Name steht auf dem Display. »Hey«, sagt er. »Ich bin gerade beim Mittag …«

»Ich muss dich dringend sehen.«

»Alles in Ordnung?«

»Wann bist du fertig?«

»Keine Ahnung. In zwanzig Minuten vielleicht?«

»Gehst du danach ins Büro zurück?«

»Ja. Ist alles in Ordnung, Isabel?«

»Nein, hör zu, wir treffen uns in einer halben Stunde bei dir im Büro. Okay?«

Jeff steht da und fühlt sich, als würde eine riesige Welle von hinten heranrollen, eine dreißig Meter hohe Wasserwand, die mit fünfzig Meilen pro Stunde auf ihn zudonnert.

Auf der Bleecker Street begegnet er Naomi Berger, die gegen eine Straßenlampe gelehnt steht und blicklos vor sich hin starrt. Sie tauschen hastige Luftküsse, ohne einander jedoch zu umarmen – sie sind keine richtigen Freunde, sondern ihre Bekanntschaft beruht auf rein geschäftlicher Basis.

»Ich hoffe, du wartest nicht darauf, dass jemand von Borders vorbeikommt und dir ein Angebot für deinen Laden unterbreitet«, scherzt Jeff. »Du weißt ja, dass sie Pleite gemacht haben, oder?«

Sie lacht auf diese typische Art, wenn Menschen lachen, obwohl sie etwas nicht witzig finden. »Nein, ich habe heute eine Buchpräsentation im Haus und warte auf den Weinlieferanten. Eine Politesse hat ihn weggescheucht, deshalb muss er noch eine Runde um den Block drehen.« Sie deutet auf eine Parkscheinkontrolleurin, die die schattige Straße entlangschlendert. »Die Firma sponsert den Wein, und ich will nicht, dass der Lieferant auch noch einen Strafzettel bekommt. Schließlich will ich es mir nicht mit ihnen verscherzen.«

Jeff hat Mitleid mit Naomi und ihrer Buchhandlung, obwohl sie in einer aussterbenden Branche noch zu denen gehört, die sich dank ihres guten Rufs halbwegs halten können. Trotzdem muss es schrecklich mühselig sein, schwarze Zahlen zu schreiben. Unabhängige Buchhandlungen wie ihre sind unglaublich wichtig für die Verlagsbranche und somit auch für Jeffs berufliche Existenz. In kleinen Läden kaufen interessierte Kunden nicht nur Neuerscheinungen, sondern entdecken neue Autoren, und Kinder lernen, die Welt der Bücher zu für sich zu erobern. Die Möglichkeit, immer wieder auf Neues zu stoßen, ist die Lebensader des Buchgeschäfts.

»Du könntest es dir nie mit jemandem verscherzen, Naomi. Alle lieben dich.«

Er glaubt, sie unter ihren Sommersprossen leicht erröten zu sehen. Vor etwa zehn Jahren stand Naomi bei einer Party unvermittelt vor Jeff, lächelnd und lachend und zwinkernd. Nach wenigen Minuten begriff Jeff, wonach sie suchte: Intimität und Nähe. Er drückte ihr einen flüchtigen Kuss auf die Wange und floh – eigentlich war Jeff Affären grundsätzlich nicht abgeneigt, aber er wusste, dass Naomi eng mit Isabel befreundet war.

»Jedenfalls hat es mich gefreut, dich zu sehen. Ich wünsche dir viel Erfolg bei deiner Präsentation.«

Jeff geht weiter und biegt um die nächste Ecke, als ihm der Dichtungsgummi und der Perlator in seiner Hosentasche wieder einfallen. Wenn er so tut, als gehe sein Leben seinen gewohnten Gang, tut es das vielleicht tatsächlich. Er bleibt stehen, denkt eine Sekunde lang nach, gelangt jedoch zu dem Schluss, dass es wichtiger – viel wichtiger – ist, seine brachliegende Karriere in den Griff zu bekommen und sich mit dem Manuskript zu beschäftigen, als seinen tropfenden Wasserhahn zu reparieren. Also macht er kehrt. Er muss ins Büro zurück. Er geht ein paar Schritte, doch der Gedanke an den Dichtungsgummi lässt ihn nicht mehr los. Nun, da er sowieso schon unterwegs ist, kann er ebenso gut in den Laden gehen und diese blöde Ersatzdichtung und einen neuen Perlator kaufen.

Er macht erneut kehrt und geht ein Stück zurück, wobei er mit dem Gummi in seiner Hosentasche spielt. Ein Mann, dessen Gesicht er schon einmal irgendwo gesehen hat, kommt ihm entgegen und geht an ihm vorbei, ohne ihn anzusehen.

Jeff spürt, wie ihm das Herz in die Hose rutscht. Panik flutet in ihm hoch.

Er betritt den kleinen, vollgestopften Laden, nennt dem Verkäufer seine Wünsche und legt vierzig Cent auf die Theke, doch seine Gedanken kreisen immer noch um den Mann auf der Straße.

Er zieht sein Handy heraus und wählt eine Nummer. »Lassen Sie mich beschatten?«, fragt er, als sich eine Männerstimme meldet.

Einen Moment lang dringt lediglich statisches Rauschen durch die Leitung. Gerade als Jeff glaubt, das Gespräch sei unterbrochen worden, und auf das Display blickt, sagt eine Stimme: »Nein, wieso fragen Sie?«

»Ich bin ziemlich sicher, dass mir gerade auf der Straße derselbe Mann entgegengekommen ist, den ich heute Morgen schon in der Brasserie gesehen habe.«

Wieder herrscht Stille. »Ich weiß auch so, wo Sie sind, ohne Sie zu überwachen.«

Jeff hebt den Kopf und lässt den Blick über die homogene Masse aus italienisch anmutenden Sandsteingebäuden, den roten Backsteinbauten und den mit Markisen überdachten und von Portiers bemannten Apartmentkomplexe wandern. »Er ist also keiner von Ihren Leuten?«

Trotz des Rauschens kann Jeff den tiefen Seufzer des Mannes hören. »Nein, ich fürchte nicht.«

»Was soll ich Ihrer Meinung nach tun?«

»Gut auf sich aufpassen.«

Seine Schulter schmerzt vom Gewicht der Tasche, als er das Café betritt. Abgesehen von dem Manuskript, das er mit sich herumtragen muss, hat Dan ihm einen Stapel Leseexemplare aufs Auge gedrückt. Aber Jeff hat definitiv nicht die Absicht, etwas davon zu lesen. *Scheiß drauf*, denkt er, nimmt die Dinger aus der Tasche und legt sie auf den Tisch, wo sie neben einer Auswahl an Tageszeitungen, Zeitschriften und Anzeigenblättchen für Gitarrenunterricht nun der Öffentlichkeit als Lesematerial zur Verfügung stehen.

An der Tür kommt ihm eine Frau mit einem Kinderwagen entgegen, in den ein schreiendes Kleinkind geschnallt ist. Die Frau ist unübersehbar am Ende ihrer Nerven. Tränen laufen ihr über die Wangen, sie wirkt ausgezehrt und übermüdet, auf ihrem T-Shirt kleben Reste von Erbrochenem, und der Geruch nach Babypuder kaschiert nur mühsam den Gestank nach anderen Körperflüssigkeiten. Jeff hält ihr die Tür auf, was der Frau zumindest ein dankbares Nicken entlockt, doch zu mehr ist sie in ihrer Verzweiflung nicht imstande. Nicht heute.

Jeff nippt an seinem Kaffee und verbrennt sich prompt die Zunge.

Er tritt auf den Bürgersteig hinaus und sieht sich suchend um, kann aber weder den Mann von vorhin noch sonst einen Verfolger entdecken. Er geht ein paar Meter weiter, dann überquert er die Straße.

Mitten auf der Straße rutscht ihm der Gurt seiner Tasche von der Schulter. Prompt schwappt brüllend heißer Kaffee aus der Trinklücke des Pappbechers und landet auf seinem Handrücken. »Scheiße«, stößt er halblaut hervor, blickt auf seine Hand, dann wieder hoch, als ein tiefes Grollen von seiner Linken ertönt. Ein Wagen kommt die Straße entlanggefahren, immer schneller, direkt auf ihn zu.

Kapitel 23

Camilla beginnt zu lesen, sobald sich die Limousine in Bewegung setzt. Sie liest, während der Wagen sich durch die verstopften Straßen quält, dann durch den sonst stets endlos langen Holland Tunnel – wie kann der Hudson eigentlich so breit sein? –, aber heute bemerkt sie es gar nicht. Die Limousine fährt weiter, unter der schwarzen Eisenkonstruktion des Pulaski Skyway hindurch, durch die endlosen Sumpfgebiete von New Jersey bis nach Newark.

Sie ist immer noch völlig in ihre Lektüre versunken, als der Wagen zum Stehen kommt und der Fahrer ihr das Formular reicht. »Miss?«

Erschrocken blickt Camilla auf. »Oh, bitte entschuldigen Sie.« Sie nimmt das Klemmbrett und unterschreibt den Gutschein, dann stopft sie das Manuskript in ihre Handtasche und steigt aus. Rings um sie herum herrscht das gewohnt rege Flughafentreiben: Geschäftsreisende, Studenten auf dem Weg in die Ferien, Touristen, dazwischen gläubige Chassidim und Hindus auf dem Weg nach Tel Aviv und Mumbai.

Eine Stunde vor dem Abflug sitzt sie am Gate und wirft einen Blick in das Ringbuch mit dem Infomaterial für McNallys Frühjahrsprogrammliste. Camilla lebt grundsätzlich sechs bis zwölf Monate in der Zukunft – derzeit irgendwo zwischen Weihnachten, Silvester, Muttertag und Sommerferienbeginn. Nach zehn Jahren in der Zukunft des nächsten und übernächsten Jahrs hat sie längst den Überblick über das Hier und Jetzt verloren.

Keines der Frühjahrsbücher auf der Liste wird in Hollywood jemanden vom Hocker hauen. Deshalb sind sie auch für sie nicht von Interesse. Sie zieht erneut das Manuskript aus der Tasche.

Das ist der Teil an ihrem Job, den sie wirklich mag; jenen Teil, den sie vermissen wird: in einer Bar, am Schreibtisch oder auf einer Bank am Flughafen zu sitzen und einer der ersten Menschen zu sein, die ein noch nicht veröffentlichtes Manuskript in Händen halten dürfen, nur ein dünner Stapel loser Blätter, die in nicht einmal einem Jahr gesetzt, gedruckt, zwischen zwei Buchdeckel gepresst und in praktischen Kartons verpackt kreuz und quer durchs Land und um die ganze Welt verschickt werden, wo Tausende Menschen sie dann in ihre Regale von Buchhandlungen, riesigen Supermärkten und Geschenkshops auf die Neuerscheinungstische und in Schaufenster stellen und sie in Dutzenden Fremdsprachen die Bestsellerlisten stürmen.

Und alles beginnt genau hier: Jemand liest etwas und kann es nicht mehr aus der Hand legen. Im letzten Jahr hat Camilla Hunderte Manuskripte gelesen, hat Hunderte Male die erste Seite überflogen, es jedoch bei mindestens der Hälfte davon nicht einmal bis zur zweiten geschafft.

Als ihr Flug aufgerufen wird, ist sie bei Seite 109, als sich die Maschine in Bewegung setzt, überfliegt sie die letzten Zeilen von Seite 138. Beim Lift-off ist sie auf Seite 143 und liest mit angehaltenem Atem. Das ist es. Sie *weiß* es einfach.

Genau so läuft es: Sein ganzes Leben lang liest man, liest, liest, liest, wartet, wartet, wartet darauf, dass etwas Unglaubliches passiert. Jedes Manuskript könnte es sein, aber Tausende und Abertausende sind es leider nicht. Und dann, eines Tages, als man längst jede Hoffnung aufgegeben hat, ist es so weit.

Als Charlies Magen sich endlich beruhigt hatte, ließ er sich auf den Asphalt sinken. Dort saß er, im Nieselregen, und schüttelte ungläubig den Kopf. »Verdammte Scheiße.« Er wischte sich mit dem Handrücken das Erbrochene vom Kinn. »Was ist hier eigentlich passiert?«

Dave sah seinen Freund an. »Weißt du das nicht mehr?«

»Nicht genau.«

»Was? Woran erinnerst du dich denn noch?«

Charlie schüttelte den Kopf.

»Weißt du noch, dass wir in der Bar waren?«

»Ja.«

»Und weiter?«

»Ich weiß noch so ziemlich alles, bis zu dem Moment, als ich auf die Toilette gegangen bin. Als ich zurückkam, habe ich euch nicht mehr gefunden. Ein Mädchen hat etwas zu mir gesagt, aber ich war zu betrunken ... Also habe ich sie stehen lassen und mich hingesetzt ...« Charlie stützte den Kopf auf die Hände. »Und ich weiß noch, dass ich gefahren bin.« Er begann zu schluchzen. »Plötzlich war alles schwarz ... Und dann habe ich sie getötet.«

Einen Moment lang sagte keiner etwas. »Tja, sieht ganz so aus«, meinte Dave schließlich.

Charlie wischte sich die Tränen an, stemmte sich hoch und sah sich schniefend um, dann wandte er sich Dave zu. »Wir müssen abhauen.«

Charlie trat um den Wagen herum und inspizierte den Kühlergrill, dann ging er in die Hocke und spähte darunter.

Er richtete sich wieder auf und spähte zum Gebüsch am Straßenrand. »Wir könnten … los, wir müssen sie rausziehen und irgendwo hinlegen.«

»Was?«

»Wir müssen von hier verschwinden, Dave. Aber zuerst muss sie weg. Da rein.« Charlie legte Dave die Hand auf die Schulter. »Wir müssen sie ins Gebüsch schaffen.«

»Wieso?«

»Verdammt noch mal, Dave, wir haben jetzt keine Zeit für Diskussionen. Hilf mir einfach.«

»Wovon redest du da?«

Charlie musterte Dave forschend. »Du weißt, was wir zu tun haben.«

»Die Leiche verstecken und abhauen?«

»Wir haben keine andere Wahl. Dafür könnte ich ins Gefängnis kommen.«

Dave öffnete den Mund, klappte ihn jedoch wieder zu, ohne dass ein Laut herausgedrungen wäre, und nickte.

Charlie ging auf die Knie und packte das Mädchen bei den Fußknöcheln, während Dave ihre Handgelenke nahm. Gemeinsam zerrten sie sie über den Asphalt und in den Grünstreifen am Straßenrand.

Doch bei genauerer Betrachtung entpuppte sich das Gestrüpp als keineswegs so dicht wie angenommen. Sie würden die Leiche tiefer ins Unterholz schaffen müssen, wo das Gelände nach ein paar Metern leicht abzufallen schien. Vielleicht befand sich dort eine Art Senke von einem

Flusslauf oder so etwas. Vielleicht war es sogar eine Schlucht, so tief und steil, dass niemand jemals hinkam.

»Wir müssen noch ein Stück weiter von der Straße weg«, sagte Charlie und kämpfte sich durch das Dickicht, das nach ein paar Metern in eine moosbedeckte Lichtung mündete, hinter der sich tatsächlich eine Schlucht befand. Doch es war zu dunkel, um zu erkennen, wie tief sie war.

»Okay«, sagte Charlie. »Auf drei.« Sie traten an den Abgrund und sahen einander an – ein rascher, gequälter Blick.

»Eins.« Sie schwangen das Mädchen hoch. »Zwei.« Sie schwangen sie zurück. »Drei.« Sie schwangen sie abermals hoch und ließen los, als sie an der höchsten Stelle schwebte. Der leblose Körper segelte durch die Luft, dann hörten sie Äste knacken, ein dumpfes Poltern und Schlittern, das Rieseln von Kieseln und Erdreich.

Und dann war es still, doch die grässlichen Geräusche hallten mit ohrenbetäubender Lautstärke in ihrem Innern wider.

Kapitel 24

»Zwei Probleme«, erklärt der Mann ohne Umschweife. »Nummer eins: Wir mussten diese junge Frau, die Assistentin … na ja …«

Hayden fährt sich mit seiner freien Hand über die Augen. Er sitzt angeschnallt auf der Bank eines Militärhubschraubers, der ihn in Kopenhagen abgeholt hat und das kurze Stück über die Ostsee zu einem Flugplatz in der Nähe der polnischen Grenze bringt. Der Flug nach New York wird sehr lang werden, gefolgt von einer nicht minder langen Nacht, sobald er sein Ziel erreicht hat.

»Was ist passiert?«

»Sie kam unerwartet nach Hause zurück, während das Zielobjekt aus der Wohnung entfernt wurde.«

»*Unerwartet.*« Hayden hatte sich nie der Illusion hingegeben, dass es keine Kollateralschäden geben und keinem Zivilisten etwas zustoßen würde, nur hätte er nicht gedacht, dass es in einem so frühen Stadium der Operation passieren und eine Randfigur treffen könnte. Das gefällt ihm gar nicht. »Was bedeutet das?«

Stille.

»Bedeutet das, dass niemand Wache gehalten hat?« Er massiert sich die Stirn, als würde dies den schlechten Nachrichten die Schärfe nehmen. »Also niemanden, der den Rücken gestärkt hat.«

»Genau, Sir. Das bedeutet es.«

»Verstehe. Und das Zielobjekt?«

»Entfernt. Es steht Ihnen bei Ihrer Ankunft zur Verfügung.«

Puh. Wenigstens etwas. »Gut. Aber Sie sagten, es hätte zwei Probleme gegeben.«

»Die Leiterin der Nebenrechte bei diesem Verlag … Camilla Glyndon-Browning. Sie sitzt gerade im Flieger nach Los Angeles. Soweit wir wissen, trifft sie sich dort als Erstes mit einem Filmproduzenten namens Stan Balzer. Und was ist der wichtigste Punkt auf der Tagesordnung?«

»O nein.«

»Doch, so leid es mir tut. Zufällig haben wir mitgehört, wie sie den Termin bestätigt hat, weil sie sich in der Nähe des Senders dieses Lektors aufhielt.«

»Also hat der Lektor Glyndon-Browning eine Kopie gegeben?« Das ergibt doch keinerlei Sinn.

»Es sieht eher so aus, als hätte sie es gestohlen und selbst eine Kopie davon gemacht.«

»Mein Gott.« Beklauen sich Verlagsangestellte allen Ernstes gegenseitig?

»Wie verhalten wir uns jetzt, Sir?«

Hayden legt den Kopf in den Nacken und dehnt seine Halsmuskulatur. »Wissen wir, was diese Glyndon-Browning nach der Landung vorhat? Ich meine, wohin sie geht? In ihr Hotel?«

»Ja. Wir haben herausgefunden, dass sie einen Mietwagen und ein Zimmer in einem kleinen Hotel in Beverly Hills reserviert hat.«

»Und wissen wir, wie sie aussieht? Was sie anhat, und all das?«

»Positiv.«

»Haben wir jemanden vor Ort, der das für uns erledigt?«

»Cooper.«

Cooper. Das ist gar nicht gut. Cooper ist strohdumm. Fieberhaft durchforstet Hayden sein Gehirn nach einer

Alternative, genauer gesagt nach Ausreden, die einzig mögliche Alternative nicht umsetzen zu müssen. Aber ihm will keine einfallen. »Es darf nicht zu dem Termin kommen«, sagt er. »Diese Kopie des Zielobjekts muss zurückgeholt werden. Und dann wird sie vernichtet. Dasselbe passiert mit der Frau.«

»Ja, Sir.« Pause. »Also töten?«

So sollte das Ganze nicht laufen. Definitiv nicht. Aber die Lage könnte ohne Weiteres komplett außer Kontrolle geraten. Niemand weiß, mit welchen Filmproduzenten sich diese Frau sonst noch verabredet hat. Ein oder zwei Tage und Hayden kann nichts mehr tun, um das Manuskript in seinen Besitz zu bringen. Es wird die Runde machen, ein Vertrag über einen Film oder eine Buchveröffentlichung oder beides wird abgeschlossen; die Nachricht wird in einem der Branchenmagazine gemeldet, daraufhin gelangt sie in Windeseile nach New York und landet am nächsten Morgen in einem Klatschblatt, um die Mittagszeit bereits in den Onlineausgaben von *Times* und *AP*, nachmittags senden CNN und CNBC erste Berichte, und alle anderen wichtigen Nachrichtensender ziehen mit den 18:30-Uhr-Nachrichten nach. All das wird sich innerhalb der nächsten vierundzwanzig beziehungsweise sechsunddreißig Stunden abspielen, wenn er nicht jetzt, genau in diesem Augenblick, die Anweisung erteilt, dass ein schwachsinniger Idiot eine arme Zivilistin liquidieren soll.

»Positiv«, bestätigt er. Ihm bleibt nichts anderes übrig. »Töten.«

»Nichts.«

»Nichts?« Hayden lässt sein Buch sinken, ein neues Taschenbuch in Deutsch über einen bekannten Kunsthändler des 19. Jahrhunderts, und wechselt das Satellitentelefon von einem Ohr an das andere, bessere. Eigentlich hält er sich ganz gut – befindet sich in ausgezeichneter Verfassung; sogar besser, als man es in seinem Alter erwarten würde –, lediglich sein Hörvermögen auf dem rechten Ohr lässt ein klein wenig zu wünschen übrig.

»Na ja, keinerlei Informationen vielleicht nicht«, fährt Kate fort. »Auf der Festplatte von Grundtvigs Laptop befindet sich eine ganze Menge Material über Charlie Wolfe, sein Unternehmen, seine Partner und so weiter. Aber eben nichts, was uns bei der Suche weiterhelfen würde. Keine Kontoauszüge, keine Verbindungen zu jemandem, bei dem es sich um unser Zielsubjekt handeln könnte. Zumindest konnte ich bislang noch nichts in diese Richtung finden. Und ich habe so ziemlich alles überprüft.«

Hayden seufzt.

»Allerdings bin ich noch nicht ganz fertig.« Ein leiser Hoffnungsschimmer schwingt in ihrer Stimme mit. Eigentlich ist Kate keine unverbesserliche Optimistin, aber sie bemüht sich zumindest, ihr Möglichstes zu tun; für Hayden und auch für sich selbst. Eine Niederlage kann sie erst eingestehen, wenn ein Projekt auf ganzer Linie und unwiederbringlich gescheitert ist.

»Bist du in Sicherheit?«, fragt er.

»Ja. Es ist sicher und ruhig und nicht im Mindesten reizvoll.«

Er sieht sie förmlich vor sich, in einem kargen Zimmer mit Gipskartonwänden, knarrenden Sperrholzbrettern als Fußboden, dunkelorangefarbener Auslegware, einer dünnen Matratze und einer winzigen Duschkabine mit Kunststoffabtrennung. Europa hat so viel Schönes zu bieten, aber auch an Hässlichkeit fehlt es hier nicht.

Bestimmt fragt sie sich in diesem Moment, wieso sie nicht gemütlich in einer eleganten Wohnung in Kopenhagen sitzen kann, statt in einer verwanzten Bruchbude Unterschlupf suchen muss. Aber ihr ist klar, dass ihr die Frage nicht zusteht.

Das ist auch gut so. Hayden will sie nicht unnötig belügen müssen.

»Die größten Menschen der Welt leben übrigens in den Niederlanden, Kate. Die Durchschnittsgröße liegt bei einem Meter fünfundachtzig – und zwar für Männer und Frauen aller Altersklassen zusammengenommen. Und auf Rang zwei liegen die Dänen mit einem Meter dreiundachtzig.«

»Ich bitte dich«, stöhnt sie. »Die Menschen in Nordeuropa sind hochgewachsen? Du lässt nach, Hayden. Das ist bestenfalls eine Drei.«

»Natürlich würde dir niemand einen Vorwurf machen, wenn du dich in Dänemark besonders klein fühlen würdest. Oder vielleicht sogar unzulänglich?«

Sie lacht. »Ich rufe dich an, sobald ich etwas finde.« Damit legt sie auf.

Er hat Kate nie genau erzählt, woraus ihre Operation im Detail besteht und welche Stellung sie innerhalb der organisatorischen Strukturen der europäischen Außenstelle der CIA innehat. Sie schien ohne weitere Nachfrage hinzunehmen, dass sie weder Papierkram zu erledigen noch sich medizinischen oder psychologischen Untersuchungen zu unterziehen oder Sporteinheiten zu absolvieren brauchte. Schließlich war sie vor ihrer Kündigung fast zwanzig Jahre lang für die CIA tätig und hat ein paar Jahre als Hausfrau und Mutter im Ausland gelebt. Daher erschien es ihr nur nachvollziehbar, von einem Mann in Haydens Position ohne großes Hin und Her wieder engagiert zu werden.

Sie hat keinerlei Grund zur Annahme, dass sie in Wahrheit gar nicht für die CIA arbeitet. Aber genau das tut sie.

Langley ahnt nichts von Kate; ebenso wenig wie vom restlichen Team und der Operation, mit der es sich befasst. Die CIA weiß nichts von alldem und wird, wenn es nach Hayden geht, auch niemals davon erfahren.

Kapitel 25

Er stellt den Wagen unter einem Baum ab und geht zu der Fußgängerstraße, die sich mit zahlreichen Stufen und Serpentinen den steilen Hügel neben der Seilbahn in Oberstrass emporschlängelt. Er öffnet das Tor, betritt den Garten und wirft der finster dreinblickenden Hausfrau, die bei jedem seiner Besuche in der Diele oder vor dem Haus herumzulungern scheint, ein angedeutetes Lächeln zu. Sie mustert ihn missbilligend und nickt widerstrebend. Er geht in den dritten Stock des großen Hauses mit mehreren Terrassen, Türmchen und Mansardenfenstern hinauf.

Die einzige Tür ist angelehnt, sodass der nächste Patient jederzeit eintreten kann. Die Männer schütteln einander die Hände, dann gehen sie ins Arbeitszimmer.

»Also.« Der Therapeut verzieht das Gesicht, sodass die Haut über seinen Wangenknochen ein Stück nach oben rutscht, was jedoch kaum als Lächeln bezeichnet werden kann. Überhaupt scheint Lächeln in Zürich nicht sonderlich verbreitet zu sein. »Erzählen Sie mir, was es Neues gibt, Herr Carner«, fordert Dr. Studer ihn auf.

Der Autor verlagert sein Gewicht. Selbst jetzt, nach ein paar Monaten, behagt ihm die Tatsache, dass er sich in therapeutischer Behandlung befindet, noch nicht recht. Er war noch nie vom Sinn und Zweck der Psychotherapie überzeugt, außerdem ist eine Behandlung ohnehin sinnlos, wenn man all die Dinge bedenkt, die er für sich behalten muss. Andererseits ist er im New York der Siebziger aufgewachsen, wo der Besuch beim Seelenklempner in gewissen Kreisen denselben Stellenwert hatte wie die regelmäßige Zahnkontrolle und die Tetanusspritze. Daher hat er sich an Dr. Studer gewandt; schließlich hat er jetzt ausreichend Zeit, keine emotionalen Baustellen, die es zu bearbeiten gilt, und das Geld spielt ebenfalls keine Rolle. Trotzdem sind seine Fortschritte bisher nicht gerade berauschend.

»Letzte Woche habe ich mein großes Projekt abgeschlossen«, sagt der Autor. »Nachdem ich lange Zeit ununterbrochen daran gearbeitet habe. Aber jetzt ist es fertig. Schluss. Ende. Weg.«

»Und wie fühlen Sie sich dabei?«

»Anfangs großartig. Regelrecht befreit. Als hätte ich etwas Wichtiges vollendet. Aber übers Wochenende verflog dieses Glücksgefühl bereits wieder. Dieses Projekt, das meinen Tagesablauf bestimmt hat, war eine Art Existenzberechtigung. Und jetzt, da es erledigt ist, habe ich plötzlich keine mehr.«

»Also fällt es Ihnen schwer, einen Schwerpunkt zu finden? Für Ihr Leben, meine ich?«

»Es fällt mir schwer, eine *Rechtfertigung* für mein Leben zu finden. Ich bin, gelinde gesagt, nicht gerade stolz auf gewisse Dinge, die ich getan habe.«

Dr. Studer nickt.

»Ich habe ein paar sehr wichtige Dinge von Grund auf fehlinterpretiert.«

Der Autor ärgert sich über seine Unfähigkeit, die Dinge beim Namen zu nennen. Ihm ist durchaus bewusst, dass er nicht gerade ein kooperativer Patient ist und seinem schwer durchschaubaren Psychiater allwöchentlich zwei vermutlich wenig befriedigende Stunden beschert. Dabei hat er vor der Behandlung die leise Hoffnung gehegt, einfach in eine Praxis zu gehen und jemand anderes die Arbeit erledigen zu lassen; jemanden mit der notwendigen

Fachkenntnis und den entsprechenden Zertifikaten, der auf den ersten Blick erkennt, wo der Schuh drückt, und ein Mittelchen dagegen kennt. Vielleicht eine Tablette und ein paar Dehnübungen, keine Ahnung.

»Damals, auf dem College, ist etwas passiert. Das war der erste größere Vorfall.«

»Von?«

»Na ja …«, setzt er an, als ihm ein vager Gedanke kommt. »Damals hat er zum ersten Mal die Wahrheit neu definiert. Er hat einen Vorfall einfach in etwas anderes verwandelt. In etwas zu seinem Vorteil, statt …«

Vermutlich hat der Therapeut nicht die leiseste Ahnung, wovon der Autor spricht, aber das spielt jetzt keine Rolle. Sie sind nicht hier, damit der Arzt etwas über den Patienten erfährt, sondern wichtig ist nur, dass der Patient mithilfe der Therapie neue Einsichten gewinnt.

»Mir ist klar geworden, dass alles bis zu einem gewissen Grad verhandelbar war, sämtliche Ereignisse und Tatsachen, völlig egal. Und genau diese allgegenwärtige Alternative hat im Lauf der Jahre und Jahrzehnte immer mehr Kontrolle über meine Gedanken und auch meine Karriere gewonnen. Ich habe die vergangenen zwanzig Jahre damit zugebracht, über die Realität zu verhandeln und die Wahrnehmung anderer Menschen davon zu manipulieren.«

Studer macht ein Gesicht wie ein Student, der während des Vortrags seines Professors den Faden verloren hat, aber darauf hofft, dass er noch mal davonkommt, ohne dass ihm jemand irgendwelche Fragen stellt.

»Ich habe ein Leben voller Lügen geführt. Ohne jede Moral. Und leider gibt es in meinem Privatleben kaum jemanden, den das überhaupt interessiert. Ich bin kinderlos, geschieden und habe so gut wie keine Beziehung zu meiner Exfrau. Mein Vater ist schon lange tot, meine Mutter besuche ich zwar einmal im Jahr, aber wir reden praktisch kein Wort miteinander. Ich fürchte, an meinen persönlichen Beziehungen kann ich nicht viel ändern, damit muss ich mich wohl oder übel abfinden. Aber was den Rest angeht, empfinde ich mein Vermächtnis als … inakzeptabel.«

Studer nickt eifrig. »Und deshalb verspüren Sie den Wunsch, die Dinge ins rechte Licht zu rücken, wie man so schön sagt.« Er scheint erleichtert zu sein, das Gespräch in eine eher praktische Richtung zurücklenken zu können.

»Ja.«

»Darf ich nach dem Grund fragen, Herr Carner? Wieso haben Sie das Bedürfnis, die Dinge ins rechte Licht zu rücken?«

»Weil ich das Richtige tun will. Nur ein einziges Mal.«

»Und Sie sind sicher, dass es das Richtige ist? Hilft es denn jemandem?«

Der Autor schweigt.

»Oder dient es nur der Beruhigung Ihres eigenen Gewissens?«

Genau dieselbe Frage hat er sich unzählige Male gestellt. Jeden Tag. Aber die Entscheidung war längst getroffen. Unwiderruflich.

Der Unfall — 147 —

Wortlos fuhren sie durch die stillen Straßen am Seeufer entlang, dann in die Innenstadt. Charlie wurde mit jeder Sekunde nüchterner, seine Gesichtsfarbe immer gräulicher.

Vor einer Ampel hielt Dave an. Charlie sah aus dem Fenster. »Mein Vater ist dort drüben, in diesem Hotel.«

Die beiden Jungen blickten zu dem gesichtslosen Gebäude hinüber.

»Er weiß, was zu tun ist«, sagte Charlie.

»Bist du sicher?«

»Ja. Glaube ich zumindest.«

Also lenkte Dave den alten Jaguar auf den nahezu leeren Parkplatz, dann betraten sie das Hotel und durchquerten die Lobby so ruhig, wie sie nur konnten. Charlie drückte den Aufzugknopf für die oberste Etage. Als er zu Boden sah, bemerkte er einen Blutfleck auf seinem Segelschuh. Er bückte sich, um ihn wegzuwischen. dabei fiel ihm auf, dass er kein Taschentuch bei sich hatte. Er hielt einen Moment inne, dann begann er, den Fleck mit dem Daumen abzurubbeln, bis er zu einem weiteren, ganz gewöhnlichen Fleck auf einem gewöhnlichen Segelschuh verblasst war.

Kapitel 26

»Großer Gott!«

Isabel stößt die Tür auf. »Los, steig ein!«

»Was, zum ...«

»Mach schon.«

Einen Moment lang steht Jeffrey völlig verdutzt da. Der Kaffee tropft von seiner Handfläche, und seine Ledertasche baumelt in seiner Armbeuge.

»Herrgott noch mal, Jeff! Steig endlich ein! Los!«

Endlich gehorcht er und rutscht auf den Rücksitz des Taxis. Die blanke Panik steht ihm ins Gesicht geschrieben.

Isabel wendet sich dem Fahrer zu, der sie im Rückspiegel ansieht. »Ist schon gut«, wiegelt sie beschwichtigend ab. »Wir sind nur ... Sie wissen schon.«

Der Fahrer erwidert nichts.

»Herald Square, bitte.«

»Was ist los?«, fragt Jeff. »Wohin fahren wir? Sagtest du gerade Herald Square?«

Isabel zerrt einen Notizblock aus ihrer Handtasche. »Wie fandest du das Manuskript?«, fragt sie, während sie etwas auf den Block kritzelt und ihn Jeffrey vor die Nase hält.

Hat dich jemand heute vorm. im Rest. angesprochen? Berührt?

Er nickt. *Füller geborgt*, schreibt er.

Hast du ihn dabei?

Er zieht den Füllfederhalter aus der Brusttasche.

»Also würdest du es gern machen?«, fragt sie laut und kritzelt erneut. »Oder eher nicht?«

Sie hören uns ab.

Jeffrey sieht sie bestürzt an. »Meine Neugier ist definitiv geweckt, allerdings …«

Alexis wurde ermordet.

»Ich verstehe.« Sie sieht, wie Jeffrey vor Entsetzen der Mund offen stehen bleibt, als er die Worte liest. »Es gibt so viele Wenns und Abers …«

Eine gewaltige Blechkolonne schiebt sich auf den Herald Square zu; Taxis, Laster und bullige SUVs mit New-Jersey-Kennzeichen und zornigen, ungeduldigen Fahrern hinterm Steuer, die pausenlos auf die Hupe drücken.

Isabel zieht ihre Puderdose heraus, klappt den Spiegel auf und hält ihn so, dass sie aus dem Rückfenster sehen kann. Der weiße Toyota, der ihnen im Village noch direkt auf den Fersen war, ist im nördlichen Teil von Chelsea im Verkehr stecken geblieben und beinahe einen Block zurückgefallen.

»Fahrer, hier können Sie anhalten«, sagt Isabel und drückt ihm einen Zehner in die Hand. Sie öffnet die Tür und dreht sich nach Jeffrey und dem Toyota um. Einen Moment lang glaubt sie den Beifahrer über das Meer aus Glas und Chrom erkennen zu können, eine vage Gestalt mit Bürstenhaarschnitt und Sonnenbrille. Die Luft flirrt in der benzingeschwängerten Hitze.

Sie lassen die laute, sonnenbeschienene Straße hinter sich und gehen eine schattige Seitenstraße entlang. Mittagsgäste strömen grüppchenweise aus den Restaurants von Koreatown, einem weiteren Einwandererviertel.

Isabel wirft einen Blick über die Schulter und entdeckt den Toyota, der sich in der Blechlawine auf der Sixth Avenue vorwärtskämpft.

»Komm, gehen wir.« Sie beschleunigt ihre Schritte und

umrundet ein Grüppchen Touristen. Sie hasten die Straße entlang und gewinnen mit jedem Schritt ein Stück mehr Abstand zu ihren Verfolgern, die hoffnungslos im Stau feststecken.

Auf der Fifth Avenue packt sie Jeffs Handgelenk und zerrt ihn um die Ecke auf eine breite Straße. Die Abgase von Bussen, Taxis, Lastern und Motorrädern vermischen sich mit den Gerüchen nach gerösteten Erdnüssen und Hotdogs, die in ihren salzigen Edelstahlbottichen der Wagen mit den gestreiften Sonnenschirmen schwimmen. Auf der Fifth Avenue drängen sich Touristen aus aller Welt, bewaffnet mit Kameras und Reiseführern, Flugblättern und Karten, schlendern an den Schaufenstern vorbei und fotografieren die berühmtesten Gebäude der Welt.

»Hier.« Sie bugsiert Jeff durch die Tür und geradewegs zum Empfangsschalter, wo sie ihre Kreditkarte auf den Tresen legt und die Eintrittskarten in Empfang nimmt.

Es ist gar nicht so lange her, dass sie das letzte Mal hier war. Mit Tommy. »Mami, wann gehen wir endlich aufs Dach der Erde?«, fragte der kleine Junge immer. Sie wusste nie genau, was er damit meinte, wohin genau er wollte. Aber vermutlich kam dieser Ausflug seiner Vorstellung vom Dach der Erde einigermaßen nahe.

Bei diesem letzten Besuch hat sie eine wichtige Erfahrung gemacht: In dieser ohnehin sündhaft teuren Stadt ist es die Investition wert, sich ein Spezialticket zu kaufen, das einem erlaubt, die allgegenwärtigen Schlangen zu umgehen und mit dem Expressaufzug nach oben fahren zu dürfen. Sie zieht Jeff mit sich in die Schlange.

»Wir verschaffen uns ein bisschen Privatsphäre und Sicherheit. Ich bin sicher, der Kerl, der uns folgt, ist bewaffnet«, sagt sie, als sie vor das Röntgengerät und die Metalldetektoren treten. Außerdem stehen in der Art-déco-Lobby überall Polizisten herum.

»Wir werden verfolgt?«

»Und solange er sie nicht entsorgt, kann er nicht nach oben. Außerdem hat er bestimmt keine Karten vorbestellt.«

Jeff sieht sich suchend um.

»Außerdem werden wir gleich erfahren, ob er Polizist ist. Spätestens, wenn er seine Hundemarke zückt.«

Der Mann steht an der Eingangstür und überlegt, was er tun soll. Er zieht sein Handy heraus und spricht hinein. Am liebsten würde Isabel ihm zuzwinkern oder nicken. Aber das hier ist kein Spiel, weit gefehlt. Deshalb wendet sie sich ab, bevor sie ernsthaft in Versuchung gerät, Blickkontakt mit ihm aufzunehmen.

Dann dreht sie sich noch einmal um. Etwas an der Haltung des Mannes kommt ihr vage bekannt vor. Plötzlich weiß sie es: Es ist der Bote. Der Mann, der das Manuskript im Verlag abgegeben hat. Und jetzt verfolgt er sie?

Sie schließt sich Jeffrey an. Gemeinsam schieben sie sich langsam in der Schlange vorwärts, bis sie endlich den Aufzug betreten. Während der Fahrt nach oben bemüht sie sich, ganz ruhig durchzuatmen. Schließlich stehen sie ein weiteres Mal im strahlenden Sonnenschein, diesmal im obersten Stock des Empire State Building, auf dem Dach der Erde, fast vierhundert Meter über dem Boden. Vor ihnen erstreckt sich die gesamte Stadt mit den Flüssen, dem Hafen und dem Meer dahinter, den unzähligen Gebäuden, Highways und Brücken, der endlosen Weite von Queens und Jersey.

Hektisch legt Isabel ihm ihren Plan dar, kritzelt Anweisungen und Vorschläge auf den Notizblock, inmitten all der Menschen, im Sonnenschein und der Brise. Sie registriert, dass Jeffrey nicht ganz begreift und unsicher ist, ob er sich in all das hineinziehen lassen will. Oder kann.

Hast du eine bessere Idee?, schreibt sie und hält ihm den Block vor die Nase.

Er löst den Blick von der spektakulären Aussicht und liest, was sie geschrieben hat. Er schüttelt den Kopf. Eine Bö erfasst die Seiten und lässt sie flattern.

Isabel hebt die Hand und gibt ihm ein Zeichen. Jeff nickt, zieht den Füllfederhalter aus seiner Tasche und legt ihn auf die Brüstung.

»Bereit?«, fragt sie.

Er macht nicht den Eindruck. »Klar. Gehen wir«, sagt er trotzdem.

Sie kehren dem Füller den Rücken zu, der innerhalb von Sekunden einen neuen Besitzer finden und in irgendeiner Tasche verschwinden wird, schieben sich durch die Besuchermassen in den Aufzug und treten auf die Straße hinaus. Auf den ersten Blick ist der Toyota nirgendwo zu sehen, aber Isabel gibt sich keine allzu große Mühe, nach ihm Ausschau zu halten. In Wahrheit spielt es keine Rolle, ob er da ist oder nicht.

Sie biegen um eine Ecke, dann um eine weitere, gehen die Straßen dieses Teils von Midtown entlang, wo die Mieten deutlich billiger sind. Schale Luft dringt aus den Drehtüren heruntergekommener Gebäude mit niedrigen, klaustrophobischen Eingangshallen, die Berufsschulen, zwielichtige Steuerberater, zweitklassige Scheidungsanwälte, Friseurgeschäfte und billige Restaurants mit Mittagessen für einen Fünfer beherbergen.

Sie gehen die Treppe zur U-Bahn hinunter. Klamme Kälte steht in den Schächten, vermischt mit dem heißen Luftzug, der die Ankunft des nächsten Zuges nach Uptown ankündigt. Nach ein paar Stationen steigen sie aus, gehen die Treppe hinauf und betreten das Erdgeschoss von Bloomingdale's. Sie bahnen sich einen Weg durch die aggressive, ekelhafte Süße der Parfümerie, dann in die kalte Glitzerwelt der Schmuckabteilung, wo sich Frauen über die Auslagen beugen und sehnsüchtig das Sortiment aus Halsketten, Uhren und teuren Schmuckstücken bestaunen.

Isabels Blick bleibt an einer übergewichtigen Frau hängen, die gerade ein Dreierarmband auf einem schwarzen Samtbett in Augenschein nimmt. Ihre ausladende dunkelgrüne Handtasche baumelt an ihrer fleischigen Schulter. Isabel tritt neben sie, zieht ihr Handy aus der Handtasche und schließt die Finger um das vertraute schwarze Plastik.

»Die sind wunderschön«, sagt sie zu der Frau, die sie leicht perplex anlächelt, wendet sich ab und lässt das Handy in die offen stehende dunkelgrüne Tasche gleiten.

Als Nächstes durchqueren sie die Abteilung für Herrenaccessoires, dann treten sie durch die Drehtüren wieder nach draußen, überqueren die Straße, biegen um eine Ecke. Nach wenigen Minuten liegt Midtown hinter ihnen, und sie befinden sich in einer reinen Wohngegend mit feudalen Sandsteingebäuden aus dem 19. Jahrhundert, Lindenbäumen und Menschen mit flauschigen kleinen Hündchen an teuren Lederleinen.

Isabel steigt eine breite Treppe hinauf, bleibt vor einer von sorgsam getrimmten Bäumchen flankierten Ätzglastür stehen und läutet. Nach nicht einmal einer Sekunde wird die Tür von einem jungen Mann mit einem iPad in der Hand geöffnet. Eine dicke Strähne seines blonden Haars hängt ihm, sorgsam platziert, in die Stirn, und er strahlt sie mit aggressiver Freundlichkeit an.

»Isabel Reed?«, kreischt er begeistert und beugt sich vor, um sie auf die Wangen zu küssen, ohne dass sich ihre

Gesichter oder sonstige Teile ihres Körpers dabei berühren. »Sie erwartet Sie?« Dann löst er sich von ihr und blickt mit panischer Miene auf sein iPad.

»Nein, Entschuldigung, aber es ist ... äh ... dringend.«

»Absolut! Geben Sie mir zwei Sekündchen?«

Der Junge macht kehrt und verschwindet, wobei er sich das Headset dicht vor den Mund hält und irgendetwas Unverständliches hineinflüstert. Isabel fällt auf, dass seine Hosenbeine mehrere Zentimeter über den Knöcheln enden und er keine Socken in seinen Budapestern trägt. »Isabel?« Er dreht sich noch einmal um. »Kein Problem! Sie ist unten im Büro!«

Sie gehen durch das Foyer mit dem Marmorfußboden, vorbei an zwei identischen Beistelltischen mit identischen Bouquets aus lila Tulpen.

Der Assistent öffnet eine Tür mit einem üppig verzierten Messingknauf und führt sie einige Stufen hinunter ins Gartengeschoss mit mattweißen Teppichen auf dem weiß gefliesten Fußboden, weißen Möbeln mit Glas und Chrom und weißen Blumen in weißen Vasen. Mehrere Büros reihen sich auf der einen Seite eines langen, weiß gestrichenen Korridors aneinander. Der Korridor mündet in das größte Büro, ebenfalls eine Studie abgestufter Weißtöne, das praktisch die gesamte Breite des Hauses einnimmt. Raumhohe Sprossentüren führen in einen Garten mit Teakmöbeln, steinernen Statuen und kunstvoll gestalteten Sträuchern und Büschen – ein wahres Paradies, erfüllt von stiller Heiterkeit.

Eine Frau von geradezu bestürzender Schönheit erhebt sich, um Isabel ebenfalls mit Luftküssen, Lächeln und einem flüchtigen Drücken der Oberarme zu begrüßen. »Ich freue mich ja so, dich zu sehen.«

»Judy Thompson, das ist Jeffrey Fielder.«

Die Frau streckt ihm ihre mit Armbändern behängte Hand entgegen und nickt lächelnd, dann wendet sie sich Isabel wieder zu. »Er ist süß. Deiner?«

Isabel wirft Jeffrey, der errötend auf seine Schuhspitzen starrt, einen Blick zu.

»Könnte man so sagen.« Isabel kann sich ein Lächeln nicht verkneifen. »Gewissermaßen. Ab und zu.«

»Bitte, setzt euch doch.«

Der persönliche Assistent und zwei weitere Untergebene treten wortlos den Rückzug an.

Isabel nimmt auf einem weißen Ledersessel mit butterweichen Armlehnen und einer ergonomisch perfekt gestalteten Rückenlehne Platz.

»Patrick sagt, es sei dringend, Isabel. Wie kann ich dir helfen?«

Isabel holt tief Luft. »Ich weiß, dass es sich ein wenig seltsam anhört, Judy, aber könnte ich für ein, zwei Nächte dein Strandhaus haben?«

Judy hat ihr das Haus in der Vergangenheit mehrfach angeboten, daher ist Isabel sicher, dass sie dort nahezu jederzeit willkommen ist. »Aber natürlich, Isabel. Keine Frage.«

Isabel fällt es manchmal schwer, eine klare Grenze zwischen Job und Privatem zu ziehen, was jedoch lediglich bei den superreichen, supererfolgreichen Mandanten ein Problem zu sein scheint, deren Ruhm und Vermögen sich nicht ihren Büchern verdankt, sondern eher umgekehrt: Ihre Bücher scheinen die logische Konsequenz all ihrer bisher erzielten Erfolge zu sein. Isabels Portfolio umfasst mehrere Autoren dieser Art, allen voran Judy. Manche Agenten und auch Lektoren intensivieren ihre Beziehung zu diesen Prominenten und glauben irgendwann, ebenfalls Teil jener eingeschworenen Gemeinschaften aus Sommerhausbesitzern, Stammgästen in Nobelrestaurants und First-Class-Fluggästen zu sein. Isabel hingegen hat stets darauf geachtet, diesem Irrglauben nicht aufzuliegen, aber jetzt braucht sie dringend ihre Hilfe. Das Strandhaus. Und zwar nicht nur aus gesellschaftlichen Zwecken.

»Mir ist klar, wie seltsam es klingt, aber … hast du zufällig auch noch einen Wagen, den du mir leihen könntest?«

Judy stößt ein schnaubendes Lachen aus, ein verblüffend bodenständiges Geräusch für eine stets als gediegen und elegant geltende Frau. »Bitte, nur raus damit. Womit kann ich sonst noch dienlich sein?«

»Jetzt, da du es erwähnst«, fährt Isabel fort. »Für ein bisschen Bargeld wäre ich dir mehr als dankbar.«

Wieder lacht Judy. Isabel nicht.

»Ist das dein Ernst?«

Isabel nickt.

»Was ist los?«

»Ich habe Angst, Judy«, sagt Isabel. »Ich habe ein gefährliches Manuskript bei mir und fürchte, dass ich verfolgt werde. Dass man mich töten will.«

Judy hebt die Brauen. »Was ist das für ein Buch?«

»Das würde ich lieber für mich behalten. Nur zu deiner Sicherheit.«

Natürlich kennt Judy Charlie Wolfe. Auch sie ist ein Medienmogul, wenn auch auf eine etwas andere Art, mit einem Magazin, das ihren Namen trägt, einer eigenen Fernsehsendung, diversen Produktlinien, Fertiggerichten und Buchverträgen für die nächsten zehn Jahre mit Verlagen auf fünf verschiedenen Kontinenten. Zwar stammt kein einziges Wort in dem runden Dutzend ihrer bisher erschienen Werke aus ihrer Feder, vermutlich noch nicht einmal die Danksagungsseiten, dafür zückt sie bereitwillig ihr Scheckheft, um die Arbeit anderer zu honorieren.

»Okay. Und du traust dich auch nicht, damit zur Polizei zu gehen?«

»Nach allem, was ich weiß, werde ich von der Polizei verfolgt, zumindest gewissermaßen.«

»Was ist, wenn du dich damit an die Öffentlichkeit wendest? Dabei könnte ich dir auf jeden Fall helfen.«

»Danke, aber ich habe keine hieb- und stichfesten Beweise. Ich habe nur das Manuskript eines anonymen Autors und …«

»Anonym? Wie bedauerlich.«

»Und eine Assistentin, die ermordet wurde.«

»Was?«

Isabel versucht, tief Luft zu holen, ohne in Tränen auszubrechen. Sie will nicht ausgerechnet jetzt die Fassung verlieren, doch es gelingt ihr nicht. Tränen steigen ihr in die Augen und kullern über ihre Wangen. »Jemand hat Alexis erschossen. In ihrer Wohnung. Heute Morgen.«

»Großer Gott. Wer?«

Isabel schüttelt den Kopf und kämpft ihre Tränen zurück. »Es ist völlig okay, Judy, wenn du dich da nicht hineinziehen lassen willst … Mir ist klar, dass ich sehr viel von dir verlange.«

Ich bitte dich, scheint Judys Blick zu sagen. »Und wer ist das?«, fragt sie mit einer Geste in Jeffreys Richtung, der mittlerweile ans Fenster getreten ist und stumm auf den Garten hinausblickt.

»Jeffrey ist Lektor und ein guter Freund. Ich habe ihm das Manuskript heute Morgen angeboten. Bevor mir klar wurde, dass Leute um mich herum sterben. Und jetzt muss ich davon ausgehen, dass auch er in Gefahr schwebt.«

»Hast du noch jemandem eine Kopie gegeben?«

»Ich nicht. Wie sieht es mit dir aus, Jeffrey?«

»Eigentlich nicht«, antwortet er, ohne den Blick vom Fenster zu wenden.

»Was heißt das?«

»Ich habe Brad einen kleinen Auszug gegeben.« Endlich dreht Jeffrey sich um und sieht die beiden Frauen mit besorgter Miene an. »Sollte ich ihn vielleicht lieber warnen?«

»O Gott, keine Ahnung«, sagt Isabel. »Aber was wollen wir … was willst du ihm sagen?«

»Die Wahrheit, schätze ich.«

Das klingt einleuchtend. Wortlos beugt sich Isabel vor, kritzelt etwas auf ein Blatt Papier, das vor ihr auf dem Schreibtisch liegt, reißt es ab und reicht es Judy, die es eilig überfliegt und nickt.

»Und was dann?«, fragt Judy. »Hast du einen konkreten Plan?«

»Ich weiß nicht. Ich weiß es einfach nicht. Ich will … ich will mich bloß irgendwo verstecken.«

»Verstecken und warten? Worauf?«

Isabel zuckt die Achseln. »Keine Ahnung«, lügt sie.

Kapitel 27

»Hallo?«

»Hi, Bradford, ich weiß nicht recht, wie ich es Ihnen am besten erklären soll, ohne dass Sie in Panik geraten …«

»Jeffrey, was, um alles …«

»Na ja, eigentlich *sollten* Sie sogar in Panik geraten.«

Brad starrt auf die zehn Ziffern einer Mobilnummer auf dem LED-Display seines Handys. »Jeffrey, was ist los?«

»Sie erinnern sich doch an das anonyme Manuskript von heute Morgen, jenes, das Isabel Reed mir zur Prüfung gegeben hat. Kennen Sie Isabel?«

»Natürlich kenne ich Isabel.«

»Und kennen Sie auch Alexis?«

»Nein.«

»Tja, sie wurde heute Morgen in ihrem Apartment ermordet.«

Brads Herzschlag stockt. »Und Sie glauben, das hat etwas mit dem Manuskript zu tun?«, zwingt er sich zu fragen.

»Ja. Isabel auch.«

»Was? Aber weshalb?«

»Weil es wohl kein Zufall sein kann, dass jemand dem Mädchen am Morgen, nachdem sie dieses hochbrisante Manuskript gelesen hat, eine Kugel in den Kopf jagt. Mitten in ihrer Wohnung.«

Brad lehnt sich auf seinem Stuhl zurück und schließt die Augen. »Wo sind Sie jetzt, Jeffrey?«

»Ich … das möchte ich lieber nicht sagen.«

»Wieso nicht?«

»Weil mein Telefon womöglich abgehört wird. Oder Ihres.«

»Abgehört? Von wem?«

»Wer weiß. Brad, ich rufe Sie nur an, um Ihnen zu sagen, dass Sie in Gefahr schweben könnten. Ich tue es jedenfalls. Sie müssen sehr vorsichtig sein.«

Brad starrt hinaus auf den Union Square, den Inbegriff urbaner Modernisierungswut. In seiner Jugend, in den Siebzigern, war der Park nur eine von vielen heruntergekommenen Grünflächen in einer Stadt, in der die Hässlichkeit und die Gefahr an jeder Ecke lauerten. Nach Einbruch der Dunkelheit war der mit Graffiti vollgeschmierte U-Bahnhof nicht benutzbar. Der Times Square war eine stinkende, von Nutten bevölkerte Kloake, die meisten Parks – der Bryant Park, der Tompkins Square Park, der Union Square – fest in der Hand zahnlückiger Junkies und von Dealern mit dem Mund voller Goldzähne. Überall lagen zerbrochene Flaschen, Wachspapiertüten, gebrauchte Nadeln und zerknüllte Chipstüten herum, pubertierende Jungs bedrohten einen mit dem Messer und knöpften einem Geld, die Jacke und sogar die Turnschuhe ab. »He, Alter, lass mich mal dein Fahrrad sehen …«

Irgendwann war Brad alt genug, um der Stadt den Rücken zu kehren und für die nächsten Jahre aufs College zu gehen, dann gammelte er eine Weile ziellos herum, weil er nichts mit sich anzufangen wusste. Bei seiner Rückkehr nach New York hatte sich einiges verändert: Reagans Präsidentschaft in den Achtzigern hatte zwar den Weg zu extremem Reichtum, aber auch in die bittere Armut geebnet. Es gab deutlich mehr reiche Leute in Manhattan, die noch wohlhabender waren als je zuvor, gleichzeitig waren die Straßen von wahren Armeen hoffnungslos armer Menschen bevölkert – Obdachlose, Bettler, Männer und Frauen, die an Ampeln Windschutzscheiben putzten. Die Reichen brauchten dringend neue Viertel, in denen sie sich niederlassen konnten, also wurden einstige Industrieviertel wie SoHo und Tribeca in Luxuswohngebiete umgewandelt, und die Gentrifizierung griff wie ein Lauffeuer um sich. Ein Areal, wo früher der Hudson River verlaufen war, wurde sogar mit der für den Bau des neuen World Trade Center abgetragenen Erde aufgeschüttet, um ein vollständig neues Wohnviertel entstehen zu lassen.

Und der Union Square, direkt auf der gegenüberliegenden Straßenseite, wurde gesäubert und auf Hochglanz poliert, flankiert von der größten Buchhandlung der Stadt und einem Mega-Musicstore; außerdem gab es einen Markt und ein Multiplexkino. Scheinbar jeder Laden entlang des Parks wechselte seinen Besitzer, die Grünfläche selbst wurde neu bepflanzt und hübsch gestaltet, Junkies wurden vertrieben und die Klientel von Grund auf ausgetauscht. Und als Krönung eröffnete Whole Foods eine neue Filiale.

McNally & Sons befand sich auch nun wieder im Herzen von Downtown, genauso wie bei seiner Gründung in den 1920ern. Nach einer langen, langen Reise war es wieder dort angekommen, wo vor vielen Jahren alles angefangen hatte.

Und dann, vor einigen Monaten, rief ein Agent der National Security Agency im Büro an und bat um einen Termin mit dem Enkelsohn des Gründers, weigerte sich jedoch, Sheila zu verraten, worum es ging. Brad war neugierig und ein wenig besorgt, außerdem fragte er sich, ob er ein Gespräch tatsächlich ablehnen konnte. War einer seiner Mitarbeiter ein heimlicher Terrorist? Fieberhaft lief er im Geiste durch die Flure, klapperte sämtliche Büros ab, spähte über Trennwände und versuchte, sich jedes Gesicht seiner über einhundert Mitarbeiter einzuprägen.

Ja, vielleicht dieser eine Typ aus der Buchhaltung. Ein junger Mann aus dem Mittleren Osten, dessen Namen er ebenso wenig kannte wie das Land, aus dem er stammte. Libanon oder Syrien, aber es könnte ebenso gut die Türkei, Israel oder der Irak sein. Was, zum Teufel, wusste er überhaupt über all die Länder? Der Kerl konnte ja auch in Queens oder in Atlanta geboren sein, gestand er sich zutiefst beschämt ein.

Der Agent stellte sich mit einer höflichen Verbeugung vor, deren Aufrichtigkeit Brad jedoch nicht ganz abkaufte. »Ich bin Joseph Lyons.« Die beiden Männer schüttelten einander die Hände. Der Agent war schätzungsweise Anfang sechzig und damit ein gutes Stück älter, als Brad erwartet hatte – aus irgendeinem Grund war er davon ausgegangen, mit einem jungen Ganoventypen zu tun zu haben. In Lyons Brusttasche steckte ein Tuch mit Paisleymuster. Auch das noch.

»Vielen Dank, dass Sie sich Zeit für mich nehmen, Mr McNally.«

Für Brad passten Einstecktücher nicht mit Waffen und Dienstmarken zusammen.

»Also, Mr McNally, ich will gleich zur Sache kommen.«

»Ja, bitte.«

»Uns ist zu Ohren gekommen, dass derzeit eine Art Biografie über den Vorstandsvorsitzenden von Wolfe Worldwide Media verfasst wird.«

Die beiden Männer saßen einander in den Lehnsesseln links und rechts des Couchtisches gegenüber: Keiner von ihnen hatte sich für einen Platz auf dem Sofa entschieden, dessen weiche Behaglichkeit eine gewisse Schwäche signalisiert hätte.

»Das Manuskript, Mr McNally, wird von einem freiberuflichen Journalisten geschrieben, der sich irgendwo in Europa versteckt hält. Ein konkurrierender Medienkonzern hat das ganze Projekt in die Wege geleitet und bezahlt dem Mann, den wir im Verdacht haben, eine Million Dollar für seine Bemühungen.«

Brad verlagerte sein Gewicht auf dem Sessel.

»Wir gehen davon aus, dass nahezu alle Details in der abgabefertigen Manuskriptversion der Wahrheit entsprechen und sorgfältig recherchiert und faktisch unanfechtbar sind. Also ein durch und durch glaubwürdiges Buch.«

Inzwischen begriff Brad, worum es hier ging – nicht um einen seiner Angestellten oder ein privates Problem oder Ärger mit dem Verlag selbst. Keiner seiner Mitarbeiter musste im Auge behalten oder gar gefeuert werden. Nichts war auf seinem Schreibtisch gelandet, was er den Behörden übergeben müsste. Dieses Gespräch drehte sich um ein Thema, von dem er noch nichts wusste und das erst jetzt zu einem Teil seines Lebens wurde.

Brad entspannte die Schultern und löste den Klammergriff um seinen Stift. Als er den Kopf senkte, bemerkte er, dass seine Fingerknöchel weiß waren.

»Aber in dem Manuskript wird auch einiges stehen, was frei erfunden ist; noch wissen wir nicht, was, aber fest steht, dass diese Details auf reine Effekthascherei ausgelegt sind.« Der Agent beugte sich vor. »Das Manuskript, Mr McNally, wird aber ein Schwindel sein, eine Finte.«

»Wieso?« Brad spürte, wie das Unbehagen allmählich von ihm abfiel, sodass er zu der Unterhaltung etwas beitragen konnte, wenn auch nur mit einsilbigen Kommentaren.

»Das Ziel ist, Charlie Wolf zu kompromittieren, genauer gesagt sein gesamtes Unternehmen, um dadurch den Weg für eine feindliche Übernahme freizumachen.«

»Was? Wie?«

»Indem ein Absturz der Aktien initiiert wird. In dieser Sekunde werden Wolfe-Anteile leer verkauft, um ein Portfolio entstehen zu lassen, das unmittelbar nach der Krise mit einem enormen Profit abgestoßen werden kann. Dieser Profit kann im Gegenzug genutzt werden, um eine Firma zu übernehmen, die finanziell gehörig in der Klemme steckt.«

»Verstehe.« Brad schlug die Beine übereinander und bemühte sich, Lyons weiter in die Augen zu sehen. »Und was hat das alles mit der NSA zu tun?«

»Das darf ich Ihnen leider nicht sagen. Aber bestimmt ist Ihnen bewusst, Mr McNally, dass unser aller Sicherheit nur gewährleistet werden kann, wenn ganz normale Menschen, sprich Zivilisten, sich in den Dienst der Exekutive stellen. Vielleicht sogar Menschen aus der Verlagsbranche.«

Jetzt fiel der Groschen.

»Und das ist eine dieser Situationen, in denen wir darauf angewiesen sind, dass Sie sich mit uns in Verbindung setzten, falls Ihnen etwas auffällt.«

»Ist das eine Bitte oder ein Befehl?«, fragte Brad und wandte eilig den Blick ab. Von Zeit zu Zeit überkam ihn auch heute noch das dringende Bedürfnis, sich gegen die Obrigkeit aufzulehnen, der Staatsmacht die Stirn zu bieten. Und wenn jemand die Staatsmacht verkörperte, dann war es dieser Agent, der allen Ernstes eine Mauschelei allererster Güte von ihm verlangte: bestenfalls Schnüffelei, in jedem Fall aber die Missachtung der Redefreiheit, und schlimmstenfalls wollte er ihn zwingen, Informationen zurückzuhalten, die im Interesse der allgemeinen Öffentlichkeit standen.

Ein Lächeln trat auf Lyons' Züge; jenes angedeutete, herablassende Grinsen eines Mannes, der genau weiß, dass er gewinnen wird, und zwar deutlich. »Ich schätze, es ist eher ein Befehl als eine Bitte, Mr McNally.«

»Verstehe.«

Brad hatte den Verlagsjuristen gebeten, im Konferenzraum nebenan zu warten, falls irgendwelche unvorhergesehenen Umstände auftreten sollten, die es rasch zu klären galt. Aber in Wahrheit waren diese Umstände durchaus vorsehbar gewesen. Vorhersehbar und höchst unerfreulich.

Brad sah Lyons in die Augen, fest entschlossen, sich von seiner undurchdringlichen Miene nicht aus dem Konzept bringen zu lassen. »Und woher genau wissen Sie das alles?«

»Die spezifischen Details geheimdienstlicher Operationen fallen selbstverständlich unter das Siegel der Verschwiegenheit, Mr McNally, aber ich kann Ihnen so viel verraten, dass wir Kenntnis von Telefongesprächen zwischen dem Journalisten und dem, äh, Auftraggeber erhalten haben.«

»*Kenntnis erhalten*? Sie meinen, Sie zapfen die Telefone irgendwelcher US-Bürger an?«

»Genau.« Wieder erschien dieses angedeutete Lächeln auf seinem Gesicht. »Allerdings bevorzugen wir die Bezeichnung ›nationale Sicherheitsüberwachung‹.«

»Verstehe.« Brad spürte Wut in sich aufsteigen, gepaart mit einem neuerlichen Anflug von Aufmüpfigkeit. »Und weshalb sollte sich der Journalist im Ausland aufhalten?«

»Um sich unserer Überwachung zu entziehen. Und dem Zugriff durch unsere Behörden.«

»Verstehe. Und was genau wollen Sie jetzt von mir?«

»Ich will überhaupt nichts. Die NSA verlangt von Ihnen, sich im Zuge der Wahrung der nationalen Sicherheit mit uns, beziehungsweise mit mir, in Verbindung zu setzen, falls besagtes Manuskript auf Ihrem Schreibtisch landet.«

»Aha. Und woher soll ich wissen, ob besagtes Manuskript die Kriterien überhaupt erfüllt?«

»Ich bin sicher, das merken Sie recht schnell.«

»Hier arbeiten zehn Lektoren. Bei jedem von ihnen landen mindestens zwanzig Buchvorschläge in Manuskriptform oder als Exposé pro Woche auf dem Tisch.«

»Dieses Projekt wird nicht als Exposé eingereicht werden.«

»Woher wollen Sie das wissen?«

»Weil ich es weiß.«

Die beiden Männer starrten einander einen Moment lang an, dann sah Brad weg. »Wie gesagt, hier gehen zweihundert Manuskripte pro Woche ein. Das macht ... zehntausend pro Jahr.«

Lyons nickte. »Und Sie verlangen von mir, dieses eine zu finden? Das eine unter zehntausend?«

»Ich bin sicher, das wird nicht annähernd so schwierig, wie Sie mich glauben machen wollen, Mr McNally.«

Nach stundenlangem Hin und Her war Brad damals zu dem Schluss gelangt, dass für den Augenblick kein Handlungsbedarf bestand. Dieses absurde Horrorszenario war rein hypothetisch. Er machte sich noch nicht einmal die Mühe, den Verlagsjuristen damit zu behelligen, der ohnehin auf Vertrags- und Urheberrecht spezialisiert und definitiv kein Experte für diese Art von Problemen war. Er verwarf auch die Idee, den externen Rechtsberater des Verlags anzurufen – er hatte nicht die geringste Lust, dem Kerl mit seinem horrenden Stundensatz nur für ein Gespräch über das Grundrecht der Presse- und Meinungsfreiheit Geld in den Rachen zu schieben.

Er hatte weitaus konkretere Probleme am Hals, die es zu lösen galt, und zwar jeden Tag. Bis heute, seit das Manuskript kein abstraktes Hirngespinst mehr ist. Deshalb greift Brad zum Hörer und erledigt den Anruf, von dem er all die Monate gehofft hat, ihn niemals tätigen zu müssen, obwohl ihm insgeheim klar war, dass der Tag wohl irgendwann kommen würde.

»Bradford McNally?«, ertönt eine Stimme mit einem ausgeprägt schleppenden Südstaatenakzent, bei deren Klang man den feisten Wanst des Mannes förmlich über den Hosenbund quellen sieht. »Wie schön, dass Sie anrufen.«

»Trey Freeley. Wie schön, dass Sie meinen Anruf entgegennehmen.«

Der Anwalt lacht leise. Beide Männer wissen, dass Freeley mit dem größten Vergnügen allein für ein kurzes Telefonat eine Rechnung über hundert Dollar ausstellt.

»Hören Sie, Trey, einer meiner Lektoren hat ein Projekt auf den Tisch bekommen, das sich als etwas heikel entpuppen könnte.«

»Hmmmm.« Seltsamerweise tritt Freeleys gedehnte Sprechweise am deutlichsten zutage, wenn er vor sich hin grummelt und statt Worten lediglich kehlige Laute aus seinem Mund dringen. »Also, was ist denn das Problem?«, fragt er, als wäre er Arzt.

»Na ja, bei dem Projekt handelt es sich um eine nicht autorisierte Biografie von Charlie Wolfe mit ein paar ziemlich brisanten Enthüllungen. Besser gesagt Anschuldigungen.«

»Verstehe.« Pause. »Und wer hat das Ding geschrieben?«

»Der Name des Autors ist anonym.«

Wieder schweigt Freeley. »Und wer vertritt ihn?«

»Eine Frau namens Isabel Reed.«

Freeley gibt keine Antwort.

»Sie arbeitet für Atlantic Talent Management«, fährt Brad fort. »Kennen Sie sie?«

»Ja.« Ein Anflug von Argwohn oder Verärgerung schwingt in der Stimme des Anwalts mit. Irgendetwas scheint ihm nicht recht zu behagen, denn eigentlich ist er kein einsilbiger Mann. »Gestatten Sie mir die Frage, Mr McNally, aber welcher Ihrer Lektoren hat das Projekt auf den Tisch bekommen?«

Brads Gedanken kreisen viel zu sehr um seine Befürchtungen, als dass er sich fragen würde, weshalb ausgerechnet dieses Detail so interessant sein soll. »Jeff Fielder.«

»Hmmmm.« Brad hört die schweren Atemzüge des feisten Anwalts am anderen Ende der Leitung. »Wir sollten das lieber persönlich besprechen, McNally. Ich könnte später nach New York kommen.«

Instinktiv denkt Brad an die Kosten, aber dann dämmert ihm, dass das Geld vermutlich sein geringstes Problem sein wird, wenn der Anwalt bereit ist, so kurzfristig in den Zug zu springen und von Washington herzufahren.

»Wollen wir etwas trinken gehen?«

Ratlos steht Brad vor dem Apparat, einem offensichtlich recht neuen Hightechgerät – er kann sich gar nicht erinnern, dass er grünes Licht für den Kauf gegeben hat –, und starrt auf das kleine graue Display. Muss er zuerst eine Funktion auswählen, oder kann er einfach loslegen? Er legt einen Stapel Papier in den Schacht und drückt den riesigen grünen Knopf. Augenblicklich erwacht das Ungetüm zum Leben und kopiert die Seiten. Gott sei Dank. Auf die Demütigung, jemanden fragen zu müssen, wie der Kopierer funktioniert, kann er im Moment gern verzichten.

Er verlässt die feudalen Büroräume, einst das Herzstück von McNally Publishing in einer Zeit, als es noch keine Söhne im Namensanhang gab. Rund hundert Jahre später ist Brad bewusst, dass er den Verlag verkaufen muss, und zwar jedem, der verrückt genug ist, ihn sich ans Bein zu binden. Sein Vater ist bereits informiert, sitzt auf der Veranda seines Hauses in Martha's Vineyard und versucht, den Spätherbst seines Lebens zu genießen. Zwar wurde der drohende Verkauf niemals laut ausgesprochen, doch jedem von ihnen ist klar, dass der andere Bescheid weiß.

Aber wenn ihm keine andere Wahl bleibt, als sich von diesem altehrwürdigen Familienunternehmen zu verabschieden, wird er als Allererstes irgendetwas Gutes tun. Er wird seine Stellung nutzen, die er immer noch besitzt, wenn auch nur für absehbare Zeit.

Er geht in den neuen Flügel, wie er ihn im Geiste immer noch nennt, auch wenn er bereits zwanzig Jahre alt ist. Am Ende dieses Flügels befindet sich der sogenannte »Tote Flur« – eine Ansammlung von winzigen Kabuffs, behelfsmäßigen Arbeitsplätzen, Büromaterialschränken, Toiletten und feuerfesten Räumen mit feuerfesten Aktenschränken voller Grafiken, Designentwürfe, Verträge und anderer unersetzlicher Werte auf Papier oder Film.

Der Tote Flur ist das Reich von Chester Dumont und seinen Leuten: den Redakteuren, Korrektoren und Rechercheuren, jenen Menschen, die die Millionen Wörter der einhundertfünfzig Bücher, die jährlich bei McNally & Sons erscheinen, lesen, überarbeiten und überprüfen. Und ganz am Ende des Korridors befindet sich Chesters Büro.

Raumhohe Metallregale nehmen jeden freien Quadratzentimeter der Wände ein, sind vollgestopft mit Manuskripten in verschiedenen Stadien der Bearbeitung und beherbergen eine eindrucksvolle Sammlung an Nachschlagewerken. Neben dem Schreibtisch steht eine Art Pult mit *Merriam-Webster's Unabridged Dictionary*; darunter liegen die zweite Auflage aus dem Jahr 1934 und die dritte aus dem Jahr 1961. Chester steht über den gewaltigen Schinken gebeugt und späht über den Rand seiner tief sitzenden Halbbrille hinweg auf die hauchdünnen Seiten, als ein leises Klopfen an der geöffneten Tür ertönt.

»Einen Moment bitte«, sagt er automatisch, ohne aufzusehen, und liest weiter, ehe er, sichtlich zufrieden mit seinem neu erworbenen Wissen über den Rhombenikosidodekaeder, den Kopf hebt und Brad in der offenen Tür stehen sieht. Chester ist sich ziemlich sicher, dass der Verleger noch nie einen Fuß in sein Büro gesetzt hat, dabei ist er seit über dreißig Jahren im Verlag angestellt.

»Mr McNally, was für eine Überraschung.« Chester achtet stets auf formvollendete Umgangsformen, auch wenn ihm bewusst ist, dass ihn alle dafür belächeln. »Welchem Umstand verdanke ich Ihren Besuch?«

Der Verleger steht immer noch im Türrahmen, scheinbar unsicher, ob er eintreten soll oder nicht. Wie gewohnt trägt Bradford einen Anzug; heute ist er aus grauem Flanell mit Nadelstreifen, dazu ein Hemd in dezentem Blau mit abgerundetem Klubkragen und eine marineblau-dunkelrot gestreifte, in einfachem Windsorknoten gebundene Krawatte – Chester weiß, dass Alan J. Flusser's *Style and the Man* die Kleidungsbibel des Verlegers ist.

»Hi, Chester«, sagt er. »Darf ich reinkommen?«

»Natürlich.« Chester geht um seinen metallisch grauen Schreibtisch herum. »Setzen Sie sich doch.«

Der Verleger navigiert um die Nachschlagewerke und Manuskripte auf dem Fußboden herum und setzt sich auf den Brno-Stuhl, ein Design von Mies van der Rohe um

1930 und eines der wenigen Relikte, das er bei der Verlagsrenovierung 1952 gerettet hat. Bezeichnenderweise steht ein dicker Wälzer mit dem Titel *1000 Chairs* direkt hinter Chesters rechter Schulter.

»Ich hätte da ein paar Fakten, die überprüft werden müssten, Chester.« Brad tippt auf die Manuskriptseiten.

»Sehr gern, Mr McNally. Ich bitte einen unserer Freien, sich so schnell wie möglich darum zu kümmern.« Er weiß, dass Doris in den letzten Zügen der Redaktion eines Romans liegt, der früher fertig wurde als geplant, und daher die Arbeit daran getrost für einen Tag beiseitelegen kann.

»Tut mir leid, Chester, aber Sie müssen das übernehmen. Und es muss heute noch sein.«

Chester mustert den Mann, der jeden Monat seinen Gehaltsscheck unterschreibt – zweiundachtzigtausend Dollar im Jahr. Ein Glück, dass er nie aus seiner mietpreisgebundenen Bruchbude in Turtle Bay auszogen ist.

»Worum handelt es sich?«

»Es geht um die Prüfung eines Projekts.«

»Und was soll ich für Sie überprüfen?«

»So ziemlich alles, was sich verifizieren lässt.« Der Verleger erhebt sich. »Bitte bis heute Abend.«

Chester holt tief Luft und organisiert im Geiste bereits seinen Tagesablauf um, in den Mr McNally mit seinem Anliegen soeben einen riesigen Krater gerissen hat.

»Ach ja, Chester. Das Ganze ist streng vertraulich. Kein Wort zu niemandem.«

Kapitel 28

Als sie bei der Ausfahrt 66 den Highway verlassen, wechselt der Straßenbelag. Statt mühelos über die relativ neue Asphaltdecke zu gleiten, spürt Jeff deutlich die Vibrationen des rauen Untergrunds, als er die Hände fester um das Steuer des neuen Mercedes schließt, den sie aus der Mietgarage nur wenige Meter von Judys Haus entfernt abgeholt haben. Während sie am Fuß der Rampe warten mussten, fiel sein Blick auf die Preisliste: $675 pro Monat und Wagen, plus 18,75% Steuern, das macht $800 pro Monat. Für einen Parkplatz.

»Du kannst doch fahren, oder?«, fragte Isabel.

»Ja.«

In diesem Moment fuhr der silberne Wagen vor. Ein drahtiger junger Mann stieg aus, noch bevor der Mercedes zum Stehen gekommen war, nahm Isabels Fünfer mit einem knappen Dankeschön entgegen und verschwand wieder in den Tiefen der Garage, um für einen Hungerlohn die 100000-Dollar-Limousine des nächsten Kunden vorzufahren.

»Du fährst«, sagte Isabel. »Ich brauche ein bisschen Schlaf.«

Jeff glitt auf den weichen Ledersitz, rückte den Rückspiegel gerade, richtete seine Sitzposition ein und inspizierte das Armaturenbrett. Dann startete er den Motor und fädelte sich vorsichtig in den dichten Verkehrsstrom ein. Etwa hundert Meter vor ihnen hatte sich ein verwahrlost aussehender Mann mit wild abstehendem Haar aufgebaut und versuchte, den Verkehr zu regeln. Natürlich hatte er keinerlei offizielle Funktion, sondern folgte lediglich dem Bedürfnis, für einen kurzen Moment die Geschicke eines winzigen Fleckchens Erde zu lenken, wichtig zu sein, für irgendetwas, selbst wenn es etwas noch so Unwichtiges war.

Verstohlen sah Jeff zu Isabel hinüber. Sie saß auf dem Beifahrersitz und starrte, scheinbar gedankenverloren, aus dem Fenster. Er fragte sich, wie ihr Plan aussehen mochte. Er wusste schon die ganze Zeit, dass sie ihm nicht die volle Wahrheit erzählt hatte.

Unvermittelt setzten sich die Fahrzeuge vor ihnen in Bewegung. Jeff gab Gas, überquerte zügig die Kreuzung und bog in eine verhältnismäßig ruhige Straße ein, dann befanden sie sich auf einer Zufahrtsstraße auf die 59th Street Bridge, eine enge, einspurige Rampe, die aus dem Fluss heraus auf die Brücke und geradewegs gen Himmel zu führen schien. Jeff war noch nie eine Straße entlanggefahren, die ihm solche Angst einjagte – und das an dem Tag, an dem er mehr Angst hatte als je zuvor in seinem Leben.

»Ich finde, wir sollten zur Polizei gehen«, sagte er aus einem Impuls heraus.

»Nein.«

»Aber wieso nicht?« Er hatte von vornherein gewusst, wie ihre Antwort lauten würde. Und eigentlich wollte er die Polizei auch gar nicht einschalten, sondern hatte das Gespräch lediglich um der Diskussion willen angefangen. »Ich habe Angst, Isabel.«

»Hm«, brummte sie vage und ließ das Fenster herunter. Warme Sommerluft wehte ins Wageninnere. »Kann ich mal dein Telefon haben?«

Jeff fuhr nicht allzu häufig Auto – er hatte noch nie selbst eines besessen –, daher fühlte er sich alles andere als wohl am Steuer der Nobelkarosse einer sehr berühmten Frau.

Also zog er wortlos sein Handy heraus und reichte es Isabel, ohne den Blick von der Fahrbahn zu nehmen. Deshalb sah er es auch nicht aus dem Fenster fliegen, sondern registrierte lediglich, dass Isabel den Arm ausstreckte.

»Hast du etwa gerade mein Handy aus dem Fenster geworfen?«

»Ja.«

»Wieso?«

»Weil man Handys problemlos orten kann. Auch wenn sie nicht angezapft werden.«

Sein Magen fühlte sich an, als stürze er ins Bodenlose, genauso wie sein Handy mit der SIM-Karte und all den unersetzlichen Daten, die er darauf abgespeichert hatte; im freien Fall auf dem Weg in die Tiefen des East River.

»Du hättest wenigstens den Akku vorher rausnehmen können«, maulte er.

»Tut mir leid.« Sie ließ das Fenster wieder hochfahren und wandte sich ihm zu. »Es war doch nur ein Telefon.«

Anderthalb Stunden später sieht Jeff erneut zu ihr hinüber. Sie ist eingeschlafen. Das blonde Haar fällt ihr über die rechte Gesichtshälfte, ihr Mund steht leicht offen, und ihre Brust hebt sich in tiefen, gleichmäßigen Atemzügen.

Behutsam berührt er ihren Oberarm. »Isabel«, sagt er leise. »Wir sind da.«

Sie regt sich nicht.

Er blickt wieder auf den Long Island Expressway und das Ausfahrtschild direkt vor ihnen. Der Verkehr hat nachgelassen, als das urbane Queens mit seinen Wohnblöcken, den Billigmotels, den zerfallenden Fassaden der öffentlichen Gemeindezentren und den heruntergekommenen Shoppingmalls in die Vorstadtidylle von Nassau

County überging, dann weiter durch Suffolk, die spärlich bevölkerten Pine Barrens und schließlich durch die Hamptons, bis das Hinweisschild, dass der Expressway in vier Meilen enden würde, in Sichtweite kam.

»Hey, Isabel«, sagt er eine Spur lauter. »Wir sind gerade an dem Schild vorbeigefahren.«

»Hm.« Sie schließt den Mund und rutscht ein Stück auf dem Sitz hoch, ohne jedoch die Augen zu öffnen.

Er legt ihr die Hand auf den Unterarm und spürt die weiche Wärme ihrer Haut durch den dünnen Stoff ihrer Bluse. »Wach auf, Isabel.« Er drückt behutsam zu.

Sie schlägt die Augen auf und blinzelt. »Was?«, fragt sie schlaftrunken.

»Wir sind vor einer Minute an dem Schild vorbeigefahren, dass der Expressway gleich endet.«

Sie reibt sich die Augen und leckt sich die Lippen. Am liebsten würde er den Anblick – die Frau, die er liebt, beim Aufwachen – für immer in seinem Gedächtnis abspeichern.

»Unten an der Abfahrt links«, sagt sie. »Dort ist eine Tankstelle, wo wir anhalten können.«

Jeff fährt zu der Tankstelle, bleibt jedoch ein paar Meter vor den Zapfsäulen stehen.

»Was ist los?«, fragt Isabel.

Er sieht sie an. »Was soll ich hier tun?«

»Jetzt? Tanken.«

Jeff wirft einen Blick auf die Tankanzeige. »Wir brauchen aber noch kein Benzin.«

Isabel löst ihren Sicherheitsgurt. »Doch, brauchen wir, nur eben nicht viel.« Sie drückt ihm die Kreditkarte in die Hand, die Judy ihr zuvor geliehen – genauer gesagt überlassen – hat. »Ich gehe kurz auf die Toilette.«

Jeff steht an der Zapfsäule und muss scharf nachdenken, wie sie funktioniert. Er nimmt den Hahn heraus, schiebt ihn in den Stutzen und legt den Hebel um, während er sein Gesicht in der Rückscheibe betrachtet. Seine Ledertasche liegt nach wie vor auf dem Rücksitz; Isabel hat ihre Handtasche mitgenommen.

Kapitel 29

Hayden steigt mit seiner kleinen Reisetasche aus dem Flugzeug und setzt sich die Sonnenbrille auf, um seine Augen gegen die gleißende Sommersonne zu schützen, die flirrend auf den hellgrauen Asphalt des weitläufigen Areals knallt.

Ein schwarzer Geländewagen fährt durch das Tor im Maschendrahtzaun, der den Flugplatz vom restlichen Gelände der Militärbasis trennt, und bleibt direkt vor ihm stehen. Das Fahrerfenster wird heruntergelassen, und ein junger Mann späht heraus. Es dauert einen Moment, bis Hayden ihn erkennt, da eine große Sonnenbrille seine Augen verdeckt. »Hallo, Tyler«, begrüßt Hayden ihn. Er kennt ihn erst seit wenigen Monaten und weiß, dass er nicht der Allerhellste, sondern eher ein Mann fürs Grobe, aber vermutlich genau der Richtige für diese Operation ist.

»Hallo, Mr Gray.«

Haydens Blick fällt auf einen zweiten jungen Mann auf dem Beifahrersitz.

»Wer sind Sie?«

»Mein Name ist Colby, Sir.«

»Ist das Ihr Vor- oder Ihr Nachname?«

»Colby Manfield, Sir.«

Eine brauchbare Mannschaft auf heimischem Boden zusammenzustellen war eine höchst heikle Aufgabe. Hayden musste eine ziemlich große Anzahl an Leuten für die sowohl elektronische als auch physische Überwachung mit Technikern und einer mobilen Einsatztruppe in New York City und Springern auf Stand-by finden, die die anderen Beteiligten – den Verleger, den Anwalt in D.C. und dieses arme Mädchen von heute Morgen –, die womöglich Ärger machen könnten, im Auge behielten, ganz zu schweigen von all den anderen Kandidaten in anderen Städten wie Los Angeles, wo diese lästige Nebenrechtstante gerade irgendwelchen Unsinn anstellt. Hayden brauchte eine ganze Menge Mitarbeiter für diese Operation in einem Hoheitsgebiet, das nicht sein eigenes ist; und noch dazu im Zuge einer Mission, die nicht ganz legal ist. Sogar ganz und gar nicht.

Am Ende entpuppte es sich als effektivste Lösung, private Unternehmen für alles anzuheuern, was in den Staaten anfiel. Nach dem 11. September hat sich die Personalsituation in diesem Bereich von Grund auf verändert – paramilitärische Organisationen schossen wie Pilze aus dem Boden, taten sich mit anderen zusammen, gingen pleite, nahmen ihre Arbeit unter einem neuen Namen und mit leicht modifizierten Aufgabengebieten wieder auf, sorgsam darauf bedacht, ihre Besitzverhältnisse und die genaue Natur ihrer Aktivitäten hübsch unter Verschluss zu halten. In den USA laufen massenhaft arbeitswillige Typen mit kurz geschorenen Haaren herum; Burschen, die sich mit ihrer Diskretion brüsten, mit ihrem hochheiligen Schwur für bedingungslose Verschwiegenheit und der unerschütterlichen Überzeugung, dass das Recht auf Sicherheit wichtiger ist als die Wahrung der Privatsphäre, zumindest die aller anderen. Und sollten sie nicht für diese Prinzipien empfänglich sein, dann zumindest für den wesentlich prosaischeren Reiz des Bargelds.

Es ist die boomende Ära der Söldner.

Und hier ist das Ergebnis – auf den Vordersitzen des schwarzen Transporters, in den Hayden nun steigt, während er sich flüchtig fragt, welche Erklärung er sich für diese beiden Typen wird einfallen lassen müssen, um sie zufriedenzustellen. Aber im Grunde braucht er sich die Mühe nicht zu machen; für sie spielt all das ohnehin keine Rolle. Diese Burschen tun einfach, was man ihnen sagt – so ticken sie, und dafür sind sie hier. Und danach wird Hayden sie aller Wahrscheinlichkeit nach liquidieren.

»Also, wie ist der Stand der Dinge?«, fragt er.

Der Fahrer gibt Gas, wohingegen sich der Beifahrer zu ihm umdreht. »Die Agentin und der Lektor haben sich von Judy Thompson einen Wagen geliehen.«

»Wer ist das?«

»Eine Fernsehberühmtheit und Buchautorin und keine Ahnung, was sonst noch alles. Sie sind zu ihr gefahren, in ihr Haus auf der East Side. Reed hat zugegeben, dass sie Angst hat und untertauchen will. Und sie hat auch erzählt, dass jemand ihre Assistentin ermordet hat. Sie hat diese Thompson gefragt, ob sie ihr ihr Strandhaus, ihren Wagen sowie Bargeld und eine Kreditkarte überlässt. Bisher haben sie die Kreditkarte lediglich auf dem Weg von New York nach Amagansett in den Hamptons an einer Tankstelle benutzt.«

Hayden sieht auf seine Uhr und rechnet im Geiste nach. Er befindet sich auf einer Militärbasis in New Jersey, mehrere Tausend Meilen von dem Ort entfernt, wo er heute Morgen aufgewacht ist. »Wie lange dauert die Fahrt dorthin?«

»Dreieinhalb, vielleicht auch vier Stunden. Zu lange, um mit dem Wagen zu fahren.« Er deutet auf den Helikopter vor ihnen. »In Westhampton gibt es einen Landeplatz. Von dort aus ist es nicht mehr weit.«

»Gut. Was gibt es sonst noch?«

»Diese Rechtetante, die auf dem Weg nach Los Angeles ist …«

»Haben wir ein Team postiert?«

»Ja. Es erwartet sie in der Nähe des Mietwagenverleihs.«

»Und darf ich fragen, wie es dann weitergeht?«

»Der Plan ist, den Wagen auf dem Weg zum Freeway in die Zange zu nehmen. Zwei Autos, aus verschiedenen Richtungen.«

Hayden sieht das Szenario vor sich: quietschende Reifen, Männer mit Skimasken springen heraus, das dumpfe Knallen ihrer 9-Millimeter-Waffen, Blut, das über Sitz, Armaturenbrett und die Fensterscheiben spritzt.

Er hasst so etwas. Ein einsames Mädchen versehentlich in seiner New Yorker Wohnung zu erschießen ist das eine; absichtlich eine Schießerei in Los Angeles anzuzetteln eine völlig andere. Auf heimischen Boden das Feuer auf eine Zivilistin zu eröffnen, unschuldige Menschen abzufangen und ungerechtfertigterweise zu bestrafen, bloß weil sie ihm zufällig in die Quere gekommen sind – die reinste Katastrophe.

»Haben Sie das Zielobjekt?«, fragt er den Typ auf dem Beifahrersitz.

»Ja, Sir.« Der Typ beugt sich vor, zieht einen Leinenbeutel unter dem Sitz hervor und reicht ihn Hayden.

Hayden nimmt das Manuskript heraus. *Der Unfall.* Er weiß auf Anhieb, was damit gemeint ist. Sein Magen zieht sich zusammen. Damit ist jede Hoffnung, dass es vielleicht doch nicht so schlimm ist, endgültig gestorben.

Sein Telefon läutet. Eine Nummer mit einer 202-Vorwahl. Washington. »Hallo?«

»Guten Tag. Hier spricht Trey Freeley.«

»Oh, hallo. Was kann ich für Sie tun?«

»Erinnern Sie sich noch, worüber wir gesprochen haben? Das Manuskript?«

»Natürlich.«

»Es ist genau bei der Person gelandet, wie ich es vermutet hatte.«

Ach was. »Ja. Haben Sie weitere Informationen?«

»Ein Teil, vermutlich aber nur ein kleiner, des Manuskripts liegt beim Boss des Lektors. Wissen Sie, wen ich meine?«

»Ja.«

»Er hat Angst.«

»Das kann ich mir vorstellen.«

»Zufällig treffe ich mich heute Abend auf einen Drink mit ihm. Im Maritime in New York. Kennen Sie den Klub?«

Haydens Vater war früher Mitglied des Klubs, daher hatten sie dort übernachtet, als sie anlässlich von Haydens sechzehntem Geburtstag nach New York gekommen waren. Eine andere Ära in einem vergangenen Jahrhundert. »Nein.«

»Wir treffen uns um sieben Uhr.«

Hayden legt auf. Dann steigen die drei in den Helikopter. Kaum ist Hayden angeschnallt, beginnt er zu lesen.

Hayden hat Buford Freeley III. im Dezember kennengelernt, gleich zu Beginn der Operation.

»Sie können mich Trey nennen«, sagte der Anwalt mit seinem aggressiven Südstaatenakzent, streckte ihm seine Pranke hin und schüttelte sie kräftig. Zu kräftig. Der Mann musste offensichtlich etwas beweisen. »Das tun alle. Wir versuchen schon in der dritten Generation, den Namen loszuwerden, aber er lässt sich einfach nicht abschütteln.« Er deutete auf den Stuhl. »Bitte.«

Hayden nahm Platz und sah aus dem Fenster auf die Washingtoner Skyline mit dem Monument zu Ehren des Namenspatrons der Stadt, das hoch in den Himmel ragte und ihn förmlich zu teilen schien. Hayden hatte einen ausgiebigen Spaziergang gemacht – Penn Quarter, die Mall und der Capitol Hill. Es war lange her, seit er das letzte Mal durch die Hauptstadt spaziert war. Für sein Empfinden war Washington die mit Abstand europäischste Stadt der USA. Mit ihren sternförmig angelegten Straßen, den vielen Kreisverkehren, den Parks und Plätzen und den im Vergleich zu der gewaltigen Höhe des Monuments verhältnismäßig niedrigen Gebäuden verströmte es das Flair einer Großstadt, wie man sie eher in Europa vermuten würde; außerdem gab es hier so wenige Wolkenkratzer wie in keiner anderen amerikanischen Metropole.

Als Nächstes betrachtet er Freeleys Ego-Wand – gerahmte Fotos von ihm, wie er irgendwelchen Würdenträgern die Hand schüttelte, darunter auch der eine oder andere amerikanische Präsident, daneben hingen das Jura-Diplom von der Duke und der Princeton-Abschluss.

»Weiter nördlich würde sich ein Gentleman aus den Südstaaten, der etwas auf sich hält, niemals am College einschreiben, oder was meinen Sie?«

»Dazu kann ich wenig sagen, Mr Freeley. Ich bin kein Südstaatler.«

»Nein, das sind Sie wohl nicht.«

»Und auch nur ansatzweise ein Gentleman.«

Freeley beugte sich über seinen riesigen, übervollen Schreibtisch und musterte Hayden mit zusammengekniffenen Augen. »Also, was kann ich für Sie tun?«

»Es heißt, Sie seien ein Mann, dem man vertrauen kann.«

Freeley lachte, ein unbeschwertes, aufrichtiges Südstaatenlachen. »Genau wie jedem anderen Anwalt in D.C., denken Sie nicht auch, Mr … wie war noch mal ihr Name? Mr *Lyons*?«

»Genau.«

»Hm.« Freeley spähte über den Rand seiner Brille hinweg. »Und Sie sagten, es gehe um ein Buchprojekt, Mr Lyons?«

»Genau.«

»Möchten Sie auch jetzt, da Sie hier in meinem Büro sind, weiterhin bei diesem Namen bleiben? Oder wollen Sie mir vielleicht verraten, wer Sie wirklich sind?«

Hayden hatte mit der Frage gerechnet, verspürte aber keinerlei Veranlassung, es den Anwalt wissen zu lassen. Genau das unterscheidet den Profi vom Amateur – ein Profi muss nicht beweisen, dass er ein schlauer Kopf ist.

»Was dachten Sie denn?« Freeley schüttelte den Kopf. »Ich berechne achthundert Dollar pro Stunde. Bei Buchverträgen behalte ich fünfzehn Prozent von der Vertragssumme ein, die sich bei meinen Mandaten in aller Regel im siebenstelligen Bereich befindet. Die Vertragsverhandlungen kosten mich ein oder zwei Tage, zumindest wenn ich einen schlechten Tag habe.«

Hayden nickte.

»Damit will ich sagen, Mr Lyons, dass ich eine Menge Geld verdiene. Und wissen Sie auch, wie ich dieses Geld genau verdiene?« Er sah Hayden zwar an, wartete jedoch nicht auf seine Erwiderung. »Ich verdiene eine Menge Geld, weil ich meine Zeit nicht mit Terminen verplempere, bei denen ich am Ende *kein* Geld verdiene. Womit ich sagen will, Mr Lyons, dass ich Personal habe, dessen Job darin besteht, im Vorfeld Erkundigungen über Leute einzuziehen, die mich gern in meinem Büro aufsuchen wollen, und die herausfinden sollen, mit wem ich es zu tun habe.«

Hayden nahm sein aufgeblasenes Getue mit einem Anflug von Belustigung zur Kenntnis. »Also, wer bin ich?«

»Sie sind niemand. Sie existieren nicht. Es gibt niemand Bedeutendes namens Joseph Lyons in Washington und auch nirgendwo im restlichen Land.«

»Hat man Ihnen denn nicht gesagt, dass ich mich melden würde?«

Freeley schnaubte. »Natürlich. Irgendjemand sagt mir ständig, dass sich irgendjemand bei mir melden wird. Irgendein Senator, ein Kongressabgeordneter oder ein Lobbyist.«

Hayden gestattete sich ein breites Lächeln. »Aber dieser Anruf kam vom Direktor der CIA.«

»Ach so, und er ist der einzige Mensch in Washington, der nicht lügt, ja?«

Hayden konnte sich ein Lachen nicht verkneifen. Freeley war genau der Mann, den er sich für eine Zusammenarbeit gewünscht hatte. Aber Männer wie er arbeiteten nicht für lausige hundert Mäuse pro Stunde und setzten sich der Gefahr aus, notfalls irgendwo eine Kugel in den Kopf zu bekommen.

Trey Freeley hatte sich in Washington als Anwalt niedergelassen und sich ein zweites Standbein als – für seine aggressiven Verhandlungsstrategien berüchtigter – Literaturagent geschaffen. Dann hatte er die Kanzlei in eine Sozietät umgewandelt, in der er seine eigene Nische besaß und so ziemlich jeden vertrat, der im Regierungsviertel etwas zu sagen hatte und einen lukrativen Buchvertrag unter Dach und Fach bringen wollte.

»Ich könnte Ihnen noch eine Reihe weiterer komplexer und schwer zu verifizierender Lügen auftischen, aber das bringt nichts. Belassen wir es also um der Kosten willen lieber dabei, dass ich ein potenzieller Mandant bin, bei dem sich der ganze Aufwand nicht lohnen würde.« Hayden zog einen Umschlag aus der Tasche, den er Freeley reichte.

»Und ich gehe auch davon aus, dass wir uns nicht wiedersehen werden.«

Der Anwalt öffnete den Umschlag und zog einen Scheck heraus.

»Auch ich mache meine Hausaufgaben, Mr Freeley. Und im Übrigen beträgt Ihr Stundenhonorar siebenhundert und nicht achthundert Dollar.«

»Touché.« Freeley legte den Scheck vor sich auf den Tisch. »Aber hier geht es in Wahrheit nicht um einen Buchdeal, stimmt's?«

Hayden zuckte die Achseln. »Spielt das eine Rolle? Ich bin hier, weil es heißt, Sie verstünden mehr vom Buchgeschäft als jeder andere in D.C. und wären bestens über den New Yorker Klatsch informiert, ohne jedoch Teil davon zu sein.«

Freeley konnte diese Einschätzung nicht abstreiten. »Ich bin hier, weil ich gern möchte, dass Sie mir alles erklären.«

»Was erklären?«

»Die Buchbranche.«

»Was genau meinen Sie?«

»Alles.« Wieder lächelte Hayden breit. »Besser gesagt alles, was wir in«, er sah auf seine Uhr, »fünfundvierzig Minuten abhandeln können.«

Freeley lehnte sich zufrieden zurück. »Das sollte machbar sein«, erklärte er. »Dieses Geschäft ist nicht sonderlich kompliziert.«

Kapitel 30

Ein Flug quer über den Kontinent bietet mehr als genug Zeit zum Lesen, vor allem bei Gegenwind und wenn er in Richtung Westen geht. Gleichzeitig ist es ein sehr langes Manuskript, deshalb fehlen Camilla immer noch hundert Seiten, als die Maschine trotz unerklärlicher Verspätung und heftigem Passatwind endlich landet, die Anschnallzeichen erlöschen und die anderen Passagiere von ihren Plätzen aufstehen.

Camilla verstaut das Manuskript in ihrer Tasche, während sie im Geiste bereits die Darsteller für die Verfilmung besetzt. Sie würde lieber auf jüngere Schauspieler zurückgreifen, damit sie die Charaktere bereits vom Collegealter an spielen können, eine Zeitspanne, die einen unverhältnismäßig großen Teil der filmischen Adaption einnehmen wird, schließlich ist die visuelle Dramatik der Story gerade am Anfang besonders eindrucksvoll. Vermutlich ist es einfacher, jüngere Schauspieler im Lauf des Films altern zu lassen als umgekehrt.

Der Film wird der Hammer.

Eigentlich sollte sie ein schickes Cabrio mieten und die ganze Woche mit der Sonnenbrille auf der Nase kreuz und quer durch L.A. fahren, ihr rotes Haar im Fahrtwind wehen lassen und versuchen, möglichst viel Aufmerksamkeit auf sich zu ziehen, so wie alle anderen hier. Endlich hat sie etwas in der Hand, was ihr die entsprechende Beachtung einbringt.

Zum Teufel mit den Spesen. Dies ist vermutlich ihre letzte Dienstreise für McNally & Sons, daher wird sie folglich gar nicht mehr in die Verlegenheit kommen, die hohen Ausgaben rechtfertigen zu müssen. Weil sie nämlich längst weg sein wird, wenn die Kreditkartenrechnung im Verlag eingeht.

Als sie am Straßenrand steht und auf den Shuttle wartet, der sie zum Mietwagenverleih bringen soll, ruft sie dort an und bittet um ein Upgrade. Der unerträglich schwachsinnige Mitarbeiter bietet ihr eine Auswahl an SUVs an, aber das ist nicht das Richtige, absolut nicht. »Na gut«, sagt sie, »dann nehme ich einen Mittelklassewagen.«

»Kein Problem.« Der Schwachkopf entschuldigt sich noch nicht einmal dafür, dass er ihre Wünsche nicht erfüllen kann. Vielleicht ist Kalifornien ja doch nicht das Paradies, wie sie es sich vorgestellt hat. »Obwohl ... wenn ich es mir so überlege ... nein danke, lassen Sie's.« Sie legt auf, ruft eine andere Firma an, wo tatsächlich mehr als genug Cabrios zur Verfügung stehen. Wenn es einen Ort auf der Welt gibt, wo es die Dinger im Überfluss gibt, dann ist es wohl L. A.

Der Shuttlebus setzt sie an einem Parkplatz ab, der einen knappen halben Kilometer von dem Parkplatz entfernt liegt, wo man sie erwartet.

Ihr bleibt nicht mehr genug Zeit, um wie geplant vor ihrem Termin im Hotel einzuchecken, deshalb beschließt sie, sich auf der Toilette der Mietwagenfirma umzuziehen und ein wenig frisch zu machen. Im unbarmherzigen Schein der Neonbeleuchtung bekommt sie eine Ahnung, wie ihr Gesicht in zehn oder zwanzig Jahren aussehen wird – schlaffe Haut an den Augenwinkeln, was ihr vage Ähnlichkeit mit einem Spaniel verleiht, hängende Wangen und der Anflug eines Truthahnhalses. Sie wird exakt so aussehen wie ihre Mum. Dabei war es stets ein Ziel – nein, *das* Ziel schlechthin –, niemals wie ihre Mutter auszusehen, aber gegen die Gene ist man nun einmal machtlos.

Sie verfrachtet ihr Gepäck in den Kofferraum, setzt sich hinters Steuer und richtet sich ein. Dann schaltet sie den Motor an und wirft einen Blick auf die Uhr auf dem Armaturenbrett. Das wird knapp.

Camilla fährt vom Parkplatz, an einem Wachhäuschen vorbei und rast durch den spätnachmittäglichen Sonnenschein, an einem herrlichen Tag, der siebenundzwanzig Stunden für sie haben wird. Ihr Haar flattert im warmen Wind, in ihrer Tasche befindet sich ein unermesslich wertvoller Schatz, und gleich sitzt sie einem wohlgesinnten Filmproduzenten gegenüber, dem sie das Projekt schmackhaft machen wird.

Hier zu sein ist einzigartig – ringsum Palmen, Berge, Canyons und Strände, an jeder Ecke gibt es Parkservice, und die Gebäude sind angenehm klimatisiert. Früher war Camilla ein Luxusgeschöpf – damals, bevor sie sich für den entgegengesetzten Weg entschieden hat. Aber heute, mit zwanzig Jahren Abstand, hat es durchaus seinen Reiz. Hier, in L. A., könnte sie durchaus ein Luxusgeschöpf sein, in einer Stadt, in der Leute Luxus auf demokratische Art erwirtschaften, wohingegen er einem in England durch die Herkunft zuteilwerden muss, um sich ungeniert mit ihm schmücken zu dürfen.

Camilla drückt das Gaspedal durch und spürt, wie das Automatikgetriebe einen Gang höher schaltet, während die Tachonadel auf knapp einhundertfünfzig Stundenkilometern pendelt, als sie die Zufahrt zum Highway hinaufjagt.

Sie ist so gedankenversunken, dass sie die burgunderrote Limousine, die ihr gefolgt ist, nicht bemerkt.

Mit entschlossenen Schritten, als gäbe es niemand Wichtigeren auf der Welt, durchquert Camilla das großzügige Vorzimmer, während sie ein, wie sie hofft, hinreißendes, aufrichtiges Lächeln auf ihre Züge zaubert.

»Hallo, Jessica«, begrüßt sie die Sekretärin. »Camilla Glyndon-Browning.«

Wenn Camilla eines über Los Angeles gelernt hat, dann, dass man sich tunlichst die Namen der Assistentinnen merken sollte. Mehr braucht man nicht.

»Hallo, Miss Glyndon-Browning. Er hat gleich Zeit für Sie. Bitte nehmen Sie doch noch einen Moment Platz.«

»Danke, Jessica.« Noch ein strahlendes Lächeln. Den Namen merken und nett lächeln. Eigentlich ist es ein Kinderspiel. Sie zieht das Manuskript aus der Tasche.

»Ich hätte noch eine Bitte, Jessica. Könnten Sie das hier kopieren lassen?« Sie legt das Manuskript auf den Tisch. »Es ist für Stan.«

Jessica bedenkt den Papierstapel mit einem leicht verächtlichen Blick, dann sieht sie Camilla an. »Selbstverständlich.« Sie drückt einen Knopf auf ihrem Telefon. »Ich brauche eine Kopie, George«, sagt sie in ihr Headset. »Für Miss Glyndon-Browning. Zehn Minuten.«

»Tausend Dank.«

Camilla lässt sich auf das üppig gepolsterte Sofa sinken und sieht sich um. Ringsum hängen die Promo-Plakate irgendwelcher Blockbuster. Und auf allen steht Stans Name.

Die Tür zum Allerheiligsten, wo offensichtlich gerade ein Meeting stattfindet, steht offen. Gesprächsfetzen dringen heraus. »Aber wir können keinen Schauspieler der SAG hinters Steuer setzen, solange sich andere Schauspieler im Bus befinden und er tatsächlich fährt«, sagt eine Frauenstimme. »Wir brauchen jemanden, der der Transportgewerkschaft angehört. Das ist an sich kein großes Problem, aber aus Sicherheitsgründen geht es nicht anders, weil die Schauspielergewerkschaft es verbietet, solange sich technisches Equipment und Scheinwerfer in einem fahrenden Fahrzeug befinden.«

Camilla setzt sich gerade hin, schlägt die Biene übereinander und legt artig die Hände in den Schoß. Dann lässt sie sich ein paar Zentimeter nach hinten sinken, um den Eindruck zu erwecken, als wäre sie völlig entspannt. Als sie den Kopf hebt, sieht sie, dass die Assistentin sie mit einer Mischung aus Kühle und Argwohn mustert. Unvermittelt überfällt sie ein Anflug von Verlegenheit, während ihr bewusst wird, wie sie auf andere wirken muss; wer sie in Wirklichkeit ist. Die Flucht aus England vermochte die komplexe Struktur ihrer Unsicherheiten, die bei jemandem wie ihr, einer Tochter mit einem solchen Vater, nicht vollständig zu tilgen, sondern hat sie lediglich hinter eine sorgsam gepflegte Fassade verschoben. Doch wann immer sie einen zu kurzen Rock anzieht und das Arbeiterklasse-Mädchen aus Nordengland in ihr zum Vorschein kommt, erkennt sie ihre Herkunft klar und deutlich. Trotzdem kann sie einfach nicht anders.

Einen Moment lang schwelgt sie in der Vorstellung, wie sie mit Stan einen Vertrag aushandelt, bei dem eine Million als Bonus für sie herausspringt. Sie ist so in ihre Gedanken vertieft, dass sie das Ende des Meetings nicht mitbekommt. »Camilla, Babe.« Stan baut sich vor ihr auf und breitet seine fleischigen Arme aus. Goldene Manschettenknöpfe zieren sein gestreiftes Angeberhemd. Eine Handvoll mit Unterlagen, Akten und Handys bewaffneter Mitarbeiter kommt aus seinem Büro.

»Stan.« Lächelnd steht Camilla auf. Seit ihrer letzten Begegnung vor einem halben Jahr hat er ein paar Kilo abgenommen, trotzdem sieht er immer noch wie ein Bär aus. Er ist etwa eins siebenundachtzig groß, wiegt vermutlich um die hundertdreißig Kilo, und alles an ihm ist im XXL-Format, Hände, Finger, Unterarme, absolut alles. Es ist wie eine eigene Spezies, der *Homo producerus giganticus*. Vor allem sein gigantischer Kopf hat etwas Beängstigendes – nicht nur der Umfangs seines Schädels, sondern der Gigantismus in sämtlichen Aspekten: elefantöse Ohren, Knollennase, fleischig-wulstige Lippen und eine Stirn gewaltigen Ausmaßes. Ein Anblick, der einem Angst macht.

Stan Balzer ist ein Mann, der ohne jede Scham sehr viel Raum auf der Welt einnimmt – ein überdimensionierter Mann mit überdimensionierten Autos, überdimensionierten Häusern, einer überdimensionierten Präsenz, überdimensionierten Bankkonten, auf denen er hundert- oder gar tausendmal mehr Vermögen angehäuft hat als jeder normale Durchschnittsmensch auf diesem Planeten. Und so konsumiert er auch im Übermaß. Er braucht mehr von allem – Essen, Alkohol, Geld, Frauen –, als ihm eigentlich zusteht. Und er brüstet sich auch noch damit. Für Camilla und vermutlich viele andere auch verströmt er eine außergewöhnliche Mischung aus Reiz und Abscheulichkeit. Er ist Amerika.

»Es ist wie immer eine Freude, dich zu sehen«, verkündet er. »Du siehst … wunderbar aus.« Mit genüsslicher Langsamkeit betrachtet er sie von oben bis unten. Stan ist kein Mann, der für sein dezentes Verhalten bekannt ist.

Camilla glaubt zu sehen, wie Jessica die Augen verdreht; eigentlich kann sie es dem Mädchen nicht verdenken. Ihr Boss ist ein Lustmolch, das weiß jeder. Außerdem kann Camilla nicht abstreiten, dass sie – ohne allzu sehr ins

Detail gehen zu wollen – in ihrem skandalös knappen Rock, der halb durchsichtigen, tief ausgeschnittenen Bluse, den ausladenden Ohrringen und der eng anliegenden Halskette wie eine Schlampe aussieht. Daran gibt es nichts zu beschönigen. Und wie immer trägt sie ihre Brille mit dem Kunststoffgestell; ein gewisser Lehrerinnen-Touch, der ihr in Verbindung mit ihrem britischen Akzent etwas reizvoll Geheimnisvolles verleiht – hier, inmitten von Silikonbrüsten und Botoxgesichtern, ist das ihre einzige Waffe: eine Aura geheimnisvoller Attraktivität plus die Verheißung eines vergleichsweise billigen Dates in einer Stadt, in der man sonst ein Vermögen dafür hinblättert.

»Keine Anrufe, Jessica«, befiehlt Stan. »Ich bin außer Haus. Und rufen Sie Tim an und sagen ihm, er soll in anderthalb Stunden abfahrbereit sein.«

Camilla steht mit dem Rücken zur Tür mitten in Stans Büro und blickt auf seinen Schreibtisch. Sie weiß, was er vorhat, aber das will sie nicht. Noch nicht.

»Babe«, ertönt seine Stimme hinter ihr. »Wieso setzt du dich nicht zu mir?« Sie hört ihn mit der flachen Hand einladend auf die lederne Sitzfläche seines schwarzen Art-déco-Sofas klopfen und fragt sich, ob er sich bewusst gegen einen Stoffbezug entschieden hat, weil sich die Körperflüssigkeiten leichter entfernen lassen.

Sie späht über ihre Schulter. Stan fläzt, das Gesicht zum blasiertesten Lächeln seines gesamten Repertoires verzogen, mit gereckter Brust selbstsicher auf dem Sofa. Sie wendet sich ab.

»Gleich, Stan«, sagt sie. »Aber zuerst könntest du dich vielleicht hier zu mir herübersetzen?«

»Gibt es etwas Geschäftliches zu besprechen?«

»Ja.«

»Hm.« Grollend tritt er hinter seinen Schreibtisch, lässt sich in den ausladenden Stuhl fallen und schlägt die Beine übereinander. »Neunzig Sekunden.«

»Dreißig genügen mir.« Okay, diesen Satz hat sie auf der Fahrt hierher im Wagen geprobt.

Mit einem glucksenden Lachen blickt Stan zum Fenster hinüber, dessen Jalousien wohlweislich geschlossen sind. »Also.«

»Einer der mächtigsten Männer der Welt hat während des Studiums ein Mädchen getötet.« Camilla spricht die Worte mit unbewegter Miene und betont langsam aus. »Sein Vater und sein bester Freund haben ihm geholfen, den Vorfall zu vertuschen. Später haben sie zuerst eine internationales Netzwerk aus Nachrichtenwebseiten ins Leben gerufen, dann das Unternehmen zu einem Imperium aus Nachrichtensendern und Tagezeitungen – genauer gesagt zum größten Medienunternehmen der Welt – ausgebaut. Und all das mit der unrechtmäßigen, heimlichen Hilfe der Central Intelligence Agency.«

Stan wendet sich Camilla zu und mustert sie mit hochgezogenen Brauen. »Du hast eine unautorisierte Biografie? Von Charlie Wolfe?«

»So etwas in der Art.«

»Und sie ist wirklich wahr?«

»Ja.«

»Und brandaktuell? Habt ihr sie schon gekauft?«

»Gewissermaßen.«

»Heißt?«

»Dass wir dazu kommen, sobald wir uns einig geworden sind. *Falls* wir uns einig werden.«

Stan nickt. »Und was sagt mein alter Freund Brad dazu? Ist er dabei?«

Sie hält inne. »Er ist nicht involviert.«

Der Ausdruck auf Stans Gesicht lässt sich mit einem Wort auf den Punkt bringen: Schwachsinn. »Aber wie …«

»Alles bestens.«

»Gut.« Er zuckt die Achseln. »Ich werde es definitiv lesen. Hast du Jessica eine Kopie dagelassen?«

»Ja, habe ich.« Camilla erhebt sich mit einem gezierten Lächeln. »Aber eines musst du mir versprechen, Stan.«

»Ja?«

»Ich tauche im Abspann als ausführende Produzentin auf.«

Er hebt seine breiten buschigen Brauen.

»Flachlegen kannst du mich, Stan, aber über den Tisch ziehen lasse ich mich nicht.«

Der Unfall - 150 -

»Da war noch ein zweites Mädchen.«

Preston Wolfe musterte diesen Knilch, den Freund seines Sohnes, mit zusammengekniffenen Augen. »Was meinst du damit?«

Die drei saßen bereits eine geschlagene Stunde in der Suite und gingen minutiös den Ablauf des Unfalls und die nachfolgenden Geschehnisse durch – Preston trank Kaffee aus der winzigen hoteleigenen Thermoskanne, die Jungs hatten aus dem Automaten im Stockwerk unter ihnen zwei Dosen Cola geholt. Vorher hatten sie geduscht, um sich von sämtlichen Spuren des Unfalls und des toten Mädchens reinzuwaschen.

Das Wort »Polizei« war kein einziges Mal gefallen.

»Dieses Mädchen, Lauren, war mit einem zweiten Mädchen im Klub.«

»Und hat euch diese Freundin gesehen?«

Dave nickte.

»Habt ihr mit ihr geredet?«

»Nein.«

»Würde sie euch wiedererkennen? Könnte sie euch identifizieren?« Preston Wolfe sah zwischen den Jungen hin und her. »Einen von euch beiden.«

Dave zuckte die Achseln, während Mr Wolfe sich an seinen Sohn wandte. »Charlie?«

»Ich weiß es nicht, Daddy. Ich konnte praktisch nichts mehr sehen.«

Mr Wolfe wandte sich ab, von den Jungen, diesem ganzen Desaster, und setzte sich auf das Sofa. Eine Minute lang sagte

keiner etwas, während Preston den Blick über das verschlafene, kaum beleuchtete Ithaca schweifen ließ.

»Okay«, ergriff er schließlich das Wort. »Charlie, du und ich müssen die Stadt verlassen.« Er sah auf seine Uhr. »Um sieben Uhr. Lange bevor irgendjemand im Wohnheim des Mädchens merkt, dass es fehlt, und bevor jemand Ermittlungen aufnehmen könnte, aber spät genug, um beim Hotelpersonal keinen Verdacht zu erregen.«

Charlie beugte sich vor, stützte die Ellbogen auf die Knie und nickte.

»Ich kümmere mich darum, dass der Jaguar in New York gesäubert wird. Du steigst wie geplant ins Flugzeug und triffst dich in Cap Ferrat mit deiner Mutter. Natürlich wirst du den Vorfall mit keiner Silbe erwähnen. Weder ihr noch sonst jemandem gegenüber.«

»Was ist mit dem Termin?« Ein Besuch beim Leiter der Universität ist der Anlass für Prestons Anwesenheit.

»Ich bin kurzfristig erkrankt und muss den Termin leider absagen. Dafür fällt mein Scheck ein bisschen dicker aus.« Er zuckte die Achseln und sah erneut den Freund seines Sohnes an. »Dave, du fährst ins Verbindungswohnheim und packst deine Sachen. Kommst du irgendwie nach Hause?«

Dave nickte. Am Ende des Semesters fuhren massenhaft Studenten nach New York zurück.

»Solange niemand davon erfährt, ist alles bestens.« Mr Wolfe nickte, als müsse er sich seiner Hoffnung rückversichern.

»Dad?«

Der Unfall – 152 –

Preston Wolfe sah seinen Sohn an.

»Wir sollten Dave etwas geben.«

Wieder verengten sich Prestons Augen zu Schlitzen.

»Vielleicht jährlich …« Charlie hielt inne. »Eine …«

»Eine Pauschale.«

Dave starrte die beiden entsetzt an. »Aber ich will doch kein Geld!«

»Zwanzigtausend im Jahr«, erklärte Mr Wolfe ungerührt. »Klingt das angemessen für dich?«

Dave schüttelte den Kopf. »Nein, das ist nicht richtig.«

Preston Wolfe trug immer noch seinen seidenen Morgenmantel und hatte eine Hand in der Tasche. Fehlte nur noch die Pfeife in der anderen.

»Machen wir lieber vierzig. Sagen wir, die nächsten zwanzig Jahre, nein, fünfundzwanzig, das macht dann eine glatte Million.«

»Was? Aber ich verstehe nicht.«

»Weil du dadurch ein Teil von dem Ganzen wirst.« Charlie hatte den Zusammenhang intuitiv begriffen. Damals war Dave noch der naivere der beiden.

»Weil«, fuhr Charlie fort, »das Geld der Beweis dafür ist, dass du etwas Unrechtmäßiges getan hast.« Charlie zeigte mit dem Finger auf seinen Freund. »Nur für den Fall, dass du je auf die Idee kommst, deine Erinnerung zu verändern. Darüber, was du heute Nacht gesehen und erlebt hast.«

Kapitel 31

Er putzt sich die Zähne, wäscht sich das Gesicht und kehrt in sein Büro zurück, wo er den Computer hochfährt und das Aufzeichnungsmaterial der Überwachungskamera in Isabel Reeds Wohnung aufruft. Das Schlafzimmer ist dunkel und leer, ebenso wie das Wohnzimmer, die Küche und die Diele.

Er öffnet den Ordner, in dem die Aufnahmen der Kamera mit Bewegungsmelder abgespeichert sind. Seit er das letzte Mal nachgesehen hat, wurden zehn Minuten am Stück aufgezeichnet. Die Uhr zeigt 03:08 Uhr New Yorker Ortszeit an.

Wie üblich springt als Erstes die Kamera in der Diele an, als die Eingangstür geöffnet wird. Diesmal ist es ein anderer Mann als sonst. Er ist groß, blond und durchtrainiert, trägt Latexhandschuhe und bewegt sich rasch, ohne auf Geräusche zu achten oder um Ecken zu spähen. Er weiß, wie die anderen vor ihm, dass niemand zu Hause ist. Er und seine Kollegen überwachen Isabel rund um die Uhr und wissen zu jedem Zeitpunkt, wo sie sich gerade aufhält. Aber auch er ahnt genauso wenig wie seine Kollegen, dass er dabei beobachtet wird.

Die Kameras gehören dem Autor. Er hat sie unter anderem installieren lassen, um die Agentin zu überwachen, aber auch, um über die Aktivitäten der Typen auf dem Laufenden zu sein. Er will genau wissen, wann sie kommen und gehen, was sie treiben und ob sie sich ein Manuskript unter den Nagel reißen oder, was noch viel schlimmer wäre, die Frau schnappen und verschwinden. Einer nach dem anderen ist über Monate hinweg alle paar Tage in das Apartment eingedrungen, hat ihre Projekte überprüft. Und sie selbst.

Der heutige Typ verschwindet aus dem Blickfeld der Kamera und erscheint kurz danach im Schlafzimmer, wo er die Frisierkommode, die Beistelltische und die Regale an der Wand absucht, systematisch die Manuskripte mit den Autorennamen an der Seite durcharbeitet. Nach ein paar Minuten zieht er einen Stapel Papier heraus und überfliegt das Deckblatt und die erste Seite, legt das Manuskript jedoch wieder auf seinen Platz zurück und setzt seine Suche fort.

Dann durchsucht er das restliche Apartment, Schubladen, Oberflächen, jeden Quadratzentimeter, wo das Manuskript zufällig herumliegen oder bewusst versteckt worden sein könnte. Vergeblich. Isabels Apartment ist von geradezu klinischer Ordnung, nirgendwo liegt irgendetwas herum. Ihr Ordnungsfimmel macht es den Typen leicht.

Der Mann geht. Sekunden später erlöschen die Kameras.

Es war ein Kinderspiel, die Kameras in Isabel Reeds Wohnung zu installieren – ein Dreimannteam ist bei ihr eingebrochen, während sie sich gerade bei einer viertägigen Autorenkonferenz an der Westküste aufhielt. Die ganze Aktion war noch nicht einmal ansatzweise so kostspielig wie angenommen.

Im Lauf seiner Karriere hat er Millionen Dollar gescheffelt, ohne jemals wirklich die Zeit zu finden, das Geld auszugeben. Anfangs arbeitete er im TV-Geschäft für einen solchen Hungerlohn, dass er seine Miete lediglich mithilfe von Wolfes Geld bezahlen konnte. Damals, als er noch nichts besaß, erschien es ihm wie ein riesiges Vermögen. Und die Schecks kamen auch dann, als die vereinbarte

Zeitspanne längst abgelaufen war, als eine Art – ja, was? – moralisches Prinzip, wie Charlie es vermutlich ohne jede Ironie ausdrücken würde.

Die Gründungsjahre Ende der Neunziger gestalteten sich auf eine andere Art und Weise karg – damals zeichnete sich zumindest das Versprechen auf das große Geld am Horizont ab, gemeinsam mit der Befriedigung, etwas geschaffen zu haben. Und als es zu laufen begann, ging alles rasend schnell: eine halbe Million im ersten Jahr, eine ganze im zweiten, als die internationalen Seiten explodierten und das Venture-Capital-Geld nur so hereinströmte. Nach dem Börsengang sahnte er, zumindest auf dem Papier, über zehn Millionen Dollar ab und strich ein Jahresgehalt im großzügigen siebenstelligen Bereich ein, plus Boni, versteht sich.

Und wie so viele Menschen verdiente auch er immer mehr Geld, hatte gleichzeitig aber immer weniger Zeit, es auszugeben. Okay, er gönnte sich ein kleines Flugzeug, einen schönen Neuwagen und ein paar Häuser, aber als er letzten Herbst die Verträge unterzeichnete, mit denen er sich aus dem Konstrukt von Wolfe Worldwide Media befreite, hatte er ein achtstelliges Vermögen beiseitegeschafft, von dem ein Teil ziemlich gut versteckt war.

Und jetzt musste er etwas davon ausgeben. Für die Überwachungskameras im Apartment der Literaturagentin – von einer Überwachung ihres Büros hatte er abgesehen, weil es zu riskant gewesen wäre und nicht viel gebracht hätte. Er wusste, wie Agenten arbeiteten, und alles Wichtige nahm Isabel ohnehin mit nach Hause, daher genügte eine Überwachung ihrer Wohnung vollauf.

Hunderttausend Dollar gingen für sein eigenes Verschwinden drauf – für die Ausrüstung und das Boot, das er nach dem Absturz der Piper benötigte, für das Flugticket, die Zugfahrkarten, die Mietwagen, die Hotelübernachtungen, die neuen Kleider, das Gepäck und die neuen Identitäten. Eine weitere sechsstellige Summe war für die Arrangements in Zürich nötig – das Apartment, der Computer, der Audi und die Waffe.

All die medizinischen Maßnahmen und die Diskretion, die für die Umsetzung seiner Pläne und deren Dokumentation nötig war, schlugen mit einer weiteren halben Million zu Buche.

Eine Viertelmillion kostete ihn das Set-up in Kopenhagen, das einzig und allein dem Zweck diente, die Leute in die Irre zu führen. Aber der Kopenhagen-Trick war von entscheidender Bedeutung, denn der Autor wusste nur zu genau, dass Charlie Wolfe nach seinem Ausscheiden und mysteriösen Tod auf der Suche nach potenziellem Material für ein Buch jeden Stein umdrehen würde. Sollte er rein gar nichts finden, würde er sofort Lunte riechen und wissen, was los war: dass seine einstige rechte Hand in Wahrheit gar nicht Selbstmord begangen hatte, sondern mit all seinem Material abgetaucht war. Und dafür konnte es nur einen Grund geben: Die Idee des Autors, eine Autobiografie oder die Memoiren zu verfassen, stammte ursprünglich von ihm, dem Autor, und Charlie würde wissen, dass er mit allen Mitteln versuchen würde, eine nicht autorisierte Biografie daraus zu machen. Ein Exposé, das er an die entsprechenden Stellen weiterleiten konnte.

Folglich würde Charlie irgendjemanden anheuern, um den gemeinen Lügner zu finden, diesen elenden Verräter. Höchstwahrscheinlich jemanden aus Langley; irgendein hohes Tier mit ausreichenden Befugnissen, um eine verdeckte Operation durchzuführen, deren Rechtmäßigkeit kein Regierungsorgan jemals überprüfen oder gar infrage stellen würde. Jemanden, dem wie Charlie daran gelegen war, sicherzustellen, dass das Manuskript begraben wurde, gemeinsam mit dem Autor. Es gab nur einen Menschen auf der Welt, auf den das zutraf. Der Autor hatte Angst vor diesem Jemand.

»Es ist mir völlig egal, wie Sie es anstellen«, würde Charlie zu ihm sagen, »und ich will es auch gar nicht wissen. Sorgen Sie einfach nur dafür, dass dieses Buch nie an die Öffentlichkeit kommt.«

Der Kerl würde wissen, dass es nicht genügen würde, den Autor aufzustöbern und ihm Angst einzujagen oder ihn gar zu töten. All das wäre noch lange keine Garantie dafür, dass diese katastrophalen Enthüllungen nicht irgendwann doch noch ans Licht kämen. Nein, es mussten sämtliche Spuren des Manuskripts gefunden und eliminiert werden.

Der Langley-Mann würde Jagd auf ihn machen und erst Ruhe geben, wenn er auf etwas gestoßen wäre. Nichts zu finden genügte nicht. Er musste das *Falsche* finden.

Also musste der Autor dafür sorgen, dass er etwas in die Finger bekam. Etwas Glaubwürdiges. Etwas, das noch nicht fertiggestellt war, an dem noch gearbeitet wurde und dessen Entstehung sie nicht behindern würden. Etwas, das im Lauf der Zeit immer konkretere Formen annahm; ein Projekt, das es wert zu sein schien, ihm auf den Grund zu gehen.

Der Autor flog nach Hamburg und fuhr von dort aus mit einem Mietwagen nach Kopenhagen, wo er sich mit einem österreichischen Kahlkopf traf, der wiederum einen zugedröhnten dänischen Studenten namens Jens Grundtvig engagierte, der die Fakten eines Manuskripts über Charlie Wolfe überprüfen sollte. *Es hat keine Eile, lassen Sie sich ruhig Zeit. Im Lauf der nächsten sechs oder vielleicht auch neun Monate bekommen Sie in regelmäßigen Abstän-*

den neues Material. Und hier ist ein Apartment, von dem aus Sie arbeiten können. Es ist komplett ausgestattet, mit allem Drum und Dran. Ja, ja, ich weiß, da unten in dem Laden hängen diese zwielichtigen Arabertypen herum, aber was erwarten Sie für mindestens ein halbes Jahr mietfrei?

In Wahrheit handelte es sich bei den zwielichtigen Typen um eine Art Leibwächter.

So kam es, dass der arme Jens Grundtvig ahnungslos das Internet nach alten Zeitungs- und Zeitschriftenartikeln durchforstete, außerhalb der Geschäftszeiten primäre Quellen in den Staaten anrief, die Informationen durch sekundäre Quellen rückbestätigen ließ und Daten, Orte und Namen notierte.

Der Langley-Typ und sein Team aus freien Mitarbeitern würden Grundtvig logischerweise irgendwann aufstöbern; sie würden seine Telefonate und seine Webhistorie überprüfen und ihn danach systematisch überwachen. Sie würden warten und warten und warten, bis Grundtvig endlich fertig war und der Autor Kontakt zu ihm aufnahm oder höchstpersönlich in Erscheinung trat.

Aber Grundtvig wäre erst fertig, wenn der Autor die Arbeit am echten Manuskript abgeschlossen hatte, und in Kopenhagen würde er sich ganz bestimmt nicht blicken lassen. Also würden sie noch weiter warten und den Studenten im Auge behalten, bis es zu spät war.

Dieses »zu spät« war gestern, als das Manuskript das erste Mal in New York auftauchte und den beiden Agenten – ein Mann und eine Frau – offenbar klar wurde, dass man sie an der Nase herumgeführt hat. Sie haben Grundtvigs Apartment gestürmt, was die militanten Türken aus dem Klub unten im Haus spitzkriegten, genauso wie der Autor es geplant hatte. Nicht planmäßig war jedoch, dass es ihnen beiden gelungen ist, mit dem Leben davonzukommen. Tja, selbst die ausgefeiltesten Pläne können in die Hose gehen.

Nun ist die Angelegenheit in Kopenhagen beendet, und das Geheimnis befindet sich auf dem besten Weg, in die Öffentlichkeit zu gelangen, unaufhaltsam und wie immer im Buchgeschäft damit beginnend, dass hunderttausend Wörter von einer Person an jemand anderes geschickt werden.

Und die Person, der der Autor das Manuskript geschickt hat, befindet sich auf dem Aufzeichnungsvideo des heutigen Morgens. Sie liest im Bett, steht auf, duscht, zieht sich an, tritt auf den Balkon hinaus, um eine Zigarette zu rauchen und ein paar Telefonate zu führen, ehe sie einen Kuss auf die gerahmte Fotografie des kleinen Jungen drückt, so wie jeden Morgen.

Kapitel 32

Brad registriert mit einer Mischung aus Stolz und Scham, wie viele seiner Mitarbeiter um halb sieben Uhr abends noch an ihren Schreibtischen sitzen. Er geht durch die Redaktionsabteilung, vorbei an der Mac-Armee der Grafik und an den PR- und Marketingleuten, die noch in einem Meeting sitzen, in den Toten Flur, wo Chesters Sprachfreaks mit ihren roten Korrekturstiften, Haftzettelchen und dicken Nachschlagewerken über ihren Manuskripten brüten.

Chester sitzt an seinem Schreibtisch und blickt hoch konzentriert auf seinen Bildschirm.

Leise klopft Brad an den Türrahmen. »Hi.«

»Mr McNally.« Chester sieht auf.

Brad nickt in Richtung des Manuskripts auf dem alten Schreibtisch. »Wie läuft es mit der Recherche?«

»Ziemlich gut. Ich habe noch nicht alles überprüft, weil es sich bei einem großen Teil um Material aus Primärquellen handelt, aber was ich überprüfen konnte, scheint akkurat zu sein. Und höchst faszinierend.«

»Danke, Chester.« Er streckt die Hand aus. »Ich nehme das Material wieder mit.«

»Oh, aber ich bin noch gar nicht fertig.« Panik zeichnet sich auf Chesters Miene ab.

»Das macht nichts. Ich brauche gar nicht …« Brad ist nicht sicher, was er braucht oder nicht braucht. »Egal, jedenfalls brauche ich das Manuskript zurück.«

Chester nickt. Er ist keiner, der Widerworte gibt. Wortlos nimmt er den Papierstapel, streicht die Seiten glatt und schiebt sie widerstrebend Brad zu. Es fällt ihm sichtlich schwer, es so schnell wieder herzugeben, da er doch gerade erst angefangen hat, das Buch zu lesen.

»Noch mal vielen Dank, Chester. Und nicht vergessen – kein Wort zu irgendjemandem.«

Brad quält sich die Park Avenue South Avenue entlang, vorbei an Bars und Restaurants, aus deren weit geöffneten Fenstern ausgelassenes Stimmengewirr dringt. Junge Leute gehen hinein oder kommen heraus, ausnahmslos mit Handys am Ohr oder in der Hand – jeder telefoniert, schreibt eine SMS oder schickt Fotos, ein ununterbrochener Kommunikationsfluss mit jenen Menschen, die gerade nicht direkt neben ihnen stehen.

In diesem Teil der Park Avenue herrscht dichter Stau. Sie ist eine der wenigen großen Straßen Manhattans, in denen der Verkehr noch in zwei Richtungen fließt und deren Ampeln nicht aufeinander abgestimmt sind, sodass praktisch niemals grüne Welle herrscht. Er kann diese Straße, die mit der »eigentlichen« Park Avenue, wo er wohnt, nicht zu vergleichen ist, nicht leiden, trotzdem kommt er nicht auf die Idee, einen anderen, weniger direkten Weg zu wählen. Vermutlich gehört es zur New Yorker Mentalität, die unerfreulichen Dinge des Lebens notgedrungen hinzunehmen, nur weil sie immer schon existiert haben, als wären sie unvermeidbar, obwohl sie es in Wahrheit gar nicht sind.

Er braucht dreißig Minuten, um nach Midtown zu gelangen, eine halbe Stunde voller Besorgnis, des Brütens und Grübelns darüber, was er mit dem Manuskript anstellen soll. Und mit seinem Verlag.

Schließlich biegt er in die heruntergekommene Straße neben der Grand Central Station, hält vor dem Maritime

Club, einem eindrucksvollen, bildschönen Sandsteinbau im Beaux-Arts-Stil, an dessen messingverzierter Drehtür ein livrierter Portier postiert ist, und betritt die mit Marmor ausgestattete Lobby. An den Wänden reihen sich Wimpel, Fahnen und Schwarz-Weiß-Fotos, eine geschwungene Treppe führt in die mit Eichenpaneelen verkleidete Bar mit Ledersesseln, dicken Perserteppichen und servilen Kellnern mit Fliege, die massive Kristallgläser mit bernsteinfarbenen Flüssigkeiten auf Silbertabletts umhertragen. Der Maritime Club ist einer der letzten Orte in New York, wo die Mehrzahl der Drinks in ihrer braunen Ursprungsfarbe getrunken wird.

Und es ist einer der letzten Orte, wo Lesende noch Papier anstelle elektronischer Geräte in Händen halten. Trey Freeley sitzt, hinter einem aufgeschlagenen *Wall Street Journal* verschanzt, in einer ruhigen Ecke.

»Trey, wie schön, Sie zu sehen.«

Freeley lässt seine Zeitung sinken und schüttelt Brad die Hand. Noch bevor Brad sich setzen kann, ist ein Kellner zur Stelle, um seine Bestellung aufzunehmen. Schließlich nimmt er in einem Ledersessel Freeley gegenüber Platz, lediglich getrennt durch einen kleinen Tisch mit einem Schälchen gemischter Nüsse, einem Cocktailstäbchen auf einer Serviette und einem mit dem Display nach unten liegenden Handy.

Brad hat sich nie viel aus Alkohol gemacht. Er kann es nicht leiden, wie er seine Sinne trübt, ganz zu schweigen vom Kater am nächsten Morgen. Einige Male im Jahr, bei Preisverleihungen, Buchpräsentationen oder einer Wohltätigkeitsveranstaltung, genehmigt er sich versehentlich ein drittes oder gar ein viertes Glas, bereut es aber stets aufs Neue. Nicht nur die körperlichen Nachwehen, sondern auch seine vom Alkohol ausgelösten Gedanken und

Entscheidungen, zu denen er sich im Suff hat hinreißen lassen. Im Gegensatz dazu hat er noch nie etwas bereut, was er unter Einfluss von Pot getan hat, und das, obwohl er seit vierzig Jahren regelmäßig kifft.

Trey greift sich sein Telefon, öffnet die Klappe auf der Rückseite, nimmt den Akku heraus und legt beides nebeneinander auf den Tisch. »Würden Sie …?«

Völlig perplex zieht Brad sein Handy heraus und dreht es ratlos hin und her. »Tut mir leid, aber ich weiß nicht …« Er zuckt die Achseln. »Ich habe noch nie …«

»Kellner!« Freeley winkt den alten, gebeugten Afroamerikaner heran. »Dürfte ich Sie bitten, das Telefon des Herrn für eine Weile an sich zu nehmen?«

Der Alte nickt und trägt McNallys Telefon auf den Händen, als wäre es das Kissen für die Kronjuwelen.

»Man weiß nie«, sagt Freeley knapp. »Vor ein paar Monaten, McNally«, fährt er ohne weitere Erklärung fort, »rief mich der Direktor des Geheimdiensts an und meinte, demnächst würde sich ein Mann bei mir melden, dem ich einen Termin geben sollte. Was ich natürlich getan habe. Nach einer Weile meldet sich also tatsächlich ein Kerl, zwar mit einem falschen Namen, dafür aber mit einem umso echteren Scheck, und verlangt von mir, dass ich ihm in fünfundvierzig Minuten erzähle, wie die Buchbranche funktioniert. Also erkläre ich ihm alles. Und dann gibt er zu, dass er ein ganz konkretes Anliegen hat, und will von mir wissen, wie so etwas über die Bühne gehen würde.«

Der Kellner bringt Brads Bier und ein frisches Schälchen Nüsse.

»Es geht um die hypothetische Biografie eines Medienmoguls.«

Brad wird blass. »Und wer war der Typ?«

»Keine Ahnung. Ich konnte nichts über ihn in Erfahrung bringen.«

»Und das bedeutet?«

»Ich vermute, dass er für die CIA arbeitet, vielleicht im Zuge irgendeiner verdeckten Operation; vielleicht ist er ein Exmitarbeiter der NSA oder so was, keine Ahnung. Jedenfalls vermute ich, der Typ soll dafür sorgen, dass das Buch auf keinen Fall auf den Markt kommt.«

Brad kämpft seine aufkommende Panik nieder. »Wie kommen Sie darauf?«, fragt er so gelassen wie möglich.

»Weil ich weiß, wer das Manuskript geschrieben hat, Mr McNally.« Der Anwalt wirft sich einen Cashewkern in den Mund.

»Ja?«

Der feiste Anwalt rutscht ein Stück auf seinem Sessel nach vorn und beugt sich vor. »Vor einem Jahr hat Charlie Wolfe klammheimlich die Fühler nach einer Kandidatur für den Senat ausgestreckt. Haben Sie davon gehört?«

Brad schüttelt den Kopf. Diese Art Klatsch dringt nicht bis zu ihm vor, außerdem würde er ihn ohnehin nicht interessieren.

»Teil von Wolfes Strategie war ein Buch, Memoiren mit irgendwelchen normativen Aussagen – Sie wissen schon, was ich meine, diesen Blödsinn, den jeder absondert, wenn er in die erste Reihe will. Alibigequatsche, um zu *Today* oder *Face the Nation* eingeladen zu werden und sein Gesicht in der *Newsweek* und im *Journal* zu sehen«, erklärt er mit einer Handbewegung in Richtung der Zeitung auf dem Tisch.

»Aber genau mit diesen Büchern verdienen Sie doch Ihre Brötchen, oder etwa nicht, Trey?«

»Deshalb muss ich sie aber noch lange nicht gut finden, oder?«

»Das mag sein.«

»Jedenfalls war Wolfe vor einiger Zeit bei mir, um sich meinen Rat einzuholen. Sein Vater hat ihn zu mir geschickt, weil wir uns schon lange kennen. Charlie hat das Buch gemeinsam mit seiner rechten Hand geschrieben. Der Typ hat die Hauptarbeit erledigt und alles zu Papier gebracht. Ich habe eine kleine Vereinbarung für die beiden aufgesetzt, nichts Großes, nur ein paar Details über ihre Zusammenarbeit. Aber nach drei Monaten oder so verschwand der Co-Autor plötzlich und beging Selbstmord.«

»Sie sagen also, bei dem Angebot, das wir bekommen haben, handelt es sich um genau diese Biografie?« Brad kann es immer noch nicht recht glauben. »Charlie Wolfe selbst ist der Autor?«

»Na ja, der Begriff *Autor* ist in diesem Zusammenhang nicht das richtige Wort dafür. Ich sage, der Großteil stammt von Charlie Wolfe, aber ein Teil der Geschichte – vermutlich die Details, die ihm schaden könnten – stammt aus der Feder von jemand anderem. Vielleicht hat dieser Jemand sie sogar erfunden.«

»Wer soll dieser Jemand sein?«

»Derselbe Mann, der von Anfang an daran mitgearbeitet hat. Sein Jugendfreund, Chefstratege und Co-Autor, alles in einem hübschen Personalpaket.«

»Dave Miller.«

»Genau.«

»Aber Dave Miller ist tot.« Brad ertappt sich dabei, dass auch er an die vorderste Sesselkante gerutscht ist und gleich auf den Teppich fallen wird. Er zwingt sich, wieder nach hinten zu rutschen. »Sie glauben, er hat seinen Selbstmord vorgetäuscht?«

»Das ist durchaus möglich.«

Gedankenverloren starrt Brad zu den riesigen, makellos

sauberen Fenstern in den schimmernden Messingrahmen hinüber. »Als Miller also erfährt, dass er an Krebs im Endstadium leidet, beschließt er in einer Art Anfall von plötzlichem Gewissenskonflikt, dieses Buchprojekt zu Ende zu bringen und dafür zu sorgen, dass die Wahrheit über Charlie Wolfe ans Licht kommt.«

Freeley leert wortlos sein Glas.

»Aber natürlich kann er nicht in aller Seelenruhe in seinem Wohnzimmer in Washington sitzen und vor sich hin tippen. Denn das würde Wolfe natürlich nie zulassen, wenn er tatsächlich irgendwelche Leichen im Keller haben sollte, ganz im Gegenteil. Er würde sogar alles daransetzen, dass Miller es hübsch bleiben lässt. Er würde notfalls … ja, was? Millers Telefon anzapfen, seinen Computer hacken, sein Haus verwanzen lassen.«

Der Kellner tritt an ihren Tisch und stellt ein frisches Glas vor Freeley ab.

»Wenn es jemanden auf der Welt gibt, der weiß, wie Wolfe reagieren und die Veröffentlichung des Buches verhindern würde, dann ist das Miller. Trotzdem will Miller es unbedingt tun, er *muss* es sogar. Also simuliert er seinen Selbstmord, taucht mit dem alten Recherchematerial irgendwo ab und bringt ein halbes Jahr – so lange liegt sein Tod doch zurück, richtig? – damit zu, es in Ruhe zu Ende zu schreiben.«

Freeley trinkt einen kleinen Schluck von der bernsteinfarbenen Flüssigkeit und stellt das Glas mit Nachdruck auf den dicken Untersetzer zurück.

»Ziemlich viel Aufwand für jemanden, der mit einem Fuß schon im Grab steht. Weshalb sollte er sich so etwas antun?«

Wieder schweigt Freeley. Er will, dass Brad genau dieselben Rückschlüsse zieht wie er, genau auf dieselbe Art und ohne jede Hilfe. Freeley will die Bestätigung dafür, dass es keine andere Auslegung gibt.

»Weil Wolfe etwas wirklich Schlimmes getan hat«, fährt Brad fort. »Das ist die einzig logische Erklärung. Etwas muss in Wolfes Vergangenheit passiert sein, das seinen Ruin bedeuten könnte. Und den anderer Menschen. Und genau das wird in diesem Buch enthüllt.«

Brad glaubt, Freeley nicken zu sehen, aber vielleicht ist es auch nur eine leichte Kopfbewegung, ausgelöst von den Kaubewegungen seines Kiefers.

»Und natürlich erinnert sich Charlie Wolfe nur zu genau daran, was früher passiert ist, und an die Gefahren, die dieses Ereignis für ihn darstellen. Er würde alles, absolut alles, dafür tun, um die Veröffentlichung zu verhindern.« Inzwischen ergab alles einen Sinn. »Mich hat auch ein seltsamer Mann aufgesucht, vermutlich war es derselbe.«

Der Anwalt hebt den Kopf.

»Vor ein paar Monaten. Er hat behauptet, er käme von der NSA, aber natürlich hatte ich keine Möglichkeit, das zu überprüfen. Falls ich jemals ein Angebot für ein Buchprojekt bekommen sollte, eine Biografie über Charlie Wolfe, die brisante Enthüllungen verspricht, sei es eine Fälschung, meinte er. Eine Finte, die lediglich mit dem Ziel verfasst wurde, den Weg zu einer feindlichen Übernahme des Konzerns zu ebnen.«

Freeley mustert ihn nachdenklich. »Und was wollte dieser Mann von Ihnen?«

»Er hat gesagt, nein, er hat mir die *Anweisung* erteilt, ihn zu kontaktieren, falls wir dieses Manuskript erhalten sollten.«

»Und, haben Sie's getan?«

»Nein, noch nicht. Stattdessen habe ich zuerst Sie angerufen. Wie sehen meine Optionen aus, Trey?«

»Optionen?« Freeley wühlt in dem Schälchen, bis er gefunden hat, wonach er sucht. »Sie haben keine Optionen, McNally.« Er wirft sich noch einen Cashewkern in den Mund.

»Aber was ist mit dem ersten Zusatzartikel? Was ist mit der Pressefreiheit? Mit dem Grundrecht, dass alle Macht vom Volke ausgeht?«

Freeley schnaubt abfällig. »Wir sind hier nicht im Gemeinschaftskundeunterricht, McNally, und Sie sind auch kein Kreuzritter oder ein Bürgerrechtler. Sondern Verleger, McNally. Ein Geschäftsmann.«

Wieder verlagert Brad das Gewicht auf seinem Sessel.

»Und vielleicht«, fährt der Anwalt fort, »ist das Manuskript tatsächlich ein Schwindel.« Er stützt die Ellbogen auf seinen Schenkeln ab. »Vielleicht ist dieses Manuskript ja etwas, bei dem uns unsere Vorstellungskraft ein weiteres Mal im Stich lässt. Ich meine, eine gefälschte Biografie wäre doch genial, oder nicht?«

»Auf wessen Seite stehen Sie eigentlich, Trey?«

»Ha! Seite? Ich stehe auf überhaupt niemandes Seite. Ich habe bei der ganzen Sache doch nichts zu verlieren, und Sie genauso wenig, das sollten Sie nicht vergessen.« Mit unübersehbarer Zufriedenheit lehnt Freeley sich in seinem Sessel zurück.

»Trey?«

»Was?«

»Haben Sie eine Ahnung, was in dem Buch steht?«

»Nein, McNally, und es interessiert mich auch nicht. Und Sie sollte es auch nicht interessieren.«

Kapitel 33

Isabel geht an der Kasse vorbei und umrundet die Fast-Food-Theke. Der Nitratgestank der Hotdogs auf dem Grillrost steigt ihr in die Nase. Der Waschraum ist unverhältnismäßig groß, mit mehreren Toilettenkabinen und massenhaft Platz. Der Geruch nach Desinfektionsmittel hängt in der Luft. Isabel geht auf die Toilette und tritt vor den Spiegel, um sich die Hände zu waschen. Sie starrt ihr Spiegelbild an und fragt sich ein weiteres Mal, ob ihr Plan funktionieren wird. Und was sie tun wird, falls nicht.

Sie zieht ein paar Papiertücher aus dem Spender, nimmt ihre Handtasche und tritt in eine Ecke des Raums. Dort wischt sie den Boden mit den Papiertaschentüchern sauber, dann kippt sie vorsichtig den Inhalt ihrer Tasche aus und beginnt, alle Gegenstände zu inspizieren: Puderdose, Brieftasche, Lippenstift, Visitenkartenbox, Sonnenbrille und all den anderen Krimskrams. Und das von einem Gummiband zusammengehaltene Manuskript. Alle Sachen gehören eindeutig ihr. Da ist nichts, was sie noch nie vorher gesehen hat.

Als Nächstes hebt sie die Tasche selbst hoch – ein zerknautschtes Bündel aus schwarzem Leder mit Nieten, Reißverschlüssen, Schnallen und einem Designerlogo auf der Seite. Die Tasche war sündhaft teuer – die Fußfessel einer ganz speziellen Form der Sklaverei. Sie verabscheut den Impuls, der sie zum Kauf bewogen hat; er hat sie zu einem weiteren Lemming in einer der zahllosen Boutiquen gemacht, die achtlos ihre Kreditkarten über den glänzenden Tresen schieben, als hätte eine 1600-Dollar-Handtasche etwa den Stellenwert von einem Dutzend Eier oder einer Flasche Shampoo.

Behutsam fährt sie die ledernen Oberflächen nach, eine nach der anderen, an den Nähten entlang und über den Boden, kann allerdings nichts Ungewöhnliches entdecken.

Und dann findet sie doch etwas: Eine Niete ist größer als die anderen und sitzt an einer Stelle, wo sie eigentlich nicht hingehört. Sie schlägt das Leder um und inspiziert sie. Es ist gar keine Niete, sondern eine winzige Metallscheibe. Sie umfasst sie mit den Fingerspitzen und zieht daran. Das Scheibchen gleitet mühelos heraus. Sie dreht es um und betrachtet die spitze Metallnadel, mit der das Ding im Leder gesteckt hat. Beides hat sie noch nie vorher gesehen.

Das ist er. Der Peilsender. Das Ding, das dieser Mann nach dem Frühstück in der Brasserie im Vorbegehen an ihrer Handtasche befestigt hat. Mit seiner Hilfe konnte die ganze Zeit nachvollzogen werden, wo sie sich gerade aufhielt, obwohl sie ihre Spuren so sorgsam verwischt hat.

Sie legt das Scheibchen auf den Boden und schiebt es mit der Zehenspitze in die graue Fuge im hintersten Winkel des Raums, genau an der Stelle, wo ein Gegenstand wie dieser hinkullern würde, wenn er sich versehentlich aus dem Leder lösen würde.

Jeffs angezapftes Handy liegt also auf dem Grund des East River, sein verwanzter Füller hat auf dem Empire State Building vermutlich längst einen neuen Besitzer gefunden, Isabels Handy steckt in der grünen Handtasche der Frau aus der Parfumabteilung, und der Peilsender liegt in der hintersten Ecke einer Tankstellentoilette. Eigentlich sollten sie damit nicht länger überwacht werden können; zumindest nicht elektronisch.

Und dank der mit einer fremden Kreditkarte bezahlten Tankfüllung wird es so aussehen, als fliehe Isabel aus der Stadt und versuche vergeblich, irgendwo unterzutauchen. Wer auch immer ihnen auf den Fersen ist, wird nach wie vor glauben – sogar ganz sicher sein –, dass sie sich auf dem Weg zu Judys Strandhaus in Amagansett befindet.

Isabel weiß seit Stunden, dass sie verfolgt wird, und hat einen Riesenaufwand darum gemacht, möglichst schnell verschwinden zu müssen, um zu gewährleisten, dass es beim nächsten Mal auch wirklich klappt. Oder dass es zumindest den Anschein hat, als hätte es geklappt. Dies hier ist kein gewöhnliches Katz-und-Maus-Spiel.

Sie kehrt in den Laden zurück, nimmt wahllos irgendwelche Artikel aus den Regalen, die sie an der Kasse in bar bezahlt. Dann tut sie so, als hätte sie soeben die Überwachungskameras bemerkt, und wendet sich eilig ab, damit man ihr Gesicht nicht erkennen kann.

Mit einer Dose Diät-Coke und einer Tüte Salzbrezeln steigt sie in den inzwischen vollgetankten Mercedes und lässt ein neues Päckchen Zigaretten in ihre gesäuberte Tasche fallen.

Jeffrey fährt aus der Tankstelle auf eine ruhige Vorstadtstraße, die nach ein paar Meilen durch ein Industriegebiet führt. »Halt hier an«, sagt sie, als ihr Blick am Hinweisschild eines Einkaufszentrums hängen bleibt.

»Willst du etwa *shoppen* gehen?«

Sie hasten in die Filiale einer Bekleidungskette – auf der einen Seite des Verkaufsraums hängen Herren-, auf der anderen Damensachen. »Such dir eine neue Hose und ein Hemd«, sagt sie. »Wir treffen uns an der Kasse.«

Als sie fertig sind und – wieder in bar – bezahlt haben, geht sie mit Jeff an der endlosen Schaufensterreihe vorbei bis zu einem hell erleuchteten Korridor mit Automaten und Wasserspendern. Vor den Toiletten bleibt sie stehen. »Geh dich umziehen und wirf deine alten Sachen in den Mülleimer.«

Er hebt wortlos die Brauen.

»Die Sachen könnten verwanzt sein. Oder jemand hat einen Peilsender angebracht. Oder sonst etwas. Egal. Tu's einfach.«

Dann sind sie wieder auf der Straße und fahren an den riesigen Grundstücken vorbei, an Maisfeldern und Kartoffeläckern, an Gewächshäusern und Koppelzäunen und Golfplätzen mit Fähnchen auf dem Green, die in der Brise sanft flattern. Kirchen aus weißen Schindeln erheben sich in den strahlend blauen Himmel, einheimische Bauern preisen an Straßenständen Gemüse, selbst gemachte Pasteten und handgemalte Willkommensschilder an.

Die Straße windet sich unter einem dichten Blätterdach hindurch, über Hügel und durch Senken, dann enden die Bäume abrupt, und sie befinden sich auf einer Ebene, die aus nichts als Feldern und Himmel zu bestehen scheint. Links und rechts erstrecken sich zahllose Rebstöcke, und alle paar Meilen taucht ein Hinweisschild eines Weinguts oder eines Verkostungsraums auf. Nach einer Weile kommen sie an einem felsigen Sandstrand vorbei und sehen das erste Mal das Meer, dann führt die Straße von der Küste weg und verläuft durch Wälder, vorbei an einer bunten Mischung aus Häusern – Terrassenhäusern mit Kunststofffassaden, bescheidene Einfamilienhäuser im typischen Cod-Stil und hypermoderne, eigentümlich proportionierte Eigenheime, gefolgt von einem Dorf mit Häusern im viktorianischen Stil, ehe die Häuser und Bäume unvermittelt enden und es ringsum lediglich Wasser gibt, links und rechts nichts als Segelboote, Schaumkronen und ein endlos langer Kiesstrand.

Aus dem Augenwinkel registriert sie, dass Jeffrey sie ansieht, und lächelt scheu. Verlegen wendet er den Blick ab und beschleunigt. Er braust die windgepeitschte Dammstraße entlang, immer weiter dem Ende der Welt entgegen. Isabel versucht sich von der Schönheit der Landschaft verzaubern zu lassen, von der Vorstellung, hier draußen zu sein, fernab der Stadt, inmitten von Blau und Grün, von Wasser und Sand, von Gras und Bäumen, und neben diesem Mann, der sie liebt und den auch sie vielleicht lieben könnte.

Es ist eine Flucht vor dem wahren Leben, vor der Realität. Und noch nicht einmal das – es ist die Phantasievorstellung einer Flucht, ein kurzer Moment der Selbsttäuschung. Es gelingt ihr, einen Augenblick der Entspannung daraus zu ziehen, vielleicht auch zwei, bevor die Wirklichkeit mit aller Macht wieder über ihr hereinbricht.

»Hier links.«

Jeffrey beugt sich vor und späht übers Lenkrad. »Wo?«

»Dort, bei der kleinen Lichtung.«

Er biegt in einen Kiesweg ein und bleibt dicht vor einer verwitterten, zwischen zwei Holzpfosten baumelnden Kette stehen. Isabel steigt aus, löst sie und winkt Jeff durch, dann hängt sie sie wieder ein und steigt in den Wagen. Das ist ihr zweiter Halt innerhalb von fünf Minuten – vorhin haben sie frisches Gemüse an einem der Stände am Straßenrand gekauft. Abendessen.

Im Schritttempo lenkt Jeffrey den Wagen über den holprigen, von tiefen Furchen durchzogenen Pfad, durch rebenüberwucherte Wäldchen und eine leichte Anhöhe hinauf, während sich immer wieder ein kurzer Blick auf das offene Ackerland bietet, bis sie zu einem von hohem Gras umgebenen Schindelhaus mitten auf einer runden Lichtung gelangen.

Sie steigen aus und gehen ums Haus herum. Es stellt sich heraus, dass sie sich auf einem hohen Felsvorsprung befinden, mindestens zwanzig Meter über einem Felsstrand, hinter dem sich die blaugraue Weite des Ozeans erstreckt. In der Ferne ist ein silberner Streifen Land zu sehen.

»Hübsch«, bemerkt Jeffrey. »Was ist das dort hinten?«

»Connecticut.«

»Liegen die Hamptons nicht am Atlantik?«

Sie ist nicht sicher, ob die Frage ernst oder sarkastisch gemeint ist. »Ist dir aufgefallen, dass wir durch irgendwelche Orte namens Hampton gefahren sind? Westhampton? Southampton? Bridgehampton?« Das ist eines der Dinge, die jeder New Yorker eines bestimmten Typs als selbstverständlich voraussetzt: dass man sich perfekt mit der Geografie am äußersten Zipfel von Long Island auskennt.

»Was weiß ich schon von den Hamptons? Ich dachte, wir nehmen eine Abkürzung oder so was.«

Sie schüttelt den Kopf.

»Aber ist Judys Haus denn nicht in den Hamptons?«

»Ja, aber wir sind nicht dorthin gefahren. Die Leute sollen es nur denken. Ich will, dass sie uns zu Judys Haus folgen, dabei sind wir nicht mal in der Nähe davon.«

»Wieso?«

»Wieso was?«

»Wieso willst du, dass sie – wer auch immer sie sein sollen – zu Judys Haus fahren?«

»Weil direkt daneben ein Filmstar wohnt, der schärfer bewacht wird als der Präsident. Sollte irgendjemand Dubioses dort auftauchen und dubiose Dinge anstellen, ist der Teufel los.«

Isabel wühlt in einem großen Terracottatopf mit Lavendel herum und fördert einen Schüssel an einem Eisenring zutage, mit dem sie die schwere Holztür mit Glaseinsätzen aufschließt. Mit einem lauten Quietschen schwingt sie auf.

Sie stellt ihre Handtasche in der Diele ab und betritt das großzügige Wohnzimmer mit dem Panoramafenster, durch das sich ein Ausblick auf das glitzernde Meer bietet. An den mit Holz verkleideten Wänden reihen sich Hunderte Schwarz-Weiß-Fotos unterschiedlichster Größe und Form – von winzigen Polaroids bis hin zu Drucken in Postergröße. Es sind ausnahmslos Aufnahmen von Menschen.

»Aber wessen Haus ist das?«

»Naomis.«

»Ah.« Jeff nickt. »Ich bin ihr erst heute Nachmittag zufällig begegnet.« Jeder in der New Yorker Buchbranche kennt die Besitzerin der unabhängigen Buchhandlung in Greenwich Village, in deren Hauptverkaufsraum schon so viele Autoren das erste Mal aus ihren Debütromanen gelesen haben, oder hat zumindest von ihr gehört.

Jeffrey schreitet die Wand ab. »Was hat es mit all diesen Fotos auf sich? Das erinnert fast an die Arbeit eines Serienkillers. Ich wusste gar nicht, dass Naomi eine Irre ist.«

»Das sind Naomis Freunde. Ihr Leben. All diese Leute waren in den letzten zehn Jahren hier in diesem Haus zu Besuch. Ursprünglich gehörte es ihren Eltern, genauso wie die Buchhandlung.« Isabel betrachtet ebenfalls die Fotos. »Naomi liebt Filme jeglicher Art. Früher hat sie selbst welche gedreht.« Sie entdeckt das Bild, nach dem sie gesucht hat, eine zwanzig mal dreißig große Hochglanzaufnahme. »Hier.« Sie zeigt auf das Foto, das auf Augenhöhe hängt. »Wir haben hier ein langes Wochenende verbracht.«

Sie sieht zu, wie er sich vorbeugt und das Bild genauer in Augenschein nimmt. Es zeigt Isabel mit ihrem Sohn und ihrem Ehemann. Damals sah sie so viel jünger aus. Und so viel glücklicher. Dabei ist es noch gar nicht so lange her.

»Das war unser letzter Urlaub.«

Kapitel 34

Naomi braucht beide Hände, um die riesige gesponserte Flasche halten und den italienischen Wein in die dünnen Plastikgläser gießen zu können. Für manche Buchpartys benutzt sie echte Gläser, bei anderen muss Plastik genügen. Diese Feier gehört zur letzten Sorte.

Die Lesung mit anschließenden Fragen hat bereits vor einer halbe Stunde geendet, der Autor sitzt jedoch noch an dem kleinen Tisch im hinteren Teil des Raums, signiert Bücher und plaudert mit Freunden, die wie er alle Ende zwanzig sind; die Männer fast ausnahmslos in Karohosen oder an den Knöcheln umgeschlagenen Jeans und einen Strohhut auf dem Kopf, die Mädchen haben kleine Glitzerstecker in der Nase und tragen, quasi als ironisches Fashionstatement, Hipsterbrillen oder -frisuren oder beides.

Im Vorbeigehen drückt Naomi dem Autor die Schulter, eine intimere Geste, als sie ihrer Beziehung eigentlich angemessen ist. Aber Intimität mit Autoren zu kultivieren ist ihr Job, genauso wie mit Lektoren, Verlegern, Journalisten und Sponsoren, mit Bloggern und Zeitungsredaktionen, mit den Gemeindevertretern ihres Viertels, den Rektoren der hiesigen Grundschulen und jedem anderen, der dabei helfen könnte, die Existenz einer unabhängigen Buchhandlung als Institution und als Begegnungsstätte für die Bewohner eines Viertels und wichtige Stütze der Gemeinde zu sichern.

Sie tritt durch die Terrassentüren in den Garten, der in den Jahrzehnten, als ihre Eltern den Laden noch betrieben haben, ein überwuchertes Paradies für Ratten und Tauben war. Sie haben den radikal linksorientierten Laden Anfang der Siebziger gegründet, als Buchhandlungen tatsächlich noch Gewinne abwarfen, auch wenn das heutzutage kaum noch vorstellbar erscheint. Im Lauf der Jahre erweiterte Berger's Books sein Sortiment und wurde zum Spiegelbild der Entwicklung des Village, seines Aufstiegs vom Billigmietviertel und Paradies für Künstler, Schriftsteller, Musiker und Intellektuelle über die Anlaufstelle für die schwul-lesbische Szene zur Enklave für Yuppies, die ihre Gentrifizierung gern mit einem Schuss Bohemien-Flair gewürzt sehen wollten. In letzter Zeit jedoch durchläuft die Gegend einen erneuten Wandel, begleitet von einem beängstigenden Zustrom unverschämt Reicher und Berühmter – Flüchtlingen aus Beverly Hills und der Upper East Side, die, ohne mit der Wimper zu zucken, fünf Millionen Dollar für ein Zweizimmer-Penthouse hinblättern. Einst säumten die Bleecker Street zahllose kleine Geschäfte mit ramponierten Antiquitäten, gebrauchten Vinylschallplatten, Secondhandbüchern und Spaßkondomen, nun hingegen reiht sich eine Luxusboutique an die andere.

Naomi ist in diesem Laden gewissermaßen groß geworden. Auf dem Fußboden in der Geschichtsabteilung hat sie ihre Hausaufgaben gemacht, als Teenager die Regale eingeräumt und später dann die Website und den Newsletter auf die Beine gestellt. Währenddessen hat sie in der Filmbranche gearbeitet, um genug Geld für ihre höchst experimentellen und zugegebenermaßen meist schwer verständlichen Kurzfilme zusammenzubekommen – nicht unbedingt der Inbegriff des befriedigenden Lebens einer talentierten erwachsenen Frau, auch wenn sie ihren Eltern gegenüber stets das Gegenteil beteuert hat.

Und dann waren sie auf einmal tot. Ein Betrunkener

raste mitten am Tag auf dem Long Island Expressway in sie hinein. Auf einen Schlag war Naomi Besitzerin des Ladens, und sie brachte es schlicht nicht übers Herz, ihn einfach dichtzumachen oder einen Käufer dafür zu suchen. Also übernahm sie das Ruder, wenn auch nur vorübergehend, in einer Phase, als die Geschäfte einigermaßen gut zu laufen schienen. Die Leute in Greenwich Village kauften viele Bücher und lehnten Buchhandelsketten ab. Berger's war perfekt für sie. Und innerhalb kürzester Zeit fand Naomi an ihrer neuen Aufgabe Gefallen. Sie genoss die Arbeit mit den Kunden, den Angestellten und den Autoren, den Kindern und ihren Müttern, die zu den Samstagvormittagslesungen kamen.

Es dauerte mehrere Jahre, bis sie sich eingestehen konnte, dass sich ihre vorläufige Beschäftigung in eine dauerhafte verwandelt hatte. Sie engagierte einen Handwerker, der im hinteren Teil des Ladens einen schlichten Tresen baute, kaufte sich ein paar gebrauchte Cafétische, eine Espressomaschine und ein paar Körbchen für das Gebäck. Das war die Geburtsstunde der Buchhandlung mit Café für regnerische Tage. Und für die Zeiten, wenn es trocken war, brachte sie den alten Garten auf Vordermann, stellte Secondhandmöbel und ein paar Eimer mit Plastikspielsachen hinaus und ließ Außensteckdosen verlegen, damit die Gäste mit ihren Computern – Autoren, Programmierer und Start-up-Aspiranten, die jeden Spätvormittag herbeiströmten und ihr büroloses Leben nach draußen verlagerten – jederzeit kostenlos ins Internet gehen konnten. Eigentlich kaufen nicht viele Leute regelmäßig Bücher, aber sie bezahlen ihren Kaffee und ihre Scones. An manchen Tagen verkauft Naomi mehr Scones als Bücher.

Nun drängen sich die Raucher unter den Partygästen an den Gartentischen und lassen ihre Zigarettenkippen in so ziemlich jedes leere Plastikglas fallen, während sie sich in aller Seelenruhe an einem gewöhnlichen Dienstag gratis betrinken.

Ihr Telefon läutet. Sie wirft einen Blick auf das Display und runzelt die Stirn. Seltsam. Ihre eigene Nummer. »Hallo?«

»Hi, Naomi, hier ist Isabel.« Ihre alte Freundin, die vom Festnetzapparat ihres Wochenendhauses anruft. Auch das war eine der vielen Verrücktheiten ihrer Eltern: sich ein halb zerfallenes Holzschindelhaus auf einer Klippe am hintersten Zipfel von Long Island zu kaufen; damals war die Gegend gewissermaßen der Arsch der Welt, daher bekamen sie das Haus für einen Apfel und ein Ei und renovierten es Stück für Stück, sodass sich die Kosten möglichst in Grenzen hielten. Für ein Kommunistenpärchen waren ihre Eltern bemerkenswerte Geldfüchse.

»Bist du im Haus, Isabel?«

»Ja, ist das okay für dich?«

»Aber natürlich, schließlich habe ich nur eine beste Freundin, die gleichzeitig auch noch meine Literaturagentin ist.« Vor einiger Zeit hat Naomi angefangen, ihre Memoiren zu Papier zu bringen. Etwa nach der Hälfte hat sie das Manuskript an Isabel geschickt, die scharfsinnige, gerissene Agentin, die sofort Feuer und Flamme war. Isabel hat ihr geholfen, den dramaturgischen Aufbau noch einmal zu überdenken und ein besseres Buch daraus zu machen, als Naomi es im Alleingang jemals hinbekommen hätte. Dann hat Isabel sie unter Vertrag genommen, das Manuskript einem Dutzend Lektoren zur Prüfung vorgelegt und innerhalb weniger Wochen ein halbes Dutzend Angebote bekommen, die eine Vorschusssumme von bis zu 110 000 Dollar geboten haben. Sechsstellig!

Natürlich ging von diesem Betrag noch die Agentenprovision in Höhe von fünfzehn Prozent ab, außerdem hatte Naomi nicht gewusst, dass die Summe in vier jährlich anfallenden Teilbeträgen ausbezahlt wird. Und da dieses Geld nicht Naomis einziger Verdienst in den nächsten vier Jahren sein wird, muss es zu ihrem Jahresumsatz hinzugerechnet und entsprechend versteuert werden. So bleibt am Ende dieses eindrucksvollen Betrags eine jährliche Einnahme von gerade einmal 15 000 Dollar pro Auszahlung übrig.

Einer der Partygäste gibt gerade lautstark eine Geschichte zum Besten, deshalb sieht Naomi sich nach einer ruhigen Ecke um. »Du weißt doch, dass du immer willkommen bist. Immer.«

»Danke. Tut mir leid, dass ich nicht vorher angerufen und gefragt habe. Aber es war … ein ziemlich seltsamer Tag.«

Naomi geht nach drinnen und schließt ihr kleines, fensterloses Büro auf. »Ist alles in Ordnung?«

»Schwer zu sagen. Ich habe noch eine Frage, Naomi. Die Kameras im Haus … Funktionieren sie noch?«

Naomi hat für ihr jüngstes Filmprojekt heimlich das gesamte Erdgeschoss mit kleinen versteckten Kameras und Mikrofonen ausstatten lassen. »Ja.«

»Gut. Könntest du mir sagen, wie man sie aktiviert?«

Was für eine ungewöhnliche Bitte. »Klar.«

»Gut. Danke. Und, Naomi …«

»Ja?«

»Diese Waffe … Ist sie auch noch hier?«

»Also sind wir im Geschäft?«, fragte Charlie.

Dave nickte.

»Wie aufregend.« Charlie lächelte breit. »Bist du auch aufgeregt?«

»Ja.«

Die Geschäfte liefen wesentlich besser als erwartet. Daher überlegten sie seit einiger Zeit, was sie als Nächstes in Angriff nehmen sollten – mit dieser optimistischen Arroganz, wie sie nur junge Männer an den Tag legten. Dieses »Nächste« sollten die amerikanischen Privatnachrichten sein, und die Investoren standen bereits Schlange. Charlie würde seine eigene Sendung bekommen, die Hauptnachrichten, jeden Abend zur Primetime.

»Wir werden wirklich Großes schaffen«, erklärte er und blickte aus dem Fenster des Konferenzraums von Wolfe Worldwide Media im obersten Stockwerk eines alten Gebäudes in Silicon Alley, von wo aus sich ein Blick auf das Empire State Building bot. »Großartige Dinge.«

»Ja.«

»Du klingst aber nicht allzu überzeugt.«

Dave tippte mit seinem Stift auf seinen Notizblock. »Wir haben immer noch nicht darüber geredet, Charlie.«

Charlie verlagerte das Gewicht auf seinem Stuhl, nippte an seinem Kaffee und stellte die Tasse wieder hin.

»Ich rede von dem anderen Mädchen. In der Disco.«

»Ich weiß, von wem du redest.«

»Sie könnte uns gesehen haben und dich identifizieren. Oder mich. Wenn dein Gesicht die ganze Zeit im Fernsehen ist …«

»Dann könnte sie mich wiedererkennen«, bringt Charlie den Satz für ihn zu Ende. »Sie könnte mich identifizieren, mit dem Finger auf mich zeigen und rufen: *›Das ist er. Der Letzte, mit dem meine Freundin gesehen wurde, bevor sie verschwunden ist. J'accuse!‹* Ist es das, wovor du Angst hast?«

»Ja, ganz genau. Du etwa nicht?«

Charlie blinzelte. »Willst du nur auf ein Problem hinweisen, das wir sowieso längst kennen? Oder hast du auch eine Lösung dafür?«

»Hast du eine?«

Wieder griff Charlie nach seiner Kaffeetasse, diesmal hob er sie jedoch nicht an den Mund. »Wir müssen überlegen, wie wahrscheinlich es ist, dass das passiert, richtig?«

»Und wie soll das gehen?«

»Als Erstes müssen wir sie finden. Das sollte nicht so schwer sein. Ihr Name stand in sämtlichen Zeitungen, wir wissen, auf welches College sie gegangen ist und wann. Also sollten wir doch …«

»Ja«, unterbrach Dave ihn. »Und dann?«

»Dann finden wir heraus, ob sie mich wiedererkennt. Was bestimmt nicht der Fall ist, da bin ich mir ziemlich sicher. Damit sind wir endgültig aus dem Schneider.«

Dave lächelte verächtlich. »Ja, Charlie.« Er beugte sich vor und legte die Hände aneinander, als wollte er beten. »Aber was, wenn sie dich doch wiedererkennt?«

TEIL III

ABEND

Kapitel 35

Isabel tappt barfuß über den Fußboden. Die Holzdielen fühlen sich glatt und kühl unter ihren Fußsohlen an. In der Luft liegt der würzige Geruch nach Meer. Kniehohe Wellen schwappen ans felsige Ufer, ein steter Rhythmus, der an das statische Rauschen eines Radios erinnert, als würde jemand am Senderknopf herumdrehen und versuchen, einen besseren Empfang zu bekommen. Sie kann sich das leise, unverständliche Murmeln der Übertragung eines Spiels in einem Transistorradio im Zimmer nebenan vorstellen, die zwitschernden Endlosdialoge der Vögel, das Geräusch eines Wagens mit angeschlagenem Getriebe, der auf der weit entfernten Straße beschleunigt, das laute Platschen von Kindern, die von einem durchhängenden Einerbrett Arschbomben in den Pool machen, und das hohe, durchdringende Klingeln von Kinderlachen.

Sie kann sich vorstellen, es wäre drei Jahre früher, sie sei immer noch verheiratet und ihr kleiner Liebling noch am Leben.

Ihr Blick fällt auf die eingebauten Bücherregale links und rechts des Kamins, auf all die Werke über Natur und Fotografie, die milchig weißen Muscheln und alten grünen Limoflaschen – das übliche Strandhaus-Sammelsurium. Und in den Ecken befinden sich die diskret installierten elektronischen Überwachungsgerätschaften, die runden Kameraaugen, derentwegen sie überhaupt hergekommen ist.

Die Situation lastet schwer auf ihren Schultern, ihrer Seele, ihrem gesamten Dasein. Schon jetzt kann sie sich nicht mehr erinnern, wie es war, sich sicher zu fühlen. Es kommt ihr vor, als wären Wochen vergangen, seit sie das Manuskript zu Ende gelesen hat und der Stein ins Rollen geraten ist, dabei war es … Ist das möglich? Kann es wirklich sein, dass sie es heute Morgen zur Seite gelegt hat?

Sie legt die Hand um den Griff der Kühlschranktür, öffnet sie aber nicht, sondern lässt sich dagegensinken. Dann beginnt sie zu weinen. Erst sind es nur ein paar erstickte Atemzüge und vereinzelte Tränen, doch dann fangen ihre Schultern zu beben an. Ihr ganzer Körper wird von verzweifelten Schluchzern geschüttelt, während sie zusammengesunken am kühlen Metall der Kühlschranktür lehnt.

Irgendwann verebben die Tränen von ganz allein, als der Druck in ihrem Innern allmählich nachlässt. Sie macht ein paar tiefe, zittrige Atemzüge und fängt sich ein wenig. Schließlich wischt sie sich mit dem rechten Zeigefinger die Tränen ab, während ihre Linke immer noch den Griff umklammert hält.

Sie öffnet das Gefrierfach. Unwillkürlich fällt ihr Blick auf die große, verschließbare Plastiktüte, die sie ins unterste Fach, unter der Packung mit dem Wassereis, geschoben hat. Lediglich der Plastikverschluss ragt hervor. Sie nimmt den Eiswürfelbehälter heraus und kippt sämtliche Würfel in einen bunt geringelten Glaskrug. Als sie Wasser einfüllt, fällt ihr Blick auf ihr Gesicht in der Fensterscheibe über dem Wasserhahn. Sie sieht fürchterlich aus. Eilig versucht sie, die Tränen mit den Fingerknöcheln wegzuwischen, doch dann nimmt sie ein Geschirrtuch zu Hilfe.

Sie geht auf die Veranda zurück, wo Jeffrey seine leere Pastaschüssel auf dem Weidenliegestuhl abstellt und über das Geländer auf den Horizont hinausblickt. Die Sonne versinkt gerade hinter dem Meer, ein orangefarbener Feuerball, der den Himmel in loderndes Feuer zu tauchen und schillernde Farbblitze über das Meer zu jagen scheint.

»Danke.« Er nimmt ihr den Krug ab und füllt zuerst ein Glas, das er ihr reicht, dann eines für sich. »Das war köstlich.«

Es war ein typisches Singleessen – Pasta mit Gemüse und einen Salat dazu. Frische Zutaten für ein paar Dollar und zehn Minuten Arbeit. In letzter Zeit bereitet sie derartige Mahlzeiten ständig zu.

Isabel stellt ihre leere Schüssel in Jeffreys, doch seine Gabel liegt noch darin, deshalb kippt sie leicht zur Seite, wohingegen seine sicher und stabil dasteht. Sie blickt auf den kleinen Turm, eine leicht wacklige Konstruktion, vielleicht ein Sinnbild für ihrer beider Leben.

Jeff sieht wieder zum Horizont. Sie folgt seinem Blick. Einen Moment lang beobachten die beiden wortlos, wie die bunten Farben dieses Tages allmählich verblassen. Dann wendet er sich ihr zu und lächelt. Sein Lächeln hat sich schon immer wie eine warme Decke angefühlt.

»Ich weiß, dass es sehr schwer für dich sein muss«, sagt er. »Hier zu sein.«

Abermals spürt sie Tränen aufsteigen und bemüht sich, sie zu unterdrücken, dagegen anzukämpfen, nicht hier und jetzt und vielleicht unwiederbringlich zusammenzubrechen. Sie hat so lange versucht, die Fassung zu wahren.

Am schlimmsten war Tommys Gedenkgottesdienst – unfassbar herzzerreißend, tränenreich und qualvoll. Unbeschreiblich traurig, trotzdem mussten die Leute etwas sagen. Mindestens dreihundert schwarz gekleidete Trauergäste hatten sich eingefunden, standen da, die Finger um nasse Taschentücher gekrallt, weinend, schluchzend. Sie lehnten sich aneinander, hielten einander in den Armen, fuhren sich ratlos mit der Hand durchs Haar, blickten zu der reich verzierten Raumdecke hinauf. Es war halb elf Uhr morgens an einem Montag. Was für eine Art, eine neue Woche zu beginnen.

Isabels Schwiegermutter war die erste Rednerin, eine alternde Hippiebraut in einem schwarzen Etuikleid und mit schwarzen Strümpfen. Isabel hatte sie noch nie so förmlich gekleidet gesehen. Großmütter wüssten nur zu genau, dass alles irgendwann ein Ende fände, sagte sie – die Wutanfälle, die kleinen Toiletten-Missgeschicke, die ausgefeilten Manipulationsversuche, um das Zubettgehen hinauszuzögern, jede Grippe und jede Erkältung, jedes Bauchweh, aufgeschlagene Knie und Lippen, jeder Alkoholexzess, gekrönt von explosionsartigem Erbrechen, jeder noch so bittere und schmerzhafte Vorwurf, den einem die Sprösslinge an den Kopf warfen. All das gehe vorbei, als Großmutter wisse man all das; irgendwann würden die Erinnerungen an die kleinen Nervensägen verblassen, sodass lediglich der Gedanke an das Wunderbare, Einzigartige bleibe, an Dinge, die man hätte wertschätzen sollen, als es noch möglich war. Daher sei die Ungerechtigkeit von alldem, das Undenkbare … An dieser Stelle brach Karla zusammen.

Als Nächstes folgte ein Freund der Familie. Dann Isabels Eltern und schließlich Isabels Ehemann, der nicht einmal eine ganze Minute lang sprach, während Isabel an seiner Seite zusammensackte. Es war einfach zu viel. Nicht nur für ihn und Isabel, sondern auch für all die Menschen in diesem riesigen Saal, die am Boden zerstört über den Verlust des kleinen Jungen waren, der gerade in die zweite Vorschulklasse hätte kommen sollen. Dessen bester Freund Danny hieß, der einen Lieblingsteddy namens Baba-Beebee hatte, der die Farbe Orange am liebsten und Grün am zweitliebsten mochte, eine Lieblingsfernsehsendung und einen Lieblingssong und einen Lieblingsfilm hatte. Und der erst am vorherigen Dienstagmorgen auf der Toilette einen gewaltigen Wutanfall bekommen und »Piiii-piii, komm zurück! Bitte, komm zurück, Pipi!« gebrüllt hatte, weil Isabel versehentlich die Spülung gedrückt hatte, statt es ihn tun zu lassen.

Kein einziges Auge blieb trocken.

Dann strömten dreihundert schwarz gekleidete Trauergäste aus dem Beerdigungsinstitut hinaus auf die regennasse, graue Straße, noch immer aneinandergeklammert und mit Taschentüchern in den Händen. Einige zündeten sich Zigaretten an, andere rissen die Arme hoch, um ein Taxi anzuhalten, Dutzende oder noch mehr griffen in ihre Taschen und zogen ihre Handys heraus, schalteten sie ein oder die Stummschaltung aus, blickten auf Displays, hörten mit tränennassen Gesichtern Voicemails ab, lauschten mit schief gelegten Köpfen und konzentrierten sich auf alles, was während der vergangenen fünfundsiebzig Minuten in ihrem Leben passiert war, verschobene Termine, Fragen und Updates. In ihren Augen brannten noch die Tränen, während sie allmählich in ihr eigenes, tragödienfreies Leben zurückkehrten, in dem ihnen nicht gewaltsam und brutal ihr wunderbares, perfektes Kind entrissen worden war; ihr Leben, das noch immer einen Sinn hatte, für das es sich weiterzumachen lohnte; dafür, zur Arbeit und danach nach Hause zu gehen, um am nächsten Morgen wieder aufzustehen und am Tag danach und am Tag danach.

Aber nicht Isabel. Jeder sah, dass ihr Leben seinen Sinn verloren hatte. All die neuen Freundschaften, die sie auf dem Spielplatz und in der Vorschule geknüpft hatte, mit diesen Frauen, deren Hauptaufgabe darin besteht, ihr Leben in Reichtum und Wohlstand zu organisieren, sich um ihre Lofts in Tribeca, ihre Strandhäuser in Water Mill und ihre Ferienwohnungen in Vail direkt an der Piste zu kümmern; die Termine mit dem Kindermädchen, dem Babysitter, dem Klavierlehrer, der Französischnachhilfe, dem Schneider, der Putzfrau, dem Friseur und der Maniküre, dem Personal Trainer zu koordinieren; sich Zeit für ihre Pilates- und Yogastunden zu nehmen, ihre Portiers und die Aushilfen in der Garage beschäftigt zu halten, Pläne für die Sommer-, die Weihnachts- und die Winterferien zu machen, dafür zu sorgen, dass ihre Autos und Boote, die seidenen Sofabezüge, die Granitarbeitsflächen und die bei der Renovierung freigelegten Holzböden in perfektem Zustand waren, all die Millionen Kleinigkeiten, während für es Isabel keine beschissene Rolle mehr spielte, in welcher Farrow&Ball-Blauschattierung irgendein beschissener Eingangsbereich gestrichen war.

Plötzlich gab es keinen Grund mehr, morgens zur Arbeit zu fahren, abends nach Hause zurückzukehren oder überhaupt nur aufzuwachen.

Weil sie die ganze Zeit nur einen einzigen Gedanken hatte: Man verliert sein Kind nicht. Das gehört nicht zum Deal. Das ist einfach nicht fair.

Und während Isabel immer tiefer in ihrer Trauer versank, ließ sich ihr Mann mehr und mehr von seinen nihilistischen Neigungen mitreißen, jener amoralischen Lebenseinstellung, die schon von jeher unter seiner scheinbar glatten Fassade geschlummert hatte. Er war wütender auf die Welt denn je und rächte sich, indem er sein Inneres komplett verschloss.

Isabel wurde das Gefühl nicht los, dass er auch auf sie wütend war. Dass er ihr insgeheim Vorwürfe machte. Sie tat es jedenfalls.

Sie hatten nie zu den Pärchen gehört, die Händchen hielten, einander mit Kosenamen ansprachen oder stets als Erste die Tanzfläche stürmten. Aber sie hatten einander auch nie Gemeinheiten an den Kopf geworfen oder waren ausfallend geworden. Es schien lediglich, dass ihre Ehe, die von Anfang an auf keinem soliden Fundament gestanden hatte, der Last ihrer Tragödie, ihrer Trauer und Isabels Selbstvorwürfen nicht länger standhielt.

Daher ging auch ihre Scheidung gesittet und ohne Rosenkrieg über die Bühne. Ohne großes Aufheben teilten sie ihr Vermögen auf, er zahlte sie aus ihrem Loft in Downtown aus, und sie kaufte sich von dem Geld das Apartment in Uptown, stattete es mit behaglichen Möbeln in beruhigenden, gedeckten Farben und schicken, teuren Details aus. Einmal besuchte er sie dort, kurz nach dem Einzug, auf ein Glas Wein auf der Terrasse. Als Geschenk brachte er ihr eine kleine Lithografie von Helen Frankenthaler mit, über die sie vor zwanzig Jahren eine Hausarbeit geschrieben hatte.

Sie telefonierten immer noch regelmäßig, alle paar Monate oder vielleicht auch nur zwei-, dreimal im Jahr. Es gab nach wie vor Dinge, die Isabel an ihm liebte, und das 10000-Dollar-Gemälde war ein hilfreiches Mittel, sie stets daran zu erinnern. Vermutlich war genau das der Grund gewesen, weshalb er es gekauft hatte. Ein wohltaktiertes Geschenk für eine Exfrau.

Sie steht in Naomis Küche und blättert eilig die Seiten durch, weil sie nicht will, dass Jeffrey sie dabei erwischt.

Sie weiß genau, wo die Stelle war – in der Unfallszene –, daher braucht sie lediglich ein paar Sekunden, um sie zu finden. Seite 136 unten. Da steht er, der Satz, der alles verändert hat.

»Los, Charlie, mach schon!«, sagte ich. »Halt an.«

Sie kann nicht fassen, wie naiv sie war, wie gutgläubig. Dabei hat sie sich immer für argwöhnisch gehalten, mit allen Wassern gewaschen und immun gegen jede Art von Schwindelei, wie man es von einer waschechten, selbstbewussten New Yorkerin erwartet. Aber da stand es, schwarz auf weiß, der Beweis, dass sie auf die allerübelste Art und Weise getäuscht wurde, und zwar über einen unverzeihlich langen Zeitraum hinweg.

Kapitel 36

»Hallo, Hayden«, sagte Charlie Wolfe. Die beiden Männer schüttelten einander die Hände, als wären sie alte Freunde, Schulterklopfen, breites Lächeln. Aber Freunde waren sie ganz bestimmt nie gewesen. »Wie schön, Sie wieder einmal zu sehen.«

Preston Wolfe war in den Achtzigern ein paar Jahre lang stellvertretender Leiter der CIA gewesen. Der Kalte Krieg lag damals in den letzten Zügen, und Europa war immer noch ein wichtiger Schauplatz für den US-Geheimdienst. In dieser Phase wurde Hayden zu einem wichtigen Mann in einem wichtigen Teil der Welt, daher hatten er und Wolfe senior sich kennengelernt und eine über die Jahre auf kleiner Flamme köchelnde Beziehung zueinander aufgebaut. Im Lauf der folgenden zwanzig Jahre war Hayden immer wieder auch dem jungen Charlie begegnet – anfangs noch als dummdreistem Highschool-Bürschchen an einer elitären New Yorker Privatschule, später als verantwortungslosem Mitglied einer altehrwürdigen Studentenverbindung, dann, nach einem verblüffenden Wandel, als fleißigem Jurastudenten und schließlich als strebsamem, hart arbeitendem und ernsthaftem jungem Mann mit unglaublichem Ehrgeiz.

Hayden war reichlich verblüfft gewesen, als Wolfe junior das erste Mal in London auf der Suche nach einer nützlichen Verbindung mit ihm Kontakt aufgenommen hatte. Doch seine Überraschung hatte nicht lange gewährt, sondern war recht bald einer schockierenden Erkenntnis gewichen, dass er selbst bereit war, mit ihm Geschäfte zu machen. Während der nächsten fünfzehn Jahre hatten sie beide von dieser Geschäftsbeziehung profitiert, jeder auf seine eigene Art und Weise, aber beide als Resultat des engagierten Einsatzes des anderen.

Doch dann hatte das Ganze ein jähes Ende gefunden.

»Danke, dass Sie hergekommen sind«, sagte Charlie. Hayden war soeben aus Berlin eingetroffen; er war eigens hergeflogen, um sich mit diesem Mann zu treffen, in der Eiskälte eines Parks.

Sie suchten sich unter den Hunderten um den Brunnen verteilten Stühlen zwei mit halbwegs geraden Lehnen aus und setzten sich. Alle waren zum Lesen und Sonnenbaden gedacht, aber es war Dezember, daher waren sie unbesetzt. Bis auf einige wenige Leute war der Jardin des Tuileries leer. Zwei Männer in weit geschnittenen Mänteln standen etwa fünfzig Meter von ihnen entfernt: Charlies Bodyguards. Auf der anderen Seite des Brunnens saß eine dick eingepackte Frau mit einer übergroßen Sonnenbrille und einem Buch auf dem Schoß. Sie hatte das Gesicht der fahlen Wintersonne zugewandt und sah aus, als wäre sie eingeschlafen. Ein Rentnerquartett – Italiener oder Spanier – verputzten ihre Sandwiches und schienen sich großartig zu amüsieren. Etwa hundert Meter entfernt stand ein junger, groß gewachsener Mann gegen einen kahlen Baum gelehnt. Vermutlich handelte es sich um den Aufpasser der amerikanischen Botschaft. Charlie Wolfe war ein Mann geworden, der ständig unter Beobachtung stand. Und das bedeutete logischerweise, dass auch Hayden nicht unbemerkt blieb.

»Also«, begann Hayden. »Ich dachte, wir wären fertig miteinander.«

Zu Beginn des Herbstes hatte Charlie im Zuge eines Abendessens in Berlin ihre Beziehung offiziell für beendet erklärt. »Es sind gerade einmal ein paar Monate vergangen. Haben Sie Ihre Meinung etwa schon wieder geändert? Fehle ich Ihnen so sehr?«

Charlie verzog das Gesicht zu einem bereitwilligen, dennoch freudlosen Lächeln. »Wussten Sie, dass ich für ein öffentliches Amt kandidiere? Als Senator?«

Natürlich hatte Hayden davon gehört. Und er hielt es definitiv für eine sehr schlechte Idee. Er schwieg.

»Außerdem habe ich angefangen, an einem Buch zu arbeiten. Es ist eine Art Autobiografie, enthält aber auch eine Menge über meine Vision für die Zukunft unseres Landes. Ich habe es mit Dave Miller geschrieben. Wir, Dave und ich, haben uns hingesetzt, wann immer wir die Zeit dafür gefunden haben. Ich habe geredet, und er hat geschrieben und mir Fragen gestellt. Dann haben wir gemeinsam an den Formulierungen in den wichtigsten Passagen gefeilt. Er hat meine Familie und Klassenkameraden befragt und ein bisschen Hintergrundmaterial gesammelt …« Charlie ließ seine Stimme verklingen. Offensichtlich kam er allmählich zu dem Teil der Geschichte, der ihm nicht behagte.

»Dave hat das Arbeitsexemplar des Manuskripts und ein paar handschriftliche Notizen von mir im Büro aufbewahrt, dazu die Kontaktdaten der Quellen, Unterlagen aus dem Studium und die DVDs meiner Fernsehauftritte. Et cetera.«

Et cet e ra. Charlie sprach langsam und betonte jede einzelne Silbe.

»Dann bekam Dave plötzlich seine Krebsdiagnose. Wirklich schlimm.« Charlie schüttelte den Kopf. »Und noch schlimmer war es vergangene Woche, als ich herausgefunden habe, dass er mit dem Flugzeug abgestürzt ist.«

Hayden musterte ihn aufmerksam. Die Formulierung – *als ich herausgefunden habe, dass er mit dem Flugzeug abgestürzt ist* – war reichlich seltsam, um den Freitod seines besten Freundes zu umschreiben.

»Erst nach ein paar Tagen kam ich auf die Idee, nach dem Manuskript zu suchen. Vorher hatte ich andere Dinge im Kopf. Jedenfalls bin ich am Montagabend in Daves Büro gegangen, habe den Aktenschrank aufschließen lassen und hineingesehen. Dann habe ich etwas genauer nachgesehen und dann noch genauer. Ich habe alles abgesucht, aber das Manuskript ist spurlos verschwunden.«

»Wir sprechen von einem Ausdruck, richtig? Was ist mit elektronischen Dokumenten?«

»Wir haben keine angelegt.«

Hayden starrte den Medienmogul verständnislos an.

»Digitale Dokumente lassen sich zu leicht kopieren. Oder stehlen. Sobald etwas digital erfasst ist, völlig egal, ist es nicht länger sicher. Im Gegensatz zu einem Stapel Papier, von dem niemand etwas weiß. Folglich kann auch keiner danach suchen. Also haben wir alles getippt, kopiert und die Word-Dokumente danach gelöscht. Das Manuskript existiert einzig und allein in physischer Form. Irgendwo.«

»Ich nehme an, Sie haben sein Haus durchsuchen lassen?«

»Ja. Nichts. Weder in Georgetown noch in seinem Ferienhaus am Strand.«

»Könnte es sein, dass Miller es vernichtet hat?«

»Natürlich wäre das möglich. Aber weshalb sollte er das tun?«

Hayden zuckte die Achseln.

»Kein Manuskript. Nichts. Und«, fuhr Charlie fort und beugte sich vor, »es gibt auch keine Leiche.«

Hayden ließ den Blick umherschweifen. Jenseits des Parks befand sich der Louvre – elegant, der Inbegriff der französischen Renaissance –, dahinter die Place de la Concorde mit dem berühmten Obelisken in der Mitte, die Champs-Élysées, der Arc de Triomphe und der Eiffelturm, dessen Spitze von dichten grauen Wolken verhangen war.

Sie saßen mitten im Park, für jeden sichtbar, zugleich so zentral, dass niemand unbemerkt ihre Unterhaltung belauschen könnte.

»Wie lautet Ihre Theorie?«, fragte er.

Charlie starrte ihn einige Sekunden lang wortlos an. Die Stille hing bedeutungsschwanger zwischen ihnen. »Ich glaube, dass der Selbstmord vorgetäuscht war und Dave sich irgendwo versteckt, um das Buch zu Ende zu schreiben.«

»Aber wieso?«

»Ich bin mir nicht ganz sicher.«

»Blödsinn! Was ist passiert?«

»Es ist kompliziert, Hayden.«

Als Charlie ihn zwei Tage zuvor um dieses Treffen gebeten hatte, war Haydens erster Gedanke gewesen, dass es zu irgendeiner Katastrophe gekommen war. Im Lauf der Jahre hatte er die Erfahrung gemacht, dass ihn sein Instinkt nur sehr selten trog. »Los, raus mit der Sprache, Charlie. Sie sind kein Idiot. Und ich auch nicht.«

Nervös rutschte Charlie auf dem Sitz herum. »Dave war irgendwie immer eifersüchtig auf mich. Neidisch. Wegen des Geldes und so. Und damals, auf dem College, ist etwas vorgefallen … das …«

»Was?«

Charlie wandte sich ab und schlug die Beine übereinander. »Es gab einen Unfall. Mit dem Auto. Ich war, äh, betrunken.«

»Und?«

»Ein Mädchen kam ums Leben.«

Hayden lauschte angewidert. »Und Miller weiß davon.«

»Er saß mit im Wagen.«

Scheiße. »Aber er hat die ganze Zeit geschwiegen? Die ganzen ... keine Ahnung ... fünfundzwanzig Jahre?«

»Wir haben ihn bezahlt.«

»Wer ist wir?«

»Mein Vater. Und ich. Na ja, das Geld kam in Wahrheit von meinem Vater.«

»Preston Wolfe steckt in dieser Sache mit drin?«

»Mein Vater war in der Nacht des Unfalls in Ithaca. Nachdem Dave und ich die Leiche ... weggeschafft hatten, sind wir zu ihm gegangen. Es war mitten in der Nacht, und wir wussten nicht, wer uns sonst hätte helfen können.«

»Wobei helfen?«

»Uns zu überlegen, was wir machen sollen. Wie wir uns einer Identifikation entziehen und die Beweise verschwinden lassen sollen. Mein Vater hat angeboten, Dave zu bezahlen. Vierzig Riesen im Jahr. Nicht nur, damit er den Mund hält, sondern auch als Beweis, dass er sich sein Schweigen von uns hat bezahlen lassen. Um ihn zum Mittäter zu machen. Bei einem Kapitalverbrechen. Um zu gewährleisten, dass er mit höchst unangenehmen Konsequenzen rechnen muss, falls er auf die Idee kommen sollte, sein Schweigen jemals zu brechen.«

»Das Ganze war also die Idee Ihres Vaters?«

Charlie schüttelte den Kopf.

»Sie waren ein verschlagener kleiner Mistkerl.«

»Er brauchte das Geld. Wussten Sie, dass Dave aus ärmlichen Verhältnissen stammt? Dass seine Eltern, genauer gesagt seine Mutter, Kommunisten sind? Sogar Marxisten?«

Hayden antwortete nicht.

»Und dann hat Dave mir geholfen, mein Geschäft aufzubauen, und so ... Wir wurden Geschäftspartner. Und durch mich – durch unsere Beziehung und unsere gemeinsamen Geschäfte – ist er reich geworden. Reicher, als er sich je erträumt hatte. Und als er seiner Meinung nach eigentlich sein sollte. Sie müssen wissen, dass er sich mit all dem Geld nie recht wohlgefühlt hat. Seine Mutter hat sich für ihn geschämt. Und er sich selbst schätzungsweise auch. In den Augen seiner Mutter ist er genau die Sorte Mensch geworden, der er niemals werden und den er eigentlich sogar verachten sollte. So hat sie ihn erzogen.«

»Hat er das jemals konkret geäußert?«

»Nein, aber seine Selbstverachtung war ziemlich deutlich. Und sein Privatleben hat auch nicht gerade positiv beigetragen. Sie wissen, was passiert ist?«

Hayden nickte.

»Dann haben wir den Nachrichtensender in Washington gegründet und die Firmenzentrale dorthin verlagert. Wir hatten enormen Erfolg …«

»Und dann?«

»Dann kam Finnland.«

Ihre erste gemeinsame Operation lag fünfzehn Jahre zurück – ein italienischer Präsidentschaftskandidat stolperte über eine Affäre mit einer Neunzehnjährigen. Danach kam der Parlamentsabgeordnete aus Liverpool, der seinen Rücktritt erklären musste, nachdem er auf der Herrentoilette in einem Klub in der Greek Street beim Koksen erwischt worden war. Und dann der holländische Finanzmogul, dem Waffenschmuggel nachgewiesen werden konnte. Er war in Athen festgenommen und innerhalb weniger Stunden im Gefängnis ermordet worden.

Sie hatten das Leben von Menschen zerstört, die es nicht besser verdient hatten, einzig und allein aus Gier nach Geld und Macht.

»Sagten Sie nicht, das sei unter Kontrolle?«

»Das dachte ich auch. Zumindest weitgehend.«

Finnland war etwas anderes. Es war von Anfang an keine gute Idee gewesen: ein schwer zu taxierendes Ziel, ein Internetunternehmer, dessen Skandalseite Amerika in einem schlechten Licht dastehen ließ, Wolfes Marktanteil gefährdete und gegen jede Menge Gesetze verstieß, alles auf einmal. Das Ganze roch schwer nach einem persönlichen Rachefeldzug an Charlie Wolfe, und eigentlich hätte Hayden den Auftrag ohne weitere Diskussion ablehnen müssen. Früher hätte er es jedenfalls getan. Aber im Lauf der Zeit hatte sein moralischer Kompass immer mehr an Ausrichtung verloren, bis er schließlich neu justiert worden war und Norden nun in einer Richtung gelegen hatte, die nicht mehr ganz dem Norden der restlichen Menschheit entsprach. Für einen Kompromiss war er sich stets zu schade gewesen.

»Aber ein paar Monate danach erzählt er plötzlich, dass er krank ist, todkrank sogar.«

»Sie glauben also nicht, dass er tatsächlich Krebs hatte? Oder immer noch hat?«

»Doch, soweit ich beurteilen kann, ist er wirklich krank. Er war bei mehreren Spezialisten, hat sich untersuchen lassen. Er hat wahnsinnig abgenommen und war kreidebleich. Fürchterlich. Krank war er, daran gibt es keinen Zweifel. Aber Ärzte und Krankenhäuser sind ja mit der Herausgabe von Patientendaten immer sehr zurückhaltend. Außerdem ist es nicht völlig unmöglich, Untersuchungsergebnisse oder Krankenberichte zu fälschen.«

»Gehen wir also davon aus, dass Miller tatsächlich Krebs hat. Aber würde er dann ausgerechnet so etwas noch auf dem Sterbebett tun? Ihren Unfall und seine Beteiligung daran öffentlich machen?«

»O ja.«

»Und wenn er doch keinen Krebs hat?«

»Vielleicht tut er genau dasselbe, nur dass er eben nicht auf dem Sterbebett liegt.«

Eine höchst unerfreuliche Situation. »Haben Sie irgendeine Ahnung, wo er sich gerade aufhält, Charlie?«

»Ich denke, er ist in Mexiko. Ich habe seinen Computer überprüfen lassen. Dave hatte ein paar Dokumente von seiner Festplatte und seine Browserhistorie gelöscht, die Cookies aber vergessen.«

»Die Cookies.«

»Ja, durch sie kann man nachvollziehen, auf welchen Websites er war, was es …«

»Ich weiß, was Cookies sind. Aber das ist doch ziemlich seltsam, oder nicht?«

»Was?«

»Dass Miller seine Dokumente und die Historie gelöscht, die Cookies aber dringelassen hat.«

»Dave war nie der große Computerexperte. Das Technische ist nicht sein Metier.« Charlie zuckte mit den Achseln. »Jedenfalls haben wir eine ganze Menge über Mexiko in seiner Historie gefunden. Er hat Seiten von verschiedenen Städten aufgerufen. San Miguel de Allende, Cuernavaca, Oaxaca; Städte, in denen viele Auswanderer leben.«

»Wieso ausgerechnet Mexiko?«

»Wie gesagt, seine Eltern sind Kommunisten.«

»Und?« Hayden kniff die Augen zusammen. »Mexiko ist kein kommunistisches Land. War es nie.«

»Keine Ahnung, aber eben proletarisch, was weiß ich.« Wieder zuckte Charlie die Achseln. »Jedenfalls hat er sich Flugverbindungen nach Mexiko angesehen. Und Busverbindungen. Offenbar reist man in Mexiko in erster Linie mit dem Bus. Außerdem sind meine Leute ziemlich sicher, dass er ein Erste-Klasse-Ticket von Miami nach Mexiko-Stadt gebucht hat.«

Das klang zu schön, um wahr zu sein. Trotzdem waren manchmal Dinge tatsächlich wahr, auch wenn sie zu schön schienen, um es zu sein. Aber übersehene Cookies – so einfach konnte es unmöglich sein. Außerdem hatte Hayden den dumpfen Verdacht, dass es noch einen anderen Ansatz gab, der zu schlimm war, um wahr zu sein.

»Wie viel weiß Miller über unsere gemeinsamen Geschäfte, Charlie?«

Charlie starrte angestrengt zu Boden, bevor er antwortete. »Viel.«

Hayden spürte, wie sich ein Zentnergewicht auf seine Brust legte. Charlies Miene verriet nichts. Hayden wandte sich ab und sah zum Brunnen hinüber, wo noch immer die Frau mit der Sonnenbrille saß und das Gesicht der fahlen Pariser Wintersonne entgegenreckte.

»Alles?«

Charlie hob die Brauen, vermied aber weiterhin jeden Blickkontakt.

Viele bei der CIA würden alles tun, um vorwärtszukommen. Hayden hatte nie dazu gehört und sich stets große Mühe gegeben, seine Haltung auch klarzumachen. Vielmehr war er sogar stolz darauf, nicht zu diesen Ehrgeizlingen zu gehören. Es gab viele Dinge, die Hayden sich vom Leben wünschte, und Ehrgeiz war keineswegs ein Fremdwort für ihn. Aber ein Büro in Langley gehörte definitiv nicht dazu, auch wenn es noch so groß sein mochte. Er hatte nie in Washington und seinem Dunstkreis leben und von all diesen Männern und Frauen umgeben sein wollen, die in die Hauptstadt strömten, um sich einen Namen zu machen. Reichtum und Berühmtheit waren noch nie erstrebenswert für Hayden gewesen.

Nein, er wollte in Europa leben, unter Europäern, umgeben von ihren vielfältigen Sprachen, den Museen und Cafés. Er wollte interessante Dinge lernen, sich mit interessanten Menschen umgeben, mit interessanten Frauen schlafen. Er wünschte sich ein Leben voll bereichernder Erlebnisse und Erfahrungen, mit unterschiedlichsten Menschen und an unterschiedlichsten Orten. Seine Welt war die Spionage, nicht die Politik. Er wollte genau die Karriere, die er längst hatte.

Und um sich seine eigenen bescheidenen Ambitionen ermöglichen zu können, hatte er sich dafür einspannen lassen, andere dabei zu unterstützen, eigene, weitaus banalere Ambitionen zu verfolgen. Hayden hatte sich nie als bestechlich betrachtet, und trotzdem hatte er sich jahrelang heimlich kaufen lassen. Genau aus diesem Grund saß er nun hier, mitten in den Tuilerien, gemeinsam mit dem Mann, der die Verantwortung dafür trug.

Bereits zu Beginn ihres Arrangements war klar gewesen, dass jede ihrer Operationen auf der korrekten Seite der Grenze zwischen Richtig und Falsch liegen würde. Kein Unschuldiger würde zu Schaden kommen, und alles, was sie taten, geschah zum Wohle der Vereinigten Staaten. Das war Haydens Job, eine ehrenwerte Aufgabe, und als Lohn für seine Erfolge wurde er mit Beförderungen und Autonomie bedacht. Dagegen gab es absolut nichts einzuwenden.

Eine gewisse Ausweitung der Grenzen ließ sich vermutlich nicht ganz vermeiden. Allerdings musste er nun, da er hier saß, zugeben, dass er nicht annähernd wachsam genug gewesen war, während Charlie geschickt die Grenze zwischen dem, was gut für die Vereinigten Staaten von Amerika war, und dem, was in erster Linie den Interessen von Wolfe Worldwide Media diente, verschoben hatte. Rückblickend betrachtet war die Operation in Finnland weitaus vorteilhafter für Wolfe gewesen als für alle anderen. Außerdem war dabei ein kleines Kind ums Leben gekommen.

»Kann er irgendetwas davon beweisen, Charlie?«

»Das hängt von der Last der Beweise gegen Sie ab, nehme ich an. Aber einen überzeugenden Auftritt kann er definitiv hinlegen.«

Hayden blickte auf die Spitzen seiner Budapester, während er im Geiste das Szenario durchspielte.

»Sie wissen, was zu tun ist, ja?«, fragte Charlie.

Hayden starrte ihn finster an. Wenn er eines nicht gebrauchen konnte, dann war es die Herablassung dieses Flegels.

»Sie sollten mit einem Anwalt namens Trey Freeley in Washington reden«, fuhr Charlie fort, stand auf und zog seinen maßgeschneiderten Wollmantel enger um sich. Es war kurz vor vier. Bald würde die Sonne untergehen, und es würde noch kälter werden, als es ohnehin bereits war. »Trey versteht eine Menge vom Buchgeschäft und den Menschen, die es betreiben.« Er streckte Hayden die Hand hin. Hayden erhob sich ebenfalls und ergriff sie.

»Danke.«

Charlie nickte und blinzelte mehrmals, als nehme er die wohlverdiente Dankbarkeit für einen enormen Gefallen hin, den er jemandem getan hatte, obwohl genau das Gegenteil der Fall war. Dieser Mann verströmte eine Aura der Souveränität und Würde. Falls es ihm gelänge, die Krise erfolgreich abzuwenden, würde Charlie Wolfe vermutlich einen hervorragenden Politiker abgeben. Und vielleicht noch ein paar andere Krisen, von denen Hayden gar nichts wusste.

Bei genauerer Überlegung wäre Charlie Wolfe jedoch womöglich eine echte Katastrophe als Politiker.

»Das Ganze tut mir wirklich leid, Hayden. Ganz ehrlich.«

Charlie wandte sich ab und ging davon; mit ihm seine beiden Muskelprotze, die ihm in gebührendem Abstand folgten. Er ging die Treppe hinauf zu dem riesigen Kreisverkehr der Place de la Concorde, dann verschwand er außer Sichtweite.

Hayden ging in die entgegengesetzte Richtung, quer durch den eisigen, stillen Park in Richtung Louvre, vorbei an kleinen Hunden auf ihrer Nachmittagsrunde, an jungen Müttern mit Kinderwagen, alten Männern, die mit hinter dem Rücken verschränkten Händen dahinschlenderten, die breitkrempigen Hüte tief ins Gesicht gezogen, Zigaretten in den Mundwinkeln, Zeitungen unter die Arme geklemmt.

Schließlich trat er aus dem Park heraus, blieb an der Ampel an der Rue de Rivoli stehen und blickte auf den herannahenden Verkehr. Aus dem Augenwinkel registrierte er die Frau mit der Sonnenbrille, die ihm im Abstand von etwa dreißig Metern folgte, sorgsam darauf bedacht, mit der Menge zu verschmelzen.

Hayden schob sich durch die Menschen, überquerte die Rue St.-Honoré und den dahinterliegenden Platz. In einem großen, geschäftigen Café suchte er sich einen freien Stuhl unter einem der rot glühenden Heizpilze direkt an der Straße. Die Wärme fühlte sich angenehm auf seinem ausgekühlten Kopf an. Er rieb die Hände aneinander und bestellte eine *chocolat chaud*. Was für eine elende Kälte. Er hatte sich für seinen uralten Mackintosh-Regenmantel anstelle eines warmen Wollmantels entschieden und fror jämmerlich. Eigentlich war für heute, spätestens morgen Regen angesagt gewesen. Seit Monaten hieß es ständig, es könnte regnen, jeden verdammten Tag. Hayden besaß diesen Regenmantel so lange, wie er Geschäfte mit Charlie Wolfe machte, praktisch ein Viertel seines Lebens.

Er ließ den Blick über die Menge wandern, immer auf der Suche nach vertrauten Gesichtern, Mänteln, Hüten. Hunderte Passanten strömten vorbei, verschwanden in der Métro, gingen hierhin und dorthin.

Da war sie, die Frau aus dem Park. Ohne jede Eile überquerte sie den Platz und kam direkt auf das Café zu. Die Dämmerung setzte ein, trotzdem trug sie noch immer ihre Sonnenbrille, die durchaus einen praktischen Nutzen zu haben schien, da die Bügel ihren Paisleyschal hielten, den sie sich um den Kopf und Hals geschlungen hatte. Sie trug einen schlichten Karomantel mit großen Messingknöpfen.

Sie trat direkt auf Haydens Tisch zu und nahm auf dem Stuhl neben ihm Platz.

»*Oui, Madame?*«, fragte der Kellner.

»*Un café crème s'il vous plaît.*« Sie sprach fließend Französisch und sah auch aus wie eine Französin – roter Lippenstift, butterweiche Lederhandschuhe mit Pelzbesatz. Sie nahm die dicke gefilzte Wolldecke von der Stuhllehne und breitete sie auf ihrem Schoß aus.

Einige Minuten lang saßen sie schweigend da und beobachteten die Leute. Dann nahm sie die Sonnenbrille ab, klappte sie zusammen und legte sie vor sich auf den Tisch, ehe sie ihren Schal löste. Schließlich nahm sie den Stöpsel aus ihrem linken Ohr, wickelte das dünne Kabel darum und steckte es in ihre Manteltasche.

»Also«, begann Hayden. »Was sagst du dazu?«

Der Kellner servierte ihre Getränke und zog sich hastig in die Wärme der *salle* zurück.

»*Je crois que ça pourrait devenir difficile. Très difficile.*«

»Oh, hübsche Zeitform, Kate.« Vor zwei Jahren hatte sie praktisch kein Wort Französisch gesprochen.

Sie versuchte, ihr Lächeln hinter ihrer Kaffeetasse zu verbergen.

»Und eine tadellose Aussprache«, fügte Hayden hinzu und nahm einen Schluck von seiner heißen Schokolade. »Ich bin ganz deiner Meinung. Das Ganze könnte sich tatsächlich als schwierig entpuppen.«

Kate stand erst seit ein paar Monaten wieder auf Haydens Gehaltsliste; nur ein paar kleinere Aufträge, für die sie die Pariser Zweigstelle eingeschaltet hatten, aber das hier roch eindeutig nach etwas Großem.

»Bist du bereit?«

»Ja.«

Wieder verfielen sie in Schweigen, während Hayden im Geiste diverse Szenarien durchspielte, die jedoch allesamt unweigerlich zu übelsten Katastrophen führen würden.

»Weißt du, was in diesem Buch steht?«, fragte sie.

Hayden trank noch einen Schluck von seiner Schokolade und wischte sich mit der Serviette den Mund ab. »Kein Mensch übernimmt in seiner Autobiografie die Rolle des Bösewichts, Kate. Wir alle denken unser ganzes Leben lang, wir seien Helden. Aber natürlich gibt es Bösewichte auf der Welt. An jeder Ecke sogar.« Er wandte sich ihr zu. »Oder siehst du das anders?«

Sie schüttelte den Kopf.

»Tja, und Charlie Wolfe ist einer von ihnen.«

Kapitel 37

Wie vermutet war es tatsächlich ein Kinderspiel gewesen, die potenzielle Zeugin ausfindig zu machen. Zehn Minuten Internetrecherche und ein kurzer Anruf zur Rückbestätigung, dann hatte er sie gefunden.

Und nun stand er hier herum, im Lieferanteneingang eines Gebäudes gegenüber von ihrem Büro im Flatiron District, nur wenige Blocks von den Räumlichkeiten von Wolfe Worldwide Media entfernt. Nahezu sämtliche Gebäude stammten aus der Zeit vor den städtischen Flächennutzungsverordnungen: klaustrophobische graue Betonklötze, die mindestens fünfzehn Stockwerke hoch in den Himmel ragten, sodass kaum ein Sonnenstrahl in die engen Schluchten fiel, und ein Gefühl unangenehmer Enge schufen.

Sie kam erst nach sieben Uhr abends heraus. Inzwischen stand er bereits zwei Stunden dort, während das Tageslicht schwand und die Temperatur um mehrere Grad fiel, eingehüllt in seinen zu dünnen Mantel über seinem besten Anzug und seinen neuesten, aber leider nicht allzu bequemen Schuhen, vor allem nicht, wenn man auf dem eiskalten Asphalt ausharren musste. Die Nase lief ihm, seine Ohren brannten vor Kälte, und er hatte die Hände tief in den Manteltaschen vergraben, weil er keine Handschuhe mitgenommen hatte.

Sie ging zuerst in westliche Richtung, und er folgte ihr in sicherer Entfernung mit gesenktem Kopf. Nach etwa zwei Blocks schlug sie den Weg in Richtung Downtown ein. Notfalls wäre er ihr auch in die U-Bahn gefolgt oder in ein vorbeifahrendes Taxi gesprungen, aber eigentlich war er davon ausgegangen, dass sie in eine Bar gehen würde. Es war Donnerstagabend, und sie war nicht verheiratet.

Am Ende fand er sich in einer Kellerbar unter einem mittelmäßigen Restaurant wieder, deren Klientel hauptsächlich aus jungen Schwulen bestand: durchtrainierte Jungs mit strahlenden Augen, die sich in die Brust warfen und zu laut lachten, um die Aufmerksamkeit der anderen Männer auf sich zu ziehen.

Im Untergeschoss herrschte eine völlig andere Atmosphäre, es war ruhiger und dunkler. Er sah, dass sie sich ganz allein in eine Nische setzte, suchte sich einen freien Platz am Tresen und legte seinen Mantel auf dem Hocker neben sich ab. Er sah auf die Uhr. 19:22 Uhr. Vermutlich traf sie sich mit jemandem. Dies war kein Ort, wo man allein hinging, um etwas zu trinken, schon gar nicht in einer dieser Nischen, in die sie sich zurückgezogen hatte. Bestimmt war sie für halb acht verabredet. Von jemandem unterbrochen zu werden wäre sogar ganz hervorragend, weil er dadurch gezwungen wäre, möglichst zügig auf den Punkt zu kommen, allerdings konnte er nur hoffen, dass es sich bei diesem Jemand nicht um ihren Freund handelte. Seine Onlinerecherche hatte zwar ergeben, dass sie unverheiratet war, was jedoch nicht unbedingt bedeutete, dass es niemanden in ihrem Leben gab.

Er bestellte einen Scotch ohne alles und trank einen Schluck, um seine Nerven zu beruhigen. Natürlich war es durchaus möglich, dass sie nicht nur Charlie, sondern auch ihn erkennen würde. Oder nicht einmal Charlie, sondern nur ihn. Heute. Hier. Jetzt.

Er durchquerte den niedrigen Raum. Seine Ohren klingelten vor Anspannung. Dicht vor ihrem Tisch blieb er stehen. Er war kniehoch, hatte eine verspiegelte Platte mit drei Kerzen darauf, deren flackerndes Licht sich in der glatten Oberfläche widerspiegelte.

Sie sah auf. Sie war eine hübsche Frau, Mitte dreißig und attraktiver, als die Fotos im Internet vermuten ließen. Ein zweifelnder und zugleich erwartungsvoller Ausdruck lag in ihrem Blick; durchaus üblich bei Frauen, die häufiger von Männern in Bars angesprochen wurden.

»Hi«, sagte er. Seine Stimme klang fremd in seinen Ohren. »Darf ich Sie auf einen Drink einladen?«

Es war sein Job, die Frau anzusprechen, mit ihr in Kontakt zu treten. Und Charlies Teil des Deals bestand darin, die Waffe zu beschaffen, die, schwer wie ein Amboss, in der seidengefütterten Innentasche seines Mantels steckte.

Kapitel 38

Jeff sieht zu, wie Isabel nach ihrem Weinglas greift. Sie nippt daran, schluckt und leckt sich über die Oberlippe, ganz langsam, sodass ein feuchter Film zurückbleibt. Sie blickt auf das Glas, dann zu ihm und schließlich zur Seite. Ihre Augen tanzen, flirten, glitzern.

Sie zieht an ihrer Zigarette, deren orange Spitze aufflammt und kurz ihre Züge erhellt, ehe sie erneut im Dunkel versinken. Isabel gehört nicht zu diesen nervösen Rauchern, die hektisch ihr neues Päckchen aufreißen, ständig die Asche abschnippen und die Position wechseln, mit den Zigaretten spielen, damit posieren. Bei ihr klemmt sie locker zwischen ihren Fingern, reglos bis auf die Momente, wenn sie sie zum Mund führt, die Lippen darum schließt und daran zieht.

Jeff hat die Art und Weise, wie sie raucht, schon immer geliebt.

Die letzten Sonnenstrahlen tauchen die Umgebung in ein goldenes Licht, das ihrer Haut einen leuchtenden Schimmer verleiht und die bernsteinfarbenen Sprenkel in ihren grünen Augen funkeln lässt. Sie war noch nie schöner als jetzt in diesem Moment, und dabei war sie stets eine bildschöne Frau.

»Ich bin völlig erledigt.« Sie verlagert das Gewicht in ihrem Sessel, drückt ihre Zigarette aus und macht Anstalten, sich zu erheben.

»Ich auch.« Er sieht zu, wie sie aufsteht, dann erhebt er sich ebenfalls und schiebt die Hände in die Taschen. »Bist du …?« Plötzlich weiß er nicht mehr, was er sagen wollte.

»Es ist noch nicht mal dunkel draußen.« Er blickt aufs Wasser hinaus, auf die letzten Farbstreifen am Horizont und das endlose Blau ringsum.

Seine Gedanken kehren zu jenem Abend zurück, etwa ein halbes Jahr nach dem Tod ihres Sohnes. Kaum hatte er den dunklen, niedrigen Raum betreten und sie zusammengesunken an der Bar sitzen sehen, war ihm klar gewesen, dass nicht nur ihre Ehe, sondern auch ihre Seele unmittelbar vor dem Zusammenbruch stand, vollständig und endgültig. Natürlich tranken sie viel zu viel. Irgendwann war es spät – vielleicht gar nicht allzu spät, aber zumindest fühlte es sich so an; auf diese ganz besondere Art, wenn man mit jemandem zusammen ist und das Gefühl hat, als wäre es mitten in der Nacht, obwohl es gar nicht stimmt. Man sitzt an der Bar, eine leere, zerknüllte Zigarettenschachtel vor sich auf dem Tresen, dazwischen überall verstreute Münzen und Geldscheine, weil man eine Runde nach der anderen bestellt und mit Zwanzigern bezahlt hat, ohne sich die Mühe zu machen, nachzusehen, ob man es vielleicht passend hat.

Und dann umarmten sie sich. Es gibt viele verschiedene Arten von Umarmungen, und diese eine ging weiter. Sie küssten sich, wild, ungestüm, feucht.

Und auf einmal weinte sie.

Dann war es vorüber. Es war ein kurzer Ausbruch gewesen, überschäumend wie das Prickeln von Champagner und verflogen, noch bevor sie den Flur des irischen Pubs durchquert hatten, trotzdem immer noch trinkbar, bis es vollends vorbei war, als sie nach draußen traten, während all die Scheine und Münzen auf dem verdammten Tresen zurückblieben, ein geradezu irrwitziges Trinkgeld.

Auf der Straße winkte sie ein Taxi heran und stieg ein, ohne Gute Nacht oder sonst irgendetwas zu sagen und ohne Jeff Gelegenheit zu geben, irgendetwas zu tun, statt lediglich wortlos und schwankend auf dem Bürgersteig zu stehen und ihr zuzusehen.

Und er konnte sich nie sicher sein – bis zum heutigen Tag nicht –, ob dieses kurze Aufflackern von Leidenschaft real gewesen oder lediglich auf den Einfluss der Drinks zurückzuführen war; auf die Tatsache, dass ihre Ehe zerbrach, oder darauf, dass sie dem unsäglichen Druck ihrer Trauer nicht länger standhielt. Ob es überhaupt irgendetwas mit ihm zu tun hatte oder ob er rein zufällig zur richtigen Zeit am richtigen Ort gewesen war.

Auch Jeff war damals noch mit einer anderen Frau verheiratet.

Sie sprachen nie wieder darüber, erwähnten den Abend mit keiner Silbe. Daher erfuhr Jeff auch nie, wie Isabel darüber dachte oder ob sie den Vorfall nicht sofort wieder vergessen hatte.

Nur eines weiß er sicher: dass er nicht das getan hat, was er hätte tun sollen. Er hätte sie nicht einfach gehen lassen dürfen, sondern hätte zu ihr ins Taxi springen oder sie gleich am nächsten Morgen anrufen müssen, sie zum Mittag- oder Abendessen einladen oder irgendwann einfach so anrufen und fragen: »Kann ich dich sehen?« Er hätte da sein müssen, um sie aufzufangen, als ihr Mann – der ein feiges Arschloch ist, wie er inzwischen weiß – nicht für sie da sein konnte oder wollte.

Stattdessen schob Jeff es immer wieder hinaus, von einem Tag zum nächsten, in der vagen Hoffnung, dass sich die Gelegenheit irgendwann von allein bieten würde, und falls nicht, könnte er es immer noch nächste Woche in Angriff nehmen. So waren die imaginären Chancen vorbeigeströmt, wie Eisschollen, auf die er nicht gesprungen war, weil er die ganze Zeit auf eine größere, sicherere gewartet hatte; eine, die schon die Größe eines Luxusdampfers haben müsste, die jedoch niemals des Weges kam, um ihn aus seiner Isolation zu befreien, vor dem langsamen Verfall seiner eigenen Ehe zu retten.

Und Isabel meldete sich nie bei ihm. Zumindest nicht in der Art, wie er es sich wünschte, erhoffte. Sie rief nie an und verlangte von ihm, zu nachtschlafender Stunde in eine schummrige Bar zu kommen, oder um anzukündigen, dass sie bereits auf dem Weg zu ihm sei.

Doch nun steht sie vor ihm, im Dämmerlicht, mit diesem, wie er glaubt – nein, *hofft* – ermutigenden Mona-Lisa-Lächeln. Aber selbst wenn er sich irrt, muss er sein Glück trotzdem versuchen.

»Isabel?«

»Hm?«

Jeff tritt vor sie. Er hat diesen Moment immer gehasst; diesen Augenblick, in dem man mit staubtrockenem Mund vor einer Frau steht und spürt, wie die Schmetterlinge im Bauch zu flattern anfangen.

Er tritt noch einen Schritt näher. Sie weicht nicht zurück. Ihre Gesichter trennen nur noch wenige Zentimeter. Er beugt sich näher, trotzdem überkommt ihn ein Anflug von Verunsicherung. Als ihre Münder nur noch einen Atemzug voneinander entfernt sind, hält er neuerlich inne, um ihr die letzte Chance zu geben, einen Rückzieher zu machen. Aber sie tut es nicht. Gott sei Dank. Er küsst sie, und sie erwidert seinen Kuss. Jeffreys Beine drohen vor Freude unter ihm nachzugeben. Er kann den Kuss kaum genießen, weil ihn die Tatsache, dass er sie tatsächlich in den Armen hält, völlig aus dem Gleichgewicht bringt.

Jeff küsst seit dreißig Jahren Frauen, trotzdem war er nie ganz sicher, wann, mit wem, wieso oder wie es richtig ist, sondern hat stets gegen seine Unentschlossenheit und seine Unsicherheit angekämpft. Es war jedes Mal ein Albtraum. Selbst jetzt, da sich die Magie des Kusses entfaltet und er ihre Hand um seinen Hinterkopf spürt, sie ihn weiter herabzieht und sich an ihn schmiegt …

Aber was ist das? Sie löst sich von ihm, weicht einen Schritt zurück, sieht ihn beinahe schmollend an. Aber nein, sie will ihn nur reizen. Sie lächelt und wendet sich mit aufreizender Langsamkeit von ihm ab.

Wie erstarrt steht Jeff da und sieht zu, wie sie sich gemessenen Schritts entfernt, als lausche sie einem langsamen Rhythmus, den nur sie allein hören kann.

»Komm«, sagt sie, ohne sich umzudrehen. »Komm mit.«

Er kann nicht glauben, dass es tatsächlich passiert, trotzdem kann er seine Ungläubigkeit nicht verleugnen; seine Fassungslosigkeit, dass sie ausgerechnet jetzt, mitten in dieser völlig verkorksten Situation, will, dass er mit ihr schläft, wo ihm mit jeder Minute mehr der Kopf vor unbeantworteten Fragen schwirrt.

Denn während Isabel sich am Nachmittag hingelegt und danach das Abendessen vorbereitet hat, ist er draußen auf der Veranda geblieben und hat die restlichen Seiten des Manuskripts gelesen, angestachelt von der Unfassbarkeit der Anschuldigungen und beinahe überwältigt von ihrer Glaubwürdigkeit. Er hat irgendetwas Verrücktes, nicht Nachvollziehbares erwartet; etwas, das man ohne Weiteres ablehnen könnte. Die ganze Zeit über war er innerlich darauf vorbereitet, das Projekt abzuschießen. Genau so ticken Lektoren normalerweise: Sie sind stets sehr schnell bereit, etwas als kompletten Blödsinn abzutun. Und bei diesem Projekt war er mehr als bereit dazu.

Aber so gern er das Manuskript als Phantasterei abtun würde, kann er nicht abstreiten, dass er an seinen Wahrheitsgehalt glaubt. Und genau das ist das Problem.

Andererseits sieht er zu, wie Isabel den Raum durchquert, verfolgt ihre weichen, geschmeidigen Bewegungen, ist sich der Nacktheit ihres Körpers unter dem dünnen Stoff überdeutlich bewusst, jenes schmalen Grats zwischen Anstand und Verderbtheit, des Schwungs ihrer Hüfte, der Linie ihrer Wade, als sie die erste Stufe ins obere Stockwerk erklimmt, ihrer Kniekehle, der Stelle zwischen ihren Beinen …

Jeff hat gewusst, dass er es heute Abend versuchen musste, aber in Wahrheit hatte er sich nicht mehr erhofft als einen winzigen Kuss.

Kapitel 39

Camilla kehrt der Party auf dem Hanggrundstück in Beverly Hills den Rücken, blickt auf das Lichtermeer in der Abenddämmerung von Los Angeles und nippt an ihrem Champagner. Es ist ihr drittes Glas und wird auch ihr letztes sein. Nicht nur, weil es höchste Zeit wird, endlich ins Hotel zu fahren und einzuchecken, sondern wegen der Gnadenlosigkeit, mit der hier auf Nüchternheit gepocht wird – das Einzige, das ihr an dieser Stadt ernsthaft auf die Nerven fällt. Alle sind pausenlos mit dem Wagen in diesem unfassbar dichten Verkehr unterwegs. Unter einer Stunde scheint hier kein Ziel zu erreichen zu sein, während in New York lediglich die Fahrt zum Flughafen so viel Zeit in Anspruch nimmt, und zwar die hinaus zum JFK. Hier hingegen kann man geschlagene sechzig Minuten damit verplempern, auf die andere Seite der beschissenen 405 zu gelangen.

Und da ständig an jeder Ecke die Polizei steht, kann es sich keiner leisten, einen in der Krone zu haben.

Sie kennt keine Menschenseele hier, mit Ausnahme des mittelmäßig wichtigen Künstleragenten, dem sie die Einladung zu verdanken hat. Er hat sie vorhin an einer der Bars begrüßt, ist dann aber irgendwo in der Menge verschwunden. Was völlig in Ordnung ist. Es ist ihr sogar lieber, weil sie viel zu überdreht ist, um Small Talk zu betreiben und ihre Euphorie über das Manuskript zu zügeln. Deshalb ist es vermutlich besser, sie bleibt für sich.

Nächstes Jahr wird sie wieder Gast auf dieser Party sein – offenbar ist sie eine Art Institution hier –, und dann wird sie jeden hier kennen.

»Hi.« Unvermittelt steht ein Mann neben ihr. »Ich bin Cooper.«

Er streckt die Hand aus. Sie sieht ihm ins Gesicht, dann auf seine Hand. *Was für ein Wahnsinnstyp*, denkt sie.

»Ich bin Camilla. Cam.«

»Interessanter Name, Camilla Cam. Freut mich, Sie kennenzulernen.«

Sie wendet sich wieder dem Lichtermeer zu. »Ein schöner Abend, nicht?«

»Allerdings.«

Sie wirft ihm einen weiteren verstohlenen Blick zu. Bestimmt ist er Schauspieler oder auf dem Weg dahin. »Sind Sie ein Mandant von Janice?« Es heißt, Janice, die Gastgeberin, habe allein zwanzig Millionen mit Bonuszahlungen aus den Provisionen für einen einzigen Künstler verdient, einen Comedian, der mit seiner Mischung aus sexueller Selbstüberschätzung und anzüglichen Witzen ein eher jüngeres Publikum anspricht.

Ein breites, selbstsicheres Lächeln erscheint auf Coopers Zügen. »Nein, ich bin kein Schauspieler, sondern Produzent.« Er tritt direkt vor sie, sodass sie seinem Zahnpastalächeln und den unfassbar anziehenden Grübchen nicht länger entgehen kann. »Ich glaube nicht, dass ich Sie hier schon mal gesehen habe. Was machen Sie so?«

»Dies und das.«

Er hebt fragend eine Braue, doch sie liefert ihm keine weiteren Erklärungen. Einen Moment lang blicken sie einander wortlos an.

»Möchten Sie sich vielleicht lieber über etwas anderes unterhalten?«

Achselzuckend nippt sie an ihrem Champagnerglas. »Worüber zum Beispiel?«

Er lächelt. Hier in L.A. scheint jeder ständig über die

Schulter zu linsen, in der Hoffnung, einen interessanteren – nützlicheren – Gesprächspartner zu entdecken, aber nicht dieser Cooper. Er besitzt die Konzentrationsfähigkeit eines Politikers. Oder eines Gigolos.

»Kann ich Sie durch irgendetwas, was ich sage oder tue, dazu bewegen, mit mir ins Bett zu gehen?«, fragt er, ohne den Blick von ihr zu lösen.

Sie registriert das freche Lächeln, das um seine Mundwinkel spielt, und spürt, wie auch sie unwillkürlich grinsen muss, während sie im Geiste ihre Reaktion abwägt – von gespielter Empörung über Unverbindlichkeit, um Zeit zu gewinnen, bis hin zu spielerischer Provokation. Zieht diese Anmache etwa bei anderen Frauen? Vermutlich schon.

»Wenn ich ehrlich sein soll, habe ich's nicht so mit den Betten«, sagt sie dann.

Die Keramik fühlt sich glatt und kühl unter Camillas Handflächen an, als sie ihren Griff noch ein wenig verstärkt, um nicht nach hinten zu fallen. Schweißperlen rinnen ihr über Unterarme und Handgelenke, sammeln sich zwischen ihren Händen und dem Waschbecken, sodass sie abrutscht und das Gleichgewicht verliert. Sie kippt ein Stück nach vorn, wobei ihr Magen gegen den Waschbeckenrand gedrückt wird und sich ihr Hinterteil noch mehr anhebt.

»Oh«, stöhnt er lustvoll.

Sie drückt sich weiter nach hinten, die Hände gegen die kalten Fliesen gepresst, die Ellbogen auf dem Waschbecken abgestützt. Aus dieser Position kann sie weder ihn sehen noch sich selbst. Der bronzene Wasserhahn ist nur wenige Zentimeter von ihrem Gesicht entfernt. Oder ist das Gold? Wundern würde sie sich nicht.

Irgendwann wird ihr bewusst, dass sie bereits zum zweiten Mal bei einer Branchenparty in Beverly Hills über ein Waschbecken gebeugt steht. Kristallisiert sich da etwa eine heimliche Leidenschaft heraus?

Wieder dringt ein Stöhnen aus seinem Mund; diesmal hört er sich so an, als wäre er kurz davor, deshalb ist sie es auch, gleich, nur noch ein bisschen. Sie kneift die Augen zusammen, beißt sich auf die Lippe, spannt sämtliche Muskeln an, drängt sich noch fester gegen ihn, während sie im Geiste das Gesicht des Mannes vor sich sieht, mit dem sie in Wahrheit hier vögelt, obwohl er gar nicht hier ist. Und dieser Gedanke lässt sie kommen. Und weil sie kommt, kommt auch er, daher ist seine eigene Attraktivität der ausschlaggebende Moment, die Triebfeder, die ihn zum Höhepunkt gelangen lässt.

»Puh«, sagt sie, richtet sich auf und zieht ihren Rock nach unten. Keiner von ihnen hat auch nur ein Kleidungsstück ausgezogen. »Das war wirklich nett.«

»Allerdings.«

Sie sieht in den Spiegel, findet seinen Blick, doch er wendet sich ab, fummelt am Reißverschluss seiner Hose herum.

Sie schleichen durch die Diele. Eigentlich dürften sie gar nicht hier sein – das Haus ist absolut tabu für die Partygäste. In der Garage, die genug Platz für zehn Fahrzeuge bietet, sind mobile Toiletten aufgebaut – mit Stuckverzierungen an der Decke, Läufern, Schnittblumen und Servicepersonal.

Sie stehlen sich durch einen Seiteneingang auf einen gepflasterten Weg, ums Haus herum und zurück in den Garten, wo die Party immer noch im Gange ist.

»Ich sollte jetzt gehen«, sagt sie.

Er sieht niedergeschlagen aus, gekränkt.

»Ich habe morgen einen langen Tag vor mir«, fügt sie hinzu, als Rechtfertigung für ihn, für sich selbst. »Außerdem bin ich immer noch auf New Yorker Zeit eingestellt, sprich, ich werde um drei Uhr morgens hellwach sein.«

»Darf ich dich anrufen?«

Erstaunt registriert sie den Anflug von Verzweiflung in seiner Stimme. Es hat etwas beinahe Rührendes.

Sie tastet in ihrer Handtasche nach dem weichen Kalbslederetui mit ihren Visitenkarten, zieht eine heraus und kritzelt ihre Handynummer auf die Rückseite. »Ich bin bis zum Wochenende hier«, sagt sie, während sie sich fragt, ob sie diesen Mann gerade wohl zum letzten Mal sieht.

»Bist du ganz sicher, dass ich nicht mitkommen kann?«

»Bist du nicht schon mit mir gekommen?« Ihre Schlagfertigkeit entlockt ihr ein Grinsen. »Ich bin mir jedenfalls ziemlich sicher, dass es so war. Außerdem brauche ich jetzt dringend etwas Schlaf. Aber es war mir ein Vergnügen. Ganz ehrlich.«

Camilla wendet sich ab und geht über den Rasen, bereut die Entscheidung jedoch augenblicklich, als ihre hohen Absätze im Gras versinken und sie Gefahr läuft, hängen zu bleiben und zu stolpern. Und das wäre zu peinlich, deshalb gelingt es ihr unter Aufbietung all ihrer Konzentration, ihres Koordinationsvermögens und, wie sie hofft, ihrer Souveränität, ohne einen unangenehmen Fauxpas den Garten zu durchqueren, vorbei an den Sofas, die auf dicken Teppichen im Freien aufgestellt wurden, an den mit Champagner gefüllten Brunnen, der Sushi- und der Kaviarbar, der Whiskey- und der Weinbar, bis sie zur Auffahrt gelangt und dem Fuhrparkjungen ihr Ticket in die Hand drückt.

»Zwei Minuten, Ma'am«, sagt er und flitzt davon, um ihren gemieteten Mustang zu holen, der irgendwo außer Sichtweite geparkt steht, um den Rolls-Royces, Ferraris und Maybachs ausreichend Platz in vorderster Front, näher bei den Gästen, zu lassen.

Eine Frau geht an ihr vorbei, bei der es sich aller Wahrscheinlichkeit nach um Demi Moore handelt. Camilla sieht zu, wie sie scheinbar mühelos und mit eindrucksvoller Eleganz über den Rasen schreitet, und fragt sich, ob sie sich eines Tages mit derselben Souveränität und Mühelosigkeit wird bewegen können; eines Tages, wenn sie erst aus dem Manuskript einen internationalen Blockbuster gemacht hat. Wenn andere Menschen zur Abwechslung einmal neidisch auf sie sind.

Die Auffahrt führt den Hügel hinunter, vorbei an einer Reihe massiver Häuser mit sorgfältig gepflegten Gärten, dann öffnet sich ein gewaltiges Tor, wie man es eher bei einer amerikanischen Botschaft in Afrika vermuten würde, und entlässt sie aus der privaten Enklave gewissermaßen in die freie Wildbahn.

Die Straße schlängelt sich in Serpentinen durch die Hügel von Beverly Hills. Spitzkehren tauchen scheinbar aus dem Nichts in der Dunkelheit auf. Camilla ertappt sich dabei, dass sie die ganze Zeit mit dem Fuß auf der Bremse steht, und schaltet einen Gang zurück. Der Wagen beschwert sich kurz, ehe das Getriebe etwas weniger angestrengt klingt.

Ihr Handy läutet, aber sie kann es jetzt nicht aus ihrer Handtasche holen. Das ist genau so eine Situation, die einen ganz schnell das Leben kosten kann. Andererseits könnte es wichtig sein. Stan könnte versuchen, sie zu erreichen.

Sie bemerkt einen Wagen hinter sich, dessen Scheinwerfer sie einen kurzen Moment blenden, bis sie die nächste Haarnadelkurve umrundet hat. Auf der Geraden kramt sie ihr Handy heraus, klappt es auf und traut sich, den Blick kurz von der Straße zu lösen und auf das Display zu sehen. Ihre Ahnung war richtig: Es ist tatsächlich Stan.

Inzwischen fährt sie direkt auf die nächste enge Kurve zu, außerdem scheint der Wagen hinter ihr aufzuschließen, so dicht, dass er beinahe ihre Stoßstange berührt. Sie kann jetzt nicht rangehen. Andererseits bedeutet Stans Anruf, dass er angebissen hat, daher kann es nicht schaden, ihn ein bisschen zappeln zu lassen, nur eine kleine Weile.

Die Scheinwerfer des Wagens blenden sie im Rückspiegel. »Verpiss dich, Idiot«, stößt sie leise hervor.

Sie lehnt sich etwas zur Seite und versucht, nicht in den Rückspiegel zu sehen. Allmählich macht sie sich Sorgen, dass sie womöglich falsch abgebogen ist, außerdem rückt ihr der Wagen immer weiter auf die Pelle. Sie wird nervös.

Sie zieht leicht nach rechts, wobei die Reifen über den unbefestigten Seitenstreifen schlittern. Eilig schaltet sie wieder hoch. Prompt macht der Wagen einen Satz nach vorn, bevor er eine Spur langsamer auf die nächste Haarnadelkurve zusteuert.

»Du Arschloch!«

Nach der Kurve gibt sie Gas, muss aber sofort wieder abbremsen, weil bereits die nächste Kurve folgt. Kies spritzt auf. Ihr Herz rast. Sie brettert nahezu ungebremst über eine Kreuzung, nur um von diesem dämlichen Idioten wegzukommen. Inzwischen schnürt die lähmende Angst ihr regelrecht die Luft ab.

Die Straße verläuft jetzt halbwegs eben, führt jedoch um einen Felsvorsprung herum. Aus dem Augenwinkel bemerkt sie eine schmale Seitenstraße, die in der Dunkelheit zu münden scheint. Sie wirft einen Blick in den Rückspiegel. Nichts. Offenbar hat sie ein paar Meter Vorsprung gewonnen. Daher reißt sie in einem kurzen Moment der

Panik, Unvernunft oder schlichtweg Brillanz das Steuer herum und biegt in die unbeleuchtete Straße, in den Schutz der Bäume und außer Sichtweite.

Sie tritt abrupt auf die Bremse. Schlitternd kommt der Wagen zum Stehen, während Camilla die Scheinwerfer ausmacht und dann dasitzt, schwer atmend, beide Hände um das Lenkrad gekrallt.

Sie dreht sich um und späht auf die Straße, wo dieser Irre gerade auf der Hauptstraße vorbeifährt. Allmählich verklingt das Dröhnen des Motors, dann ist er verschwunden. Gott sei Dank.

Sie bleibt eine Weile sitzen, bis sie sich ein wenig beruhigt hat. Nach wie vor befindet sie sich hoch über der Stadt. Sie blickt auf das Lichtermeer hinunter, das gerade noch so beängstigend war, nun aber wieder atemberaubend schön aussieht. Früher oder später wird sie das Tal erreichen, wo sie sich wieder auskennt und den Weg ins Hotel finden wird.

Sie fährt auf der schmalen Seitenstraße weiter, bis sie an eine Kreuzung mit einem Straßennamen gelangt, den sie wiedererkennt. Sie weiß, dass sie über diese Straße die Stadt erreicht. Mit einem langen, erleichterten Seufzer biegt sie ab und fährt los.

Nach ein paar Metern nimmt sie den Fuß von der Bremse und drückt das Gaspedal durch. Der Wagen beschleunigt. Achtzig Stundenkilometer. Ach, scheiß drauf, neunzig. Ihr Haar flattert im Fahrtwind.

Sie kommt nicht einmal auf die Idee, in den Rückspiegel zu sehen, deshalb bemerkt sie nicht, dass ihr der Wagen erneut folgt, diesmal mit ausgeschalteten Scheinwerfern.

Kapitel 40

Das Heulen einer Sirene schwillt für einige Sekunden an, dann wird es leiser, immer leiser, bis es schließlich ganz verklingt. Der Autor trinkt einen Schluck Wasser, ehe er sich zurücksinken lässt und wieder an die Zimmerdecke starrt.

Eine Woche später hatte er die potenzielle Zeugin noch einmal getroffen, diesmal zu einem richtigen Date in einem heiß begehrten Restaurant, wo es beinahe unmöglich war, einen Tisch zu ergattern, aber sie kannte den Küchenchef angeblich geschäftlich, ohne genauer zu erklären, was damit gemeint war. Ziemlich unwahrscheinlich, dachte er. Außerdem nannte sie sich Anne, was definitiv nicht ihr richtiger Name war, zumindest nicht damals, auf dem College. Sie machte keinen sonderlich vertrauenswürdigen Eindruck, doch vielleicht war sie auch bloß keine Frau, die schnell Vertrauen zu anderen fasste.

Aber völlig unabhängig davon, was sie erzählte, konnte er nicht abstreiten, dass er ihre Gesellschaft genoss. Sie war attraktiv und cleverer, als er angenommen hatte. Und sie war witzig. Es machte Spaß, mit ihr auszugehen. Und sie erkannte ihn eindeutig nicht wieder, so viel stand fest.

Trotzdem musste er andauernd daran denken, dass er sie womöglich noch heute Abend würde töten müssen; und Auslöser wäre nicht der tragische Ausbruch roher Gewalt eines heißblütigen Naturells oder skrupellose Respektlosigkeit vor dem Leben eines anderen Menschen im Zuge eines Raubüberfalls, sondern es wäre ein eiskalter, akribisch geplanter Akt des Tötens. Mord.

Wann immer ihm dieser grauenhafte Gedanke durch den Kopf schoss, zwang er sich zu einem Lächeln. Die Frau musste ihn für einen kompletten Vollidioten halten. Oder glauben, dass er hin und weg von ihr war und sich geradezu hysterisch über jede Banalität amüsierte, die über ihre Lippen kam.

Als das Dessert serviert wurde, ertönte eine laute Stimme. »Na, so was!« Charlie Wolfe stand direkt vor ihrem Tisch. »Das nenne ich mal einen Zufall!«

Nachdem der Autor sie einander vorgestellt hatte, nahm Charlie unaufgefordert Platz, rief den Kellner und bestellte drei Gläser alten Portwein in tulpenförmigen Gläsern, dazu ein Tellerchen mit Mandelkeksen und ein weiteres mit liebevoll handgefertigten Pralinés.

Die Frau nahm Charlie genau in Augenschein, vielleicht neugierig, vielleicht argwöhnisch. Charlie war ein charismatischer Mann, schon immer gewesen, das ließ sich nicht abstreiten. Der Autor verspürte einen Anflug von Eifersucht, die unter der Mixtur aus latenter Beklommenheit und blanker Angst aufkeimte; eine hochexplosive Mischung, die sich in seinem Innern zusammenbraute. Der Moment hätte nicht unpassender sein können.

Es stellte sich heraus, dass sie alle in derselben Stadt und noch dazu in derselben Zeit aufs College gegangen waren; eine Fülle an Erinnerungen an die Zeiten an den Finger Lakes. Inzwischen lebten alle drei in Manhattan und waren in der Medienbranche tätig. Wie klein die Welt doch war ... Es war eine dieser durchaus typischen New Yorker Unterhaltungen mit überraschten Ausrufen über keineswegs überraschende Nicht-Zufälle, über Schnittmengen von Kommilitonen irgendwelcher Nobelunis, Hamptons-Nachbarn, Exkollegen und Exfreundinnen.

Nach dem Portwein wurde der Grappa serviert.

Nach dem Grappa verdüsterte sich ihre Miene für einen kurzen Moment, als ihr etwas aufzugehen schien. »Jetzt weiß ich es!«, rief sie und musterte Charlie eindringlich. »Jetzt weiß ich, wer Sie sind!«

Der Autor schreckt aus dem Schlaf hoch, wieder im Würgegriff der Panik. Abermals greift er nach der Waffe. Und erneut wird ihm klar, dass sich das Problem, das ihn aus dem Schlaf gerissen hat – das ihm heute Nacht so lähmende Angst einjagt –, auch jetzt nicht mit einer Waffe lösen lässt.

In kaltem Schweiß gebadet, lässt er sich in die Kissen zurückfallen, während sich in seinen Gedanken noch die Überreste seines Traums mit den realen Erinnerungen vermischen; Erinnerungen, erschreckend frisch und uralt zugleich. Dabei ist es erst ein halbes Jahr her. Ein halbes Jahr, das sich wie ein halbes Leben anfühlt.

Er weiß noch, wie er an einem kühlen, klaren Novembertag das Krankenhaus verließ und auf die von kahlen Bäumen gesäumte Straße hinaustrat. In der Luft lag der Geruch nach Schnee und Kälte.

»Charlie«, sagte er, als er nach einer zehnminütigen Taxifahrt zurück ins Büro leise an die Tür seines Bosses klopfte. »Ich bin krank.«

Er hatte den ganzen Herbst über abgenommen, acht Kilo insgesamt, war bleich und ausgezehrt, und seine Anzüge hingen an ihm herunter wie an einem Jungen, der heimlich die Garderobe seines Vaters durchprobiert, um vier Uhr nachmittags an einem Werktag, wenn die Eltern gerade bei der Arbeit sind und einen die Langeweile auf dumme Gedanken bringt.

»Tut mir leid, das zu hören, Dave. Nimm dir so viel Zeit, wie du brauchst.«

»Nein, Charlie, du verstehst nicht.« Dave schloss die Tür hinter sich, woraufhin die Geräuschkulisse des geschäftigen Büros zu einem leisen Hintergrundsummen verebbte. »Ich habe keine Grippe oder eine Gürtelrose.«

Er hatte sich lange auf das Gespräch vorbereitet, seine Worte sogar vor dem Spiegel geübt, um das Ganze nicht zu einstudiert und möglichst aufrichtig wirken zu lassen. Es stand eine Menge auf dem Spiel, und es war nicht leicht.

»Ich werde sterben, Charlie.«

Charlie hob die Brauen. Fragend, aber mit überschaubarer emotionaler Beteiligung. Seit ihrem Gespräch über das Finnland-Debakel hatte Dave die wachsende Kluft zwischen ihnen gespürt, eine neu entstandene Frostigkeit. Ein Zustand, der sich mit der Stimmung vergleichen ließ, bevor seine Ehe in die Brüche gegangen war.

»Krebs. Stadium IV.«

»Das tut mir ja so leid, Dave. Das ist … schrecklich.«

Charlie stand auf, trat um seinen Schreibtisch herum und schloss Dave in eine kurze, ungelenke Umarmung.

»Wie lange noch?«

Dave zuckte die Achseln. Er war auf eine ganze Fülle an Erklärungen vorbereitet gewesen, doch wie es sich herausstellte, war es gar nicht nötig. Stattdessen blickte er auf seine Schuhspitzen und bemerkte, dass sich einer seiner Schnürsenkel fast vollständig gelöst hatte, doch nun war nicht der richtige Moment, um ihn zubinden.

»Es tut mir so, so leid.«

Und dann schien es nichts mehr zu sagen zu geben.

Er fuhr mit dem Taxi zum Flughafen, wo Hochbetrieb herrschte. Es war genau dieser eine Tag im Jahr, an dem sich jeder ins Getümmel zu stürzen schien. Die Maschinen waren bis auf den letzten Platz ausgebucht, Zehntausende

Reisende, jeder ausschließlich mit sich selbst und seinen eigenen Gedanken beschäftigt: Geschäftsleute mit Trilliarden angesammelter Flugmeilen standen in den Schlangen, Typen im Edel-Zweireiher drängten sich taumelnd zum Schalter vor und verlangten ein Upgrade oder einen Platz direkt hinter der Trennwand oder was auch immer ihnen in ihren Augen zustand, nur weil sie zu denen gehörten, deren zweites Zuhause der Flughafen war.

Dann der Flug selbst – über die graue, kahle Landschaft und die Fabriken entlang der Flussufer, deren hohe Schornsteine dicke, weiße Giftgaswolken in die Luft spien, über den New Jersey Turnpike, der wie eine moderne Chinesische Mauer aussah, die graugrüne Endlosigkeit der Meadowlands, die in das graubraune Häusermeer von Jersey City und Hoboken überging. Schließlich folgten der breite blaugraue Steifen des Hudson River und die grüngraue Freiheitsstatue, ehe es über die graugraue Insel von Manhattan ging, wo er vereinzelte Gebäude ausmachen konnte, in denen er irgendwann einmal gewohnt hatte. Dann ging es weiter über den East River mit Blick auf die South Bronx, hässlich und heruntergekommen, mit dem von Schlaglöchern übersäten Expressway und den riesigen Fabrikhallen, den Skeletten der leer stehenden Gebäude und den Kraterlandschaften unbebauter Grundstücke, auf denen ausgebrannte Überreste gestohlener Autos und Transporter achtlos zurückgelassen worden waren. Schließlich sackte die Maschine jäh ab und flog beängstigend tief über die Vorstadtidylle von Queens hinweg und an die Spitze von Long Island Sound heran, ehe sie quietschend und mit einem kurzen Poltern auf der Landebahn von La Guardia aufsetzte.

Auf dem Grand Central Parkway staute sich wie immer der Verkehr, ein scheinbar endloser Wurm aus roten Rücklichtern: Pendler in beide Richtungen, Studenten mit Rucksäcken voll schmutziger Wäsche auf dem Weg ins Elternhaus, Geschäftsleute mit ihren Handgepäckköfferchen, die zu Hause anriefen und Bescheid gaben, dass sie in zwanzig Minuten da wären. Dunkelgraue Wolken formten sich zu einer daunenartigen Decke, die an ein ungemachtes Bett auf einer Schwarz-Weiß-Fotografie erinnerte. Leichter Regen setzte ein. Die Scheibenwischer glitten quietschend und mit dem typischen Klicken über die glatte Windschutzscheibe. Wisch-quietsch, wisch-quietsch, klick-klick, klick-klick. Novembergeräusche, Novemberfarben, Grauschattierungen und eine Landschaft mit einer Atmosphäre klammer Kälte, die bis ins Mark zu dringen schien.

Im Schneckentempo ging es durch den Norden von Queens und Brooklyn, Cobble Hill, Boerum Hill, Brooklyn Heights und Prospect Heights, dann tief ins Herz des dicht besiedelten Stadtteils – Brooklyn wäre, für sich allein gerechnet, die viertgrößte Stadt der Vereinigten Staaten. Schließlich bog er in die von Bäumen gesäumte Straße ein und hielt vor dem großen Wohnhaus aus dem 19. Jahrhundert. Normalerweise waren die Menschen, die sich eingefunden hatten, durch die großen Entfernungen und die allgemeine Geschäftigkeit, durch Technologie und allerlei Ausreden voreinander sicher, doch nun, da all das wegfiel, traten die Spannungen, die heimlichen Feindseligkeiten und schwärenden Ressentiments deutlicher zutage, an die Oberfläche gespült von Alltagsbagatellen wie unerledigter Hausarbeit, nicht abgewaschenem Geschirr, nicht zusammengerechtem Laub, ungeputzten Schuhen und nicht beantworteten Telefonanrufen, von schlechtem Benehmen am festlich gedeckten Essenstisch, von Verspätungen, versehentlichen Kränkungen und unangemessenen Beleidigungen, von zornigem Zischen und ätzender Verächtlichkeit, von durchdringenden Blicken und sarkastischer Besorgnis – all das taucht im fahlen, verlogenen Licht von Thanksgiving jedes Jahr aufs Neue an die Oberfläche, wie ein immer wiederkehrendes Ritual, bis sich alle Beteiligten irgendwann aus dem Sofa und aus ihren Sesseln hieven, um den Fernseher, den tanninhaltigen Roten und den Glühwein hinter sich zu lassen, in ihre Mäntel zu schlüpfen, sich zum Abschied zu küssen, zu umarmen und ganz vorsichtig die womöglich eisglatten Stufen hinunterzubalancieren, um danach, in der sicheren Blase ihres Zuhauses, über einen weiteren in der scheinbar endlosen Reihe von Thankgsgiving-Donnerstagen zu lästern.

Und dies wäre sein letzter. Ohne jede Vorwarnung.

Kapitel 41

Auf dem Helikopterflug von New Jersey nach Westhampton begann Hayden zu lesen, dann auf der langen, anstrengenden Fahrt vom Flugplatz an die Küste, bis der Transporter etwa hundert Meter vom Strand entfernt anhielt. Und nun sitzt er immer noch auf dem Rücksitz und blättert hektisch durch die Seiten, bevor er atemlos zum Ende kommt.

Er steigt aus, geht hinunter an den Strand und blickt aufs Meer hinaus. Scheiße. Dieses Buch ist die blanke Katastrophe. Sein Ende.

Nach einer Weile kehrt er zum Transporter zurück, steigt jedoch nicht ein. »Tyler, Sie warten hier«, erklärt er dem Fahrer. »Sie, Colby, und ich sehen uns mal ein bisschen um.« Er nimmt seine Waffe aus dem Holster und schiebt sie in den Hosenbund, dann steckt er sich das Ohrstück ins Ohr, während das Mikrofon lose an seinem Hals herunterbaumelt.

Schließlich lässt er den Blick über die im Halbdunkel daliegende Landstraße wandern. Die Asphaltdecke ist grobkörnig und sandig. Auf der einen Seite fällt die Straße sanft in einen von wildem Gestrüpp überwucherten Grünstreifen ab, wohingegen die andere Seite unübersehbar von Landschaftsgärtnern mit Sträuchern, Bäumen, Rasenflächen und Blumenbeeten bepflanzt wurde. Die beiden Männer gehen auf der gepflegten Straßenseite entlang, wo die Vegetation eine bessere Deckung bietet.

Zwei Straßenlampen in Strandnähe tauchen den Parkplatz in gelbliches Licht; zweifellos eine Maßnahme der

Stadtverwaltung, um Sex auf dem Rücksitz, jugendlichen Alkoholkonsum, dreiste Marihuanasessions und derartige unbedeutende sommerliche Ordnungswidrigkeiten möglichst im Keim zu ersticken. Eine sandige Straße, gekennzeichnet als Privatweg, führt zu den Auffahrten einiger Strandhäuser unterschiedlichster Stilrichtungen – ein massives und relativ neu wirkendes Schindelgebäude, ein weiß gestrichenes Cottage, ein altes Haus im viktorianischen Stil und ein kalter, hypermoderner Klotz aus Beton, Glas und Stahl, rechtwinkligen Kanten und frei schwebenden Treppen. Es ist das einzige Haus, in dem Licht brennt.

Mit ihren langen Hosen und festen Schuhen sind Hayden und Colby absolut unpassend gekleidet, aber es ist dunkel, und niemand kann sie sehen. Hoffentlich.

Sie nähern sich dem modernistischen Klotz von der Strandseite her. Im Erdgeschoss brennt teilweise Licht, ebenso wie in einem der Zimmer im ersten Stock. Die Beleuchtung wirft einen zehn Meter langen Lichtkegel auf den Sand. Ein mit Holzplanken belegter Weg führt durch die niedrigen Dünen auf die westliche Seite des Hauses zu einem Tor. Colby öffnet es und betritt eine in vollständiger Dunkelheit daliegende Rasenfläche. Hayden geht in östliche Richtung. Eine Reihe Pinien an der Grundstücksgrenze bieten perfekte Deckung.

Am oberen Fenster bauscht sich ein Vorhang, und Hayden erkennt eine Frau. Aber es ist nicht die, nach der sie suchen – sie ist brünett und nicht blond. Sie sind beim falschen Haus.

Er lehnt sich gegen einen Ast. Angenehmer Pinienduft steigt ihm in die Nase, während ihm eine Vermutung in den Sinn kommt, und er überlegt, wie er ihr am besten auf den Grund gehen könnte.

In diesem Moment dringt Motorengeräusch von der

Straße herüber. »Scheiße!«, dringt Tylers Stimme Sekunden später aus dem Ohrstück. »Polizei im Anmarsch!«

Hayden rutscht das Herz in die Hose. »Haben Sie das gehört, Colby?«

»*Hgn.*«

»Was?«

»Ich hab« – schwere Atemzüge – »keine Deckung hier. Muss laufen.«

Hayden sieht die Scheinwerfer den Privatweg entlangkommen.

»Sofort eine Straße weiter nach Osten, an den Strand, Tyler!«, bellt Hayden ins Mikrofon. »Wir treffen uns dort. Los! Jetzt sofort!«

»Polizei, stehen bleiben!«, ertönt eine Stimme von der anderen Seite des Hauses.

»Scheiße!«, hört Hayden Colby rufen. »Befehl?«

»Laufen Sie!« Hayden rennt durch den Garten des angrenzenden Hauses, dem großen Sommerhaus im viktorianischen Stil. »Und lassen Sie sich auf keinen Fall festnehmen!« Er hastet über einen weiteren Plankensteg. »Ich wiederhole, auf keinen F…«

In diesem Moment ertönt der erste Schuss.

Colbys Ohrstöpsel wäre der erste Hinweis. Und auch die Tatsache, dass er keinerlei Papiere, ein Handy oder eine Brieftasche bei sich hat, wird Verdacht erregen. Andererseits haben sie es hier mit Kleinstadtbullen zu tun. Welche Rückschlüsse werden sie schon groß daraus ziehen?

»Bis zur nächsten Straße ist es eine halbe Meile«, informiert Tyler Hayden. »Schaffen Sie das?«

Hayden bleibt stehen, lässt sich auf eine Düne fallen und zieht sich die Schuhe aus. »Ich muss jetzt das Ohrstück und das Mikro loswerden.«

»Wieso?«

»Wenn die Polizei mich anhält, muss ich wie ein ganz normaler Spaziergänger aussehen.« Hayden weiß bereits, wie dieses Gespräch ablaufen wird. »Ich muss bei irgendjemandem in der Gegend zu Gast sein. Suchen Sie mir einen Namen und eine passende Adresse heraus.«

»Okay.«

Hayden zieht sich die Socken aus und stopft sie in seine Schuhe, dann rollt er sich die Hosenbeine bis knapp unters Knie hoch. Währenddessen dringt das Klappern von Tylers Tastatur durch die Leitung.

»Jon Sanderson. Bluff Road.«

»Ist das halbwegs gut zu Fuß erreichbar?«

»Nicht mal eine Meile.«

»Gut. Ich klinke mich jetzt aus. Wenn ich in zwanzig Minuten nicht dort bin, lassen Sie den Wagen stehen und hauen ab.«

Hayden nimmt das Plastikding aus seinem Ohr, zieht das Kabel unter seinem Hemd hervor und vergräbt das mehrere Tausend Dollar teure Equipment im Sand. Dann geht er mit den Schuhen in der Hand an den Strand hinunter, wo die schaumigen Atlantikwellen gegen das Ufer platschen. Er ist nur ein Mann, der ganz allein einen Abendspaziergang unternimmt und über irgendetwas nachdenkt. Er verlangsamt seine Schritte. Der Sand fühlt sich kühl und fest unter seinen Fußsohlen an. Er war seit Jahren, vielleicht sogar Jahrzehnten an keinem Sandstrand mehr.

Großer Gott, was treibt er hier eigentlich? Das soll sein Leben sein?

Im Grunde sollte er sich irgendwo an einem Strand niederlassen und jeden Abend einsame Spaziergänge unternehmen; sich einen großen Labrador zulegen und

Stöckchen werfen, sich eine neue Garnitur Golfschläger zulegen – seine alten bestehen tatsächlich noch aus Echtholz – und jeden Tag auf den Golfplatz gehen. Früher einmal hatte Hayden Handicap sechs. Vielleicht könnte er ja wieder Freude daran entwickeln, einen kleinen Ball durch einen riesigen Park zu schlagen. Für andere scheint das eine prima Freizeitbeschäftigung zu sein.

Und vielleicht gelingt es ihm ja auch, eine dauerhaftere Partnerin zu finden, mit der er sein Leben genießen kann; eine, die nicht verheiratet ist. So kurzweilig es auch gewesen sein mag, er hat mehr als genug Zeit mit den Ehefrauen anderer Männer verbracht – noch eine dieser vermeintlich temporären Entscheidungen, die sich letztlich als langfristig entpuppt haben, genauso wie seine Karriere und die Einstecktücher in der Sakkotasche. Verheiratete Frauen sind meistens pflegeleicht, dankbar und begeisterungsfähig. Und sie haben eine kurze Haltbarkeitsdauer.

Ankes Haltbarkeitsdatum nähert sich unaufhaltsam; womöglich ist es inzwischen sogar schon erreicht. Er hat sie vor ein paar Jahren kennengelernt, als sie das angrenzende Grundstück in einem Gemeinschaftsgarten mietete, dem er in einer Vorortgemeinde namens Wessling – etwa eine halbe Fahrtstunde mit der S-Bahn von seiner Wohnung entfernt – beigetreten war. Zu dieser Zeit hatte er zehn Kilo mehr auf den Rippen und dachte, der Genuss von selbst angebautem Gemüse und Obst würde ihm helfen, wieder in Form zu kommen. Was auch der Fall war.

Und dann erschien plötzlich Anke auf der Bildfläche und versuchte, hochempfindliche Köstlichkeiten wie Tomaten und Erdbeeren anstelle der üblichen widerstandsfähigen Gemüsearten wie Kartoffeln, Wirsing, Möhren und Blumenkohl anzubauen wie all die anderen praktisch denkenden mitteleuropäischen Hobbybauern. Eines Tages gingen sie etwas trinken, gleich um die Ecke von seiner Wohnung. Nach zwei Drinks lud Anke sich selbst in seine Wohnung ein. Sie ist nicht schüchtern.

Hayden rechnet zwar ständig damit, dass sein Equipment irgendwann einmal seinen Dienst einstellt, aber seltsamerweise funktioniert es nach wie vor bestens. Im Verlauf der Jahrzehnte dachten viele Männer, Hayden sei schwul, und haben ihr Glück bei ihm versucht, wohingegen Frauen instinktiv zu spüren scheinen, dass er hetero ist.

Doch diese flüchtigen Träume von einem sorgenfreien Ruhestand sind nun dahin. Hayden sitzt in der Falle, weil er diesen hinterhältigen Dreckskerl aus gutem Hause jahrelang gedeckt und seine Geheimnisse gewahrt hat.

»Entschuldigen Sie, Sir?«

Der Streifenpolizist springt aus seinem Geländewagen, eine Hand auf dem Holster.

»Ja.« Lächelnd blinzelt Hayden in den grellen Lichtkegel der Taschenlampe. »Wie kann ich Ihnen helfen, Officer?«

»Was machen Sie hier?«

»Wie?«

»Was machen Sie hier am Strand?«

»Ich gehe spazieren.«

»Haben Sie die Schüsse gehört?«

»Nein, ich habe keine Schlüssel. Was für eine seltsame …«

»Ich sagte *Schüsse*, Sir. Haben Sie denn nichts gehört?«

»Oh, bitte entschuldigen Sie, aber mein Gehör funktioniert manchmal nicht mehr so gut.« Er lächelt entschuldigend, dann reißt er die Augen auf. »Das waren Schüsse? Ich dachte, irgendwelche Kids hätten Knallfrösche am Strand gezündet.«

Der Polizist mustert ihn. »Dürfte ich Ihren Ausweis sehen?«

Hayden tastet suchend seine Gesäßtasche ab. »Oh, ich habe anscheinend …«

Der Cop sieht sich stirnrunzelnd um. »Wo wohnen Sie?«

»In der Stadt, aber im Augenblick bin ich zu Besuch bei den Sandersons in der Bluff Road.«

Der Cop mustert ihn immer noch, als überlege er, wie gründlich er hier vorgehen muss, zumal es nur wenige Meter von hier zu einem Schusswechsel kam, bei dem nicht nur ein Verdächtiger erwischt wurde, sondern vielleicht auch ein Kollege …

Jedoch stehen die Chancen gut, dass es sich bei einem Spaziergänger dieses Alters am Strand von Amagansett um irgendeine wichtige Persönlichkeit handelt; um einen von der Sorte, die sich aufplustern, nach dem Motto: »Wissen Sie überhaupt, wen Sie vor sich haben?« Trotzdem.

»Tut mir leid, Sir, aber ich muss Sie bitten, mich aufs Revier zu begleiten.«

Hayden spreizt die Hände. »Was? Aber ich mache doch nur einen Spaziergang.«

»Bitte entschuldigen Sie die Umst…«

In diesem Moment verpasst Hayden ihm einen kräftigen Schlag auf den Adamsapfel, reißt seine Waffe aus dem Holster und streckt ihn damit nieder. Der Typ fällt mit dem Gesicht voran in den Sand.

»Tut mir leid«, sagt Hayden zu dem reglosen Cop, legt ihm die Handschellen um und lässt ihn im feuchten Sand liegen. Dann nimmt er das Walkie-Talkie, steigt in den Geländewagen und fährt davon.

Nach wenigen Metern bleibt er noch einmal stehen, springt heraus und zerrt den Polizisten ein Stück vom Ufer weg. Wer weiß, wie die Gezeiten stehen. Er wird den armen

Teufel bestimmt nicht ertrinken lassen. Vermutlich lässt es sich nicht vermeiden, dass im Zuge dieser Operation auch Unschuldige ums Leben kommen, aber dieser Cop muss ja nicht auch noch dazugehören.

Hayden hat bereits geahnt, dass es Ärger geben würde, doch dass es so schlimm werden würde, konnte niemand wissen.

Er schaltet die Scheinwerfer aus und beschleunigt. An der nächsten Ecke biegt er auf die asphaltierte Straße. Die Festigkeit des Untergrunds und das Summen von Gummi auf einer künstlich geschaffenen Oberfläche haben etwas Befriedigendes. Neben dem schwarzen Transporter, der mit laufendem Motor am Straßenrand steht, hält er an und lässt das Fenster herunter.

»Holen Sie die Ausrüstung und das Manuskript«, sagt er zu Tyler. »Wir nehmen diesen Wagen.«

Tyler fragt nicht nach, woher Hayden den Jeep auf einmal hat, sondern verstaut wortlos die Sachen auf dem Rücksitz, dann steigt er ein, in der Hand den aufgeklappten Laptop. Der Geländewagen setzt sich in Bewegung, noch bevor er die Tür richtig zugezogen hat.

»Das wird ein bisschen heikel«, erklärt er und studiert eine Landkarte. »Wir sind ziemlich am Ende der Insel, und es gibt nur ein paar Straßen, die herunterführen, plus ein paar Fähranlegestellen. Schätzungsweise sind sämtliche Straßen bald abgeriegelt.«

»Wenn sie es nicht schon sind.«

»Stimmt. Aber was, zum Teufel, ist passiert?«

»Man hat uns in eine Falle gelockt.«

»Sie meinen, sie hat die Cops gerufen? Schon vorher, damit sie in Alarmbereitschaft waren?«

»Ich meine, dass sie gar nicht da ist. Die Frau in dem Haus ist nicht die Frau, die wir suchen. Im Gegenteil. Die

Frau in diesem Haus ist mit ziemlicher Sicherheit ein berühmter Filmstar.«

»Was?«

»Kurz bevor die Bullen kamen, habe ich sie kurz am Fenster gesehen.«

»Und hat sie Sie auch gesehen?«

»Nein. Wir müssen auf irgendeinen Bewegungsmelder getreten sein.«

Hayden hat schon damit gerechnet, dass man sie in die Irre geführt hat, aber dass das Haus wie eine Festung gesichert sein würde, war nicht vorauszusehen. Er hat Isabel Reed so einiges zugetraut, aber nun wird ihm klar, dass sie seine Anerkennung mehr als verdient. Nicht nur der Autor hat sich als gerissener entpuppt als erwartet, sondern auch seine Agentin. Was jedoch nicht weiter verwunderlich ist.

»Das ist echt richtig abgefuckt«, erklärt Tyler kopfschüttelnd.

Hayden kann die Ausdrucksweise der Jugend von heute nicht ausstehen, aber er muss ihm recht geben. Die Lage ist in der Tat auf der ganzen Linie beschissen. Er starrt auf die Mittellinie und die übermäßig hell reflektierenden Begrenzungsmarkierungen, die an ihnen vorüberflitzen.

»Also, was ist jetzt hier Sache, Boss? Hauen wir ab?«

Hayden nickt. »Ja, aber wir brauchen ein anderes Transportmittel.«

Drei Tage nach seiner Unterredung mit Charlie in Paris saß Hayden in Trey Freeleys Büro mit dem beeindruckenden Ausblick auf das Kapitol. Ihr Gespräch neigte sich allmählich dem Ende.

»Ich garantiere Ihnen, dass es sich bei der Agentin um eine Mitarbeiterin namens Isabel Reed von Atlantic Talent

Management handelt. Und Reed ist ganz dicke mit einem Lektor, der hinter allem und jedem eine Verschwörung vermutet. Das liebt er heiß und innig.«

Freeley lehnte sich mit einem selbstzufriedenen Lächeln auf seinem Stuhl zurück.

»Außerdem weiß jeder – absolut jeder –, dass dieser Lektor seit ewig und drei Tagen in die Agentin verliebt ist. Verstehen Sie, was das heißt?«

»Sie gehen davon aus, dass diese Agentin, falls sie mein hypothetisches Manuskript vertreten würde, es an diesen Lektor weitergäbe.«

»Nein, Sir, ich gehe nicht nur davon aus«, widersprach der Anwalt kopfschüttelnd, »sondern *garantiere* es Ihnen.« Hayden war immer der Ansicht gewesen, dass Anwälte niemals etwas garantieren sollten. Aber dieser Typ hier verteilte seine Garantien wie ein Clown Bonbons an eifrige Kinder.

»Danke, Mr Freeley.« Hayden warf einen Blick auf seine Uhr und stand auf.

»Und soll ich Ihnen auch noch verraten, wieso ausgerechnet diese Agentin die Glückliche sein wird?«

Hayden lächelte und streckte dem Anwalt die Hand hin. »Oh, das weiß ich bereits, Mr Freeley.«

Der Jachthafen ist picobello sauber und gut organisiert. An jeder Anlegestelle ist ein teuer aussehendes Boot vertäut. Hayden geht den breiten Steg entlang und hält Ausschau nach Anzeichen auf Schlampigkeit, überstürztes Aufbrechen oder Hinweise auf die Sorte Freizeitkapitän, der seinen Zündschlüssel unter dem Sitz aufbewahren würde.

Der gestohlene Polizeijeep steht mittlerweile im dichten Unterholz hinter einem verlassenen Haus, das zum Verkauf angeboten wird, wie ein Schild verrät. Damit gewinnen sie ein bisschen Zeit, wenn auch nicht allzu viel. Sie müssen trotzdem schleunigst von hier verschwinden.

Hayden deutet auf ein Boston Whaler. Tyler springt an Deck und arbeitet sich suchend über den Traum aus Fiberglas- und Segeltuch. Unterdessen nimmt Hayden ein kleines Glastron mit einem 100-PS-Motor in Augenschein. Eine vergessene Tiefkühlbox und zwei zurückgelassene Schwimmwesten lassen ahnen, dass er an der richtigen Stelle ist. Er geht an Bord, und siehe da – der Schlüssel steckt sogar noch im Zündschloss.

Er wirft einen Blick auf die Tankanzeige. Fast zu drei Vierteln voll. Er stößt einen Pfiff aus, woraufhin Tyler herübergeschlendert kommt, an Bord springt und den Motor anlässt, der schnurrend zum Leben erwacht. Sekunden später setzt sich das Boot in Bewegung und gleitet in die Dunkelheit.

Hayden sucht sich einen Platz an Deck, wo eine kleine Lampe neben dem Instrumentenbrett Licht spendet, zwar nicht allzu viel, aber es wird genügen. Er zieht das Manuskript heraus und liest weiter.

Kapitel 42

Stan ist kein Dummkopf. Ihm ist vollkommen klar, was seine Assistentin Jessica von ihm denkt, wenn Frauen wie Camilla mit spärlichen Angaben über den Grund ihres Besuchs und noch spärlicherer Bekleidung spätabends bei ihm im Büro auftauchen, er die Tür mit der Anweisung zumacht, dass keine Anrufe durchgestellt werden dürfen, und wenig später mit zufriedener Miene wieder herauskommt. Und natürlich liegt das Mädchen richtig.

Er weiß auch, dass Jessica den Jungen, den sie bittet, eine Kopie des Manuskripts zu machen, insgeheim Sklaven-George nennt und dass dieser George gleich zwei Kopien anfertigen muss: eine für Stan und eine für sie selbst. Stan weiß das, weil er George mit tausend Dollar – zehn nagelneuen Hundertern – bestochen hat, damit dieser seine Assistentin bespitzelt. In der Vergangenheit hat Stan bereits den einen oder anderen jungen Mann für wesentlich geringere Summen angeheuert, aber irgendwann fiel ihm auf, dass dieser George wie ein Hundewelpe um Jessica herumscharwenzelt. Er hofft, dass sie ihm ihre Aufmerksamkeit schenkt, was sie so gut wie niemals tut, sondern ihn bestenfalls mit einem gelegentlichen »Du bist echt süß« abspeist, weswegen er jedes Mal mit gesenktem Kopf davonschlurft.

Also hat Stan noch etwas draufgelegt und seinem erbärmlichen liebeskranken Spion die Sache etwas schmackhafter gemacht. Manchmal ist es eine echte Last, eine scharfe Assistentin im Vorzimmer zu haben – eine Lektion, die Stan mehr als einmal, und vermutlich auch nicht zum letzten Mal, lernen musste. Er kann einfach nicht aus seiner Haut.

Als er heute Abend aus seinem Büro tritt, sieht er Jessica wie gebannt auf ihren Schoß starren. Offenbar ist sie in etwas vertieft, das Stan nicht sehen darf: aller Wahrscheinlichkeit nach Camillas Manuskript.

Stan weiß genau über Jessicas Leben Bescheid. Er weiß, dass sie nicht mit Männern ausgeht, zumindest nicht aus Vergnügen, obwohl sie schätzungsweise jede Woche unweigerlich mit irgendeinem Kerl aus der Branche am Pool oder in irgendeiner Lounge landet und Chardonnay schlürft. Sie geht nicht im Griffith Park wandern, in Malibu surfen oder in Mammoth Ski fahren. Sie geht nicht abends um zehn in eine Bar oder um Mitternacht in einen Klub, und Urlaub in Los Cabos, auf Hawaii oder in Paris macht sie auch nicht.

Allerdings sieht sie leidenschaftlich gern fern, wenn auch nur auf DVD, um diesen blöden Werbepausen zu entgehen. Außerdem geht sie mindestens zweimal pro Woche ins Kino, manchmal sieht sie sich am Wochenende sogar drei Filme hintereinander an, wenn sie hinterherhinkt.

Und Jessica liest. Sie glaubt, Stan würde nicht lesen, weil er will, dass sie das glaubt, genauso wie alle anderen. Jessica verschlingt praktisch alles. Dreitausend Seiten landen jede Woche auf Stans Schreibtisch; Dutzende, manchmal sogar Hunderte unterschiedlicher Projekte – Projekte mit einer zumindest theoretischen Möglichkeit auf eine Umsetzung, solche ohne den Hauch einer Chance und hundertprozentig sichere Projekte, auch wenn es in der Realität keine hundertprozentige Sicherheit gibt. Wie auch immer – Jessica liest alles, was hereinkommt, entweder teilweise oder ganz.

»Gute Nacht, Jessica«, sagt Stan, setzt sich auf den Rücksitz seines SUV und macht sich daran, seine Telefonate zu erledigen. Auf halbem Weg zum Flughafen ruft Juan, der Chauffeur, den Piloten Tim an – »Abflug in fünfzehn Minuten« –, woraufhin dieser den Motor startet, die Bremsblöcke entfernt und die Checks durchgeht, während Stans Wagen über den Privatparkplatz und an den niedrigen Bürogebäuden rings um den Santa Monica Airport vorbeigleitet. Am Sicherheitstor werden sie von einem Flughafenwägelchen erwartet, das die schwarze Limousine übers Flugfeld begleitet. Juan trägt Stans Brieftasche die Gangway hinauf und breitet seine Sachen auf dem Mahagonitischchen aus, das bereits vor Stans Ledersitz heruntergeklappt ist. Dann gibt er Eiswürfel und eine Dose Red Bull in ein hohes Trinkglas und stellt es in den Becherhalter. Schließlich kehrt er zum Wagen zurück, hält Stan die Tür auf und geht in Habachtstellung.

Erst jetzt steigt Stan aus dem Wagen. Die Entfernung vom Wagen zur Gangway beträgt exakt sechs Schritte, wie Stan es haben will, besser gesagt angeordnet hat. Fünfzehn Sekunden nachdem Stan die Maschine betreten hat, setzt sie sich in Bewegung. Er zieht sein Telefon heraus.

»Lou, wir fahren gerade übers Rollfeld.«

»Oh, hi«, sagt seine Frau. »Gut. Ich sage Irene, dass sie um halb neun mit der Vorspeise so weit sein soll, ja?«

Er gibt einen Laut von sich, der als Zustimmung gewertet werden kann.

Stan beschließt, doch einen Blick auf Camillas Manuskript zu werfen. Er kann sich nicht erinnern, jemanden mit einer solchen Inbrunst und Leidenschaft für ein Projekt schwärmen gehört zu haben. Außerdem ist er ihr nach all den Jahren, die sie mit ihm geschlafen hat, ohne jemals irgendwelche Forderungen zu stellen – Quickies in seinem Bungalow im Beverly Hills Hotels, Blowjobs auf dem Rücksitz irgendwelcher Autos und eine fünfminütige Ferkelei im Badezimmer des Spago, die er wohl nie vergessen wird –, etwas schuldig. Nicht unbedingt die Nennung als ausführende Produzentin, aber irgendwie wird er sich bestimmt erkenntlich zeigen. Also wird er ihr Manuskript lesen. Nicht von der ersten bis zur letzten Seite, um Himmels willen, aber zumindest einen Teil. Genug, um sich eine Meinung zu bilden.

Als die Maschine auf die Startbahn rollt, schlägt Stan die erste Seite auf. Normalerweise erwähnt er es nur selten – genauer gesagt nie –, aber er beherrscht die Kunst des Schnelllesens, weil er im Sommer zwischen dem zweiten und dritten Collegejahr, als er jeden Tag vom Haus seiner Eltern in Scarsdale zu seinem Praktikumsplatz in einer Anwaltskanzlei in der Innenstadt pendeln musste, einen Speedreading-Kurs belegt hat. Der Kurs fand im vierten Stock eines Bürogebäudes in der Nähe der Grand Central Station statt, an drei Abenden pro Woche über jeweils neunzig Minuten. Er erzählte niemandem, weder seinen Eltern noch seinen Freunden, was er in diesen anderthalb Stunden tat, sondern legte sich sogar allerlei Lügen zurecht, um seine Abwesenheit zu rechtfertigen. Doch es stellte sich heraus, dass während der ganzen sechs Kurswochen kein Mensch nachfragte.

Als die Cessna in Santa Ynez aufsetzt, ist Stan bereits auf Seite 198. Geistesabwesend löst er seinen Gurt, ohne den Blick von dem Manuskript zu lösen, dann klemmt er es sich unter den Arm, steht auf und tritt hinaus auf die Gangway. Mit jeder Minute kommt ein weiterer Name zu der Liste von Regisseuren und männlichen Hauptdarstellern hinzu, die er im Geiste bereits erstellt hat. Bei der

Aussicht, was ihm das Ganze einbringt, muss er lächeln. Das Ding ist praktisch schon gekauft.

Stan zieht sein Telefon heraus und wählt Camillas Nummer. Es läutet. Einmal, zweimal, dreimal … Er hinterlässt eine Nachricht. »Hi, hier ist Stan, das Manuskript ist der absolute Knaller. Ruf mich an.«

Das, denkt er, als er sich auf einen weiteren butterweichen Rücksitz eines Range Rover gleiten lässt, dessen Fahrer ihn zu seiner vierhundert Hektar großen Ranch bringt, ist das Projekt, das ihn endgültig reich machen wird, ein für alle Mal.

Lou wirft ihm einen vernichtenden Blick zu, als er ihr gegenüber am Tisch sitzt und sein Telefon läutet. Er sieht aufs Display. Eine unbekannte Rufnummer. Jemand, den er nicht kennt, hat seine Handynummer. Wie, zum Teufel, kann so etwas passieren?

»Stan Balzer«, meldet er sich. In seiner Stimme schwingt ein streitlustiger Unterton mit. »Wer spricht da?«

Lou verdreht die Augen.

»Guten Abend, hier spricht Detective George Dryden vom Beverly Hills Police Department.«

»Ja. Was kann ich für Sie tun?«

»Mein Gott«, sagt Lou. »Würdest du bitte …« Sie scheucht ihn davon. Er sieht sie verärgert an, gehorcht jedoch. Er macht etwas verkehrt. Wie üblich.

»Mr Balzer, kennen Sie zufällig eine Frau namens Camilla Browning? Besser gesagt Camilla Glyndon-Browning?«

Einen kurzen Moment kommt ihm der lächerliche Gedanke, es abzustreiten. Aber die Last der Gegenbeweise ist erdrückend. »Ja.«

»Tut mir leid, aber ich habe schlechte Nachrichten für Sie.«

Stan wartet, doch der Polizist schweigt. »Ja?«, sagt er und verlässt das Esszimmer.

»Mr Balzer, Miss Browning ist heute Abend bei einem Verkehrsunfall ums Leben gekommen. Glyndon-Browning, meine ich.«

Scheiße.

»Mr Balzer, sind Sie noch dran?«

»Äh, ja«, krächzt er. »Tut mir leid, das zu hören.«

»Fällt Ihnen jemand ein, der ihr etwas hätte antun wollen? Oder weshalb?«

»Nein, aber sagten Sie nicht gerade, es sei ein Unfall gewesen?«

»Wir müssen trotzdem Ermittlungen anstellen. Wann haben Sie Miss Glyndon zuletzt gesehen? Äh, Glyndon-Browning.«

»Vor ein paar Stunden erst. Wir hatten heute einen Termin. Bei mir im Büro.«

»Und worum ging es dabei?«

Stan runzelt die Stirn. »Bei unserem Termin?« Weshalb sollte einen Cop das interessieren? Verdächtigt er Stan etwa? »Es ging um ein Filmprojekt.«

Einen Moment lang herrscht Stille. Gerade als Stan seine Worte wiederholen will, fragt der Cop: »Und was war das für ein Projekt?«

O Gott. Kein Cop würde jemals so eine Frage stellen.

Inzwischen ahnt Stan längst, dass er den Film wohl kaum wird machen können, ohne die Fakten, die die Identität der Hauptfigur preisgeben würden, massiv zu verfälschen. Er hat sogar den dumpfen Verdacht, dass er den Film *überhaupt nicht* machen kann, weil es irgendein Regierungsorgan unter Garantie unterbinden wird. Und diese Leute werden ihm ihre Anwälte auf den Hals hetzen.

Aber erst jetzt begreift er, dass er, falls das, was in diesem Manuskript steht, tatsächlich stimmt, ganz andere Sorgen als die Auseinandersetzung mit irgendwelchen Anwälten am Hals hat.

Halt suchend klammert er sich einen Moment lang am Treppengeländer fest, bevor er die vier Stufen in den Flur hinuntergeht, der in sein Büro im Ostflügel des Hauses führt. Das Haus ist so konzipiert, dass es die hügelige Landschaft des Grundstücks widerspiegelt, auf dem es erbaut wurde. Jeder Raum befindet sich auf einer anderen Ebene, was einen zwingt, pausenlos zwei Treppen hinauf- und wieder hinunter-, dann drei Treppen hinunter- und wieder hinaufzugehen, um von einem Raum in den nächsten zu gelangen. Der Typ, der das Haus entworfen hat, war ein Charakterdarsteller, der für seine Exzesse berühmt war und in den Fünfzigern, Sechzigern und Siebzigern seine Blütezeit erlebt hat. Während des letzten Jahrzehnts seiner erfolgreichen Karriere hat er sich aktiv in den Entwurf von Casa Mariposa eingebracht, das nach seiner letzten großen Leidenschaft, der Schmetterlingsbeobachtung, benannt wurde. Das gesamte Grundstück wurde zum Zweck angelegt, möglichst vielfältige Schmetterlingsarten anzulocken, mit dem Resultat, dass das Anwesen einem Kriegsgebiet gleicht, auf dem diese Scheißviecher überall im Sturzflug herumflattern.

Stan überlegt fieberhaft. Was jetzt? Er holt tief Luft und geht weiter, bis er vor seinem Schreibtisch steht, direkt unter dem Fenster mit Blick auf die dahinterliegenden Hügel und die Auffahrt, die zur Hauptstraße in der Ferne führt und sich vorn dort aus durch das Tal schlängelt, in die Stadt, zum Flugplatz und seiner Cessna, die dort jederzeit für ihn bereitsteht.

»Äh, wie war Ihr Name noch mal?«, stammelt Stan. »Dryden? Und Sie gehören dem Beverly Hills P.D. an?«

Mit zitternden Fingern notiert er sich alles. »Könnten Sie mir Ihre Nummer geben? Jemand hat geläutet, deshalb muss ich zurückrufen.«

Wer auch immer Camilla getötet hat, wird ihn ebenfalls töten, und dieser Jemand könnte womöglich in dieser Sekunde am anderen Ende der Leitung sein.

Statt der Nummer, die der Mann ihm genannt hat, wählt Stan direkt die Nummer der Auskunft und lässt sich mit dem Beverly Hills P.D. verbinden.

»Beverly Hills Police Department, wie kann ich Ihnen helfen?«, fragt eine aufgeweckte Stimme.

Verblüfft lauscht Stan. Mit einer solchen freundlichen Lebendigkeit hat er ganz bestimmt nicht gerechnet.

»Hi.« Er holt tief Luft. »Ich würde gern Detective Dryden sprechen.« *Bittebittebittebittebitte. Bitte sei da. Bitte mach, dass es ihn wirklich gibt.*

Diese Situation rangiert auf einer Skala irgendwo zwischen ziemlich übel und absolut katastrophal; wo genau, denkt er, während er dem Klappern einer Tastatur lauscht, wird er wohl gleich erfahren.

»Tut mir leid, Sir«, sagt die Telefonistin mit aufrichtigem Mitgefühl. »Aber beim Beverly Hills Police Department gibt es keinen Detective Dryden.«

»Brad McNally?«

»Hi, Brad, hier ist Stan. Erinnern Sie sich an mich?«

»Natürlich. Hi, Stan.«

»Ich habe schlechte Nachrichten, Brad. Es geht um Camilla Glyndon-Browning. Wenige Stunden nachdem sie bei mir war, hatte sie einen Verkehrsunfall. Sie ist tot.«

Stille.

»Es tut mir sehr leid, Brad, und bitte sehen Sie es mir nach, wenn das jetzt herzlos klingt, aber ich muss Sie fragen, ob Sie etwas über das Projekt wissen, weswegen sie bei mir war.«

Schweigen. »Was für ein Projekt?«

»Etwas, von dem ich mir nicht sicher bin, ob Sie überhaupt die Rechte daran haben.«

»Ich glaube, ich weiß, wovon Sie sprechen.«

»Haben Sie es gelesen?«

Wieder eine kurze Pause. »Nein, nicht richtig.«

Einen Moment lang ist Stan versucht zu fragen, was genau er damit meint, aber eigentlich interessiert es ihn nicht. »Hören Sie, Brad.« Er hält inne, um sicherzugehen, dass jeder, der ihm zuhört – und er ist ganz sicher, dass dieses Gespräch belauscht wird –, seine Lüge hören kann. »Mir hat Camilla keine Kopie gegeben, aber sollten Sie eine haben, kann ich Ihnen nur raten, sie so schnell wie möglich zu vernichten.«

Kapitel 43

Jeffrey kommt mit einem scharfen Atemzug und einer Grimasse. Er hat die Augen fest zusammengekniffen, und sein Mund steht offen, als wäre er Zeuge eines ganz besonders eindrucksvollen Schauspiels. Dann lässt er ganz langsam den Atem entweichen, und Isabel spürt, wie er, gewissermaßen als Nachbeben, ein letztes Mal in ihr erschaudert.

Atemlos gleitet sie von ihm herunter, rollt sich auf den Rücken und blickt an die Zimmerdecke, wo der Ventilator gemächlich seine Runden dreht.

Tja, es hätte viel schlimmer sein können. So wie meistens in letzter Zeit. In den fünf Jahren zwischen dem Zeitpunkt, als Isabel ihren Mann kennengelernt, und dem Tag, an dem sie angefangen hat, mit anderen Männern zu schlafen, hat sich ihr Auswahlradius drastisch verkleinert. Die meisten Männer wünschen sich Frauen, die jünger sind als sie, und Isabel ist nicht mehr das, was man als jung bezeichnen würde. Außerdem arbeitet in der Verlagsbranche ein überproportional hoher Anteil schwuler Männer, vor allem im Lektoratsbereich, in dem sie hauptsächlich zu tun hat; der Rest ist größtenteils verheiratet oder entweder unangemessen jung oder steinalt. Folglich ist maximal einer von hundert Männern Single, hetero und in ihrer Altersklasse, auch wenn sie mittlerweile festgestellt hat, dass dieser Teil der männlichen Bevölkerung im Gegensatz zu den Typen in ihren Zwanzigern und Dreißigern mit weitaus massiveren Problemen und Anforderungen zu kämpfen hat, auf die Unterstützung leistungssteigernder Mittelchen zurückgreifen muss und durch einige höchst unattraktive Neigungen auffällt.

Als Folge davon hat Isabel ihre Erwartungen drastisch nach unten geschraubt. »Das war nett«, sagt sie. Denn im Prinzip war es das.

Jeffrey erwidert nichts.

Sie steht auf. »Ich hab Durst«, sagt sie, unsicher, ob sie wirklich splitternackt durch den von Mondlicht erhellten Raum tappen will. Andererseits erscheint es ihr zu rüde, einfach das Laken vom Bett zu reißen und sich darin einzuhüllen. »Willst du auch einen Schluck Wasser?«

»Klar. Danke.« In seiner Stimme liegt ein eigentümlicher Unterton. So als würde irgendetwas nicht stimmen. Vermutlich hätte sie das Wort *nett* nicht verwenden dürfen.

Sie reicht ihm ein Glas Leitungswasser, dann lässt sie sich neben ihn sinken und legt den Kopf auf seine Schulter.

»Du hättest mich schon vor Jahren ins Bett zerren müssen«, meint sie als Wiedergutmachung für das *nett*. »Vor Jahrzehnten.«

Ihr erster Kuss liegt fast zwanzig Jahre zurück. Damals waren sie alle noch so jung – frisch vom College, ein, zwei Jahre vielleicht, und am unteren Ende der beruflichen Nahrungskette. Während der Woche gingen sie abends zu Lesungen in Buchhandlungen – einige von ihnen hatten Zweitjobs an den Abenden und Wochenenden, manche sogar genau in diesen Läden –, bevor sie in laute, überfüllte Kneipen mit riesigen Billardtischen weiterzogen. Auf dem Bandenspiegel waren Vierteldollarmünzen aufgestapelt, die signalisierten, wer als Nächster an der Reihe war. Aus der Jukebox drangen die neuesten Songs von Nirvana und Elvis Costello, und das Bier, Pabst Blue Ribbon oder Molson Golden, floss in Strömen.

»Fielder«, sagte sie eines Abends in einem dieser schummrigen Hinterzimmer mit klebrigem Fußboden und billigen Holzverkleidungen an den Wänden zu ihm – sie hatte sich angewöhnt, all ihre Freunde mit dem Nachnamen anzusprechen. »Wirst du mich jemals in diesem Leben küssen?«

Also machten sie eine Weile herum, an jenem verregneten Aprilabend, zwischen Leuchtwerbung für Biermarken und Barhockern, in einer Zeit, als man noch mit jemandem in einer Bar knutschen konnte, ohne gleich den nächsten Schritt machen zu müssen.

Am nächsten Tag liefen sie einander erst am späten Nachmittag in die Arme; keiner hatte den Mut aufgebracht, den anderen in seinem Kabuff aufzusuchen, die sich an den entgegengesetzten Enden einer riesigen Büroetage befanden.

»Lust, später etwas unternehmen?«, fragte er, als sie sich im hell erleuchteten Empfangsbereich neben dem Konferenzraum begegneten.

»Ich kann nicht. Heute geht's nicht.« Sie traf sich mit ihrer Mutter, die einen Arzttermin in der Stadt hatte, zum Abendessen. Ihre Mutter hatte all ihre Manhattaner Ärzte behalten, statt sich jemanden in dem Kaff zu suchen, in das ihre Eltern gezogen waren; womöglich war es ihre Art, zu verleugnen, dass der Umzug aus New York endgültig, unumkehrbar war. Aber Isabel wollte ihm all das nicht erklären, daher beschränkte sie sich auf ein einfaches: »Tut mir leid.«

Er nickte verständnisvoll, obwohl er überhaupt nichts verstand. Genauer gesagt verstand er ihr Nein vollkommen falsch. Er empfand es als Zurückweisung, und sie brachte nie den Mut auf, ihn eines Besseren zu belehren, deshalb bat er sie nie wieder um eine Verabredung.

Und jetzt sind sie hier, zwanzig Jahre später und genau dort, wo sie immer vermutet hat, dass sie früher oder später landen würden.

»Und auch heute bin ich nicht derjenige, der dich flachgelegt hat«, sagt er. »Oder?«

Sie rückt ein Stück ab, stützt sich auf den Ellbogen und küsst ihn auf den Mund, bereit für die nächste Runde. Sie fragt sich, ob er es ebenfalls ist. »Nein.« Sie drückt ihm einen Kuss auf die Brust. »Das stimmt.«

In diesem Moment lässt beide das Schrillen des Telefons hochfahren, beängstigend scharf in der Stille des Hauses.

Rrring.

Isabels Gedanken überschlagen sich – verwählt, ein ehemaliger Liebhaber, der sich wieder einmal bei Naomi melden will, eine Telemarketingfirma …

Rrring.

Schließlich greift sie über den Nachttisch und reißt den Hörer von der Gabel. »Hallo?«

»Hi, spreche ich mit Isabel Reed?«, fragt eine Männerstimme, die sie noch nie gehört hat.

All ihre Muskeln spannen sich an. »Wer ist da?«

»Isabel?«

Sie schweigt.

»Mein Name ist Stan Balzer«, erklärt er. »Wissen Sie, wer ich bin?«

Sie schweigt immer noch.

»Naomi Berger hat mir die Nummer gegeben, nachdem ich mit Brad McNally gesprochen habe, der meinte, Sie könnten vielleicht in Naomis Haus sein. Sie beide sind gute Freundinnen, nehme ich an.«

»Hm.«

»Es hat mich einige Mühe gekostet, Sie aufzustöbern.«

»Aha. Wieso?«

»Ich bin Filmpro...«

»Ich weiß, wer Sie sind.«

»Gut. Heute am späten Nachmittag hatte ich einen Termin mit Camilla Glyndon-Browning, der Leiterin der Nebenrechte bei McNally & Sons, die mir ein Projekt angeboten hat. Es handelt sich um die nicht autorisierte Biografie von Charlie Wolfe. Sind Sie die zuständige Agentin?«

Isabel zieht das Laken über ihre Brust, sagt jedoch immer noch nichts.

»Jedenfalls ist Camilla ums Leben gekommen, einige Zeit nachdem sie mein Büro verlassen hat.«

Isabel schnappt nach Luft. Instinktiv schlägt sie sich die freie Hand auf den Mund, wobei das Laken herunterrutscht und ihre Blöße freigibt.

»Bei einem Autounfall, heißt es.«

Jeffrey setzt sich neben ihr im Bett auf und mustert sie eindringlich. Er scheint zu lauschen. Versteht er, was der Mann am anderen Ende der Leitung sagt?

»Später wurde ich von einem Mann angerufen, der sich als Detective ausgibt. Er schien zu wissen, dass Camilla bei mir war. Und auch, wie und wo er mich finden kann, was nicht ganz einfach ist, das kann ich Ihnen sagen. Und er wollte wissen, worüber Camilla und ich gesprochen haben.«

Isabel hört die schweren Atemzüge des Mannes; er schnappt nach Luft, allerdings kann sie nicht sagen, ob vor Anstrengung oder vor Angst. Oder beides.

»Deshalb rufe ich an. Ich wollte Sie warnen, dass Sie in Gefahr sind.«

Unwillkürlich lacht sie auf – ein herzhaftes, lautes, alles andere als damenhaftes Auflachen.

»Schätzungsweise wissen Sie das längst«, fährt er fort.

»Aber ich wollte Ihnen auch sagen, dass Camilla mir keine Manuskriptkopie ausgehändigt hat, und abgesehen von ein paar kurzen Angaben über das Buch weiß ich nichts Genaues darüber. Und ich will es auch gar nicht wissen.«

Er hält inne, scheint auf eine Erwiderung zu warten.

»Okay«, sagt sie. Mehr nicht.

»Ich habe mit alldem nichts zu tun, absolut nichts. Verstehen Sie?«

Nein, eigentlich nicht. Was für ein seltsamer Anruf, merkwürdig und beängstigend, am Ende eines Tages voll merkwürdiger und beängstigender Vorfälle.

Und dann, ganz plötzlich, weiß sie es: Sie werden belauscht. Dieser Filmproduzent glaubt offenkundig, dass das Gespräch abgehört wird, und will demjenigen, der die Leitung angezapft hat, signalisieren, dass von seiner Seite keine Gefahr droht. Und dass es keinen Grund gibt, Stan Balzer aufzustöbern und zu töten.

»Ja, ich glaube, ich verstehe«, sagt sie. »Aber die Wahrheit ist, dass ich genauso wenig etwas damit zu tun habe.« Das wird ihr zwar niemand glauben, abgesehen von diesem Stan Balzer, aber vermutlich nicht einmal er.

»Viel Glück«, sagt er, dann ist die Leitung tot.

Isabel starrt auf den Hörer mit dem spiralförmigen Kabel und legt ihn zurück auf die Gabel.

»Was war das denn?«

Sie wendet sich ihm zu. »Hast du eurer Nebenrechtsfrau eine Kopie des Manuskripts gegeben? Dieser Camilla?«

»Nein«, antwortet Jeffrey trotzig. »Ich habe es noch nicht mal erwähnt.«

»Aber aus irgendeinem Grund weiß sie davon. Wusste.«

»Was meinst du damit?«

»Sie ist tot.«

»Was?« Er scheint fieberhaft zu überlegen. »Sie muss es kopiert haben, solange ich in der Konferenz war. Scheiße. Wie ist sie ums Leben gekommen?«

»Bei einem Autounfall.«

»Großer Gott. Hat sonst noch jemand eine Kopie?«

Kommt auf deine Definition von haben *an*, liegt ihr auf der Zunge, doch dann besinnt sie sich eines Besseren. »Von mir nicht. Hast du es jemandem außer Brad gegeben? Oder könnte er es weitergegeben haben?«

»Das bezweifle ich.«

Isabel nickt.

»Also gibt es nirgendwo auf der Welt noch andere Kopien?«, hakt Jeff nach. »Abgesehen von unseren beiden.«

Isabel mustert forschend sein Gesicht, während sie sich nicht zum ersten Mal fragt, ob sie diesem Mann wirklich trauen kann. Ihr Exmann hat stets die These vertreten, dass man einem anderen Menschen niemals hundertprozentig trauen kann und immer darauf vorbereitet sein muss, verraten zu werden. Man wisse nie, wann es so weit sei, so sein Credo. Im Lauf der Jahre hat sein Zynismus auf Isabel abgefärbt. Rückblickend gehörte diese Weltsicht sogar zu den Eigenschaften, die sie nie an ihm gemocht hat, aber auch sie traut niemandem über den Weg, ob es ihr nun gefällt oder nicht.

»Nicht dass ich wüsste«, sagt sie. »Nur der Autor wird vermutlich eine Kopie davon haben.«

Die Worte hängen bedeutungsschwer zwischen ihnen.

»Du weißt, wer es ist, stimmt's?«

»Na ja, eine Möglichkeit liegt ja auf der Hand.«

Jeffrey nickt.

»Aber er ist ja bereits *tot*.«

Kapitel 44

Die Morgenluft ist klar und kühl. Von den schneebedeckten Alpengipfeln weht eine frische Brise heran, die die Oberfläche des Zürichsees kräuselt und das frische Frühlingslaub rascheln lässt. Der Kies fühlt sich weich und nachgiebig unter den gut gedämpften Sohlen seiner Hightech-Laufschuhe an, und in seinen Beinen hat sich ein nicht unangenehmes gummiartiges Gefühl ausgebreitet. Er beschleunigt, wobei er den Oberkörper ein klein wenig nach vorn beugt.

Obwohl er letzte Nacht nur ein paar Stunden geschlafen hat, hält sich seine Müdigkeit in Grenzen. Inzwischen ist die Schlaflosigkeit zu einem ständigen Begleiter seines Lebens geworden, daher kommt er problemlos mit drei oder vier Stunden Schlaf aus.

Der Autor kehrt dem See den Rücken, verlässt den Kiesweg und biegt auf eine asphaltierte Straße ein; der harte Untergrund fühlt sich weit weniger angenehm für seine Fußsohlen, Knie und seine restlichen nicht mehr ganz jungen Knochen an.

Sein Apartment befindet sich nur einen Häuserblock entfernt. Er wirft einen Blick auf das Display seines Handys mit der GPS-App, die ihm anzeigt, dass er bisher 7,8 Kilometer weit gelaufen ist. Wenn er an diesem Gebäude vorbei ist und noch eine Runde um den Block dreht, knackt er die acht Kilometer, was eine respektable Distanz wäre.

Er trabt an seinem Hauseingang vorbei, ohne ihn eines Blickes zu würdigen, immer einen Fuß vor den anderen, und spürt die Erschütterung, die sich bis in seine Schenkel hinauf fortsetzt. Er atmet im Zweierrhythmus – kurzes, stoßweises Ausatmen über zwei Schritte, während der nächsten beiden Schritte wieder flach einatmen, eine hypnotische Frequenz, die ihn einlullt und in Sphären befördert, in denen er all die Dinge vergessen kann, die ihm nachts den Schlaf rauben. Er wünschte, man könnte schlafend joggen.

Aus diesem Grund bemerkt er die beiden Männer in dem Wagen an der Ecke im ersten Moment gar nicht. Es ist ein Mietwagen mit zwei Typen: kurzes Haar, rasiert, gepflegt, vermutlich Amerikaner. Keine Zeitung, kein Handy, keine sonstigen Spielereien, die sie auf ihrem Beobachtungsposten in einem weißen Opel um acht Uhr an einem gewöhnlichen Wochentag in einer ruhigen Wohnstraße ablenken könnten.

Scheiße.

Er läuft bis zur nächsten Ecke, wo er links abbiegt. Instinktiv beschleunigt er sein Tempo, als das Adrenalin mit einem Schwall durch seine Adern pumpt, sodass er die Erschütterung und das Ziehen im Quadrizeps nicht länger wahrnimmt. Sein Gehör und sein Sehvermögen scheinen mit einem Mal geschärft zu sein, und er registriert einen eigentümlichen Geschmack im Mund.

Er biegt um eine weitere Ecke. Inzwischen befindet er sich auf der Höhe des Häuserblocks hinter dem Haus, in dem er wohnt, und läuft noch etwa fünfzig Meter weiter, ehe er seine Schritte drosselt. Schließlich tritt er in eine schmale Gasse zwischen zwei mehrstöckigen Gebäuden mit einem Fahrradständer, mehreren Mülltonnen und einer roten Sackkarre.

Auf der Rückseite des Hauses bleibt er stehen, stützt sich mit der Hand am kühlen, rauen Backstein ab und späht um die Ecke zu seinem eigenen Apartmentkomplex hinüber, der lediglich durch einen niedrigen Holzzaun von dem Grundstück getrennt ist. Dann wandert sein Blick zu der Feuerleiter vor seinem Schlafzimmerfenster.

Jemand könnte dort oben in seiner Wohnung sein und auf ihn warten – ein Mann an der Tür, mit dem Rücken gegen die Wand gepresst, ein zweiter mit einer Waffe in der Hand auf dem Sofa. Bei den beiden Männern im Wagen könnte es sich um die Verstärkung handeln. Es könnten noch andere Männer hier sein, versteckt in Transportern, auf Motorrädern, am Flughafen oder am Bahnhof. Er könnte längst umzingelt sein.

Er wartet eine Minute, zwei, beobachtet, wie sich sein Nachbar in der Wohnung unter der seinen die Krawatte bindet, während die junge holländische Mutter – er nennt sie insgeheim seine Holland-MILF – aus dem Nebenhaus versucht, ihre beiden blonden Kinder zur Tür hinauszubugsieren.

Er hat immer gewusst, dass dieser Moment irgendwann kommen würde – der Moment der Erkenntnis, dass er aufgeflogen ist und die Leute, die ihn suchen – Charlie Wolfe und sein CIA-Mittelsmann oder, was wahrscheinlicher ist, die privaten Spürhunde, die entweder der eine oder der andere angeheuert hat –, fündig geworden sind. Er hat diesen Moment von langer Hand geplant. In seinem Kleiderschrank steht eine Fluchttasche parat, ein Nylonrucksack mit frischen Kleidern zum Wechseln, einem Prepaid-Handy plus Ladegerät und einem leeren USB-Stick, um das Manuskript zu speichern, einem neuen Pass und Kreditkarten sowie Bargeld im Wert von hunderttausend Dollar in unterschiedlichen Währungen – amerikanische Dollar, Euro, Schweizer Franken und britische Pfund. Außerdem ein Reserveschlüssel für den Wagen und ein altes, eselsohriges Foto von einem Kind.

Er wartet eine weitere Minute. Inzwischen hat sich seine Atmung beruhigt, und er spürt, wie der Schweiß auf seinem Rücken und seiner Brust unter seinem Laufshirt zu trocknen beginnt. Gleich wird er sich wieder in Bewegung setzen. Er wird über den Zaun springen, die Feuertreppe hinaufklettern und sich durchs Badezimmerfenster zwängen.

Er überquert den Hof, sieht nach links und rechts und hinter sich. Dann erklimmt er die Feuertreppe, eine Sprosse nach der anderen, an der bunt gestrichenen Backsteinfassade hinauf bis in den vierten Stock.

Er späht durchs Schlafzimmerfenster, durch das er einen schmalen Streifen seines Wohnzimmers und einen Teil der Diele erkennen kann. Auf den ersten Blick wirkt alles ganz normal, aber sein Sichtfeld ist ziemlich eingeschränkt.

Er hat sich angewöhnt, das Schlafzimmerfenster stets unverschlossen zu lassen und sein Sicherheitsbedürfnis ein Stück weit zugunsten einer anderen Art der Sicherheit zu opfern. Dass er in einer Stadt wie Zürich ausgeraubt werden könnte, ist ziemlich unwahrscheinlich, weshalb es ihm keine allzu große Angst macht. Viel größer ist seine Angst davor, dass ihm die CIA auf die Schliche kommt.

Er drückt mit beiden Handflächen gegen den alten Holzrahmen, der geräuschlos aufgleitet.

In diesem Moment sieht er, wie die Haustür aufgeht.

Es war bereits nach Mitternacht, und sämtliche Tische hatten sich mittlerweile geleert. Die Küche war geschlossen, und die Kellner räumten nach einem weiteren betriebsamen Abend allmählich zusammen. Die Frau lehnte sich auf ihrem Stuhl zurück, während sich der Autor gespannt nach vorn beugte, um sich anzuhören, was sie zu sagen hatte.

Zwei Kellner an der Servicestation lachten über einen Witz, in der anderen Ecke des Gastraums standen zwei Aushilfen, die völlig erledigt aussahen. Der Barkeeper schob der Frau am Tresen, die mindestens schon einmal um ein Haar von ihrem Hocker gefallen wäre, mit einem hinterhältigen Lächeln noch einen frischen Drink zu. Der Oberkellner las die *Post* von hinten nach vorn. Die Musik war lauter, als man es von einem Restaurant dieser Preisklasse erwarten würde, und noch dazu lief ausgerechnet Led Zeppelin.

Die Frau musterte Charlie eindringlich. »Ja«, sagte sie. »Ich weiß genau, wer Sie sind.«

Und Charlie starrte sie ebenfalls an. Sein gesamter Körper schien wie eine Feder gespannt zu sein.

Das Herz des Autors schlug so schnell, dass er fürchtete, gleich, jetzt und hier, auf dem gestärkten weißen Tischtuch zu kollabieren. Er wartete mit angehaltenem Atem, schwindlig vom Sauerstoffmangel.

»Sie arbeiten beim Fernsehen, stimmt's?«, fragte sie.

Sie hatte keine Ahnung gehabt, was an diesem Abend gespielt wurde. Sie konnte nicht wissen, dass diese Begegnung sorgfältig eingefädelt worden war; dass Charlies Auftauchen kein Zufall war und die beiden Männer, die vor Anspannung bis an die Kanten ihrer Stühle vorgerutscht waren, in Wahrheit zwei potenzielle Mörder waren, die mit dem Gedanken an ein vorsätzliches Kapitalverbrechen spielten. Damals hatte sie von alldem nichts geahnt. Heute schätzungsweise schon.

Es stellte sich heraus, dass sie Charlie nicht von dem Vorfall vor fünfzehn Jahren in Ithaca wiedererkannte, sondern aus dem Fernsehen. Ihr lokaler Nachrichtensender befand sich gerade in den Startlöchern, und Charlie war in Medienkreisen bereits bekannt. Schon bald würde er zur landes- oder gar weltweiten Berühmtheit werden, und die Frau schien sich mit diesem Personenkreis bestens auszukennen. »Menschen vor dem großen Durchbruch sind mein Spezialgebiet«, erklärte sie.

Sie war keine Zeugin. Es gab keine Zeugen.

Die Erleichterung, die den Autor durchströmte, war enorm, geradezu ekstatisch; besser als jeder Orgasmus. Ohne mit der Wimper zu zucken, fragte er die Frau, ob sie sich wiedersehen würden, gleich nächste Woche.

Er klettert die Feuertreppe wieder hinunter, was ihm dank der Gummisohlen seiner Laufschuhe nahezu geräuschlos gelingt. Er durchquert den Hof und die schmale Gasse, dann setzt er sich in Bewegung und läuft die baumbestandene Straße entlang, schneller als sonst und als er auf Dauer durchhalten wird, während er das Bedürfnis unterdrückt, sich umzudrehen. Nichts ahnende Jogger drehen sich nicht um und halten nach potenziellen Verfolgern Ausschau. Und er muss wie ein nichts ahnender Jogger aussehen.

Er schließt sich dem Strom der Hobbysportler in dem schmalen Park am Ufer an, verschwitzte Jogger, eifrige Powerwalker mittleren Alters, fleischige Rennradfahrer mit Igelfrisur in voller Lycramontur im Kampf gegen die vielfältigen Würste – die verzehrten ebenso wie die angefutterten – und Menschen in Businesskleidung auf Cityrädern oder zu Fuß auf dem Weg in ihre Innenstadtbüros.

Er umrundet den stark befahrenen Bellevueplatz und läuft über die Quaibrücke, ehe er das Tempo drosselt, als ihm die Luft auszugehen droht. Auf der Bürkliterrasse bleibt er schließlich stehen, als hätte er sein Ziel endlich erreicht, stellt den rechten Fuß auf eine Parkbank und beugt sich vor, um die Wadenmuskulatur zu dehnen, während er in die Richtung zurückblickt, aus der er gekommen ist. Dann wechselt er das Bein und geht im Geiste seinen Plan B durch. Seinen alternativen Plan B.

Nach ein paar Minuten macht er sich auf den Weg durch Belvoir auf der westlichen Seeseite, ein Viertel, das so aussieht wie sein Gegenstück. Er biegt um eine Ecke, tritt durch ein modernes Tor aus mattiertem Eisen und geht um das moderne Gebäude aus Glas und Stahl herum. Der Zugangsweg ist von Sträuchern gesäumt. Beim dritten Strauch geht er auf die Knie und legt die Hand um den knorrigen Stamm.

Er zieht seinen Arm zurück und blickt auf das kleine metallene Schlüsselkästchen in seiner Hand. Er öffnet es und nimmt zwei Schlüssel heraus. Mit dem einen schließt er die grob gezimmerte Eingangstür des Gebäudes auf, dann durchquert er die großzügige Lobby und geht die Treppe hinauf zu Apartment 4, dessen Nummer als serifenlose Ziffer aus gebürstetem Metall auf der schwarz lackierten Tür prangt.

Er beugt sich vor und lauscht auf irgendwelche Geräusche.

Nichts.

Das Apartment gehört Vanessa, der sexy Managementberaterin, die er im Park kennengelernt und später auf der Terrasse des Widder für seinen Dreier mit der rothaarigen Irin abgeschleppt hat. Seither sehen sie sich noch gelegentlich zum Abendessen und für eine befriedigende Nummer hinterher oder auf eine schnelle, ähnlich gelagerte Frühstücksbegegnung, direkt vor der Arbeit.

Nach einer dieser Nächte ist es ihm gelungen, ihre Schlüssel an sich zu nehmen und einen Nachschlüssel anfertigen zu lassen. Einige Stunden später stand er in der Lobby und entschuldigte sich, weil er versehentlich die verkehrten Schlüssel mitgenommen hat. Zum Abschied gab es einen Händedruck.

Normalerweise verlässt Vanessa um Viertel vor acht das Haus, um spätestens um Viertel nach acht im Büro zu sein. Jetzt ist es 8:22 Uhr. Er schiebt den nachgemachten Schlüssel ins Schloss und dreht ihn um. Die schwere, gut geölte Tür gleitet mühelos auf. Sein Blick wandert durch die Küche, die Essecke, das Wohnzimmer mit dem Panoramafenster, das auf den baumbestandenen Garten hinausgeht. Der Couchtisch. Weingläser. Plural.

Und ein Paar Herrenschuhe.

Kapitel 45

Brad versucht es zum zweiten Mal innerhalb von zehn Minuten, aber auch diesmal wird sein Anruf direkt auf die Voicemail umgeleitet. »*Hi, hier ist Jeff …*«

Er legt auf, ohne eine Nachricht zu hinterlassen, und löst die Pausentaste des CD-Players, den er etwa auf der Hälfte der zweiten Seite von *The Rise and Fall of Ziggy Stardust and the Spiders from Mars* angehalten hat, obwohl er natürlich längst keine Vinylplatte mehr besitzt, sondern sie – keine Ahnung, vor fünfundzwanzig Jahren? – durch eine CD ersetzt hat.

Er starrt aus dem Fenster seines Arbeitszimmers, das früher als Dienstbotenzimmer gedient hat; damals, als jeder Wohnungsbesitzer in der Park Avenue noch ein eigenes Dienstmädchen bei sich beherbergte. Das Zimmer bietet gerade ausreichend Platz für ein Zweiersofa, ein paar Bücherregale, einen Schreibtisch mit einer Lampe und einen bequemen Stuhl. Das Flügelfenster geht in den Innenhof mit den Fenstern Dutzender Dienstbotenzimmer, Küchen, Badezimmer und Austritte, auf denen Teenager und manchmal auch ihre nikotinsüchtigen Mütter heimlich eine Zigarette rauchen.

Eigentlich dachte Brad, er sei lange genug im Geschäft, um alles gesehen zu haben, was die Buchbranche an Verrücktheiten zu bieten hat: Er hat den Stern irgendwelcher Überraschungsbestseller aufgehen sehen, während vermeintlich garantierte Erfolge gnadenlos in die Hose gingen. Er hat ekstatische und kampflustige Autoren erlebt, solche, die gegen die Vertragsbestimmungen verstoßen oder

Prozesse angestrengt haben; Selbstmörder und Typen, die schlicht und einfach komplett ausgeflippt sind. Er hat miterlebt, wie Buchtitel auf dem Kopf stehend gedruckt oder der Name des Autors verkehrt geschrieben worden war; Bücher, bei denen das Schlusskapitel oder die bibliografischen Daten beim Druck vergessen worden waren; Bücher mit faktischen Fehlern, verleumderischen Inhalten und himmelschreienden Fehleinschätzungen und Geschmacklosigkeiten aller Couleur.

Aber was er hier vor sich hat, stellt alles in den Schatten. Er blickt auf das Manuskript, seine große Rettung oder sein Ruin – zwei Dinge, die so oft eng miteinander verwoben sind. Er wirft einen Blick auf seinen Block mit der Kalkulation der Umsätze, die mit einer Veröffentlichung von *Der Unfall* erwirtschaftet werden könnten.

Im Grunde müssten sie das Buch doppelt so teuer verkaufen, verdammt noch mal; genau wie all die anderen Bücher. In den über zwanzig Jahren seiner Karriere in der Verlagsbranche sind die Preise für Konsumgüter stetig gestiegen. Kinokarten sind doppelt so teuer, die Preissteigerung für ein Dutzend Eier beträgt sage und schreibe 250, für Sprit sogar fast 300 Prozent. 1991 kostete ein fest gebundenes Buch im Schnitt 22 Dollar. Und heute? 26 Dollar. Das ist eine Steigerung um gerade einmal 18 Prozent. Kein Wunder, dass sein Verlag – die gesamte beschissene Branche – am Rande des Ruins steht.

Er schiebt das Fenster auf und späht hinaus, ob ihn irgendjemand beobachtet hat. Dann öffnet er die mittlere Schreibtischschublade, nimmt eine kleine Schmuckschatulle heraus, die er vor zwanzig Jahren auf dem Flohmarkt gekauft hat, und kramt einen winzigen Schlüssel aus einer Silberschale voller Kleingeld. Er schließt die Kassette auf und schaut hinein.

Brad zahlt sich ein Jahresgehalt von fünfhunderttausend Dollar aus; eine Summe, die vor zehn Jahren als angemessenes Gehalt für einen Verleger festgelegt wurde. Mit zwei Kindern, die das College besuchen – nach insgesamt dreißig Jahresbeiträgen für eine anständige Privatschule –, und den laufenden Kosten für eine Wohnung in Manhattan, die groß genug für die ganze Familie ist, wird man mit dieser Summe in New York nicht mehr reich, sondern es reicht gerade zum Leben.

Und jetzt steht zu befürchten, dass er schon bald noch weniger oder vielleicht sogar überhaupt nichts mehr verdienen wird. Ein Glück, dass Lucy wieder angefangen hat, in ihrem alten Job als Lehrerin zu arbeiten, nachdem die Kinder in der Mittelschule waren. Dieses Jahr deckt ihr Gehalt über siebenundzwanzigtausend Dollar und ein paar Zerquetschte nach Abzug der Steuern nicht einmal die Kosten für das Apartment. Allerdings beschleicht ihn allmählich der Verdacht, dass sie noch dankbar für ihr Einkommen – vor allem aber für ihre bombensichere Krankenversicherung, ein durch die Gewerkschaft abgesicherter und garantierter Teil ihres Arbeitsvertrags – sein werden, wenn McNally & Sons, einer der letzten konzernunabhängigen Verlage, erst einmal verkauft ist und er, der Verlagsleiter, unter dessen Leitung das Unternehmen den Bach hinuntergegangen ist, sich plötzlich auf dem freien Arbeitsmarkt wiederfindet.

Brad nimmt zwei Tütchen aus der grünen Schatulle; in der einen steckt eine Pfeife, in der anderen sein Vorrat an Marihuana.

Ob er überhaut jemanden findet, der ihn einstellt? Einen über fünfzig Jahre alten Exverleger? Oder wird dies das letzte Jahr sein, in dem er noch einer geregelten Vollzeittätigkeit nachgeht? Vielleicht sogar der letzte Monat?

Wow, schießt es ihm durch den Kopf, das Ende steht schneller vor der Tür, als ich dachte.

Er lehnt sich aus dem Fenster, zündet die Pfeife an und saugt den Rauch tief in seine Lungen, wo er ihn fünf Sekunden lang hält, ehe er ihn langsam in den Innenhof entweichen lässt.

Aaahhh.

»Herrgott noch mal, Brad!« Seine Frau steht, eine Hand in die Hüfte gestützt, im Türrahmen. David Bowie war so laut, dass er sie nicht einmal hereinkommen gehört hat. »Die Kinder sind hier.«

Er will etwas erwidern, doch kein Laut dringt über seine Lippen.

Lucy schüttelt angewidert den Kopf. »Milo muss immer noch raus«, sagt sie und schließt die Tür hinter sich.

Er kehrt zu seinem Schreibtisch zurück, wo sein Konflikt, seine Entscheidung immer noch auf ihn warten. Den ganzen Tag und den ganzen Abend hat er darüber nachgegrübelt.

Einerseits ist er überzeugt, dass all die belastenden Anschuldigungen im Manuskript absolut wahr sind und dass dieses Buch unbedingt veröffentlicht werden muss. Die Machenschaften dieses gierigen, skrupellosen Dreckskerls sollten ans Licht kommen und könnten im Zuge dessen McNally & Sons vor dem drohenden Untergang oder einer Übernahme retten und ihm damit seine eigene Karriere und seinen Lebensunterhalt sichern. Eine Veröffentlichung hätte eine Menge Vorteile.

Andererseits kann es durchaus sein, dass dieser NSA-Mann – sofern dieser Joseph Lyons tatsächlich dort arbeitet – die Wahrheit gesagt hat: dass das Manuskript lediglich ein Schwindel ist, der angezettelt wurde, um die Kurswerte zu manipulieren und eine feindliche Übernahme zu initiieren, ein Unterfangen, bei dem Millionen oder gar Milliarden Dollar auf dem Spiel stehen. Großer Gott, Menschen haben schon viel Schlimmeres für viel geringere Summen getan.

Aber wenn das, was in dem Manuskript steht, tatsächlich stimmt und Wolfe an nicht genehmigten CIA-Operationen beteiligt ist, könnte Brad sogar wegen falscher Anschuldigungen festgenommen, nach Guantánamo verfrachtet oder schlichtweg erschossen werden.

Er zündet seine Pfeife noch einmal an, saugt tief den Rauch ein und lässt ihn langsam wieder entweichen.

Dann nimmt er sein Handy und wählt. Wieder wird sein Anruf auf die Voicemail weitergeleitet, aber diesmal hinterlässt er eine Nachricht. »Hi, Freeley, hier ist McNally. Ich habe lange nachgedacht und beschlossen, die Sache durchzuziehen. Ich will versuchen, das Ding so schnell wie möglich zu veröffentlichen.« Allein der Gedanke an das Wort *Schnellschuss* macht ihn ganz kribbelig. »Bitte rufen Sie mich schnell zurück, um zu besprechen, wie ich am besten vorgehen soll. Danke.«

Er legt das Handy auf den Mahagonieinsatz seines Schreibtisches aus seinen Jugendtagen und lehnt sich auf seinem Stuhl zurück, um den Klängen von *Rock 'n' Roll Suicide* zu lauschen, dem letzten Stück auf dem Album. Als der Song endet, hört er, dass Milo, der Familienpudel, aufgeregt durch die Wohnung rennt. Offenbar kann er es kaum erwarten, endlich vor die Tür zu kommen, nachdem er vor wenigen Minuten seinen Namen gehört hat.

Brad hievt sich aus dem knarzenden Schreibtischstuhl, zieht seine alte Freizeitjacke über, die er bereits seit vierunddreißig Jahren besitzt und in deren Taschen sich allerlei Plastikbeutelchen, Kleingeld, benutzte Fahrkarten, Einkaufszettel und Reinigungsbelege angesammelt haben;

eine bunte Mischung von Kleinkram, den er seit Jahren allabendlich auf seinen Runden mit Milo mit sich herumschleppt.

Der gut gelaunte Pudel trottet vor Brad den Korridor entlang, tritt vor den Aufzug und wartet, die Schnauze gegen die Gummilippen der Türen gepresst, um zu gewährleisten, dass er als Erster die Aufzugskabine betreten darf.

In der Lobby begegnen sie Mr Benning aus 7B, ein affiger Pullöverchen-Typ mit seinem affigen Pullöverchen-Kläffer, eine dieser übertrieben frisierten und zurechtgemachten Miniaturterrier-Tölen, der Milo anknurrt. Zum Glück legt Milo genug Würde an den Tag, ihn einfach links liegen zu lassen.

»Braver Junge«, brummt Brad, als der Hund schnurstracks zur nächsten Ecke läuft, das Bein hebt und geräuschvoll einen Schwall Urin auf eine weggeworfene Twix-Verpackung prasseln lässt. Milo ist alles recht, solange er es nur anpinkeln kann. »Braver Junge und ein hübscher noch dazu. Ein ganz feiner!« Was für ein Schwachsinn! Der Hund starrt ihn mit fragend hochgezogenen Brauen an. *Können wir jetzt endlich gehen? Da drüben riecht etwas ganz besonders lecker. Können wir endlich? Da rüber?*

Brad schlendert weiter mit Milo die Straße entlang, während der Hund schnüffelt, um all die Aromen seiner Hundewelt in sich aufzusaugen.

Es wird unglaublich aufregend werden, denkt Brad. Das Aufregendste und Bedeutungsvollste, was er in seiner ganzen Karriere vollbracht hat und jemals vollbringen wird. In seinem ganzen Leben. Aber ohne ein bisschen Nervenkitzel und Gefahr geht es wohl nicht.

Er hört zwei Autotüren nahezu zeitgleich zuschlagen, irgendwo hinter sich. Ein rasches Pfump-pfump. Der Hund ist vor einem Hydranten stehen geblieben und beschnüffelt ihn ausgiebig, dann wendet er sich plötzlich ab und hebt den Kopf. Brad muss lachen; das zehntausendste nervöse Lachen seines Lebens, der x-te Versuch, eine unbehagliche Stille mit einem Laut der Belustigung zu füllen, oder zumindest seiner Vorstellung davon.

Noch immer lächelnd dreht Brad sich ebenfalls um, auch dann noch, als er das leise Plop-plop hört, und auch dann noch, als sich unvermittelt eine merkwürdige Hitze in seinem Brustkorb ausbreitet.

Kapitel 46

»Der Name ist Naomi Berger … Ja, ich bin sicher, dass ihre Telefonleitung überwacht wird … Wieso? Die Frau betreibt eine linksradikale Buchhandlung in New York City … Ja, natürlich, nehmen Sie sich so viel Zeit, wie Sie brauchen.«

Hayden wendet sich wieder dem Manuskript auf seinem Schoß zu und liest weiter. Er sitzt noch immer an Bord des Boots, das über die vom Mondlicht erhellten Wellen schaukelt. Nach ein paar Minuten dringt die Stimme des Technikers abermals durch die Leitung.

»Gut …« Hayden schiebt sich den Stöpsel noch ein bisschen tiefer ins Ohr. »Okay, legen Sie los.« Er lauscht dem aufgezeichneten Telefongespräch zwischen Isabel Reed und Naomi Berger aus der nationalen Datenbank. Dann beendet er das Gespräch.

Er nickt Tyler zu, der am Ruder steht. »Fahren wir.«

Tyler dreht das Gas auf, und das Boot pflügt durchs Wasser, während Hayden seine Aufmerksamkeit erneut auf das Manuskript richtet und die Schilderung der Ereignisse im Buch mit seinen eigenen Erinnerungen abgleicht.

»Wieso laufen wir hier im Freien herum?«, wollte Charlie wissen. »Haben Sie nicht mitgekriegt, dass es regnet?«

Hayden ging einige Schritte weit, ehe er antwortete. »Regen? Das ist doch kein Regen. Sie sind bloß nicht an das Londoner Wetter gewöhnt, das ist alles.«

Er benutzte seinen schwarzen Schirm als Stock. Nach etwas über einem Jahr in England hatte er sich inzwischen daran gewöhnt, dass es ratsam war, keinen Schritt ohne Schirm zu tun. Genauso wie an die nicht enden wollende Trauer um Prinzessin Diana.

»Das ist *Nebel*, Charlie. Regen sieht völlig anders aus.«

»Wenn Sie meinen.«

»Wir sind im Freien, weil man hier nicht abgehört werden kann. Hier kann nirgendwo eine Wanze unter einer Tischplatte kleben oder eine Kamera an der Wand montiert sein. Außerdem kann uns niemand unbemerkt folgen.«

»Aha.«

»Und um diese Stufe der Sicherheit vor unerwünschter Überwachung zu erreichen, müssen wir ein wenig Nebel wohl oder übel in Kauf nehmen.«

Schweigend gingen sie ein Stück am Uferweg des St. James's Park entlang. Im Hintergrund erhob sich der Buckingham-Palast wie ein riesiger Koloss.

»Also haben Sie über meinen Vorschlag nachgedacht?«

Überall im Park sprossen die Frühlingsblumen, ein Meer aus bunten Farben inmitten der weitläufigen Grünflächen.

»Ja, Charlie, das habe ich.«

»Und?«

»Nun, Charlie.« Hayden blieb stehen und wandte sich seinem besorgten Begleiter zu. »In Italien gibt es einen Präsidentschaftskandidaten, der uns keine sonderlich große Freude bereitet.«

Charlie legte den Kopf schief.

»In der Vergangenheit ist er mehrere Male fremdgegangen. Wir wissen nicht, ob er auch im Augenblick auf … nun ja … fremden Weiden grast. Aber selbst wenn nicht, sollte es kein Problem darstellen, etwas einzufädeln.«

Charlie neigte den Kopf auf die andere Seite. Hayden fragte sich, ob die eine fürs Zuhören und die andere fürs Denken zuständig war. Hayden konnte nicht behaupten, sonderlich beeindruckt von den intellektuellen Fähigkeiten des jungen Mr Wolfe zu sein, trotzdem hatte der Typ es irgendwie geschafft, Dinge zu erreichen, an denen andere wohl gescheitert wären.

»Sie sagen also, ich soll den Kerl in eine Falle locken und ihn dann öffentlich an den Pranger stellen?«

»Ich sage überhaupt nichts, Charlie. Ich werde Ihnen niemals sagen, was Sie tun sollen, weil Sie nicht für mich arbeiten.«

»Hm.«

»Ich erwähne lediglich, dass die Vereinigten Staaten von Amerika besser dran wären, wenn dieser Kandidat den Sprung an die Macht nicht schaffen würde.« Hayden reichte ihm ein zusammengefaltetes Blatt Papier. »Der Name ist ziemlich kompliziert, deshalb habe ich ihn für Sie aufgeschrieben. Nur als Gedankenstütze.«

Charlie warf einen Blick auf das Blatt.

»Wie es uns auch lieber wäre, wenn Saddam Hussein von der Bildfläche verschwunden wäre. Oder Hugo Chavez die Wahl in Venezuela nicht gewonnen hätte. Oder wenn wir etwas an dieser Misere im Kosovo ändern könnten. Im Vergleich dazu ist diese Aufgabe in Italien relativ überschaubar, auch wenn sie natürlich wesentlich pikanteres Material für die Nachrichten liefert. Das Ganze hätte deutlich mehr Kitzel.«

In diesem Moment stieg ein Dutzend Enten aus dem Teich, in der Mehrzahl bunt gefiederte Erpel, und watschelte über den Kiesweg zu einer Reihe frisch gepflanzter Sträucher. Allem Anschein nach befanden sich dort die Nester mit den Eiern, die von den künftigen Entenmüttern geduldig ausgebrütet wurden. Junge waren nirgendwo zu sehen, aber vermutlich würde es nicht mehr lange dauern, bis sie schlüpften.

Charlie beobachtete die Wasservögel argwöhnisch, als befürchtete er, dass sie ihre Unterhaltung belauschten.

»Ich erzähle Ihnen lediglich von Spekulationen über internationale Vorkommnisse und gebe Ihnen eine wohlwollende Warnung über eine Story mit potenziell durchschlagendem Nachrichtenwert. Eine Story, die Ihre im Aufstieg begriffene Website in Italien womöglich als einzige ans Licht bringen könnte, was Ihnen garantiert helfen würde, sich mit einem Paukenschlag dort einen Namen zu machen.«

Charlie sah sich um, zuerst nach links, dann nach rechts. Hayden musste beinahe lachen.

»Hören Sie, Charlie, wenn Sie in dieser Branche mitmischen wollen, müssen Sie lernen, sich weniger auffällig zu verhalten. Sehen Sie sich bitte nicht ständig um. Sie ziehen bloß Aufmerksamkeit auf sich, machen sich komplett zum Idioten und, was noch viel wichtiger ist, lassen mich wie jemanden dastehen, der dämlich genug ist, sich mit Amateuren einzulassen. Wenn Sie also bitte damit aufhören würden.«

Charlie nickte. »Und wenn ich das für Sie tue …«

Hayden hob eine Hand. »Nein, Charlie, wenn Sie das für *sich selbst* tun, zu Ihrem eigenen Vorteil, kann ich Ihnen zusichern, dass niemand Ermittlungen gegen Sie anstellen wird. Und dass wir nicht unglücklich über den Ausgang der Angelegenheit sein werden. Und ich kann Ihnen auch zusichern, dass wir Sie in Zukunft über ähnliche Gelegenheiten informieren werden, sofern sie sich abzeichnen.«

»Und mit *wir* meinen Sie …«

»Mich.«

Abermals schweifte Charlies Blick ruhelos umher, aber zumindest hatte er sich so weit unter Kontrolle, nicht auch noch den Kopf hin- und herzudrehen.

»Was haben Sie sich vorgestellt, Charlie? Dass ich Sie über internationale Sensationsnachrichten informiere, nur weil … keine Ahnung … weil ich zufällig Ihren Vater kenne? Weil ich so ein zutiefst gutherziger Mensch bin, der Ihnen dabei helfen will, reich zu werden?«

Charlie sah zu, wie die Enten im Gebüsch verschwanden.

»Sie sind zu mir gekommen, Charlie.« Hayden klopfte ihm auf die Schulter. »Denken Sie darüber nach.«

Hayden ging davon. Seine ledernen Absätze und die Stockspitze seines Schirms hallten laut auf dem nebelfeuchten Asphalt wider; die Ärmel seines neuen, gummierten Mackintosh-Regenmantels schabten quietschend an seinem Oberkörper. Er hatte ihn bei einer ausgiebigen Einkaufstour durch Mayfair erstanden, wie auch den Stockschirm, als ihm aufgegangen war, dass das unerfreuliche Wetter noch lange Zeit Teil seines Lebens sein würde. Er konnte sich mit allem arrangieren, aus jeder Situation das Beste machen, völlig egal, aus welcher.

Er tastete in der kalten, aber trockenen Manteltasche herum, bis sein Daumen den Knopf fand und der kleine Rekorder ausging.

Hayden betrachtet die weißen Schaumkronen auf dem tiefschwarzen Wasser, als das Boot auf die schmale Lichterkette am Horizont zusteuert. Irgendwo dort haben sich Isabel Reed und Jeffrey Fielder versteckt, und er wird sie schon bald aufstöbern.

Anfangs ist Hayden davon ausgegangen, dass sich die Operation wesentlich kürzer und definitiv einfacher gestalten würde: den Autor finden, ihn töten und das Manuskript vernichten. Mit jedem Jahr wird es einfacher, Menschen aufzustöbern. Handys können geortet, IP-Adressen eruiert,

Kontenbewegungen nachvollzogen werden. An sämtlichen Flughäfen und Bahnhöfen, in Banken und an Tankstellen gibt es Überwachungskameras. Ohne ein Höchstmaß an Gerissenheit, Vorsicht und die entsprechenden finanziellen Mittel ist es extrem schwierig, unentdeckt zu bleiben.

Leider hat der Autor all diese Anforderungen erfüllt und sich daher als in einem halbwegs vernünftigen Zeitrahmen und mit überschaubarem personellem Aufwand unauffindbar entpuppt. Deshalb hat Hayden beschlossen, sich lieber auf die Empfängerseite der eventuellen Manuskriptübergabe zu konzentrieren, und mithilfe von Langleys Ressourcen eine elektronische Rundumüberwachung aller Computer und Telefone von Isabel Reed in die Wege geleitet. Sämtliche Informationen werden an einen freiberuflichen Techniker namens Gunter weitergeleitet, der in einer Mansarde im sechsten Stock eines Hauses nahe der Münchner Universität sitzt.

Dank des im Kielwasser des 11. September erlassenen Gesetzes, das die Abhörung von Telekommunikationsmitteln ohne vorherige richterliche Genehmigung ermöglicht, bestanden längst die technischen Voraussetzungen, jeden Amerikaner zu jedem Zeitpunkt zu überwachen; daher war es für jemanden in Haydens Position ein Kinderspiel, sich Zugang zu den Daten zu verschaffen. Und da Isabel nur eine Einzelperson war, die immer nur ein Gerät gleichzeitig benutzen konnte, schlief, aß, zur Arbeit fuhr, Sport trieb und fernsah, war es keine allzu anspruchsvolle Aufgabe, jedes Wort von ihr am Telefon mitzuhören und ihren Mailverkehr im Auge zu behalten. Das Ganze machte nicht unbedingt Spaß, war aber nicht weiter schwierig.

Leider hat die monatelange Überwachung von Isabel Reeds Alltag nichts Brauchbares zutage gefördert. Keine Mail, kein Anruf. Gunter war drauf und dran gewesen, vor

Frust aus dem Fenster zu springen, deshalb musste Hayden ihn zweimal mit einer Erhöhung seines Honorars bei der Stange halten.

Hayden packte den schicken kleinen Nylonkoffer, den er aus einer Laune heraus am Mailänder Flughafen gekauft hatte, flog mit einer Lufthansa-Maschine in der Businessclass nach New York, wo er ihn in einem kleinen Hotelzimmer für einen unverschämten Übernachtungspreis an der Upper East Side wieder auspackte. Er schlug dem Jetlag mit einem ausgiebigen Nachmittagsspaziergang durch die islamische Abteilung des Metropolitan Museum und einem frühen Abendessen an der Bar eines italienischen Restaurants ein Schnippchen, dann zwang er sich, bis neun Uhr wach zu bleiben, ehe er ins Bett fiel. Acht Stunden später wachte er wieder auf, ausreichend ausgeruht und einigermaßen an die Zeitumstellung von minus fünf Stunden angepasst.

Eine Woche lang schlüpfte er jeden Morgen in einen seiner leichten Reiseanzüge, schloss seine französischen Manschettenknöpfe und band sich eine dezente Seidenkrawatte um, dann stieg er in ein Taxi und fuhr durch die Stadt, wo er von einem Verlag zum nächsten zog, durch den Schneematsch und die Fußgängermassen, durch den völlig verrückten Verkehr und an den schwindelerregenden Wolkenkratzern vorbei, umgeben vom erbarmungslosen Lebensrhythmus von New York City, verstopft, schmutzig und ohrenbetäubend laut, an jeder Straßenecke nichts als rechte Winkel, so ganz anders als das scheinbar unwillkürliche Straßenbild europäischer Städte mit ihren Sackgassen, Diagonalen und Kreisverkehren, den angenehm niedrigen Gebäuden und den schmalen Straßen. Allein der Anblick der endlosen Betonschluchten von Manhattan bescherte Hayden Herzrasen.

Er ging mit großer Sorgsamkeit und Bedacht vor, schritt seine Wege noch einmal ab, blieb vor Schaufenstern stehen, verschwand in Delis, merkte sich Gesichter, winkte scheinbar unvermittelt Taxis heran – das endlose, nervtötende Trara, sich einer Überwachung zu entziehen; die schier unendliche Geduld, die für diese Art übertriebener Gewissenhaftigkeit notwendig war.

Und genau das war der Grund, weshalb Hayden überhaupt bei all den Verlegen vorstellig wurde: übertriebene Gewissenhaftigkeit. Hayden war einigermaßen sicher, dass der Autor sein Manuskript an Isabel Reed schicken würde, die sich wiederum mit ähnlich hoher Wahrscheinlichkeit damit an Jeffrey Fielder wenden würde. Aber der Unterschied zwischen *ziemlicher* und *absoluter* Gewissheit konnte über Leben und Tod entscheiden.

Also kurvte Hayden bei seinen Versuchen, einer nicht vorhandenen Überwachung zu entgehen, kreuz und quer durch Manhattan, betrat durch Drehtüren Eingangshallen mit hypermoderner oder stromlinienförmiger Art-déco-Architektur, vom Flatiron Building bis zum Rockefeller Center, von uralten Bruchbuden bis hin zu seelenlosen Wolkenkratzern. Er trat lächelnd zu Wachmännern in dunkelblauen Uniformen mit dem eingestickten Namen einer Sicherheitsfirma, ließ sich Besucherausweise, Schildchen oder papierne Namensaufkleber aushändigen, die er sich ans Revers heften konnte. Dann saß er mit übereinandergeschlagenen Beinen im Vorzimmer und blätterte im neuen Programmkatalog, während er darauf wartete, dass ihn eine Sekretärin durch einen von Bücherregalen gesäumten Korridor in ein feudales Eckbüro brachte.

Dort saß er vor dem ausladenden Schreibtisch eines Entscheidungsträgers mittleren Alters, im nüchternen Anzug mit schicker Brille, untrainiert und mit schlaffen Wangen, sichtlich ungehalten über die Störung, zugleich aber ein wenig eingeschüchtert über den Besuch und häufig auch mit einer Aura feindseliger Herablassung.

Er zückte seinen Dienstausweis, der ihn als Agent der National Security Agency identifizierte. Er trug auch Visitenkarten bei sich, ausgestellt auf den Namen Joseph Lyons. Die NSA war nicht unbedingt die ideale Tarnung, aber Hayden hatte die Erfahrung gemacht, dass die Menschen auf einen Besuch der NSA nicht nur eingeschüchtert, sondern auch mit Verwirrung reagierten, weil keiner so recht wusste, worin ihre eigentlichen Aufgaben bestanden und für welchen Regierungszweig sie tätig war.

Mit moralisch empörter Miene schilderte er, was es mit dem Manuskript auf sich hatte, den gemeinen Schwindel, der dahintersteckte. Sollte dieses Manuskript jemals im Verlag auftauchen, erklärte er weiter, sei es absolut unerlässlich, ihn auf der Stelle darüber zu informieren. Denn wenn man diese Gauner schnappen wolle und der Schwindel entlarvt und im Keim erstickt werden solle, sei die Zeit ein ganz entscheidender Faktor.

Mit einem festen Handschlag verabschiedete Hayden sich schließlich von seinem Gesprächspartner und hinterließ eine Visitenkarte mit einem falschen Namen, aber einer echten Telefonnummer darauf. Er hatte sich vor einigen Jahren eine ganze Schachtel mit zweihundertfünfzig Stück drucken lassen, die inzwischen fast leer war.

Eines Abends schob er eine der Karten einem ziemlich wahrscheinlichen Verbündeten zu und bot ihm ein hübsches Bestechungsgeld an.

An einem anderen Abend traf er sich mit einer Frau, die er vor einer halben Ewigkeit in seiner Zeit in Cambridge kennengelernt hatte und mit der er in losem Kontakt stand. Bitsy war seit mittlerweile fünfzehn Jahren geschieden.

Nach dem Essen schlenderten sie eine Runde um den Block zu ihrem Apartment mit alten Perserteppichen, Landschaftsbildern der Hudson River School in üppig verzierten Goldrahmen an den Wänden und einem Mahagonihimmelbett mit geradezu obszön weichen Laken, auf denen sie sich in aller Ruhe liebten, gefolgt von einem angenehm wärmenden Armagnac, in Seidenmorgenmänteln gehüllt, am Fenster mit Blick auf den Park und das Lichtermeer der Stadt, halb verschwommen im Nebel, der sich wie eine feuchte Decke über den dunklen Park legte.

Um drei Uhr früh wanderte er durch die verwaisten Uptown-Straßen, vorbei an den dunkelgrünen Markisen über den Eingängen festungsgleicher Apartmentgebäude, den üppig verzierten Sandsteinfassaden, den leise im Wind flatternden Sternenbannern vor Museen und öffentlichen Schulen, den auf Hochglanz polierten Schaufenstern schicker Kunstgalerien und Nobelboutiquen, den großen schwarzen Müllsäcken, die am Straßenrand darauf warteten, von einer Armee an Müllwagen aufgesammelt zu werden, die durch die nächtlichen Straßen rumpelten.

Hayden fiel in sein Hotelbett und fragte sich, was aus ihm geworden wäre, wenn er derjenige gewesen wäre, der Bitsy geheiratet hätte, und nicht Roger. Ob er nach New York gezogen, Jura studiert oder an die Wall Street gegangen wäre, ob er diese Stadt zu seiner Stadt gemacht, dieses Leben zu seinem Leben gemacht hätte. Ein Leben mit Familienferien über Weihnachten irgendwo in den Bergen zum Skifahren. Er hatte das letzte Weihnachtsfest allein in seiner Wohnung in München verbracht, hatte Wagner gehört und ein Buch über Ägypten gelesen. Weihnachten verbrachte er fast ausnahmslos alleine.

Er verließ New York am folgenden Abend mit dem sicheren Gefühl, den Entscheidungsträgern der wichtigsten Verlage solche Ehrfurcht eingeflößt zu haben, dass sich eine ganze Reihe von Leuten bei ihm melden würde, sobald das Manuskript auf dem Markt die Runde machte.

Andererseits war es durchaus möglich, wenn nicht sogar wahrscheinlich, dass das Manuskript nie auftauchen würde und all seine Informanten es niemals zu Gesicht bekämen. Aber auch dafür hatte Hayden Vorkehrungen getroffen.

Er hatte sogar für eine weitere Eventualität vorgesorgt, eine, die er sich selbst nie in voller Gänze eingestanden hatte. Und nun, da er auf einem gestohlenen Boot sitzt und das Manuskript liest, ist ihm klar, dass er mitten in der Umsetzung eines Plans steckt, von dem er noch nicht einmal wusste, dass er ihn überhaupt geschmiedet hat.

Ja, denkt er, ich glaube, ich weiß, wie das Ganze endet.

Er wendet sich wieder dem Manuskript zu.

Der Unfall - 219 -

Die Vereinbarung mit David Miller war nicht die einzige, die Preston Wolfe in dieser Nacht in den Sinn kam.

»Dave, würden Sie uns bitte einen Moment allein lassen?«

Mr Wolfe streckte die Hand aus und schob Dave auf den Hotelflur, wo er sich auf den Boden sinken ließ und wartete.

Das Ganze dauerte nur ein paar Minuten.

»Keine Drogen mehr«, erklärte Preston seinem Sohn. »Keine Alkoholexzesse. Schluss mit dem Herumgammeln. Endgültig.«

Er rammte ihm den Zeigefinger in die Brust.

»Ich werde das Ganze in Ordnung bringen. Niemand wird je davon erfahren, solange du dich benimmst, Charlie.« Noch einmal rammte er ihm den Finger in die Brust, diesmal noch fester. »Und dann werde ich keine Gnade mehr walten lassen. Keine.«

Preston Wolfe trat einen Schritt zurück und musterte seinen Sohn, diesen großen, jungen Mann, den er trotzdem noch um ein paar Zentimeter überragte.

»Verstehen wir uns?«

Kapitel 47

Das Telefon läutet und läutet, bis endlich die Voicemail anspringt. Stan beendet das Gespräch und schreibt Jessica stattdessen eine SMS. *Rufen Sie mich an. Es`ist dringend.*

Etwas sticht ihm ins Auge. Vor dem Fenster, ein Stück den Hügel hinunter. Es sieht nach Scheinwerfern aus, die sich die lange Auffahrt heraufbewegen.

Es gibt eine ganze Reihe an Gründen, weshalb jemand um diese Uhrzeit noch vorbeikommen könnte: Es könnte der redselige Winzer vom angrenzenden Grundstück sein, der gerne einmal unangemeldet und meistens nicht mehr ganz nüchtern auf der Matte steht. Oder ein Freund oder eine Freundin von Irene, ihrer Köchin. Oder Logan, ihre Aushilfe, der von dort zurückkehrt, wo auch immer Logan seine Abende so zubringt. Oder die Cops. Oder aber die Killer.

Fest steht, dass ein Auto die Einfahrt heraufkommt. Stan fragt sich, was, zum Teufel, mit dem Sicherheitssystem am Tor los ist, von dem ihm doch versichert wurde, dass es bombensicher sei.

Aber manchmal ist es mit einer vier Hektar großen Ranch, deren nächster Nachbar zwei Meilen entfernt lebt, so wie mit einer scharfen Sekretärin: Beides hat seine Vor-, aber auch seine Nachteile.

Jessica schlingt sich eine Decke um die Schultern. Sie glaubt, die Türglocke gehört zu haben. Kann das sein? Sie dreht die Musik leiser und lauscht. Ja, es läutet eindeutig.

»Hallo?« Sie blickt auf den Minibildschirm der Überwachungskamera: ein gepflegt wirkender Typ, durchtrainiert, Ende dreißig, Anfang vierzig, anständig, aber nicht unbedingt modisch gekleidet und ziemlich attraktiv. »Jessica Mendelsohn?«, fragt er.

»Ja?«

»Detective Dryden vom Beverly Hills Police Department. Wir haben vorhin telefoniert.«

Der Mann tritt ein paar Schritte zurück. In der einen Hand hat er eine Aktentasche, mit der anderen greift er in sein Jackett und zieht eine Brieftasche heraus, die er aufklappt und in die Kamera hält. Eine Dienstmarke steckt darin.

»Ach ja. Hi, Detective. Was kann ich für Sie tun?«

»Könnte ich vielleicht reinkommen?«

Sie ist sich ihrer Sache nicht sicher, ganz und gar nicht. Aber was bleibt ihr anderes übrig?

»Klar!«, sagt sie mit derselben aufgesetzten Fröhlichkeit, mit der sie jeden Tag Hunderte Male am Telefon oder von Angesicht zu Angesicht ein Danke flötet, wie ein Papagei.

Sie wartet an der Tür, als ihr auffällt, dass sie lediglich einen Bademantel trägt. Gerade als sie sich umdrehen und ins Schlafzimmer gehen will, um sich etwas anzuziehen, dämmert ihr, dass sie nicht mehr genug Zeit hat. Besser, sie lässt ihren Bademantel an, als halb angezogen aus dem Schlafzimmer zu taumeln. Sie zieht ihn etwas enger um ihre Brust und ihre Schenkel.

Klopf. Klopf.

Sie öffnet die Tür.

»Danke. Bitte entschuldigen Sie die Störung. Hat Mr Balzer Ihnen erzählt, weshalb wir ihn angerufen haben?«

Sie schüttelt den Kopf.

»Es geht um Camilla Browning. Glyndon-Browning, heißt sie mit vollem Namen, glaube ich. Kennen Sie sie?«

Jessica nickt.

»Tut mir leid, aber Miss, äh, Browning ist tot. Sie kam heute Abend bei einem Verkehrsunfall ums Leben. Es tut mir wirklich leid.«

»O mein Gott!«

»Ja, es ist eine Tragödie. Und da Miss Glyndon-Browning – so lautet doch ihr voller Name, richtig? – nicht aus der Gegend stammt …«

Jessica mustert ihn ausdruckslos.

»Und da Mr Balzer auch nicht in der Stadt ist …«

»Ja?« Sie hat das Gefühl, als müsste sie wissen, was er will, aber sie hat nicht die leiseste Ahnung.

»Daher konnten wir bislang die Leiche nicht identifizieren.«

Jessica nickt noch immer verständnislos.

»Aber genau das müssen wir tun.«

»Aha.«

»Deshalb«, fährt er mit wachsender Frustration fort. »Könnten Sie vielleicht aufs Revier kommen? Es dauert nur eine Minute.«

O mein Gott, denkt sie. Die wollen, dass ich diese britische Schlampe identifiziere. »Wirklich?« Krass. Sie überlegt, ob sie aus dieser Nummer irgendwie wieder herauskommt. »Klar«, gibt sie mit gezwungener Fröhlichkeit zurück. »Ich muss mir nur kurz etwas anziehen.«

»Natürlich.«

»Wir treffen uns gleich auf der Straße, ja? Ich muss meinen Wagen holen.« Sie legt die Hand auf den Türknauf, aber der Polizist macht keine Anstalten, sich vom Fleck zu bewegen. »Es wäre vielleicht besser, wenn ich solange hier warte.«

»Äh …«

Er lächelt breit.

Wieder registriert sie, wie gut er aussieht. Sie öffnete die Tür vollends und lässt ihn eintreten. »Zwei Sekunden.«

Gerade als sie in Unterwäsche im Schlafzimmer steht, hört sie ihr Handy läuten, das neben ihrem Becher Kräutertee und dem Wahnsinnsmanuskript auf dem Wohnzimmertisch liegt. Eilig streift sie sich einen Pulli über, doch natürlich wird sie es nicht mehr rechtzeitig schaffen. *Pfeif drauf*, denkt sie. Selbst wenn es Stan sein sollte, kann er ausnahmsweise mal fünf Minuten warten.

Jessica tritt aus dem Schlafzimmer und zieht ihr Haar aus dem Ausschnitt des Pullis. Der Polizist ist nirgends zu sehen. Ein Anflug von Panik macht sich in ihr breit – durchaus berechtigt, da sich in diesem Moment ein Kabel um ihren Hals legt.

Das Quad holpert über den zerfurchten Pfad neben dem Weinberg mit den zahllosen Reihen von Pinot-noir-Rebstöcken. Am letzten Stab in jeder Reihe ranken sich rosafarbene Rosen empor, was jedoch keineswegs ästhetische Gründe hat. Stan hat keine Ahnung, was genau ihr Zweck ist, jedenfalls hat es irgendetwas mit der Bekämpfung von Schimmel, Pilzen oder sonst etwas Ekligem zu tun, das man nicht mit einem Weinberg in Verbindung bringen würde. Überhaupt hat sich dieser beschissene Weinberg als der größte Fehlgriff seines Lebens entpuppt, ein finanzielles Desaster epischen Ausmaßes.

Stan hat die Scheinwerfer nicht eingeschaltet, um seine genaue Position nicht zu verraten, und trotz des Mondlichts hat er Mühe, das Gefährt durch die Dunkelheit zu navigieren.

Am Ende des Weinbergs biegt er auf einen noch holprigeren Pfad, der in die Wildnis der Hügel hinaufführt. Dort oben gibt es Kojoten. Er hört sie jede Nacht heulen. Manchmal auch Bären. Die Tatsache, dass hier oben überall wilde Tiere leben, trägt eigentlich noch zum Reiz des Anwesens bei. Aber ihm jagt es eine Heidenangst ein.

Der Motor ächzt unter der Anstrengung, den steilen Hügel zu erklimmen. Stan kann sich nicht erinnern, das Ding gekauft oder die Zustimmung zum Kauf gegeben zu haben. Er hat keine Ahnung, was dieses Gefährt überhaupt gekostet hat, ob es ein echtes Spitzengerät oder nur ein dämliches Spielzeug ist.

Die Reifen auf der linken Seite arbeiten sich mühsam durch das unwegsame Gelände. Irgendwann rammt er einen großen Stein und spürt, wie sich das Vehikel leicht nach rechts neigt, ganz langsam, und für ein oder zwei Sekunden auf den zwei Rädern balanciert, ehe es umkippt. Stan fällt heraus und knallt ungebremst mit Schulter und Oberschenkel auf den festgebackenen Boden, während das Quad auf der anderen Seite von ihm landet. Er liegt da, eingeklemmt mitten in der Dunkelheit, vermutlich mit einem gebrochenen Bein, einer ausgekugelten Schulter und einer tiefen Schnittwunde auf der Stirn, während sich die dicken Gummireifen mit einem höhnischen Quietschen in der nächtlichen Stille drehen.

Er kann nicht glauben, wie beschissen all das ist, und dann kommt es noch viel beschissener.

Kapitel 48

Wie angewurzelt steht der Autor im Türrahmen von Vanessas Apartment. Die Tür hinter ihm ist weit geöffnet und gibt den Blick in die schwach erhellte Diele frei. Mit seinen dunkelgrauen Teppichböden, den vernickelten Wandlampen und den uninspirierten Allerweltsdrucken in schwarzen Metallrahmen verströmt das Gebäude die Atmosphäre eines Businesshotels. Der Autor kommt sich wie ein Einbrecher vor. Was er gewissermaßen ja auch ist.

Er wirft einen Blick auf das Paar Herrenschuhe neben der geschlossenen Badezimmertür, durch die eine Art Rauschen zu dringen scheint.

Er dreht sich um und blickt in den Korridor. Vielleicht sollte er einfach abhauen und warten, bis dieser Mann, der außer ihm in den Genuss von Vanessas liebevoller Zuwendung kommt, verschwunden ist. Der Typ steht unter der Dusche; das heißt, in höchstens zehn Minuten ist er vermutlich ohnehin weg.

Aber vielleicht bleiben ihm selbst keine zehn Minuten mehr. Seine bewaffneten Feinde könnten in dieser Sekunde ihre Spitzel im Bahnhof postieren, nicht nur irgendwelche Auftragskiller, sondern auch die Züricher Polizei oder sogar Agenten von Interpol oder einen Trupp Elitesoldaten, die den Flughafen durchkämmen, Straßensperren aufstellen …

Mit langen Schritten durchquert er die Diele und tritt vor die Anrichte mit dem Flachbildschirmfernseher und dem kleinen schwarzen Router, dessen grüne Lämpchen blinken. Er schnappt sich einen hohen Glaskerzenhalter, reißt die Kerze heraus und legt sie auf die glänzende Oberfläche, dann wiegt er ihn prüfend in der Hand. Das sollte genügen.

Die Jalousien im Schlafzimmer sind noch geschlossen. Überall liegen Bettzeug und hastig abgestreifte Kleidungsstücke herum. Er hebt ein Sakko auf – weiche Wolle mit Nadelstreifen, Größe 52.

Die Dusche rauscht nach wie vor. Hastig schlüpft er in die Anzughose und zieht sich das zerknitterte weiße Hemd und das Sakko über. Die Hosenbeine sind eine Spur zu kurz, aber es wird schon gehen.

Exklusivität war nie ein Thema zwischen ihm und Vanessa; angesichts der Fülle an Lügen, die er ihr auftischen muss, war er stets der Ansicht, dass es ihm nicht zusteht, Forderungen zu stellen. Aber ihm war nicht bewusst, wie wenig exklusiv Vanessa ihre Beziehung handhabt.

Er öffnet die Badezimmertür und tritt ein. Hinter dem blickdichten Duschvorhang rauscht immer noch das Wasser. Einen Moment lang bauscht sich der Stoff unter dem Strahl nach außen, dann wird er eilig in eine andere Richtung gelenkt, wo er keinen Schaden anrichten kann.

Der Autor klappt den Toilettensitz nach unten, springt darauf und tastet mit der freien Hand die Oberfläche des Medizinschränkchens ab, bis er den kleinen Schraubenzieher gefunden hat. Noch immer auf der Toilette stehend, wendet er sich zur Wand um, löst mit raschen, geübten Bewegungen die erste Schraube des Lüftungsgitters und nimmt den kleinen Stahlzylinder heraus, der prompt seinen Fingern entgleitet und mit einem leisen Klappern auf dem Fußboden landet.

Scheiße. Er erstarrt mitten in der Bewegung und späht über die Schulter auf den Duschvorhang, hinter dem nach wie vor das Wasser läuft.

Er dreht sich wieder um und will den Schraubenzieher ein zweites Mal ansetzen, doch er hat Mühe, die Spitze in den Schlitz zu bekommen. Wieder und wieder rutscht er ab. Ein Schauder überläuft ihn. Er fährt herum.

»*Merde!*«

Der Duschhahn ist immer noch voll aufgedreht, und das Wasser prasselt gegen die geflieste Wand. Der nackte Mann hat den Vorhang zur Seite gerissen und steht da, tropfnass und mit finsterer Miene, während er zu überlegen scheint, wie er sich verhalten soll, wie ernst die Lage ist. Manchmal ist den Leuten bewusst, dass sie gleich sterben werden, manchmal nicht.

»Er war ein Kind«, sagte Dave. »Praktisch noch ein Baby.«

Charlie nickte mitfühlend. »Und ich kann nur zustimmen, dass der Vorfall überaus bedauernswert war. Auch ich bin am Boden zerstört.«

»Aber nicht so wie ich.«

»Kann sein, aber das ist doch nur verständlich, oder?«

Dave gab keine Antwort.

»Trotzdem«, fuhr Charlie fort. »Schließlich haben nicht wir das Ganze angezettelt.«

»*Wir?* Hier gibt es kein *Wir*. Und *du* hast es sehr wohl angezettelt, Charlie.«

Sekundenlang sagte keiner etwas.

»Was hast du vor, Dave? Was sollen wir deiner Meinung nach denn tun? Was willst du von mir?«

»Wie lange geht das schon so?«

»Was?«

»Diese krumme Tour. Dass du Leute in die Falle lockst und sie dann hinhängst.«

Charlie verdrehte die Augen wie ein genervter Teenager. »Was glaubst du wohl, woher wir all die Erstmeldungen haben, Dave? Die Exklusivstorys? Obwohl wir mir einer Handvoll Amateure arbeiten? Und trotzdem schaffen wir es irgendwie, schneller zu sein als all die Agenturen, Nachrichtenkanäle und größten Zeitungen? Seit fünfzehn Jahren? Wie soll das deiner Meinung nach funktionieren? Durch reines Glück? Weil wir so verdammt toll sind? Hast du komplett deinen Scheißverstand verloren?«

Charlie breitete die Hände aus, als würde er eine Antwort auf seine rhetorischen Fragen erwarten. »Du tust so, als wüsstest du nichts über die hässliche Seite der Branche, Dave, aber das stimmt nicht. Du weißt ganz genau, wie der Hase läuft. Du hast nur beschlossen, so zu tun, als hättest du keine Ahnung. Aber so zu tun, als wisse man nicht, was Sache ist, und etwas dagegen zu unternehmen sind zwei Paar Schuhe. Es ist einfach nicht dasselbe, als völlig ahnungslos zu sein. Also steig endlich von deinem hohen Ross herunter, du scheinheiliger Mistkerl.«

»Ich kündige.«

»Kündigen?« Charlie lachte auf. »Du kannst nicht *kündigen*. Was glaubst du, wer du bist? Ein beschissener Kassierer im Supermarkt? Du bist der COO eines börsennotierten Unternehmens. Du hast einen wasserdichten Vertrag unterschrieben.«

»Na und?«

»Ganz zu schweigen von all den Geheimhaltungsklauseln. Außerdem hast du haufenweise Geld auf deinem Konto gebunkert. Im Lauf vieler, vieler Jahre angehäuft.«

Im Vorjahr waren zum letzten Mal die Zahlungen über vierzigtausend Dollar von Preston Wolfe eingegangen, die er ihm in jener schicksalhaften Nacht vor fünfundzwanzig Jahren in diesem Hotel in Ithaca zugesichert hatte. Damals war es Dave wie eine Irrsinnssumme erschienen; ein Betrag, der es wert war, dafür zu schweigen.

»Du gehörst mir, Dave. Du bist mein Eigentum, schon mein ganzes Leben lang, und daran wird sich auch in Zukunft nichts ändern. Schreib dir das gefälligst hinter deine Scheißohren!«

Keiner von ihnen hatte sich hingesetzt. Stattdessen standen sie einander gegenüber, lediglich getrennt durch den blitzblanken Schreibtisch eines Mannes, der grundsätzlich mit Papieren und Unterlagen nichts am Hut hatte.

»Und lass uns eines nicht vergessen, Dave – *du* bist derjenige, der *mir* hinterhergelaufen ist.«

»Wovon, zum Teufel, sprichst du?«

»Erstes Semester? Du bist im Wohnheim förmlich an mir drangeklebt, bist in dieselbe Verbindung eingetreten, wolltest dir unbedingt ein Zimmer mit mir teilen.« Er lachte abermals auf, ein kurzer, hässlicher Laut. Charlie versuchte seit Jahrzehnten, seinen Hang zur Arroganz zu unterdrücken, doch an manchen Tagen ging sein Temperament mit ihm durch, und dann gab es kein Halten mehr. »Du bist sogar derjenige, der an diesem Abend unbedingt in diesen Klub fahren wollte, oder irre ich mich?«

Dave biss die Zähne aufeinander.

»Und ich kann das auch gut verstehen, Dave, ehrlich. Für einen armen jüdischen Jungen aus Brooklyn muss ein Typ wie ich doch verdammt aufregend gewesen sein.«

Dave gab sich alle Mühe, den Köder nicht zu schlucken, sondern ruhig zu bleiben, sich nicht provozieren zu lassen.

Charlie holte tief Luft. »Ich brauche dich, Dave, genauer gesagt, Wolfe Media braucht dich, um den Asia-Deal unter Dach und Fach zu bringen. Für uns.« Sein Ausbruch schien vorüber zu sein, und er lenkte wie gewohnt ein, wenn auch nicht hundertprozentig. »Danach können wir uns gemeinsam überlegen, wie du dich aus dem aktiven

Geschäft zurückziehen kannst.« Es war sein Versuch, die Bombe zu entschärfen, die er selbst gebastelt und angezündet hatte.

Dave war schon immer der Klügere von ihnen gewesen. Das wussten sie beide, schon von Anfang an. Außerdem kannte Dave sich wesentlich besser mit der Logistik und den Finanzen aus, wohingegen sich Charlie nie die Mühe gemacht hatte, sich damit zu befassen. Charlie brauchte Dave mehr, als er jemals zugeben würde.

»Nächstes Frühjahr, Dave. Spätestens im Sommer.«

Die Diskussion war sinnlos. Keiner von ihnen würde den anderen davon überzeugen können, dass er recht hatte, sondern bestenfalls, dass er der Stärkere war.

Also schwieg Dave. Es gab keinen schlimmeren Verrat, als herausfinden zu müssen, dass eine lebenslange Freundschaft nichts als eine Lüge gewesen war.

Drohend hebt er beide Arme, in der einen Hand den Kerzenständer, in der anderen den Schraubenzieher, und starrt den nackten Franzosen finster an. Einen Moment lang scheint der Mann zu überlegen, auf ihn loszugehen, doch dann wird ihm offenbar bewusst, dass seine Chancen nicht allzu gut stehen, solange er nackt und unbewaffnet in der engen Duschkabine eingepfercht steht.

»Qu'est-ce que vous voulez?«

Was er will? Gute Frage. Der Autor schüttelt den Kopf. *»Rien.«* Vage schwenkt er den Kerzenständer, um seinem Gegenüber zu bedeuten, sich nicht von der Stelle zu rühren. *»Restez là.«*

Aber wie lange wird der Franzose seine Anweisungen befolgen? Sobald der Autor die Wohnung verlassen hat, wird er die Polizei rufen. Sirenengeheul, quietschende Reifen …

»Parlez-vous anglais?«

»Un petit peu.«

»Ich will gar nichts von ihnen. *Comprenez?«*

»Oui.«

»Aber ich muss Sie fesseln.«

Der Mann scheint nicht zu verstehen.

»Il faut que …« Der Autor verstummt, weil er nicht weiterweiß. Stattdessen streckt er die Hände vor und überkreuzt die Handgelenke.

Der Franzose scheint zu begreifen, was er meint, und nickt. Gleichzeitig tritt ein entschlossener Ausdruck auf seine Züge.

Der Autor geht im Geiste sämtliche Gegenstände in der Wohnung durch, auf denen er seine Fingerabdrücke hinterlassen hat. Heute Morgen, letzte Woche, wann auch immer.

»Allons-y«, sagt er und bedeutet dem Franzosen, aus der Dusche zu steigen. Der Autor wird ihn mit seiner Krawatte fesseln und ihn auf den von Klamotten übersäten Boden im Schlafzimmer setzen, inmitten der Beweisstücke ihres Abenteuers von letzter Nacht. Oder von heute Morgen. Vanessa steht auf Sex am Morgen.

Die Dusche läuft immer noch. Der Franzose setzt einen Fuß aus der Kabine, dann noch einen.

»A la chambre«, befiehlt der Autor.

»Oui.«

Die nassen Füße des Franzosen quietschen leise auf den Fliesen, dann verstummt das Geräusch, als er auf den weichen Teppichboden im Schlafzimmer tritt, dicht gefolgt vom Autor, der nach wie vor den Kerzenständer in der einen und den Schraubenzieher in der anderen Hand hält.

In diesem Moment wirbelt der nackte Mann herum und lässt seine rechte Faust vorschnellen. Ein brennender

Schmerz schießt dem Autor durch den Schädel, winzige Sterne tanzen vor seinen Augen, sodass er einen Moment lang nichts mehr sehen kann. Instinktiv holt er aus und lässt den Kerzenständer auf seinen Gegner herabsausen, der mit einem schmatzenden Geräusch auf dem nackten, feuchten Oberarm des Franzosen aufkommt. Dann reißt er den Arm hoch und will ein zweites Mal zuschlagen, doch der Franzose liegt bereits auf dem Boden, reißt abrupt das Bein zur Seite und schlägt den Autor damit von den Füßen. Ungebremst landet er auf dem Hinterteil, trotzdem gelingt es ihm, seine beiden Waffen festzuhalten und hochzureißen, als sich der Franzose auf ihn stürzt. Er rammt ihm das Werkzeug in den Magen, so tief, dass der Mann mitten in der Bewegung erstarrt, den Mund in stummem, verblüfftem Schmerz aufgerissen, dann taumelt er langsam einen Schritt zurück, beide Hände fest auf seinen Bauch gepresst.

Der Autor starrt seinen Gegner entsetzt an. Und das Schlimmste an dem Ganzen ist die Gewissheit, dass das noch nicht alles war. Noch lange nicht.

Der Autor springt auf, hält seine beiden improvisierten Waffen fest umklammert, eine davon blutbeschmiert. Er hat sich noch nie im Leben geprügelt, weder Judo- noch Karate- oder Boxunterricht genommen oder seit der Schulzeit einen anderen Menschen sonst irgendwie verletzt. Er hat nie eine Waffe abgefeuert, außer zum Gemüseschneiden niemals ein Messer in der Hand gehabt, ist nie mit einer Waffe auf ein anderes Lebewesen losgegangen, es sei denn mit der Plastikklatsche auf eine Stubenfliege.

Einmal hat er eine Mausefalle aufgestellt, die gleich in der ersten Nacht zugeschnappt ist – mit einer kleinen, grauen Maus à la Stuart Little darin. Mit der Salatzange hat er die Falle inklusive toter Maus gepackt und in den

Mülleimer befördert, die Tüte fest verschnürt und in einer zweiten Tüte verpackt nach unten in die Abfalltonne getragen. Er hat sie hineingeworfen, den Deckel fest zugedrückt und ist ganz schnell zum Aufzug zurückgelaufen, um wieder nach oben zu fahren.

Beim nächsten Mal hat er beschlossen, dass beide, Mann und Maus, in friedlicher Koexistenz zusammenleben können. Schließlich hat ihm die Maus ja nichts getan.

Blut quillt zwischen den Fingern des Franzosen hindurch, sickert an seinem Bauch entlang und in das dichte Gewirr seines Schamhaars.

Der Autor holt noch einmal aus und lässt den Kerzenständer mit voller Wucht auf den Franzosen niedersausen. Im letzten Moment schließt er die Augen, trotzdem spürt er die Erschütterung bis in seine Schultern vibrieren, während ein Übelkeit erregendes Knacken durch die Stille dringt.

Er schlägt die Augen auf und sieht, dass er ein weiteres Mal zuschlagen muss. Mindestens noch einmal. Und diesmal muss er verdammt noch mal die Augen offen lassen.

Kapitel 49

Hayden betrachtet den Hafen, die sanft schwankenden Boote, die Pier und die Anlegestellen, das kleine Gebäude mit dem Fahnenmast, den Markisen und den Sitzmöbeln davor.

Etwa auf der Hälfte des Manuskripts hat er festgestellt, dass die Zeit knapp wird, also hat er einen Teil ausgelassen und ist stattdessen gleich zu den letzten Seiten übergegangen. Dass muss genügen. Die Hälfte der Geschichte. Das ist besser als gar nichts.

»Leeren Sie den Behälter aus«, sagt er.

»Ja, Sir.« Tyler nimmt den großen Blechkübel und kippt den Inhalt – Kühlpads, Dosenbier und eine Tüte Salzbrezeln – aus.

Mühsam stemmt Hayden sich aus dem Sitz hoch. Seine Beine fühlen sich müde und schwer an, seine Hose ist zerknittert und feucht. Er trägt immer noch dieselben Sachen: seine dunkelgraue Hose, ein hellblaues Oberhemd und dunkelbraune Budapester. Sein Sportjackett liegt zusammengefaltet in seiner Reisetasche. Er nimmt es heraus und klopft die Taschen ab, bis er sein Zippo-Feuerzeug gefunden hat. Hayden hat nie geraucht, trägt aber stets ein Feuerzeug bei sich.

Er zerknüllt einige Seiten, lässt die lodernden Papierbälle in den Eimer fallen und wirft das Manuskript hinterher.

Neben einem Schild »ANDOCKEN MAX. 30 MINUTEN« machen sie das Boot fest und lassen ein weiteres gestohlenes Transportmittel zurück. Hayden sieht sich im Hafen um und sucht bereits nach einem anderen für später. Sein Blick fällt auf eine bildschöne, mindestens fünfzehn Meter lange Bénéteau-Jacht, die so aussieht wie die, auf der seine Familie jeden Sommer von Cape nach Maine gesegelt ist, um die kleineren Kinder in die Sommercamps zu bringen und wieder abzuholen. Daneben liegt eine Jacht, die ihn an das Boot erinnert, das er vor ein paar Jahren auf Mallorca gemietet hat – das perfekte Gefährt für einen Einhandsegeltörn. Ja, denkt er, das ist genau das, was ich brauche.

Er und Tyler schlendern in scheinbarer Seelenruhe über das Dock, wie zwei Angelkumpane, wenn auch ohne Ausrüstung. Etwa nach der Hälfte des Wegs endet das hölzerne Dock, und sie treten auf einen Betonsteg voll Sand, Kieseln und Muschelschalen, die von Möwen fallen gelassen wurden. Minuten später spazieren sie eine baumbestandene Straße entlang mit dicht nebeneinanderstehenden Häusern mit hübschen Vorgärten, Verandaschaukeln und Kombis in den Einfahrten.

Sie kommen an einer mit Holzbrettern vernagelten Eisdiele, einem Postamt und einem Lebensmittelgeschäft vorbei. Bis auf eine Frau, die einen kleinen braunen Hund Gassi führt, ist niemand zu sehen. Der macht's nicht mehr lange, denkt Hayden beim Anblick der wässrigen, trüben Augen.

»Hi«, sagt die Frau.

»Guten Abend.«

Zwei Männer auf einem Abendspaziergang sollten sich eigentlich unterhalten. Schweigen ist verdächtig. Aber ihm will beim besten Willen nichts einfallen, was er sagen könnte.

Es ist fast ein Jahr her, seit sie in einer Nische eines Restaurants saßen. Auf den Tischen lagen weiße Tischdecken, die Stühle waren mit burgunderrotem Stoff bezogen, Marmorsäulen stützten die reich verzierte Raumdecke, und die Kellner trugen eine Uniform aus schwarzen Westen und weißen Schürzen.

»Also, in Finnland ist es gar nicht gut gelaufen«, sagte Hayden. »Das kann ich nur bestätigen.«

Charlie Wolfe blickte auf das unberührte, mit Zitronenschnitzen garnierte Wiener Schnitzel auf seinem schneeweißen Teller. »Ich kann das einfach nicht mehr machen«, sagte er.

Hayden schob sich einen Bissen Hummer in den Mund. Ein gutes Schnitzel bekam er in München quasi an jeder Ecke, aber die Bouillabaisse in seinem Berliner Lieblingsrestaurant in der Französischen Straße, direkt um die Ecke der Amerikanischen Botschaft, war ein Gedicht.

»Es ist zu gefährlich für mich, Hayden, in solche Dinge verstrickt zu sein.«

Hayden legte sein Besteck zur Seite und wischte sich mit der großen Serviette den Mund ab. »Sie wollen damit sagen, dass Sie mich jetzt, da Sie Milliardär sind, nicht länger brauchen.«

»Ich bin kein Milliardär.«

Inzwischen begriff Hayden, weshalb Charlie sich in einem Restaurant hatte treffen wollen. In fünfzehn Jahren waren sie nur ein einziges Mal gemeinsam essen gewesen, bei einem schnellen Lunch in Davos, ansonsten hatten sie die Pläne für die Skandale, von denen sie beide profitierten, stets auf stillen Parkbänken geschmiedet.

»Ich stehe zu sehr im Rampenlicht. Und ich möchte bald noch viel mehr drinstehen. Ich kann nicht … Sie wissen schon.«

Dies war offenkundig das Ende ihrer langen, symbiotischen Beziehung, ein freundschaftliches Adieu bei einer guten Flasche Meursault und in aller Öffentlichkeit.

Hayden nickte, griff wieder nach seinem Besteck und nahm noch einen Bissen. Schluckte. »Ich habe den Eindruck, da ist noch etwas anderes. Stimmt das?«

Charlie brauchte offenbar einen Moment, um seinen Mut zusammenzunehmen. »Dave hat es herausgefunden.«

Hayden kniff die Augen zusammen. »Worauf bezieht sich dieses *es*?«

»Das mit dem Kerl in Finnland.«

Hayden holte tief Luft.

»Der Junge war im Haus, Hayden. Als die Polizei reinplatzte und er das Feuer eröffnete und die Polizei zurückschoss … der Junge, der erschossen wurde, war gerade einmal drei Jahre alt. Er ist verblutet. Mit seinem gottverdammten Teddy im Arm.«

»Ich weiß sehr wohl, was passiert ist, Charlie.«

»Jedenfalls ist Dave komplett ausgeflippt.«

»Ist er inzwischen unter Kontrolle?«

»Ja. Nein. Keine Ahnung.«

»Wie gehen Sie vor?«

»Nicht so, wie ich sollte.«

»Heißt?«

»Dieser scheinheilige Mistkerl hat mir die Hölle heißgemacht. Und ich habe versucht, ihn zu beschwichtigen – natürlich schmeckt mir das mit dem Finnen und seinem Jungen genauso wenig –, aber ich bin wütend geworden. Am Ende habe ich ein paar Dinge gesagt, die ich mir lieber hätte verkneifen sollen. Er war stocksauer.«

»Ist der Schaden reparabel?«

»Ich schätze schon. Zumindest hoffe ich es. Aber soll ich ganz ehrlich sein?«

»Nein, Charlie, ich bitte Sie sogar darum, mich anzulügen.«

»Ganz ehrlich, Hayden, ich weiß es nicht.«

Hayden trank einen Schluck Burgunder und bemühte sich, Ruhe zu bewahren. Das waren schlechte Nachrichten. Unwillkürlich kam ihm eine ganze Reihe von Worst-Case-Szenarien in den Sinn, von denen ein beträchtlicher Teil weiter zu seinem Schließfach in Basel führte.

Im Lauf der Jahre hatte Hayden mehr als ein Dutzend Miniaturrekorder benutzt, die mit jeder Generation kleiner und diskreter geworden waren, bis hin zu den unauffälligen Digitalgeräten, wie man sie heute verwendete. Über Jahre hinweg hatte er die langwierige und umständliche Aufgabe hinausgezögert, die analogen Aufnahmen zuerst auf digitale Speichermedien wie CDs und schließlich auf USB-Sticks zu übertragen – immer kleiner, immer einfacher duplizierbar, müheloser übertragbar und mit immer komplexeren und ermüdenderen Sicherheitsanforderungen.

Vielleicht waren sie in Wahrheit auch gar nicht so aufwendig, sondern Hayden hatte inzwischen lediglich jenes Alter erreicht, in dem technischer Fortschritt nicht länger mit offenen Armen willkommen geheißen wurde.

Zum Glück hatten sich die Schweizer Bankschließfächer während der vergangenen vier Jahrzehnte so gut wie überhaupt nicht verändert. Weshalb sich seine Lebensversicherung auf einem kleinen Speicherstick befand, für den er nicht einmal mehr eine dieser großen Metallkassetten benötigte. Allerdings hortete er mittlerweile wesentlich mehr Bargeld darin als früher.

Kapitel 50

Das war nett, hat sie gesagt. Die Worte schneiden sich wie ein Messer in seine Eingeweide, das noch einmal genüsslich umgedreht wird. So etwas sagt man nach zwanzig Jahren Ehe, aber nicht nach dem ersten Mal.

»Findest du immer noch, dass wir warten sollen?« Jeff hat sich von Isabel abgewandt und blickt auf seinen Penis hinab, der schlaff, klebrig, beinahe ein wenig lächerlich zwischen seinen Beinen baumelt, während er in seine Boxershorts schlüpft.

»Ich weiß es nicht«, antwortet sie. »Aber ich überlege, ob wir nicht allmählich damit an die Öffentlichkeit gehen sollten. Vielleicht mit einer Pressekonferenz. Oder auch nur auf NBC oder CNN oder so. Einfach hingehen und unsere Geschichte erzählen …«

Ja. Genau das würden Menschen wie sie in dieser Situation tun. »Das scheint der richtige Schritt zu sein. Oder?« Er setzt sich wieder aufs Bett, ohne sie jedoch zu berühren.

»Allerdings habe ich Angst, dass wir damit eine Chance haben, bestenfalls morgen noch am Leben zu sein. Doch was passiert dann, Jeffrey? Stecken die uns in ein Zeugenschutzprogramm? Sind wir überhaupt Zeugen? Können wir den Leuten, die uns beschützen sollen, überhaupt trauen?«

Jeff gibt keine Antwort.

»Wir reden hier von einem der mächtigsten Männer Amerikas«, fährt sie fort. »Der Kerl steckt mit der CIA unter einer Decke und ist in irgendwelche unerlaubten Operationen verwickelt. Die werden uns umbringen. Nein«, sie schüttelt den Kopf, »das kann nur funktionieren, wenn der Autor dabei ist. Oder sonst jemand mit Informationen aus erster Hand. Und hätte der Autor gewollt, dass das Fernsehen die Geschichte enthüllt, hätte er sich wohl kaum die Mühe gemacht, ein Buch zu schreiben. Und er würde sich auch nicht versteckt halten, sondern sich ganz offen zeigen.«

Ihre Worte hängen mit unangenehmer Schwere in der Luft.

Jeff knetet seine Hände. Ihm ist bewusst, dass er sich größere Mühe geben muss, ihr den tiefen Groll nicht zu zeigen, der mit seiner unerwiderten Liebe einhergeht, diesen schwärenden Schmerz in seinem Herzen, heraufbeschworen von ihrer Ablehnung, ihrer Gleichgültigkeit, ihrer lauwarmen Zuneigung. Denn inzwischen ist er sicher, sicherer als je zuvor, dass sie ihn in Wahrheit gar nicht liebt. Sie hat ein Bedürfnis verspürt, und er war zufällig hier, deshalb sind sie im Bett gelandet. Er ist gewissermaßen der Fast-Food-Hamburger anstelle des Viersternemenüs: Wenn Not am Mann ist, reicht es aus, um für eine gewisse Zeit satt zu werden. Schließlich ist er ein *netter* Hamburger.

»Wieso tut er es dann nicht? Sich damit ans Fernsehen wenden, meine ich.«

Isabel schnaubt abfällig. »Weil er weiß, dass das Fernsehen nur über eingeschränkte Möglichkeiten verfügt. Er weiß genau, dass man eine Geschichte von dieser Komplexität nicht in den privaten Nachrichten bringen kann, weil dort lediglich das spektakulärste Detail ausgeschlachtet werden würde, statt alle Aspekte zu beleuchten. Aber er will, dass die Menschen das ganze Ausmaß der Geschichte verstehen, außerdem ist ein Buch das Synonym für Beständigkeit, für Wahrhaftigkeit. Wenn das Buch in den Regalen steht und die Leute es auf dem Schoß oder auf ihren Tischen liegen haben, bekommt die ganze Sache so etwas wie eine Legitimität. Es gibt nun einmal Geschichten, die brauchen die äußere Form eines Buches, um wahrhaftig zu sein, und das hier ist so eine Geschichte.«

»Bist du noch wach?«

»Hm.« Es ist jenes typische Murmeln beim Übergang vom Wachsein zum Schlaf.

»Ich kann nicht schlafen«, flüstert er. Zu viel geht ihm im Kopf herum. Ausgerechnet jetzt, nach all den Jahren, neben dieser Frau im Bett zu liegen, während das Manuskript dort unten ist und womöglich in dieser Sekunde draußen bewaffnete Männer herumschleichen und nach ihm suchen … »Ich gehe nach unten.«

»Hm.«

Jeff geht den langen Korridor entlang und die Treppe hinunter. Vorsichtig schließt er die Dielentür, um sie nicht zu wecken.

Er knipst die erstbeste Lampe an, die er in der Dunkelheit ertasten kann: eine Stehlampe mit einem gewölbten Fuß und einem Pergamentschirm auf einem der Beistelltische. Er zieht an der Schnur, woraufhin die 25-Watt-Birne den Raum in trübes Licht taucht. Tiefe Schatten scheinen aus jeder Ecke zu kriechen, hinter jedem Gegenstand zu lauern.

Er sieht sich um. Eigentlich sollte seine Tasche irgendwo auf der Couch liegen, doch da ist sie nicht. Panik steigt in ihm hoch, verebbt jedoch sofort wieder, als er sie an der Wand gelehnt stehen sieht. Unversehrt und unberührt.

Er öffnet sie und zieht das Manuskript heraus, das er kaum mit der Hand umschließen kann. Er legt es auf die gläserne Platte des Couchtischs vor dem mit Blümchenstoff bezogenen Lehnsessel und dem kleinen Hocker am Kamin. Der perfekte Ort zum Schmökern.

Er tritt über den ovalen Teppich mit den konzentrischen Kreisen in unterschiedlichen Blau-, Grün- und gebrochenen Weißtönen, nimmt das massive Kamingitter, das beinahe zu schwer ist, um es mit einer Hand anzuheben, und stellt es zur Seite. Dann zerknüllt er ein paar Seiten Zeitungspapier und verteilt sie auf der dünnen Schicht aus Staub und Asche und den Überresten halb verkohlter Holzscheite, legt ein Stück Anzündbrikett und ein paar Anzündhölzer darauf und nimmt ein Streichholz aus einer Schachtel. Mit einem leisen Fauchen entzündet sich das Hölzchen, das er unter die Zeitungsseiten schiebt. Sekunden später ist das Feuer entfacht.

Er fragt sich, ob ein Verrat grundsätzlich nach diesem Schema abläuft; dass man eiskalt und ohne viel Federlesens einfach seine Integrität zugunsten des Erfolgs über Bord wirft. Er dachte immer, so etwas sei ein langsamer, schrittweiser Prozess, eine schleichende Unterhöhlung der Willenskraft, ein schichtweiser Verlust des Idealismus, bis man an den Punkt gelangt, an dem die Entscheidung nicht einmal mehr eine willentliche Entscheidung zu sein scheint, sondern lediglich der nächste logische Schritt, und einem schon gar nicht mehr bewusst ist, was man eigentlich tut.

Aber wie so oft läuft das Ganze in der Realität völlig anders ab, als kurzer, radikaler Schnitt in einem flüchtigen Moment der Schwäche. Der Verlag, für den er so lange gearbeitet hat, wird schon bald den Bach hinuntergehen, und er weiß, dass er nicht zu denjenigen gehören wird, die im Handumdrehen einen neuen Job finden. Er rettet lediglich seine Haut. Wie banal.

Das Abscheulichste daran ist, dass man das Vertrauen eines anderen Menschen mit Füßen tritt, das hat er inzwischen begriffen. Das Vertrauen eines Freundes, eines Familienmitglieds, eines geschätzten Kollegen. Oder auch das eigene Selbstvertrauen, die Selbstachtung. Man tut etwas, erklärt sich zu etwas bereit und glaubt an etwas, obwohl es nicht richtig ist. Man tut etwas, von dem man genau weiß, dass man es nicht tun sollte und auch gar nicht tun wollte. Man ist plötzlich jemand, der man niemals sein wollte.

Und was bekommt man im Gegenzug dafür? Vermutlich immer dasselbe: Erfolg. Möglicherweise zeigt er sich auf verschiedene Arten, aber schätzungsweise ist es stets eine Frage des Abwägens: der Wunsch nach Erfolg gegen den Preis, den man dafür bezahlt, das Vertrauen eines anderen Menschen auszunutzen.

Wenn ich nicht derjenige bin, der sich auf diesen Kuhhandel einlässt, tut es jemand anderes und kommt in den Genuss der damit verbundenen Vorteile. Vermutlich ist das der Grundgedanke dahinter: Es gibt immer irgendjemanden, der den Köder schluckt, ganz egal, woraus er besteht, aus der Aussicht darauf, in einer Abteilung, in einer Firma, auf der ganzen Welt das Sagen zu haben. Irgendjemand ist immer bereit, alles dafür zu tun.

Aber sollte ich derjenige sein? Das ist doch die entscheidende Frage.

Jeff dreht sich um und betrachtet das Manuskript, das für all den Wirbel verantwortlich ist. Er nimmt die obersten Seiten, wendet sich wieder zum Kamin um und breitet sie auf den Flammen aus, dann pustet er behutsam hinein und sieht zu, wie sie die Blätter erfassen. Im Licht des Feuers liest er die oberste Seite noch einmal, ehe sie zu schrumpeln beginnt und zu schwarzer Asche verkohlt.

Er geht auf die Knie und legt Stapel um Stapel ins Feuer – bis zur letzten Seite.

Im düsteren Schein der Lampe neben der Eingangstür geht er in die Hocke und öffnet ihre Tasche. Im ersten Moment kann er es nirgendwo entdecken. Er sieht genauer nach, nimmt die größeren Gegenstände heraus, aber es ist nicht da.

Er steht auf, durchquert die Diele und bleibt vor dem Wohnzimmer stehen, wo immer noch das Feuer im Kamin prasselt, während er in Gedanken neuerlich die vergangenen Stunden Revue passieren lässt: die Fahrt, der kurze Halt am Gemüsestand, die Ankunft im Haus, das gemeinsame Essen auf der Veranda, das Isabel zubereitet hat, während er draußen gelesen hat. Die Küsse, dann der Sex, ihre Unterhaltung, der Telefonanruf.

Dann ist er nach unten gegangen und hat das Manuskript verbrannt.

Aber er kann sich nicht erinnern, wann er ihre Kopie das letzte Mal gesehen hat. Hat sie sie im Wagen liegen gelassen? An der Tankstelle entsorgt? Versteckt sie sie irgendwo im Haus? Aber wo?

Er schaltet die Küchenlampe ein, öffnet zuerst die Schränke, dann eine Schublade nach der anderen, so leise wie möglich. In einer Küche gibt es viele Verstecke, auf der Vitrine, im Schrank unter der Spüle, im Ofen, in der Spülmaschine, in der Vorratskammer in der winzigen gefliesten Waschküche.

Und dann findet er es endlich. Er grinst.

Die Bäume werfen düstere Schatten auf die abfallende Rasenfläche bis zur Klippe. Das Mondlicht spiegelt sich glitzernd im Meer, in der Ferne funkeln die Lichter von

Connecticut wie an einer Schnur aufgereihte Perlen. Im Osten glitzern die Sterne am Himmel.

Der Sessel fühlt sich herrlich weich und behaglich an, als Jeff sich hineinsinken lässt und die Beine auf das gestreifte Kissen auf dem Hocker legt. Er hört das Knarren der alten Holzdielen im oberen Stockwerk, das Ächzen von Rohren und das ferne Rauschen von Wasser, gefolgt vom Summen der anspringenden Pumpe im Keller, ehe wieder Stille einkehrt. Nur das rhythmische Klatschen der Wellen am Ufer bleibt, ein stetes Gleiten wie von Fingern über die Saiten einer akustischen Gitarre. Ein Hauch salziger Luft steigt ihm in die Nase, herangeweht von einer flüchtigen Brise.

Er schläft ein, registriert die Gedanken, die durch seinen Kopf marschieren wie Truppen durch eine besetzte Stadt. Ihm ist bewusst, dass es keine richtigen Gedanken, sondern vielmehr Träume sind, obwohl er nicht richtig schläft und immer noch die Geräusche und Empfindungen der realen Welt wahrnimmt. Zumindest glaubt er das.

Und dann weiß er es, denn ein sehr realer Laut katapultiert ihn aus dem Halbschlaf ins Bewusstsein zurück. Ein Knarren im vorderen Teil des Hauses; nicht von oben, sondern aus dem Erdgeschoss, verursacht von jemand Fremdem, nicht von Isabel. Es ist das Knarren der Eingangstür auf halbem Weg, wenn man sie öffnet.

Jeff schlägt abrupt die Augen auf, bewegt sich jedoch nicht. Das ist kein Traum. Jemand ist im Haus.

Er verharrt, tief in seinem Sessel zusammengesunken, reglos und lässt den Blick umherschweifen. Er ist nicht sicher, ob man ihn von hinten sehen kann. Vielleicht sitzt er tief genug, vielleicht auch nicht.

In diesem Moment ertönt das Knarren einer Bodendiele. Und noch einer.

Er hat den Atem zu lange angehalten und lässt ihn nun langsam und möglichst geräuschlos entweichen, dann holt er genauso langsam Luft, sorgsam darauf bedacht, kein Geräusch zu verursachen, unsichtbar zu bleiben.

In diesem Moment ertönt ein leises metallisches Klirren. Der Perlator mit dem Dichtungsring, der ihm aus der Hosentasche gerutscht ist.

Verdammt!

Eine Sekunden später berührt etwas Kaltes seine Schläfe. Im ersten Augenblick weiß er nicht genau, was es ist, doch dann sagt der Mann: »Keine Bewegung.«

Das ist doch absolut unlogisch, denkt er, und nicht Teil des Plans. Es sollte keine Waffe auf ihn gerichtet sein. Ihm kommt der Gedanke, dass er das dem Mann erklären sollte, aber es steht zu befürchten, dass er dafür höchstens eine Kugel in den Kopf kassieren wird.

In diesem Moment erscheint ein zweiter Mann. Jeff hat ihn schon einmal gesehen, damals, vor Monaten.

Er hatte schon immer irgendeine Stammkneipe, eine Bar irgendwo um die Ecke. In den Neunzigern war es das Max Fish, das nur wenige Minuten von seiner Wohnung auf der Lower East Side lag, und ein irischer Pub namens O'Flaherty's in der Nähe seines Büros am Times Square. In Uptown war es eine ziemliche Herausforderung gewesen, auf der Amsterdam Avenue eine Kneipe zu finden, die nicht von sturzbetrunkenen Exstudentenverbindungsmitgliedern heimgesucht wurde. Und später, am Union Square, waren eher die allabendlichen Happy-Hour-Horden das Problem.

Aber das, wonach Jeff sucht, hat mittlerweile Seltenheitswert: eine gemütliche Bar, weder unerträglich voll noch deprimierend leer, deren Gäste sich nicht aus Collegekids oder saufwütigen Endzwanzigern rekrutieren, aber immer noch jünger als die Hardcore-Greise sind, die über ihren Manhattans und den Pferderennergebnissen am Tresen irgendwelcher Altmännerkneipen hängen. Er will einen Fernseher in der Ecke, wo die Übertragung irgendeines Spiels läuft, aber keine Wand mit zwanzig Monitoren, auf denen die gesamte Liga gezeigt wird; außerdem eine halbwegs brauchbare Auswahl an Whiskeysorten, ohne dafür gleich achtzehn Dollar hinblättern zu müssen, und nicht zuletzt eine Küche, wo man einen anständigen Hamburger hinbekommt, aber keinen überkandidelten, überteuerten Schnickschnack aus geschmorter Querrippe und mit Gänseleber gefüllt.

Jeff wünscht sich eine Anlaufstelle nach der Arbeit, um die einsamen Stunden zwischen Feierabend und Bett zu überbrücken. Von den mehr als zwanzig Jahren, seit er nach New York gekommen ist, hat er seine jeweilige Bleibe gerade einmal fünf Jahre mit einem anderen Menschen geteilt – in der Anfangszeit für ein Jahr mit einem Mitbewohner, dann mit Ende zwanzig mit seiner langjährigen Freundin und schließlich eine kurze Weile mit seiner Ehefrau. Die restlichen Jahre hat er wie so viele New Yorker allein gelebt, in irgendwelchen Bars und Kneipen zu Abend gegessen, sich vom Chinesen etwas kommen lassen, um es vor dem Fernseher zu verschlingen, oder um zwei Uhr früh die Nachttischlampe angeknipst und gelesen, ohne sich darüber Gedanken machen zu müssen, dass er jemanden wecken könnte.

Vermutlich ist genau dies das Geheimnis der Produktivität dieser Stadt: Jeder arbeitete ständig, um sich nicht mit seiner Einsamkeit auseinandersetzen zu müssen.

Es war ein ganz normaler einsamer Abend im Frühwinter, als Jeff die alte Bar in der Eighteenth Street betrat –

sieben Uhr und regnerisch. Ein scheinbar endloser Strom aus roten Rücklichtern und entgegenkommenden weißen Scheinwerfern kroch die Park Avenue entlang, während egoistische Arschlöcher in Anzügen mit ihren riesigen Schirmen mitten auf dem Bürgersteig entlanggehen mussten, sodass kein Zentimeter Platz mehr blieb. Frauen in kurzen Röcken und High Heels standen am Straßenrand und versuchten, ein Taxi zu bekommen, während Leute in Geschäfte, Bars und Restaurants strömten oder sie wieder verließen.

Ein heftiger Windstoß erfasste ihn, als er um eine Ecke bog, und knickte mehrere Alustäbe seines Billigschirms um. In Wahrheit fiel kaum mehr als ein feiner Nieselregen, weshalb der Schirm größere Umstände machte, als er nützte, deshalb stopfte er ihn kurzerhand in den nächsten Mülleimer, zog seine gewachste Regenjacke enger um sich und hastete weiter die Straße entlang.

Schließlich betrat er die Bar, hängte seine feuchte Jacke an einen Haken neben der Tür. Er liebt seine Jacke – sie war warm und bequem, wasserdicht und trocknete schnell, außerdem hatte sie an den richtigen Stellen Taschen und passte bequem über ein Sakko. Gleichzeitig hasste er ihren Mangel an Individualität, der die Zugehörigkeit zu einer Gruppe von Menschen signalisierte, mit der ihn rein gar nichts verband.

Er setzte sich ans hintere Ende des Tresens, zwei Plätze neben zwei unattraktiven Mittdreißigerinnen. Die eine blinkerte unter ihren viel zu dick getuschten Wimpern hervor und griff nach ihrem Drink, irgendein rosa Cocktail in einem hohen Glas. Aber eigentlich war das hier eine Bar, in der man Bier trank.

Er wandte sich ab, holte einen kleinen Stapel Buchvorschläge aus seiner Tasche und zog seinen Füllfederhalter aus der Innentasche seines Flanelljacketts, dann bestellte er ein Bier. Zum Essen würde er sich noch ein zweites genehmigen. Er ging die Begleitschreiben durch: Lobeshymnen irgendwelcher Agenten, weshalb ausgerechnet dieses Buch unbedingt auf den Markt kommen sollte, wie renommiert Soundso sei oder dass die Welt keinen Tag länger ohne die Aufarbeitung jenes hochbrisanten Themas existieren könne – garantiert eine riesige PR-Welle, ein Wahnsinns-Sonderangebot, eine Gelegenheit, wie man sie nur einmal im Leben bekommt, Superlative, maßlose Übertreibungen, Ungenauigkeiten und mindestens ein schamloses Plagiat.

Ein Mann setzte sich auf den freien Platz neben ihn und bestellte ein belgisches Bier. Jeff blickte kurz auf – die Stimme klang kultiviert, urban, irgendwie deplatziert in diesem schäbigen Downtown-Pub. Sie gehörte eher in die Bemelmans Bar oder den Union Club, möglicherweise zu jemandem aus Boston, der zu Besuch in der Stadt war, zu jemandem aus den Zwanzigern des letzten Jahrhunderts.

Ein paar Minuten lang saßen die beiden in einträchtigem Schweigen nebeneinander, während die Knicks mit 12:3 in Rückstand gerieten, der Barkeeper den beiden Frauen frische Drinks mixte, dann ein Tablett mit Biergläsern für eine Gruppe an einem der Tische bestückte und schließlich ans andere Ende der Bar trat, um dort mit zwei jüngeren und attraktiveren Frauen zu plaudern.

»Sie sind Jeffrey Fielder, richtig?«, sagte der Mann.

Jeff wandte sich dem Fremden zu: Er musste zwischen Mitte fünfzig und Ende sechzig sein, groß und durchtrainiert, mit sorgfältig frisiertem grauem Haar und einer Nickelbrille, gut, vielleicht sogar eine Spur zu gut gekleidet, mit einem Einstecktuch in der Brusttasche seines maßgeschneiderten Sportsakkos. Es war der Typ Mann, wie man ihn in teuren Restaurants oder einem Vorstandsbüro fand. Nicht dass Jeff jemals eines betreten hätte oder wüsste, wie es genau dort zuging. Fest stand, dass der Mann nicht wie jemand aussah, den man in einer Kneipe wie dieser erwarten würde.

»Kennen wir uns?« Jeff bemühte sich um ein Lächeln und versuchte, jenes vage Unbehagen eines Mittvierzigers mit einer mittelmäßigen beruflichen und dafür umso längeren alkoholischen Karriere abzuschütteln. Er war in der Vergangenheit schon so oft Menschen begegnet, an die er sich später nicht erinnern konnte. Vor allem Männern. Im Lauf eines Jahres vergaß er die Gesichter und Namen von Dutzenden, vielleicht Hunderten. Männer zu vergessen war gewissermaßen zu einer Art Hobby von ihm geworden.

»Nein.« Der Mann schüttelte den Kopf. »Sie kennen mich nicht.«

Jeff hob fragend die Brauen.

»Ich bin … na ja, ich schwärme geradezu für die Verlagsbranche.«

War der Typ ein Stalker? Ein frustrierter, gescheiterter Romanschreiberling, der nach einem Weg suchte, doch noch einen Verlag zu finden? »Aha.« Oder ein Autor, den er abgelehnt hatte und der jetzt auf Rache sann?

»Ich habe mich in letzter Zeit eingehend mit der Branche und ihren Prozessen befasst. Agenten, Lektoren und Autoren, Verträge, Tantiemen, die ganze rechtliche Seite, Stichwort Verleumdung und all das.«

Inzwischen hatte Jeff sich dem Mann zugewandt. Bedrohlich wirkte er jedenfalls nicht, und er benahm sich auch nicht verdächtig. Vielmehr wirkte er wie ein Kunsthändler. Trotzdem hatte das Gespräch etwas leicht Unheimliches.

Jeff war bereits einmal Opfer einer Stalkerin geworden – eine Autorin war mit ihrem völlig unfähigen Agenten zu einem ersten Kennenlernen in den Verlag gekommen. Später hatte Jeff ebenso wie alle anderen Lektoren der großen Verlagshäuser von einem Angebot auf ihr Manuskript abgesehen, weshalb die Autorin zu alternativen Methoden gegriffen hatte, um ihr Buch an den Mann zu bringen – darunter auch, Jeff zu stalken und ihm eindeutige Angebote zu unterbreiten, und zwar völlig unverblümt und lautstark. Als er sich auch hierzu nicht bereit erklärte, rief sie prompt bei ihm zu Hause an und erzählte seiner Frau, Jeff sei keineswegs abgeneigt gewesen, was eine gewaltige Empörungswelle auslöste, von der sich seine Ehe niemals wieder ganz erholte.

Lektion daraus: Man weiß nie, ob derjenige, den man vor sich hat, ganz bei Trost ist, und kann sich folglich auch nicht gegen solche Menschen schützen – somit war es im Grunde gar keine Lektion im eigentlichen Sinne, sondern vielmehr eine jener unerfreulichen Tatsachen im Leben eines jeden, der seinen Lebensunterhalt damit verdient, die Träume anderer Menschen wahr werden zu lassen oder brutal zu zerstören.

»Wie kann ich Ihnen helfen, Mister … Ich fürchte, ich habe Ihren Namen nicht mitbekommen.«

»Sie können mich Joseph Lyons nennen. Joe.«

»Was bedeutet das? Dass das gar nicht Ihr Name ist?«

»Nein, ist er nicht.« Er lächelte. »Mr Fielder, schon bald, in den nächsten Wochen oder vielleicht auch Monaten, werden Sie ein Manuskript auf den Tisch bekommen. Vielleicht sogar im Rahmen eines Exklusivangebots. In dem Manuskript geht es um Charlie Wolfe. Es wird sich …«

Jeff lauschte beklommen.

»… um eine Art Enthüllungsroman handeln, um eine echte Bombe. Es könnte eine vollständige Biografie seines Lebens oder auch nur ein Teilausschnitt sein. Über diesen Aspekt des Projekts haben wir bislang noch keine vollständige Klarheit gewonnen.«

»Wer ist *wir*?«

Der Mann ignorierte seine Frage. »Klar ist jedoch zum jetzigen Zeitpunkt, dass in dem Manuskript behauptet wird, Mr Wolfe hätte etwas Schreckliches getan. Schreckliche Dinge, in höchstem Maß inakzeptabel und vielleicht sogar gesetzeswidrig.« Er zuckte die Achseln. »Wer weiß.«

Der Barkeeper trat zu ihnen. Der Mann bestellte ein weiteres Bier und sah sich wohlwollend um. »Das ist eine gute Bar«, stellt er fest.

»Ja«, bestätigte Jeffrey. »Es gibt ausreichend Schnaps.«

»Ha! Ein Hemingway-Zitat.« Der Barkeeper stellte das frische Bier vor ihm ab; der Mann nahm es und prostete Jeff zu. »Sehr schön, Mr Fielder, sehr schön.« Er trank einen Schluck. Der Barkeeper verschwand wieder.

»Aber in Wirklichkeit ist das Manuskript ein Schwindel. Es wird im Moment von einem dänischen Freiberufler verfasst, um Mr Wolfe in einen Skandal zu verwickeln, sodass die Aktien von Wolfe Worldwide Media in den Keller fallen und der Konzern so im Zuge einer feindlichen Übernahme mit einem Millionen- oder gar Milliardenprofit übernommen werden kann.«

»Und woher wissen Sie das?«

»Weil ich es eben weiß.«

Jeff schnaubte.

Der Mann nahm Jeffs Zweifel mit einem Nicken zur Kenntnis. »Sie, Jeffrey Fielder, Brown-Abschlussklasse von 1991, haben ein Bankkonto bei der JP Morgan Chase Bank mit einem Guthaben von etwas mehr als vierhundert Dollar und einen revolvierenden Kredit über knapp zwölftausend Dollar. Sie wohnen in Apartment 4A auf fünfundfünfzig Quadratmetern in Chinatown, haben das letzte Mal vor zwei Jahren im Zuge einer angeblichen Geschäftsreise nach London die USA verlassen und sind bei Pornoseiten eher konservativ, sprich, Sie bevorzugen das gute alte youporn.com.«

Die peinliche Unverblümtheit ließ Jeff auf seinem Hocker tiefer sinken. »Was wollen Sie von mir?«

»Ich möchte Ihnen einen Vorschlag unterbreiten, Mr Fielder.«

»Einen Vorschlag?«

»Ja. Sie tun alles in Ihrer Macht Stehende, um die Literaturagentin, Ihren Verleger und jeden anderen, den es betrifft, davon zu überzeugen, dass Sie dieses Buch unbedingt kaufen und veröffentlichen wollen.«

Das klang ganz nach dem, was er ohnehin vorgehabt hatte.

»Sie wollen, dass die Agentin es keinem anderen Lektor zur Prüfung anbietet, sondern es Ihnen exklusiv überlässt, damit Sie es vernichten können.«

»Wie bitte?«

»Sie werden jede existierende Manuskriptkopie vernichten. Sie zerreißen, verbrennen, was auch immer.«

»Sie machen Witze.«

»Wenn Ihnen das Manuskript per Mail zugeht, werden Sie die Mail und den Anhang löschen. Sollte es auf dem Computer von jemand anderem landen – was Sie um jeden Preis verhindern sollten –, benutzen Sie den hier.« Der Mann zog einen USB-Stick und eine Visitenkarte heraus. »Schieben Sie den Stick in irgendeinen USB-Port und lassen ihn fünf Minuten drin, dann ziehen Sie ihn wieder heraus. Sämtliche Files werden dann zerstört sein, das System stürzt ab, und der Computer ist bloß noch ein Haufen Schrott.«

Der Mann legt den Stick und die Karte auf den Tresen. »Wenn Sie Probleme bekommen oder etwas schiefläuft oder sonst irgendetwas passiert, rufen Sie mich an.«

»Was denn zum Beispiel?«

»Völlig egal. Die Agentin bekommt ein Angebot. Oder der Autor wendet sich direkt an Sie. Oder Männer, die Sie nicht kennen – so wenig wie mich oder sogar noch weniger –, klopfen an Ihre Tür.« Der Mann tippte auf die Karte. »Das ist meine Telefonnummer. Bewahren Sie sie sorgsam auf.«

Jeff blickte auf die Karte. »Und?«

»Und *was*?«

»Und weshalb sollte ich das tun? Nur weil Sie wissen, dass ich pleite bin? Das ist kein Geheimnis. Ich bin nie straffällig geworden, deshalb haben Sie nichts gegen mich in der Hand. Und offen gestanden scheinen Sie ein echter Dreckskerl zu sein.«

Der Mann nickte. »Das ist nur fair. Sie wollen wissen, was für Sie dabei herausspringt. Abgesehen vom aufrichtigen, aber heimlichen Dank einer unwissenderweise dankbaren Nation.«

»Ja.«

»Okay, eines kann ich Ihnen in die Hand versprechen, Jeffrey Fielder. Wenn dieses Manuskript erst einmal endgültig verschwunden ist, wird Charlie Wolfe Sie eines Tages aus heiterem Himmel anrufen. Er wird Ihnen sagen, dass er Sie für Ihre Prinzipien und Ihre bisherige Laufbahn bewundert. Und er wird Sie fragen, ob Sie seine echten Memoiren schreiben wollen.«

Jeff hob eine Braue.

»Lektoren, die diese Art Bücher von Menschen wie Charlie Wolfe kaufen und veröffentlichen, genießen ein hohes

Ansehen in der Branche, stimmt's? Und zwar durchaus zu Recht. Mit diesen Büchern macht man gewaltigen Umsatz, und Menschen, die so viel Umsatz generieren, werden doch auch dafür belohnt. Das sind die Grundpfeiler des Kapitalismus, stimmt's?«

Aus dem Augenwinkel registrierte Jeff, dass ein weiterer Mann die Bar betrat. Jeff fragte sich, ob sein Auftauchen in irgendeinem Zusammenhang mit diesem Fremden neben ihm stand, und beobachtete, wie er sich ans andere Ende der Bar setzte.

»Sie wissen, wie alt ich bin.«

»Das stimmt.«

»Und Sie versuchen, mich zu bestechen.«

»Bestechen ist ein so unschönes Wort, finden Sie nicht? Außerdem geht es hier nicht darum.«

Lektoren werden die verrücktesten Angebote unterbreitet, aber das hier ist bei Weitem das verrückteste.

»Und was, wenn ich Nein sage?«

»Wir wissen beide, dass das keine Alternative ist.« Der Mann nippte noch einmal an seinem Bier.

»Dieser Schwindel wird nie im Leben zwischen zwei Buchdeckeln enden, Mr Fielder, ob nun mit Ihrer Hilfe oder ohne sie. Ihm wird Einhalt geboten werden, mit einer Verhaftung und einer Gefängnisstrafe. Vielleicht sogar noch Schlimmerem.«

»Schlimmerem?«

»Durch die Veröffentlichung gewinnt niemand, sondern nur dadurch, dass sie verhindert wird. Deshalb können Sie genauso gut Ihren Teil dazu beitragen.«

Der Mann gab dem Barkeeper ein Zeichen. »Ich möchte gerne zahlen. Und schreiben Sie das Bier dieses Herrn mit auf die Rechnung.« Der Mann zog zwei Zwanziger aus der Tasche.

Jeff starrte in sein Bierglas. Der Schaum war zusammengefallen, sodass lediglich eine schale hellbraune Flüssigkeit herumschwamm.

»So schlimm ist es nun auch wieder nicht, Mr Fielder.«

Jeff gab keine Antwort. Gemessen an anderen Arten des Verrats mochte der Mann recht haben, aber es war definitiv nicht das, was Jeff sich unter einer karrierefördernden Maßnahme vorstellte; auch wenn er noch nie darüber nachgedacht hatte, wie er seiner Karriere einen Schub verpassen könnte.

»Oh, beinahe hätte ich es vergessen«, fügte der Mann hinzu und erhob sich. »Es gibt noch einen anderen Grund, weshalb Sie meinen Vorschlag annehmen werden. Den überzeugendsten schlechthin.« Der Mann beugte sich vor, sodass Jeff ein Hauch von Sandelholz-Aftershave und Ale in die Nase stieg. »Wenn Sie sich nämlich weigern«, sagte er und beugte sich noch weiter vor, »werde ich Sie umbringen.«

»Ich dachte, wir hätten eine Vereinbarung.« Derselbe Mann steht nun im fahlen Schein des Kaminfeuers, wo Jeffs Kopie inzwischen vollständig verkohlt ist. »Oder habe ich da etwas missverstanden?«

Jeff hat Mühe, seine Stimme wiederzufinden.

»Sie sollten mich doch anrufen. Falls Sie … sagen wir, auf die Idee kämen, aus der Stadt zu flüchten. Oder, Mr Fielder?«

Jeff schluckt. »Sie hat mein Handy in den East River geworfen.«

Der Mann lacht leise.

»Was hätte ich denn tun sollen?«

»Na ja, sie daran zu hindern wäre keine Alternative gewesen?«

»Nein, war es nicht. Außerdem …« Er nimmt all seinen Mut zusammen und legt einen empörten Unterton in seine Stimme. »Könnten Sie endlich die Scheißwaffe da wegnehmen?«

Der Mann vor ihm nickt, während der zweite Mann die Waffe sinken lässt. Jeffs erleichterter Seufzer hat etwas beinahe Komisches.

»Was wollen Sie hier?«, fragt er.

»Wir haben nach Ihnen gesucht. Und nach ihr. Ist sie oben? Im Bett?«

»Was wollen Sie von ihr?«

Der Mann schiebt die Hand in seinen Hosenbund und zieht ebenfalls eine Waffe heraus.

»Ich bitte Sie, Mr Fielder. Fragen Sie doch nicht so blöd. Sie wissen genau, was ich will.«

Kapitel 51

Der Autor steigt wieder auf den Toilettendeckel und macht sich am Lüftungsschacht zu schaffen. Als er den Deckel endlich abgeschraubt hat, greift er in den dunklen Schacht, in dem er einen zweiten Satz seiner wichtigsten Fluchtutensilien für den unwahrscheinlichen Fall verstaut hat, der soeben eingetreten ist: Seine Tarnung ist aufgeflogen, deshalb kann er nicht mehr in sein Apartment zurück.

Er nimmt einen weiteren gefälschten Pass heraus, mit dessen Hilfe er die Grenzen überqueren kann, und ein mit einem Gummiband zusammengerolltes Bündel Geld, von dem er sich eine neue Identität kaufen und sich anderswo niederlassen kann.

Nur das Manuskript fehlt. Es befindet sich auf der Festplatte seines Computers, den sich seine Verfolger vermutlich bereits unter den Nagel gerissen haben. Vielleicht versuchen sie genau in diesem Moment, das Sicherheitssystem zu knacken und an seine Dokumente zu gelangen. Aber glücklicherweise wird es ihnen nicht gelingen, da sich zehn Sekunden nach einem Zugriffsversuch ohne die entsprechende Authentifizierung automatisch der Selbstzerstörungsmechanismus aktiviert, der sämtliche Daten unwiederbringlich löscht.

Seine Behandlung beim plastischen Chirurgen kann er ebenfalls nicht fortsetzen, was jedoch nicht weiter schlimm ist. Eigentlich ist sie so weit beendet, und die Besuche bei dem einen Spezialisten, der seine Fingerabdrücke manipuliert hat, und dem anderen, dem er die Rekonstruktion einiger Gesichtsteile verdankt, dienen lediglich seinem Seelenfrieden; als Bestätigung, dass er brauchbar, ja sogar gut aussieht. Er hat ihre Beteuerungen genossen, kann aber zur Not auch ohne sie leben.

Er erhascht einen Blick auf sein Gesicht in Vanessas Spiegel, auf sein neues Selbst. Die Schwellungen und blauen Flecke sind längst abgeklungen und die Schnitte nur noch erkennbar, wenn man weiß, worauf man achten muss. Niemand würde bei seinem Anblick auf die Idee kommen, dass er sich einem Eingriff unterzogen hat. Und in Wahrheit ist die Veränderung auch gar nicht so gewaltig – ein etwas anders geformtes Kinn, ein Grübchen, wo früher keines war, die Augenform leicht verändert. Definitiv genug, um die Gesichtserkennungssoftware auszutricksen, aber nicht so drastisch, dass er ein halbes Jahr mit Verbänden hätte herumlaufen müssen.

Nun, nach einem knappen Jahr voll diverser medizinischer und auch anderer Hürden, ist er endlich frei. Die erste Hürde bestand in seinem Entschluss nach dieser widerwärtigen Unterredung mit Charlie, sich in einen sterbenden Mann zu verwandeln. Also begann er, Psychostimulanzien einzunehmen, die den Appetit unterdrückten und dafür sorgten, dass er über Monate hinweg mindestens ein halbes Kilo Gewicht pro Woche verlor, bis seine Hosen und Hemdkrägen an ihm herunterhingen. Er kaufte sich sogar noch neue Hemden mit einer größeren Kragenweite, um den Eindruck zu erwecken, als ertrinke er förmlich darin. In der Kombination mit drei Monaten konsequenter Sonnenabstinenz, wenig Schlaf, dem stetigen Gewichtsverlust und seiner täglichen Dosis Speed gelang es ihm, innerhalb kurzer Zeit wie ein Mann auszusehen, der mit dem Tode rang.

Nach seiner Flucht nach Zürich unterzog er sich diversen Eingriffen am Gesicht und ließ seine Fingerabdrücke manipulieren, gefolgt von den entsprechenden Genesungsphasen, die er mit Antibiotika und Schmerzmitteln und einer Reihe von Hautbehandlungen und gezieltem Muskeltraining hinter sich brachte.

Ob seine Verfolger jemals das Schloss finden werden? Diese Klinik mitten im Wald in den Bergen? Schätzungsweise gehen sie davon aus, dass der Autor in die Schweiz gekommen ist, um sich irgendwelchen alternativen Krebsbehandlungen zu unterziehen, klappern mit Unterstützung der Schweizer Polizei sämtliche Kliniken ab, halten den Leuten dort ihre Dienstmarken vor die Nase und fordern die Herausgabe der Krankenakten. Auf die Idee, in einer Klinik für plastische Chirurgie nach ihm zu suchen, kommen sie bestimmt nicht. Schließlich ist er Krebspatient im letzten Stadium. Also werden sie am Ende mit leeren Händen dastehen.

Aber was, wenn sie Vanessa aufstöbern? Das könnte ein Problem sein. Sie werden ihr ein Phantombild und Aufnahmen von irgendeiner Überwachungskamera vorlegen. »Ja, das ist er«, wird die Südafrikanerin mit dem wunderschönen burischen Akzent sagen, aber sein Gesicht wird nicht identisch mit dem von Dave Miller sein. Werden sie sich sicher sein, dass er den Franzosen in Vanessas Apartment getötet hat?

Wenn sie Vanessa ausfindig machen, werden sie auch herausfinden, dass das Gesicht aus ihrer Beschreibung dem Gesicht des Mannes entspricht, der in dem Apartment im obersten Stock mit dem Computer mit Selbstzerstörungsmechanismus und einigen persönlichen Habseligkeiten auf der anderen Seeseite lebt. Dann werden sie endgültig wissen, wie er aussieht, oder zumindest annähernd. Und sie haben auch neue Fingerabdrücke von ihm. All die Eingriffe wären dann umsonst.

In diesem Fall wird er erneut flüchten müssen, irgendwohin, wo sie nicht nach ihm suchen. Mit seinen sorgfältig gebunkerten Millionen wird er sich irgendwohin absetzen, nach Ostafrika oder in den Südpazifik. Für beide Destinationen hat er bereits konkrete Maßnahmen in die Wege geleitet und wird erst die eine ausprobieren, bis sie ihm nicht länger sicher erscheint, und dann zur zweiten wechseln. Er wird frische Kokosmilch schlürfen, gegrillten Fisch essen und junge exotische Damen für ihre Gesellschaft bezahlen, während er darauf wartet, dass sein Manuskript veröffentlicht wird, seine eigene Bestechlichkeit ans Licht kommt und sein einstiger Freund verunglimpft wird oder sogar ins Gefängnis wandert.

Es ist gut, dass er das Manuskript jetzt vollendet hat, denn nun muss er darauf hoffen, dass Isabel die Angelegenheit ernst nimmt und sich mit der erforderlichen Dringlichkeit darum kümmert. Sie hat es zweifellos ihrem On-off-Liebhaber Jeffrey Fielder angeboten, der aller Wahrscheinlichkeit längst in halb New York damit hausieren gegangen ist und Reportern, Scouts und Produzenten davon erzählt hat; allein die Tatsache, dass es sich um die Enthüllung wahrer Begebenheiten handelt, verleiht dem Buch eine enorme Durchschlagskraft, die sich immer weiter fortsetzt, während es auf seinem Weg zur Veröffentlichung durch sämtliche Medien geht; und zwar Veröffentlichung nicht allein im Hinblick auf den Druck, sondern im wahrsten Sinne des Wortes. *Öffentlichkeit*.

Der Autor hat alle möglichen Sicherheitsvorkehrungen getroffen, um Isabels Schutz während der nächsten sechs Monate zu gewährleisten: Überwachung rund um die Uhr, Teams von Exmarines, die ihr auf Schritt und Tritt folgen und mittels Handymastenortung wissen, wo sie sich gerade aufhält. Sie folgen ihr durch die Straßen von Manhattan, in die U-Bahn und im Taxi, in Büros und Restaurants, um dafür zu sorgen, dass sie am Leben bleibt.

Vielleicht wird er sie selbst anrufen, von einem Prepaid-Handy in irgendeiner Strandhütte am anderen Ende der Welt. Es ist einige Zeit her, seit sie das letzte Mal gesprochen haben.

Es besteht durchaus die Möglichkeit, dass die hiesigen Behörden den Mord an dem Franzosen nicht mit dem flüchtigen Mann in Verbindung bringen – bei der einen Tat handelt es sich um ein Verbrechen auf lokaler, bei der anderen um einen Schwindel auf internationaler Ebene. Daher ist es die Mühe wert, die Spuren zu verwischen, die einen Zusammenhang ahnen lassen könnten, um sicherzugehen, dass die Amerikaner nicht in die Ermittlungen eingreifen, und auf diese Weise seine Identität weiter zu verschleiern.

Im Schrank unter dem Waschbecken findet er einen Lappen und eine Flasche Ammoniakreiniger. Er streift ein Paar zu kleiner gelber Gummihandschuhe über und putzt alles, was er in der Wohnung jemals angefasst hat, nicht nur heute Morgen, sondern auch vergangenen Donnerstag, vorletzte Woche und bei all seinen vorhergehenden Besuchen – den Kühlschrank, den Mülleimer, die Kaffeemaschine, Türklinken, Lichtschalter und Zugschnüre, die Plastikstange der silberfarbenen Alujalousien.

Wieder und wieder muss er dabei über den toten Franzosen hinwegtreten, wobei er versucht, nicht in die starren Augen des Mannes zu blicken, andererseits kann er sich nicht überwinden, sich über ihn zu beugen und sie zu schließen.

Er wischt den Kerzenhalter und den Schraubenzieher ab und verstaut beides in einer Einkaufstüte, gemeinsam mit seinen Laufsachen und Schuhen. Er wird die Tatwaffen so schnell wie möglich entsorgen, aber nicht hier, sondern irgendwo, wo man sie nicht mit dem Verbrechen in Verbindung bringen kann.

In der Küchenschublade liegen die Wagenschlüssel. Offenbar fährt Vanessa einen BMW, allerdings hat sie ihn nie erwähnt. Aber er hat Glück, denn der Wagen steht in der Ecke einer niedrigen Garage, einer von einem halben Dutzend Autos dieser Marke inmitten von rund zwanzig Fahrzeugen. Die Türen öffnen sich mit einem vernehmlichen Piepsen, als er auf die Fernbedienung drückt.

Vanessas Viertel ist genauso ruhig wie sein eigenes, und es kostet ihn einige Überwindung, nicht aufs Gas zu treten und durch die schmalen Straßen zu brettern, um die sanften Kurven, den Hügel hinauf und aus der Stadt hinaus.

Es ist 9:49 Uhr. Vanessa kommt frühestens um 18:00 Uhr nach Hause. Das bedeutet, ihm bleiben mindestens acht Stunden, bis sie ihren toten Liebhaber findet und den Diebstahl ihres Wagens bemerkt. Der Autor wird nach Süden fahren, über die Berge, wohingegen alle davon ausgehen werden, dass er den schnelleren Fluchtweg in Richtung Deutschland oder Frankreich gewählt hat. Er wird lediglich Bundesstraßen benutzen, um potenzielle Straßensperren und Geschwindigkeitsüberwachungen auf den Autobahnen zu umgehen. In Luzern wird er jedoch auf die A2 fahren müssen, da die Zahl der Wege über die Alpen begrenzt ist.

Um drei Uhr nachmittags sollte er in Mailand sein, wo er den Wagen in einer öffentlichen Parkgarage in der Nähe des Bahnhofs abstellen und den Hochgeschwindigkeitszug nach Salerno nehmen wird. Wenn Vanessa heute Abend – sofern sie das Fehlen ihres Wagens überhaupt heute noch bemerkt – als gestohlen meldet, ist er längst auf der Fähre nach Palermo, der ärmsten Stadt in Westeuropa mit massenhaft streunenden Hunden, ebenso umherstreunenden Menschen und verdreckten, verwahrlosten Straßen. Morgen wird er quer über die dünn besiedelte Insel mit ihrer kargen, wilden Landschaft fahren, bis nach Catania, Europas größtem Eingangshafen für Drogen und dem perfekten Ort für einen verschwiegenen Amerikaner mit massenhaft Bargeld und ohne Schmuggelware, der lediglich eine unauffällige Überfahrt nach Tunesien will.

Er ist so in Gedanken versunken, dass er den Wagen erst bemerkt, als er praktisch direkt hinter ihm ist und ihm durch die lang gezogene Kurve folgt. Er blickt in den Rückspiegel und sieht das Blaulicht eines Streifenwagens höchstens zwei Wagenlängen hinter ihm aufflackern.

»Los, Charlie, mach schon!«, hatte er vor einem Vierteljahrhundert gesagt. »Halt an.«

Charlie saß immer noch auf dem Fahrersitz des Jaguar-Cabrios und umklammerte das Lenkrad mit beiden Händen, während Dave unter dem Druck der Chromstoßstange an seinen Knien nachgab und rückwärtsschlitterte. »Halt endlich den Scheißwagen an!«

Charlie grinste, dann brach er in irres Gelächter aus, warf den Kopf in den Nacken. Und dort blieb er. Sein Gesicht zeigte in den dunklen Nachthimmel, und der Wagen rollte weiter vorwärts, doch Charlie regte sich nicht. Er hatte das Bewusstsein verloren.

Dave sprang ein Stück nach hinten, dann lief er um den Wagen herum, riss die Fahrertür auf, packte Charlie an der Schulter und begann ihn zu schütteln. Doch Charlie zeigte keinerlei Reaktion. Also schob Dave ihn ein Stück zur Seite, bis er den Widerstand des Ganghebels spürte. Er verpasste ihm einen kräftigen Schubs, sodass er zur

Seite kippte und halb auf dem Fahrersitz und halb auf dem Boden hing.

Schließlich sprang er hinters Steuer und schnallte sich an – dies war definitiv nicht der richtige Moment, um ohne Sicherheitsgurt durch die Gegend zu fahren. Die Polizei könnte jederzeit auftauchen, außerdem lief das Mädchen immer noch irgendwo da vorn auf der Straße herum. Das konnte nur Ärger geben. Er schaltete in den zweiten Gang.

Das Mädchen war weit und breit nicht zu sehen, aber sie *musste* irgendwo da vorn sein, maximal ein paar Hundert Meter vor ihnen. Sie war ziemlich schnell losgelaufen. Vielleicht hatte sie auch schon die nächste Kreuzung erreicht und war verschwunden, sodass er eine halbe Ewigkeit durch die Gegend kurven und nach ihr suchen müsste.

Dave war stocksauer auf Charlie. Einen Moment lang überlegte er, einfach umzukehren und nach Hause zu fahren, das Mädchen und all den Ärger hinter sich zu lassen. Sollte Charlie sich doch morgen selbst darum kümmern und zusehen, wie er die beschissene Lage wieder in den Griff bekam. Schließlich war er für den Schlamassel verantwortlich.

Aber das konnte er nicht machen.

Er fuhr um die nächste Kurve, als Charlie allmählich wieder zu sich kam, zu Dave herumfuhr und zornig versuchte, den Arm seines Freundes vom Ganghebel wegzuzerren. Dave warf ihm einen kurzen Blick zu, dann sah er wieder nach vorn, auf die kurvige Straße, während er versuchte, Charlies unkontrollierte Hiebe abzuwehren.

In diesem Moment registrierte Dave eine Bewegung am stockdunklen Straßenrand, zwischen Asphalt und Kies, dann ertönte ein dumpfer Knall und ein Aufschrei, ein grauenhaftes Knacken, das Quietschen von Reifen und dem Kreischen von Bremsen.

Dann kam das Jaguar-Cabrio ruckelnd zum Stehen.

Den Großteil des Thanksgiving-Wochenendes verbrachte er damit, durch die rutschigen, von nassem Laub bedeckten Straßen zu schlurfen, durch den Park, wo die Hunde auf der vom Regen aufgeweichten Wiese tollten, vorbei an dick eingepackten Pärchen, die Arm in Arm durch die Kälte spazierten, an Joggern mit Lauftights und Synthetikhandschuhen und den gebrechlichen alten Frauen, die mit warmen Decken über den Knien von gelangweilten karibischen Pflegerinnen in unförmiger rosa Krankenhauskluft in ihren Rollstühlen umhergeschoben wurden.

Im eisigen Nieselregen stand er vor dem Apartmentgebäude seiner Exfrau, gegen die raue Parkmauer gelehnt, die Hände tief in den Taschen seiner Cordhose vergraben. Schließlich zog er sein Handy heraus und wählte ihre Nummer.

»Hallo?«

»Hi, ich bin's.«

»Oh, hi.«

»Ich stehe unten vor dem Haus. Kann ich dich sehen?«

Einen Moment lang schwieg sie verblüfft. »Natürlich. Komm rauf«, sagte sie dann.

Der Aufzug holperte im Schneckentempo nach oben; es war einer dieser typischen New Yorker Aufzüge in einem alten New Yorker Apartmentgebäude, wie man sie in Washington nicht kennt. Dort flutschen die Aufzüge mühelos durch die Etagen.

Sie stand, barfuß und mit einem weiten Wollpullover, in der Tür. Sie umarmten sich.

»Wie war dein Thanksgiving?«, fragte er, trat in die Diele

mit all den Fotos und betrachtete sie, in der vagen Hoffnung, auch eines von sich selbst zu entdecken.

»Ach na ja, das Übliche.«

Sie gingen zwei Treppen hinunter ins Wohnzimmer, wo er mit einem Anflug von Stolz bemerkte, dass die abstrakte Lithografie immer noch an ihrem prominenten Platz über dem Kaminsims hing. Wenigstens *das* hatte er hinbekommen.

»Dein Dad war also wieder mal betrunken?«, fragte er.

Sie lachte leise. »Mum auch. Und Simon. Eigentlich alle außer mir und den kleinen Kindern. Nach dem Essen wollten sie unbedingt Fußball spielen, aber es hat geregnet, sodass wir ganz schmutzig wurden, außerdem war es ziemlich kalt. Nach einer Weile sind wir reingegangen und haben Jogginghosen und Sweatshirts angezogen, während Mum unsere Sachen gewaschen hat. Wir haben warmen Apfelwein getrunken und uns aufs Sofa gekuschelt. Wie bei einer Pyjamaparty.« Sie lachte. Er liebte ihr Lachen immer noch. »Jetzt, da ich davon erzähle, klingt es eigentlich gar nicht mehr so schrecklich.«

Ihm war bewusst, dass dies ihre letzte Begegnung als Freunde sein würde, nachdem sie sich vor mehreren Jahren in Freundschaft getrennt hatten. Schon bald würde sich ihre Meinung über ihn für immer verändern, und zwar nicht zum Guten. »Nein«, bestätigte er. »Das tut es tatsächlich nicht.«

»Und du?«

»Meine Mutter ist so durchgeknallt wie immer, daher … du weißt ja.«

Er hielt inne. Er wollte sie nur eine Weile ansehen, ihrer Stimme lauschen, nur ein oder zwei Minuten. Er wollte es ihr nicht sagen, obwohl genau das der Grund war, weshalb er hergekommen war. Er wollte ihr keine weitere dicke Lüge auftischen. Ihr all das nicht noch einmal antun.

Aber sie stand da und wartete schweigend darauf, dass er fortfuhr. *Wieso bist du hier?*, stand ihr auf die Stirn geschrieben.

»Ich bin krank.«

Sie holte tief Luft, drückte die Schultern durch und starrte geradeaus, während sie sich innerlich wappnete, all ihre Kraft zusammennahm, wie immer, wenn sie ahnte, dass sie gleich etwas Schlimmes hören würde. »Was genau meinst du damit?«

»Ich habe Krebs.« Seine Stimme brach. »Ich …«

Sie trat zu ihm und breitete die Arme aus. Sobald sie ihn umschlossen, begann er zu weinen. Heiße Tränen rannen ihm über die eiskalten Wangen.

»Ich werde sterben, Isabel.«

Kapitel 52

Ruhelos wirft Isabel sich im Bett hin und her und verheddert sich dabei immer mehr in den widerspenstigen Laken. Sie überlegt, nach unten zu gehen, zu Jeffrey, der ebenfalls keinen Schlaf findet, sich auf seinem Schoß zusammenzurollen und das Gesicht an seinen Hals zu schmiegen. Aber vielleicht will er auch allein sein. Wie sie.

Sie hört das Rauschen des Windes in den Bäumen, das Brausen der Wellen, doch auch die Geräusche vermögen sie nicht zu beruhigen. Wenn die Dämonen mitten der Nacht kommen, gibt es keine Ruhe mehr.

Natürlich hat sie sich die Schuld gegeben, ihrem Ehrgeiz. Es war einer jener atypisch symptomatischen Tage, an dem alles zusammenkam. Sie steckte mitten in einer Auktion um den sehnlichst erwarteten zweiten Roman eines Autors, der viel Zuspruch brauchte. Jede halbe Stunde stiegen die Gebote der Bietenden, vom mittleren fünfstelligen Betrag am Morgen bis zu einer Summe im oberen sechsstelligen Bereich im Verlauf des Tages. Und am Ende dieses angespannten, stressigen Tages stand eine formelle Abendveranstaltung, die um sieben Uhr beginnen sollte und bei der ein anderer ihrer Autoren – nach einer endlosen Ansprache desselben – eine Auszeichnung erhalten sollte, sprich, Isabel musste auch noch Abendgarderobe mitnehmen.

Der abendliche Teil war genauso wichtig wie die Arbeit während des Tages; leckeres Essen, Drinks und ein schickes Kleid bedeuteten noch lange nicht, dass es Freizeit war. Es gehörte zum Job, sich durch die Cocktails, den Ballsaal, die Damentoilette und den Innenhof zu plaudern, wo sich die Raucher versammelten, ein Tête-à-Tête nach dem anderen mit den Entscheidungsträgern der Branche zu absolvieren, Charme zu versprühen, Luftküsse zu verteilen und sich zum Lunch zu verabreden.

Zweimal während dieses 16-Stunden-Tags rief das Kindermädchen an, das sich Sorgen machte, weil sich Tommys Erkältung oder Grippe verschlimmerte. Aber Isabels Ehemann war auf Geschäftsreise, und Isabel wollte nicht, dass Lupe mit Tommy zum Arzt ging. Ihre Englischkenntnisse ließen sich bestenfalls mit »überschaubar« umschreiben, und manchmal kam es auf die Details an. Also rief Isabel beim Kinderarzt an und vereinbarte einen Termin gleich für den nächsten Morgen. Sie würde sich zwar etwas anhören müssen, weil sie das wöchentliche Mitarbeitermeeting versäumte, aber manchmal ließ sich so etwas als berufstätige Mutter eben nicht vermeiden.

Jeder hätte so gehandelt. Das hörte sie in den darauffolgenden Monaten von allen Seiten – jeder hätte genau dasselbe getan. Aber *sie* haben es nun einmal nicht getan.

Um Mitternacht kam Isabel völlig erschöpft nach Hause, bedankte sich bei Lupe, setzte sie mit einem Fünfziger als Belohnung in ein Taxi, schlüpfte aus ihrem Cocktailkleid, ließ es mitten auf dem Boden liegen und fiel ins Bett.

Im Morgengrauen riss sie Tommys Weinen aus dem Schlaf. Er glühte förmlich, das Fieberthermometer zeigte über einundvierzig Grad an. Sie nahm den Jungen und stürzte hinunter auf die Straße, wo sie panisch umherlief, bis sie endlich ein Taxi fand.

»Keine Angst, mein Schatz«, sagte sie. »Gleich sind wir beim Arzt.« Das Krankenhaus war gerade einmal eine Meile entfernt.

Das Taxi fuhr los, vorbei an den schmutzig weißen Müllastern, die im bläulichen Licht des beginnenden Tages die

Säcke einsammelten, den Aushilfen, die die Gehsteige vor den 24-Stunden-Delis schrubbten, den Straßenverkäufern, die mit ihren Wagen voller Gebäck und Kaffee vor den Bürogebäuden Posten bezogen und den Joggern mit ihren Leuchtreflexstreifen auf den Shorts – ein ganz normaler Beginn eines ganz normalen Tages.

»Sind wir schon da?«, fragte Tommy, wie er es so oft vom Rücksitz ihres glänzenden SUV tat, der jede Woche von den Jungs in der Garage geputzt und poliert wurde, damit er für die Fahrt in ihr Wochenendhaus sauber war. Genau dieselbe Frage hatte er auf der Fahrt zum Haus ihrer Schwiegermutter in Brooklyn und zu ihren Eltern im Hudson Valley gestellt, auf dem Weg nach Vermont, wo sie übers Wochenende Ski fahren wollten, nach Cape Cod, zu irgendwelchen Freunden, in den Bronx Zoo und ins Brooklyn Aquarium, ins Yankee-Stadion und nach Coney Island. Diese Frage stellten alle Jungs. Pausenlos.

»Gleich«, antwortete sie und strich ihrem Sohn eine feuchte Strähne aus der Stirn. Und während das Taxi über die von Schlaglöchern übersäte Straße holperte, schloss Tommy auf dem rutschigen Vinylsitz die Augen und fiel ins Koma.

Eine Stunde später war Isabels Junge tot. Herzversagen, sagte der junge Arzt, der die ganze Nacht Dienst gehabt hatte und wer weiß wie lange schon auf den Beinen gewesen war. Er war übermüdet und frustriert und vielleicht nicht ganz so taktvoll, wie man eine Nachricht wie diese überbringen sollte.

Sie hätte praktisch nichts tun können. Praktisch.

Isabel ist aufgewühlt. Und durstig. Sie steht auf, geht ins Badezimmer und tastet nach dem Lichtschalter, als sie merkt, dass das Mondlicht genug Licht spendet. Sie braucht kein Licht, will nicht wacher werden als unbedingt nötig. Eigentlich sollte sie sowieso längst tief und fest schlafen.

Sie nimmt das kleine Zahnputzglas aus dem Keramikhalter und bemerkt die angeschlagene Stelle am Rand, eine dunkle Mulde im silbernen Mondschein, dann dreht sie den Kaltwasserhahn auf und lässt das Wasser einen Moment lang laufen, damit Rost, Ablagerungen wie Sand und Metallstücke oder was sich auch immer in den Rohren eines alten Hauses ansammeln mag, herausgespült werden. Sie leert das Glas in einem langen Zug und füllt es wieder.

Auf der anderen Seite des Schlafzimmers klappern die Türen, die auf den kleinen Balkon führen, in der Brise. Es ist stickig im Zimmer. Eigentlich sollte sie frische Luft hereinlassen oder sogar nach draußen gehen und die salzige Meeresluft einatmen. Sie sollte zur Ruhe kommen, damit sie endlich Schlaf findet. Schlaf ist wichtiger für einen Menschen als Nahrung. Und zweifellos stehen ihr morgen noch größere Aufgaben bevor. Vielleicht sogar schon eher.

Großer Gott, denkt sie, wo bin ich da nur hineingeraten? Wie soll das alles enden? Isabel weiß, dass sie verfolgt wird. Und dass man sie schon bald aufgestöbert haben wird, hier, in diesem Haus. Vor Leuten wie diesen ist man nicht lange sicher. Ehrlich gesagt kann sie nur staunen, dass sie überhaupt so weit gekommen ist. Ob man ihr vielleicht sogar erlaubt hat, hier Zuflucht zu suchen? Ob sie ihr mit halber Geschwindigkeit gefolgt sind, um ihr das Gefühl zu geben, dass man ihr auf den Fersen ist, nur um zu sehen, wohin sie fährt und mit wem und was sie tut?

Vielleicht wird sie ja gar nicht verfolgt, sondern in Wahrheit bloß manipuliert. Vielleicht funktioniert ihr Plan ja doch nicht, und sie braucht bald Hilfe. Und vielleicht kommt sie aus einer Ecke, in der sie sie gar nicht vermutet hat.

Obwohl sie unglaublich wütend über die Enthüllungen in dem Manuskript ist, muss sie zugeben, dass eine gehörige Menge Mut nötig war, all diese Wahrheiten zu gestehen, ganz zu schweigen davon, das ganze Lügengebilde, die komplexe Logistik, die Ressourcen und die Planung auf die Beine zu stellen. Ein Riesenaufwand. Der nur einem einzigen Zweck dient – Buße zu tun. Vergebung zu finden.

In der Ecke steht ein Computer, ein Dinosaurier, der vor einigen Jahren bestimmt noch das Neueste vom Neuesten war. Sie schaltet ihn ein, woraufhin er surrend zum Leben erwacht.

Isabel öffnet den Webbrowser und loggt sich in ihrem Zweit-Mailaccount ein, den sie seit Jahren nicht mehr genutzt hat. Ihr ATM-Account ist inzwischen bestimmt stillgelegt, außerdem wäre es zu leicht, über ihn die IP-Adresse dieses Computers ausfindig zu machen. Ihre alte Mailadresse kennt hingegen praktisch keiner; zumindest niemand, der in den letzten fünf Jahren ihre Daten angezapft hat. Niemand, der sie erst seit Kurzem überwacht.

Sie beginnt zu tippen. Ihre Finger fliegen förmlich über die Tastatur, tausendmal schneller als auf einem Handy. Sie liest die Mail noch einmal durch, dann drückt sie auf »Senden«.

Isabel legt die Hand um die Türklinke und drückt sie vorsichtig nach unten, doch die Tür bewegt sich nicht. Ihr fällt wieder ein, dass sämtliche Türen im Haus klemmen. Sie drückt noch einmal dagegen, spürt, dass sie ganz leicht nachgibt, trotzdem geht sie nicht auf.

Isabel wendet sich ab, ohne die Hand von der Klinke zu nehmen. Sie kann es auf den Tod nicht ausstehen, an Bagatellen zu scheitern. Entschlossen wendet sie sich wieder um und sucht den Türpfosten nach der klemmenden Stelle ab.

Sie drückt ein zweites Mal dagegen, kräftiger diesmal, woraufhin sich die Tür mit einem leisen Klirren der Glaseinsätze abrupt öffnet. Vorsichtig tritt sie über die Schwelle und setzt einen Fuß auf die Holzplanken des schmalen Balkons, der gerade einmal breit genug ist, um sich daraufzustellen und den Sonnenuntergang, den Aufgang des Mondes, das Meer und die Sterne zu betrachten.

Eine heftige Bö weht salzige Luft heran.

Sie blickt in den Garten, auf die Sträucher und Bäume, die im schwärzlichen Grün des Mondscheins schimmern. Wieder kommt eine Bö auf und bauscht das verwaschene Oberteil des Leinenschlafanzugs auf, den sie im Dielenschrank gefunden hat. Instinktiv schnellt ihre Hand hoch, um den Stoff zu packen und ihre Blöße zu bedecken, sich zu schützen.

Hinter ihr knallt die Tür zu. Erschrocken fährt Isabel herum, aber die Bö hat sie lediglich zuschlagen und gleich wieder aufspringen lassen.

Sie richtet den Blick wieder auf den Himmel, doch dann registriert sie eine Bewegung aus dem Augenwinkel und wirbelt herum. Die Schlafzimmertür wird ganz langsam geöffnet. Womöglich hat der Wind eine Art Vakuum geschaffen, das sie aufdrückt, womöglich hat es aber auch einen anderen Grund.

Sie tritt einen Schritt zur Seite, wo man sie nicht sehen kann, und späht in den Raum. Die Tür öffnet sich noch weiter, trotzdem kann sie nichts erkennen, da der fensterlose Korridor stockdunkel ist. Kein Mondlicht, keine Lampe, nur tiefe Schwärze.

Die Tür öffnet sich immer weiter, bis sie offen steht. Immer noch nichts.

Dann macht sie ein Hosenbein aus, einen Fuß. Aber nicht Jeffreys nackten Fuß, sondern einen in Lederschuhen steckenden. Dann ein zweites Bein, einen Oberkörper, Schultern, einen Kopf. Ein Gesicht. Es ist nicht Jeffrey, sondern jemand, den sie noch nie vorher gesehen hat, ein Fremder, der mitten in der Nacht hier auftaucht. Ein Eindringling. Mit einer Waffe in der Hand.

Lautlos schiebt sie sich zur Seite und presst sich mit dem Rücken gegen die verwitterten Holzschindeln.

Sie wirft einen Blick über die Brüstung. Sie befindet sich mindestens sieben Meter über dem Garten. Ziemlich hoch. Aber der Untergrund ist bestimmt weich. Vielleicht schafft sie es, sich nicht zu verletzen. Möglich wäre es.

Doch genauso gut könnte sie sich beide Beine brechen, angeschossen werden und sterben, alles innerhalb der nächsten Sekunden. Dies könnte das Ende ihres Lebens sein. Jetzt.

Wieder kommt eine Bö auf. Reflexartig schnellt Isabels Hand zu ihrem Ausschnitt, gerade als die Tür erneut zuschlägt und wieder aufspringt. Ihr ist bewusst, dass auch der Eindringling den Lärm mitbekommen hat, folglich wird der bewaffnete Mann sie im Handumdrehen …

Sie springt.

Der Fall dauert länger als erwartet, was Isabel Zeit gibt, sich auf die Landung vorzubereiten und die Knie anzuheben, um sich beim Aufprall abzurollen. Das Gras unter ihren nackten Füßen ist feucht und kühl. Tau dringt durch den dünnen Leinenstoff an ihrem Rücken und benetzt ihre Wange, als sie einen Purzelbaum schlägt und hektisch nach Luft schnappend auf dem Rasen sitzen bleibt.

Sekunden später springt sie auf die Füße und spurtet auf die Hortensiensträucher zu, die den Übergang zwischen dem dichten Rasen und der steilen Klippe mit dem darunterliegenden Kiesstrand markieren. Nur mit Mühe macht sie eine Lücke zwischen zwei Büschen und das kleine Zedernholztor mit dem schmiedeeisernen Riegel aus. Als sie näher kommt, kann sie es deutlicher erkennen und reißt mit einer raschen Handbewegung den Riegel herum. Das Tor geht auf und schwingt schief in den Angeln hin und her, während sie, immer zwei Stufen auf einmal nehmend, die wacklige Holztreppe hinunterläuft. Die Hände fest um das Geländer gelegt, umrundet sie den Treppenabsatz, als ein stechender Schmerz durch ihren Fuß schießt. Ein Holzsplitter hat sich tief in das weiche Fleisch ihrer Sohle gebohrt.

Sie hat Mühe, nicht laut aufzuschreien.

Hinkend rennt sie weiter, rutscht aus, als sie um den nächsten Treppenabsatz schlittert, und knallt auf die grob gezimmerten Holplanken, durch deren Spalten Gras und Unkraut wuchern. Blut sickert aus einer Wunde an ihrem Knie.

Sie sieht nach oben und erkennt eine Gestalt, die durch das Tor tritt und zu ihr herunterspäht. Eilig springt sie wieder auf und hastet auf unsicheren Beinen weiter, bis sie das Ende der Treppe und den Strand erreicht hat. Steine und Kiesel in sämtlichen Formen und Größen behindern sie, bohren ihre spitzen Kanten in die Fußsohlen, als sie über Treibholz springt, riesige Felsbrocken in der Größe von Autos umrundet und die eisige Kälte des frühsommerlichen Ozeans über ihre Zehen schwappt.

Sie sieht nach hinten, wo der Mann die letzten Stufen heruntergelaufen kommt.

Sie rennt an einem gekenterten Ruderboot vorbei, als sie in etwa fünfzig Metern Entfernung eine weitere Treppe entdeckt, über die sie wieder nach oben gelänge, zum Haus eines Nachbarn, von wo aus sie die Polizei rufen könnte, oder zumindest zu einer Einfahrt, einer Straße, Sicherheit, Freiheit …

In diesem Moment ertönt ein Schuss, und sie fragt sich, ob sie getroffen wurde.

Kapitel 53

Jeff fährt wie vom Blitz getroffen zusammen, als er den lauten Schuss hört.

»Was war das?«

Sekunden später ertönen drei weitere Schüsse.

Der Mann wirft ihm einen vielsagenden Blick zu. Er kam erst vor wenigen Minuten die obersten Stufen heruntergestürmt und fuchtelte in Richtung Garten. »Los, schnappen Sie sie!«, schrie er seinen Komplizen an, ehe er die letzten Stufen überwand, sich Jeff zuwandte und mit seiner Waffe vage in seine Richtung zeigte. »Und Sie rühren sich nicht von der Stelle!«, befahl er, was Jeff tat.

»Waren das Schüsse?«

»Status?«, fragt der Mann.

»Hä?« Erst jetzt merkt Jeff, dass der Typ in ein unsichtbares Mikrofon gesprochen hat. Wo ist es? An seinem Jackett angebracht? In seinem Kiefer implantiert? Wer weiß. Und wen interessiert das schon?

»Status?«, wiederholt der Mann, ohne eine Antwort zu bekommen. »Miss Reed hat doch keine Waffe hier, oder, Mr Fielder?«

»Ich glaube nicht«, antwortet Jeffrey. »Aber woher, zum Teufel, soll ich das wissen? Mir erzählt doch hier sowieso keiner etwas.«

»Tatsächlich?«

Sekundenlang herrscht Stille.

»Ist es wahr, was in dem Manuskript steht?«, fragt Jeff.

»Keine Ahnung.«

Jeff starrt den Typ an, dem es so wichtig zu sein scheint,

die Geheimnisse mächtiger Leute zu bewahren, dass er dafür sogar mitten in der Nacht mit einer Waffe in ein Strandhaus eindringt. Er glaubt ihm kein Wort.

»Wer sind Sie?«

»Was glauben Sie denn?«

»Gehören Sie zum FBI?«

»Nahe dran. Aber welchen Unterschied macht das für Sie?«

Jeff kann die Frage nicht beantworten. Vermutlich hat der Typ recht: Im Grunde ist es völlig egal, für wen er arbeitet. »Und Ihre Aufgabe ist es, dafür zu sorgen, dass das Manuskript nicht veröffentlicht wird?«

»Ja.«

»Mit allen erforderlichen Mitteln?«

Der Mann lächelt. »Völlig korrekt, Mr Fielder.« Wieder schwenkt er seine Pistole. »Mit allen erforderlichen Mitteln. Haben Sie Ihre Kopie vernichtet?«

Jeff nickt zum Kamin hinüber, wo das Feuer inzwischen nahezu heruntergebrannt ist. Lediglich vereinzelte bläuliche Flammen lecken noch an den Holzscheiten.

»Hat sonst noch jemand aus Ihrem Verlag eine Kopie?«

»Ich habe Brad McNally, meinem Boss, ein paar Seiten gegeben, aber nicht viele. Zumindest nicht genug, als dass es von dieser Seite Probleme geben könnte.«

Der Mann nickt.

»Es hätte Verdacht erregt, wenn ich ihm nichts zu lesen gegeben hätte«, fügt Jeff hinzu – ein unnötiger Versuch, sich zu rechtfertigen. »Aber in diesem Teil des Manuskripts stand zumindest nichts …« Er sucht nach der passenden Formulierung, um zu beschreiben, was die ersten Seiten vom Rest des Manuskripts unterscheidet. »… nichts wirklich Belastendes.«

»Sonst noch jemand?«

»Nein, niemand.«

»Wie ist Miss Glyndon-Browning an eine Kopie gelangt?«

»Das weiß ich nicht. Von mir hat sie jedenfalls keine bekommen.«

»Und was ist mit Miss Reeds Kopie?«

»Sie ist …« Dies ist der entscheidende Moment; jener Augenblick, in dem sich entscheidet, ob er sie endgültig verrät oder nicht. Ob er sich durchringen kann, Isabel ans Messer zu liefern oder nicht. »Ich habe sie auch verbrannt.«

Die beiden Männer starren einander an.

»Es gibt also keine weiteren Kopien im Haus?«

Jeff schüttelt den Kopf. »Also ist unser Deal immer noch …«

»Nun ja. Das kommt darauf an.«

Jeff ist nicht sicher, was er damit meint. Gerade als er den Mann fragen will, geht die Verandatür auf.

Mit drei weit ausholenden Schritten hat der ältere Mann die Entfernung zwischen ihnen überwunden und hält Jeff die Waffe an die Schläfe. Macht ihn zur Geisel.

Beide Männer sehen zur Tür hinüber, wo Isabel, blutend, zerzaust und halb verrückt vor Angst, mit einer Waffe in der Hand steht.

Kapitel 54

Verunsichert nimmt der Autor den Fuß vom Gas, macht jedoch keine Anstalten, ihn stattdessen auf die Bremse zu stellen. Ja, der Wagen ist gestohlen, aber das kann die Polizei unmöglich wissen. Noch nicht. Und, ja, in der Tüte auf dem Beifahrersitz liegen mehrere Tatwaffen, doch auch das kann die Polizei nicht ahnen. Ja, er ist ein Schwindler und unter falschem Namen auf der Flucht. Aber wie sollte die Schweizer Polizei davon erfahren haben?

Er sieht noch einmal in den Rückspiegel, während sein Fuß nach wie vor zwischen Gaspedal und Bremse schwebt und der Wagen immer langsamer wird.

Dann trifft er eine Entscheidung und drückt es durch, denn die Chancen, dass eine Unterredung mit der Polizei auf dieser Landstraße am Fuß der Alpen nicht mit einer Untersuchungshaft für ihn endet, sind verschwindend gering. Und eine Untersuchungshaft würde nahezu sofort zu seiner Ermordung führen. Noch während er in Handschellen auf einem Stuhl sitzen und mit einem flehenden »Bitte« auf den Lippen den Kopf schütteln würde, hätte er bereits eine Kugel im Kopf.

Er spürt das Gaspedal unter seiner Schuhsohle und spannt seine Waden- und Fußmuskeln an, um es bis zum Bodenblech durchzudrücken, anfangs zögerlich, dann immer entschlossener.

In diesem Moment registriert er eine Bewegung im Rückspiegel, als der Streifenwagen auf die linke Fahrbahn ausschert, rasch beschleunigt und wie eine Kugel an ihm vorbeischießt ... immer weiter, ohne vor ihm wieder einzuscheren und ihm den Weg abzuschneiden. Stattdessen beschleunigt der Fahrer noch, wird schneller und schneller, bis der Wagen verschwunden ist, außer Sichtweite und unterwegs zu einem Einsatz, der nichts mit ihm zu tun hat.

Dave stand im feinen Nieselregen mitten auf der stockdunklen Straße in Ithaca. Ihm war bewusst, was gerade passiert war, trotzdem weigerte sich sein Verstand, es zu glauben. Er wandte sich zu Charlie um, der mit schlaff herabhängender Unterlippe im Wagen saß und stumm vor sich hin stierte.

»Ich habe sie getötet«, sagte Charlie schließlich und sah seinen Freund an.

Heilige Scheiße, dachte Dave. Charlie glaubte allen Ernstes, er selbst hätte am Steuer gesessen.

Was sollte er jetzt tun? Was war das Richtige? Für ihn, für seinen Freund, für das tote Mädchen, für den Rest der Welt? Der Wagen gehörte Charlie, Charlie hatte das Mädchen aufgegabelt, und nur weil er völlig betrunken gewesen war und sich danebenbenommen hatte, war es überhaupt so weit gekommen. Wenn jemand für den Unfall bestraft werden sollte, dann war es eindeutig Charlie. Das wäre doch nur gerecht. Oder etwa nicht?

Dave hingegen hatte überhaupt nichts falsch gemacht. Er war nüchtern geblieben und vernünftig. Er war derjenige, der dafür gesorgt hatte, dass Charlie das Mädchen in Ruhe ließ; derjenige, der ihn vom Steuer des Wagens weggeschubst hatte. Er hatte nur die besten Absichten gehabt. Er sollte nicht derjenige sein, der bestraft würde. Nein.

Dave ging um den Wagen herum und bückte sich, um einen Blick auf das leblose Bündel zu werfen. Überall war Blut.

Was würde mit Charlie passieren, wenn er dachte, er sei schuld am Tod des Mädchens? Würde er dafür ins Gefängnis wandern? Vermutlich nicht. Schließlich war sein Vater ein hohes Tier. Würde ihn diese Tragödie zwingen, sich künftig zusammenzureißen? Vermutlich.

Aber was würde passieren, wenn Dave die Verantwortung dafür übernähme? Was würde aus ihm werden? Er, Dave Miller, würde zweifellos eingesperrt werden. Für ein Verbrechen, das er in Wahrheit nicht begangen hatte, zumindest nicht absichtlich. Und Charlie Wolfe glaubte, er hätte hinterm Steuer gesessen; er war sogar überzeugt davon, das Mädchen überfahren zu haben.

Daves innerer Kampf, Charlie die Wahrheit zu sagen – zuzugeben, dass Daves Hände im entscheidenden Moment das Steuer umfasst hatten und es sein Fuß auf dem Gaspedal gewesen war – oder ihn in seinem Glauben zu lassen, dauerte nur wenige Sekunden.

»Ja«, bestätigte Dave. »Sieht ganz so aus, als hättest du das getan.« Und dann fasste Charlie aus eigenem Antrieb und ohne Rücksprache mit Dave den Entschluss, dass sie die Leiche verschwinden lassen mussten. Dass der Vorfall unter keinen Umständen ans Licht kommen durfte. Dass sie das Verbrechen vertuschen mussten, das er soeben begangen hatte. Charlie Wolfe war ein herzloser Mistkerl, das begriff Dave in diesem Moment, was ihn in seiner Entscheidung, ihn im Glauben zu lassen, er sei ein Mörder, nur noch bestärkte.

Im Lauf der Jahre traf Charlie Wolfe eine Fülle ähnlicher Entscheidungen, und Dave saß tatenlos daneben und sah ihm dabei zu. Jede dieser Entscheidungen schien in dem Moment, wenn Charlie sie traf, logisch zu sein, praktisch und vernünftig, eine nach der anderen, fünfundzwanzig Jahre lang, während Dave mit jedem Jahr tiefer in diesem

Sumpf bequemer Amoralität versank und zu einem Menschen wurde, der er niemals hatte sein wollen. So lange, bis er es nicht länger ertrug. Und dann begann er zu schreiben.

Dave hatte oft über die Entscheidung nachgedacht, die er vor all den Jahren an diesem verlassenen Straßenrand getroffen hatte. Was war das schlimmere Verbrechen? Jener Sekundenbruchteil der unabsichtlichen und unvermeidlichen Unaufmerksamkeit, während er am Steuer gesessen hatte? Oder die wissentliche Entscheidung, einen Unfall mit Todesfolge unter Alkoholeinfluss zu vertuschen und einen luxuriösen Urlaub in Südfrankreich zu verbringen, während das Mädchen im Straßengraben langsam verrottete?

Wer war in Wahrheit der Bösewicht in dieser Geschichte?

Es war beinahe unerträglich gewesen, diese Passagen über den Unfall selbst zu schreiben, jene qualvollen Minuten noch einmal zu durchleben, die Geräusche, den Anblick, die feinen Regentropfen auf seinem Gesicht. Manchmal drohten ihn seine Schuldgefühle zu ersticken, dann siegte wieder die Wut über die Ungerechtigkeit, weil er derjenige hinter dem Steuer gewesen war anstelle des verantwortungslosen Trunkenbolds, der das Mädchen belästigt hatte; der hinterhältige Feigling, der sämtliche Beweise beseitigt hatte und vom Tatort geflüchtet war.

Also hatte er letzte Woche vor seinem Computer gesessen, auf den glitzernden Zürichsee hinausgeblickt und einen anderen Weg eingeschlagen: Er hatte das Manuskript so umgeschrieben, dass es Charlies Wahrnehmung der Ereignisse in dieser Nacht entsprach, und die Lüge präzisiert, mit der sie praktisch ihr ganzes Erwachsenenleben gelebt hatten. Und diese Lüge würde nun für immer existieren, festgehalten zwischen zwei Buchdeckeln.

Es war nur eine Handvoll Seiten, auf denen wenige Minuten eines Lebens geschildert wurden, eines Lebens und eines Todes, die innerhalb weniger Minuten gelesen werden würden. Nur ein Dutzend Änderungen; den Namen des Fahrers von Dave in Charlie ändern.

Dave las die Passage wieder und wieder, rang mit sich, sie in ihre Ausgangsversion zurückzubringen, die Wahrheit zu schreiben, die wahrere Wahrheit, in der *er* der Übeltäter war, der etwas Schlimmes getan hatte.

Dann drückte er auf »Speichern« und schloss das Dokument.

Er zwingt sich, ruhiger zu werden, sich zu konzentrieren, das Tempo des kleinen Sportwagens auf achtzig Stundenkilometer zu drosseln, sodass er leise summend über den glatten Asphalt gleitet, unter dem dichten Blätterdach der Straße durch die Hügel über Zürich.

Er zittert immer noch, als sein Telefon vibriert; nach dem Adrenalinschub wegen seiner Beinahebegegnung mit der Polizei ist er so überdreht, dass ihn das Geräusch vor Schreck beinahe aus der Haut fahren lässt. Das Telefon liegt mit dem Display nach unten auf dem Beifahrersitz, deshalb kann er nicht erkennen, wer anruft. Er streckt die Hand aus, doch in seiner Aufregung stößt er das Handy über den Sitz, sodass es in den Fußraum fällt. Für einen kurzen Moment löst er den Blick von der Straße, um danach zu tasten. Er kann es nicht ganz …

Nein. Zu gefährlich.

Es muss Isabel gewesen sein. Hat sie Neuigkeiten? Ein Angebot von einem Verlag?

Wieder fällt sein Blick auf das Handy, das auf dem grauen Teppich im Fußraum liegt. Niemand hat je auf dem Beifahrersitz gesessen, daher sind die Fußmatten noch mit keiner einzigen Schuhsohle in Berührung gekommen.

Er löst ein weiteres Mal den Blick von der Straße und tastet nach dem Telefon. Als er sich wieder aufrichten will, stößt er mit der Schulter gegen das Lenkrad, dann mit dem Kopf. Einen Moment lang ist er gefangen, kann sich nicht bewegen, panisch …

Er befreit sich, schnellt hoch. Auf halber Höhe erhascht er einen Blick über das Armaturenbrett hinweg auf die Straße und sieht, zu spät, seinen Wagen durch die niedrige Leitplanke rasen und über die Bergkuppe hinweg …

Es überrascht ihn nicht, dass das Gesicht seiner Exfrau vor seinem geistigen Auge aufflackert. Nicht das zerfurchte, traurige, tragische Gesicht vom letzten Winter, als sie in der Diele ihres Apartments gestanden und seiner Eröffnung gelauscht hat, er habe Krebs und werde bald sterben. Sondern das Gesicht von jenem Abend vor all den Jahren, als sie einander in dem italienischen Restaurant am Washington Square gegenübersaßen, vor leeren Grappa- und Portweingläsern, Tellern mit Keksen und Pralinen. Er sieht die verschmitzten Grübchen, als sie sich zurücklehnte, mit vom Wein und der Aufmerksamkeit der beiden Männer am Tisch geröteten Wangen, jene letzten Minuten ihres ersten Dates, das der Beginn einer Romanze darstellte, obwohl es keinem von ihnen zu diesem Zeitpunkt bewusst war, gefolgt von einem Heiratsantrag, einer Hochzeit, einem wunderschönen kleinen Jungen …

Damals dachte er über mehrere Tage hinweg, dass er Isabel Reed womöglich töten müsste, doch stattdessen heiratete er sie am Ende.

Wäre es nicht die blanke Ironie, wenn auch er jetzt bei einem Autounfall ums Leben käme?

Kapitel 55

Sekundenlang spricht keiner oder bewegt sich. Stattdessen starren sie einander im düsteren Schein des halb erloschenen Kaminfeuers und der 25-Watt-Birne hinter dem Pergamentschirm an.

»Was soll das?«, fragt Hayden schließlich.

»Waffe runter!«, befiehlt sie.

Er sieht, dass Isabels Knie aufgeschlagen ist. Blut sickert aus einer klaffenden Wunde auf ihrer Kniescheibe, an ihrem Schienbein entlang über ihren Knöchel und Fuß.

»Wohl kaum.« Hayden registriert, dass ihre Hand zittert. Womöglich erschießt sie ihn noch aus Versehen. Das wäre eine echte Schmach. Im Lauf der letzten Monate hat er sich so viele Szenarien ausgemalt, wie diese komplexe Scharade enden könnte, aber aus Versehen abgeknallt zu werden kam definitiv nicht vor.

Er ist gelassener, als er in seiner Lage eigentlich sein sollte. Er fragt sich, ob dies seine Version des berühmten Suicide-by-Cop-Phänomens ist; gewissermaßen Suicide-by-Victim.

»Haben Sie sich überlegt, was Sie da tun?«, fragt er. »Glauben Sie allen Ernstes, ich verschwinde einfach und lasse Sie beide schön in Ruhe und Frieden hier weiterleben?«

Sie gibt keine Antwort. Öffnet noch nicht einmal den Mund.

»Ihnen ist doch wohl klar, dass Sie aller Wahrscheinlichkeit nach danebenschießen, oder? Jemanden aus fünfzehn Metern zu erschießen ist nicht so leicht, wie man denken würde.«

Hayden presst den Lauf seiner Pistole noch etwas fester gegen Fielders Schläfe und verstärkt seinen Griff, um sich in seiner Bereitschaft zu bestärken, dem Lektor eine Kugel in den Schädel zu jagen, auch wenn er es noch so ungern tun würde.

»Ich hingegen werde Sie auf keinen Fall verfehlen.«

Isabel steht wortlos da, ohne sich von der Stelle zu rühren oder sonst irgendetwas zu tun. Was irrational ist. Und eigentlich ist sie kein irrationaler Mensch.

»Die einzige Frage ist, wo Mr Fielders Gehirnmasse am Ende landen wird. An der Wand verteilt? Oder über dem Kaffeetisch verspritzt? Oder soll sie bloß über den Boden sickern?«

Hayden ist ziemlich sicher, dass diese Frau ein weiteres Mal versuchen wird, ihn auszutricksen. Die Frage ist nur, wie. Was könnte sie schon unternehmen, solange sie einfach nur dasteht?

Offenbar versucht sie, Zeit zu schinden. Das bedeutet, sie wartet darauf, dass etwas passiert. Darauf, dass jemand kommt. Sie sorgt dafür, dass Hayden sich auf diesen Teil des Hauses konzentriert, weil irgendjemand sich in einem anderen Teil Zutritt verschafft. Von hinten.

»Aufstehen.« Er zerrt Fielder an den Haaren hoch.

»Aua!«

Hayden zieht Fielder mit sich auf die andere Seite des Wohnzimmers, vor eine lange Wand voll gerahmter Fotografien, von denen einige zu Boden fallen und zerbersten, als er sich, Fielder wie einen Schutzschild vor sich gedrückt, mit dem Rücken gegen die Wand presst. Doch über das Klirren der Scherben hört Hayden noch ein anderes Geräusch, ein Knarren. Er löst den Blick von Isabel und späht durch den dunklen Korridor in die Diele und zur Eingangstür, die sich öffnet. Er betätigt den Abzug und feuert vier Schüsse ab. Holz splittert, Glas zerspringt, ein Mann schreit auf, dann ertönt ein dumpfes Poltern, als er zu Boden geht. Hayden legt abermals an und feuert drei weitere Schüsse auf den leblosen Körper ab, ehe er den Lauf wieder gegen Fielders Schläfe presst, während Isabels laute, durchdringende Schreie im Raum widerhallen. Und dann ist es auf einmal still.

»Sind da noch mehr?«

Sie antwortet nicht. Inzwischen hat sie die Waffe sinken lassen.

»Sind da noch mehr?«, schreit Hayden.

Sie nickt. »Einer. Ich glaube, er ist tot. Unten am Strand.«

»Wer sind die?«

»Leibwächter.«

»Sie haben Leibwächter? Sie haben Leibwächter angeheuert?«

»Bis vor ein paar Minuten wusste ich nichts von ihnen.«

Er begreift: Der Autor hat die Typen angeheuert, damit sie die Agentin im Auge behalten. Sie beschützen. Eigentlich nachvollziehbar.

Hayden wollte kein verdammtes Blutbad in diesem Haus, aber jetzt ist es zu spät. Blut sickert aus den tödlichen Wunden des Kerls in der Tür, aus der Platzwunde an Isabels Knie und vermutlich auch aus Tylers Leiche, die irgendwo am Strand liegt, genauso wie der Partner dieses toten Typs an der Tür. Und Hayden registriert, dass auch Blut an seinem linken Handgelenk entlangläuft, über seinen Daumen und seine Handfläche, und von der Spitze seines Zeigefingers auf den Boden tropft. Sein Hemdsärmel fühlt sich feucht an. Außerdem macht sich ein Brennen in seinem linken Arm bemerkbar.

Offenbar hat er eine Kugel abbekommen.

Er hat immer damit gerechnet, eines Tages angeschossen zu werden, und kann sich nur wundern, dass es so lange gedauert hat. Um ein Haar ist es schon sehr oft passiert. Das letzte Mal sogar erst heute in Kopenhagen, oder war das gestern? Aber *beinahe angeschossen* und *angeschossen* zu werden sind nun einmal zwei Paar Stiefel.

Er muss so schnell wie möglich von hier verschwinden.

»Wo ist es?«, fragt er mit fester Stimme.

»Was?« Ihre Stimme ist kaum mehr als ein Flüstern. Sie schüttelt den Kopf. »Ich weiß es nicht.«

»Wo ist das gottverdammte Manuskript!« Seine Stimme dröhnt in voller Lautstärke durch den Raum.

Wieder schreit sie auf. »Nicht hier. An einem sicheren Ort. In New York«, flüstert sie dann.

Hayden wendet sich Fielder zu, der wie ein nasser Waschlappen dasteht. Er sieht den flehenden Ausdruck in seinen Augen. *Bitte sagen Sie es ihr nicht. BITTE NICHT*. Hayden holt aus und rammt Fielder die Waffe ins Gesicht.

Mit einem lauten Schmerzensschrei sackt der Lektor in sich zusammen.

»Sie verlogener Idiot.« Er verpasst ihm einen Tritt in den Magen, wenn auch nicht so heftig, wie er hätte können. Dann wendet er sich wieder Isabel zu. »Und Sie lügen ebenfalls.«

Ein pochender Schmerz macht sich in seinem linken Arm bemerkbar. Ihm läuft die Zeit davon. Und seine Geduld neigt sich allmählich dem Ende. »WO IST ES?«

Hayden lässt den rechten Arm sinken und drückt ab. Ein Schuss ertönt, Holz splittert aus den Bodendielen, und Fielder stößt einen lauten Schrei aus. Eine Wunde klafft in seinem Fußrücken. Er richtet die Waffe wieder auf Fielders

Kopf. Sein Gesicht ist zu einer Fratze des Schmerzes und des Entsetzens verzerrt.

»Ich werde ihn umbringen«, droht Hayden mit aller Überzeugungskraft, die er aufbringen kann. Aber er wird heute Abend niemanden töten. Und hoffentlich auch in Zukunft nicht mehr.

»Nein«, widerspricht sie schließlich tränenerstickt. »Das werden Sie nicht tun.« Sie deutet auf das Bücherregal. »Viertes Fach von unten, neben dem dicken Buch mit dem roten Rücken.«

Haydens Blick fällt auf den kleinen dunklen Kreis.

»Und dort drüben auch.« Sie zeigt auf einen Weidenkorb auf einem der Beistelltische. »Und es gibt noch mehr. Mit Bewegungssensor. Videokameras.«

Hayden tritt einen Schritt darauf zu, als wollte er die Kamera herausreißen und sie zertrampeln. »Die Mühe können Sie sich sparen«, sagt sie. »Sie sind mit einem Laptop verbunden, über den die Aufzeichnung an einen Server irgendwo anders weitergeleitet wird.«

Hayden wendet sich ihr zu, überlegt einen kurzen Moment, ihr zu sagen, dass sie sich irrt. Dass er das komplexe Überwachungssystem längst außer Kraft gesetzt, die Kameras von dem Laptop getrennt und die Daten darauf gelöscht hat. Weil er weiß, weshalb sie hier in diesem Haus ist, weil er ihr Telefongespräch mit Naomi abgehört hat, weil er wusste, dass sie herkommen würde, obwohl sie so getan hat, als würde sie irgendwo anders Unterschlupf suchen, und weil er so getan hat, als würde er sich von ihr in die Irre führen lassen. Und als wüsste er nicht ganz genau, dass sie heute Morgen in diesem Copyshop war. Denn sie mag zwar gerissen sein, aber er ist eben noch gerissener.

Doch sie ist nicht diejenige, die er hinters Licht führen muss.

Er geht auf sie zu.

»Sie würden dabei gefilmt werden, wie Sie einen kaltblütigen Mord begehen«, sagt sie.

Hayden trennen nur noch wenige Meter von ihr. Er bewundert diese Frau, ihre Tapferkeit, ihre Verschlagenheit, ihre Gewissenhaftigkeit. Aber er hat auch Mitleid mit ihr, wegen des Pechs, das sie in ihrem Leben gehabt hat, weil der Tod seit zwanzig Jahren ihr ständiger Begleiter ist. Er würde es ihr so gern erklären, will ihr sagen, dass alles gut wird. Dass sie am Ende gewinnen wird.

Aber das kann er nicht machen. Er muss in seiner Rolle bleiben, den Schwindel weiter durchziehen.

»Wissen Sie was? Das ist mir egal.« Erneut hebt er die Waffe und zielt auf ihr Gesicht.

Sie schnappt nach Luft.

»Nein!«, schreit Fielder hinter ihm. »Es ist in der Küche.«

Die Miene der Frau verrät Hayden, dass er recht hat.

»Im Tiefkühlfach.«

Seelenruhig tritt Hayden vor sie und reißt ihr die Waffe – Tylers Pistole – aus der Hand. Dann durchquert er das Esszimmer, geht in die Küche und öffnet das Tiefkühlfach mit Muschelsuppe, Eiscreme, Wodkaflaschen, Limoncello, Saftpaketen, einem Styroporbehälter mit Hummerschwänzen, einer Schachtel Ravioli und einer großen, verschließbaren Plastiktüte mit einem dicken Stapel Papier darin.

Aus dem Badezimmer holt er Verbandmull, Pflaster, eine Pinzette, eine Schere, ein Fläschchen Jod, Schmerzmittel und eine angefangene Schachtel Antibiotika, stopft alles in eine Strandtasche, dann legt er die Tüte mit dem Manuskript, die Waffe von Isabels totem Beschützer, eine Baseballmütze und einen warmen Poncho aus dem Garderobenschrank in der Diele, eine Schachtel Kekse und eine Flasche Mineralwasser aus der Vorratskammer dazu.

Das Ganze dauert gerade einmal zwei Minuten.

Anschließend kehrt er ins Wohnzimmer zurück, in der Annahme, Isabel über Fielders verletzten Fuß gebeugt zu sehen. Beim Anblick der auf ihn gerichteten Waffe in ihrer Hand bleibt er abrupt stehen. Wo, zum Teufel, kommt die zweite Waffe auf einmal her?

»Machen Sie sich nicht lächerlich«, sagt er, rührt sich jedoch nicht vom Fleck. Vielleicht macht sie ja tatsächlich Ernst. »Nehmen Sie das Ding runter, bevor Sie sich noch selbst verletzen. Ist sie überhaupt geladen?«

Sie fährt herum und feuert einen Schuss auf die Wand ab, bevor sie sich wieder Hayden zuwendet. Er hat zwar zwei Waffen bei sich, aber im Augenblick keine in der Hand.

Vielleicht ist das ja das Ende, denkt er. Vielleicht verdient er es nicht besser, als hier, in diesem Strandhaus, erschossen zu werden – von einer Amateurin. Das wäre eine geradezu poetische Form der Gerechtigkeit. Nach einem Leben inmitten von Profiagenten, Verbrechern und Diplomaten in einem Wochenendhaus auf Long Island von einer Literaturagentin erschossen zu werden. Gäbe es einen Pool, würde man ihn vermutlich mit dem Gesicht im Wasser treibend auffinden, wie Gatsby.

Er starrt Isabel an, ihr kreidebleiches, aber nichtsdestoweniger entschlossenes Gesicht.

Und das Problem an der Sache ist, dass sie im Recht und er im Unrecht ist. Sie sollte tun, was sie tut, und er nicht.

Zum Teufel, denkt er. Wenn sie mich abknallt, dann soll es eben so sein.

Den Blick stur geradeaus gerichtet, macht er einen Schritt nach vorn. Er spürt, wie sie ihm mit dem Lauf quer durch den Raum folgt, und wappnet sich bereits innerlich auf den Knall, den brennenden Schmerz. Er sieht bereits, wie er auf dem Holzboden zusammenbricht und langsam verblutet. Es gäbe kein Begräbnis.

Als er die Tür erreicht, lebt er immer noch. »Viel Glück«, hört er sich leise sagen; so leise, dass er die Worte selbst kaum verstehen kann. Wenigstens kann er ihr die Befriedigung verschaffen zu glauben, sie hätte ihn überlistet.

Im Sommer, bevor Hayden aufs College kam, segelte er von Cape Cod nach Island; ein Törn quer über den Atlantik bis zu einer felsigen Vulkanhalbinsel namens Seltjarnarnes auf dem 64. Breitengrad, auf dem sich auch Zentralalaska, Sibirien und Grönland befinden.

Das Wasser war eiskalt, Buckelwale tauchten immer wieder aus den Fluten auf, und Delfine schwammen neben dem Boot her. Beim Anblick des felsigen, schwarzen Ufers in der Ferne weinten alle drei Seemänner vor Glück, völlig erschöpft nach drei Wochen an Bord und des eintönigen Essen, des ständigen Seegangs, der Langeweile, des modrigen Gestanks der dünnen Matratzen und der Gesellschaft der anderen überdrüssig.

Es war ein verrücktes Abenteuer von ihm und seinem Cousin gewesen, seinen Onkel auf der Überfahrt zu begleiten, nur weil der sein altes, ramponiertes Boot einem entfernten Verwandten in Schottland – vorbei an Island und den Färöer Insel und dann hinüber nach Aberdeen – verkaufen wollte, was ihm als Ausrede diente, sich von dem Geld ein größeres, schöneres Boot zu kaufen und einen ganzen Monat auf See verbringen zu können. Sein Onkel hatte sich für die Überfahrt den ganzen Juli freigenommen und war mit den Jungs an Bord gegangen, wo sie Taschenbücher von Norman Mailer und John Updike untereinander getauscht und Dosensuppen verzehrt hatten. Keiner von ihnen würde diese Reise jemals vergessen.

Es wird wesentlich härter werden, den Törn nun allein zu absolvieren, aber keineswegs unmöglich. Er wird um den Sund herum nach Stonington, Connecticut segeln oder sogar bis nach Newport, Rhode Island, je nach Wind. Dann wird er einen Tag anlegen, um sich mit Lebensmitteln, Ausrüstung, Ersatzteilen und Medikamenten und Verbandsmaterial einzudecken. Die Schussverletzung ist nicht allzu schwer, nur ein Streifschuss am Oberarm. Er wird die Rumpfnummer manipulieren, Ersatzsegel und sonstige Utensilien kaufen und die Takelage mehrfach überprüfen. Sobald ein brauchbarer Wind aufkommt, wird er lossegeln und noch vor dem Wochenende das Cape hinter sich gelassen haben, bevor der Besitzer des Segelboots – garantiert ein Hobbysegler, der nur am Wochenende herauskommt – merken wird, dass sein Schätzchen nicht länger an der Anlegestelle liegt. Vielleicht bemerkt er den Verlust auch erst in einer oder zwei Wochen. In Jachthäfen wie diesem liegen massenhaft Boote, die nur unregelmäßig genutzt werden.

Er lacht, als ihm aufgeht, dass ihm die kleine Fleischwunde möglicherweise sogar helfen kann. Die ermittelnden Beamten werden denken, er sei tot. Schließlich hat er in dem Haus eine beträchtliche Menge Blut verloren.

Natürlich werden sie nach ihm suchen, aber niemand wird je auf die Idee kommen, dass er ein Boot gestohlen, damit quer über den Atlantik gesegelt und sich mit gut zwanzig Millionen Euro auf einem Schweizer Nummernkonto, von dem keiner etwas weiß, abgesetzt haben könnte.

Als er vor sechs Monaten mit Charlie in der winterlichen Kälte von Paris auf der Parkbank gesessen hat, ist ihm klar geworden, dass er genug von diesem Leben hat. Genug von den ethischen Kompromissen und den moralischen Zwickmühlen, den tagtäglichen faulen Ausreden und Lügereien, genug von einem sorgsam arrangierten Leben, dessen Zügel er hat schleifen lassen. Er hat zugelassen, dass es seiner Kontrolle entglitt und in den Händen eines Mannes lag, dem er niemals hätte vertrauen dürfen. Er hat zugelassen, dass er dem Zauber einer Art von Ehrgeiz erliegt, den er eigentlich gar nie besessen hat. Aber allem Anschein nach ist Ehrgeiz etwas, das sich von einem anderen Menschen, jemandem mit größeren Ambitionen, auf einen übertragen kann.

Manchmal verschwört sich das Leben gegen einen und zwingt einen, Dinge zu tun, von denen man genau weiß, dass man lieber die Finger davon lassen sollte. Aber was soll man dagegen tun? Man tut nun einmal, was man tun muss. Man stöbert jede Kopie eines Manuskripts auf und vernichtet sie, bringt die Hälfte der Leute um, die es gelesen haben, jagt der anderen Hälfte Todesangst ein, bevor man sich aufmacht, den Autor ausfindig zu machen und auch ihn zu töten.

Oder man tut nur so. Und verschwindet dann.

Er hat sich längst das Dorf ausgesucht, in dem er wohnen will. Es liegt auf der Halbinsel Snæfellsnes, zwei Stunden nördlich von Reykjavík, im Schatten des Snæfellsjökull-Vulkans. Er hat ein Haus gemietet, es mit ein paar Möbeln ausgestattet und frische Kleidung und ein paar Grundnahrungsmittel dort deponiert. Der Schafbauer des angrenzenden Grundstücks hat sich bereit erklärt, in Haydens Abwesenheit nach dem Rechten zu sehen.

Allmählich kriecht die Sonne am östlichen Horizont empor, trotzdem ist es immer noch dunkel, und das aufgewühlte Meer schimmert schwarz im Mondschein. Hayden sichert das Ruder, greift nach der Tasche und zieht die vermutlich letzte Kopie des Manuskripts heraus. Silbernes Mondlicht fällt auf die oberste Seite und lässt die Buchstaben mit geradezu unheimlicher Klarheit hervortreten.

Er liest an der Stelle weiter, wo er zuvor aufgehört hat. Als er geendet hat, wirft er die Seiten ins Wasser, wo sie einen kurzen Moment an der Oberfläche treiben und sich mit Salzwasser vollsaugen, ehe sie in der Tiefe versinken.

Eines weiß Hayden ganz genau: Will man bei einem Kampf das Handtuch werfen, darf keiner jemals erfahren, dass man die Schwalbe gemacht hat. Das ist das große Geheimnis dabei.

Kapitel 56

Isabel spürt ihre Füße, ihre Zehen nicht mehr. Ihr ganzer Körper von der Taille abwärts fühlt sich taub an. Nur unter Aufbietung all ihrer Willenskraft gelingt es ihr, sich zu bewegen, wenn auch wie in Zeitlupe.

»Wieso hast du ihn nicht erschossen?«, fragt Jeffrey.

»Sie ist nicht ...«, setzt Isabel an und starrt auf die Waffe in ihrer Hand. »Das sind keine richtigen Kugeln.« Naomis Pistole hat einst als Requisite in einem ihrer bizarren Kurzfilme gedient. »Sondern Platzpatronen.«

Jeffrey starrt auf seine Verletzung. »Könntest du ...?«

Isabel geht ins Badezimmer, um ein Handtuch zu holen, das sie fest um seinen Fuß wickelt, ehe sie über das Festnetztelefon den Notruf wählt. Ein Einbruch, meldet sie. Ein Mann wurde verletzt. Bitte kommen Sie schnell, vielen Dank.

»Was willst du wegen des Videos unternehmen?«, fragt er. Sein Gesicht ist ganz bleich, und er wirkt besorgt.

»Geht es dir gut?«

»Na ja, nicht besonders.«

»Der Krankenwagen ist schon unterwegs.«

»Und das Video?«

»Keine Ahnung. Wahrscheinlich gar nichts.«

Er sieht sie wortlos an.

»Was würde es denn nützen?«, fragt sie. »Und was sollte ich damit anfangen?«

Er schweigt.

»Der Polizei können wir es nicht schicken«, fährt sie fort. »Der CIA oder dem FBI genauso wenig. Wem können wir trauen? Jeder könnte auf ihrer Seite sein. Absolut jeder.« Isabel schüttelt den Kopf. »Außerdem wäre es nicht die Art von Gerechtigkeit, die wir uns vorstellen, wenn der Typ, der gerade abgehauen ist, bestraft werden würde. Er ist nicht der Übeltäter.«

»Er hat mich angeschossen.«

»Es ist nicht die Gerechtigkeit, die *ich* mir vorstelle.«

Isabel legt lauschend den Kopf schief, als sie ein Geräusch wahrnimmt. Leises Sirenengeheul, in der Ferne.

»Glaubst du, er lebt noch?«

»Wer? Dave?«

Sie sieht ihren Exmann bildlich vor sich – in irgendeinem Dritte-Welt-Paradies auf der anderen Erdhalbkugel. Vielleicht Afrika oder im Südpazifik. Außerdem kennt er sich in Südamerika gut aus und hat früher immer wieder von allerlei fremden Orten am anderen Ende der Welt geschwärmt. Bestimmt lässt er sich die Haare wachsen und einen wilden Bart. Aber seine blauen Augen würde man unter Tausenden wiedererkennen. »Ja.«

»Und das hält ihn auf? Oder schickt er einfach noch eine Kopie, diesmal vielleicht an jemand anderen?«

»Nein. Er wird erfahren, dass all die Menschen getötet worden sind, und mich beschützen wollen.«

»Bist du deshalb immer noch am Leben? Ist das der Grund, weshalb sie dich nicht getötet haben?«

»Ja. Solange ich lebe, bin ich nützlicher für sie. Ich bin ein Druckmittel. Dadurch bleibt die Bedrohung, mich zu töten, auch für Dave weiterhin bestehen.«

Das Heulen der Sirene wird lauter.

»Hast du wirklich keine Kopie mehr?«

Isabel betrachtet ihn und fragt sich abermals, wie es um seine Loyalität, seine Aufrichtigkeit bestellt sein mag. »Nein.«

»Und bei dir im Büro? Was ist mit deiner Assistentin?«

Alexis. Das arme Mädchen. Ihr Tod scheint eine halbe Ewigkeit zurückzuliegen. »Nein. Du?«

Isabel und Jeffrey sehen einander an. Sie ist ziemlich sicher, dass er etwas vor ihr verbirgt. Und seine Miene lässt ahnen, dass er dasselbe von ihr denkt.

Er schüttelt den Kopf.

»Dann war's das wohl.«

Es ist schwer zu sagen, welche die brutalste Enthüllung in dem Manuskript ist. Für die meisten Leser ist es wohl, dass Charlie Wolfe ein Mädchen getötet hat. Oder dass er seinem Instinkt nachgegeben hat, mit der Hilfe seines Vaters, einem Mann mit erstklassigen Verbindungen nach Washington, und dessen Geschäftspartnern die Tat zu vertuschen.

Andere sind möglicherweise von seinen späteren Taten schockiert. Davon, dass Charlie Wolfe sich mit der CIA zusammengetan hat, um im Leben ausländischer Geschäftsmänner und Politiker zu stöbern, sie systematisch zu verleumden oder sonst irgendwie durch den Schmutz zu ziehen, um sowohl der US-Regierung einen Vorteil zu verschaffen als auch den Erfolg seiner Webseiten zu gewährleisten. Schockiert über die Tatsache, dass Menschen dabei umgekommen sind. Dass Charlie, obwohl er keinerlei politische Ambitionen hegte – Charlies Karriere wurde von weitaus banaleren Motiven bestimmt, wie dem Bestreben, dass seine Sendung hohe Quoten erzielt, sein Unternehmen hohe Profite einfährt und er ein Mann von allumfassendem Einfluss und Reichtum wird –, die Absicht hatte, für ein hochrangiges Amt zu kandidieren.

Für Isabel hingegen ist die erschütterndste Nachricht, dass Charlie Wolfe und Dave Miller vorhatten, die potenzielle Zeugin zu töten, die sie gesehen hatte, bevor sie mit Lauren in jener schicksalhaften Nacht ins Auto gestiegen waren. Sie haben sie aufgestöbert und dann festgestellt, dass sie sie nicht wiederkennt. Und am Ende hat Dave sie sogar geheiratet. Ich, denkt sie. Ich war diese Zeugin.

Isabel hat auf dem Polizeirevier von Ithaca gesessen und ordnerweise Fahndungsfotos angesehen, gefolgt von den dicken Wälzern sämtlicher aktueller Jahrgangsklassen auf den Colleges rund um die Finger Lakes; Zehntausende winziger Schwarz-Weiß-Aufnahmen. Damals, vor dem 11. September, hingen noch nicht an jeder Ecke Überwachungskameras, und die Wege und Aktivitäten jedes Bürgers konnten noch nicht nahezu lückenlos nachvollzogen werden. Sie hat die Jungs, die den Klub gemeinsam mit Lauren verlassen hatten, nicht kennengelernt, sondern lediglich flüchtig gesehen, daher konnte sie keinerlei brauchbaren Hinweis liefern.

»Völlig unmöglich«, sagte sie nach mehreren Stunden.

Der Cop nickte bloß und legte ihr einen weiteren Wälzer vor.

Jetzt weiß sie, dass sie irgendwann an diesem Nachmittag die Gesichter der beiden Jungs angesehen und ahnungslos weitergeblättert hat. Und auch Jahre später, als sie einen der beiden in einer Bar kennenlernte und sich von ihm zum Abendessen einladen ließ, und noch einmal und noch einmal, bis sie ihn heiratete, ein Kind von ihm bekam, es gemeinsam mit ihm zu Grabe trug, sich von ihm trennte und irgendwann scheiden ließ, sich über seine Krankheit grämte und seinen Tod betrauerte – seinen vorgetäuschten Tod –, hatte sie nicht die leiseste Ahnung.

Die knarrende Eingangstür hängt zu drei Vierteln aus den Angeln und gestattet einen Blick auf die ungeteerte, von Bäumen gesäumte Einfahrt. Allmählich dringt das erste Licht des Tages durch die dichten Bäume, schiebt sich am Horizont über die Erdkante, ein erster rosafarbener Vorbote eines wolkenlosen Sommertags.

Isabels Handtasche liegt auf dem Dielenboden neben der Tür, ihr unbezahlbarer Inhalt sichergestellt und zweifellos zerstört. An der Stelle, wo der Peilsender steckte, den ein von ihrem Exmann angeheuerter Bodyguard befestigt hat, um ihre Sicherheit zu gewährleisten, klafft nun ein kleines Loch, weil sie ihn zu ungestüm herausgerissen hat. Ihr Blick fällt auf den Stift und den Notizblock, auf den Jeffrey und sie ihre Notizen gekritzelt haben, um zu verhindern, dass sie von ihren Phantomfeinden abgehört werden, die sich in Wahrheit als ihre Beschützer entpuppt haben.

Jede Menge loser Visitenkarten liegen darin herum, zerknitterte und halb zerknüllte Kassenzettel auf dünnem Papier, die sie eigentlich bei ATM vorlegen sollte, um die Auslagen erstattet zu bekommen. Aber jetzt muss sie sie selbst ablegen, als Ausgaben im Zuge ihrer freiberuflichen Tätigkeit, um sie bei der nächsten Steuererklärung geltend machen zu können. Sie muss neue Ordner anlegen, muss sich erst einmal welche kaufen, genauso wie Stifte und Haftzettel, Kopierpapier, einen Kopierer, einen Schreibtisch und einen Stuhl in dem Büro, das sie irgendwo mieten muss, vielleicht irgendwo in Downtown.

Einer der Belege in ihrer Handtasche ist über achtzig Dollar für Getränke mit einem potenziellen Kunden in einer dieser überkandidelten Hotelbars; ein anderer über fünfzig Dollar und ein paar Zerquetsche für ein paar neue Hardcover, achtzehn Dollar für eine Auswahl Zeitschriften, etliche Taxiquittungen, Kinokarten und über ein Sandwich, einen Kaffee und ein Päckchen Kaugummi mit Pfefferminzgeschmack aus einem Flughafenkiosk.

Und da ist auch der Beleg von gestern, über eine Barzahlung in einem 24-Stunden-Copyshop: 488 Seiten à 8 Cent. Macht $ 39,04.

Mal zwei.

Kapitel 57

Der Autor schält sich aus den schlaffen Airbags rings um den Fahrersitz, als würde er eine kostbare Vase von der schützenden Luftpolsterfolie befreien, mit der jemand eine selbst gezimmerte Versandkiste ausgelegt hat. Aber offenbar hat jemand den Aufdruck »*Diese Seite nach oben*« übersehen, daher liegt der Wagen auf dem Dach, während sich die vier Räder in der Luft drehen.

Dave kriecht auf den Waldboden. Er ist nicht sicher, ob er tatsächlich aufstehen soll, ob sein Körper unversehrt ist und ihm gehorcht. Schmerzen hat er nicht, aber vielleicht liegt das auch am Schock. Vielleicht hat er sich sämtliche Knochen gebrochen, spürt es aber nicht.

Er sieht an sich hinunter, klopft sich vorsichtig ab, doch erstaunlicherweise scheint er unverletzt zu sein.

Er blickt den Hügel hinauf zu der Straße mehrere Meter über ihm, den verbeulten Enden der durchbrochenen Leitplanke. Dann sieht er in die andere Richtung, über den schmalen Vorsprung, auf dem er mit dem Wagen gelandet ist, und die mehrere Hundert Meter tiefe Schlucht dahinter, von einem schmalen Schmelzwasserfluss aus den Alpen in den Fels eingegraben.

Das war knapp. Wieder mal.

Er tritt zur Beifahrerseite und findet sein Handy. Er nimmt es heraus und öffnet die Nachricht, die er unmittelbar vor dem Unfall bekommen hat. Sie ist von seiner Exfrau, wie er gehofft hat:

Lieber D.,
ich bin froh, dass Du noch am Leben bist. Ich kann nicht behaupten, dass ich Dir jemals verzeihen werde, aber den Großteil der Dinge, die Du getan hast, kann ich verstehen. Und ich rechne Dir hoch an, was Du mit diesem Buch tun willst.
Allerdings ist es im Moment nicht möglich, es zu veröffentlichen. Wolfe lässt reihenweise Menschen umbringen und die Manuskriptkopien vernichten. Und wie Du weißt, hat er überall Freunde und die entsprechenden Mittel und Wege. Er schreckt vor nichts zurück.
Also werde ich ihn in dem Glauben lassen, dass er jede einzelne Kopie des Manuskripts vernichtet hat. Bis die polizeilichen Ermittlungen eingestellt sind, das FBI und die CIA sich damit befasst und den Fall zu den Akten gelegt haben, die Begräbnisse vorüber und die Nachrufe geschrieben sind. Bis dieser Teil der Geschichte zu Ende ist.
Und dann fangen wir noch einmal von vorn an.

In Liebe
I.

Danksagung

Auf dem Weg von meinem Computer bis zu Ihrem Nachttisch ist dieses Buch durch die Hände vieler Menschen gegangen, die alle einen wichtigen Beitrag zu seiner Entstehung geleistet haben. In der Buchbranche findet man eine Fülle engagierter, erfahrener und kreativer Menschen, die sehr hart arbeiten, oft für lächerliche Gehälter und meist im Verborgenen. Einige von ihnen möchte ich gern hier nennen.

David Gernert, seines Zeichens Literaturagent, war der Erste, der das Manuskript zu lesen bekam und es mit der Hilfe von Anna Worrall und Ellen Goodson bei Gernert Company in New York überarbeitet hat. Rebecca Gardner und Will Roberts, auch bei Gernert, haben sich um die Auslandsrechte gekümmert, während sich Sylvie Rabineau in Los Angeles des Verkaufs der Filmrechte angenommen hat, einer noch viel undurchsichtigeren Angelegenheit. Kim Carpenter hat, ebenfalls in Kalifornien, dafür gesorgt, dass ich nicht vom Weg abkomme.

Nach mehreren Änderungen landete das Manuskript bei der Verlegerin von Crown, Molly Stern, und den Lektoren Zachary Wagman und Meagan Stacey, die von Jesse Aylen, Sarah Bedingfield und Miriam Chotiner-Gardiner unterstützt wurden, sowie bei Angus Cargill, Lektor bei Faber & Faber, und der Verlegerin Hannah Griffiths in London. All diese Menschen haben dazu beigetragen, es zu einem besseren Buch zu machen, und die meisten waren sogar noch so nett, ab und zu mit mir Mittag essen zu gehen.

Der gesamte Redaktionsprozess ging unter der Leitung

von Terry Deal über die Bühne; Mary Anne Stewart hat sich um die redaktionelle Bearbeitung gekümmert, die Fahnen wurden von Susan Groarke und Scott Auerbach Korrektur gelesen. All diese Menschen haben geholfen, Fehler auszumerzen, Kanten zu schleifen und Katastrophen abzuwenden.

Im nächsten Schritt entstand aus dem Text ein richtiges Buch: Mein Dank gilt Designerin Elina Nudelman und Design-Direktorin Elizabeth Rendfleisch sowie Chris Brand, der unter der Leitung von Marysarah Quinn das Cover entworfen hat, und an Luisa Fancavilla für das Produktionsmanagement unter der Leitung von Derek Gullino, Linea Knollmueller, Amy Boorstein, Rachel Meier und Sally Franklin. Sie alle haben sich darum gekümmert, dass dieses Buch durch die stets mit Hunderten Neuerscheinungen verstopfte Pipeline des Entstehungsprozesses geschleust wurde.

Apropos Neuerscheinungsflut: Jedes Jahr kommen Hunderttausende neue Bücher auf den Markt, was das Ziel, irgendeines davon erfolgreich zu etablieren, zu einer wahren Herkulesaufgabe macht. Wenn Sie sich also für mein Buch entschieden haben, ist das wohl das Verdienst von Annsley Rosner, Sarah Breivogel und Carisa Hays aus der PR-Abteilung; von Donna Passannante, Jay Sones und Kayleigh George im Marketing; Linda Kaplan und Courtney Snyder in der Rechteabteilung und Sheila O'Shea, die für die Taschenbuchausgabe zuständig ist.

Die ganze Operation fand bei Crown Publishing Group statt, die von Verlegerin Maya Mavjee gemeinsam mit David Drake und Jill Flaxman sowie Kevin Robin und Katie Ziga in der Finanzabteilung zusammengehalten wird. Crown ist Teil von Penguin Random House, wo sich ebenfalls eine Fülle an Mitarbeitern des Buches angenommen haben:

Megan Thomas, Dorothy Boyajy und David Sanford aus der Vertragsabteilung; Matthew Martin und Kathy Trager aus der Rechtsabteilung, Amanda D'Acierno, Sue Daulton, Amy Metsch und Dan Zitt aus dem Audiobereich sowie Annette Danek und das gesamte Warenhaus- und Kundenbetreuungsteam, das aus Hunderten Mitarbeitern besteht, und James O'Malley bei 1785, der mich niemals vergisst, auch wenn ich einmal für ein paar Jahre von der Bildfläche verschwinde.

Nicht vergessen möchte ich die Verkaufsabteilung. In einer Branche, in der Tausende Verlagsmitarbeiter Hunderttausende neue Produkte für zahllose Zwischen- und Einzelhändler entstehen lassen, ist der Verkauf nicht gerade ein Kinderspiel. Bei all diesen Produkten handelt es sich nicht etwa um T-Shirts, Handys oder Schokoriegel, sondern um Bücher – sie lassen sich nicht mit einem flüchtigen Blick oder einem Bissen ermessen und folglich auch nicht so verkaufen. Bevor jemand die Buchausgabe von Crown kaufen kann, muss Random House sie erst einmal verkauft haben, was ohne die Mitarbeit einer Vielzahl von Menschen niemals möglich wäre. Daher möchte ich nur einige nennen: John Adams, Andy Augusto, Patty Berg, Pam Brown, Eric Buscher, Cathy Calvert, Morgan Carattini, Candice Chaplin, Tom Cox, Chris Dufault, Christine Edwards, Michael Gentile, Amiee Gibbs, David Glenn, KJ Grow, John Hastie, Toni Hetzel, Cheryl Kelly, Cyrus Kheradi, Nan Khilall, Michael Kindness, Ann Kingman, Beth Koehler, Ron Koltnow, Dan Kosack, Ceneta Lee-Williams, Jerry Lex, Wade Lucas, Shauna Masi, Lisa McCormack, Annette Trial O'Neil, David Phethean, Bridget Piekarz, Judy Pohlhaus, Anke Reichelt, Andrew Rein, Jennifer Ridgway, David Romine, Sasha Sadikot, Kim Shannon, Ron Shoop, Scott Smith, Michele Sulka, David

Underwood, Jaci Updike, Sherry Virtz, Valerie Walley, Jeff Weber und Lori Zook.

All diese Menschen und viele andere, die ich bestimmt vergessen habe (sorry!), verdienen ihren Lebensunterhalt damit, Manuskripte zu Büchern zu machen und Werke wie meines auf den Markt zu bringen. Ihnen allen danke ich von ganzem Herzen.